百草山

李西岳◎著

中国言实出版社

图书在版编目(CIP)数据

百草山 / 李西岳著 . -- 北京：中国言实出版社，
2021.2

ISBN 978-7-5171-3809-9

Ⅰ . ①百… Ⅱ . ①李… Ⅲ . ①长篇小说—中国—当代
Ⅳ . ① I247.5

中国版本图书馆 CIP 数据核字（2021）第 031706 号

出 版 人　王昕朋
责任编辑　史会美
责任校对　崔文婷

出版发行　中国言实出版社

　　　　　地　　址：北京市朝阳区北苑路 180 号加利大厦 5 号楼 105 室
　　　　　邮　　编：100101
　　　　　编辑部：北京市海淀区花园路 6 号院 B 座 6 层
　　　　　邮　　编：100088
　　　　　电　　话：64924853（总编室）　64924716（发行部）
　　　　　网　　址：www.zgyscbs.cn
　　　　　E-mail：zgyscbs@263.net

经　　销　新华书店
印　　刷　北京盛通印刷股份有限公司
版　　次　2021 年 3 月第 1 版　　2021 年 3 月第 1 次印刷
规　　格　710 毫米 ×1000 毫米　1/16　25.5 印张
字　　数　420 千字
定　　价　88.00 元　　ISBN 978-7-5171-3809-9

李西岳，河北献县人，中国作协全委会委员，国家一级作家，原北京军区政治部文艺创作室主任，享受国务院特殊津贴。主要作品有长篇小说《百草山》

《血色长城》《血地》《独门》《戎装之恋》，中篇小说集《农民父亲》，散文集《与荷听雨》等。曾荣获国家"五个一工程"奖、国家图书奖、中国人民解放军文艺奖、《小说月报》百花奖等。

目录

红色岁月　红色历程　红色史诗　红色经典

序　章

　　那一年那一月的那一天，当贺金柱迈着军长的步伐登上百草山时，他已经不是军长了。

　　这是一个颜色很深的秋天，天很蓝，很幽静，也很遥远。云很白，很浓，一个疙瘩一个疙瘩地挤在一起，像棉絮，像蘑菇，还有的像一些叫不上来名的东西，形状有些怪。太阳的光线很亮彻，很柔媚，也很纯粹，像被过滤过一样。眼前的百草山还是那个百草山，但在贺金柱眼里好像矮了一些，平塌了一些。或许是有些年头没回来了，对百草山有了些生分，或许是在外面走南闯北几十年，见的山太多了。比较起来，眼前的百草山像是缺少某些挺拔与伟岸，苍翠与凝重。要说句不大恭维的话，百草山简直就不像座山。

　　山确实不太显赫，而草却无论如何也不能忽视。在贺金柱的记忆里，百草山是座古汉墓，因为山上生长着百余种草，才被称为百草山。眼下草的品种像是不容易数清，但明显感觉没以前那么齐全了。看样子像是刚刚下过一场秋雨，地气是潮湿的，空气里散发着一股泥土的芳香。空中有一层或云或雾或气的东西，在飘拂，在流动，离人们很近，像是一伸手就能抓住，这就是百草山的风水。秋天是草打籽的季节，不同形状，不同颜色的花，大部分都开败了，草的颜色基本上是介于青黄之间，稍晚些的，像打碗稞、山菊花、野葡萄、鸭舌草，还星星点点有些花模样。其他的，有的结了果，有的吐了穗，有的落了些叶子，像单身汉一样。最最显眼的还是那一簇簇红榴榴儿树，叶子密匝匝的，但一串

1

串的果子，都红透了，有的颜色很艳，近似疯狂。贺金柱15岁之前在家玩儿得正凶的时候，很喜欢这东西，没少摘着吃。后来到了朝鲜，也见过类似的东西，长相差不多，但吃到嘴里，觉得味道还是不大一样，光酸不甜。

贺金柱想一个人没任何累赘和干扰地独自上百草山，寻找点儿什么，或者寻思点儿什么。这是他几十年的愿望和梦想。大概他在百草山一带太是个"人物"，给老家的父老乡亲，留下的话题太多太多。自进了村，身后就跟着一大堆孩子，像头羊领着稀稀拉拉的群羊一样。那些孩子的面孔都很生疏，头发都很蓬乱，往出散发着浓烈的高粱气息。衣服穿得很没章法，耳朵眼儿鼻子眼儿指甲缝里，都充满了泥垢，有的孩子牙齿泛着玉米焦黄，个顶个儿满口地道的献州话。这些孩子跟贺金柱保持着相应的距离，一会儿近一些，一会儿远一些。贺金柱走，他们就走。贺金柱停，他们就停，问话又不说，他向谁走近，谁就吓得跑。这帮孩子，不前不后地跟着他，像有什么目的，又像有一搭无一搭。贺金柱甩不掉他们，也不想甩掉他们。

不知不觉，贺金柱领着一群泥孩子登上了山顶。他想找一下记忆中的娘娘庙，可是已经荡然无存。但经过判断方位，还是找到了自认为准确无误的遗址，也可以说是心中的遗址。闭上眼睛想一想，马上反应在记忆里的不是那娘娘的面孔，而是自己曾在这里跪拜的情景，那是一次与婚姻有关的跪拜，也是给自己留下一生情感激荡的跪拜。那次跪拜，无法不让他刻骨铭心。接着，他又想找那棵腰身很粗树冠很大的老槐树，当然也没找着。据说，那棵老槐树，那一年让"红卫兵"给祸害了。其实，找不着也好，真要看见那棵老槐树，又会让他想起揪心扯肺的事情。

贺金柱闭上眼睛想了一会儿，身后那些泥孩子也骤然安静了下来。当他睁开眼睛的时候，明显感觉眼角有泪水慢慢蠕动。他没擦，任泪水慢悠悠地蠕动到嘴边。身后的孩子们凑到跟前，很好奇地看着他的脸。

山顶风光无限，贺金柱激情涌动，泪水远不能表达。眼睛几次眨动之后，他把目光和精力集中在一个高大的目标上。在山顶的正中央，矗立着一座纪念碑：

百草山惨案死难同胞纪念碑碑文

公元一千九百四十三年十月八日日寇对我百草山下七里冢村村民进行

血腥屠杀灭绝人性大肆奸淫妇女全村二百余户三百三十七人死于日寇之兽行尸遭火焚惨不忍睹众乡民义愤填膺不甘其辱奋起抗击村长魏厚墩面对屠刀大义凛然武士贺瞎子赤手空拳打死两名日本军官十六岁少女贺丫丫与一日军殊死搏斗均以身殉国壮哉此举中华之浩气民众之伟力见存国难家劫尔来四十有五年矣前事不忘后事之师我中华民族能屹立于世界不再任人欺凌端赖中国共产党之图划领导全国人民之艰苦奋斗耳喜看今日神州万里已成崛起之势四化伟业必实现于祖国大地中国将永远瞩目于世界民族之林

碑文没有标点符号，读起来有些费劲。好在贺金柱读的不是文字，而是那段历史，或者是历史中的自己。读完之后，他脸上的肌肉抽搐了一下，他走近纪念碑，用手轻轻地抚摸上面的文字。摸过之后，他很自觉地抬起右手，缓缓地，但不失规范地向纪念碑，行了一个军礼。

贺金柱身后的泥孩子们木讷了一会儿，也学着他的动作，向着纪念碑敬着不同姿势的礼。

贺金柱对着纪念碑沉思了一会儿，没搭理身后的泥孩子们，正了正帽檐，目光坚定地回眸了一眼纪念碑，又迈着军长的步子向山下走去。

那帮泥孩子像接到命令一样，跟着贺金柱往山下走。泥孩子们不说话，但都互相交流眼神，很有兴趣地猜测着，这个像电线杆子那么高、那么直的陌生老头儿究竟要到哪儿去，要找什么东西。

贺金柱下了百草山，没有张望，没有犹豫。一直向正南走，他的步子很自信，好像老早就选定了目标。

正南方是一片高粱地，晚秋季节，高粱像成熟的少妇，挺着笔直的腰杆，涨红着羞涩透亮的脸，迎接着走向它们的人们。太阳又增加了几分清亮，照在很成规模的高粱身上，使它们更加血红，更有姿色。贺金柱用手拨着一棵棵高粱，一步步向深处走。高粱叶子很锋利，把他的手划了几道口子，鲜血染在叶子上，他丝毫没有在意，义无反顾地朝纵深挺进。后面的泥孩子们还是跟他保持着相应的距离，很有节奏地尾随着，看看这个怪老头儿，究竟钻到高粱地里干什么。

贺金柱停下来，朝周围看了看，又闭上眼睛想了想，两只手往一起拍了一下，继续往前走。走到一块空闲地方，停了下来。这块地方有锅台那么大，奇怪得很，四周都是严严实实的高粱，只有这块地方，一棵高粱也没有。地上长满了草，高高的，都是水麦子草，都长了穗，在高粱的呵护下，生存得很安详。

"就是这儿。就是这儿。"贺金柱自言自语地说。

身后的泥孩子们很奇怪地望着贺金柱，不知道他在说些什么。

贺金柱在这块空闲地方转了一圈，又转了一圈。那些泥孩子也跟着他转。

"就是这儿。就是这儿。"贺金柱接着自言自语。他自信，找到了自己记忆的原点。

"就是这儿。就是这儿。"泥孩子们跟着小声道。

贺金柱坐了下来。

泥孩子们跟着坐了下来。

"这块地方一直不长庄稼吗？"贺金柱问道。

"是的。我们常到这儿来过家家。"一个泥孩子说。

"这地方闹鬼。"一个泥孩子接着说。

"不对。这地方闹日本鬼子。"一个泥孩子纠正道。

贺金柱看看四周，看看一个个泥孩子，又自言自语道："就是这儿。就是这儿……"

第一章

　　献州位于冀中平原中部，多为盐碱地，有些地方近乎寸草不生，偏偏百草山上却生长着近百十种花草。而有些花草的品种在四周是根本找不到的，它们的名字也是百草山周围的人们给取的。像"打碗稞"，个子不高，长得很纤细，开淡淡的小黄花。人们传说，把它和锅台后头的碗放在一起，碗就会自己裂碎，所以就叫"打碗稞"；像"红榴榴儿"，它长得像棵小树，到了秋季，每个树杈上都结满了一串串鲜红的密度非常大的果子，与枸杞子十分相像；像"锭子秧"，它长得像蔷薇，枝蔓沿着山势延伸，开白色的花，形状很像纺车上的锭子，所以，被称为"锭子秧"。还有青青菜、水麦子、拉拉苗、剪子谷、牦牛稞、马辫草、奶子稞、败节草、含羞草、星星草、鸭舌草、山苍子、蒺藜秧、山菊花、牵牛花、山杏、山桃、野葡萄、酸枣稞，等等。一到春天，百草山百草复苏，百花吐蕊，绿草鲜花，争芳斗妍，满山尽染，花气袭人。白花花的盐碱地里，唯有百草山一山独秀脱颖而出。

　　百草山上的草有好多都是药材，不用加工，就可以产生疗效，而且十分神奇。比如，打碗稞上挤出的汁液，可以止血；钉子秧上的叶子可以消肿；奶子稞上的花籽，捣碎了，稍作加工，就可以催奶，等等。当然，有的草是有毒的，弄不好会出事儿。三乡五里的人，有了头疼脑热腰酸背痛的小灾小病，一般都不去请大夫，不用开药方。到百草山上采棵草药，自个儿就把自个儿的病治好了。这一切的一切，造就了百草山的珍贵与神奇。自古以来，不管官宦还是臣民，流寇还是盗贼，谁也不敢在百草山上轻易动土，不敢随意践踏百草山的草木。

日军大概是在民国三十二年正月占领百草山的。

有一天，一个叫川野一郎的大队长来到百草山。百草山上有乡里闻名的娘娘庙，那时庙会正兴盛蓬勃。每月初七，周围三乡五里的男男女女都过来赶庙会。人们烧香拜神，看戏观灯，买卖交易，串亲访友，热闹一天才肯离去。那个叫川野的大队长据说也信神，他逛庙会的那天，穿的是便服，身边也没带任何人。他会说中国话，鼻子底下也没留那一小块儿黑胡子，好多人都认为他是县府的官员或者商人。总之，都认为他是中国人。在庙会上，川野很虔诚地在娘娘庙前烧了香，叩了头，还嘟嘟嚷嚷地说了一大堆谁也听不清的话。那天，赶庙会的人多得要命，谁也没注意过川野。但没过多少日子，百草山上兀自矗起了一座炮楼，炮楼下面盖起了一排房子，川野和一部分日本兵搬上了百草山。自那天以后，百草山的庙会便中断了。

百草山上修起了日军的炮楼，对山下的七里冢人自然是一块很要命的心病。庙会没人赶了，百草山没人上了，一夜之间，百草山好像不属于七里冢了。日军在巴掌村安上据点之后，曾到七里冢骚扰过几次，但都是要点吃的喝的。村长魏厚墩有张铁嘴，死人能让他给说活了，日本兵每次进村，他都能应付过去。这些年，日本兵没跟七里冢人发生大的摩擦，但百草山上修了炮楼，好像就是专门对着七里冢人来的，村里恐怕再也平安不了了。

据说，那个川野是个挺懂中国事体的日本人。建炮楼和兵营，他没动百草山的一石一土，一草一木。砖石土瓦，都是从外边运进来的，然后用军马驮到了山上。另外，上梁的时候，他还按照七里冢人的礼节，噼里啪啦地放了很长时间的鞭炮。再就是建炮楼和兵营的位置，远远地避开了娘娘庙，炮楼的枪眼指向了与娘娘庙正好相反的方向。

尽管是这样，人们还是不敢上百草山，不敢赶庙会。

一天，川野带着两个日本兵大摇大摆地进了村，身上都没带枪。进村就问："谁是村长？皇军有事找他。"有人把他们领进了魏厚墩家，魏厚墩赶紧沏茶倒水，点烟让座，一阵客套。川野笑着说："我在中国留过学，我很热爱这个民族，更喜欢和欣赏中华民族传统文化。对百草山我都考证过了，是座古汉墓，山上的娘娘庙，也有几百年的历史啦。我把大本营安在百草山，就是为了保护这里的文物，也是为了保护村里的老百姓。"川野的一番话，说得魏厚墩有些丈二和尚摸不着头脑。在这之前，他跟日本人打过一些交道，但没见过川野这么斯文的，这使能说会道的他，倒不知道说什么好了："那是，那是……"川野又说："派几个会写字的人，在街面的墙上都写上标语。"说着，他从口袋里掏出一张字条，上面写着"东亚共荣，王道乐土"等标语内容。临走的时候，川野说："晚上，把村里人召集在学校里，我要跟大家见见面，让孩子们都参加。"

川野摘下白手套跟魏厚墩握了握手，魏厚墩望着远去的川野一行人，觉得自己像走到了云里雾里：还没见过这样的日本鬼子，他们究竟要干他妈什么？老伴魏柳氏说："我看是黄鼠狼给鸡拜年——没安好心。"

天刚黑透，村里人惴惴不安地来到了学校，课堂里盛不下。人们聚集在大院里，都喊喊喳喳地议论着，猜测着，日本人黑灯瞎火地把全村人召集到这来干什么。在这之前，八里庄、五里铺、三里河都响过枪声，也听说日本鬼子说杀人就杀人，跟杀小鸡一样。但听说，日本人杀人的原因是遭遇抗日的中央军和共产党，而七里冢是既没中央军又没共产党的，没人惹过日本人，不该有什么不吉利的。

川野来了，他身后跟着几个日本兵，还是没带枪。村里人踏实了一些。

川野问魏厚墩："人集合齐了没有？"

魏厚墩说："齐了，全齐了。"

川野不信，让魏厚墩拿出全村人的户口册子给他看，魏厚墩只好去拿。川野戴着白手套简单地翻了一下，还给魏厚墩，说："给我点名，点过的，站出来。"魏厚墩看了看川野，想说句什么。川野皱了一下眉头："点吧。"

魏厚墩开始点名，点一个，川野就在一个人的名字下面画个对钩。没有人答应的，他就在下面画个圈。点完了，川野发现有一些人没到场，就让魏厚墩去叫。魏厚墩说："这些都是孩子，都睡觉了。"川野两只手搓在一起，笑了笑，说："中国的孩子最可爱，也最聪明，我一定要看一看。"

魏厚墩没办法，只好打发人挨门挨户去叫。

那一年贺金柱14岁，姐姐贺丫丫15岁，他们跟魏厚墩的儿子魏猛子、女儿魏淑兰都是好朋友，在一起读了小学，在一起打草拾柴，没事儿的时候，跑到百草山上捉迷藏。那天，大人们被日本人召集到学校之后，他们谁也不敢睡觉，集合在一起，提心吊胆地等着大人们回来，有人来叫他们，贺金柱说："正好，在家等着更难受。"

孩子们到齐了，川野又让魏厚墩点了一遍名。点完，川野让孩子们站在最前面，有的孩子见着日本人害怕，哭着不敢往前去。川野就用糖块哄，孩子们没吃过糖，含在嘴里，也就听话了。

那天月亮是多半圆的，基本上都看得清每个人脸的轮廓，但川野还是让点上马灯。十来盏马灯挂起来了，高灯下亮，孩子们的脸首先被映红。但每张变红的脸都充满了慌张，包括大人的脸都不自然，谁也不知道今天到这里米究竟要干什么。

川野讲话了："七里冢的乡亲们，我们大日本帝国来到中国，是为了东亚共荣大业，是为了帮助中国走出贫穷，走向富强。你们支那人是礼仪之邦，文化源远流长，很值得我们学习。我在中国留过学，对中国文化很感兴趣，我们日本的文字就是从中国文字中派生出去的。据我所知，日本自造，中国没有的汉字，只有 134 个。所以，中国和日本应该共存共荣，而共存共荣，首先就是语言相通。"

人群中一阵静默，接着又是一阵骚乱。包括村长魏厚墩也在猜疑：川野葫芦里到底卖的是什么药？有话直说，有屁快放。庄稼人谁懂什么共荣不共荣，文化不文化？

川野示意大家安静，他说："为了和大家交流方便，我现在教你们几句日本话。我说一句，你们学一句，好啦，开始！先学'你好'，'恐泥欺哇'！"

没有人跟着学。

川野说："学生们带头，就像你们读课本一样。谁学得好，我给谁糖吃。来，开始！"

川野："恐泥欺哇！"

"恐泥欺哇！"孩子们在糖块的鼓舞下，开始跟着学了。开始学得不像，川野就很有耐心地纠正，慢慢也就像了。

川野："下面我们学'早晨好'，'哦哈油'！"

孩子们："哦哈油！"

川野："好，下面我们学'晚安'，'恐帮哇'！"

孩子们："恐帮哇！"

川野："好，我们现在学'再见'，'撒油奈啦'！"

孩子们："撒油奈啦！"

……

孩子们开始声音有点儿小，后来就大了起来。有些大人觉得好玩儿，也跟着学了起来。到最后，整个学校里响起了一片"日语"声。川野很满意，甚至哈哈大笑，夸个不休。人们很奇怪，甚至觉得这个川野很傻：把自己的老家话传给了中国人，自己还臭美，看来小日本儿也就那么回事儿。

在往后的日子里，孩子们一见面就是"恐泥欺哇！"分手便是"撒油奈啦！"接着，又学会了一些日本游戏。七里冢的大人们还学会了日本的一些礼节与习俗。没过多久，人见面就说"嗨"，骂街就是"巴格牙鲁"，吃饭就是"咪西咪西"。有些有创造能力的人，把"恐泥欺哇"说成"啃你鸡巴"，把"撒油奈啦"说成"洒牛奶啦"。找出了这些规律，就是再笨的人，也能记住了。学说日本话，弄得人们很开心。人们怎么也不明白，川野费尽心机地折腾这些东西做啥？

川野找魏厚墩，让他动员群众把百草山庙会重新恢复起来。魏厚墩到各家做了动员，还到周围的村去说。但人们还是心有余悸，谁敢在日本鬼子的炮楼底下赶庙会？谁敢在荷枪实弹的日本兵面前去拜神？外村的动员不了，七里冢的人还是要逛庙会的。因为他们认为百草山是他们的地盘，自己的地盘想去就去。

庙会又恢复了，但上庙会的人却少了许多，也没以前那么热闹了。

就这样，大约有半年多的时间，百草山上的日军竟与七里冢的人相安无事。人们庄稼照种，庙会照赶。山上的几十个日本兵站岗、巡逻、养狗、喝酒、唱歌、打电话。川野除了拜神，还喜欢弹吉他，显得很悠闲，也很有情调。仿佛他们来到中国，不是为了战争，而是为了消遣。

后来，七里冢人发现村里的老光棍儿贺六指上百草山上得勤了，每次回来都喝得醉醺醺的，说话也比过去硬气了不少。再后来，贺六指手里还有了盒子枪，拿着枪的当天，他当着众人朝天放了一枪，证明枪不是假的。从那之后，他就不种地了，每天去百草山，有时还跟着日本人到各村转转，每次都弄些吃的回来，还朝着孩子们显摆，馋孩子们。

有一天晚上，贺六指又醉醺醺地从百草山上下来，一进村就声嘶力竭地喊："我贺六指是皇军的人了，谁他妈敢惹我！欺负过我的人，有胆儿出来，再欺负欺负老子看看，妈了个巴子的！"

晚上安静，好多人都听见贺六指的叫喊，好事儿的人出来观望。

魏厚墩也听见了，赶紧把他叫到自己家里说："六指儿，给日本人做事儿，没什么露脸的，那叫汉奸，你就别张扬了。"

贺六指不买他的账："汉奸又怎么了？我告诉你，皇军不找七里冢人的事儿，全靠老子在那儿撑着。"

魏厚墩恼了："六指儿，你跟谁说话老子老子的？别忘了，论辈分儿，你该跟我叫爷爷。"

贺六指一蹿站了起来："你别跟我来那一套，现在皇军是爷，你是狗屁爷！"

魏厚墩用手朝门外一指："你给我滚出去！"

贺六指哼了一声，甩甩袖子走了。

贺六指投靠日本人，一是给自己找碗饭吃，再就是报复报复贺大发。他知道当汉奸是千人戳万人骂的差事，是出卖天地良心的差事，但他顾不上那么多了。这年头，谁手里有枪谁就横，谁混得人模狗样儿谁就是爷，管他妈什么良心不良心，良心多少钱一斤？百草山上的炮楼一修好，他就跑了上去。进了川野的办公室，一下子就给川野跪下了。他说："皇军刚到七里冢人生地不熟，说不定有用着我的时候，我一定为皇军效犬马之力。"川野很需要这样一个人，但对他又不放心，问他："你真的要给皇军做事？"

贺六指说："真的，我要有二心，你随时可以杀了我。"

川野继续问他："你为什么要投靠皇军？"

贺六指想了想说："因为我恨村里的人，他们都欺负我。"

川野说："你给皇军做事，村里人会骂你是汉奸。"

贺六指说："让他们骂吧，我不怕。"

川野说："你能给皇军做什么事？"

贺六指说："我用处大了，你们到哪个村去，我可以给你们带路。我可以给你们弄到粮食，还可以弄到花姑娘。"

川野笑了，把他拽了起来，接着拍了拍他的肩膀，领着他进了厨房，给了他一只烧鸡，还跟他喝了两杯酒。刚开始他有些胆虚，放不开吃喝，还害怕川野在酒里下了药，毒死他。因为他听说日本人个个都心黑手辣，杀人不眨眼。见川野带头喝了一口，这才端起杯来放开喝。那天他喝得很冲，过了量。

川野笑了，一笑，那脸就有些阴险："你懂得中国的性文化吗？"

贺六指绽了一下眉头："什么？性文化？"

川野又问："你知道夏娃和亚当吗？"

贺六指更蒙了："什么？蚂蚱和裤裆？"

川野拍了一下他的肩膀："你很幽默，可就是知识太浅薄了。你光知道皇军喜欢花姑娘，但不知道为什么专门喜欢中国的花姑娘。因为中国的花姑娘守贞节、懂孝道、味道鲜。"

贺六指把杯端在手上，瞪大眼睛像听天书一样，听这个洋鬼子川野讲什么中国性文化。

川野举起杯来跟贺六指碰了一下，把一满杯酒干了，他脸变得通红："对于处女贞操，中国男子格外看重。有这样的诗'吾爱童子身，莲花不染尘'，正所谓'水不厌清，女不厌洁'。中国处女对我来说，是很感兴趣的一个话题。我这次来中国，有一个重要任务，就是把中国处女研究透。"

贺六指也来了兴趣："你这一说处女，我就入点儿门儿了。不就是初夜见红吗？"

川野把大拇指伸了出来："对，这就是中国性文化。有一首《如梦令》云：'今夜盛排筵宴，准拟寻芳一遍。春去已多时，问甚红深红浅？不见，不见，还你一方白绢'。妙不妙？"

贺六指一下子心领神会："不用说，没见红，那准是破货。"

川野又举起了酒杯，笑了："你很有悟性。"

经川野这么一夸，贺六指悟性上来了，他一仰脖子把一杯酒喝下去了，放下酒杯，说："我明白了，皇军喜欢中国处女。我给你物色一个，让皇军研究研究。"

川野龇着牙说："你大大懂得我的心思。不过，年龄一定要小。二八佳人体如酥呀……"

贺六指掐着手指头算了算："二八一十六。哦，我知道了，知道了。我一定给你找一个全村最俊，最水灵的。"

川野咧着嘴笑起来。

贺六指也跟着笑了起来。

又过了两天，川野把贺六指召上百草山。一见川野，贺六指就说："太君，那二八处女，我还没给你选好呢。"

川野笑着说："不急，不急。中国老百姓常说，心急吃不了热豆腐。"说着，拿出一个线装本的书递给贺六指。

贺六指不好意思地说："太君，我不认字儿。"

川野继续笑着说："没关系。这本书叫《玄女经》，是专门论述房事艺术的。上面有图画，你一看就懂了。"

贺六指翻了翻，果然每一页都有图画，那图画上边是男人和女人裸着身子，用五花八门的姿势，做那种事体。让他看了脸红心跳，浑身燥热。操他妈，就那点儿事儿，还弄出这么多花活。真让人开眼。

川野说："你要抓紧。"说着，掏出了几张票子，塞到了贺六指口袋里。

贺六指站起来说："我这就去办。"

川野凑近贺六指说："韩信点兵，多多益善。你的，明白？"

贺六指说："明白。就是多弄几个处女，来让皇军研究。"

川野说："放心。皇军研究完了，会犒赏你的。"

贺六指要走，川野让他把书拿着。

贺丫丫要去赶庙会，父亲贺老拴不同意，说日本人在山上，还是少去为好。贺丫丫说，都跟魏淑兰说好了，一块儿去的。贺老拴还是不大高兴："兵荒马乱的，闺女家家的尽量少出门。再说，身上一分钱没有，到庙会上费眼神儿玩儿去呀？"老伴贺张氏在一边替女儿说话了："打日本人上了百草山，丫丫还没逛过一次庙会呢，逛一回还能丢了怎么的？"见家里意见不统一，贺金柱抢过来说："我也去，我来保护我姐。出了事儿，我担着。"贺老拴把贺金柱搂在怀里："呵，我儿子长大了，长胆儿了。"

贺老拴同意了，贺丫丫高兴得跳了一阵，就去自己屋里打扮起来。贺丫丫是七里家最俊的闺女，刚刚 16 岁，但已出落成一个大闺女了，皮肤白净，身段苗条，尤其一条大长辫子，走起路来在刚刚发育成熟的臀间摆来摆去，很招人惹人。走在大街上，谁都盯着看两眼。这些日子，上门提亲的快把门槛踢破了，可她一个也不应，见了媒婆子就往外轰。精心打扮了一番，再反复照过镜子，她就拉上贺金柱去了魏淑兰家。

庙会好像比以往人都多。有烧香的，有拜神的，有吆喝着卖东西的，有打场子练杂耍的，也有唱大戏的。人挨人，脚挨脚，挤挤擦擦，乱乱哄哄，好不热闹。虽然不是头一回逛庙会，贺丫丫还是觉得眼不够使的，尽管身上没有一分钱，但她还是见什么东西都看看，都问问。当人家问她要不要的时候，她就红着脸离开了。开始的时候，三个人手拉着手，生怕被挤丢了，但不知什么时候，贺丫丫被挤散了。贺金柱和魏淑兰停下来大声喊，站在高处找，可怎么也找不着。贺金柱和魏淑兰、魏猛子分头去找，都没找到。后来他们想，找她干什么，那么大人了，离家又这么近，还能丢了怎的？也就不找了。干脆，各玩儿各的。快吃晌午饭了，还没找着贺丫丫。他们猜想，贺丫丫大概早已回家了。正要往家走，有人告诉他们说，贺丫丫跟着贺六指去了日本人的营房。他们二话没说，直接奔了营房，门口两个端着刺刀的日本兵把他们挡住了。

贺金柱回到家，跟大人说了姐让贺六指领进日本兵营房的事儿。贺老拴一蹦老高，脚一落地，就去了贺六指家。贺六指家的门是锁着的。贺老柱没回家，直接去了百草山，让日本兵给轰回来了。一家人谁也没吃晌午饭，贺张氏老是哭，贺老拴在院里乱转。贺金柱见大人都这个样子，知道姐进了日本兵的营房，一定遭了罪，也许连命也没了。但他不明白，为什么那么多赶庙会的人，贺六指就领姐一个人进了日本兵的营房，他们把姐弄去干什么？二柱看不出什么门道，跟着娘哭了两声，就拉倒了。他饿了，但也不敢嚷着吃饭。

这一宿，贺老拴两口子，谁也没合眼。

第二天一早，贺家族的老祖宗贺庆福过来说，他家的大孙女小满，也一宿没回来。丫丫和小满是村里最水灵的两个闺女，丫丫16岁，小满15岁，两人从小就要好，被人们称为七里冢的两朵花。这下更明白了，村里最俊的俩闺女，被汉奸弄到日本兵的营房里，一宿没回来，会有什么好事儿？

贺庆福和贺老拴又去找贺六指，找不着。他们又去了百草山，日本兵用枪托，把他们打回来了。

到了第三天晚上，贺丫丫回来了。全家人一看，都快认不出来了。贺丫丫披头散发，脸色苍白，衣服被撕破，下身还有一片血。贺张氏搂着贺丫丫大哭。贺丫丫傻傻地，呆呆地，两个眼珠像不会动了一样。贺金柱上去拉住贺丫丫不住地问："姐，你怎么啦，你怎么啦？"贺丫丫哭丧着脸看了一下贺金柱，说了一句："川野，畜生……"15岁的贺金柱像是明白了什么："姐，你告诉我，他们是不是把你的裤子脱了？"贺丫丫点了点头。贺金柱又问："姐，他们是不是……把你缺德啦？"贺丫丫又点了点头。贺金柱不问了，扭头就往外跑。贺老拴叫住了他："你给我站住！你还嫌家里出的事儿小？"贺金柱站住了。贺老拴拿起铡刀片风风火火地出了门，使着吃奶的劲大骂："贺六指儿，我操你八辈儿祖宗！贺六指儿，我日你个血姥姥！"街上的人都出来看，但没人拦着。

贺老拴拿着铡刀片去了贺六指家，贺六指家的门紧锁着，他举起铡刀片朝门砍去。门被劈开了，他闯了进去，把屋里的东西劈了个乱七八糟，他自己的手也受了伤，鲜红的血顺着胳膊往下流，他擦也不擦一下。

贺老拴经过一阵折腾之后清醒了，他去找魏厚墩，找贺老万，这是村里拿大主意的两个人。魏厚墩是村长，贺老万是七里冢的文化人，人们都叫他贺秀才。这些年，村里族里有了大事小情，只要他们到一起，基本上就有了对策。但面对这个局面，谁也没了主意，只是骂街的骂街，叹气的叹气。

那天早晨，第一个上百草山的人，见那棵歪脖子大槐树上吊着一个人，走近一看，是小满。

贺老拴一家加紧了对贺丫丫的看护。

第二章

贺金柱和魏猛子几乎每天都去一趟百草山，他们在寻找报仇的机会，想抛开大人单独干，悄悄地为贺丫丫和小满报仇。

开始他们想夺枪，但一直找不到下手的机会。日本兵站岗很机灵，没有松懈的时候。后来，他们想在井里下毒，毒死那些日本鬼子。可日本兵跟村里人吃一个井里的水，下了毒，不等于把全村人都毒死了吗？看来这个办法太愚蠢，也太可怕。他们提了两瓶子煤油，想把百草山的炮楼点着，烧死这些没有人性的狗日的，但他们却无法接近炮楼。十几天过去了，他们一直没想出什么好办法，但还是不死心，继续寻找机会。

在一次庙会上，他俩见到了一个打扮很洋气的日本姑娘，有个十五六岁的样子，长得也不难看，还会说中国话，喜欢逛庙会，也喜欢拜神。这是百草山上第一次有日本女人出现，也是七里家人见到的第一个洋女孩儿，人们都觉得很稀罕。后来听说，那日本姑娘是川野的女儿，叫惠美子。

贺金柱想，川野缺德了我姐，我就缺德了他闺女。这叫以血还血，以牙还牙。他把这个想法跟魏猛子说了，魏猛子表示同意。但关键是如何接近这个惠美子，因为惠美子每次逛庙会都由川野或者别的日本兵陪着，而对惠美子实施缺德必须找个没人的地方。想来想去，魏猛子想出了主意：既然贺丫丫是让贺六指领着让日本人给缺德的，那咱就在贺六指身上想办法。贺金柱点点头，认为这是个好主意。

贺六指白天不敢回家，晚上也是等村里人都睡实了以后再进村，天不亮就赶回百草山。贺金柱侦察到了贺六指每天回家的时间和规律，决定和魏猛子一起下手收拾贺六指，但要做到兵贵神速马到成功。因为贺六指手里有枪，闹不好不但达不到目的，说不定连小命也得搭进去。再就是说什么也不能让大人们知道，大人们绝对不会让两个孩子去铤而走险。

吃过晚饭，贺金柱和魏猛子围着村转悠了一会儿，翻过墙头跳进了贺六指家的小院。两年前，他们都跟村里的贺瞎子学过几招武功，因为不着调，让贺瞎子给撵了。贺瞎子其实不瞎，只是眼睛小了一点儿，在太阳底下一看两只眼睛就是两条小缝，更像用手术刀片在肌肉上割的两道小豁口。贺瞎子的武功在献州一带很有名，据说，他爹曾经给袁世凯当过保镖，他爹把所有的绝招都传给他了，但他死活不往下传，而且也不轻易露。全村人只有贺金柱和魏猛子跟贺瞎子学过三拳两脚，但没有出道，也没派上过用场。

贺金柱和魏猛子进院以后，先在院里侦察了一下地形，看看在哪儿下手合适。如果一旦失败，往哪儿撤退，因为贺六指膀大腰圆，不好对付，何况手里还有枪。经过一番侦察，他们认为站在门后守株待兔最合适，要捡要命的地界儿下手，不能让他有还手的余地。为了确保万无一失，他们还找了个没人的地方比画了一阵子。

他们耐心地藏在门后等候，村里人都睡了，几乎没有一丝儿声音。不一会儿，从百草山方向传来了狗叫声，紧接着街上传来有人走路的声音。因为是第一次做这样的事情，贺金柱心里有些害怕。随着外面脚步声的逼近，他的腿开始哆嗦起来，躲在另一扇大门后边的魏猛子踩了一下他的脚，他的哆嗦才停下来。脚步声越来越近了，是朝着这个方向来的，还听见贺六指咳嗽了两声，大概是给自己壮胆。门被推开，贺六指走了进来。魏猛子大叫一声，从后面抱住了他的双腿。贺六指惨叫一声扑倒在地。魏猛子迅速按住了他腰里的枪。按着事先分工，贺金柱纵身骑在了贺六指身上，并按住了他的脑袋，让他的脸紧贴着地皮，枪让魏猛子取出来了。紧接着，魏猛子又攥住了贺六指硕大的睾丸，攥得贺六指双腿乱蹬，嗷嗷直叫。由于脸紧紧地贴在地皮上，叫又叫不出声。贺金柱把事先准备好的毛巾塞在了贺六指的嘴里，然后左右开弓对准贺六指的脸和后脑勺，一阵痛快淋漓地乱打乱捶。与此同时，魏猛子一松一紧地继续攥贺六指硕大的睾丸。折磨得贺六指像被捅了刀子的猪，又蹬又踹。

折磨到一定的程度，魏猛子让贺金柱把贺六指嘴里的毛巾拿出来。魏猛子问贺六指："知道我们为什么折腾你吗？"

贺六指说："知道，知道。"

贺金柱激动地说："是你让那些日本鬼子祸害了我姐和小满。"

贺六指喘着粗气说："我也不知道太君那么没人性。"

贺金柱说："什么太君，日本鬼子！"

贺六指说："对，对，是日本鬼子。他们太他妈不是人了。"

魏猛子说："既然你也恨日本人，那就给你一个机会。明儿庙会上，你把惠美子骗出来，我们也把她缺德喽。"

贺六指说："那可不行，她是川野的宝贝闺女。你们要是把她干了，那可就给七里冢闯大祸了。"

魏猛子说："那你别管，只要你把她骗出来就没你的事儿了。"

贺六指吐了一口嘴里的泥土，说："你们让我坐起来，我给你们出个主意。但你们千万别把我卖了。卖了，我就没命了。"

贺金柱松开贺六指，让他翻身坐了起来，但魏猛子还是攥着他硕大的睾丸，只是力气稍小了一些。攥着贺六指最要命的地方，他就别想跑。

贺六指说："惠美子最喜欢兔子，你们明天抱两只兔子逛庙会，就一定能把她引出来。但颜色一定是黑的，别的颜色她不喜欢。"

魏猛子想了想："明儿她要不去逛庙会呢？要是有人跟着呢？"

贺六指说："这我有办法，我保证让她一个人去逛庙会。"

贺金柱说："我们拿你的枪作抵押，如果你要是骗了我们，这枪就归我们了。"

贺六指面露难色："日本人要是见我没了枪，非要我的命不可！"

贺金柱说："只要你听我们的，完了事儿一定把枪还给你。你要是不老实，我们就……"他用冰凉的枪口戳了一下贺六指的后脑勺。

贺六指把脑袋往一边偏了一下，只好从命："到时候，你们一定把枪还我，可别拖过明儿后晌。"

贺金柱把小拇指伸出来："咱们一言为定。来，拉钩。"

贺六指伸出了第六个手指头和贺金柱拉钩。最后贺金柱说："你要是骗了我们，我就把你的六指儿劈下来！"

魏猛子说："你要是害了我们，七里冢人谁也不会放过你！"

贺六指连连说："那是，那是。"

到了庙会上，贺六指果然没有食言，大老早就在娘娘庙旁边等着他们。贺六指看了看他们笼子里的兔子，确实是纯黑颜色的，就对他们说："你们就在这儿等着，等惠美子来了，你就引着她跑，朝远地方跑。我来逗哨兵玩儿，别让他们发现你们，你们可得跑快点儿啊。"说完，就回了日本兵的营房。

不大工夫，惠美子真的来了。惠美子早些年就跟爷爷到了中国，那是在东北，她的父亲川野到了献州之后，给她去信说百草山多么多么好，她就坐火车来了。

惠美子到了娘娘庙，烧了香，许了愿，跪下就磕头，动作很麻利。惠美子拜完神，出了娘娘庙。贺金柱和魏猛子在旁边故意大声喊："谁买兔子，纯黑色的毛儿，真好看呀，快来买呀！"惠美子高兴得迎上去，叫了一声："兔子？让我看看。"贺金柱和魏猛子把兔子提出来让她看，惠美子提着兔子耳朵在空中举了举，又叫了一声："哇！好美呀，简直太可爱了，我从来没见过这么漂亮的兔子。"贺金柱故意凑到她耳朵跟前小声说："你想要吗？"惠美子点点头。贺金柱说："那你跟我们走，我们就把兔子送给你。"惠美子瞪着大眼睛不解地问："为什么要跟你们走？"魏猛子接过来说："我们家里有更好看的，你过去挑挑。"惠美子拍了一下巴掌："太好了，你们太好了！"贺金柱心里骂一句："就是太好了，才让你们小日本儿欺负。小王八羔子，待会儿看老子怎么欺负你！"

贺金柱和魏猛子带着惠美子下了山，惠美子一点儿防备也没有，脸上还荡漾着甜美的笑容。因为年龄都差不多，她一点儿也不局促，一路上还拉着他们的手。路上，他们碰上了七里冢的熟人。有人喊他们："你们活到头儿啦，敢拉日本闺女的手？"他们像没听见一样，只管往山下跑。下了山，他们没走大道，直接进了高粱地。他俩一前一后，把惠美子夹在中间，他们跑得飞快。高粱叶子把他们的大腿划破了，但谁也顾不上疼不疼，痒不痒，只是豁出命地跑。开始惠美子觉得很好玩儿，很刺激。当他们跑到了高粱地的最深处，看不见百草山了，听不见人说话了，四周都是高粱，分不清东南西北了，特别是看到他们把兔子都扔了的时候，惠美子这才害怕了。她瞪着惊慌的眼睛喘着粗气问他们："你们要干什么，为什么要到这里来？"

贺金柱和魏猛子死死地抓着惠美子的手不放，在一片没有高粱的地方坐了下来，他们也累坏了，喘着粗气，说不上话来。

惠美子感到情况不妙："你们到底要干什么？你们为什么不讲信用？"

贺金柱把气喘匀之后，脸一下子沉了下来："你们他妈小日本儿讲信用？你爹到我们村里去说，你们到中国来是为了帮助我们，可你爹却把我姐给缺德了。"

惠美子很害怕地问道："什么叫缺德了，我不懂。"

魏猛子一把拽住了惠美子的上衣："不懂，来我教你。"说着，就去脱她的衣服，惠美子紧紧地拽着自己的衣服战战兢兢地说："不行，不行。我还是个中学生，你们放了我吧。"

贺金柱上去用毛巾堵住了她的嘴："可你爹却没放过我姐和小满，我要为她们报仇！"他一用力把惠美子的上衣撕破了，又是一把，惠美子的乳罩被扯下来了。惠美子两个雪白的小乳房像两只兔子一样蹦了出来，两个乳头像两只红樱桃似的跳跃着。他俩谁也没见过这两个又白又细又鼓馒头状的东西，看见之后都吓坏了，吓傻了。他们的手都哆嗦起来，浑身都哆嗦起来。他们把脸扭到了一边，互相看了看，谁也说不出话来。这怎么缺德呢？这怎么报仇呢？他俩不约而同地把脸转过来，看了看惠美子那两个陌生而鲜亮的东西，然后撒腿就跑。跑了两步，他们又停下了。贺金柱说："不能便宜了这个日本丫头片子。不然，对不起我姐。"他们又回来了，这会儿，惠美子已穿好了衣服正准备逃走。魏猛子上去摁住她，并把一条毛巾塞进她的嘴里。贺金柱忽然像想起了什么，从口袋里掏出了几棵已经发蔫的牦牛草，草茎上的汁液是有毒的。他用小刀把草切断，草茎上立马出现了黄色的汁液。他在惠美子的脸上乱抹一气，不一会儿，惠美子的脸就出现了一道道红色的印痕，那印痕渐渐扩张，紧接着整个脸都肿起来了。惠美子像被蝎子蜇了一样，叫又叫不出来，在地上乱滚。魏猛子说："别让她叫，咱给她来个老头看瓜！"他俩很麻利地给她解开了裤带，把她的脑袋塞进了裤裆，然后用腰带紧紧地勒上，惠美子成了个窝脖大烧鸡。这是贺金柱他们在百草山上经常一起玩儿的游戏。惠美子大概没享受过这种待遇，头在裆里直晃，因为嘴被堵着，喊又喊不出来，急得满地打滚。他俩在一边看着直笑。

笑过之后，贺金柱很不满足地看着乱蹬乱踹的惠美子，回过头来对魏猛子说："这样能给我姐报仇吗？"

魏猛子沉思了一下说："咱们还是把她缺德了吧。"说完，朝贺金柱使了个眼色，他们给惠美子解除了武装。惠美子满脸憋得通红，红得发紫，两只大眼睛惊恐万状地看着他们，眼角里有泪。贺金柱要把惠美子嘴里的毛巾拿掉，魏猛子不让。

"你能把她缺德了吗？"贺金柱问魏猛子。

"不行。"魏猛子背过脸去，在裤裆里抓了两下，说。

"我也不行。"贺金柱说。

两人你看看我，我看看你，都为难起来。

惊恐万状中的惠美子流着泪，向他们发出无声的乞求。两个人谁也没搭理她。

魏猛子想了想，说："没别的办法，还是给她来老头儿看瓜吧。不过，这回要让她吃点儿苦头儿。"

贺金柱想不出花样翻新的办法，也就点了点头。

两人很快按着老头儿看瓜的要领，又把惠美子武装起来了。惠美子钻到裤裆里乱拱乱动，嘴里发出一些难以发出的声音，像饿急了的猪乱拱地皮一样，闹腾得比第一次还欢。

两个男孩子很开心。刚才说过要让惠美子吃些苦头的魏猛子，开始用脚踹在地上乱拱的惠美子，惠美子的身体滚动起来。但那个地界儿很小，刚滚动起来，就让高粱给挡住了。贺金柱便过来帮忙一起踹地上的惠美子，力气一大，就把高粱给压倒了。他们便加大了力度，使惠美子的身体像碌碡一样滚动，那高粱便"咔嚓咔嚓"应声倒下。这动作很有刺激性，以前没这样玩儿过。魏猛子为自己的创意而得意，踹得很上瘾。两人合作得默契，眼看着一棵棵高粱脆生生地倒下，眼看着滚动中的惠美子挣扎的声音越来越脆弱。他俩就不住地笑。

滚动了好大一会儿，两人还没觉得累。但滚动中的惠美子，却老实了，一点儿动静也没有了，那白乎乎的身子似乎比刚才沉了许多。他们停止了滚动，魏猛子把惠美子身上的腰带解开，把她的脑袋从裤裆里扒拉出来。见惠美子的眼睛紧紧地闭着，满头大汗，头发精湿，脸色极其苍白，鼻子已经不会喘气了。

魏猛子吓傻了。贺金柱吓傻了。两人互相看看，都张着嘴，说不出话。

又愣了一会儿，两人互相使了个眼色，撒了丫子往回跑。跑了半天才敢回头，此时，已经看不见惠美子了，看见的只有那片血红血红的高粱地。

进了村，天已经黑彻底了。临分手的时候，贺金柱和魏猛子相互盯了对方一会儿，谁也没说话，神色中都是掩饰不住的激动。

吃晚饭的时候，贺老拴问贺金柱："一后晌到处找不着人，你到底哪儿去了？"

贺金柱说："我不是跟你说，逛庙会去了吗？"

贺老拴瞪了他一眼："谁家逛庙会逛到这时候，你别糊弄八顿不吃饭的啦。"

贺张氏看了贺老拴一眼，接过来说："孩子回来就行了呗，你还急赤白脸的干什么？"

二柱在一边说："这两天我哥到哪儿都不要我，老跟猛子哥在一块儿。"

贺金柱捅了二柱一下："睡觉去，没你的事儿。"

贺丫丫过来把二柱领走了。

贺老拴叹了口气，装了一袋旱烟，点着火，开始抽起来。抽了一阵，他吐着烟雾说："兵荒马乱的，你们尽量少出门儿，咱家再也不能出事儿了。"

贺张氏把炕铺好了，让大伙儿睡觉。

灯熄了，村里静了下来，院里静了下来，屋里静了下来。月亮挂在树梢上，树枝在风中摆动，树影在窗户上摇晃。贺金柱看着窗户上的树影，怎么也睡不着。他开始回忆报复惠美子的全过程，想着想着，心里就格外害怕起来。后来，他感觉很累，脚心里还有汗，再后来就睡着了。

不知什么时候，外面传来重重的敲门声，声音大得像擂鼓，最先听到的是贺老拴。他穿上衣服下了炕，把灯点着了，他一边往外走一边大声问："谁呀？"敲门的人说："是我，六指儿！"贺老拴走到当院又停下了："你这王八蛋，你害得我们家还不够呀？这么晚了，你来干什么？"

贺六指在门外喊："你快开门吧，我有急事儿。不得了啦，你家金柱惹祸啦！"

贺老拴听到这儿，赶紧把门打开了。一进院，贺六指就说："赶紧让金柱离开七里冢，他和猛子把川野的闺女给弄死了。天一亮，日本人就要包围咱们村，让他快点儿跑，跑得越远越好。"

贺老拴脑袋一下子大了："什么？金柱杀人了？"

贺六指急得要命："哎呀，你去问问金柱就知道了，快让他跑吧。我得赶紧回去了，如果太君发现我不在，那就糟了。"

贺老拴说："你的良心还没全喂了狗，还知道来报个信儿。"

贺六指说："什么也别说咧，再怎么着，我也是七里冢人。这，这人命关天哪。得了，你快让金柱跑吧。"说完，撒腿就跑了，跑了两步，回过头来又说，"让他们跑得越远越好，听见没？"

贺老拴回到屋里，这会儿，一家人都醒了。贺老拴问贺金柱："你跟猛子真的杀人啦？"

贺金柱说："没杀人呀，我们只是为我姐去报仇……"

贺老拴一下子蒙了："我的小祖宗呀，你们闯大祸啦！"

贺张氏急得满屋乱转："这可怎么办哪？他爹，你快拿主意呀。"

贺老拴对贺金柱说："你快去猛子家，叫上他，一块儿跑，跑得越远越好。"

贺金柱穿好衣服就要往外跑，贺张氏拦住他："让孩子往哪儿跑呀？给他带点儿盘缠，带上过冬的衣裳吧。"

贺老拴着急地说："你别婆婆妈妈的啦，快让孩子跑吧。天一亮就没命啦。"

贺金柱没顾上看爹娘一眼，慌慌张张地跑出了家门。

贺老拴跟着出了门，他不是送贺金柱，而是去魏厚墩家研究对策。他知道跑了和尚跑不了庙，川野不会轻易放过他们一家的。他甚至预料到，金柱和猛子可能会给七里冢带来灭顶之灾。

魏厚墩听了情况，心里有些慌张。但想到自己毕竟是一村之长，七里冢八九百条性命都担在自己身上。他镇静了下来，对贺老拴说，现在要跑的不仅是金柱和猛子，村里的青壮年人都要跑。川野要清算的绝不是杀害惠美子的一两个凶手，而是七里冢全村的人。

贺老拴说："那我这就去筛锣。"

魏厚墩说："绝对不能筛锣，七里冢离百草山才一里多地，动静太大，会让山上的敌人发现。我们挨家挨户地去叫，快，越快越好！"

贺老拴往天上看了看，月亮已经偏西，离天亮没几个时辰了。他镇静了一下，敲开了贺秀才家的门。

第三章

　　村里一阵阵激烈的狗叫，夜深人静，听起来格外清脆。

　　贺金柱和魏猛子刚跑到村口，突然听到背后有人喊："金柱，站住！"

　　他们当时没敢停下来，等后边的人再喊的时候，他们听清了是村里的大财主贺大发，这才收住了脚步。

　　贺大发气喘吁吁地追上他们，从口袋里掏出两个布包，塞到他们手里："拿着，路上用。快，快跑吧，跑得远远儿的。"

　　他们没敢看布包里是什么东西，也没来得及说句道谢的话，转过身去接着跑。

　　贺金柱和魏猛子跑到献州，天已大亮。他们身上的衣服都让汗水浸透了，找了个地方歇了歇，准备进城。他们知道，进了城也没什么投靠，更没地方落脚，只是瞎碰。因为，离家的时候，大人让他们跑得越远越好，但并没给他们指明方向。出了村，他们也没商量，头也不回地往献州方向跑。他们知道自己闯了大祸，心里都慌张得要命。跑了一路，头也不敢回，话也不敢说。像日本兵就在屁股后面追一样。

　　歇了一会儿，气基本喘匀了，身上的汗也渐渐收了，或者挥发了，他们觉得通身轻松了些。两个人不约而同地拿出了贺大发送的布包，打开一看，每个人两块现大洋。两个人的脸上同时放出光芒，喜形于色。这么值钱的东西，在七里冢，只有贺大发家趁。贺金柱给贺大发家看过菜园子，抓过偷菜的穷孩子和弱寡妇。贺大发很喜欢贺金柱，常让他往家里拿些菜，有好吃好喝的，也先周济他。魏猛子对贺大发一直怀有阶级仇恨，认为他们家的暴富是靠剥削穷人来的，每次走到贺大发的大宅门前，他都要愤愤地吐口唾沫。现在同样得了贺大发的周济，他认为是沾了贺金柱的光。尽管是这样，他还是把两块现大洋小心翼翼地装进了口袋。

他们站起来开始往城里走，走到城门不远，却见门口站着几个端着枪上着刺刀的日本兵，对进城和出城的人一个一个地盘查，并要良民证。一看这阵势，他们不敢往前走了，被盘查出来等于自投罗网。他们感到不仅不能进城，而且这里也不能久留，说不定城里戒严就与他们闯下的祸有关。两人合计了一下，决定奔沧州，沧州有火车站，可以扒上火车往南或者往北。

献州离沧州有 100 多里地，他们谁也没去过，只知道大概方向是往东。管它呢，走吧，走到哪儿算哪儿，反正现在不敢回了。走到哪儿，哪儿就是家。他们一路走，一路打听，基本上没走多少冤枉路。走到一个叫大楮村的地方，已经是响午了。他们觉得有些累，更重要的是有些饿，几乎走不动了。十五六岁的半大小伙子，正是装饭量的年纪，第一次走这么远的路，不饿是不可能的。他们商量了一下，决定要饭吃。别看打小受穷，两人谁也没要过饭，这嘴是不好张的，但逼到这份上，一点儿办法也没有。何况这次出门在外，不知去向，恐怕要做好长期要饭的思想准备。

魏猛子对贺金柱说："咱们分头去要，要饱了，在村口集合。"

贺金柱问："为什么不能在一起？"

魏猛子说："你见哪儿有要饭一块儿进一个门儿的？谁家有那么多东西给你吃？"

贺金柱想想也是，就和魏猛子分手了。

兵荒马乱的，饭不好要。这两年闹旱灾地里又歉收，谁家里也不富余。他们挨门挨户"爷爷奶奶，大伯大娘"地叫着，但还是空着手出来，出来应酬他们的主人大部分都说："家里好几天没揭锅了，另赶个门儿去吧。"要不着饭，又饿又急，贺金柱看到街上有卖烧饼的，摸了摸口袋里的现大洋，又放了进去。他认为这钱现在不能花，应该留到更困难的时候用。街上干他们这一行的很多。与他俩相比，那些人胳膊上多挎个篮子，手里多根棍子，身上比他们更脏一些。

转了半个村子，贺金柱只要着一块窝头，他三口两口就塞进嘴里了，一点儿也没解饿。后来是一位同行接济了他，那位同行是位老大娘，见他可怜，就把自己篮子里要来的东西给他吃了。他一点儿也没客气。

　　吃饱肚子之后，贺金柱正要去找魏猛子，迎面碰上一个跟他年龄差不多的同行。一见面就搂住了他的脖子，看样子是吃饱了，非要唱歌给他听：

> 一根棍，两个碗，
>
> 要饭得有二皮脸。
>
> 出门难，出门难，
>
> 出门的苦处说不完。
>
> 白天上街去讨要，
>
> 晚上睡觉住破庙。
>
> 要饭的人前小三辈儿，
>
> 叫人家打骂不吭气儿。
>
> 遇到善人赏一碗，
>
> 遇到恶人往外撵。
>
> 要是在家吃糠咽菜能糊口，
>
> 谁愿意拉着棍子满街走
>
> ……

　　贺金柱告别了唱歌的要饭花子，按计划与魏猛子会合。两人一见面就互相交流了要饭的经过。他们不约而同地把现大洋掏出来了，显然，谁也没舍得用。和贺金柱相比，魏猛子要幸运些，他跑到一个财主家，帮人家劈了两捆柴，人家管了他一顿饱饭。出门的时候，他还偷了人家两个馒头。那馒头刚出锅，揣在怀里烫得肉疼。他拿出来给了贺金柱，贺金柱一口气就把两个馒头塞进去了。

　　吃饱肚子以后，两人身上都有了些劲。打听了一下，这里离沧州还有 50 里地。太阳偏西了，他们抓紧时间赶路。

　　路上，贺金柱学那首《讨饭歌》给魏猛子听，学得不太全，但魏猛子还是不住地笑。这是两人出门以来第一次笑。

　　快进沧州的时候，他们找了个地方坐下来商量去向。他们已经感到远离了献州，远离了百草山，川野就是再神，也找不到他们了。松了口大气，他们才敢想象离开七里冢以后，村里会发生什么。川野找不到凶手，一定会对无辜百姓下手。他们听说过，川野曾在八里庄一次杀了好几十个人，那是因为八里庄的共产党破坏了他们的电话线。找不到共产党，他们就杀老百姓。不管男女老少，说杀就杀。现在他的宝贝闺女被弄死了，还不知怎么报复呢。想到这儿，贺金柱格外害怕起来，他想自己的爹娘，肯定让川野给杀了，死得一定很惨。他越想越害怕，怕得直往魏猛子身上扎。魏猛子比贺金柱大一岁，虽然也是孩子，但他像大哥哥一样把贺金柱搂在了怀里。既然一块儿出来逃难，命也就很自然地连在一起了。不管是生是死，是享福还是受罪。

魏猛子搂着贺金柱说："咱们去投八路军吧。他们是专门打鬼子的。"

贺金柱抬起头来问："八路军在哪儿呢？"

魏猛子摇摇头，说："我也不知道，我想会找到的。"

贺金柱自言自语地说："找到八路军就有饭吃了。"

天渐渐黑了下来，他们拉着手进了城。街上行人不多，饭铺、茶馆、客栈、商店都关了门，只有小摊点儿上还有人叫卖。对面走过来几个穿黄色军装的人，身上都挎着洋刀。他们一看是日本人，吓得赶紧躲进了小胡同，好像日本人是冲着他们来的。他们不敢在街上走，怕被日本人抓起来。他们沿着胡同走，打算去火车站，到那里再决定往哪儿跑。也不知穿了几条胡同，听到了火车的鸣笛声，他们兴奋了。出了胡同口，果然是火车站！一排人正等着进站上车，他们混了进去。到了进站口，检票员跟他们要票。他们没有，检票员很不友好地把他们拽了出来。在检票口愣了一会儿，听到火车的开动声，他们悻悻地离开了。

进不了站，上不了车，他们在车站旁边来回转悠。天黑透了，肚子又开始咕咕地叫。但他们先顾不上找吃的，要紧的是立马上火车离开沧州。正转悠，一个跟他们年龄差不多大，一副要饭花子打扮的男孩过来小声对他们说："你们是想扒火车吧？"

贺金柱问："你怎么知道？"

男孩说："我看你们没票让人家给逮出来，就知道了。"

魏猛子警惕地问："你是干什么的，为什么盯着我们？"

男孩很顽皮地晃了晃脑袋："这你就别问了，我只问你们想不想上火车，想上火车就跟我走。"

他们看了看那男孩，又互相交流了一下眼神，魏猛子说："走就走，你可别骗我们。"

男孩把手一扬:"走!"

他们跟着男孩出了站，顺着墙根儿往东走。天黑看不清路，他们只有摸着墙走。看样子这条路那男孩很熟，一路上走得飞快，他俩一溜小跑才跟上。没多大工夫，男孩停下了，他往四周看了看，然后蹲了下来。男孩很熟练地挪开了几块砖，围墙出现了一个不大不小的窟窿。男孩说:"快! 快钻进去，进去往左边跑就是车站。不管是客车还是货车，都停在那儿，到那儿就好混上车啦。"

他俩犹豫了一下，魏猛子先钻了进去，他回过头来拉贺金柱。等两个人都钻进去之后，那男孩又把窟窿堵上了。

他们拉着手按男孩说的方向跑，果然没跑多远，就看见有好几列火车停在那里。魏猛子朝四周看了看，见没有人注意他们，拉着贺金柱上了一列货车。他们找到中间的一节车厢，车厢被篷布盖着，还用绳子扎着，他们撩开篷布钻了进去。刚钻进去没多大会儿，车就开动了。

火车刚出站，就下起了小雨，好在有篷布，淋不着。因为有篷布的遮挡，车厢里很暖和。车上不知道装的什么东西，坐上去软乎乎的，再加上是第一次坐火车，两个人觉得很开心，也很惬意。唯一担心的是，不知道车是往哪儿开，究竟把他们拉到什么地方。后来想，去他妈的，拉到哪儿算哪儿，反正自己都不知道往哪儿去。

列车"哐当哐当"地往前运行，不知道往哪儿开，也不知道已经走了多远。贺金柱觉得闷得慌，想撩开篷布往外边看看，魏猛子不让。他说，这车上拉这么多东西，一定有人押车，一旦暴露了目标，那就完蛋了。再后来两个人都不说话了，大概到后半夜了，在家睡得正是香甜的时候，但两个人谁也睡不着。原因是饿，不是一般的饿。自中午吃那顿饱饭之后，到现在大概有十几个钟头了。又走了那么远的路，饿得心慌，坐不住，浑身发冷。魏猛子下意识地捏了捏坐在屁股底下的东西，觉得像些盒子，但不知道里边装的什么东西。拿出来看看，反正又没人看着。他拿出了一个盒子，盒子包装得很紧，他费了好大的劲才撕开。用手一摸，发现是一块一块的小东西，好像齿轮一样。他很兴奋地做出判断:是饼干。那东西他没吃过，可在百草山的庙会上见过。卖那东西和吃那东西的都是有钱人。他顺手往嘴里填了一块，又脆又甜又香，没错，是饼干! 他马上递给贺金柱一块:"给，饼干。"贺金柱吃完一块，一笑把吃在嘴里的饼干喷了出来。两人也顾不上说什么，三五块一起填进嘴里，像饿狼一样往死里吃。他们谁也没想到，黑灯瞎火的，不仅白坐了火车，还白吃了饼干，这该感谢谁呢？一阵死去活来的大吃，把所有的担心和恐惧都扔了，只有吃。直到吃得打饱嗝，直到吃得嗓子里发堵，直到吃得一块也咽不下去，这才罢休。后来，他们就睡了，睡前，他们把各个口袋里都装满了饼干。睡着了，两只手还在口袋上捂着。

不知什么时候，他们被一阵枪声惊醒。醒来之后，车已经停了，而雨还在下。车下围上来一批人，不住地朝车上打枪，车上的人也向下面打枪。听得出来，车上的人说日本话，车下的人说中国话，双方打得很激烈。除了有枪声，还有手榴弹的爆炸声，人的叫喊声。车上车下一片混乱。

"坏了，这是日本鬼子的火车。"贺金柱首先做出判断。

"哎呀！真是。"魏猛子说。

贺金柱一下子把篷布掀了："咱们赶快跑吧？"

魏猛子又把篷布盖上了，他说："咱不能下车，下车说不定会被打死。"

雨还在下，篷布被砸得"嘭嘭"直响，枪声又激烈地响了一阵，消停了。他们探出脑袋往下看看，发现有几个日本兵被押走了。车下有不少日本兵的尸体，什么样的姿势都有。其中一个没死，正"咿咿呀呀"地叫着，在地上打滚，但没人理他。地上，雨水和血水混在一起，泡着日本兵的尸体，散发着一股很冲的腥味。贺金柱往车下吐了一口唾沫："小日本儿，活该你娘的！"

魏猛子则学了一句日本话："小日本儿，撒油奈啦！"

贺金柱也学了一句："洒牛奶啦！"

两个人都笑了起来。

消停了没多长时间，一帮说中国话的军人上了车。又过了一会儿，车又开动了。

雨还在下，但好像小了一些，篷布上面的声音不那么大了。

"是不是八路军抢了小日本儿的火车？"贺金柱对魏猛子说。

"可能是。"魏猛子说，"这回我们好了，八路军直接把我们拉到他们的兵营里去了。"

两个人高兴地拍起手来。

贺金柱想拉屎，憋得实在受不了了，可他找不着地方。魏猛子左右看了看，说："来，我扶着你，你坐在车厢上朝外面拉。"

贺金柱等不及了，脱下裤子坐在了车厢上，两只手死死地抓着魏猛子的胳膊。外面的雨点不紧了，可是风很大，飕得屁股生疼。他很卖力气，可就是拉不下来，急得他头上直冒汗。昨天晚上大概是饼干吃得太多了，又没水喝，屎到了跟前，可就是不往下走。再加上没有在运行的物体上拉过屎，他一再努力，还是不行。他急哭了。

魏猛子对他说："别急，越急越拉不出来。你没听大人们常说嘛，拉屎攥拳头，暗里使劲儿。"

贺金柱真的攥起了拳头，经过一番努力，终于成功了。

火车经过很长时间的运行，喘了口大气，停了下来。车刚停稳，就听有人喊："下车，下车，快点儿！"

这是一个小镇，车站上已经站满了军人。

车上的军人下了车，集合站在一起。不一会儿，过来了一个穿黄色呢子大衣的人，看派头像个不小的官，也像川野一样戴着白手套。

从车上下来的一个歪戴帽子的军人向那个军官敬了个礼："报告旅长，你的情报非常准确。这辆车上装的都是小日本儿的给养，吃的穿的都有，都是日本货。足够咱们旅享受的。"

那旅长还了个军礼，往车上看了看，问："小日本儿呢？"

歪戴帽子的军人说："都被我们干掉了。"

旅长又问："我们死伤了几个弟兄？"

歪戴帽子的军人说："报告旅长，一个没死。伤了12个。"

旅长点点头："干得漂亮。"停了一下，说："妈的，老头子不把我们当人看，我们自己干，照样抗日救国，有吃有喝。准备卸车吧，午饭有酒有肉，我要好好犒赏你们。"

歪戴帽子的军人说："是，谢长官。"

车下军人叽里呱啦地上了车，他们有的还吹着口哨，看样子很得意。魏猛子和贺金柱还没来得及下车，车上的篷布就让人掀开了。上车的军人吓了一跳："哎！这节车厢里还有两个活的。"这一喊，又过来几个人，其中一个说话口音好像离献州不远："哎，还真是的，可惜是两个毛头小子，要是闺女正是好用的时候。"上车的人都哈哈大笑。

魏猛子和贺金柱下了车，他们正左右张望。那个歪戴帽子的军人走了过来，打量了他们一下，然后揪了一把他们的耳朵，问他们："你们在哪儿上的车？"

魏猛子说："沧州。"

"你们想去哪儿？"

"不知道。我们想投奔八路军，打日本儿。"

"打日本儿，这么点儿小毛芽子就打日本儿。告诉你，不光八路军打日本儿，老子也打。"

"你们是中央军吧？"

"嗬，小毛芽子，还挺孝顺的，知道叫老子中央军。不是想打日本儿吗，就跟着老子干吧，我把你们当干儿子。"

卸车的军人们都大笑起来。

歪戴帽子的军人对他们说："还愣着干什么，快卸车。"

魏猛子说："给我们点儿水喝吧，我们一路上都没喝水，快渴死啦。"

那个献州口音的人正好背着东西路过，接过来说："我这儿有茶水，壶嘴是肉的，别他妈给我咬了去。"

魏猛子瞪了他一眼，觉得这人太不正经，还中央军呢！

不一会儿，那个人回来了，手里提着一把茶壶，递给他们说："喝吧。我这人就这脾气，见了小孩儿就想逗逗，快乐快乐嘴，闲着也是闲着。"

魏猛子和贺金柱顾不上他说什么，抢着"咕咚咕咚"喝水，恨不得让一肚子的饼干立马稀释掉。那日本饼干虽然又脆又香又甜，但吃下去就胀肚，还不如家里的红高粱饼子好消化呢。

那人问贺金柱："你们老家是哪儿的人？"

"献州。"

"我操，撞在枪口上了。我也是献州人，今天你们俩跟我钻一个被窝儿吧。"那人说。

"我们叫你什么？"贺金柱问。

"我叫胡三其，就叫我胡三儿吧，别人都这么叫。"

正说着，歪戴帽子的军人过来对胡三说："这俩小子就交给你了，先让他们干活儿。好不容易拉来，千万别让他们跑了。"

胡三立正磕脚："是！交给我了，你就瞧好吧。"

午饭吃的不错，有菜有肉，还有酒，饭桌上猜拳行令，吵吵嚷嚷。有的人还扭着屁股乱蹦，还有的人摔酒瓶子。桌上地上，弄得一片狼藉。

尽管很乱，很不适应，魏猛子和贺金柱还是吃了个大饱二撑。

吃过饭，歪戴帽子的军人让他俩去换衣服。胡三领着他们去了，衣服又大又肥，穿在身上有些晃荡，很不得体。让他们最不舒服的是帽子上的帽徽，青天白日。穿这种军装的人，他们在百草山见过。

有一天夜里人们睡得正香，突然街上传来筛锣声："乡亲们，中央军来啦！快出来迎接呀！"

在这之前，七里冢从没来过军队，人们也没见过军人。听到喊声，大人们先起来了，开了门，朝街上看，一支队伍开进了村。最前头的骑着高头大马，后面是步兵，最后面的是炮兵，炮是用马拉的。队伍还算整齐，每个人帽子上的帽徽都是青天白日，肩上都扛着枪，腰里扎着武装带，但不算神气，还多多少少有点狼狈。

大人们出来了，孩子们也出来了。瞪着还没睡醒的眼睛，看着这群有些慌张的军人。

队伍中有人找村长，魏厚墩老早就迎了上去。一个军官模样的人让魏厚墩通知各家各户腾屋腾炕，杀猪宰羊，拿出好东西慰劳中央军。因为中央军打日本人有功，魏厚墩不敢怠慢，挨家挨户通知下去了。村里人都听说，日本人占领了北平，中国人要当亡国奴了，当然得感激抵挡日本人的中央军们，家家户户都行动起来了。七里冢人都不富裕，但屋炕还是有的，猪羊鸡犬还是有的，自己都舍不得吃。但慰问自己的军队，慰问跟日本人拼过刺刀的功臣们，谁都有这个觉悟，谁都心甘情愿。

家家户户都亮了灯，男男女女都忙了起来，但唯独贺瞎子无动于衷。他一袋接一袋地抽烟。抽得差不多了，他就去找中央军的军官，双手一抱问道："长官，我有件事儿闹不明白，想请教一下。"那军官一边吃肉一边说："问吧，还斯文什么？"

贺瞎子一本正经地道："敢问贵军这是到哪儿去？"

军官放下手里的鸡腿说："往南撤呀，怎么啦？"

贺瞎子说："这我就不明白了，既然日本人从北边打进来了，你们为什么扛着枪炮往南撤？"

军官又接着吃肉，很随便地说："这你别问我，我们军人以服从命令为天职。"

贺瞎子很不知趣："我说这话就有点儿不客气了。既然你们是逃跑，为什么还让老百姓杀猪宰羊慰劳你们？"

军官站起来了："怎么，刺儿头呀？告诉你，等日本人来了，你就知道了。杀人放火，强奸妇女，你照样也得慰问。不信，你等着，我们前脚走，日本人后脚就到。"

贺瞎子不紧不慢地接着说："那你们就待在七里冢别走了，日本人不就不敢来了吗？"

军官终于把鸡腿啃完了，把骨头往旁边一扔，瞪了贺瞎子一眼说："你别在这跟我犯贫，等日本人来了，你就知道什么滋味儿了。你走吧，老子要睡觉了。"

贺瞎子不但没走，而且嘴更硬了："老子？你是谁的老子？"

军官的脸发红了，气也粗了："是你老子！"

贺瞎子也不示弱："哎，瓮里有水，喝两口，把你那臭嘴涮涮。跟你说实话，除了我爹，还真没人敢在我面前称过老子。"

本来已经躺下准备睡觉的军官很有些气势地站了起来，嘴里不干不净地骂着："我今天他妈得罪谁了，碰上这么个主儿？怎么着，活他妈腻歪啦？"骂着，卷了卷袖子，伸出拳头很卖力气地朝贺瞎子打来。贺瞎子的小眼睛眨了一下，身子往前边一侧，然后轻松地伸出右手抓住了对方的拳头，使劲一捏，军官"哎呀"一声拳头松开了。贺瞎子又一使劲，军官跪在了地下，贺瞎子把手松开了。军官活动了一下被扭伤的手，从腰里掏出了手枪，对准了贺瞎子的脑袋："嗬，没想到你还有这么两下子。有种跟我这枪较较劲。妈了个巴子的！"

贺瞎子眨了眨眼说："中央军的枪对着老百姓，够有本事的。"

军官说："你别惹急了我，惹急了我，我这手指头就哆嗦。一哆嗦，子弹可就出去了。"

这工夫，魏厚墩进来了，一看这阵势吓坏了，上去抓住军官的手，说："长官，快把枪放下，那可不是闹着玩儿的。有不周不到的事儿，我给你赔不是不就行了吗？别动家伙呀。"

军官给台阶就下，骂了一声，把枪收起来了。

魏厚墩趁机把贺瞎子推了出去，然后接着给军官赔不是。

中央军在七里冢折腾了半宿，第二天不起床，在老百姓腾出的热炕头上睡大觉。村里的人走路都轻轻的，生怕惊了他们的好梦，不敢出去干活儿，还得等着伺候他们吃喝。快到晌午中央军们睡醒了，又要肉吃，要酒喝。直到把家家户户积攒的那点儿东西折腾净了，才集合队伍出发。那军官还让村民们站在大街上送。

村里人把中央军送出了村，都长长地松了口气。中央军们个个好胃口，才两三天的时间，就把七里冢人吃了个稀里哗啦。

胡三找了个没人的地方对魏猛子和贺金柱说："今天晚上你们赶紧跑吧，这不是正经抗日的队伍，经常到新四军的驻地骚扰，老百姓也恨我们。"

"新四军？"魏猛子不经意地问道。

胡三说："共产党领导的抗日队伍有两支，一支是太行山的八路军，另一支就是长江南北两岸的新四军，人家是正儿八经地抗日。我也是被他们抓到这支队伍上来的，老百姓都骂我们是遭殃军，兵都征不来。出来当兵这些年，我连家都不敢回。你们还小，千万别在这支队伍上待，别遭那骂名儿。"

贺金柱愣头青似的说："我一看就知道你们不是什么好人。"

胡三脸通红地说："就是，就是。"

魏猛子说："那咱们一块儿逃吧？"

胡三说："不行，我是不想逃了。"

贺金柱问："那我们怎么逃走呢？"

胡三说："我帮你们想办法。"

晚上，贺金柱和魏猛子睡得正香，被胡三推醒了。因为有思想准备，他俩没脱衣服睡觉。屋里很黑，胡三不让他们出声，拉着他们的手悄悄地出了屋。

天还是阴着的，没有星星，也没有月亮。不太大的风在刮着，树叶在风中瑟瑟抖动，抖动的声音很大，像有人在哭。

胡三手里拿着枪，这会儿该他站岗，把他们领到大门口，胡三小声对魏猛子说："大门口还有一道岗，他问你口令，你就说'吃饭'。他问你出去干什么，你就说流动哨。"

魏猛子点了点头。

胡三又对他们交代了一些事项，就回到了哨位上。

到了大门口，他们按胡三教的做了，果然很顺利地混过去了。出了大门，他们按照胡三说的方向一直往前走。胡三告诉他们，穿过两个村庄，过一条河，河对面有个村庄叫牛子山。新四军有一个团住在那里。

大大亮，他们找到了牛子山。进村之前，他们把身上的军装脱掉扔进了河里。当了一天一夜的中央军，从现在开始要与它彻底划清界限了。

第四章

　　有人恍恍惚惚地发现，百草山上，日军营房的灯光，几乎亮了一夜。

　　川野的大队人马在天亮之前包围了七里冢。

　　村里的青壮年男人基本上都转移了出去，剩下的大部分是老人、妇女和儿童。但有两个人死活不出村，一个是贺瞎子，他坐在炕上一动不动，也不说话，半眯着眼，像个神仙。魏厚墩说："瞎子，我求求你了，你虽然有武功，可并不是刀枪不入啊，你能挡住日本人的枪子儿吗？"他还是不说话，仍然坐在炕上装神仙。再就是贺秀才，他很不在乎地说："冤有头，债有主，我又没杀他闺女，川野能把我怎么样？"魏厚墩说："日本人可是杀人不眨眼。"贺秀才轻蔑地说："小日本儿，不就是倭寇吗？嘉靖年间能出个抗倭英雄戚继光，民国年间就不兴出个贺老万？"这两个都是壮年人，在七里冢也都是个人物。魏厚墩拿他们没办法，时间又来不及，只好不管了。在全村人中间，贺老拴一家自然是川野报复的重点。魏厚墩让他们一家提前转移，走得越远越好。贺老拴说："祸是我儿子惹的，我留下。"魏厚墩说："你快走吧，有什么事儿我顶着。"贺老拴回到家，却发现贺丫丫不在了，找遍全村都没有。再找下去，日本人就该进村了，他只好带着贺张氏和二柱转移。

　　川野把巴掌村据点的日本兵也搬来了，总共有200多人。完成了对七里冢的包围之后，他指挥日本兵们挨家挨户搜人，不管男女老少，统统上百草山。不去，死了死了的。大约有个把小时的工夫，七里冢留在家的人都上了百草山。老老少少，男男女女，有四五百人。

人们被集中在娘娘庙前的平台上，周围是端着刺刀的日本兵。日本兵们推推搡搡，嘴里哇啦哇啦地乱叫着，还时不时地用枪托打人。

川野站在人群前面，往日的微笑与斯文一扫而光，眼睛里像在冒火，两个腮帮子一动一动的，好像有特异功能。今天一身戎装，手里拿着日本大刀，腰里别着一支短枪，手上还是戴着雪白的手套。

站在川野旁边的是贺六指，后边还有两个挎枪的人。一个是日本军官，另一个是中国人，戴着日本军帽，穿着中国人的衣裳，鼻梁上还架着眼镜，大概是翻译官。

"魏厚墩站出来！"川野静了一会儿，大声喊道。

"魏厚墩站出来！"贺六指也跟着喊道。

魏厚墩从人群里走了出来，站在川野面前。

川野笑了一声，道："魏村长，户口册带来了吗？"

魏厚墩也笑了一下，道："没有，要不，我回去拿？"

川野的笑僵在了脸上，接着两道浓浓的眉毛纠集在一起，露出要吃人的凶相。他上去揪住了魏厚墩的脖领子："你说，村里的年轻人都到哪里去了？"

魏厚墩说："不知道。现在秋收忙完了，大概都进城做买卖去了吧？"

川野又使劲揪了他一下："你这个村长，狡猾狡猾的。我问你，你知道皇军为什么要把村里的人都召集到这里来吗？"

魏厚墩说："这，我哪儿知道呀？"

川野说："我女儿死在你们村人手里了。"

魏厚墩说："你有什么证据，证明你女儿是我们村里人杀的？"

川野说："有人看见那天庙会上，你们村的两个孩子跟我女儿在一起。"

魏厚墩问："谁？"

川野用手一指贺六指："他！"

全村人的眼睛都集中在贺六指身上。

贺六指捋了捋袖子，说："对，我是看见了。一个是贺老拴家的贺金柱，另一个我没看清。"

"贺老拴，贺金柱，站出来！"川野丢下魏厚墩朝人群喊道。

"贺老拴，贺金柱，站出来！"贺六指也跟着喊道。

人群里一片骚动，人们面面相觑。

川野朝贺六指使了个眼色，贺六指摸了摸腰里的枪，走进了人群。他那两只像绿豆蝇一样的眼睛在人群中逡巡着，落到谁的脸上，谁都掠过一阵惊慌和恶心。在外面看不清，他又深入里层，几乎把每张脸都审阅了一遍。最后向川野报告说："太君，我都看过了，贺老拴一家一个人也没有，统统地跑啦。"

人群里恢复了平静。

"谁说贺老拴家没人，我在呐。"谁也没承想，贺丫丫从人群里走了出来。人们又慌乱了。

贺丫丫挺着胸脯，迈着坚定的步子来到川野跟前，川野大概怎么也不会想到，十几天前被他强奸过的中国农家小姑娘会在众目睽睽之下，很动声色地向他走来。贺丫丫看着川野，一句话不说，甚至脸上还挂着一丝笑意，嘴角边的两个酒窝不深不浅地显现出来。她还在向川野逼近，川野没有退让，但也有些慌乱。久经沙场的他，不知道这个手无寸铁的小姑娘究竟要干什么。人群里静得很可怕，人们也不知道这个模样俊俏而又万分可怜的丫丫，面对她的仇人，究竟要干些什么。

贺丫丫在人们屏住呼吸的注视下，继续向川野逼近。快要贴近川野身体的时候，她仿佛还在笑着，酒窝还在显现着，她依然美丽着。就在那一刹那，她突然大叫一声："呀！"两只手以少女最快的速度伸进了川野的裤裆。她抓得准确无误，她死死地攥住了那个曾强行接触过她的东西。她咬紧了牙，使出了吃奶的力气，使劲地攥，使劲地拧，她的额头上渗出了汗。

川野丝毫没有这方面的防备，他像被捅了心脏的猪一样撕肝裂肺地号叫着，本能地去捂自己的裆部。大概是疼痛实在难忍，他使了好大的力气，竟掰不开那双少女的手，他的头上渗出大汗。与此同时，他的两个大眼珠子也快瞪出来了，模样相当难看。

川野身后的日本军官以最快的速度冲过来，一脚踢倒了贺丫丫。但贺丫丫的手依然没有松开，日本军官掏出了手枪，对准贺丫丫的脑袋连开两枪。她的脑浆和血一起喷了出来，但她的手依然抓着……

杀人啦！日本人杀人啦！寂静的人群一下子爆发起来。人们嚷着喊着，一起向前拥去。日本兵用枪拦着他们，用刺刀对准他们，他们还是往前拥。日本人的枪又响了，有朝天上打的，有朝人群打的。又有两个人扑倒在地。

人们不再往前拥了，人们又静了下来。

　　川野在地上滚了一阵，才站起来，他的脸色苍白如纸，虚汗淋淋。他不住地用手捂着裆部，看样子是伤了元气。当脸色有点原来模样的时候，他把日本大刀抽了出来，对准贺丫丫的尸体，高举着劈下去，不偏不倚，正好把贺丫丫的脑袋劈成两半，脑浆血浆喷出一条弧线，纷纷扬扬地落在地上。那把日本大刀沾满了血，川野用白手套擦了又擦，还是擦不净。川野像一头受了内伤的野驴，尥着蹶子咆哮起来："快把凶手交出来。不然，我把你们通通杀掉！"

　　人群像停尸房一样寂静。

　　一个人从人群中不紧不慢地走了出来。人们看出来了，这人是贺瞎子。

　　贺瞎子指着川野说："凶手还用找吗，七里冢人都看见了，你就是凶手。这不，你杀的人还在地上躺着呢。"

　　川野歪着头说："你是不是活得不耐烦了？"

　　贺瞎子眯了一下眼睛说："对，差不多吧。怎么样，大日本武士，你敢把你手里的刀和枪扔掉，跟我过两招儿吗？我可以告诉你，不管我输还是赢，比完了，你都可以杀死我。怎么样？对于你来说，这交易还算公平吧？"

　　川野说："大日本帝国，也有尚武精神。不过，我今天受伤了，跟我比，你等于乘人之危。来，我给你找个对手。"他朝身后的军官招了一下手。

　　日本军官扔掉了手里的刀，解下了怀里的枪，很潇洒地扔在了地上，很有些架势地热了热身，走到贺瞎子跟前，双手抱拳，然后成骑马蹲裆势，准备迎战。

　　贺瞎子也抱了一下拳，说了声："得罪了。"忽然像旋风似的来了个扫堂腿，日本军官往后一闪，躲过了贺瞎子的第一招儿。日本军官得意地笑了，他的笑刚有一点儿模样，贺瞎子突然腾空跃起，两个连环腿把日本军官的脑袋在空中夹住，随后转身落下，日本军官的脑袋经过 360 度的转动之后，以嘴啃泥的状态重重地落在了地上，立马血流满面，口吐白沫，腿蹬了两下，闭上了眼睛。贺瞎子一个鲤鱼打挺站起来，用脚踩在了日本军官的脸上。就在这时，他的背后插来了一把日本军刀，当那把大刀刚接近他的身体的时候，他快速转身，飞起一脚，大刀"当啷"一声掉在地上。紧接着，几个连环步走到刚才拿刀的那个日本军官面前，运足力气，连续几个八卦掌，猛地推过去。最后一掌，那个军官趔趄了几下，口吐鲜血扑倒在地。贺瞎子还没回过头来，枪响了，接着又是一枪。他回头看了一眼正在狞笑的川野，断断续续地说："好，好，老子赚了……"话没说完，就倒下了。

人们又开始骚动起来，开始往前拥。

川野命令娘娘庙上的机枪准备，人们这才发现有几挺机枪早就对准了他们。

魏厚墩跑到川野跟前说："不，不能啊！这些人都是无辜的，你们不能滥杀无辜呀！"

川野说："让他们往后退，再往前拥，一个也活不了。"

魏厚墩对着人群说："乡亲们，咱们赤手空拳，不是他们的对手。听我的话，保住性命要紧呀。乡亲们，我求求你们啦。"

魏厚墩继续大声说："乡亲们哪，留得青山在，不怕没柴烧。我们活下来要紧哪！"

人们不再往前拥，但个个怒目圆睁，孩子们在哭，老人们在骂。

川野拔出日本军刀，对准贺瞎子的脑袋就像切西瓜一样，把贺瞎子的脑袋切了下来。他让一个日本兵拿来一个盆，对准贺瞎子的脑袋从中间一劈两半，日本兵把盆递了过去。贺瞎子的脑浆白花花地流进了盆里。川野让贺六指去生火。火生着了，日本兵找了两块石头在火旁边竖了起来。川野把带脑浆的脸盆放在了石头顶上，贺六指不断地加柴。不一会儿，脑浆烧开了，一股说不出是什么样的味道飘了出来。

人们捂着鼻子，不敢闻那莫名其妙的味道。有的甚至把眼睛也捂上，不敢看那从来没看过，一看肯定头晕的东西。害怕的孩子们却不敢哭了，扑到大人怀里，咬着大人的奶头或者衣服。

日本兵拿来了几个碗，川野把每个碗里都倒上了冒热气的脑浆，他端起一碗给了贺六指："来，你先尝尝，这可是上等的补品。"

贺六指扭着头不敢接。

川野瞪了他一眼："你敢违抗皇军的命令？"

贺六指扭过头来，端住了碗，看着碗里的脑浆直冒汗。

川野说："喝呀！"

贺六指把嘴伸到了碗边，手哆嗦起来。

川野上去捏了一下贺六指的鼻子，把碗里的脑浆一点儿不剩地给他灌了下去。

贺六指"哇"的一声，把灌进去的汤汤水水都吐了出来。

日本兵们哈哈大笑。

人群中发出一阵阵的呕吐声。

川野笑过之后，问贺六指："怎么样，味道不错吧？"

贺六指猫着腰窝在地上吐，吐得后来都是绿沫了，才收住。

川野端着另一碗脑浆走到魏厚墩面前，说："你们中国人有句话，叫肥水不流外人田。这么好的东西，要让外村的人喝了，那有多可惜呀。我们大日本帝国更无缘享受这等殊荣啦。怎么样，你这当村长的就带个头吧？"

魏厚墩接了过来，鼻子凑过去闻了闻，咂了咂嘴，做出马上要喝的样子。

川野笑了一下说："看见没有，村长到底是心疼自己的村民，不忍心看着营养这么丰富的脑浆白白浪费掉，说喝就喝，痛快。"

魏厚墩一甩手，把脑浆泼了川野一脸。

川野用白手套把脸上的脑浆擦净，回手给了魏厚墩两巴掌，随后大喊一声："把他绑起来！"

魏厚墩被几个日本兵五花大绑了，他嘴里不住地大骂："川野，小日本儿，我操你八辈儿祖宗！我操你在日本闲着的寡妇媳妇儿！我操你没开苞儿的小妹子儿！我操你刚死了的小闺女儿！"

川野又回敬了魏厚墩两个狠狠的大嘴巴子。魏厚墩的嘴里、鼻子里都出了血，满脸成了一个血人。魏厚墩朝川野吐了一口血，接着不停地大骂。川野没理会魏厚墩，让一个日本兵端着剩下的脑浆走到人群跟前。川野从碗里舀了一勺子脑浆送到一个四五岁的男孩跟前说："小朋友，知道这是什么东西吗？"

男孩瞪着大眼睛不敢说话，头往妈妈怀里扎。

川野把男孩从妈妈怀里拽了出来，男孩没哭，把手含在嘴里不出来。川野把他的手从嘴里拿了出来，把一勺脑浆送到男孩跟前说："这是世界上最好吃的东西。吃了它，你就变得聪明了，将来就能够干大事业。"

男孩摇摇头，说了声："苦吧？"

川野笑了："不苦，不苦，我专门给你往里面加了糖。喝吧，小朋友。"

男孩真的喝了一口，咽了下去，脸上并没有痛苦的反应，接着又说了句："我还要喝。"

川野高兴了："这小朋友真乖。"便把一碗脑浆彻底地给小男孩灌了下去。

喝完脑浆的小男孩要回人群中去，川野把他抱了起来，问他："甜不甜？"

男孩说："甜。"

川野问："好喝不好喝？"

男孩说："好喝。"

川野说："好，皇军还有更好的东西给你吃。"

孩子的妈妈冲出了人群，拽住了川野的衣服："这是我的孩子，你们还给我！"

川野朝她狠狠地踹了一脚，孩子的妈妈倒在了地上，爬起来还要追，被一个日本兵拖住了。

川野把孩子交给了一个日本兵，对着人群大喊道："我再给你们最后5分钟的时间，赶快说出杀我女儿凶手的下落。不然，这就是你们的下场！"他用手指了一下躺在地上的几具尸体。

贺六指凑到魏厚墩跟前说："你快说出猛子和金柱藏在哪儿吧。不然，全村人都没命啦。"

魏厚墩没理贺六指，大声对川野说："川野王八蛋，你个没人性的东西！告诉你吧，你闺女是我杀的。跟你说实话，杀她之前，我还把她干了。干了就是操了，日了，你明白吧？你闺女也就十五六吧，真他妈嫩，那味道好极了。这回老子算是开了洋荤了。哈哈哈哈……"

人们听到魏厚墩的这番表白，都一下子愣住了。

川野说："你想替凶手抵命，这很容易。不过，我听说，杀我女儿的可是两个人。那么另一个人是谁呀？"

魏厚墩说："就你那十几岁的小闺女儿，我一个人就富富有余，是我一个人干的。要杀要剐，你不是人养的就动手吧。"

川野不理魏厚墩，继续对着人群说："时间不多了，我的忍耐可是有限的。还有谁想替凶手抵命赶紧站出来。不然，这里的人可都要遭殃啦。"

"我是第二个凶手，你们这帮倭寇！"贺秀才慢悠悠地走了出来。

川野笑了一下："吆西！原来是七里冢的大秀才，你既然能喊出倭寇这俩字，说明你的学问是大大的。可是，这么有学问的人怎么会杀人呢？"

贺秀才反问道："你怎么不问问，你女儿为什么被杀呢？"

川野一下子愣在那儿了。

贺秀才说："因为你糟蹋民女，禽兽不如！"

川野摸了摸刀刃，把话题岔开："你真要替一个小毛孩子慷慨赴死？"

贺秀才闭了一下眼睛，说："不是我要死，是你们要杀人。"

川野说："不过，我告诉你，你的命只是白送，是抵不了凶手的。"他回过头来对日本兵说，"把他绑了！"

川野拿着日本大刀在魏厚墩面前晃了一下，又向人群走去，他清了清嗓子说："好啦，我的忍耐终于到了极限，既然不供出凶手，那就别怪我不客气了。"他向身后的日本兵招了一下手，"按计划执行！"

围在四周的日本兵们开始实施他们的杀人计划，他们端着枪，连推带搡地把男人、女人、孩子分开，各站在一边，凡是想跑或者能跑的人都绑了起来。人群很乱，大人叫，孩子哭，日本人嚷，整个百草山都快被掀起来了。

娘娘庙上的机枪手伏在地上，进入准备射击的状态。

日本兵们开始向两侧疏散。

川野的手高举着，大概那戴着白手套的手一落下来，机枪就会集中扫射，地上就要尸横遍野，血流成河。

魏厚墩冲着川野大骂："川野，我操你亲爹，我杀了你闺女，你朝着你爹我开枪吧！"

贺秀才一边挣脱身上的绳索。一边骂："倭寇们，你们不能灭绝人性！你们不能滥杀无辜！你们不能丧尽天良！"

川野的手轻轻地落了下来，看来不是下达命令的手势。因为那动作很轻柔，减少了许多刽子手的意味和内涵。川野又在笑，笑着向刚才喝人脑浆的那个小孩走去，他又把那小孩抱了起来，好像还在那男孩的脸上亲了一下："多好的孩子，跟我的小儿子差不多大。"他又在男孩的脸上亲了一下："小朋友，你想上天堂吗？"男孩问："天堂是哪儿？"川野说："天堂就是天上呀，那儿美极了，有你享不完的福。"男孩说："想。"川野笑了笑说："好，我这就成全你。"他把孩子放下了，他一挥手，身后的两个日本兵过来了。

川野还在笑着，在人们面前徘徊着，他四周环顾了一下，说："在执行计划前，我要增加一个节目，这就好像你们中国变魔术。我让你们看看，这脑浆到了人肚子里面，会变成什么形状。这到底是物理现象，还是化学现象，只有看一看，才能找出答案。"

两个日本兵把男孩的衣服脱光了，男孩两只手抱在一起，说了声："冷。"

两个日本兵每人提着孩子的一条腿，孩子倒立的身子悬在空中，那个被冻得发紫的小鸡鸡像蚕蛹一样倒垂着。男孩没哭，也没叫。

人群中男孩的妈妈一切都明白了，她高叫着："你们放开我的孩子，他还不到 5 岁，你们放开他，你们！"她往前扑，一个日本兵对准她的脑袋就是一枪托。她惨叫一声，倒在地上，血喷了一地。

两个日本兵好像互相使了个眼色，同时大叫一声："呀！"人们都把眼睛闭上了，等睁开眼睛的时候，那男孩已被劈成两半。一个日本兵用刺刀把孩子的心脏挑了出来，那颗还不太大的心脏通红通红的，冒着热气，好像还在动。另一个日本兵把孩子肚子里的胃挑开了，他伸进手去，把还没来得及消化的脑浆捧了出来，脑浆顺着日本兵的手缝往外流，日本兵在哈哈大笑。

人们再也看不下去了，人们终于愤怒了，人们终于反抗了。

有的人抱住日本兵的腰在地上滚，有的人抱着日本兵的脑袋咬，有的人和日本兵来回撕扯。但他们毕竟都是老人、妇女，还有孩子。毕竟都手无寸铁，所有反抗的人都被捆绑了起来。

川野并不着急，不恼怒，也没下令开枪，他好像在坐山观虎斗，在享受着什么刺激。

川野命令把被捆绑的人押进山洞，先进去的是一些年轻妇女，川野向日本兵们招了一下手，一些日本兵心领神会地钻进了山洞。不一会儿，山洞里传来妇女们的惨叫声和怒骂声，还有日本兵的奸笑声。洞外面的人，马上明白了洞里发生了什么，人们在骂、在喊。

一些日本兵笑眯眯地提着裤子出来了。接着，被捆绑的老人、孩子，也被押进了山洞，最后一个被押进山洞的是魏厚墩。川野对他说："你这一村之长够有福分的，全村这么多人陪着你上天堂。"魏厚墩说："小日本儿，你们作孽多端，你们会遭报应的，你们都不得好死！"

川野狞笑着说："遭不遭报应，你就不要操心了。"

贺秀才走到山洞跟前，川野拦住了他："我查了一下献州志，大清国的第一才子，铁嘴铜牙的纪晓岚，就是献州人。这说明，献州这地方，真是人杰地灵呀。你满腹经纶，出口成章，是献州活着的纪晓岚，怎么能跟他们这些俗人同归于尽呢？再说，你们中国人很讲究丧葬礼仪，怎么也得有人料理后事呀。"

贺秀才吐了川野一口："倭寇！"

日本兵出来向川野报告说："洞里人满了。"川野转过身来看了看洞外面的人，不阴不阳地说："留下这些当看客吧，让他们看看大日本帝国的厉害。"

川野对一个日本军官说："磨蹭的时间不短了，也没什么新节目了，照计划执行吧。"

日本军官点了一下头："嘿！"

就在这时，忽听远处有人喊："枪下留人，枪下留人哪！"

人们顺着声音望去，是贺大发朝山上跑来。贺大发家大业大，在献州一带是首富，自然把命看得比什么都重要。贺六指敲了他家的门，把日本人要血洗七里冢的消息，告诉了他。情急之中，他没忘记给贺金柱和魏猛子两个闯了大祸的孩子送去现大洋。然后就带着家眷老小跑了。毕竟太慌张，在后院的四姨太，还有两个侄女，没来得及跑，一些家丁也没来得及跑。他知道日本人杀人不眨眼，枪子不认人。他还知道，川野喜欢中国的古董，在贺六指的带领下，没少到他家去搜刮。他背了一大袋子古董，想换回一些人命。

贺六指过来说："发爷，你，你为什么早不送来？"

贺大发没搭理贺六指，把满袋子古董放在川野面前，气喘吁吁地说："我把家里的古董都拿来了，你都拿去吧，你把人都放了吧。你也信神，你把这些老实巴交的老百姓放了，神会保佑你的。"

川野让人把口袋里的古董一件件地掏了出来，有金鼎，有银碗，有铜壶，有瓷瓶，有玉石，五颜六色，造型各异，古香古色。川野摸了一下下巴，笑了："吆西！太让我开眼了。可惜你送来得太晚了，我的女儿已经死在了他们手上。"

贺大发说："冤有头，债有主，你不能滥杀无辜呀？"

川野又摸了一下下巴："我也是在奉日本天皇的旨意，我们的平定北支那事业，希望能够得到中国人的理解。如果不理解，除了消灭，还是消灭。不过，你送来这么多古董，我不会让你白送。你的家人在里边的话，可以免他们一死。你听明白，我说的家人，是指你的太太和儿女，别人就不能享受这个待遇了。"

贺大发朝着地上的死尸看了一眼，说："你把人们都放了吧。就是村里人杀了你女儿，地上这几条人命，你也够本儿了。"

川野很不耐烦地说："你少废话，赶快点名。点着谁，谁就捡一条性命！"

贺六指对川野说："先把四奶奶放了吧，她，她还年轻呀。"贺六指一直把贺大发的四姨太，称为四奶奶。

川野笑了一下，说："放谁我不管，反正是一件东西一条命。"

贺六指对贺大发说："你快叫四奶奶出来吧。"

贺大发满脸焦急和忧虑，他不住地往山洞里张望，他嘴有些磕巴起来："这，这村里的人，都，都是良……良民哪。放了，放了他们吧。"

川野笑了一下，说："我没工夫跟你啰唆了。来，清点一下这些古董，一件换一个人。这也算个平等交易吧。"

川野点一件古董，就往日本兵面前竖一下食指，日本兵就从山洞里放一个人出来。数到第23的时候，贺大发还没见自己的四姨太出来，就朝着山洞里喊四姨太的名字。就在这个时候，川野不再数了，他朝日本军官使了个眼色，接着高高地扬起右手。

贺六指突然跪在了川野面前："太君，太君，先别开枪，四奶奶还没出来呀。"

川野朝贺六指踢了一脚，把手轻轻地放了下来。贺六指心领神会地爬起来，像只兔子一样向山洞里跑去，一边跑一边高喊着："四奶奶！四奶奶！"他钻进山洞，很快找到了四姨太，拉上她，疯了一样往外跑……

娘娘庙的几挺机枪一起对准了洞口，日本军官高喊一声："准备！射击！"几挺机枪同时咆哮起来，山洞里一片大喊大叫，不绝于耳。

机枪声停了，惨叫声停息了，百草山一片静穆。

一个日本兵端着枪要进去，川野拦住了他："火葬。"

日本兵搬来了准备好的柴草，又弄来了汽油，泼进了洞里，紧接着一股浓烟和一股从没闻过的焦煳味儿，从山洞里飘出来……

百草山被烧焦了。

日本兵站在洞口哈哈大笑。

尸体都被烧焦了，多数人分不清是谁，仔细看才分得清男女和老幼，一具具尸体从洞里拉出来了。他们身上还冒着烟，一拽就是一层烂皮，全身散发着一股焦煳的腥味儿。尸体被晾在山坡上，因为分不清谁是谁，只能在尸体上分别压上"男"、"女"、"幼"的字条。

尸体找齐了，连同在洞外面被杀的贺丫丫、贺瞎子、小男孩、小男孩的妈妈，还有被乱枪打死的几个人，一共337具，占七里冢全村人口三分之一还多。也就是说，七里冢每3个人中，就有1人被杀。贺家在七里冢是大户，337具尸体中，有201具是贺家的，几乎每家都能摊上一个，有的是两三个，甚至全家无一幸免。

人埋了，大部分没有棺材，有的用被子裹着，有的用炕席卷着，有的身上什么也没有。那天全村集体出的大殡，没有人哭，抬尸体的人累得也快走不动路了。

等人们回过神来的时候，才发现七里冢人少多了。就像做了一场噩梦，好端端的大活人，说没就没了，一辈了也见不着了。这是七里冢有史以来从没有过的灾难。

百草山上的草都踩乱了，不管是直着的，还是弯着的，上面都有血迹，或者灰尘。一些还算昂扬的草穗，在微风之中摇曳着，像在招魂。

人们还发现，娘娘庙里的仙气没有了。

年轻人说，不活了，跟小日本儿同归于尽。

老人说，活着的人都穿上孝衣孝裤，拿上烧纸上小日本兵营里去烧。

贺秀才劝人们冷静，眼下，最要紧的是活下来，七里冢再也不能死人了。

之后，老人和年轻人站在一起，唱起了那首《抗日歌》：

    房子烧啦，

    东西也没啦，

    我们的爹妈兄弟谁杀啦？

    我们的姐妹谁抢啦？

    日本鬼子，

    说打咱就打咱。

    牙还牙，锤碰锤，

    抗日到底不变卦。

    拼吧，拼吧！

    拼咱就拼它个落花流水；

    干吧，干吧！

    枪不怕，炮不怕！

    大刀阔斧往前杀

    ……

第五章

贺金柱接到了父亲的来信，知道了姐姐被杀的消息。魏猛子也接到了家里的来信，知道了父亲被杀经过，两人抱头痛哭了一场。这时，他们已经是新四军第二十八团一营二连的战士了，他们穿上了戴有"新四军"臂章的军装，腿上打着裹腿，手里有了枪，他们想回家报仇，亲手杀死川野。但部队管得严，一直找不到机会，他们找连长汇报了情况。连长说，当新四军是为了打败所有的日本帝国主义，解放全中国的人民，而不是为了报私仇。

连长还给他们讲了国际国内的形势，说希特勒在欧洲失败了，说美国轰炸了日本国土，说日本鬼子就像兔子的尾巴——长不了啦。连长比他们大个十来岁，看样子懂得很多。听了连长的话，他们心里亮堂些了。

部队每天训练，主要是射击和拼刺刀，打打杀杀的，有点像他们在百草山上"打土仗"，有的时候还参加学习，听连长、指导员上政治课，还学文化。他们在家都上过小学，在连队还不是文化最低的，还可以帮助别人，他们年龄偏小，处处受到老兵的呵护。总之，在部队很有意思，但他们还是盼着早点打仗，早点儿跟日本鬼子接上火。

没多久，他们参加了一次战斗，仗是在团部所在地牛子山打的。时间不长，规模不大，是晚上打的，到天亮才知道是跟胡三所在的国民党独立六旅打的。双方没多大伤亡，战斗就结束了。再后来又打过几次，还是跟他们，而且每次都是国民党打新四军，有事儿没事儿就过来骚扰几下。怪不得胡三说，他们的部队打外战外行，打内战内行。日本人就在离他们不远的县城，他们一枪不敢放，对同是中国人的新四军却说打就打，磨来擦去，这是怎么回事儿？

后来连长对他们说，在我们眼里，国民党分两大派。一是投降派，就是汪精卫的部队，他们完全投降了日本人，他的部队也就成了伪军；二是顽固派，他们也抗日，也打共产党，就像独立六旅这样的部队。所以日、伪、顽一定要分开，称谓不同，斗争策略也不同。

他们点了点头，不过心里还是有些不大明白：中国人怎么这么复杂？

有一天，贺金柱和魏猛子到集镇上化装执行任务，碰到了胡三。胡三那天也没穿军装，跟两个人在一家小酒馆里喝了一些酒，走路有点儿溜溜倒倒，说话也有点儿含含糊糊，走到他俩跟前，胡三把那两个人甩下了。胡三把他俩领到了一个背人的地方，小声说："你们回去传个信儿，我们旅明天又要向你们进攻了。这回可能要打大的，要把牛子山拿下来。"

贺金柱问："你们不去打日本人，为什么老打新四军？"

胡三说："这是上边儿的事儿，我哪儿知道呀？反正我到时候枪口抬高一寸就行了。"

魏猛子说："你也到新四军这边儿来吧？"

胡三说："我不，我受不了那管制。好了，你们回去赶紧把这个消息报告给你们的上级，不然要吃大亏的。"

那算一场大仗，但因为胡三提前报了信，二十八团在二十九团的配合下打了一个漂亮的伏击战，独立六旅吃了大亏。牛子山没有丢。

又过了一些日子，贺金柱正在团部门口站岗，有一个老乡打扮模样的人向他走来，走近一看，竟是胡三。他高兴地说："胡大哥，我们团长早就想见见你。要不是你上次给我们提前送了情报，牛子山早丢了。"

胡三说："不，我不见。"

贺金柱问："为什么？"

胡三说："那次战斗我也参加了，你没见。还挂了彩。"他抬起胳膊让贺金柱看，他的胳膊弯曲着，垂不下来，胳膊肘上有一大块伤疤。

"那你现在到哪儿去？"贺金柱问道。

"我利用站岗的机会偷着跑出来了，我要回老家，老娘快不行了。我过来看看你跟猛子有信儿捎没。"胡三说。

"猛子帮老乡收庄稼去了。你要有工夫去七里冢，就告诉我爹我娘，说我们很好。等把小日本儿赶走了，我们就回家看他们去。"贺金柱说着，眼里涌出泪花。

胡三说："你们在这儿好好干吧，我得走了。"他朝贺金柱招了招手，向镇上走了，那儿通火车。

贺金柱望着胡三的背影，心里酸酸的，好难受。同样是顽军，而胡三是正经的好人，有良心，也讲义气。这么好的人怎么会参加国民党呢？胡三一说回老家，他也想起了自己的爹娘。姐姐让小日本儿给杀了，爹娘会不会挺得住，会哭成什么样？二柱跟自己脾气一样偏，会不会也去找日本人报仇？村里死了那么多人，包括跟自己年龄相仿的伙伴们，都成了日本人的刀下鬼，村里人会不会恨自己？因为祸毕竟是自己闯的。小日本儿，太他妈没人性了。想到这儿，他感到心里窝火，因为参加新四军半年多的时间了，还没跟日本人打过仗，没完没了地跟顽军磨来擦去，这叫抗日吗？

跟顽军打得很没意思，也很没情绪，贺金柱和魏猛子都盼着跟日军早一天刀对刀枪对枪地大打一场，早一些为亲人报仇，哪怕死在战场上也值。

这天一大清早，团里就得到消息，刘集镇的日军要进攻牛子山。

驻守在刘集镇的是日军的一个大队，大队长叫太平一郎。大队下辖三个中队，有好几百人。据说，二十八团曾跟太平大队小规模地交过手，每次也就是打死一些伪军，消灭不了几个日军。日军装备好，想成建制地消灭他们，不大容易。

眼下这仗更不好打，牛子山就二十八团一营和团部坚守，二营、三营都去增援10公里以外的二十九团了。一个营显然抵挡不了敌人一个大队的进攻，况且武器装备也很悬殊。在家的团首长很焦急，及时召开了连以上干部会议，研究对策，最后决定一方面请求上级支援，一方面组织村里的民兵，拿起土枪猎枪，大刀棍棒，加入战斗，这样加起来，能有一千来人。在家主持工作的参谋长说，只要把敌人拖到天黑，就有办法。日军怕夜战。

连长和指导员回到连里后，在全连大会上做了动员，说这是一场大仗，一场恶仗。并说我们一营是这次战斗的主力，关系到整个战斗的成败。每个人都要发扬不怕牺牲的精神，誓死守住阵地，守住牛子山。牛子山是苏北地区的战略要地，无论如何也不能丢掉。

团里的战斗部署是：二营、三营在家的留守人员带100多个民兵埋伏在村口桥头的土堆两侧，埋好地雷，阻止日军过桥。一营带民兵主力在村口构筑简易工事，坚守牛子山。另派骑兵上报情况，请求火速增援。

第二天上午9点来钟，日军果然出现了，快到桥头的时候，部队停了下来。太平一郎好像讲了些什么，不一会儿，部队迅速按战斗队形展开。看得出，这是一支训练有素的部队，看样子是怕遭埋伏，过桥的时候，队伍成单列，而且每个人都间隔一两米的距离，速度也不快。几十个人过桥之后，发现没什么情况，太平一郎才命令部队火速前进。就在这个时候，地雷响了，枪声响了，喊杀声响了，日军倒下了一片。

太平一郎从车上下来，拿望远镜朝桥头望了望，说了声："果然有埋伏，但也是虚张声势，因为你的主力不在牛子山。"他命令几十挺重机枪一齐朝桥头扫射，坚守桥头的部队伤亡很大，剩下的人迅速撤回了牛子山。

炮火停息了，枪声停息了。太平一郎又拿望远镜望了望，命令部队向牛子山开进。

快到村口，部队又停了下来。太平一郎还是拿望远镜朝村里望，望了一会儿，自言自语地说："新四军到底有多少人，怎么一夜之间修起了那么多工事？"他命令重机枪掩护，部队快速向牛子山推进。

日军进入射程之内，参谋长命令部队开枪射击。当时部队配备的都是"三八式"步枪，打一枪，拉一下枪栓，压一发子弹，每个连配一挺歪把子机枪。民兵们用的都是土枪猎枪，而日军有的是轻机枪、重机枪，每个人手里都有步枪或冲锋枪，新四军压不住日军的火力。

贺金柱和魏猛子参加这么大规模的战斗还是第一次，都有点激动，甚至慌张。贺金柱打了几枪没打死一个日军，急得直跺脚，他对连长说："连长，我的枪是不是有毛病？"连长说："你人有毛病，别着急，慢慢瞄，瞄准了再打。二十八团穷，没那么多子弹让你浪费。"连长正说着，他又扣动了扳机，一个日军倒下了。贺金柱叫了起来："好！打死啦！"魏猛子说："别喊了，打你的。"贺金柱分明看见，被他打倒的那个日军又爬了起来。他又打了一枪，没打着。那日军很会利用地形地物，一个战术动作滚进了一个洼坑里，再也看不见了。

贺金柱很后悔，因为他见那个日军长得像川野，也就是那个"缺德"并杀了他姐姐贺丫丫的那个川野。如果打死了那个日军，也就等于给姐姐报仇了。他这样认为。

　　魏猛子今天打得很痛快，他每撂倒一个敌人，连长就喊一声："好样的，对，就这么干！"但打死的都是伪军。日军很狡猾，进攻的时候总是把伪军放在前头，让他们当替死鬼。

　　民兵们虽然大部分用的都是猎枪和土枪，但由于他们经常打猎，个个练就了一手好枪法。再加上他们对日军经常进村骚扰有一股子恨劲，就都打得很凶，命中率也很高。

　　日军武器先进，但却没有地形地物做依托，完全暴露在新四军面前，不但推进的速度很慢，而且伤亡也很大。

　　新四军虽然装备土了点，但突击挖了一天的掩体、堑壕帮助了他们。所以，战斗持续了几个小时伤亡不大。

　　日军几次组织的冲锋都被打退，太平一郎开始收缩部队，他后悔没把火炮带来。如果有火炮，早把新四军的工事轰烂了。他命令部队继续收缩，到了桥头边才停下来。他拿着望远镜继续瞭望，他希望新四军能跳出工事追出来跟他们拼杀。但等了半个多钟头，他希望的一幕也没有出现。新四军在工事里一动不动，既没追出来，也没撤退。

　　太平一郎很扫兴，同时也觉得很没面子。到目前为止，他还不能判断新四军的主力是不是在牛子山，得到的情报是不是准确。如果不在，为什么会有那么强的火力？跟牛子山的新四军打了几年的交道，但到现在也摸不透他们的脾气。

　　太平一郎让部队就地休整，补充弹药给养，让他的士兵们把肚子填饱再组织进攻。

　　日军退却之后，阵地上恢复了平静，牛子山恢复了平静，但没有人从工事里爬出来。

　　参谋长也用望远镜在瞭望，但他不说话。

　　贺金柱问连长："连长，这仗是不是不打了？"

　　连长说："还得打，日军还没撤。"

　　贺金柱说："连长，我饿了。"

　　魏猛子说："就你饿！"

　　连长在身上找了半天，没找到吃的东西。部队从早晨进入阵地，现在晌午早过了，没吃上东西，更没喝上水，打起仗来，顾不上这些，仗一停，也渴了，也饿了。因为兵力紧张，每个连队的炊事员都在堑壕里参加战斗，没有人做饭，更没有人送饭。但没接到命令，再饿也得在工事里忍着。

贺金柱心里说："新四军这纪律忒严，不打仗了，怎么还不管饭。"

战士们都饿得难受，渴得要命，但都不说话，趴在工事里不动弹，有的嘴里胡乱嚼着什么东西。

贺金柱心里说："这会儿日军来了，我可打不动了。"

过了一会儿，突然有人喊了一声："老乡们送饭来了！"

战士们一看，果真是老乡们送饭来了。有的挑着担子，有的挎着篮子，有的背着篓子，有的干脆就用碗端着来了。送来的有包子、馒头、大饼，还有年糕什么的，反正都是好吃的。战士们谁也不客气，接过来就吃，吃相很难看。

贺金柱一把抓起四个包子，他刚填进嘴里一个，枪响了，日军冲上来了。参谋长命令老乡们赶快撤离，又命令部队准备战斗。

贺金柱把包子装进了口袋，赶紧腾出手来往枪里压子弹。日军上来了，还是重机枪在前，攻势很猛。参谋长命令扔手榴弹，贺金柱顺手甩出了一枚，因为用力过猛，把口袋里的包子给带了出去，他爬出去捡了回来，并把包子送进嘴里。尽管动作很麻利，还是让连长给踹了一脚。同时，他身边也招来了几发密集的子弹，有一发是从他耳朵边上擦过去的。那一刹那，他感到完蛋了，肯定要死了。但过了一会儿，什么感觉也没有，他又接着往枪里压子弹。

打得正凶，连长接到参谋长的命令，派两名机灵的战士，顺着堑壕绕到村后，接应增援部队。连长把这个任务交给了贺金柱和魏猛子，因为他们两个子小，不容易暴露目标。他俩顺着堑壕出了村。

战斗有些吃紧。

手榴弹投光了，子弹也打得差不多了，不时有伤员从堑壕里背出去。这仗打得时间太长了，人没来得及吃饭倒不大要紧，要紧的是子弹供应不上，不是供应不上，是家底都用得差不多了。团里家底薄，打不起消耗战。

参谋长传达命令，节约子弹，准备上刺刀，跟敌人展开肉搏战。

太平一郎见新四军的枪声渐疏，火力渐弱，脸上显得很得意。

新一轮的进攻又开始了。

贺金柱和魏猛子跑到村外，没见到增援部队。他俩顺着大路一直往北走，走到山根儿底下，迎面碰上了送信的两个骑兵。他们问援兵搬来没有？骑兵说：

那边打得也很猛，增援部队一时撤不出来，加上路又不好走，最快也得后半夜到。他俩傻了，这怎么办呢？如果援兵不到，这仗就打不下去了。

几个人急得乱转。这工夫，贺金柱见不远的地方，有几个骑马的猎人在向这边走来，等走近了，他的主意也来了："有了，咱们诈小日本儿一下。"他把自己的想法跟魏猛子说了。魏猛子觉得事到如今，也只有试试看。

他们和老乡商量，借他们的人和马用一下，每匹马后面都拴上了树枝子拖在地上。虽然只有9匹马，但跑起来，带着一股强大的尘烟，尘烟把他们和马淹没了，看不清有多少人，多少匹马。快进村的时候，他们加快了速度，并高喊着"冲呀！杀呀！捉活的！"向阵地上冲去。

这一招儿虽然不十分高明，还带点儿孩子玩游戏的性质，但却很灵。日军以为新四军的援军已到，再加上天快黑了，夜战对他们不利。太平一郎鸣金收兵。

天黑了，阵地上真正地平静了。

连长知道这兵不厌诈的主意是贺金柱出的，把他抱了起来。战友们把他往空中抛，他只顾笑。

参谋长来到二连，说要见一见贺金柱和魏猛子，也把贺金柱抱了起来，并问他："这主意你是怎么想起来的？"

贺金柱说："我们在老家的百草山上玩过这种游戏，不过骑的不是马，而是毛驴儿。"

参谋长高兴地说："你这游戏可是给我这当参谋长的解了围了，9匹马吓跑了日军一个大队。要没这一招儿，这仗还不知道打得多惨呢。好，我要为你请功。"

过后，贺金柱立了四等功，魏猛子得了个嘉奖。那时候，他们刚参加新四军不到半年，荣誉不算太高，但他们俩却在二十八团出了名。尤其"9匹马吓跑日军一个大队"的故事，全团人几乎都知道。

第六章

日本人投降了。

七里冢人是在那天夜里得到消息的。

魏厚墩死后，贺老拴当了村长，那天夜里是他到大街上筛的锣，是他扯着大粗嗓门一声又一声地高喊："小日本儿投降啦！小日本儿完蛋啦！"他是全村第一个得到消息的。当天夜里，他去县里开会，会上传达了这个消息，当时就有好多人蹦起来了。没散会，他就连夜赶回村，还没来得及跟家里人说，就忙着到大街上筛锣。

虽然是后半夜了，但家家户户都开了门，老老少少都从屋里拥到大街上，静静地听着这个让人不大相信的消息。听清楚了，听明白了，他们也跟着喊："小日本儿投降啦！小日本儿完蛋啦！"

深更半夜的，有人回家点灯笼，有人回家点火把，有人回家拿鞭炮。更多的人是回家拿洗脸盆，拿盖帘儿，拿铁锹，拿能亮光的东西，拿能出响动的东西，拿各种能拿得出来的东西。

七里冢开锅了。

七里冢人疯狂了。

人们举着灯笼火把，人们敲打着手里的家什，凡能出声音的人都在喊，在叫，在跳，在折腾。

一直折腾到天亮，人们才回家歇息。

吃了饭，人们又三三两两地向百草山走去。上午，八路军要在百草山举行日军受降仪式。到时候，巴掌据点的日本兵都要集中到百草山，乖乖地向八路军缴枪投降。今年收成不错，但村里人没一个下地的，地里的庄稼没人抢了，不急着收。不一会儿，巴掌村、八里庄、五里铺、三里河的人都来了，大老早就上山等着。工夫不大，百草山就站满了人。

一辆汽车开过来了，上面坐的是八路军的首长。那位首长提早下了车，然后向人们挥手，问乡亲们好，人们鼓掌。跟首长一起从车上下来的八路军，让人们把通道闪开，并提醒人们，等日军过来的时候，大家要控制情绪，不能有过激行为。并一再说，这是纪律，也是政策。

人们很听话，自觉闪开了一条长长的通道。

一支八路军的队伍走过来了，他们开始迅速分散开维持秩序，让人们向后撤，把通道扩大。

又过了一会儿，日本兵被八路军押着，走过来了。走在最前面的打着白旗，后面的一个个举着手，耷拉着脑袋，完全没有了以往的神气，都像死了亲爹一样。

虽然在这之前，八路军曾提醒大家要遵守纪律，人们也都进行了一些控制，但等那帮留着小黑胡子的日本兵被押过来的时候，人们还是骂开了：

"小日本儿，王八蛋，你们也有今天哪！"

"没人性的狗东西们，你们在中国缺德，缺了八年，这就是报应。你爹你娘，你姥姥你姨，都跟着遭报应！"

"你们把祖宗八辈儿的坏事儿都做下了，你们下辈子人也不得好死。"

"畜生们，杂种们，你们都回家扎干井去吧！"

"回去告诉你爹你娘，还有你们家那些还没断气儿的人，中国人不是那么好欺负的！"

"百草山上的冤魂会在你爹你娘你媳妇你妹子身上缠一辈子，缠得他们全去见阎王！"

"小日本儿，千刀万剐了你们也不解气。"

……

人们尽管开口大骂，但基本上还算理智，没有人有过激行为。

但当川野走来的时候，人们还是没法理智了，尽管他戴着个大口罩，还是被人们认出来了。不知谁喊了一声："他是川野，打王八操的！"话音刚落，一个石头块飞过来了。川野脑袋一偏，石头砸在了他肩膀上。

"打死他！"

"毁了他狗日的！"

"掐死他！"

"阉了他个杂种！"

人们混乱了，一起向川野冲去。冲在前头的人把他的口罩扯了下来，接着拳头巴掌雨点般落在了川野身上。川野用手捂着脑袋，很机械地防备着人们的攻击。就在这个时候，一个人勇猛地冲上去揪住川野的脖子，很利索地把川野摔在地上。人们看清了，那是二柱。二柱把一只大脚踩在川野的脸上，使着吃奶的劲蹂，就像当年贺丫丫死死地攥着川野的睾丸一样。人们围上去了，下手的下手，下脚的下脚。其中有几只脚一起踹向川野的裆部。川野在地上"呀呀"地叫着乱滚。

八路军连忙上去拽那些愤怒的人们，大声嚷着，让大家保持冷静。但没人听那一套，没人理那个茬儿。

几百个人围住了川野，前面的猛打猛踹，后面的嗷嗷叫着，不顾一切地往前拥。前面的人倒下了，一个个压在川野身上，也压在自己人身上。倒下的人们堆成了一个人垛，像百草山另起的一座小山峰。外围的人还在往里扔土坷垃，孩子们往里边扬土。那些土坷垃或者尘土都落在了自己人身上。

八路军急了，开始向天上鸣枪。枪响了几声，还是没人理。又一会儿，机枪响了，还有两枚手榴弹响了。人们这才不再拥了，不再打了，不再嚷了。趔趔趄趄地站起来，有的人站了几次，还是站不稳。八路军把人们扒拉开，去拽地上的川野。但地上躺着的那个人已经看不出是不是川野了，甚至看不出是不是人了。川野血肉模糊，耳朵被揪下来了，不知道散落在什么地方，眼睛被抠瞎了，牙齿基本上都被打掉了。胳膊大腿虽然还在身上长着，但都动弹不得了。整个身子，看上去就像一块肉饼。

川野完蛋了！人们仿佛一下子出了气，解了恨。百草山有那么一阵子彻底平静了，踏实了。

八路军把人们疏散开，押着惊魂未定的俘虏们向山顶上走去……

受降仪式结束了，八路军把俘虏们押走了，外村的人都走得差不多了。百草山上只剩下了七里冢人。人们经过了一场大喜大悲，折腾疲了、散了。大伙儿有一搭无一搭地坐在山坡上，直愣神。

贺秀才很斯文地骂了一句："多行不义必自毙！"

贺老拴拍拍屁股站起来说："咱们上坟去吧，把小日本儿完蛋的消息，告诉七里冢的冤魂们。"

贺老拴的建议得到了人们的积极响应，人们稀稀拉拉地离开了百草山。回到家，男人们去买烧纸，回来后在烧纸上扎钱眼。那天扎烧纸的工具格外抢手，简直轮不过来。女人们则开始做供品，包饺子，蒸馒头、花糕。有钱的人家到小铺里去买点心，孩子们则去买鞭炮。不是清明节，也不是七月十五鬼节，更不是年节。如果是节的话，就是日本鬼子投降节。要不是这个节，人们没这么破费。要不是日本人侵略中国，也没这个节，七里冢也死不了这么多人，埋不了这么多坟，更烧不了这么多纸。

这是一个哭节。

当鞭炮响过，当供品摆上，当烛香燃起，哭声便淹了坟场。有儿哭爹的，有闺女哭娘的，有孙子哭奶奶的，有爷爷哭孙女的，有媳妇哭丈夫的，有姐姐哭弟弟的。谁也不知道谁嘴里数叨的什么，谁也顾不上谁哭时是什么样的姿势。人们哭傻了，哭疯了，哭出人命来了。

死人的时候，人们没哭成这样，埋人的时候，人们没哭成这样。那时候像梦一样，刚刚还活蹦乱跳的人，说不定一会儿就会活过来。那时候，人们还没回过神儿来，有泪哭不出来。那时候，人们面对一具具没有人模样的尸体，不知道泪水还能不能表达心中的哀痛。

贺老拴呆呆地站在贺丫丫的坟前，没有哭。贺张氏已经哭成了泪人，他没劝。二柱给姐姐磕了四个响头，然后跪在娘的身边，给姐姐的坟头上烧纸。

不知过了多大会儿，魏淑兰过来了，她拉起贺张氏说："大娘，别哭啦，日本鬼子投降了。丫丫姐的血没白流，我爸他们的血没白流。我们替他们看到了这一天，我们应该高兴。"

魏淑兰打小就有点儿男孩子性格，基本上不会哭。百草山惨案发生后，她是第一个跑进村的。那一年，她刚刚 15 岁，还是一个小毛丫头。当时，山洞里还冒着烟，她冲进去拉出了第一具尸体。那具尸体虽然被烧得不好辨认，她还是判断出了是自己的亲爹魏厚墩。魏厚墩的尸体上还冒着烟，全身发烫，她扛起来就走。她对娘说："娘，你仔细看看，这是不是我爹？"魏柳氏昏过去了，醒过来后，趴在魏厚墩的尸体上，不住地捶打。那天村里的人死得太多了，几乎家家有份，开始谁也顾不上谁。魏厚墩死了，魏猛子跑了，等于这个家没有了男人。有男人的家，面对这场突如其来的灾难，都不知道该怎么办，何况魏家只剩下了孤女寡母。但15岁的魏淑兰那天表现得相当冷静，她和娘一起料理了爹的后事。后来，哥哥来信了，她在给魏猛子的回信中一再说，你放心，好好打鬼子，这个家，我撑得起来。给贺金柱的信也是她写的，说的都是硬邦邦的话。

魏淑兰一手搀着娘一手搀着贺张氏回了家，她看见，坟地里的人还在哭，还在坟头上折腾。

贺金柱和魏猛子都来信了，他们打日本鬼子立了功，后来都当了排长。魏淑兰把信读给娘听，娘问："排长是个什么官儿？"魏淑兰说："兵头将尾。"前方仗打得紧，他们轻易不来封信，这封信的内容当然是很让人提神的。贺老拴识字有限，二柱上过两年小学，念信吃力。贺家的信，当然也是魏淑兰读给他们全家听。贺家魏家出了七里冢第一代军官，而且是共产党的军官，打日本的军官，这在村里是一个很有分量的震惊。三年前，两个孩子连夜跑了，好几个月没音信，不知是死是活。现在不仅活着，而且活成了功臣，活成了军官。在七里冢人们心中，这就是壮举。

煤油灯闪着像绿豆粒一样的亮光，贺张氏在灯底下补衣裳，二柱躺在被窝里似睡非睡。

贺老拴坐在被窝里不住地抽烟，每股浓烟都冒着喜兴。他自言自语地说："日本鬼子投降了，往后没仗打了，也不知道，这俩孩子能不能回家来看看？"

贺张氏说："队伍上有纪律，哪能说回来就回来。"

贺老拴抽完旱烟站了起来，凑到贺张氏跟前说："我老早就有个想法，你让媒人给咱金柱提个亲吧。"

贺张氏停下手里的活儿，抬起头来问："谁家的闺女？"

贺老拴说："还有谁？淑兰呗。"

贺张氏点了点头："好闺女呀，跟咱金柱正好同岁。在家的时候，我看俩孩子就挺合得来。"

二柱从被窝里探出脑袋说："娘，那我以后见了淑兰姐，是不是就叫嫂子了？"

　　贺张氏说："别，忒早，还不知道你淑兰姐愿不愿意呢。"

　　自贺金柱和魏猛子出逃以后，贺、魏两家走得明显比以前亲近了。魏家没男人，当时魏淑兰还小，地里的力气活儿，还有家里的挑水、抹房、推磨、劈柴火，等等，都是贺老拴帮着干。后来，魏淑兰大些了，二柱也顶些事儿了，两家的活儿就一起干。比如挑水，两家就一副水筲，水筲在谁家，谁就把两家的水瓮一块儿挑满了。别的活儿也是一样，基本上分不出谁是谁家的。魏淑兰出落成大姑娘了，个头不矬，模样也不难看，又在村里当妇救会主任。走在街上挺招人，说媒的不少，她一个不应。媒人问她心里是不是有人了。她说，你管不着。贺张氏早就动过心思，也拿话套过魏淑兰。魏淑兰心眼儿多，反应快，嘴也好使，一次次都没套着实话。

　　这天晚上，为这事儿贺老拴两口子唠叨了大半夜，两人越说越兴奋，好像天一亮就有喜事一样。临睡觉的时候，贺张氏说："淑兰跟咱亲闺女差不多，我看，媒人也甭找了。明儿咱把她们娘儿俩叫过来吃顿饭，把话当面挑明了得了。"贺张氏还想说点什么，贺老拴早呼噜上了。

　　第二天，魏淑兰接到二柱的邀请，就很不客气地过来了。临出屋的时候，比魏淑兰小两岁的二柱突然冷不防地说了一句："淑兰姐，你不打扮打扮？"魏淑兰很警惕地说："到你们家去，打扮什么？哎，二柱，你怎么今天说这话？"二柱做了个鬼脸说："我说着玩儿呢，你别多心，我还跟你叫姐。"魏淑兰眨了眨眼睛，觉得二柱话里有话。

　　贺张氏把屋里拾掇得比以往要干净些，作为家庭主妇，她不算利索人。魏淑兰每回一进门，身也不站，又擦又扫，跟收拾自己家没什么两样。贺张氏拿魏淑兰当自家闺女看，光说待会儿我来吧，可也不真拦着，她知道拦也拦不住。

　　一进门，魏淑兰就觉得这个家有些反常，再加上二柱出门时那没头没脑的两句话，她隐约感到今天会发生什么。

　　这顿饭跟年饭差不多，白面掺山芋面的饺子，白菜馅儿，还切了些腊肉。等魏淑兰和魏柳氏过来的时候，面和好了，馅儿也早剁好了，光剩下包了。人多好干活儿，工夫不大，饺子就包好了。饺子上了桌，脸上一直挂着笑容的贺老拴独自喝了一盅。这瓶酒在家放了快三年了，平时一直舍不得喝，实在顶不住了，就拿筷子在酒瓶里蘸一蘸，嘴里"咝哈"一声，算是过瘾了。他今天着实喝了一大口，他喝得动静很大，近似夸张。一大口下去那盅酒就到底了，酒下去之后，脸就红起来。他还想倒一盅，但酒瓶倾斜到七八十度的时候，又停下了。他摇摇头轻轻地把瓶子盖拧上，很不情愿地把酒瓶子放在了窗台上。

抄起筷子要夹饺子的贺老拴像想起了什么，他不住地朝贺张氏使眼色。但贺张氏光照顾魏淑兰她们娘儿俩，没看见贺老拴的眼色。贺老拴把一个冒着热气吃卜去绝对停不下的饺子放进嘴里后，开始说话了："他婶子，淑兰，我喝了口酒，心里发热，嘴里也觉着痒，我可要说实话了啊。"

贺老拴的话更引起了魏淑兰的高度警惕，她马上断定下面的话一定与自己有关，这种感觉早就有了。她感到脸上有些发烧，心里也有些紧张。她停下了筷子，低下了头，她感到贺老拴在看她，二柱好像在向她做鬼脸。

贺老拴看了一眼魏淑兰，又看了一眼魏柳氏。看完，就说话了："淑兰，我跟你大娘早就动了这么个心思，咱往后成一家人行不行？"

魏柳氏脸也红了："他大伯，这话我不大明白，你就再敞开点儿说吧。"

贺张氏把话荏接过来了："话说到这儿，咱就把话挑明了吧。我们想把淑兰娶过来，给金柱做媳妇儿。"

贺老拴赶紧说："对，对，就是那么回事儿。"

魏淑兰慌张了一下，端着碗出去了。

魏柳氏脸不怎么红了："这事儿我没意见，我回去问问淑兰吧。"

贺老拴着急地说："淑兰就在这儿呢，干吗还要回家问？"

魏柳氏对着外屋说："淑兰，你进来！"

外面没动静，二柱觉得这时候他该出场了。他推着魏淑兰说："快进去吧，我等着叫嫂子哪。"

魏淑兰把大辫子甩到了胸前，低着头，羞红着脸，身子倚着门框，两只手来回摆弄着长长的辫梢。

魏柳氏说："刚才的话，你都听见了吧？当着你大伯大娘的面儿，你说个痛快话儿，愿不愿意？"

魏淑兰心跳得厉害，脸烧得像火炭，想抬起头，但觉得像是抬不起来，本来挺灵巧的一张嘴，却拙笨起来："俺不知道。俺……他愿意……俺就愿意。"

贺张氏接过来说："行了，有这句话就行了。"

二柱拽了一下魏淑兰的胳膊："那我能跟你叫嫂子了吧？"

魏淑兰打了他一下："去你的吧。"

　　贺老拴乐了："好，好。我今儿就让人写信给金柱。"

　　魏淑兰接着问了一句："他要是不同意呢？"

　　贺老拴说："他？他凭什么，你还不知道他那两下子？"

　　贺张氏抓着魏淑兰的手说："自个儿养的孩子自个儿知道，你别抬举他。金柱找了你这个媳妇儿，是他一辈子的福气。"

　　魏柳氏看了魏淑兰一眼说："闺女是娘贴身的小棉袄儿，心里有话不隔夜。说实话吧，这个心思，她早就有。"

　　魏淑兰朝魏柳氏挤了下眼睛："娘，你净瞎说。"

　　魏柳氏笑了起来："怎么，埋怨娘揭你底儿啦？"回过头来又对贺张氏说，"都说天上无云不下雨，地上无媒不成亲，咱得托个媒人不？"

　　还没等别人说话，二柱抢先表态了："我，我给他们俩当媒人。"

　　屋里人都笑了。

第七章

日本投降之后，顽军也不再挑衅。新四军第二十八团有半年多的时间没仗打，部队原地待命，大部分时间是训练和学习。对这样的生活，贺金柱和魏猛子都有些别扭。日本人回老家了，国民党也不打共产党了，天下太平了，我们这些当兵的还有什么用？当时，战士们也有些想法，打败了小日本儿就赶紧回老家。要不，就进城安家过舒服日子。

贺金柱和魏猛子也想打完了日本人就回家看看。离家三四年的时间了，不想家是假的，特别是两人是在那种情况下逃离的家。

贺金柱接到了家里的信，看完之后，脸红了。原来是家里撮合他和魏淑兰成亲，如果同意，就给魏淑兰写信。这个消息有些突然，一点儿准备也没有。连队里有些人家里有了未婚妻。没仗打的时候，说起来心里美滋滋的，但大部分都通不了信。因为那些未婚妻们不识字，所有的甜蜜都是回味出来的。每当人家回味甜蜜的时候，贺金柱也涌起一些滋味。但想想，自己还小，想这些太没出息。再说天天打仗，脑袋像掖在裤裆里一样，这小命还不知道怎么着呢。看完这封信，18岁的贺金柱脑子里乱了套，想静下心来回忆点儿什么，但心就是静不下来。跟魏淑兰一起长大，一起上学，一起过家家，一起赶庙会，在百草山上"打仗"，玩得很投脾气，基本上没吵过嘴、打过架。在很小的时候，他们俩在一个被窝里睡过觉。他尿了炕，早晨起来就恶人先告状，说晚上睡觉快让大水冲跑了。他嘴馋，赶上魏淑兰家做好吃的就不走。那时候，魏淑兰家比贺金柱家日子好过一些，有时会蒸年糕吃，魏淑兰经常给他往外偷。上学的时候，魏淑兰在班里学习最好，在学校里学不会的功课，都是魏淑兰在家教他。教一会儿，两人就做游戏，有时是撞拐，有时是捉迷藏，有的时候就是瞎打。别看魏淑兰是个女孩子，打起来下手狠着呢，一点儿也不示弱。但那时候年龄都小，什么事儿也不懂。现在这么严肃而重大的问题摆在自己面前了，怎么办呢？他没了主意，他想让魏猛子给参谋参谋，尽管他是魏淑兰的亲哥。

魏猛子说他也接到了一封信，信里也提到这件事儿，他们俩把信交换着看了。魏猛子说："这是你跟我妹子之间的事儿，你们自己做主吧。但我感觉得出来，我妹子已经喜欢上你了。至于你喜欢不喜欢她，我就不知道了。"

贺金柱满脸通红，嘴也不大流利了："我，我也不知道。"

魏猛子问："你说实话，你到底喜不喜欢我妹子？"

贺金柱用手摸着脖子说："喜，喜欢呀。"

魏猛子说："喜欢你将来就娶她呗。"

贺金柱很天真地说："你比我大，可你还没有呢。"

魏猛子说："搞对象不能论资排辈儿，谁先找着算谁。"

贺金柱不好意思地问："如果我和淑兰结了婚，那么我该跟你叫什么？"

魏猛子说："笨蛋。叫大舅子呗。"

经过一大段时间的休整，部队又紧张起来，听说又要打仗了。日本人走了，这回是打国民党。接到上级命令，苏北的新四军要北上山东。

到了山东的第二天，一个操着四川口音的大首长到部队视察，听说这是新四军里很大的官。新四军刚组建的时候，他就是支队司令了。贺金柱和魏猛子参加新四军有几个年头了，见过最大的官是旅长，师长以上的基本上没见过。这么大的官更是第一次见，难免有些激动。

那位大首长很有派头，也很有风度，讲话的时候不是叉腰就是挥手，姿势很潇洒，说话还有点儿幽默。他说："同志们，你们辛苦喽！你们从苏北跑到山东，跑了很多路，是和敌人赛跑哟。有人说了，日本人投降了，我们应该过和平的日子，可老蒋不让我们过，他要下山摘桃子。没得办法，人家要打，我们只好奉陪到底喽。现在，你们已经跑到敌人前面来喽，这就是为了保卫胜利果实呀。你们在这里要创造战场，要开辟战场，保卫解放区，扩大解放区。你们肩上的担子，还很重哟。今后，路有你们跑的，仗也有你们打的。你们既然来到了山东，就准备陪老蒋在山东好好地打几仗，打几个胜仗！"

师长、团长们带头鼓起了掌，部队的掌声很热烈。

最后，那位大首长即兴作了一首诗："此山是我开，此树是我栽。有人要摘果，把枪缴下来！"

第一次听这么大官作报告，第一次听首长在报告中朗诵诗，战士们快把巴掌拍碎了。

听了大首长的报告，贺金柱和魏猛子很受鼓舞。憋了半年多，心里有些痒痒了，都想打仗了。还有，现在打到了山东，离献州很近了。说不定哪天就打回老家去了。

部队还在练兵，等着打仗，打大仗。然而，他们在山东待了一个多月，一次仗也没捞着打。又接到命令，南下苏中，但部队走到安徽就停下了。二十八团改变了隶属关系，参加淮南保卫战，打了几仗，又继续南下，在苏中战役中赶上了个尾巴。仗刚打完，部队没喘一口气，又兼程北上，参加涟水保卫战。紧接着一直往北打，又回到了山东。

没仗打闲得难受，而一旦打起来就忙得一塌糊涂。抗日战争中，二十八团的作战地域主要是在苏北，机动范围不是很大。而解放战争一开始，部队不是北上，就是南下，一边打一边走。不知不觉，在山东、安徽、江苏几个省的边沿上转了几个来回，名副其实的南征北战了。

日子过得很快，等部队再回到山东，已是快两年的时间过去了。这两年部队变化很大，一是新四军的番号取消了，改成了华东野战军。二是二十八团在战争中壮大了，在抗日战争中，主要是打游击，没什么大规模的战役。解放战争刚开始，虽然参加了一些大的战役，但都是打援，没打过攻坚。但宿北战役之后，部队能在独立方向上作战，攻坚能力增强了，而且还单独解放了一座县城。也就是在那次战役中，二十八团的声誉增高了。

这两年，贺金柱和魏猛子的变化也是相当大的，一是两人都提了职。涟水战役之后，贺金柱被任命为二十八团二连连长，魏猛子被任命为政治指导员。接到命令，他们首先感到的不是荣耀，而是难过，因为他们的职务是从烈士的遗体上捡过来的。那场战斗打得太残酷了，全连死伤了一多半人，连长为掩护贺金柱牺牲了。指导员在战斗即将结束的时候，被一颗流弹打死了，阵地上到处都是血，到处都是战友的尸体。战斗结束后，光掩埋战友的尸体就用了一个上午。打仗前还说说笑笑，年龄跟他们都差不多大的人，说死就死了，有的死得很惨。

部队北上山东之后，隶属山东兵团指挥，各连很快进行了兵员补充。山东人民参军热情很高，只用了两天的时间，部队就齐装满员，而且都是人高马大的小伙子。蒋介石搞重点进攻，把山东人民祸害得很苦。

部队又要打仗了，打仗前，要进行战斗动员，以鼓舞部队士气。以前是听连长、指导员作动员，现在贺金柱当了连长，魏猛子当了指导员，是连队的主官，战前动员轮到他们了。当官没有实习期，何况在战争年代，干部职务变化很快。你今天是连长，一仗打下来，说不定就是营长团长了。打仗是在战争中学，当官也是在战争中学。

贺金柱站在队伍面前说："同志们，我贺金柱跟你们没什么两样儿，都是贫苦出身。我和指导员是躲避日本人的追杀，星夜跑出来参加革命的。打仗就是你死我活。要说怕死，谁不怕死？可当你上了战场，你不打死敌人，敌人就打死你的时候，你就再也顾不上怕死了。记住，革命不怕死，怕死就不革命，咱二连不准出一个孬种！"

魏猛子的话更简练，第一次作动员，就很有政工干部的风采，他说："同志们，是英雄，是好汉，咱们战场上见！"

眼下进行的是鲁州战役。

鲁州地处交通要道，是齐鲁之咽喉，历来为兵家必争之地。

鲁州是一座古老的城府，砖砌的城墙高达 10 米以上，厚 5 至 6 米，城墙上可通过坦克、装甲车。城内守敌国民党第十二军在原有高大的城墙上，又构筑了以城墙为依托，以地堡群为骨干的防御体系。从城头到城脚形成三层火力网，城门、城角构成防御重点。环城是一条护城河，河宽 4 米。另外，敌人又挖了一条 8 至 10 米的壕沟，城周围布满了铁蒺藜，河与壕沟之间布设了铁丝网、电网、布雷场等障碍。城内有火车站、飞机场、兵营等。

鲁州守敌说："鲁州是铁打的。"

城西北角的碉堡上刻着五个大字：天下第一碉。

山东兵团的战略意图是围城打援，二十八团所在的第七纵队担任主攻。经过近 20 天的战斗，扫清了鲁州的外围之敌，连着解放了几座县城，部队控制了出城的咽喉要道西关。上级命令部队进行大规模的迫近作业，构筑各种对抗堡垒及火力阵地，在敌阵地前建立了连绵复杂、规模巨大的攻击阵地。二十八团的交通壕与敌人的壕沟挖通了。

迫近作业完毕，部队完成了对鲁州城的全面包围，攻城部队全部进入出击阵地。

总攻发起之前，团长来到二连的阵地上，对贺金柱说："这次参加鲁州战役的有四个纵队。你给我表个态，二连能不能把第一面红旗插到鲁州城墙上？"

贺金柱给团长敬了个礼："插不上去，你撤我职。"

团长拍了他一下，笑了："你才当几天连长，就想到了撤职。"

魏猛子接过来说："当几天也要撤，还有我。"

团长又过去拍了魏猛子一下："好，你们就算立下军令状了。这红旗要是插不上去，可别怪我翻脸不认人！"

团长分别握了握他俩的手，回指挥所了。

团长刚走，总攻的信号就打响了。先打响的是榴弹炮，接着是山炮、野炮、迫击炮，一起向老西门及其纵深射击。顷刻间，鲁州城头震耳欲聋，火光耀眼，浓烟蔽日，天摇地晃。这是二十八团第一次参加大兵团作战，战士们没听过这么密集的炮声，没见过这么壮观的场面，都忘了自己是在参加这场战斗。贺金柱带领战士们直喊："好！太棒啦！"可惜喊声被巨大的炮声淹没了。

炮声太响，贺金柱的耳朵听不到任何声音了。二十八团的战士们没听过这么响的炮声，耳朵也失灵了。贺金柱在喊什么，谁也听不到，连他自己也听不到，他只好张着大嘴向战士们示意。很快，人们领会了他的意图，个顶个儿都张开了大嘴，耳朵的功能慢慢恢复了。

山炮团的战士在步兵和迫击炮的掩护下，进行抵近射击，就像机枪一样直接瞄准了城墙上的射击孔。眼看着，敌人苦心经营的城楼、城垛往下坍塌。当"天下第一碉"几个大字也被炸塌时，交通壕里的战士们举着手跳了起来。

过瘾，过瘾，太过瘾了！贺金柱心里直叫。

经过近两个小时的炮火打击，老西门上部打开了一个1米多宽，3米多深的缺口。上级首长下达了登城的命令，作为二十八团的先行部队二连在贺金柱和魏猛子的带领下，跃出交通壕，向城墙冲去。

部队冲到护城河边，贺金柱命令架桥班按照平时演练的顺序迅速架桥。在炮火中，桥架起来了。但没想到的是，桥身短了一尺多，桥板只有半段露出水面。河中污泥深、桥腿短，桥身不稳。

贺金柱急得把帽子摘了攥在手里："怎么搞的？"

魏猛子说："赶紧想办法，耽搁了时间，第一面红旗就让人家插上去了。"

贺金柱把领扣解开了，他把手里的枪交给魏猛子，对架桥班的人喊了一声："跟我个头差不多的，给我下！"他纵身跳进了淤泥里，紧接着十几个战士也跳了进去。他们以身体做木桩，用肩膀扛住了木桥，木桥再也不晃了。贺金柱在连队算是个头高的，但淤泥还是漫到了他的嘴边，有一股臭烘烘味道的东西，在没任何防备的情况下漫进了嘴里、鼻子里，滋味很不好受。仔细咂摸，就像在老家被沤麻的混浆呛了一样。他看见，比他个矮的人更惨，半个脸都陷进了淤泥里。他们的嘴、鼻子都在淤泥里冒泡，水面上只露着少半个脑袋。贺金柱大声喊："咬紧牙，坚持住！"突击队员们陆续通过木桥，向城墙冲去。贺金柱感觉到，每通过一个人，他的肩膀就往下沉一下，往下沉一下，嘴里就吞一口淤泥。等过去一个人，他就往外吐一口。就这样，还是咽下去了一部分。天上，敌人的飞机在对木桥扫射，突击队员们不时有人跌进淤泥里，淤泥立马变成血红一片。一个突击队员正好倒在了贺金柱的肩膀上，看样子还没有死，一只手死死地抓着他的头发。他看清了，是四班的那个刚参军的小战士，他腾出一只手抱住了那小战士的腰。一个肩膀扛着木桥，一个肩膀扛着那个小战士，一只手托着桥板，一只手搂着那小战士的腰，使他的体能最大限度地消耗着。这时，天上又扫来一梭子子弹，打在那小战士的身上。那小战士揪着他头发的手慢慢地松开了，小战士的身体开始往下沉，他用力去抓，但终究还是没有抓住。他一阵揪心地难受。

爆破班爆破成功，原来的缺口变成了一个大豁口。部队开始登城了，尖刀班四班在班长的带领下，率先登上了城头，四班长扛着红旗站在城头上。正在找插旗的地方，城内一发炮弹打来，四班长连人带旗一起滚到了城下。就在这时，友邻部队也开始登城了，喊杀声一阵高过一阵。魏猛子眼红了，他把帽子从脑袋顶上抓下来，扔在地上，骂了声："娘的，我来，绝对要把第一面红旗插上城头！"他一个漂亮的战术动作滚到城下，抓住了那面红旗。当时四班长还没死，躺在地上哼哼。他顾不上那些，举起红旗，朝后面喊了一声："机枪掩护！七班跟我上！"他的动作很猛，也很敏捷。贺金柱想拦着他，但已来不及了。

魏猛子终于把第一面红旗插上了鲁州城，他站在城头以胜利者的姿态，往友邻部队的方向看了看，发现城头上还没有第二面红旗。他发神经似的大喊："是我们二连将第一面红旗插上城头的，老子不会被撤职啦！"

团里的一名记者过来照相，他高喊着："照，使劲照！"

一颗子弹打来，魏猛子应声倒下。但他很快又爬了起来，他的左臂在往外渗血。但他的一只手抓着城墙上的一块砖，一只手死死地攥着红旗，像雕塑一样矗立在城墙的缺口。那面红旗在城墙上摇摇晃晃地飘着。他嘴里还在嚷，嚷的什么，谁也听不见。

贺金柱上去抱住了魏猛子，他们一起跳下了城墙。贺金柱问他伤得怎么样。他说，该了，该轮到我了。

敌人的火力被压下去了，大部队都登上了城头，迅速向纵深发展。先头部队已经转入巷战。

贺金柱正带领二连向敌人的一个机枪阵地发起冲锋，团部通信员跑到他跟前说："连长，政委命令你马上赶到团部受领任务。"

贺金柱问："什么任务？"

通信员说："不晓得。"

贺金柱跟魏猛子交代了一下，就跟通信员走了。一路上，他想：什么事儿这么急，仗都不让打了？他刚当连长没多长时间，严格地说，跟政委还不算太熟，只是打完涟水的时候，在一起吃过一顿饭。那天开完会，正赶上团部食堂改善伙食，政委很客气地留下大伙儿吃饭。大部分人认为政委只是客气客气，不好意思留下，而刚当上连长的贺金柱却没客气。那天，团部食堂吃的是猪肉包子，他一口气吃了 12 个。想再吃的时候，他发现笼屉上只剩下一个了，伸出去的手又缩了回来。这个细节让政委看见了，把碗里的包子给了他。他说："饱了。"政委说："饱了，还要拿？"他很实在地说："其实再吃两个，肚子里也能盛得下。"就这样，他一顿饭吃 14 个包子的笑话，在团机关传了很长时间。

团部临时设在天主教堂，政委正在指挥部里看地图，见贺金柱进来，便放下了手里的红蓝铅笔，说："哟，大肚子连长来啦。来，来，你来看看地图。"贺金柱向政委敬了个礼，走到了地图跟前。政委指着地图说："这是我们现在的位置，这是城墙的东门，外援之敌很可能要从这里突进城内。"

贺金柱点了点头，接着问了一句："不是有打援的部队吗？"

政委说："不错，可东门没有。所以，决定由你带一个排，打出东门，阻敌增援。"

贺金柱看了一下政委："什么？一个排？"

政委说："对，一个排。不是让你跟敌人去拼实力，而是拼脑子。"政委用手指头点了一下贺金柱的脑袋。

贺金柱心领神会地看着政委。

政委问："知道我为什么要把这个任务交给你吗？"

贺金柱摇摇头："不知道。"

政委笑了一下说："5年前，你不是用9匹马吓跑了日军一个大队吗？"

"我明白了。"贺金柱说，"政委，我可以走了吗？"

政委说："现在城里打得很激烈，敌人大势已去，解决战斗只是时间问题。虽然敌人的大部分增援部队遭到了我们的阻击，但根据上级判断，城外仍有敌人驻守。目前，兵力、番号、装备都不清楚。城里马上就要解决了，他们不会无动于衷。你们的任务就是牵制住敌人，不让他们增援城内，为城内解决战斗赢得时间。"

贺金柱带领他的几十个人马，拿上地图，沿着西门大街向前走。穿过佛爷庙，估衣市街，东桥大街，一口气也没喘，直接向东大门摸去。

还好，一路上没碰上一个敌人，他们一边走一边看地图。到了东大门，贺金柱愣了：几米厚的大门紧紧地关闭着，城墙一点儿被爆破的迹象也没有，还真像铁打的似的。怪了，西门打得那么欢，东门却连一声枪响也听不到，这鲁州城到底有多大？

几米高的城墙显然翻不过去，怎么出城呢？贺金柱和战士们急得乱转。

"连长，你看，这有个洞。"一个战士大声说。

贺金柱一看，兴奋极了："真是天无绝人之路。快，快从洞里钻出去！"

那洞把他们送出了城门，外面是护城河。这里的水比西门要清亮得多，但现在没桥可架了，大家只好涉水过河。好在水不太深，但有些凉。不管怎么说，比架浮桥喝臭水的滋味好多了。河对岸是一片开阔地，中间是一条宽敞的马路，两边是红高粱地。高粱都红透了，风一吹，像血浆翻滚。也就在这个时候，贺金柱想起了百草山下的那片高粱地。

城外很冷清，听不到枪声，看不到行人。仿佛战争跟这里没任何关系，这里是另外一个世界。

"增援之敌驻守在哪儿呢？"贺金柱一边猜想一边命令部队停下来。他把地图展开，很快确定了自己的位置。这时，前面突然传来枪声。他一看，枪响的方向有一个交通壕，他们很快进入了交通壕，并做好了战斗准备。

枪响了一阵，又恢复了平静。贺金柱想了想，命令排长带部队原地待命监视敌人，自己带通信员前去侦察情况。

大约走了一里多路，突然对面有人喊了一声："有人！"还没容贺金柱做出反应，一下子围上来20多个敌人。

贺金柱蒙了，但很快就镇静下来了。他灵机一动，拔出手枪，跳出交通壕，大声喊道："通信员，传达我的命令！一连靠左，二连靠右，三连给我上！"

通信员很快领会了贺金柱兵不厌诈的意图，迅速答道："是！"

围上来的敌人一听，解放军至少有一个营的兵力，吓得赶紧跪下求饶："长官饶命，长官饶命。我们缴枪，我们缴枪。"

贺金柱心里一阵得意，国军真好糊弄。他趁热打铁："听我的命令，向后转！放下武器。向后转！向前五步走！"

敌人抬头一看，站在他们面前的解放军只有两位，他们面面相觑。

贺金柱握着手枪严肃地说："老实点儿，不要乱动。"他走到敌人跟前问道："你们哪个是当官儿的？站出来！"

"我……我是。"队伍中走出来一个瘦高个子。

"你是什么官儿？"贺金柱指着他问。

"连……连长。"瘦高个说。

"小连长儿算个狗屁官儿，比我小多了。老实回答我的问话，这里一共有多少兵力，番号是什么？你们来这儿干什么？"贺金柱说。

"我们这儿驻守的是一个机动团，番号是第十绥靖区独立第十三团。城里打起来了，团长让我带几个弟兄出来探探虚实。团里早已做好了增援的准备，等我回去就出发。"瘦高个说。

"你们团长叫什么名字？"

"张发奎。"

"什么地方人？"

"四川绵阳。"

"团指挥所在哪里？"

"就在后面的村子里。"

"离这儿有多远？"

"不到两里路。"

"你说的都是实话？"

"有一句瞎话，你就崩了我。"

贺金柱问完敌连长，心里有了点儿数。他对站在面前的敌人一本正经地说："城里早解决了，国民党马上就完蛋了，你们还给谁卖命？"

通信员也跟着说："全国都要解放了，你们赶紧回家种地吧。"

瘦高个问："真的吗？"

贺金柱说："蒸的？还煮的呢，你们听不见城里的枪炮声呀？"

瘦高个说："我他妈早就不想干了。长官，只要你给弟兄们留条命，你要我怎么着都行，你就吩咐吧。"

"解放军宽待俘虏，中国人不打中国人。"贺金柱对瘦高个说。

"解放军好。解放军好。"俘虏们连连说。

贺金柱朝通信员挤了一下眼睛，把他叫到一边低声说："你把这些俘虏押回去，告诉排长，赶紧想法跟城里取得联系。把这里的情况向团首长汇报，争取让部队早些打出东门。"

"那你……"通信员似乎明白了什么。

"放心，我有我的办法。我会拖住敌人，不让他们进城增援。"贺金柱说。

"不行，你就一个人哪。"通信员不放心地说。

"就是再搭上你，搭上 10 个人，也打不过敌人的一个团，懂吗？"贺金柱说。

"政委对我说了，让我死活和你在一起。"通信员说。

"现在我是你的上级首长，你必须听我的。"贺金柱说。

通信员要把身上的手榴弹交给他。他笑了："你真是个孩子，我不是去当亡命徒。"

通信员把俘虏押走了。贺金柱把瘦高个留了下来："伙计，你得跟我走一趟。"

瘦高个说："好。好。"

在瘦高个的带领下，他们沿着交通壕继续往前走。贺金柱问他："你是哪儿的人？"

瘦高个说："河北河间。"

贺金柱高兴地说："我说听着口音有点儿像老乡呢，我是献州人。"

瘦高个说："咱们连洼种地，正宗的老乡。"

贺金柱说："既然是老乡，话就直说吧，咱俩的命这回算是绑在一块儿了。"他把腰里的手枪亮出来让他看了看，接着说："你跟我好好配合，咱俩的命都留得住。你要是走了样儿，可就麻烦了。"

瘦高个说："老乡，我听你的，我也是明白人。虽然你是共产党，我是国民党，可咱们是老乡。等仗打完了，咱还会有见面的机会。"

贺金柱握着他的手说："好，你要是跟我配合好了，也可能咱们就成哥们儿了。"

两人一路上说得很热乎。不知不觉进了村，穿过一条胡同，他们来到了团部门口。哨兵过来挡驾，瘦高个凑到哨兵跟前指着贺金柱说："这位是解放军谈判的代表，我已经跟团长报告过了。"

贺金柱跟瘦高个进了院，这是一个大庄园，院内古木参天，假山怪石很有些气派。院里没有人走动，他们直接进到大厅。屋里坐满了人，桌上摊着地图，还有电话、电台和一些杂乱无章的办公用品。屋内烟雾缭绕，满地都是纸屑垃圾。

尽管贺金柱有一定的思想准备，但进了屋，还是紧张了一下。在老家，他听贺秀才讲过关云长单刀赴会的故事。

贺金柱手心里开始冒汗：我操，我要当孤胆英雄了。

我操，我真要当孤胆英雄了！当贺金柱心里骂第二句的时候，就再也不紧张了。

贺金柱的步子很从容。

正在地图跟前发愣的军官们见大摇大摆走进来了一个解放军，就像大白天见了鬼，都吓得面如土色，不知所措。几个警卫人员很利索地把枪掏出来，一起对准了贺金柱。贺金柱把腰里的手枪掏出来递给了瘦高个，很坦然地把双手摊开，说了声："别动家伙，我有要事要找你们团长。"

一个身材魁梧的胖军官走过来，十分镇定地说："我是团长。"

贺金柱说："我是华东野战军第七纵队的敌工部长，受纵队司令、政委的委托，来跟你们谈判。团长大人，能不能让你的卫兵把枪放下，这可有点儿不大友好啊。"

敌团长让警卫人员把枪收起来。

贺金柱大模大样地坐在了团长对面的椅子上。

"谈判？城里解决了吗？"团长也坐了下来，点着一支烟，还给了贺金柱一支。贺金柱也不客气。

贺金柱吸烟的动作很别扭，抽一口几乎都吐出来了，他反问敌团长："如果没解决，我是怎么从东门出城的呢？"

敌团长抬起头来问瘦高个："城里真解决了？"

瘦高个说："真解决了。我们还没走到城门底下，就跟打出东门的共军遭遇了，我带的那些弟兄都被共军俘虏了。"

敌团长把手里的烟掐灭，看了看坐在对面的贺金柱，想了想说："你是七纵派来的代表？"

"怎么？不像？"贺金柱耸了一下眉毛说。

"不，我不是这个意思。既然你是做敌工工作的，又是谈判代表，想必对我们上司的情况一定是了如指掌。"敌团长站起来踱着步子说。

"差不多吧。"说这话的时候，贺金柱心里有些虚。

"那我问你，我们驻守鲁州的部队属于第几绥靖区？司令是谁？我们这个团隶属第几军？军长叫什么？"敌团长停下脚步说。他认为这一招儿很厉害。都说来者不善，善者不来，但看坐在对面的这个解放军实在面嫩，长得像毛头小子一样。如果这些问题答不上来，就说明城里还没解决，没解决我就不投降。没解决，我就可以收拾这个毛头小子。

贺金柱着实愣了一下，他这才发觉自己刚才吹得太大了。明摆着是个小连长，愣说是纵队敌工部的。但事情到了这一步，不能露馅儿，这戏必须演下去。如果演不下去，或者演砸了，自己就没命了。这时，他记起在受领任务时，翻了翻政委办公桌上的敌高级将领名单。他坦然地笑了一下，说："团长，这回你算是撞在枪口上了，干我们这一行的，就是靠这个吃饭。听我跟你说，你们驻鲁州的部队属于第十绥靖区，司令李玉堂，你们团隶属十二军，军长霍守义。你们是独立第十三团，团长，你的大名叫张发奎，乃四川绵阳人。我没说错吧，团长大人？"

敌团长点点头，过了一会儿，又问道："那贵军七纵的司令是谁，政委是谁？"

贺金柱很从容地说："司令成钧，政委赵启民。我们每天在一个食堂吃饭，这次就是成司令派我来的。"

敌团长又一次点点头，说："我们跟七纵打过几次交道啦。成司令很会用兵。"

贺金柱骄傲地说："那是啊，七纵哪打过败仗？这次打鲁州又是主力。这会儿，成司令就坐在你们霍军长办公室呢。"

不一会儿，敌团长又问道："有一点儿我不明白，既然城里已经解决了，那你们为什么不打出城门把我们一网打尽，而派你一个人单枪匹马前来谈判？这可不像贵军的作战作风。"

贺金柱沉了一下说："我们的部队打出城门之后，正在打击西门的增援之敌。跟你说实话吧，一听说鲁州被我们拿下了，你们的增援部队都撤回了济南。你还不了解贵军的底细吗？有几个两肋插刀的？说是增援，一天前进不了10公里，一遇到阻击，扭头就跑。打孟良崮不就是这样吗？不然，张灵甫整编第七十四师怎么会陷入孤军奋战，最后全军覆灭的？成司令这次派我来谈判，就是想减少你们的伤亡，也让你这当团长的在山东人民中落个好名声。你想想，一个鲁州城都让我们拿下来了，你一个团算什么？"

敌团长还在犹豫，瘦高个凑过去说："团长，识时务者为俊杰呀。城里都解决了，我们还在这儿顶着干什么？"

不一会儿，一个戴眼镜的军官也凑过去说："团长，现在是爹死娘嫁人，各人顾个人。听说司令、军长的家眷早转移到重庆了，谁他妈管咱们？"

贺金柱趁热打铁："怎么样？团长，你还下不了决心吗？告诉你，你现在把我抓起来，甚至马上枪毙了，我一点儿办法没有。你看，我身上连枪都没有，只能束手就擒。可是，你想想，你手下可是有几千名弟兄呀。你让他们跟着你去送死，你再落个骂名，你觉得划算吗？"

外面响起了枪炮声和喊杀声。

贺金柱进一步紧逼敌团长："怎么样？听到了吧？"

敌团长低着头，还在想，想了一会儿，就站起来踱步，看来很痛苦。后来长长地出了口大气，说："我有三个条件，你能答应我吗？"

"一定答应。"贺金柱很干脆地说。

"好。第一，保证我和我的弟兄们的生命安全；第二，保证我的家产不被没收；第三，保证我回四川老家看一看我 80 多岁的老母亲。"敌团长低着头说。

贺金柱马上接过来说；"共产党的政策是宽待俘虏。包括士兵在内，愿意参加解放军的，我们欢迎；愿意回家种地的，我们发给路费。"

又沉默了一会儿，敌团长流泪了，他趴在桌子上，摇着头，自言自语地说："独立十三团，完了，全他妈完了。"

敌团长擦了擦眼泪，对戴眼镜的军官说："参谋长，传达我的命令，全团从军官到士兵，谁也不准开枪，把武器放下。部队全体集合，我要讲话。"

敌参谋长答了声"是"，拿起电话，给所属部队传达了团长的命令。

贺金柱上去握住了敌团长的手，激动地说："谢谢，我代表七纵全体将士谢谢你！"

贺金柱又握住了敌参谋长的手，并问道："你们团一共多少人？"

敌参谋长说："我们是甲种团，一共 2850 人。"

贺金柱听了这个数字，激动地张了一下嘴……心里又默然骂了一句："我操！"

说实话，贺金柱有些后怕，不是一般的后怕，这种后怕跟了他好多年。若干年后，把这段经历当故事讲给别人听的时候，心里还是有一种自豪的后怕。

第八章

那场 60 万对 80 万的战役一结束，中国的半壁江山基本上就落在共产党手里了。在那次后来被外国人当战例来研究的战役中，二十八团在第二阶段打得最好，具体地讲叫大王庄战斗。那个大王庄离黄维兵团司令部驻的小马庄，只有几里路。是二十八团顶住了敌人飞机大炮的轮番轰炸，死守大王庄，使黄维兵团失去了唯一的屏障，黄维才向解放军举手投降的。参加淮海战役的虽然有两大野战军 60 多万人，但二十八团却是名声大震，功不可没。二十八团由此被称为"小老虎团"。

打完淮海战役就过新年了，二十八团算是稍稍喘了口气，在淮河边上休整了一个多月。也就是在这个时候，一营营长调到团里任参谋长，二连连长贺金柱接任一营营长。在当排长、连长两个职务上，贺金柱和魏猛子都是齐头并进的。但这次，贺金柱却很不客气地把魏猛子甩下了。魏猛子还在二连当指导员。那时候，光顾忙打仗，谁也顾不上想将来当多大官，管多少人，就知道好好打仗，把日本鬼子赶回老家，再把国民党早点儿收拾干净，好好过和平的日子。

休整的时间过得很快，他们又要南下了，渡江战役打响了，过了江，就参加解放上海的战役。那一年，是中国历史上打仗最频繁的一年，一个战役连着一个战役。国民党像惹了大祸的孩子使出吃奶的劲往南跑，而解放军几大野战军就生死不顾地往南撵。好在中国地盘大，国民党有的是藏身的地方，一时半会儿还抓不到他们。蒋介石把大本营由南京迁到重庆，看样子还是不打算认输。这就逼着解放军继续追，继续打。

部队收缩回来，原地待命。

接到上级指示，部队利用一周的时间进行总结和评功评奖。这倒是一个很新鲜的科目，贺金柱和魏猛子自参加新四军到现在，也快 8 年了。这 8 年中，除了打日本人，就是打国民党，南征北战，东拼西杀，除了打仗还是打仗。打完一仗，总结一次，但都很匆忙，像这样专门拿出一周的时间停下来搞评功评奖，从来没有过。对于每个人来说，出来参加革命，谁也没考虑过将来自己会是什么光景，更没想过要得到什么样的荣誉，但革命毕竟和荣誉联系在一起，革命成功了，荣誉就有了。客观地说，人人都有份，而分量却不是均等的。

在进行评功评奖之前，团里召开政工会，各连主官参加。政委再三强调：搞好评功评奖和打好一次战役一样，每个人都面临着考验，这种考验甚至比在战场上更严峻。第一，每个人都要正确对待荣誉，经得起考验；第二，要发扬风格，见敌人要上，而见荣誉要让；第三，要做好没有获得荣誉的同志的思想工作。

回来的路上，贺金柱对魏猛子说："政委是不是神经有些过敏呀？搞个评功评奖，给大伙儿上这么多眼药干什么？"

魏猛子像在想什么东西，不知道是没听见贺金柱的话，还是怎么回事儿。他没说话。

评功评奖工作正式展开。先由班里民主评议，然后逐级上报。立大功的要有简要事迹，准备授荣誉称号的要报详细材料。但各自都有比例限制。为了实事求是地搞好这项工作，团政治处的机关干部，都到连队蹲点。团首长们则分别到各营指导工作。

各连进行得还算顺利，绝大多数同志都是推来让去。但有的人觉悟不大高，为自己争功争奖，和别人吵得面红耳赤，甚至拍桌子。这些现象的出现，让贺金柱明白了政委为什么要在会上讲那么严肃，为什么要给大家上那么多眼药。

让贺金柱没想到的是，魏猛子在这次评功评奖中表现得不大谦虚。当时，连长缺编，他作为指导员在二连主持工作，给二连报了集体一等功，自己要求授一级人民英雄称号。二连在鲁州战役中已被华野授予了"鲁州登城第一连"的称号，淮海战役中又被授予"大王庄战斗模范连"的称号，原则上不会再授别的称号。至于魏猛子自己，他主要是在鲁州战役中，亲手把第一面红旗插上了鲁州城，而一级人民英雄的称谓不是指一两次战斗中的表现，至少要包括解放战争三年的历史时期。这个概念，政委在动员会上再三讲过了。

各连的评功评奖情况报到营里之后，贺金柱和教导员整整看了大半夜。教导员对贺金柱说："咱们团给了一个一级人民英雄的指标，就是评，也应该是你呀。怎么能轮得上魏猛子？"

贺金柱笑了一下说："等营党委会上再讨论吧。"

那天晚上，政委也找贺金柱谈了话，问他："你对自己的荣誉怎么认识？"

贺金柱不假思索地说："跟你说实话政委，这个问题要说一点儿没考虑，那是瞎话。但我觉得把荣誉看得太重了，就没啥意思了。"

政委说："团党委已经研究过一次，要给你报一级人民英雄。在抗日战争中，你带9匹马吓跑了日军一个大队。在解放战争中，你一个人俘虏敌人一个团。这样的功绩，别说在二十八团，就是在整个野战军，谁能比得上？"

贺金柱说："事情都过去了，碰上谁，恐怕都能那样做，不值得再提了。如果给的话，给个功就行了。这样，我也对得起家乡父老对我的期望。"

政委说："你这种荣誉观念很让我欣赏。"

第二天，营里召开党委会，政委列席参加。大多数的立功受奖名单都通过了，只是魏猛子对把自己降成一等功有些不大高兴，他一直不吭气。他在下面曾做了工作，让一连连长给他提，可一连连长见大多数人都同意给他降成一等功，觉得不好说，闷在一边没吭气。然后他指望贺金柱会帮他说话，因为他曾暗示过贺金柱，贺金柱当时没表态。他认为没表态就等于默许。没想到的是，建议把他降为一等功的首先是贺金柱，然后是教导员，列席会议的政委也是这个意见。会议结束的时候，他是第一个离开会场的。有人听到，他把门摔得声音比较大。

过了两天，魏猛子打听到，团里给贺金柱报了一级人民英雄，他更生气了：哼，怪不得不给我说话，原来是怕我顶了他。他万万没想到，一个评功评奖会把他们两个推到你进我退的地步。他认为，这比在战场上跟敌人拼刺刀更残酷，口口声声教育别人要正确对待荣誉，干部让战士，上级让下级。可你这当营长的，怎么不让给我这当指导员的？不错，鲁州战役你一个人俘虏了敌人一个团，可你一刀一枪也没费，一点儿伤也没受。我可是中了三发子弹，命差点儿没扔在鲁州，这代价是一样的吗？还有，我把第一面红旗插上了鲁州城，是给整个二十八团争了荣誉，《大众日报》头版都登了，山东电台都广播了。这么大的影响谁不知道？

吃了晚饭，贺金柱把魏猛子约到外面，想跟他谈谈。魏猛子第一句话就很严肃："你今天是以上级的身份，还是以老乡的身份跟我谈话？"

贺金柱很耐心地说："两种身份都有吧，我感到你今天在会上的态度有些不对头？"

魏猛子不以为然地说："怎么了，我不是什么也没说吗？"

贺金柱说："你是什么也没说，可你还是流露出来你有情绪。你想想，咱俩是为了逃命出来参加革命的。当时会想到将来当上营长连长吗？想到要当什么英雄功臣吗？"

魏猛子打断贺金柱的话说："这儿可没外人，别净捡大道理说。这些话，我都对二连战士说过多少遍了，还是来点儿实在的吧。你获得了野战军最高荣誉称号，你当然心满意足啦。一块儿从百草山出来当的兵，你官儿当得比我大，荣誉再比我高，你还让人活不？"

贺金柱见魏猛子激动起来，他的声音也变高了："那可不是我争来的，是组织上给的！"

魏猛子把声音降了下来："对，是组织上给的，我服从还不行吗？你把心放在肚子里吧，我是连队的主官，也革命这么多年了，我不会因为荣誉问题闹情绪的，这点儿起码的觉悟我还是有的。但你让我心里一点儿想法也没有，那是不可能的。除非把咱俩的荣誉换过来。"

贺金柱把步子停了下来，望着夕阳下深蓝色的大海，大海风平浪静。远处有海鸥在叫，在盘旋。

魏猛子也停下脚步，背对着大海，他把眼睛很神秘地眯了起来。

太阳将要落下，有一片彩云飘浮过来，形状像一只展开翅膀的鹰，朝气蓬勃，叱咤风云，分外壮观。

海面一片血红。

望着海面，贺金柱感慨地说："我们算他妈什么英雄，英雄们都死了。"他又想起鲁州战役中，躺在他肩上的那个小战士，那个白白净净的小战士，想起了那个小战士的母亲，一个善良的山东老妈妈。老妈妈把儿子交给他，抓着他的手，一再说："同志，我这儿子15岁了，还尿炕，你要嘱咐他睡觉之前把油布铺在褥子底下……"那个小战士第一次参加战斗就牺牲了，临死前没说一句话，只是死死地抓着他的头发。如果那个小战士能活到今天，说不定也当上排长连长了。反过来说，如果自己在第一次战斗中也像那个小战士那样死去呢，还有今天吗？

魏猛子低着头，心里乱七八糟的。

贺金柱预感到，因为这件事儿，他和魏猛子之间，可能会产生一些隔膜。但愿这种隔膜会很快地过去。

贺金柱想起了一件事儿，那是两年前发生在山东的事儿。连着打了几次大仗以后，二十八团奉命开往掖县南边的一个小村庄，到这儿来不是为了打仗，而是开展一次运动。那次运动叫"新式整军"。

新式整军运动是结合解放区的土改运动展开的。运动开始前，先是集中学习了《目前形势和我们的任务》《中国人民解放军宣言》等文章，接着就转入引苦、忆苦、诉苦活动。战士们阶级觉悟都很高，上级一动员，就争先恐后地诉上苦了。有的揭露国民党反动派的滔天罪行，有的控诉剥削阶级对农民阶级的残酷压迫。他们大部分都是贫苦出身，在家没少受苦受罪，诉起苦来很激动，诉着诉着就哭了，接着就呼起口号来了。

贺金柱听着，有时候也跟着掉几滴眼泪，那些让苦水淹透了的故事，的确能催人泪下。

让贺金柱没想到的是，在一天晚上，团召开的诉苦大会上，第一个上台诉苦的，竟是魏猛子。

还没等贺金柱回过神来，魏猛子做出了更让他吃惊的举动。他从口袋里掏出两块现大洋，举得高高地说："这是我参加革命前，我们村的恶霸地主贺大发送给我的，通过这次诉苦运动，我认清了剥削阶级的嘴脸。所以，我决定把它交给上级……"

这下，贺金柱更蒙了，他下意识地摸了一下口袋里的那两块现大洋。4年前，他们每人从贺大发手里得了两块现大洋，他们当时就有协定，不到万不得已，谁也不要花这两块现大洋。那两块现大洋是谁送的并不重要，重要的是在什么时候送的。两个十几岁的孩子身无分文，落荒逃难，去向不明，生死难料。当时，那两块现大洋就跟自己的命差不多。可现在，魏猛子怎么能说出这样的话呢？

过后，贺金柱找到魏猛子说："你交出现大洋，怎么也不跟我商量商量？"

魏猛子解释说：“别人都诉苦，我太激动了。”

贺金柱想了想说：“我觉得贺大发家虽然是财主，但也没见他把别人逼得妻离子散，家破人亡。”

魏猛子说：“不管怎么说，凡是地主都是剥削阶级，剥削阶级就是我们的敌人。”

魏猛子往下又说了些什么，贺金柱已经听不进去了。他感觉自己好像有点儿不认识魏猛子了。

贺金柱被授予“一级人民英雄”称号，在二十八团引起强烈的震动，受到最大震动的首先是魏猛子。他立了一等功，按说荣誉也不低了。可二十八团立一等功的有 20 多个，授荣誉称号的个人一共 6 个，授“一级人民英雄”的只有贺金柱一个。这让魏猛子心里很不平衡。如果这个“一级人民英雄”的称号不落在贺金柱头上，恐怕还好些。可偏偏是贺金柱，不是别人。仅因为这个荣誉，他觉得贺金柱突然之间离他远了。不再是当年光着屁股一起在百草山上“打游击”的贺金柱了，也不是一起落荒逃难相依为命的贺金柱了。他不知道有这样的想法是因为贺金柱太扎眼了，还是自己太小心眼儿了。

又过了一些时日，贺金柱接到命令：赴北京参加全国英模代表大会，这个消息比被授予“一级人民英雄”称号更鼓舞人心。听说，英模代表们还将受到毛主席的亲切接见，这个荣誉是至高无上的。

赴北京之前，贺金柱主动找魏猛子告别，魏猛子那天情绪也比以往好，他说：“你要见了毛主席，一定代表我们问他好。”贺金柱谦虚地说：“这本身就不是我个人的荣誉，是大家的荣誉，是解放军的荣誉。”并说：“到北京离家近了，说不定能回家看看。”魏猛子像想起了什么，把头低下说：“到了家，看看我娘。别忘了，替我到我爹坟上烧烧纸。”贺金柱点了点头。

到北京之后，野战军首长首先接见了英模代表们。那位操着四川口音的大首长问：“哪个是贺金柱？”贺金柱上前给首长敬礼：“报告首长，我是贺金柱。”首长紧握着他的手，很有风度地笑了：“小鬼，你不得了呀，你一个人俘虏了敌人一个团，胆子蛮大的嘛。”贺金柱有些激动，一时不知道说什么好。他见过这位大首长，在山东他听过首长讲话，首长还会作诗呢。

当天下午，毛主席在中南海接见了参加英模代表大会的全体代表。刘少奇副主席、朱德总司令、周恩来总理和一些中央首长们也都来了，首长们和代表们一一握手。当贺金柱握着毛主席的手时，他本想像别的代表一样，先向毛主席敬个礼，可毛主席走到他身边的时候，他慌了。没来得及敬礼，就握住了毛主席的大手。那双大手很厚，很结实，也很温暖，要不是别人还等着握，他真舍不得松开。那一刻，他跟别人一样，眼里闪着泪花，手不住地颤抖。他怎么也不敢相信，站在自己面前的，就是中国人民的大救星毛泽东。

毛主席要跟与会代表合影留念。严格地讲，这是贺金柱第三次照相，第一次照相是打完鲁州战役之后，政委专门派一名干事，给他在鲁州城墙的突破口处照了一张相。第二次是淮海战役结束后，还是那个干事在黄维兵团司令部的小马庄，给他拍了两张。这些照片，他都珍藏着。但眼下要照的这一张，比前两次的意义，不知要重大多少倍。

根据工作人员的安排，贺金柱正好站在毛主席身后的位置，摄影师一连拍了好几张。代表们都走了，贺金柱又折回来对正在收摊的摄影师说："同志，这……这照片洗出来能不能给我一张？"

摄影师说："你放心吧，每个代表都有份儿。"

贺金柱说："谢谢，谢谢。别忘了，我叫贺金柱，站在毛主席身后的那个就是我。"

摄影师说："知道啦。"

贺金柱这才去追代表们。他认为自己这样做，并不过分，自己这一生能跟毛主席在一起照相的机会，恐怕就这一回了。这张照片一定要放得大大的，挂在家里，让自己未来的儿子看看："怎么样？你爹牛不牛？站在毛主席后面的就是你爹我！"

会开完了，可照片还没拿到。贺金柱心里很着急，认为摄影师骗了他，不行，这张照片拿不到手，绝对不回部队。不然，你说你见着毛主席了，有什么为证？他问了问别的代表，都说没拿到，也都等着呢。就在这个时候，工作人员过来说，参加英模代表大会的代表暂时不回部队，还有别的任务。

会开完了，毛主席也见着了，还有什么任务呢？贺金柱猜想着。

到了晚上，工作人员通知，与会的全体代表将参加建国一周年庆典。代表们将和毛主席一起登上天安门城楼，观看阅兵和群众游行。

这又是一个振奋人心的消息，贺金柱傻的都不知道什么是激动了。一下子给这么多崇高的荣誉，他觉得有些背不动了。同时，他也想起了魏猛子，怪不得魏猛子把荣誉称号看得那么重，原来这荣誉后面还连着一连串的荣誉。当然魏猛子也不会料到，这份荣誉会使一个人如此这般地辉煌透顶，如此这般地登峰造极。贺金柱不知怎么搞的，在此激动的时刻，竟格外地同情起魏猛子来。

10月1日那天，贺金柱他们真的登上了天安门城楼。不过，他与毛主席之间的距离不如照相那天那样近，但他站在了一个很好的位置，能把毛主席的脸看得一清二楚。站在天安门城楼上的毛主席显得比以往更威风。

阅兵式开始了，朱总司令坐上阅兵车，在聂荣臻司令员的陪同下，检阅受阅部队。

阅兵式进行完是分列式，各个受阅部队通过天安门。

毛主席向阅兵方队招手。

英模代表们向行进在天安门广场的军人们敬礼。那一刻，贺金柱感到无比的神圣与庄严，他发现好多代表都哭了。

贺金柱大部分时间是在看毛主席，这个机会太难得了，他必须抓紧分分秒秒看个够，不然会遗憾终生。一年前，他和他的战友们围在一起，在收音机里听那又高又长又有磁性的湖南腔："中华人民共和国中央人民政府今天成立了！"但做梦也没想过会真的看见毛主席，而且是在天安门城楼上，简直太幸福了。

但贺金柱发现，毛主席从上了天安门，就没有很高兴地笑过，还有其他领袖们也是一样，脸上显得不大轻松。这是为什么？日本鬼子被打败了，蒋介石被赶到台湾了，全国解放了，在这个举国欢庆的日子，为什么打下江山的领袖们反倒高兴不起来？

这是怎么了？贺金柱不明白。

回来后，代表们也有同感，但又不敢大胆议论。

后来，有知情人透露了消息：朝鲜那边打起来了，战火烧到了鸭绿江，美国轰炸了我国的东北，直接构成了对中国的侵略。中国政府提出了抗议，可那时候，新中国刚刚成立，没太大的底气，声音发出去很微弱。美国根本不拿这当回事儿，该打还打。美国太欺负人了，前几年帮着蒋介石打内战，又出钱又出武器，要不，中国的解放战争也打不了三年。这旧账还没算，又开始找新茬儿。中国人不能咽这口气，要跟美国鬼子干，怕它干什么？

后来，贺金柱也想过了，毛主席他老人家一定比我们想得周到，他老人家可能是在考虑这兵能不能出，这仗能不能打得赢？

第九章

　　解放献州的时候，魏淑兰的妇女主任就当得像那么回事儿了。她把七里冢、八里庄、五里铺、三道河、巴掌村的妇女们组织在一起，成立了一个担架队，参加了支前。献州城当年有猴儿屁股那么点儿大，国民党却驻了一个加强团的兵力，总共有3000多人。解放军是用3个团的兵力攻城的，炮火打了一上午才把城门轰开。仗从早晨打到晚上，天黑透了才把城拿下来。那一仗打得很残酷，解放军伤亡很大，仅魏淑兰她们的担架队就抬下来了300多人。担架队队员都是姑娘和年轻的媳妇，她们都是自愿报名参加的，没一个怕死的。只是那一天太累，而且一整天没吃上一顿饭，也没喝上水。等仗一打完，好几个人就栽倒了。战后，解放军送给她们一面红旗，上面写着"解放献州模范担架队"。

　　魏淑兰是个大姑娘了。渐渐地，像她这么大岁数的闺女都找了主儿，有的很快生了孩子，当了娘。刚开始她不以为然，她认为这些人都不是革命夫妻，不能跟他们相提并论。但等像她这么大的姑娘都走净了的时候，她心里还是有点儿毛了。几次在信中想问问贺金柱什么时候回来，但又觉是在拖他的后腿，影响他的进步，就把念头打消了。但她无论如何是等得心里有些着急了。献州解放前后，经常有解放军的队伍从村里过，作为妇女主任，她要组织妇女们给解放军送水，请他们到家里歇歇，她多么想在队伍里突然见到金柱。有一次，她突然发现有一个人长得特像金柱，就追出去了老远，当最终确定不是金柱，才折回身来。回来的路上，她偷偷扇了自己一巴掌，真没出息，想男人想疯了。

　　贺金柱寄来了一张照片，还有底片，是在鲁州战场上照的。这是金柱当兵出去几年之后寄来的第一张照片，照片是寄给家里的。魏淑兰见了之后，当着未来公公婆婆的面不好仔细端详，就说，把底片给我吧，我到县城再洗一张。她当天就跑到了县城，一个礼拜才取出来，她把照片放大了。七里冢离县城18里路，要走两个来小时，这回魏淑兰可把照片看透了。她这才发现，贺金柱长高了，长胖了，也长俊了。要在大街上冷不丁碰见，肯定认不出来。走着走着，她在照片上偷偷亲了一小口。回头看看没人，干脆又实实在在地亲了一大口。一路上，她浑身像一团火似的燃烧着，既没感到累，也没感到饿。尽管在县城里连个烧饼果子也没舍得买。

有了那张照片之后，她好像心里有了寄托，有了盼头，有了着落，干什么都有了力气，有了耐性。她经常一个人对着照片发呆，几次都让魏柳氏发现了。娘明白她的心思，对她说："好好等着吧，等金柱回来，把你们的喜事儿办得热热闹闹的。"她脸红了，把照片翻过去，有一搭无一搭地照镜子。

魏淑兰跟贺老拴家斜对门，说话声音大一点儿，那边就听见了。魏淑兰一天至少往这边跑一趟，白天没空，晚上也得补上。进门就找活儿干，赶上刷锅就刷锅，赶上推磨就推磨。话不多，就知道低着头干。贺老拴两口子没事儿就偷着乐，要说最高兴的还是调皮捣蛋的二柱，他不止一次地跟魏淑兰开玩笑："淑兰姐，我哥什么时候回来娶你呀？他要是老不来，我可娶了。"魏淑兰抄起笤帚疙瘩就追着打，弄得满院子鸡飞狗跳，热闹非凡。贺老拴两口子也不拦着，还跟着看热闹。魏淑兰就埋怨他们："你们也不管管二柱这张嘴，一点儿把门儿的也没有。"

村里闹起了土地改革和减租减息运动，人们又开始敲锣打鼓，像庆祝日本人投降一样。七里冢仅有贺大发一家是大地主，过了好些年富得流油的好日子。贺大发不是这一辈儿才开始发的，据说，他奶奶给光绪皇帝当过奶妈子。再往上数，不知是在什么朝代，他们家还往官里送过太监。也就是说，他们家打老辈儿就在朝廷里有人。到了贺大发这一辈儿，祖宗留下的家业在献州一带就有些影响了，村里的地在解放前大部分都是他们家的。村里人不管是姓什么的，男的还是女的，几乎都给他家扛过长活，或者打过短工，但谁也没跟这家地主闹过什么大的别扭。你给人家干活儿，人家该管饭管饭，该给工钱给工钱，从没拖欠过。只是他家住的那高墙大院，豪华宅门，养着几条大狗和好几个家丁，还娶着几房粉白鲜嫩的小老婆，让穷户人家心里实在不平衡。日本人在的时候，穷人家害怕，地主家更害怕。那么多土地，那么大家业财产，那么多漂亮的小老婆，生怕让日本人占了去。所以，一听说日本人来了，他们就把家里值钱的东西藏起来，让小老婆们穿得素一点儿，对日本人客气点儿，尽量别惹是非。他们盼着日本人早点儿走，让他们平平安安地过花天酒地的日子。

日本人在的时候，七里家最提心吊胆的是贺大发，活的最滋润的是贺六指。

贺六指在 23 岁那年，有人给说了房媳妇。媳妇长得还不算难看，可贺六指不知道珍惜。每天在外面吃喝嫖赌，游手好闲，到家还打媳妇。媳妇受不了，跟他过了不到两年就跑了，也没给他留下一儿半女。跑了媳妇的贺六指从此以后，更不往人上混，最后把家里的地全卖了，值钱的东西也倒腾了。实在混不下去的时候，他就到贺大发家打短工。贺大发嫌他好吃懒做，不收他，他就赖着不走，赶上吃就吃，赶上喝就喝。乡里乡亲的，惹不起也躲不起，贺大发就把他留在家里做杂活。白天扫扫院子，晚上打打更，光管饭，不给工钱。累不着，也闲不住，撑不着，也饿不死。刚开始，贺六指还当回事儿地干，干着干着就不着调了，先是在人家里偷酒喝，偷点心吃。后来竟连贺大发的第四房小老婆也惦记上了。

贺大发一共娶了四房，头一房娶的是他姨家的表姐，大他 3 岁，模样偏俊。他姨家也是献州城里有名的大财主，门脸不小，场面挺大，两家可以说是门当户对。婚后，夫妻相敬如宾，恩爱有加，只是过了门两三年，贺大发白天晚上都使劲忙活，媳妇的肚子里还是不见动静。贺家这么大家业，这么多财产，不能没人继承。于是，他就娶了第二房。第二房是百草山南边八里庄的，是个普通人家的闺女，没什么文化，长得也不算俊。但人高马大，手脚麻利，家里外头的活儿，都能拿得起放得下，进门就当家。第二年就给贺大发生了个大胖小子，第三年又生了个闺女。娶了第二房，贺大发就不想再娶了。可没过两年，一个远房大表姐家里遭了灾，来贺家避难，住下来就不想走，后来非要把闺女许配给他做三房。贺大发没办法，就稀里糊涂地跟那个不怎么待见的表外甥女拜了天地。娶第四房的时候，贺大发就 40 岁了。那一天，他到娘娘庙去拜神，碰上了一个年轻貌美的姑娘，互相对了一下眼神儿，心里就放不下了。那姑娘长得十分喜人，尤其那眼神儿，一看就是人们常说的那种狐狸眼，火辣辣，尖嗖嗖的，怪勾人。回来他就托媒人找那姑娘，正好那姑娘也托媒人找他。你有情，我有意，再见了面，就粘成一个人了。那姑娘小他 18 岁，风情万种，凸凹分明，再加上能说会道，一过门就把那三个太太压下去了。贺大发像得了个宝贝儿一样，晚上睡觉，别的屋就不想进了。据说头天晚上折腾了五六个来回，第二天起来，脸色发青，眼珠子都肿了。这么些年过去了，贺大发岁数大了，身子骨也不如从前了，但在四姨太身上还是不惜力气。

贺六指是个见腥就闻的猫，嘴也甜。见了面，左一个四奶奶，右一个四奶奶地叫着。白天，有事儿没事儿往那四奶奶跟前凑，说两句半荤半素半挑半逗的话。有时还小滴溜儿地动动手脚。正赶上那四奶奶也欠收拾，天生不是省油的灯。你有来言，她就有去语，你打情，她就骂俏。这就给贺六指提了神儿，壮了胆儿。贺六指认为贺大发年纪大了，收拾不动四奶奶了。四奶奶空得难受，他蠢蠢欲动想替贺大发把这个坑给填了。

那天晚上，趁贺大发进城没回来，奶妈子们伺候完孩子出去串门了。只有四奶奶在院里晃来晃去，还有一句没一句地跟贺六指搭讪着，像给他发信号，弄得他心里格外痒痒。四奶奶扭着腰肢进了屋，屋里亮着灯，门帘还在舞动着。贺六指什么也不顾地跟了进去，一进门就把四奶奶抱住了。那四奶奶没动，也没发怒，回过头来，问他："六指儿，该死的。你想干什么？"他嬉皮笑脸地说："小骚货，你知道我要干什么。"说着，两只手很大方地扣在了四奶奶两个硕大的乳房上。四奶奶极富煽情地说："你真是耗子舔猫×，豁死儿了。你就不怕贺大发当驴骟了你？"他说："我不怕。我是阎王爷干小鬼儿，舒服一会儿是一会儿。"四奶奶笑着说："我凭什么便宜你这个骚光棍儿？"他淫笑着说："那还用说，因为你也骚，也浪呗。"四奶奶用手指头点了一下他的鼻子："你才浪呢。"他说："你没听过那段儿顺口溜儿吗？人浪笑，猫浪叫。驴浪呱唧嘴，狗浪跑瘸了腿。你那一笑，我就知道你浪了。"四奶奶说："真是破茶壶配了个好嘴子，你还满身是瓷（词）儿。"他说："你别光夸我了，来点儿真格的吧。"说着又开始动手动脚。四奶奶躲着他，不急不慢地说："你看你那德行，活像个大叫驴。"他说："你敢情饱汉子不知饿汉子饥，我这儿都憋得起疙瘩了。"四奶奶转过脸来，把狐狸眼笑成一条缝，说："让我看看。"他很听话，立马把裤子脱下来了："你看看，多水灵？"四奶奶用手指头在他那东西上弹了一下，说："倒是挺皮实。"他说："怎么样，咱开活儿吧？"谁知，四奶奶却不着急，放开他，出了屋，顺手从墙上摘下了一把镰刀，回来递给他说："你能把它挂上，在屋里溜三圈儿，只要镰刀不掉，老娘就让你泄泄火。"他把镰刀接过来，并不往上挂，他发贱地说："我的小心肝儿，都说龟头上挂镰刀——危屄险。你不是成心让我当太监吗？"四奶奶笑出了声："不，这三圈儿走不下来，你别想挨老娘一下。"他没办法，用手在镰刀刃上摸了摸，见并不锋利，就挂了上去，说了句："操，这有什么呀？"他倒背着手，在屋里转悠起来。四奶奶就给他数着，数到两圈半的时候，镰刀"当啷"一声掉下来了。四奶奶在一边抱着双臂笑："就你这两把刷子，还往老娘怀里调屁股，滚你妈的蛋吧！"他被四奶奶推了出来。他心里还是不大服气，嘴上还在叨叨："小骚货，你等着瞧，有一天，我会把你收拾草鸡喽。"

四奶奶出卖了贺六指，跟贺大发说，贺六指老想占她的便宜。贺大发让家丁把贺六指好好地收拾了一顿，当天晚上就把他赶出去了。那几个家丁下手挺狠，其中有一棍子打到他大腿根儿上，他疼得在地上打滚，爬起来站在门口大骂："贺大发，你不得好死，你收拾不了自个儿的小老婆，还不让别人收拾。你等着，老子有一天会让你明白马王爷有几只眼！"

第十章

贺六指那天晚上在日本兵营里喝完酒，没直接回自己家，而是绕道去了贺大发家，对着他家的大宅门撒了一大泡尿。撒完，他感觉特痛快。

第二天，贺六指换了一身行头，完全是那年月标准的汉奸打扮，还弄了一辆破自行车，骑着满街风光。他大摇大摆地进了贺大发家的门，管家问他有什么事儿，他把管家扒拉开直接进了正屋。贺大发见他跟往日打扮不一样，就问他："昨天到哪个坟头上盗墓去了，弄了这么一身装裹（寿衣）？"

贺六指很不客气地坐在藤椅上，把两个袖子往上一捋，说："哎！商量个事儿，把你四姨太借我用两天。"

贺大发猛地拍了一下桌子："六指儿，你他妈一张纸画了个鼻子——好大的脸。论辈分儿，那是你四奶奶。"

贺六指说："那我就不管了，叫什么都一样使。"

贺大发过去扇了贺六指一巴掌："我打你个不要脸的东西，你给我滚出去！"

贺六指捂着被贺大发扇疼的半拉脸说："咱君子动口不动手，你要明智的话，就把四奶奶借我用两天。两天之后，肯定一个零件儿不少的还给你。要不，你就给我50块现大洋。不然，三天之内，我让你倾家荡产。"说着，他有意抖了抖自己的行头。

贺大发不理他那茬："你看你那做（揍）性，你以为你换了这身装裹，我就把你当人看啦？滚，你给我滚出去！"

贺六指站了起来，朝贺大发耸了耸鼻子："你可别后悔，有你跪下来求我的那一天，哼！"

没过几天，贺六指带着几个日本兵去了贺大发家。一进门就指着贺大发对一个日本兵说："这就是我们村的恶霸地主，他家钱大大的，粮食大大的，花姑娘大大的。够皇军用好几年的。"

几个日本兵没等贺大发说话，就把他绑起来了。几个家丁上前拦着，让日本兵用枪托给砸晕了，两条狗出来咬，也被日本兵用枪打死了。两个日本兵把贺大发家里的管家、长工、短工和大小老婆们都集中在院子里不让动。其他的日本兵都进了屋，翻箱倒柜，上抓下拿，十分忙乱。

贺六指在一边喊："他家有金条，有袁大头，有座钟挂表，有绫罗绸缎。大大的，多多的，给他收拾净了，看他还牛不牛！"

被绑在枣树上的贺大发破口大骂："六指儿，你卖身投靠日本人，你是汉奸走狗，你早晚要碎尸万段！"

贺六指站在一边点着了一支烟，边抽边说："好哇，在我碎尸万段之前，我先看着你倾家荡产。哈哈。"说完，他拍着大腿大笑起来。

好在贺大发事先把一些值钱的东西倒腾走了，才免遭劫难。贺六指在贺大发家待过，知道他家有多大家产，就对川野说，贺大发把值钱的东西都藏起来了，对皇军大大的不忠。之后，川野亲自去了一趟贺大发家。那时候川野在七里冢还假装斯文，教村里人说日本话，给孩子们糖块儿吃，大肆宣传"东亚共荣，王道乐土"，真面孔还没露出来。他到贺大发家很客气，并对前两天日本兵进家来搜刮东西表示道歉，有些没多大意思的东西，他还亲自退了回来，这让贺大发不知说些什么好。

川野在贺大发的大厅里来回转，对他条案上摆的两个花瓶格外感兴趣，拿起来上看下看。说："这是唐朝的秘色瓷，你看这上面的贵妃出浴图，真是活灵活现，栩栩如生啊。大唐盛世，经济腾飞，文化发达，乃中国之骄傲啊。"

川野像教书先生似的说："中国是一个古老文明的国家，商朝就有瓷器了。两晋之前产生的，叫原始青瓷。到了两晋之后，就出现了白釉、酱釉和唐代的秘色瓷，还有长沙的釉下彩。到了宋代就出现了五大名窑，也叫老窑瓷。到了元代，就出现了青花、釉里红和红绿彩。当然啦，明朝的洪武瓷，在历史上也很有名。"

川野把贺大发说得两眼直发愣，他没听人这样有板有眼有根有据地讲过瓷器。

川野还看了堂屋里的两个烟壶，一个铜碗，一个瓷酒盅和其他的东西，边看边说："你家简直就是一个博物馆，好开眼呀。"

贺大发赶紧说："这都是祖宗留下来的，没什么值钱的，破家万贯吧。"

川野还是流连忘返，连连称赞，走的时候一步一回头。

出了门，贺六指又折回来了。他悄悄对贺大发说："你要知趣的话，趁早把川野看上的那几件东西给皇军送过去，不然有你好看的。"

贺大发想了两天，尽管有些忍痛割爱，还是把那几样东西送上了百草山。川野很高兴，夸贺大发对皇军大大的有良心。贺大发听了想哭，心里直折腾。

过了几天，贺六指像想起了什么，大清早跑到川野的房间里说："皇军喜好老玩意儿。"

川野打断他的话："什么老玩意儿？那叫古董。"

"对，古董。"贺六指连连说，"贺大发的奶奶给光绪皇帝当过奶妈子，听说，他们家老辈儿人还给乾隆爷当过太监。他们家古玩意儿，不，古董，多的是。他们家有一个床，说是龙床，光绪皇帝送给他奶奶的。"

"龙床？我怎么没看见？"川野问。

贺六指说："他们家好多东西都不知道倒腾到哪儿去了，贺大发那王八蛋，鬼心眼儿多着呢。"

川野说："你给我查清楚，回来我大大的有赏。"

贺六指对川野很有孝心，他骑着个破自行车满村乱转，凡是跟贺大发家有亲戚的人家都去看看。转了好几天，没见着那张龙床。后来，他想了想，贺大发有个小舅子在献州做糊冥活的生意，买卖不错，家里房产也不小，会不会放他那儿了？一大清早，他骑自行车去了献州，到贺大发他小舅子家一看，果然那张龙床在那儿。他高兴得差点儿蹦起来，回来想直接告诉川野，琢磨了琢磨，觉得还是先折腾贺大发。贺大发在七里家是首富，在献州也算数得着，谁见了都得敬他三分，怎么着？见了日本人，照样比孙子还孙子。看着他那像尿了裤裆似的熊样，真他妈过瘾。

贺六指直接去了贺大发家，贺大发不敢小看他，赶紧派人递烟上茶，当神仙一样伺候着。贺六指把手一摆："罢了，罢了。咱还是先谈点儿正事儿吧。"

贺大发坐下来，瞥了贺六指一眼："你是夜猫子进宅，没事儿不来呀。有话快说，有屁快放。"

贺六指也不急，还是那话："把四奶奶借我用两天。"

贺大发说："你他妈真是坟头上插烟卷儿，连缺德带冒烟儿。这些天，我够装孙子的了，你还让我怎么着？"

贺六指不紧不慢地说："怎么着，非让把实话说出来呀？川野大队长看上你们家的龙床了。让我捎个话儿，今儿后晌送过去。"

贺大发说："他怎么知道我家有龙床？"

贺六指指了指自己的鼻子，说："你挺聪明的一个人，这会儿怎么这么糊涂。不是有我呢吗？"

贺大发拍了一下大腿，叹了口气："咳，我怎么就忘了你这个孙子了呢。"

贺六指说："在皇军面前，咱们都是孙子。你要不怕死，就往日本人枪口上撞，那算你有种。再说啦，你有这么大家产，这么多漂漂亮亮的小老婆，你舍得吗？"

贺大发低下头："那是我们家祖传的家产，也是国宝呀。要是在我手上丢了，我对得起列祖列宗吗？"

贺六指来劲了："我知道你舍不得。我这有个不算太损的主意，你把四奶奶借我用用，龙床的事儿，我跟皇军去周旋，咱算做个交易。你要是觉得不合算，那就算了，我不勉强。你的龙床不就是藏在献州你小舅子那儿吗？让皇军去抬好了。"说完了，他站起来就往外走。

贺大发拦住他，往自己脸扇了一巴掌："六指儿，你个狗娘养的，你狗仗人势，你他妈骑着我脖子拉屎，也不让我挪挪地界儿。"

贺六指倒背着手，一副满不在乎的样子："哎，哎。我可没逼你。我得走了，皇军那边儿这会儿恐怕把酒都给我烫好了。"

贺六指溜达着往外走，贺大发追了出去，到了门口捏了一下贺六指的裤子，说："孙子，你爷我认了还不行吗？"

贺六指回过头来说："我再说一遍，我可没逼你。到底哪头儿炕热，你再摸摸。"

贺大发又往自己脸上扇了一巴掌："孙子，你晚上来吧。"

贺六指双手一抱："多谢。多谢。"

晚上，贺六指迫不及待地溜进了四奶奶的小院。四奶奶的灯亮着，屋里没别人，四奶奶脱得光光的，围着被子等他。他一进来，四奶奶把脸背过去，朝着墙，一副羞答答的样子。

贺六指把屋门插严了，上床把四奶奶的被子撩了，四奶奶雪白的身子一览无余地暴露出来。贺六指把眼睛都看直了，怪不得贺大发舍不得，真他妈是上等货。溜儿光溜儿光的，又白又嫩，像新上市的带露水的鲜菜，掐一把就出水。浑身上下，除了肚脐眼儿，一个疤瘌也没有。四奶奶把被子拽过来又围在了身上，看了贺六指一眼："你轻点儿好不好，一惊一乍的。就是吃奶，也得等老娘解开怀不。"

贺六指假装不屑地看了一眼四奶奶："都说上赶着不是买卖。你要是硬着头皮打发我，我扭头就走。"

四奶奶伸出小脚踹了他一下："你别蹬着鼻子上脸，逮住便宜卖乖。"

贺六指一边脱衣服一边说："你也别他妈捏着半边儿充紧的了。怎么？这回不让我再挂镰刀啦？"

四奶奶上去搂住了他的脖子："这回，老娘撑死你狗日的！"

贺六指饿狼捕食一样地扑向四奶奶……

在很长的一段时间里，四奶奶跟贺六指配合得很好，贺六指也旗开得胜游刃有余。有一天，贺大发请他喝了顿酒。席间，跟他说："咱杀人不过头点地，凡事儿都要给自个儿留条后路。从今儿起，你就不要来了。"

贺六指一杯酒下去，打了个饱嗝："你问四奶奶还舍得我吗？"

四奶奶接过来说："谁稀罕你个熊样儿的。"

贺六指又打了一个饱嗝，说："你不稀罕我，稀罕我底下那东西就行呗。"

贺大发扭了一下脸，说："你他妈说句人话行不行？"

贺六指说："人话？行，那我就说句人话。从今儿起，我一个礼拜来一回，给你腾点儿空儿。"

贺大发说："从今儿起，你就不要来了。"

贺六指又是那一招儿，站起来就走："好，我不来了。我把话说在前头，到时候，你可别跪下来求我。听说，皇军要找花姑娘了。你家这么多大闺女小媳妇，个顶个儿都这么俊，这么水灵，怎么也得摊两个吧？到时候，日本人怎么折腾，可就不是我的事儿了。"

贺大发又拦住了他："别，别价。你两礼拜来一趟吧，让你四奶奶歇歇身子。"

贺六指走后，贺大发又使劲扇了自己一巴掌："什么他妈东西！"

在日本人投降前，贺六指就跑了。他知道日本人一走，没他的好日子过。他知道日本人在中国待不了多久，靠着日本人吃饭不是个长法。但没办法，这年头，一个人有一个人的活法，只要活得痛快就行。听说日本人待不住了，他赶紧溜了。跑到哪儿去了，七里冢人谁也不知道。日本人投降后，八路军清理各地的汉奸，曾到处找贺六指，但没找着。后来，又开始打仗了，八路军南下，国民党又把献州给占了，这一占又是三年。人们原以为日本鬼子投降了，就可以安心过太平日子，结果还是没太平得了。没多久，八路军就和国民党打起来了，打起来就没完没了。

国民党占了献州没多久，贺六指就回到七里冢，大摇大摆地进了村，跟日本人在的时候一样神气。他的家被封了，他把封条撕下来，扔了老远。进了屋，满地都是老鼠屎，炕上还有老鼠在来回窜。他上炕四仰八叉地躺下，老鼠们很大胆地围过来跟他戏弄。他骂了一句："我操，我这一走，连老鼠们都反啦。"他猛地爬起来，拿起笤帚疙瘩追得老鼠满地跑。他很开心。

第二天，他在街上走。没人搭理他。他很没趣，不想走，还是往人群里钻。

贺秀才对他说："日本人走了，你这心里觉着没着没落的了吧？往后还想抱哪条大腿过日子呀？"

他从口袋里掏出一支烟卷点着，也不问别人抽不抽，抽着了一边冒烟一边笑："天无绝人之路呀。日本人是投降了，可日本人是向国民党中央政府投的降，不是向共产党投的降。你们别以为日本人一走，这天下就是共产党的了。这不，两家又打起来了，国民党军队是 400 多万，共产党是 100 多万。国民党是飞机加大炮，共产党是小米加步枪，傻瓜也能看得出，这天下将来是谁的。"

贺秀才说："将来是共产党坐天下还是国民党坐天下，咱先不说。你可是当过汉奸，是洋人之走狗，民族之败类。将来无论谁坐了天下，都饶不了你。"

贺六指扬扬手："你是秀才，论耍嘴皮子，我肯定不是你的个儿，你先在这耍着吧，我走啦。"

贺秀才还是不放过他："这年头，耍嘴皮子，不如耍舌头。舌头长了，多深的腚眼子，也能舔得进去。"

大伙儿哈哈大笑。

贺六指走了，在街上转了一圈，觉得很没意思。再加上让贺秀才给损了一顿，心里挺别扭，弄得他脸上臊不搭的。他不知不觉地溜达到了贺大发家门口，他犹豫着进去还是不进去。日本人在的时候，把贺大发家折腾稀了，金银财宝都落了川野手里，转移到别处的也让贺六指想方设法给倒腾了出来。这还不算，贺大发的小老婆，让贺六指白睡了好几年。贺六指总对贺大发说："我会在皇军面前给你美言，说你拿家宝孝敬皇军有功，让皇军优待你。"可百草山惨案，照样也捎上了贺大发家的两条人命。这些年，贺大发可以说是倒霉赶溜头儿，赔了夫人又折兵。不过贺大发还是贺大发，瘦死的骆驼比马大，家底厚，自己也能折腾。日本人一走，他的日子很快又翻过身来了，村里的人该给他家打短工的打短工，扛长活的扛长活，该交租子的交租子。贺大发又像以前一样神气了。

贺六指犹豫了一会儿，还是进去了，一进院就喊："四奶奶快出来接我，这些日子在外头，我快把你惦记疯了。"事到如今，他还敢说这种混账话，他是经过准备的。落了毛的凤凰不如鸡，日本人一走，显然他没什么好日子过了。但自己不能认熊，该撑还得撑着点儿。现在毕竟还是兵荒马乱的年代，将来天下不知道落在谁手里。只要天下不太平，就有自己这号人的饭吃，就知道自己该怎么混。

贺大发出来一看是贺六指，气就不打一处来，指着他阴损道："哟，这不是六指儿吗？听说你早死啦，我不是大白天活见鬼吧？"

贺六指不着急也不上火，说话还有点儿拿腔拿调："发爷，托你的福。别看我舅舅不疼，姥姥不爱的，也不知怎么他妈闹的，这身子骨儿越活越硬朗。再说咧，我临死不见四奶奶一面，也闭不上眼哪。"

四奶奶扭着肥腰出来了："我说六指儿，你可别给脸不要脸，一把一把地往下撕。你小日本儿爷爷回老家了，没人给你撑腰打气儿了，你再张狂可就有人收拾你啦。"

贺六指往前走了两步，站在贺大发与四奶奶中间，他继续拿腔拿调地道："按说，我他妈是欠收拾，毙一百回也值了。可你们怎么不想想，我怎么到现在还活得这么结实，这么精神？我明知道你们一家把我当仇人看，还大摇大摆地进你家门儿，这总得有点儿来头儿吧？"

贺大发接过来说："那还用说，你愰不知耻呗。"

贺六指说："发爷说对了，不过，我有话要提醒你，你别以为日本人走了，就有你的好日子过了。将来共产党得了天下，更有你好受的。共产党都是从穷山沟里折腾起来的，他们可是杀富济贫。听说还共产共妻，你小心点儿吧。等共产党一来，你这家业都得给共了去。"

贺大发说："我这家业一不是偷来的，二不是抢来的，凭什么给共了去？"

贺六指说："你别在这跟我横。有本事，等共产党来了，你跟他们横去。那算你有种！"

贺大发气又上来了："让共产党共了去，我他妈愿意，怎么也比让你个混账王八蛋孝敬了日本鬼子强。我越想越来气，我今儿打死你个狗东西！"贺大发顺手抄起了一把铁锹，扬起来向贺六指劈去。

贺六指一见贺大发来真的了，撒腿就跑："你走着瞧，你个恶霸地主，有你的好果子吃！"

贺大发继续穷追不舍，四奶奶在后面举着拳头助威："打！打死他个狗汉奸！"

家丁们也拥上来了，抄了家伙去追贺六指。尽管贺六指腿脚麻利，跑得快，还是挨了几下子。他沿着大街跑，街上的人都在看热闹，有的人回家拿家伙，追着喊着打。贺六指跑不动了，跪在地上求饶，但人们已经收不住了。棍子棒子雨点般落在他身上，有人用脚踹，有人朝他身上吐痰。

打得正热闹的时候，贺老拴来了："别打了，这样打死他，太便宜他了。"

有人说："把他活埋喽！"

贺老拴说："对！"

接着，人们就在大街上喊："活埋狗汉奸喽！活埋狗汉奸喽！"

这一喊，村里的人，都拿着铁锹、洋镐，嚷嚷着从家里跑出来了。贺六指被民兵们五花大绑，押着向百草山走去。按照贺老拴的指示，要把贺六指在贺家坟里活埋。当时有人不同意，说贺六指在阳间干了一辈子坏事，到阴间也让他落个孤魂野鬼。贺老拴不同意。他认为贺六指再罪该万死，也是贺家人。既然活着是贺家人，死了就该是贺家的鬼。

人们七手八脚，把贺六指的坟坑挖好了，大小深浅，跟正常埋死人的差不多。

坑刚一挖好，贺六指就很自觉地跳了下去。

贺老拴让人下去给贺六指解开了身上的绳子。

"六指儿，你还有什么可说的？"贺老拴问坟坑里的贺六指。

贺六指抬起头来看了看上边的人，哭了："我罪该万死，埋吧。"

"埋！"贺老拴大喊一声。

人们高喊着，高叫着，开始向坟坑里填土。不一会儿，就把贺六指的身子埋去了大半截。刚开始，贺六指一声不吭，闭上眼睛，干等着活埋。当土埋到胸膛的时候，他突然仰起头来大叫："乡亲们哪，给我留条活路吧。我怕死呀，我不想死呀。我上半辈子没做好事儿，我下半辈子给你们当牛做马，给你们当孙子，拿我的命报答你们还不行吗？乡亲们哪！我求求你们啦，六指儿求求你们啦。让我活着吧！"他两只手作揖，哭丧着脸，向人们哀求着。

没人理他那一套，没人可怜他那样儿。狗汉奸，狗杂种，没人性的东西！你现在向人们求救了，日本人在的时候，你那狗仗人势的威风劲儿哪去了？要不是你，七里冢能死那么多人？日本人在百草山杀人不眨眼的时候，你可怜谁了？恶有恶报，时辰已到。这就是报应，你的死期到了！

人们还在埋，贺六指两只手还在作揖，还在叫。当他的脑袋被埋没的时候，再也不叫了，一只带六指的手露在外面。晃了几下，不动了……

献州人民政府成立了，没多久，派土改工作队到七里冢。工作队来了两个人，男的住贺老拴家，女的住魏淑兰家。男工作队员住进来的第一天，就问贺老拴："七里冢有个大汉奸叫贺六指，现在跑到哪儿去了？"贺老拴很不含糊地说："让我组织人把他活埋了。"男工作队员说："应该把他交给人民政府，怎么能擅自活埋呢？"贺老拴说："交给人民政府，还不是枪决。这样还省颗枪子儿呢。"男工作队员嘬了嘬牙花："你这当村干部的，得好好学学党的政策。"贺老拴不说话了。男工作队员说："你让人写个证明材料，我回去要向上级汇报。"贺老拴就去找贺秀才。做这样的事儿，离了贺秀才不行。

那个女工作队员原来是八路军文工团的演员，打献州的时候，魏淑兰跟她见过一面。虽然是在战场上见的，但魏淑兰还是觉得她很漂亮。果然，一到七里冢，女工作队员就把魏淑兰的漂亮给压下去了。让魏淑兰佩服的不仅是人家漂亮，是人家比庄稼人有文化，说普通话，不像七里冢人说话土得掉渣。还有，人家的举止也文雅大方，怎么看怎么让人待见。

贺大发是七里冢唯一的地主，虽然遭了日本人的搜刮。但到目前为止，还是七里冢的首富，当然也是土改的对象。魏淑兰带工作队去了他们家。

贺大发态度极好，工作队一进屋，赶紧吩咐家人递烟上茶，好一阵忙活。

工作队很客气，不抽烟，也不喝茶，甚至不落座，让贺大发心里好一阵不踏实。女工作队员对贺大发说："你就是贺大发？"

贺大发说："是。我是。"

女工作队员说："现在解放了，人民政府成立了。作为剥削阶级，你今后要好好接受改造。我们是人民的政府，人民的政府就是为人民当家做主，让人民从政治上、经济上、生活上彻底翻身解放，过平等、幸福的日子。"

贺大发连连说："人民政府好。人民政府好。"

女工作队员继续说："所以，你霸占穷人的土地，要重新分给穷人，你雇佣的长工、短工和所有的佣人，给足工钱，让他们回家种地。还有，你家的房产、粮食，都要分给受难的乡亲。听见没有？"

贺大发说："听见了。听见了。"

魏淑兰说："你家存的那些古董要上缴人民政府。"

贺大发说："我家的古董都让贺六指孝敬给日本人了。"

女工作队员转身要走，回过头来又说："你一定要好好接受改造，重要的是改造你的剥削思想，要和劳动人民打成一片。"

贺大发说："是。是。"

魏淑兰也学着女工作队员的口气说："还有你老婆，你闺女。让她们都改改阔太太、阔小姐的做派。"

贺大发说："是。是。"

送工作队员出来的时候，贺大发担心地说："同志，我那几个老婆，你们不会共去吧？"

女工作队员按捺不住地笑了："新中国实行的是一夫一妻制。不过，还不会把你的老婆都共了去。"

贺大发说："那就好。那就好。"

魏淑兰也偷着笑了。

回到家，魏淑兰又碰到了一件高兴的事儿，贺金柱来信了，而且报告了一个惊人的喜讯：他要到北京参加全国英模代表大会，毛主席还要接见呢。如果可能的话，等毛主席接见完，就回家看看。具体时间是：阴历九月初七到家，初九归队。

魏淑兰把信放在心口窝里待了一会儿，闭上眼睛，让幸福慢慢地在心中流过，好像贺金柱明天就来到她眼前了。她设想了一下，假如贺金柱回来，她用什么样的方式迎接他。第一次见面给他什么样的表情，做什么动作，说什么话。一晃七年过去了，走的时候是个毛头愣小子，现在都长成大人了，成了中国人民解放军军官了。还上北京开了会，见到了毛主席。这贺金柱可了不得了，不是一般人了。

魏淑兰觉得自己一个人承受不了这么大这么激烈的幸福，就把信拿给女工作队员看。女工作队员说："你太幸福了！简直太幸福了！"女工作队员这么一说，她觉得自己还应该往死里幸福一阵子。看来这世道真是偏爱魏淑兰，上帝把模样给了她，把幸福也给了她，几乎没给她留一点儿遗憾。闭上眼睛想一想，也真是的，三乡五里没一个人比得上她，没一个人不羡慕她。就连有模样有身份的女工作队员也夸个不休，她说她的婚姻是父母包办的，男的比她大不少。

魏淑兰自己幸福了一阵子，然后去了贺老拴家。这回进门没干活儿，而是先把消息报告给了贺老拴全家人。二柱从帽盒里取出来一封信，让魏淑兰看。她看了看，跟给她的信内容差不多，也说是阴历九月初七到家。

贺张氏拉过魏淑兰说："不管怎么说，回来，就给你们成亲。"

魏淑兰低着头，脸红得够呛。她也想过这个重大问题，白天晚上都想，有时想得如火如荼。

贺老拴磕了磕烟袋，掐着手指头算了算说："初七到家，初八正好是个双日子。对，初八办。"

二柱接过来说："对，给他们办喽。"

魏淑兰捶了二柱一下："去你的。"

二柱做了个鬼脸说："怎么，你不想当我嫂子啦？到时候我哥让别的大闺女抢了去，你可别哭鼻子。"

魏淑兰追着二柱打。

第十一章

　　入朝之后，才知道朝鲜真是往死里冷。都到 3 月份了，温度还在零下 20 多摄氏度。二十八团原来在福建，这个季节早穿单衣了，由于入朝仓促，再加上后方供应困难，二十八团有一半的人没有穿上棉衣。一入朝又赶上下大雪，雪有一尺多深，踩上去很快把半截裤子陷进去，拔出来的时候，雪就都灌进了鞋里。刚开始还觉得凉，不一会儿，就变成了水，很快把袜子和脚都泡湿了。走路的时候没什么感觉，稍停下来，热气冷却成冰，鞋、袜子与脚便冻在一起，又痒又痛。还没到前线，好多人就冻伤了手脚，有的冻伤了耳朵和鼻子。大雪一连下了好几天，好不容易停下来，但还是迟迟不出太阳。老天爷，继续阴沉着脸，云彩积得厚厚的，远处与山峰连在了一起。天是干冷干冷的。这样的天气，维持了几天，就刮起了大风。大风一来气势就很猛，声音像哨儿一样响，地上没冻实的雪，都被风卷起来了，害得人睁不开眼。雪打在脸上生疼生疼的，整个脸像被风撕开一样。鼻子、耳朵都不敢用手摸，一摸就要掉。这样的气候和环境，谁也没想到，即使想到，也没有很好的防范措施，因为提前入朝的部队也面临着这个问题。还有一个严重的问题，是吃饭。在国内打仗，虽然条件艰苦，但正常的情况下部队可以吃上热饭。打了胜仗，老乡来慰问，还能吃上大鱼大肉。在朝鲜却不能，因为没有给养车辆保障，部队吃的喝的，都靠自己肩上背，饿了吃炒面，渴了吃雪团。慢慢地，每个人嘴上都起泡了，嘴唇干裂了。那滋味儿，说不出来的难受。入朝前，大家一腔热血踌躇满志，恨不得一上前线就跟敌人接上火，一个礼拜就把美国佬赶回老家去。万没想到，到了朝鲜，遇上的第一个敌人就是冷，是饿，是个远比美国佬更可怕的问题。

走在行军的路上，贺金柱很没情绪。他虽然身上穿着棉袄，但还觉得浑身发冷。冷的原因不仅是天气，还有一天也吃不上一顿热饭。炒面吃下去，在胃里不往下走，老觉得堵得慌，炒面吃的多了，也上火，大便干燥，肛门像裂了口一样疼，有时还出血。他想起了跟魏猛子从老家逃出来，上了日本人的火车，在车上吃了日本人的饼干，没喝上水，解大便的时候，也是这样的滋味。但那是在火车上，没这么冷，也没遭这么大罪。

部队到达前沿阵地，稍做了些休整，吃了几天热乎饭。这里有朝鲜老乡往前线送粮食，其中有大米，部队吃了入朝以来的第一顿大米饭。还有土豆炒肉，吃起来像过年一样。

贺金柱连着喝了几缸子开水，肚子里好受些了，大便也不那么干燥了，浑身舒服得不得了。换防的部队留下了一些棉衣，这样，差不多每人都有一套棉衣了。身子一暖和，精神头儿也大些了。

二十八团是第二批入朝的，出国首战是第五次战役。但二十八团出师不利。

二十八团的作战任务是，组织一个穿插营，插到文川里，把南逃之敌拦腰截断，牵制住敌人。待增援部队到达之后，将敌一举全歼。这个任务很艰巨，要求部队机动能力强，行军速度快，反应敏捷。二营营长主动请缨，一营营长贺金柱当仁不让，他的理由比谁都充足：一营在每次战斗中都是团的第一梯队，次次都是打主攻。还有，在七战七捷、打孟良崮和上海战役中，都是一营打穿插，而且打得非常漂亮。团长和政委最后下决心，把这个任务交给了一营。出发前，团长一再对贺金柱说："二十八团的出国第一仗打好打不好，就看你们一营了。"政委也说："一营的荣誉不能代表今天，这是跟美国鬼子打仗，是机械化程度比我们高很多倍的敌人。所以，不能有半点的掉以轻心。"贺金柱没有积极表态，只是点了点头。

按照上级要求，一营要在拂晓前插到文川里。贺金柱看了看地图，文川里离部队驻地不到 20 公里，抄近路也得 4 个小时到达。因为朝鲜到处都是崇山峻岭，地形非常复杂，就是一溜儿小跑，一个小时也只能走 5 公里。何况路又不熟悉，而且是夜间行军。

凌晨零点，一营出发了，他们在凌晨四点半到达了文川里。当时天还是黑的，四周都是黑的，看不清地形，只感觉到处都是大山。待了一会儿，天发亮了，才看清这是一条大峡谷。峡谷出口处，是一条很宽的公路。在山的脊背上有几户人家，这个村就叫文川里。贺金柱拿出地图，经过反复实地对照，确定了自己的位置。他命令部队做好战斗准备。

一营迅速按战斗队形散开，隐蔽在公路两侧的壕沟里。天大亮，敌人从公路北面来了，坦克、装甲车、汽车，成一路纵队很威风地开来，公路上掀起一溜儿看不到尾的烟尘。待前面的一部分车辆过去之后，贺金柱觉得拦腰的时机到了。他命令部队发起攻击，战士们从壕沟里一跃而起，喊杀着朝公路冲去。然而战士手里的汉阳造、三八式步枪，却对坦克、装甲车构不成杀伤力。子弹打出去，并不影响这些车辆继续前进。战士们扔手榴弹，手榴弹在坦克身上爆炸，根本炸不坏。坦克里的敌人开始还击，不少战士中弹倒下。坦克、装甲车乱了队形，车里的敌人一边还击一边横冲直撞。混战中，部队伤亡很大。贺金柱见拦腰的任务无法完成，只得命令部队撤出战斗，向山上迂回。敌人并没恋战，继续南逃。

部队回到文川里，贺金柱却见二连没有跟上来，待他向山下看去，却见魏猛子带着二连向敌人追去。他大声喊："停止追击！"但魏猛子不听那一套，继续穷追不舍。不知怎么回事儿，敌人的车辆竟慢了下来，这下魏猛子追得更猛了。贺金柱感到不妙，带着部队下了山。就在这时，敌人的坦克、装甲车突然调头向二连冲来，车上射出密集的子弹，好多战士应声倒下。

贺金柱大声喊："停止追击！快隐蔽！"战士们迅速撤出公路，利用地形地物隐蔽起来。魏猛子是最后一个撤出公路的。他向壕沟里纵身一跳的那一刹那，一颗子弹从背后打来，他滚进了壕沟。

美国大兵还是不恋战，调过头来继续南逃。

魏猛子腿上受了伤，鲜血流得很猛，卫生员费了好大劲才止住。他紧咬着牙，还在不住地说："王八蛋，有本事下来跟我打，钻在那玩意儿里面算什么东西？"

贺金柱一直在他身边护着他，等他不嚷了，才对他说："你不执行命令，回去咱们再算账！"

魏猛子看了贺金柱一眼说："一营没完成穿插任务，指不定跟谁算账呢。"

贺金柱说："这个责任由我来负。可你在那种情况下还让部队追击，造成部队重大伤亡，你是在违抗命令，你知道这是什么罪过吗？"

魏猛子少气无力地看了贺金柱一眼，又把眼睛闭上，咬了咬牙说："谁他妈打过这么窝囊的仗，二十八团什么时候这样熊包过？"

贺金柱努了努嘴，没说话，但他心里感到特别窝囊。他想哭，想往石头上撞，甚至想死。这是二十八团的出国第一仗，一营是这一仗成败的关键和焦点。团长、政委为一营揪着心，别的营也都瞪大了眼睛看着一营，可一营却把第一仗打成这个熊奶奶样儿。不仅没完成任务，还死伤了40多个人。自己这个营长是怎么当的？有什么脸面去见团长政委？

贺金柱越想越窝囊，越想越窝火，越想越憋气。他猛地站起来，端起机枪朝天扫射："美国佬儿，我操你八辈儿祖宗！"

战役结束，二十八团召开党委扩大会，总结出国第一战的经验教训。师长专程来参加。

团长在会上做战斗总结，以往都是按序列作讲评。这次却是先表扬二营佯攻打得好，一个营牵制了李承晚军的一个团。接下来表扬了作为预备队的三营，加入战斗之后，出其不意，战术灵活，全歼英军的一个加强排。当说到一营的时候，团长看了一眼贺金柱。贺金柱全身激灵了一下，他不敢把目光直接和团长相撞，有些胆怯地回避了一下。也就是在同时，他感觉到团长好像也在看他，脸上立马发起烧来。他低下了头。

团长清了一下嗓子，干咳了一声接着说："一营这次担任穿插任务，其任务是我们团的重中之重。那么任务究竟完成得怎么样呢？我看还是让营长贺金柱自己说一说吧。"

会场上的气氛骤然凝结，没有一个人说话，所有的眼睛都在搜寻贺金柱。

贺金柱站了起来，他说："报告团长，一营没完成穿插任务，我负主要责任，我请求处分。"教导员也站起来说："我也有责任，要处分，也给我一个吧。"

团长喝了一口水，分别看了他俩一眼，没说话。

师长把很浓的眉毛蹙在一起，给人一种不怒自威的震慑感。

政委示意他们俩坐下，说："要说没有完成穿插任务，恐怕也不太客观，因为部队毕竟在预定的时间到达了文川里。只是没有把敌人的腰拦住，放跑了敌人，还造成了部队重大伤亡。仗打成这样，在二十八团可是史无前例的。"

师长猛然用拳头擂了一下桌子，桌上的茶杯掉在地上，发出十分清脆的响声。师长站起来大声说："贺金柱，你还是位传奇英雄呢。什么英雄？我看是狗熊！你给我说，这仗是怎么打的？"

　　贺金柱又战战兢兢地站了起来，他不敢看师长，心里七上八下的，可劲地折腾。当了十来年兵，打了上百次仗。每次仗打下来，不是立功，就是受奖，当然也挨过批评。但从来没像今天这样窝囊过，这样熊包过，这样无地自容过。他心里别扭到了没法再别扭的地步，但又有些哑巴吃黄连，有苦说不出。仗打完之后，他也在营党委会上认真分析了失利的主客观原因，他还和参加过前几次战役的友邻部队的战友交换过意见。但毕竟没完成任务，有一万个客观原因，也是没用的。仗打败了，给二十八团丢人了，还有什么可说的。

　　师长今天的火气很大，大得不得了："一营不是二十八团的常胜营吗，荣誉到哪儿去了？什么常胜营，我看是熊包营！"

　　贺金柱突然说话了："师长，我对你的话有意见。"

　　师长："说！"

　　贺金柱把头高高地昂起来："你骂我贺金柱祖宗可以，但你不能骂我们一营。一营常胜营的称号是上级给的，是一营几代人用生命和鲜血换来的。一营出国第一仗没打好，这是事实，但你不能骂我们是熊包营。再说，我们没完成任务，也是有客观原因的。"

　　营长当众顶撞师长，而且火气还很壮，这大概是从来没出现过的场面。会场上更静了，所有的人都瞪大了眼睛看着贺金柱。

　　团长说："贺金柱，你这是在跟谁说话？"

　　师长朝团长摆摆手，又朝贺金柱点点头，语气明显缓和了许多："贺金柱，这么说我冤枉你了。既然你说一营仗没打好，还有客观原因。那你就把这里边的客观原因，当着大伙儿的面，谈一谈吧。"

　　贺金柱刚要说话，师长对他说："你坐下讲。"说完自己也坐下了。

　　贺金柱坐下后开始讲："美军是机械化程度很高的多兵种部队，而我们却是单一的步兵。武器是三八式步枪和汉阳造，一个排才有一挺机枪，天上没飞机掩护，地上没有炮火支援。那点儿轻武器的火力，根本就对敌人形不成威胁，这种较量太不公平了。"

　　团长打断贺金柱的话说："蒋介石是飞机加大炮，我们是小米加步枪，不是照样把他赶到台湾去了吗？"

　　政委接过来说："贺金柱，照你这么说，这仗就没法打了。我们都该回家抱孩子去啦？"

师长摆了摆手，说："让他往下说。"

贺金柱说："这跟国内战争不一样，因为实力的差别，我们能把敌人分割开，却形不成包围。即便是形成包围，因为不能很快缩小包围圈，迅速歼灭，敌人也会跑掉。过去，我们在国内作战，熟悉地形，适应气候，而现在没有了这些条件。还有，受朝鲜高山峡谷，地形狭窄复杂的限制，我们根本不能像国内作战一样，既能大踏步地前进，又能大踏步地后退。关键时候，退都退不出来。还有，敌人的给养、装备都能跟部队一起机动。而我们却靠肩背人扛，因为我们携行的给养物资只能维持 7 天，所以，被人家称为'礼拜战术'。这样一来，即使眼看着敌人跑了，也不敢追，一是追不上，再就是补给线一延长，我们势必弹尽粮绝。万一敌人在这个时候，给我们杀个回马枪，我们就会吃大亏。"

会场一直很静，与会的人员都认真地听贺金柱的陈述，并用有些陌生的眼光看着他。

师长终于把紧蹙在一起的眉毛舒展开了，紧接着脸上的肌肉也相对松弛了。到后来，他甚至笑了："嗬，你小子快成军事理论家了，也挺动脑筋的。不过，有个问题，我要问问你。刚才你说到后勤补给的问题，我们在国内作战也遇到过这个问题呀，不是也没弹尽粮绝吗？"

贺金柱说："报告师长，这完全不一样。国内作战的时候，蒋介石可以当我们的运输大队长。缴获了枪支，拿过来就能用。可现在不行，美军的枪炮子弹跟我们的装备不匹配，拿到手也不会用。还有，在国内作战，老百姓可以推着小车来支援我们。可在朝鲜，到处都是大山，连个朝鲜老乡也看不见，上哪儿找吃的喝的？"

团长接过来说："贺金柱，照你这么说，这仗干脆就别打了。我们在国内战争中积累的作战经验，到这全作废了。"

师长思考了一下，说："贺金柱分析的有一定道理。第五次战役打响前，在军里开会，我就听说，彭老总曾说过，第五次战役，从军事说，不该打，但从政治上则应该打，但军事要服从政治。不管怎么说，第五次战役我们还是打胜了。不仅粉碎了联合国军为配合正面作战，侧后登陆，在朝鲜半岛蜂腰处建立新防线的企图。同时，也迫使李奇微不得不重新估计中朝军队的实力，坐下来等着跟我们谈判。还有，我军在第四次战役当中的被动局面也彻底扭转了。"

师长接着说："今天本来是战斗总结，但看来要变成学术讨论纸上谈兵了。作为一个基层干部，我看贺金柱还是挺有思想的，也是善于思考问题的。那么，我来问你，你认为下面的仗该怎么打？"

贺金柱有些不好意思地说："师长，你就别挤对我了。败军之将不言勇，我们一营没完成任务，还有什么资格谈这些？"

师长笑了一下，说："打仗嘛，胜败是兵家常事。不能背思想包袱，重要的是吸取经验教训，避免重蹈覆辙。"

贺金柱低头想了想，说："我在北京开会的时候，听人家专家讲过朝鲜战争的局势。入朝后，我也向友邻部队的同志了解过情况。虽然我们已经打了五次大的战役，也取得了辉煌的战果。但作为主力的美国第八集团军，到现在为止还没受到伤筋动骨的打击。前三次战役我们打得比较好，主要是发挥了我们近战、夜战、穿插、迂回、分割、包抄、拦头、斩腰、截尾等在国内战争中积累的作战经验。而到了第四、第五次战役，敌人抓到了我们的短处，不给我们发挥优势的机会，不让你靠近他。所以，这两次战役就打得比较艰难，伤亡也比较大。我们一营在文川里战斗失利后，我一直在想，要想跟美军打得赢，我们应该改变战略战术。具体地说，就是把发动大规模的战役变成小股部队作战，避实就虚，化整为零，各个击破，使敌人的飞机、坦克派不上用场。再就是把运动战变成阵地战，要有依托，应充分利用朝鲜的地形，在山上挖掩体，打坑道，把人和弹药、给养都藏起来，让他们的飞机失去目标，然后我们再捕捉战机。"贺金柱说到这儿停下了，他有些冲动，不能控制，甚至有些信口开河，一发不可收。这些日子他心里一直很憋气，总想找个机会把心里的话往外倒一倒，他知道今天并不是这样的机会。上有师长，下有团长政委，还有兄弟营连的主官。一个小小的营长，这么目中无人地讲下去，是不是太张狂了？但一张嘴就顾不上那么多了。反正是说痛快了，管他呢？爱怎么着就怎么着吧。

师长问："你讲完了？"

贺金柱又站起来："报告师长，完了。"

师长问团长："你觉得贺金柱讲得怎么样？"

团长看了看贺金柱，笑了一下，说："本来是让这小子做检讨的，结果让他给大家上了一堂军事理论课。照这样发展下去，这小子在二十八团快待不住了。"

与会的人笑了起来，会场上气氛变得轻松了许多。

师长说："听了贺金柱的这番话，我很受启发呀。我，还有你们团长政委在内，看来都低估了贺金柱。是呀，出国作战是个新课题。包括彭老总，还有在北京的毛主席，都在研究这个新课题。中国有句古话，叫位卑未敢忘忧国。一个基层的指挥员，能够这样大胆地超越自己的职责，用心研究战略战术问题，确实难能可贵呀。我会把贺金柱说的这些情况向师党委，向军首长，甚至向更高一级的首长汇报，我想会引起他们的重视。本来在开会之前，我还有点火性。二十八团是英雄团队，一营更是名声在外，出国第一仗打成这个奶奶样儿，我是很恼火的，现在我的火气消了，心里也痛快一些了。我希望大家今后一边打仗，一边研究些问题。凡事预则立，不预则废，在战争中学习战争嘛，啊？"

师长对着贺金柱说："刚才我骂了一营，骂了你贺金柱。现在，我当着大家的面儿，正式向你道歉，向一营的官兵们道歉。"

贺金柱站起来，有些激动地说："别，师长，别这样……"

师长停了一下，又问贺金柱："你还有什么要说的？"

贺金柱说："报告师长，不管怎么说，一营出国第一仗没打好，我这个当营长的还是有责任的，我还是要请求处分。"

师长看看团长和政委，问道："你们的意见呢？"

团长说："得了，给他来个功过抵消吧。"

政委笑了一下，没说话。

师长接着说："好，就给他来个功过抵消吧。不过，我问你，贺金柱，你能不能在下一仗来个功大于过？"

贺金柱站起来，给师长敬了个礼："能。一定能！"

贺金柱和一营官兵到现在心里还窝着火，一直想找机会跟美军打上一仗，把面子捞回来。不然，在全团官兵面前，总觉得抬不起头来。

二十八团开展了冷枪冷炮活动，起因是敌人有事儿没事儿老往这边打，白天晚上都打。稀稀拉拉，打打停停，也没准确目标，像逗孩子似的。没办法，这边也是一样，要打都打，谁怕谁呀。

一边打冷枪冷炮，一边组织小股部队出击。二十八团用奇袭、偷袭、伏击等手段，速战速决，抓一把就走。今天打死几个，明天活捉几个。天长日久，加起来就是一个小歼灭战。

后来，贺金柱听说，这叫"零敲牛皮糖"。是毛主席发明的。

贺金柱觉得还是不过瘾，不解气，不足以报文川里战斗中的一箭之仇。

贺金柱每天到处捕捉战机。

在离一营阵地最近的月井里，驻扎着美军的一个加强连，经常往这边骚扰，还到一营的阵地上搞侦察活动，几乎每天都制造点儿动静。贺金柱跟教导员商量了好几次，一定要把这个连干掉。这是正儿八经的美军王牌部队，不是李承晚的杂牌军。这一把要抓到手，可是够实惠的，也一定能把一营的面子捞回来。

这天，天格外黑，什么也看不见。美国大兵的特点是怕黑，天一黑，不愿动，有的钻进鸭绒被里睡觉，有的凑在一起搞点儿小活动。贺金柱觉得这是个出击的好机会，应该抓一把了。等天彻底黑透了，他带了由一个加强连组成的小分队，分3个小组，趁着夜色摸进了敌人的前沿阵地。他们连续通过了7道铁丝网，又搜索了4个地堡。奇怪，一个人也没见着。他命令部队停下来，仔细观察地形。有一个战士发现不远处有火光，他们三个小组迅速从不同方向向火光处扑去，发现是三个大地堡。一个连的美军分散在这三个地堡里面，而且丝毫没有发现外面的动静。贺金柱很得意，他命令三个组把三个地堡分割开，然后进行包抄。他们很快接近了地堡，贺金柱带的那个组接近的是最大的一个地堡。到了跟前一听，里面有音乐的声音，好像还有女人在说话。嗬，美国大兵好逍遥，大冷的天，聚在一起轻歌曼舞，个个都很投入，一点挨打的思想准备也没有。

几乎是在同时，三个地堡同时响起了枪声和手雷的爆炸声，还有敌人的惨叫声。地堡里还击的机枪声，很快被手雷给闷回去了。前两个地堡不到10分钟，战斗就解决了，但贺金柱带的这个组却遇到了麻烦。等他们要往地堡里冲的时候，里面的机枪突然又响了，而且打得很准，冲上去的几个人都给撂倒了。贺金柱很着急，喊了一声："爆破筒，上！"一个叫小六子的战士手持爆破筒，借着地堡里射出的灯光，迂回到地堡底下，手脚麻利地把爆破筒塞了进去。他打了一个滚，但刚站起来，爆破筒就被扔了出来。爆破筒冒着烟，眼看就要爆炸，小六子叫了一声："日他奶奶，跟老子较劲。"他抓起爆破筒又塞了进去，敌人还想往回扔。小六子两手抓着地堡上的砖，用身子死死地抵住爆破筒，全身在地堡上成一个大字，嘴里还在骂着："日他奶奶，我让你较劲，我让你较劲！"

　　爆破筒响了，小六子飞出老远。尸体分成几大块，落在沟里。

　　贺金柱带着部队冲进了地堡，大部分敌人被炸死，还有几个活着的，举着白手套出来了。第一个出来的时候，贺金柱上去就是一大巴掌："我操你祖宗，你还我小六子！"第二个俘虏出来，贺金柱照样还是一巴掌。美国大兵朝着他说了一大串英语，谁也听不懂。但看得出，美国大兵是在抗议。他们知道，中国军队是宽待俘虏的。

　　有一个美国大兵钻在鸭绒被里，贺金柱让他出来，然后把鸭绒被拿走了。他看了看，那玩意儿确实暖和。人钻进去，在地上一滚，像个大鸭蛋似的，舒服着呢。操他妈，美国大兵真会享福。

　　贺金柱命令兵们把小六子的尸体找全，但对在一起，怎么也看不出是小六子了。

　　押着美国大兵回坑道，其中一个军官会说几句汉语，他问："你们谁是当官的？"

　　贺金柱说："我是。你要干什么？"

　　美国军官说："我上过西点军校，还参加过第二次世界大战，跟德国人也打过仗，打仗没你们这么打的。今天晚上是周末，你们就打上了。你们这是什么战法？简直连战争规则都不懂。"

　　贺金柱说："操，你以为做游戏呢，还定几条规则。中国军队就是这种战法，想哪会儿打，就哪会儿打。想怎么打，就怎么打，打赢就行。"

　　美国军官双手摊开说："这不公平，太不公平了。"

　　贺金柱指着美国军官的脑袋说："你们他妈公平吗？天上有飞机，地上有大炮、坦克。有本事，你把那些东西都扔了，咱一对一地拼刺刀。那样公平，看哪个王八蛋不敢？"

　　美国军官摇摇头："No，no。"

　　贺金柱说："真不得了，打仗哪儿有公平的？要找公平回你们美国去，没事儿跑到朝鲜来干什么？吃饱了撑的！"

　　美国军官不说话了，跟贺金柱提出来抽支烟。贺金柱跟一个战士要了一支，美国军官抽了一口，不说话了。

　　回来后，贺金柱清点了一下人数。这次战斗共牺牲6人，重伤3人，轻伤6人，而美国第八师的一个加强连128人，却被一窝端了。一个加强连全歼美军一个加强连，这在二十八团，全师，甚至整个志愿军，都是首例。一营受到了志愿军总部的通令嘉奖，打了翻身仗，面子争回来了。团长、政委，还有曾经骂过一营的师长，都主张给一营请功。可贺金柱不同意，他觉得这还是小打小闹，值不得张扬。他预感到还会有大仗打，时间可能不会长。

第十二章

贺老拴找贺秀才商量给金柱和淑兰成亲的事儿，并说金柱只在家待两天，看看是初七还是初八办事儿好。贺秀才翻了翻皇历，眯上眼睛掐算了一会儿，忽然拍了一下大腿，说："初八是个好日子。这一天，宜嫁娶、祭祀、会友。忌出行、上梁、田猎。好，就定初八吧。"

贺老拴也拍了一下大腿，说："那我就下帖子了。"

贺秀才说："那你还等什么？"

贺老拴很快给当家伙族亲朋好友都下了帖子。尽管家里不大富裕，他还是要勒紧腰带，把喜事儿办得热热闹闹的。因为两孩子都不小了，兵荒马乱地等了这么多年，不容易。

贺老拴做好了为贺金柱和魏淑兰成亲的准备，他把省下的钱都用于拾掇房子了。实际上没什么好拾掇的，新房盖不起，新家具也添不起。只是买些涂料，把屋里粉刷粉刷，墙壁显得白一些。靠北墙的那个大躺柜，也用大红漆刷了刷。这么一拾掇，就有点儿新房的模样了。到时候，再贴上几幅大"囍"字，扎上几朵花，有红有绿的，喜庆劲儿就出来了。再说，现在是新社会了，金柱和淑兰又都是革命人，新事儿新办吧。只要小两口和和美美地过日子，比什么都强。

魏淑兰自觉不自觉地过来看看，实际上没什么事儿。不知为什么，她今天进贺家的门，心里有些慌张，或者是胆怯，心里像装着个小兔子，"怦怦"乱跳。她一进门，心里就更乱了。一两天没过来，这院这屋这炕，就变了模样，哪儿都充满了新鲜，好像不认识。尽管有思想准备，但脸还是腾一下子红了，倚着门框，不进屋，心里的那只"兔子"跳得更狂，好像金柱就在屋里等她似的。这些天，干完活儿，她经常往献州方向张望。这几天，她吃不下饭，觉也睡不安稳，干什么都像走了神儿似的。有时睡了觉还神经兮兮地起来往村口跑，有时兀自在村口一等就是一两个小时。碰上熟人，还得编一大堆瞎话。她有时候也想，自己这是怎么了，是不是走火入魔了？人家谁没出过嫁，谁没结过婚，怎么自个儿就这么拿不住劲儿？

贺张氏喊了一声："淑兰，进来呀，大娘有话跟你说。"

魏淑兰低着头看着自己的脚尖，静静地听着贺张氏的话。

贺张氏接着说："虽说咱两家都不富裕，可结婚是一辈子的大事儿。我们这当老人的，也不能太委屈你们喽。这是20块钱，你自个儿上献州买两件衣裳。我想给你买，可又不知道你待见什么样儿的。我知道，这点儿钱，实在拿不出手，可也算我和你大伯的一点儿心意吧。"

魏淑兰把钱推了回去："大娘，家里用钱的地方挺多的。二柱不也要说媳妇了嘛，留着给他用吧。俺们不用花钱，衣裳俺有，俺娘打头两年就给俺准备了。"

贺张氏说："孩子，你娘是你娘，我是我。这钱你怎么也得收下。"

魏淑兰说："一过门儿，俺不也得跟你叫娘吗。都这么多年了，你还拿俺当外人呀？把家里的钱花净了，二柱结婚的时候上哪儿弄钱去？"

贺张氏撩起衣襟抹了抹泪，抓住了魏淑兰的手："孩子，金柱娶了你，是他一辈子的福分，也是我跟你大伯的福分呀。"

贺老拴进屋了："嗬，新鲜。快办喜事儿了，不乐，倒哭起来了。"

贺张氏用衣襟把眼泪擦干："我这是高兴的，高兴的呀。"

贺老拴对魏淑兰说："兰子，跟你娘商量商量，你过了门儿以后，她要觉得孤单，就让她搬过来住。"

魏淑兰还是看着自己的脚尖，点了点头。

九月初七，贺家的喜事儿基本上筹办齐了。献州一带把婚事儿的头一天叫"催妆"。这一天，当家伙族的都过来忙活事儿。上了些年纪的亲戚，像姑呀姨的，就穿上新衣裳，背着"饽饽"篮子，提前住过来了。那"饽饽"篮子里的"饽饽"都装得满满的，尖尖的，上面用红布兜着。离老远一看，就知道是道喜的。

到了晚上，贺金柱还没回来。

贺老拴着了急，按规矩，新郎新娘天一亮就要拜天地，可到现在新郎官还没回来。这可怎么办呢？贺老拴坐不住，在院子里乱转。贺秀才着急的同时，还在劝贺老拴："别急，再等等，说不定就在路上呢。"

贺张氏也跟着着急，她不住地叹气。

一直等到下半夜，还没见贺金柱回来。

帮忙的人都回去睡觉了，贺家的灯还在亮着。灯光下，有几只脑袋在晃动，影子放大在墙壁上。本来是很喜庆的事儿，这会儿显得有些冷清，甚至凄凉。

贺老拴蹲在板凳上抽着旱烟，"吧嗒吧嗒"，一口接着一口。

贺张氏在灯底下叹气。

贺秀才到外边溜达了一圈儿回来，进屋也没说话。

按照乡俗，婚礼的日期，一旦定了，是不能更改的。若是改了，据说会给主家带来晦气，或者灾难。贺秀才在村里张罗了这么多年的事儿，还从没遇到过这种情况。往上数，也没听说过，谁家改过结婚的日子。何况，帖子早撒出去了，三乡五里都知道了，亲戚们都背着"饽饽"篮子来了。再说，贺家里里外外，是很要脸面的人家，这场怎么收？

贺秀才深沉了一会儿，看了一眼窝在炕头上睡觉的二柱，猛地拍了一下大腿，说："有了，明儿喜事儿照办。让二柱替他哥拜天地。"

贺老拴激灵了一下，抬起了头："那，那行吗？"

贺秀才说："有什么不行的？八里庄就有过。"

贺张氏接过来说："我看事到如今，也只好这样。就是不知道淑兰同不同意。"

贺秀才说："我过去跟她商量商量。"

贺老拴说："干脆把她叫过来，把话挑明了吧。"

贺张氏用脚踹了一下正在睡觉的二柱："二柱，起来，快起来，把你淑兰姐叫过来。"

二柱揉了揉眼睛，慢慢腾腾地说："这么晚了，叫她干什么？"

贺张氏又踢了二柱一脚："快点儿你。"

不一会儿，二柱就把魏淑兰叫过来了。一进门，贺秀才就把话跟魏淑兰说开了。魏淑兰脸上红了好一阵子，话也说不完整了："这，这……"

二柱脸也红了："这活儿，有替的吗？"

贺秀才逗了二柱一句："你别卖乖。告诉你，只拜天地，不入洞房。"

二柱臊跑了。

贺张氏凑到魏淑兰跟前说："孩子，事到如今，也只好这么办了。金柱在队伍上，回不来了，可咱这日子变不得。咱这么做，当家伙族亲戚朋友们，不会笑话咱。再说，你过了门儿，就是贺家的人了，金柱哪天回来，你们哪天就圆房。"

魏淑兰很懂事儿地说："大娘，俺听你的。俺回家跟俺娘商量商量……"

贺秀才说："淑兰思想开通，懂事儿。"

魏淑兰要走，贺老拴又补充了一句："回去跟你娘说，咱热热闹闹的，事儿该怎么办还怎么办。"

魏淑兰答应了一声，出了屋，在门口看到了二柱，她脸上有些燥热，没怎么搭理二柱。一向爱逗几句嘴的二柱，把头低下，也没说什么。

那个婚礼还算热闹。

按照乡俗，魏淑兰的花轿要围着村转一圈儿。魏家在七里冢也算大户，送亲的人马不少，队伍很壮观。天刚放亮，在吹鼓手的带领下，送亲的队伍就上了路，嘀嘀嗒嗒，嗵嗵锵锵，动静很大。一大早，就把整个村子都折腾醒了。

花轿围着村子转了一圈儿，来到了贺家。贺家迎亲的人早就迎候在门口。花轿一落地，鞭炮就噼里啪啦，可劲地响了起来。那响动，那烟尘，那碎纸，营造着氛围，散发着喜庆，撞击着迎亲、送亲，还有那些一大早起来看热闹的人们。

随着下轿的乐声响起，花轿的门帘被掀开，两个伴娘把魏淑兰搀了下来。魏淑兰从头到脚，一红到底，整个一"红"人。在人们的簇拥下，魏淑兰来到了贺家小院的正中央。二柱身穿一套新郎官的衣服，胸前戴着一朵大红花，被人们推到了魏淑兰跟前。他有些胆怯地朝魏淑兰这边看了一眼，只看到了一个"红"人。魏淑兰的脸让红盖头遮着，尽管他的眼睛无法穿透那个薄薄的红盖头，但他料定里边那张脸，肯定比以往都好看。

魏淑兰已经感到那个"新郎官"就站在自己身边了，而且离自己很近。她有意往一边挪动了一下，表示与这个"新郎官"保持相应的距离。与此同时，她还想撩开盖头看看，或许那个"新郎官"一下子就变成了贺金柱。头天晚上，她几乎没合眼，临上轿的时候，打了个盹儿。她梦见贺金柱回来了，一见面就要跟她拜花堂。

贺家小院的人挤得满满的，树上是人，墙头上是人，房檐上也是人，街上还是人。七里冢能动弹的人几乎都来了，再多一个人都放不下了。村里一年总要有几家娶媳妇儿的，但都是在腊月或者正月。那个时候，地里没活儿，人们不忙，再就是跟年节凑在一起，喜上加喜。还有就是年节的时候，人们肚子里有些油水，帮忙的人不会吃得很多，主家可以节省一些。眼下正是秋收季节，人们一天到晚忙得脚丫子朝天，不是特殊情况，谁家也不会在这个时候看日子娶媳妇儿。要不是这个婚礼太特殊，太有看头，人们也不会扔下地里的活儿，跑到这儿来看热闹。

看热闹的人们都用好奇的眼神看着这对"新人"，并不停地指指点点，交头接耳。看热闹的人群中，老的有 70 出了头，经历过一些事体，见过一些世面，但还没看见过小叔子跟嫂子拜花堂的，就是在戏里边也没看到过，听到过。所以，这场"戏"就格外有门道。

婚礼开始了。

主婚人贺秀才首先发表了精心准备的主婚词："乡亲们，贺金柱出去参加革命，立了大功，当了大英雄，现在正在北京让毛主席接见呢。这是贺张氏家族的骄傲，是咱七里冢人的骄傲。这儿有不少上岁数的人，你们想一想，数一数，哪朝哪代，七里冢什么时候有人让皇上召见过？在咱们村，这是天大的喜事儿呀，啊？原来金柱来信说初七从北京赶回家来成亲，看来毛主席要多召见他们几天，要不就是上级有任务，金柱接到命令回了部队，没按时回来。回来不回来，喜事儿咱们还是要办，婚礼要举行。这个花堂呢，让二柱替他哥拜。这个婚礼看上去有些特殊，但也是咱七里冢人大喜的日子。"

贺秀才嘴好使，看上去有些别扭的事儿，经他这么一说，听的人心里就敞亮了。

贺秀才宣布婚礼开始：

"一拜天地！"

"二拜高堂！"

"夫妻对拜！"

"共入洞房！"

在这一系列的动作中，魏淑兰相对比较得体，不温不火，不在人们的说道之内。相比之下，二柱要拘谨木讷一些。头天晚上，贺张氏对他进行了一些基本功训练，但他临场发挥得还是不怎么好。尤其"夫妻对拜"的时候，他碰着了魏淑兰的头。魏淑兰的眼睛被盖头遮着，造成两头碰撞，主要原因在二柱。那一碰，看热闹的人都笑了，而且笑得像爆炸一样。

在伴娘的搀扶下，魏淑兰进了洞房。按乡俗，二柱把魏淑兰抱在了炕上。紧接着，一大堆看热闹的孩子们都跟着进了洞房，洞房里插不下脚。在众目睽睽之下，二柱以"新郎官"的身份给新娘子掀开了盖头。魏淑兰的脸像盖头一样红，她微闭着眼睛，不敢睁开，那睫毛有些抖动。后来，她还是努力把眼睛睁开了，可是，她看到的是二柱一个宽宽的背影。

这是七里冢最热闹的一天。人们开始喝喜酒，抽喜烟，吃喜糖，出出进进，说说笑笑，无限喜庆。辈分儿和岁数小一点儿的，还可以闹洞房。三天没大小，岁数大点儿的，只要能抹下脸来，也照闹不误。

天黑了，一般情况下，闹洞房的人会在这个时候，一伙儿一伙儿地拥进来，要闹个高潮，要闹个天翻地覆。大概是这个婚礼太特殊了，天一黑，人们就纷纷回家了，洞房里很冷清。有几个没炕沿高的孩子闹了闹，用几块糖就打发走了。结婚是喜庆事儿，有人闹洞房，怕闹过了；没人闹，显不出喜庆。贺张氏把二柱叫到一边说："你出去找几个人，过来闹一闹。"

二柱出去找了村里爱闹洞房的几个人。有人说："没新郎官儿，这洞房有什么闹头？"二柱就求人家说："你们就去闹闹吧，要不我嫂子不高兴。"有一个叫贺三汤的比二柱小一岁，说话一张嘴就犯膣："哎，二柱，常言说得好，为人为到底，送人送到家，你干脆替你哥入洞房算了。"二柱正色道："你混蛋，那是我嫂子。"贺三汤诡谲地笑了一下说："嫂子媳妇儿不都一样使？"也有人附和着说："就是呀，闲着也是闲着。"人们笑。贺三汤又对二柱说："我要是你，今儿黑下，就摸到她被窝里去。"人们又笑欢了。

那些闹洞房的毛头小子们跟着二柱进了洞房，有的按娘家辈儿，跟魏淑兰该叫姑。有的按婆家辈儿，跟魏淑兰叫婶子，还有的叫奶奶。一进门，这些人，就跟魏淑兰要烟抽，要糖吃，变着花样让魏淑兰伺候。还说两句裤腰带以下的话，弄几个半荤半素的谜猜一猜。只是动嘴的，动手的，也是占个小便宜，没有人大动干戈。贺三汤第一句就说："金柱奶奶，俺过来给你道喜来了。"

尽管这是一个没有新郎的婚礼，但魏淑兰心里还是高兴。因为从此之后，自己就是名副其实的贺家人了，也就是贺金柱的媳妇儿了。做了贺金柱的媳妇儿，是自己一生的荣耀。魏淑兰知道贺三汤是个坏得流油的小子，平常懒得搭理他。今儿他来闹洞房，也是来给她这个新娘子捧场的。心里一高兴，嘴上就不像往常那么严谨了："那就给你金柱奶奶磕个响头，算你孝顺。"

贺三汤拿腔拿调地说："金柱奶奶，俺还小呢。怕是磕不好。"

魏淑兰说："就是，还没掉奶黄子呢。"

贺三汤说："俺还没摘奶呢。金柱奶奶，俺饿了，俺想吃你的奶。"说着，就往魏淑兰怀里扑。

人们哄堂大笑。魏淑兰脸红得像猪肝儿。她明白了，跟男人开玩笑，不论是动嘴还是动手，都没女人的便宜占。

贺三汤还不算完，他拿了一支烟让魏淑兰给点。他从烟的另一头往外吹气，所以，烟总是点不着。后来，他不吹了。等魏淑兰划着火柴的时候，他猛地把她的手攥住了。眼看就要烧着手了，他还是不松开。好在魏淑兰急中生智，上去把火吹灭了，才把自己的手从火中救出来。

闹腾了半天，也没什么新科目，那些毛头小子们打道回府了。

人们走净了之后，贺张氏把当家伙族的年轻媳妇儿请过来，让她们给魏淑兰铺炕。按照乡俗，被窝里放了花生、大枣、栗子。寓意是，让小两口早生贵子，而且要有男有女花花搭搭地生。年轻的媳妇儿们走后，贺张氏还在枕头底下放了冰糖。预示着小两口的日子甜甜蜜蜜。

忙活完，贺张氏对魏淑兰说："天不早了，上炕歇着吧。"

魏淑兰说："娘，你忙了一天，也歇着吧。"

贺张氏在屋里转了转，炕上炕下看了看，临出屋的时候，对魏淑兰说："便盆在门槛儿后头。"说完，撂下了门帘。

魏淑兰说："知道了娘。"

贺张氏回屋的时候偷偷叹了口气，紧接着眼睛酸了一下。

魏淑兰拨了拨灯花，坐在被子上开始愣神，开始琢磨事儿。闭上眼睛待了一会儿，她开始有些心酸。自打跟金柱订了婚，就盼着入洞房的这一天，尤其是这几年，想得很欢，很厉害，几乎一有空就想。想的时候很幸福，有的时候也害怕。想把自己交给一个男人，可又怕交给男人的这一天。那真是一个复杂的问题。但怎么也没想到，自己的"第一夜"竟是守着空房度过的。她有些伤心，她把崭新的枕头抱在怀里，一边拍打，一边掉泪。看着身边那个铺好了的被窝，还有那个跟自己这边一模一样的枕头，魏淑兰闭上眼睛想了很多。想得越多，就越睡不着，越睡不着，就越想流泪……

贺张氏屋里的灯早就灭了，贺张氏想跟贺老拴唠叨两句，可那老头子早就呼噜上了，好像还在说梦话。二柱是个一年四季睡不醒的虫，今儿不知犯了什么病，躺下之后，来回折腾……

不知不觉，天就亮了。

魏淑兰起床第一个任务就是到灶膛里掏灰。这是献州一带的规矩，新娘子早晨起来别的活儿可以不干，但必须掏灰。而那灰不是白掏的，婆婆在头天晚上就在灶膛里放了钱。富人家多放，穷人家少放，反正不能掏空。这是对新娘子的犒赏。还有另一层意思，就是告诉新娘子，从此，这锅灶就是你的了。你从今往后把架势拉开了，这辈子就围着锅台转吧。那钱就放在灶膛边上，魏淑兰一下就掏出来了。拿在手里一看，是 5 块，显然是多了。她听别人说，一般人家只放一块，最多不过两块。回门的时候，新娘子都跟娘家妈汇报，自己早晨起来掏灰掏了多少钱。让娘家妈看看，那婆婆是大方还是抠门儿。魏淑兰知道贺张氏是在穷大方，她知道这个家的景况。想了想，她把钱给了二柱，二柱还没顶家过日子，兜里没装过钱。

要停战了。

这是吃过晚饭后，团里传来的消息，但这个消息暂时封锁。

这一天是 1953 年 7 月 27 日，停战协议签订：今晚 10 点整，双方正式停火。

全营只有贺金柱这个当营长的有一块怀表，别人都没法掌握时间。每个人心里都很急，盼着停战的时间早点儿到来。

晚上 8 点，团里下达了命令，传达了上级关于停战的指示。要求在停战之前，部队保持高度警惕，在坑道里待命。

这天，天不算太黑。虽是流火的 7 月，但在朝鲜，到了晚上还有些凉。这一天，跟以往没什么两样，远近高低不同的大山默然肃立着，成为凝重的剪影。刚下过一场大雨，山涧里，有淙淙的流水声，被雨水清洗过的植被显得格外精神。虽是夜晚，却能见露水在植被上闪出的亮光，并能闻到夜渡的暗香。远有蛙鸣，近有萤火，三千里江山的景色好美。

部队隐蔽在坑道里，十分焦急地等待着那一刻的到来。

9点左右，突然双方阵地上都响起了隆隆炮声。我方的阵地上有山炮、野炮，最显眼的是喀秋莎火箭炮。炮声歇斯底里，吼声如雷，震耳欲聋，使得大地颤抖。双方铆足了劲，毫不吝啬地向对方淋漓尽致地倾泻。炮弹如雨点般落下，弹道划过的曳光，把天地映得通红透亮，夜同白昼，分外壮观。

"真他妈过瘾！"贺金柱拿着望远镜瞭望着，禁不住直拍大腿。

战士们纷纷从他手里夺过望远镜，一边观望，一边叫好。

"这是他妈要停战吗？打这么凶。"贺金柱自言自语地说。

"这也是在较量，看看谁的家底厚。我操，你看，一个比一个大方。"魏猛子说。

9点59分50秒，贺金柱开始大声读表："一、二、三、四、五、六、七、八、九……"

10点整，双方的炮火骤然停息了。刚刚震颤的大地变得格外宁静，这种突然的宁静比震耳欲聋的炮声，更让人惊心动魄。顷刻间，地球好像同时停止了运转，时间变得凝固，天地变得陌生，一切都变得空白。

"停战啦！停战啦！"突然，远方的呼喊打破了可怕的宁静。

"停战啦！"

"和平啦！"

"和平万岁！"

"祖国万岁！"

"万岁！"

"万岁！"

"万万岁！"

……

战士们从坑道里一跃而起，高喊着冲向阵地。有的拿着手电筒，有的拿着打火机，有的拿着火柴，凡是能发光的东西都用上了。一道道亮光划过夜空，或交叉，或平行，或乱扫。像书法，像音符，像舞姿，写满了整个天空。欢呼的人们抱在一起，滚在一起，拧在一起，撕在一起。喊着，哭着，蹦着，跳着，打着，闹着。翻了天，毁了地，没了章法，乱了规矩。

就连那些文工团的女兵们也跑出来了。平时，只有演出的时候才能看得见她们。这会儿都把帽子摘掉了，把辫子散开了，把嗓门放开了，把女性的架子放下了。主动和男兵们拥抱、捶打，甚至号啕大哭。哭过、闹过之后，有人拉起了手风琴，曲子好像是《喀秋莎》，一些男兵女兵竟结伴跳起舞来，他们都是文工团的，跳得很潇洒，很优美。二十八团的官兵们大部分不会跳，就站在一边拍巴掌。后来，就不知不觉地加入了跳舞的队伍，瞎蹦瞎跳，像是群魔乱舞，肆无忌惮……

夜很深了，疯够了的人们又回到坑道，阵地上又恢复了平静。贺金柱睡不着，出来散步，不知什么时候，他发现魏猛子跟在自己后面。夜色很美，美得让人心颤，夜风有点儿凉，但吹在脸上、身上都格外舒服清爽。来朝鲜两年多的时间了，除了打仗，还是打仗，没有闲工夫欣赏景色和享受清凉。不是打仗，也来不了朝鲜。不来朝鲜，也见不到这么美的景色。

自文川里战斗结束后，贺金柱与魏猛子之间一直疙疙瘩瘩的，好长时间扭不过劲来。魏猛子负了伤，一直到上甘岭战役打响前，才上前线。可那时候，一营以一个加强连全歼美军一个加强连的范例，早已创下了。自那之后，魏猛子很佩服贺金柱。打鲁州战役的时候，贺金柱成了孤胆英雄，他认为那是时势造英雄。国民党兵败如山倒，军心涣散，兵无斗志，好打也好抓，更好诈。赶上自己，照样能干得那么漂亮，那不足以体现贺金柱指挥作战的水平。文川里的失利，他一直认为是贺金柱怕伤亡而贻误了战机，从而使一营蒙上了出国就打败仗的阴影，弄得他在卫生队养伤都灰溜溜的，见了熟人也懒得说话。到后来，一营打了胜仗，受到志愿军总部的通令嘉奖，给一营争回了面子。魏猛子心里这才舒坦一些，亮堂一些。同时，也慢慢改变了对贺金柱的看法，再加上两人毕竟是一个村出来的，还有魏淑兰那层关系。现在又在异国他乡的土地上，命都连在一起了，别的还有什么可说的。

仗打胜了，谁脸上也光彩，谁面貌上也精神。但不知为什么，当真的停战了，不论是贺金柱，还是魏猛子，都觉得心里空空的，尽管早就盼着停战这一天。

贺金柱坐在了山坡上，静听着远处的松涛阵阵，虫叫蛙鸣。魏猛子也坐下了，问他："你现在想做的第一件事儿是什么？"

贺金柱不假思索地说："回家娶媳妇儿呗。"

魏猛子说："你的媳妇儿还用娶吗？"

部队刚到朝鲜的时候，因为战事紧，基本上没法儿跟家里保持联系。第五次战役以后，大规模的战役没有了，志愿军开始与国内通邮。他们都给家里写了信，报了平安。贺金柱接到家里的来信，说，魏淑兰已经在那年的九月初八过门了，已经正式成为他的媳妇儿了。当时，他觉得好笑，自己没在家，媳妇儿怎么说过门就过门了呢？娶个媳妇儿就这么简单吗？他苦苦甜甜地折腾了一阵，把信拿给魏猛子看。魏猛子也笑了，笑过之后说："从现在起，我真是你大舅哥了。论官衔，我听你的；论亲戚，你得听我的。"贺金柱不服："哪儿写着呢，妹夫得听大舅哥的调遣？"魏猛子当即给了贺金柱一拳："不听，我就有权用武力解决。"两人笑作一团。

后半夜了，风更显得凉了。蛙声没有了，小虫们也歇息了。两人往山根儿上走了走，谁也没有回去的意思。

魏猛子说："我担心以后没仗打了，我们这兵，也差不多当到头儿了。"

贺金柱说："这怎么说呢，没仗打，国家也得养兵呀。无军不安嘛。"

魏猛子说："这一停战，我觉得心里很不是个滋味儿。除了打仗，我们还能干些什么呢？"

贺金柱说："我也想过这事儿。我们一当兵就打仗，从南打到北，又从北打到南，后来又打到了朝鲜。一下子不打仗了，真不知道干些什么好。"

魏猛子说："我记得一位名人说过这样的话，一个军人，要么战死在沙场，要么就回到故乡。我们俩没战死在沙场，看来只能回到百草山了。"

贺金柱心不在焉地说："那不一定，既然出来当兵，就把这一百多斤交给部队了。哼，哪儿的黄土不埋人哪。"

魏猛子想了想，说："停战了，我们马上就要回国啦。"

贺金柱却说："我看不一定。"

魏猛子问："为什么？"

贺金柱说："你想，虽说停战了，可美国佬儿也没说马上撤出朝鲜呀。只要他不撤，我们就得有部队留下。"

魏猛子说："既然停战协议都签了，还能再打起来？不打仗了，我们不回国干什么，在朝鲜结婚娶媳妇儿呀？"

贺金柱说："想的倒美你。能不能马上回国，你等着看吧。"

魏猛子叹了口气："咳，我反正是真想家了。老天保佑，让我们赶紧回国吧。"

两人又说了一些别的话，很晚才回去睡觉。

第二天，团长打电话告诉贺金柱：上级命令，停战协议生效后 72 小时内，必须从非军事区撤出一切军事人员与装备，填满战壕，拆毁工事。另外，在山顶和交叉口，还要竖起"非军事区北缘"的牌子。

等团长下达完命令，贺金柱说："团长，我有个请求。想让部队先洗洗澡，烫烫身上的虱子。这已经是当务之急了。"

团长在电话那头说："贺金柱又进步了啊，越来越知道心疼下级了。好了，照准。"

吃过早饭，贺金柱让司号员吹响了集合号。仗打完了，部队集合动作显然比以前慢了一些，贺金柱却没发火。带兵之道，一张一弛。人都是这样，当有事儿紧追着的时候，即使再疲惫，也能支撑着。一旦事儿过去了，支撑力也自然变软了。

贺金柱站在队伍面前跟以往一样严肃地说："上级下达了新的作战任务。我们要停止休整，马上出发。"

贺金柱这么一说，部队里开始有人小声议论：

"不是停战了吗，怎么还要打？"

"就是呀。协议都签了，炮火也停了，还跟谁打呀？"

贺金柱让部队安静："大家都听着，为什么叫新的作战任务呢？因为入朝作战以来，有两个任务一直困扰着我们，却没来得及完成。什么任务呢？一个是消灭虱子，一个是洗澡。"

战士们一听，立马嗷嗷叫了起来。

贺金柱接着说："现在天还有些凉，我们先完成第一个任务，消灭虱子。大家八仙过海，各显其能，要把虱子斩尽杀绝，不留后患。等到中午，天热的时候，我们就到河里洗澡。在这里，我强调一点，洗澡的时候，各连都要派流动岗哨，别让朝鲜大姑娘给参观了。如果谁暴露了目标，出了问题，影响了中朝两国人民唇齿相依血肉相连的关系，我要拿他试问。"

战士们偷笑，贺金柱也跟着笑了。

贺金柱下达命令："解散，捉虱子！"

部队嗷嗷叫着，以连为单位回到坑道。于是，一场轰轰烈烈规模空前的灭虱子运动展开了。

入朝作战之后，因为长时间洗不上澡，再加上战事紧张，战士们没时间换洗衣服，很快长了虱子。有句俗话，债多了不愁，虱子多了不咬。在朝鲜可不行，虱子多了能把人咬死。因为众多虱子咬后，人能得斑疹、伤寒。如果救治不及时，甚至有生命危险。正如十月革命时列宁所说的那样："现在不是虱子消灭苏维埃，就是苏维埃消灭虱子。"

捉虱子贺金柱一点儿也不外行。在老家的时候，他和魏猛子身上都长过那东西，而且有很长的历史。献州人有句俗话，叫穷长虱子富长疮。贺金柱和魏猛子都是穷户人家，自然都是长虱子的主儿。坐在课堂里，把手伸进裤裆里就能捉出虱子来，几乎没有落空的时候。到了朝鲜可不行，虱子繁殖特别快，而且跟国内的品种也不一样，个儿大，咬人凶，白天咬得你生疼，晚上痒得你睡不着觉。由此可见，不消灭虱子，就会直接影响部队战斗力。

团长有一天把贺金柱叫到团部，对他说："说句危言耸听的话，现在不是志愿军消灭虱子，就是虱子消灭志愿军了。你有捉虱子的经验，你再动动脑筋，能不能创造一个干净彻底消灭虱子的办法。不然，长期这样下去，虱子就要代替美军的子弹了。"

把消灭虱子上升到这般高度，还真是第一次。贺金柱想了想，说："团长，我想想办法吧。"

贺金柱回到营里，跟军医商量了一下，问他有什么办法。军医说，也没什么绝办法，无非是往身上打"六六粉"，或者把衣服放在锅里煮。这些办法都用过了，确实能管些用，但不能灭根绝种。虱子能烫死，但虱卵烫不死，虱子们前仆后继，生生不息，很快展开队形，在志愿军身上集结。贺金柱他们想了很多办法，都没有达到干净彻底消灭虱子的目的。

有一次，贺金柱审问一个美军俘虏："请问贵军是怎么消灭虱子的？"

美军俘虏比画着说："什么虱子？什么叫虱子？"

贺金柱见他不懂，或者美利坚对虱子的称谓有差别，当场从身上捉出一个来给他看："看见没有，这东西就叫虱子，不认识吗？"

美军俘虏从贺金柱手里接过虱子，脸上露出一副很感兴趣的样子："它是野生动物吧，怎么会长在人身上？"

贺金柱突然想起了老家"穷长虱子富长疖"那句话，觉得自己很好笑。听说美国大兵一天就可以洗一个澡，淋浴车可以开到战场上。那么讲卫生，怎么会长虱子呢？

美军俘虏觉得虱子是个稀罕物，捏在手里来回看，好像有些爱不释手。看了一会儿，问贺金柱："它能不能吃？"

贺金柱随口说："能，能，好吃着呢。"他从身上又麻利地摸出一个虱子，放在嘴里嚼了。

美军俘虏看着很过瘾，也把手里的虱子放在嘴里吃了。含了一会儿，才开始启动牙齿嚼。咽下去之后，他突然大叫起来："No！No"

贺金柱哈哈大笑，在场的战士们笑得前仰后合。

没多久，入朝部队陆续回国了，而二十八团却一直没有接到回国的命令。接到这个命令时，已经到了 1958 年 8 月。在志愿军的序列里，二十八团是第二批入朝，最后一批回国的。他们在朝鲜一共待了 7 年零 5 个月，一直坚持到志愿军的番号被撤销。

第十三章

　　贺金柱离家出逃的时候是 15 岁，从朝鲜回国的时候整 30 岁，而魏猛子已经 31 岁了。离家的时候是小毛孩子，回来都是大小伙子了。见长的不仅仅是他们的岁数，更显眼的还是他们的军衔。贺金柱已是步兵第二十八团的中校团长，魏猛子是步兵第二十八团一营的少校政治教导员。

　　两位志愿军英雄，两位年轻的解放军军官，肩并肩走进了七里冢。这可是件值得惊惊乍乍的事儿。

　　事先他们给家写了信，说了到家的日期，但到时候却又有了变化。原因是，他们在献州一下车，就让县长给接走了。他们是志愿军英雄，是献州人的骄傲。志愿军是最可爱的人，献州的头头脑脑，当然要先睹为快，更要显示家乡父老对英雄的敬意。县里领导班子成员都出来接见，陪着吃饭、照相、演讲，一忙一整天的时间就过去了。刚开始两人都很激动，但后来就有些走神了。15 年没回老家了，爹娘这会儿不定急成什么样了呢。到了晚上，县里安排在县委招待所住下。县政府办公室主任说，晚上，书记、县长要陪着他们看县评剧团的专场演出。贺金柱终于忍不住了，他对县委办公室主任说："我求求你们了，放我们回家吧，你们知道吗？我们 15 年没回家了。"县委办公室主任电话请示书记，书记不同意，说这场演出是专门为他们准备的，演员们都排练了两个多月了。恭敬不如从命，他俩只好忍着。晚饭，两人都没心思喝酒，晚上看戏也进入不了状态，见人家鼓掌就跟着鼓掌。回到招待所，一看房间里坐着几个干部模样的人。跟他们一同回房间的县委办公室主任介绍说，那几位是巴掌人民公社的头头儿。这下完了，县里的应酬完了，公社这边又开始了。还是没办法，既来之则安之吧。

等应酬完了，两天的时间就过去了。那天，县里派了一个副书记陪他俩回的七里夼。公社的领导倾巢而出，前呼后拥，敲锣打鼓，鞭炮齐鸣。一列长长的队伍拥进了七里夼。

贺金柱、魏猛子威风凛凛地进了村。

15年过去了，七里夼村变成了七里夼大队。这是人民公社成立后的新鲜称谓。村子的称谓有了变化，村里更是有了变化，但变化不是那么翻天覆地触目惊心，他们还能判定出自己家的位置。

村里也组织了欢迎队伍。村口站满了人，有男有女，有老有少，七里夼人大概都出动了。最突出的是学生们，都穿着新衣裳，戴着红领巾，敲打着锣鼓，高呼着口号。内容大概是"向英雄们学习，向英雄们致敬！"

一进村，在老师的指导下，两个女学生上前给他们俩献花，并致举手礼。孩子都十来岁，他们当然认不出是谁家的。孩子们天真可爱，只是卫生讲得不算太好，脖子和脸蛋的颜色有不小的差别。这些日子，他们一直就沉浸在这样的气氛之中。告别朝鲜的时候，朝鲜的群众也是全部出动，一程又一程地送，阿妈妮们一遍又一遍地哭。队伍走不了，汽车开不动。那场面，即使铁石心肠，也要以泪洗面。火车到了丹东，一下车，月台上站满了欢迎的人群，人们拥挤着冲向他们，握手，拥抱，学生们让他们留名签字，合影留念。无论走到哪儿，都是这样的气氛，这样的热闹。他们怎么也没想到，祖国人民对志愿军是那样的热爱，那样的崇敬。

尽管踏上国土之后，他们每天都在鲜花掌声中度过，但回到七里夼感觉还是不一样。因为这才是自己的家乡，15年来，一直游荡在梦里的家乡，生生死死都扯不断的家乡。

在村口，带队的县委副书记发表了简短的讲话，他说："七里夼大队的乡亲们，今天，我们怀着无比激动的心情，欢迎贺金柱和魏猛子两位志愿军英雄凯旋故里。他们为了中国人民的翻身解放，为了朝鲜人民的独立和我国领土的安全。不怕牺牲，英勇作战，最后终于打败了美帝国主义，他们为祖国争了光，为维护世界和平做出了贡献。自古燕赵多悲壮之士，他们是献州的骄傲，是巴掌公社的骄傲，是七里夼大队人民的骄傲！"

书记很能煽情，口才也是一流的。他的话一讲完，七里冢大队的乡亲们不住地鼓起掌来。

欢迎仪式结束后，县委副书记，还有巴掌公社的领导们，一起陪着贺金柱和魏猛子回了家。

贺金柱不知道自己是怎么走进这个小院的。这个小院还算熟悉，除了房子翻盖了一下，没什么大的变化，甚至家里的摆设，也没增添几件。院里的两棵枣树，还是原来的造型。

贺老拴一家都在门口迎接，贺金柱明显感觉爹老了，有些不敢认了。一路上，接受了那么多激动人心、催人泪下的场面，他基本上没掉几滴泪。仗打多了，心也硬了，不轻易哭天抹泪，但一见佝偻着腰，面目憔悴的爹，他再也控制不住了。他把头扭过去，不让爹看见他流泪。

贺张氏不顾一切地扑向儿子，一见面就抱头大哭："我的儿啊，你可回来啦。娘以为这辈子再也见不着你了哪。"

贺金柱扶着贺张氏："娘，我这不好好的嘛。娘，你身子骨好吗？"

贺张氏用袖子抹了抹眼泪，笑了："好，好着哪。我那傻儿啊，娘总算把你给盼回来啦。"一边说着，一边用颤抖的手在贺金柱脸上乱划拉。

贺老拴说："你们娘儿俩有话回屋里说去，这么多领导都晾在外面。快，快进屋。"

还没来得及跟贺金柱说话的二柱也说："哥，快，快进屋吧。"

领导们进了屋，二柱张罗着沏茶倒水，一阵忙活。人多，小屋里坐不下，有的人只好在门外站着。

书记握着贺老拴和贺张氏的手说："你们为祖国人民养了一个好儿子呀。刚解放的时候金柱就是全国英模代表，上过北京，见过毛主席，上过天安门城楼。出国作战又立了大功，我代表献州人民感谢你们哪。"

身为七里冢大队大队长的贺老拴，经过这些年的锻炼，嘴茬子也有些功夫了："要说感谢，首先要感谢毛主席他老人家。没有他老人家的英明领导，金柱就没有今天，我们全家也就没有今天。"

书记说："你老政治觉悟可真高。"

贺老拴笑了笑，接着说："常言说得好，国家兴亡，匹夫有责。没有国，哪儿有家呀？金柱奉命出国打仗，既是卫国，又是保家，这是理所应当的。"

　　书记握着贺老拴的手，又说了一些别的事儿。临走的时候，一再问，家里有什么困难，有什么要求，一定要提出来，政府会全力以赴给予解决。

　　贺老拴反复说，什么困难也没有，日子好着哪。

　　书记去了魏猛子家，也是同样的说法。只是魏柳氏没贺老拴那么会表达，握着书记的手，愣是说不出话来。好在魏淑兰嘴好使，应酬得蛮是那么回事儿，这让魏猛子没有料到。

　　家里人来人往，客流不断。贺金柱铆了劲地应酬，给大伙儿点烟、剥糖块儿，忙里又忙外。那年月，村里在外面混事儿的少，更没在外面当军官的。这下子，贺金柱和魏猛子在村里可成了稀罕物。尤其是贺金柱，村里人都知道他是一级战斗英雄，还见过毛主席，这可是了不起的事儿。一帮跟他岁数差不多的人，还有更年轻一点儿的人，尤其是一帮学生，不管是男是女，都让他讲战斗故事。问他毛主席长的什么样，是不是跟照片上一样？还问一些别的事儿，反正屋里热闹死了。在外边一听，屋里就像唱戏一样。

　　这种非凡的热闹持续了一天，家里还是人满为患。贺金柱有些撑不住了，重要的是到现在，一个村里的人差不多都来过了，就是没见着魏淑兰。这一点，贺金柱非常理解，甚至他自己都不想让魏淑兰在这种场合出现。在朝鲜，他接到了家里的信，说魏淑兰已经过门儿了，是二柱替他拜的花堂。这说明，魏淑兰已经是贺家人了。自己什么时候回家，就可以直接当媳妇儿用了。回国的一路上，他反复地想过，15年过去了，魏淑兰也是30岁的人了。她现在变成什么样了，还是留着大辫子吗？是变丑了，还是变俊了？

　　贺金柱心里装满了魏淑兰。天黑了，来看他的人也走净了。他想这会儿魏淑兰该来了，可一直到娘张罗着做饭，还是不见魏淑兰的影子。贺金柱真顶不住劲儿了，他在屋里来回转，心里像长了草一样。

　　正在做饭的贺张氏早就看出了贺金柱的心思，对他说："等会儿再叫魏淑兰去。猛子刚回来，让他们一家先在一块儿说会儿话。"

　　贺金柱说："不是过了门儿了吗？还等着请呀？"

　　贺张氏说："说是过了门儿，不是还没跟你圆房呢吗？人家害臊呗。"

　　二柱在一边对贺金柱说："都是你闹的。头晌还在这头儿呢。"

　　贺张氏说："这些年，淑兰不容易，说是过了门儿，却守了八年的空房。金柱，你可得好好待她呀。"

贺金柱问："她天天住咱们家吗？"

贺张氏说："有时候在这边儿，有时候回她娘家。她一走，家里不就剩下她娘一个人了吗？也怪孤单的。"

贺金柱忽然像想起了什么，问道："哎，二柱不是早就结婚了吗？怎么也没见着弟妹，小侄子小侄女什么的？"

贺金柱这一问，全家都不言声了。本来很热烈的气氛一下子变得静默了。

贺张氏停下手里的活儿，说："本来想跟你在信里说说这些家长里短的事儿，怕你分心，你爹不让，咳。二柱命苦呀。头结婚，咱也没打听，女的有病，过了门儿好几年，也没怀上孩子。这还不算，还有抽羊角风的毛病。犯起来就死去活来地折腾，找了好几家医院都没看好。二柱提出来要跟人家离婚，你爹死活不让，说咱打老辈儿就没出过离婚的，让他认命。可这媳妇儿命也不好，有一天，在后坑边儿上洗衣裳，洗着洗着就犯病了，掉进坑里再也没上来。人家娘家不愿意，说是二柱把她推到坑里淹死的，来了一大帮人，非要二柱替她偿命不可。后来经了官司，这事儿才了结了。"

贺金柱说："闹那么大？"

贺老拴说："过去一两年了，别提咧。"

二柱说："哥，那时候你在朝鲜。要不就把你叫回来了。那回可把咱折腾稀了。"

贺金柱又问："这些年，没再找一个？"

贺张氏说："过了岁数了，不好找呀。"

二柱低着头，不言语。

吃过晚饭，还没见魏淑兰过来，贺金柱明显有些着急。贺张氏看出了贺金柱的心思，就对二柱说："你去叫你嫂子吧。"贺金柱自告奋勇地说："都老夫老妻了，我去吧。"贺张氏笑了。

贺金柱让二柱带路，去了魏淑兰家。一进门，二柱就提高嗓门喊："哎！来亲戚咧，远道儿来的，快出来迎接呀！"

二柱想让魏淑兰出来迎接。魏淑兰一听就是贺金柱来了，一下子躲到自己的西屋里去了。出来的是魏猛子。魏猛子接过贺金柱手里提的点心，说了句："我们首长来了，有失远迎。"

贺金柱拍了他一下，说："回到家了，你少给我犯酸。"

魏猛子笑了："快进屋。快进屋。"

贺金柱他们进了屋，魏柳氏早就站在门帘底下迎着。贺金柱说："婶子，身体好吗？"

魏柳氏笑得两眼成了一条线："好，好着哪。本来前两天腰有点不舒坦。你俩这一回来，哪儿都舒坦啦。"

贺金柱坐在了板凳上，魏猛子给他点了一支烟，随后对着西屋喊道："哎，淑兰。金柱看你来了，你怎么躲起来了？"

魏柳氏也说："就是。这闺女，害起臊来了。"

魏猛子朝贺金柱使了个眼色，贺金柱犹豫了一小会儿，觉得自己应该主动出击了。魏淑兰肯定要打防御战，等着他发出进攻的信号。

贺金柱撩起了门帘，魏淑兰赶紧把脸转过去，背朝着贺金柱。

魏淑兰终于把脸转过来了，但脸是通红通红的，心里是"扑腾扑腾"的。尽管把脸转过来了，还是不敢正眼看贺金柱，也不知道究竟该看哪儿。她乱了方寸，从没有过的慌乱。

眼前的贺金柱，高高的个儿，英俊的脸，宽宽的肩，厚厚的背，笔挺的身材。一身崭新的呢子军装，更加衬托出他的威武与英气。这就是当年那个调皮捣蛋的贺金柱吗？这就是自己日思夜想，等得让人心焦如火的贺金柱吗？

魏淑兰看着看着，有些不敢看了。

实际上，贺金柱也有些慌乱。虽然也是 30 岁的人了，但到目前为止，还没单独跟年轻女同志在一起待过。在部队，清一色的都是男人，只有师文工团下来演出的时候，才能看见女兵。但也是远距离的，产生不了什么感觉。在朝鲜，停战之后，部队由坑道搬进了老百姓家。一营营部住的那家房东，男人被美国飞机炸死了，家里只剩下阿妈妮和 18 岁的女儿。在阿妈妮家住了 5 年，比跟自己家里人还熟。有一天，阿妈妮说，要把女儿嫁给贺金柱。贺金柱吓坏了，他说，不行，绝对不行。阿妈妮的女儿长得很漂亮，从眼神里流露出过对贺金柱的喜欢和爱慕。贺金柱总是回避她。最后，他还是对姑娘说，自己在国内有了妻子，姑娘才死了心。上级有规定，所有的志愿军都不准跟朝鲜姑娘谈恋爱，这是政治纪律。朝鲜战争打了好几年，好多男人都在战场上牺牲了。在村里走一走，漂亮姑娘一个接着一个，几乎看不到男人，不少的村庄都成了寡妇村。仗打完了，志愿军帮助朝鲜人民恢复生产，重建家园，有了进一步跟朝鲜人民增进友谊的机会。志愿军也是人，况且都是干柴烈火的年龄，朝鲜姑娘又那么白，那么俊，那么温柔，对志愿军那么好。时间一长，青年男女之间，友谊和爱情就说不清了。多亏上级有纪律，要不然，不知道有多少志愿军小伙儿会成了阿妈妮的女婿。

魏淑兰终于壮起胆子正面审视贺金柱。这是积攒了 15 年的火热目光，一旦用起来就显得格外聚焦和具有穿透力，她几乎是用在整个世界上只有属于她的视角，用全部燃烧的感情积蓄在审视这个 15 年没见面，即将成为她的丈夫的贺金柱。她的目光很热烈，很执着，也很复杂。

贺金柱继续紧张，接着是方寸大乱，甚至比见毛主席还紧张。这是从没接受过的检阅。

静默了几分钟后，两人开始了对话。当然，是贺金柱起的头：

"村里人欢迎我们的时候，你去了吗？"

"你说呢？"

"我反正没看见你。"

"那是你眼光高了呗。"

"你是看你哥去了吧？"

"你说话可得凭良心。"

"淑兰，让你等了这么多年，恨我吗？"

"你让俺说真话吗？"

"那当然。"

"恨。"

"那你过来打我两下儿吧。"

"不。"

"怎么，舍不得？"

"你该死，金柱。"

魏淑兰哭了，哭得呜呜的，响声雷动，泪雨滂沱，一发不可收。像是受了天大的委屈，看样子老天爷也劝说不了。

贺金柱掏出手绢递给了她。

魏淑兰接了过来，但泪水却怎么也擦不完。

贺金柱想再向魏淑兰靠一靠，用另外一种形式安慰她。他用小碎步向她走近，而走到最近的时候，他又慌乱了。而在这个时候，魏淑兰却不哭了，静静地，像是在等待着什么，企盼着什么，又像在躲避着什么。她用手绢把脸遮住，手是哆嗦的。贺金柱突然上去抱住了魏淑兰，浑身马上变得火烧火燎。魏淑兰挣脱了一下，凑到他耳朵跟前说："咱们回家……"

第十四章

　　等贺金柱跟魏淑兰回到家的时候，贺老拴屋里已经黑了灯，听不到说话声，看样子是睡了。他们开门插门，动静都不算小，但屋里没任何反应。

　　魏淑兰的屋里还亮着灯，贺金柱一进屋就"噗"的一声吹灭了。魏淑兰刚掀门帘进来，还没做任何反应，贺金柱就上去死死地抱住了她。她有些害怕，脸上烧，身上哆嗦。贺金柱不管那一套，把魏淑兰往炕上一摔，就去解她的衣服。魏淑兰抓住了他的手："你慢点儿，俺害怕。"贺金柱喘着粗气说："我都30了，我，我慢得了吗我？"贺金柱手忙脚乱，他不是在给魏淑兰脱衣服，而是在扯，在撕，在咬。活像一只饥饿肆虐的猎豹，狂奔了一天，没找到猎物，到了傍晚，要回家的时候，突然生擒了一个肥肥的活物，激动之中，不知道从哪里下嘴。魏淑兰也喘着粗气说："俺自个儿来……你，你慢点儿，别让娘那屋听见……"贺金柱不听她那一套，继续撕扯，并雨点般在魏淑兰脸上猛亲。像美国的飞机在朝鲜狂轰滥炸一样。终于，他把魏淑兰的下身剥光了，他把她的裤子扔出老远，紧接着也把自己的裤子扔出老远。再往下，他几乎用了一个漂亮的战术动作，极其敏捷地进入了常规作战的程序。然而他操之过急，没来得及确定具体的作战方位，便扣动了扳机，急促之中完成了一次极不成功的发射。就在他完成最后一个凶猛动作的时候，就听外屋"咣当！"一声，像一件什么金属东西掉在了地上。那声音极脆。

　　"谁？"贺金柱收住动作，警惕地问。

　　"我。哥，我……我喝口水。"外屋是二柱的声音。

贺金柱和魏淑兰都出了一身冷汗。

随着二柱走路回屋的声音消失，夜又静了。

月亮贴近窗棂，泻了满屋子的光。那光线有些凄冷。

贺金柱像打了败仗一样，在炕上躺成一个松松垮垮的大字。

魏淑兰重新穿上了衣服，理了理被贺金柱弄乱的头发，把被子铺好，静静地看了一眼贺金柱，说："天不早了，躺下歇着吧。啊？"

贺金柱犹豫了一会儿，脱衣服钻了被窝。魏淑兰也躺下了，钻的是自己的被窝，头紧紧地靠着贺金柱的胸膛，她在他的脸上轻轻地摸了一下，喃喃地说："金柱儿，你吓死人了。可俺身上怎么没感觉。结婚就是这样吗？这样就能生孩子吗？"贺金柱没说话。魏淑兰接着说："你知道吗？俺等了你15年，过了门儿，在这小屋里空守了8年，俺明着是结了婚的人，可俺还是……金柱儿，咱俩都不小了。像咱这么大的，孩子都十来岁了。俺，俺想要孩子。"听到这话，贺金柱很利索地钻进了魏淑兰的被窝，并顺着她身子由上向下摸去，他的第一感觉是，她的身上不像脸上那样光滑，尤其胳膊和腿都有些粗糙。

魏淑兰解释说："男光女锉，日子好过。"她是在抚摸过贺金柱的身子后，说的这句话。

月亮舔着窗户纸，窗户纸变得煞白。

摸着魏淑兰的身体，贺金柱眼前突然出现了一种幻觉，这种幻觉来自15年前，那是他和魏猛子一起为姐姐报仇。当惠美子那细腻光滑的身子被他们剥光时，15岁的他，一下子把嘴张得老大，他既想看又怕看，真想象不出少女的身子是那样鲜活，那样圣洁，那样神秘，那样不可思议。在很长的一些日子里，惠美子的身体总是出现在他的梦中游来荡去，给他以不能挣脱的纠缠……

他想在这个时候，是不应该出现这种幻觉的。他应该集中精力做好眼下比想象更美妙的事情。但这个幻觉竟像魔鬼一样，飘然而至，而又驱赶不走。

闭着眼睛的魏淑兰羞涩地把眼睛睁开了，看着喘着粗气的贺金柱，她一脸茫然……

贺金柱出了一身汗，被汗水浸泡的身子有些酥软。汗水没了之后，他有了一个新奇的感觉，这种感觉促使了他的凶猛。

魏淑兰的脸色由茫然变得恐惧，她浑身又紧张起来，全身都向一个基本点收缩。她声音颤抖地说："金柱，先别……等，等一会儿。对，抱着俺，抱紧点儿，别松开。再紧点儿……"

吃过早饭，贺秀才就过来了，魏柳氏和魏猛子都过来了。按规矩，贺金柱和魏淑兰要去百草山拜娘娘庙。

据传说，娘娘庙是明崇祯年间为纪念刘娘娘修建的。刘娘娘名叫刘素贞，是位民间医生，年轻貌美，医术超群。刘娘娘专门给穷户人家看病，不仅药到病除，而且分文不取。一次，有一产妇难产而死，在出殡的路上遇到刘娘娘，她拦住不让埋，说能治活死人。主人打开棺木，刘娘娘几针扎下，死人真的起死回生了。原因是，她见棺材里滴出的血是红的，说明产妇是假死。从此，刘娘娘在百草山一带的十里八乡，被人们传为神医。前来求医者络绎不绝。后来，一个大财主家的阔少爷看上了刘娘娘，要娶她为妻。刘娘娘得知那阔少爷吃喝嫖赌，无恶不作，便执意不从。阔少爷带着家丁人马几十个强行抢亲。花轿路过百草山时，刘娘娘突然下轿，一头撞在石狮子上，当场气绝身亡。就在刘娘娘撞石狮子的那一刹那，人们看见，本来晴朗的天空，突然乌云密布，雷声大作，瓢泼大雨，从天而降。就在这时，刘娘娘身上的红色衣袍，突然变白，雨水轻柔地冲刷着她的身体……

人们把刘娘娘葬入了百草山，为她修了庙，塑了像，立了牌坊。自此之后，百草山被人们称为贞节山。

娘娘庙修成之后，百草山也就有了庙会。

不久，人们发现了一些奇异现象：娘娘庙里一年四季都往外散发着仙气，那仙气像一条白色的绸带，轻柔地在百草山顶上缥缈升腾，与天地相接，人们离老远就能看见。庙里冬暖夏凉，黑白有光。还有，百草山周围三乡五里，自此风调雨顺，无灾无难，人寿年丰。

秋季刚过，百草山上的草已经枯黄。稍绿一点儿的还有青青菜、野苍子，但没多大密度，好像是被人们收拾过。这个季节上百草山，可看的，最显眼的应该是野酸枣和红榴榴儿。到这会儿，它们身上的叶子基本上都落光了。祖露出来的是一串串红红的果子，它们没有规则地长在山根儿、山坡，或者山顶，点缀着晚秋的百草山。在山上其他颜色都已衰竭的情况下，它们显示着独特的风韵与火热。

跟着一块儿来看热闹的人不算少，大部分是一些小孩子，或者半大孩子。

哩哩啦啦，站满了半个百草山。

贺秀才给娘娘庙的刘娘娘披上了红绸，并在庙前摆上了供品，点了香。

在贺秀才的指挥下，贺金柱和魏淑兰给刘娘娘三叩头。

魏淑兰经常见新媳妇到娘娘庙前来叩头，算是有些见识，叩得有板有眼像模像样。而贺金柱却有些机械木讷，他穿着一身军装，很威严的样子。他向贺秀才提出，能不能用敬礼代替叩头。贺秀才连连摇头，说从来没这个规矩。并一再说，这是给刘娘娘叩头，百草山的神灵，万万不能儿戏。

贺金柱恭敬不如从命，但他刚一跪下，围观的人都大笑起来。他在两个环节上出现了严重错误。一是忘了先作揖，二是应该先跪左腿，而他却一下子两条腿一块儿跪下了。就连站在他身边的魏淑兰也笑得喘不上气来……

娘娘庙旁边有一棵老槐树，树脖子有些歪。老槐树的树身，大得不得了，两个小伙子都搂不过来。老槐树的树冠，据说能遮多半个七里冢。下大雨，七里冢全村的人，躲到树底下都淋不着。这棵大槐树到底有多少年头了，恐怕连贺秀才也说不上来。据说是当年刘娘娘栽的。后来，人们叫它吉祥树，或者幸福树。新郎新娘跪拜完娘娘庙，就要搂一搂老槐树，企盼着一生吉祥幸福。

贺金柱和魏淑兰把脸贴在树上，张开双臂，但谁也够不着谁的手。

尽管没有够着对方的手，魏淑兰还是闭上眼睛，陶醉了一阵。贺金柱只是笑，没魏淑兰那么投入。

拜完娘娘庙，搂完老槐树，贺金柱没有急着回家，他在贺秀才、贺老拴的带领下，来到了百草山坟地。这里埋葬着337个被日军杀害的七里冢人，其中有贺金柱的姐姐贺丫丫。

三百多个坟茔寂静地卧在百草山上，坟头上的草在风中轻轻摇曳。

每个坟茔前都有一个很小的墓碑，上面写着死者的名字。

贺金柱依次给每个坟茔烧纸、叩头。

贺秀才不住地祷告："百草山的冤鬼冤魂们，七里冢的英雄后生，来看你们来了，给你们烧纸来了。"

贺金柱跪在贺丫丫的坟前，俯下身子，把两只手深深地插进坟头里……

给姐姐的坟磕完头，贺金柱让人们都回家，包括魏淑兰也不让在场。他一个人在坟地里静默了很长时间。

第十五章

步兵第二十八团所在的一七○师从朝鲜回国后，隶属陆军第八十九军序列。二十八团驻防在长江南岸的彤州市。这是一座很有南方特点的文化古城，风景秀丽，气候宜人。据说这一带还出美女，有的竟是国色天香。贺金柱查了一下彤州志，明、清两代的皇帝都派人到这里选过美女。乾隆皇帝下江南，路过彤州，见这里风景如画，美女如云。一阵感叹之后，便停轿小住，在这里眠花宿柳，饱餐秀色，享尽风流。彤州的官府还给乾隆皇帝修了行宫。

二十八团驻的是国民党独立第十八旅的营房，一个团驻一个旅的营房，当然绰绰有余。团长贺金柱虽然没有家眷在身边，但也住进了旅长原来住过的房子。四室一厅，前有假山，后有花园，原来的面貌都保留得好好的。在院里院外转一转，会觉得无限风光。贺金柱很得意，打了十几年仗，解放了，和平了，部队找了这么个优美的地方落脚，自己又有了这么一套豪华的府邸，不是一般的知足。

一七○师组成了英模代表团，师里一位副政委为团长，贺金柱为副团长。成员是抗日战争、解放战争、抗美援朝战争时期的英模代表，都是二级以上的战斗英雄和一等功臣，魏猛子也是成员之一。他们先是到部队作巡回报告，然后应邀到长江沿岸各地的机关、学校、厂矿、街道等单位去作报告。十几位代表讲的都是自己在战场上的亲身经历，稿子是自己起草的，经过师组织科、宣传科的秀才们加工润色。师宣传队的同志还教他们怎样酝酿感情，怎样运用语气，掌握节奏。又经过反复试讲，反复修改，稿子几乎达到了炉火纯青的地步。

代表们年龄都不算大，记忆力还好，讲了几场下来，稿子慢慢就丢下了。后来，大部分都能倒背如流。

在众多的英模人物中，贺金柱是最显山露水的。因为他是唯一的一个具有传奇色彩的英雄，也叫孤胆英雄。在鲁州战役中，他一个人俘虏了敌人一个团，这在代表们中间几乎没有可比性。他的讲稿还有一个兴奋点，那就是，他出席过第一届全国英模代表大会，见过毛主席，登上过天安门城楼。再加上他讲得绘声绘色，有点献州人说评书的味道。50分钟的讲稿，最多的时候，能激起20多次掌声，他从中又找到了另外一种快感。刚和魏淑兰结婚回来，他有一大段时间睡不着觉。刚一睡着就做梦，而且每次都是重复的，魏淑兰几乎夜夜在他的梦里如期而至。他经常梦着梦着就醒了，醒了之后，发现自己睡觉的姿势很不雅观。他怕再睡着了会接着做梦，接着做梦怕出问题，干脆下床到卫生间洗洗脸，点着烟铆着劲地一连抽几支。

自巡回报告开始，贺金柱没工夫想魏淑兰了，晚上也梦不见魏淑兰了。每天被鲜花、掌声淹没着，被各单位的小酒醉着，有点飘悠悠，晕乎乎的。反正那种感觉非常的好，从来没有享受过的好。从七里冢刚回来的时候，他觉得结婚真好，那么妙不可言无与伦比。现在看来，不仅结婚好，作报告也挺好，也能让人经常陶醉在快感里拔不出来。

作了上百次报告，贺金柱感觉越来越好，乐此不疲了。不作报告就没着没落儿的，甚至活不成了。去了那么多单位，他感觉最好的是到学校去报告，学校秩序好。同学们都穿清一色的校服，欢迎仪式规模大，气氛热烈而且献花的密度也大。在台上一坐，往台下一看，嗬，少男少女们齐刷刷的，都睁大眼睛看着台上，真可爱，让人激情满怀。

印象最深的是到彤州师范作报告。报告开始前，是学生代表向英模代表敬献鲜花，给贺金柱献花的是一个细高条，留两条大长辫子的姑娘。她眉清目秀，天生丽质，尤其那张脸笑得特别甜，一笑，两个眼角就自然地往上翘，随之，两颗小虎牙便很俏皮地显现出来，使那张娃娃脸一下变得格外生动与妩媚。看了让人心颤。说实话，贺金柱在朝鲜还是见过一些漂亮姑娘，朝鲜姑娘都很白，但身段大部分不太好，看上去有些松散，没什么让人刻骨铭心的地方。也就是说，从来没见哪个朝鲜姑娘能跟眼下这个小虎牙的姑娘相比。姑娘把鲜花举起来的时候，贺金柱向她行了一个标准的军礼，他要接鲜花的时候，姑娘凑到他耳朵跟前小声说："叔叔，我在报纸上看过你的事迹。你一个人俘虏了敌人一个团，我很崇拜你。"

贺金柱握住了姑娘的那只柔软纤细的小手。那一会儿，他感到手好像有点儿麻酥酥，像触及了手以外的什么东西，一时间竟忘了松开。等到他意识到这种感觉连忙松手时，一种略带尴尬的感觉又袭来了。他匆匆地将目光从姑娘的脸上移开，顺便往台下溜了一眼，竟与魏猛子的目光撞到了一起。

魏猛子一直在看他，表情有些复杂。

那场报告贺金柱发挥得最好，当被掌声打断的时候，他就往台下寻找。那天听报告的有七八百人，但他还是在短时间内找到了那位女生。那女生正在全神贯注地看着他，鼓掌的时候有意把手举得高高的，不是一般的活跃。贺金柱笑了。

散了场，同学们把代表们围得水泄不通，都拿着事先准备好的笔记本，让代表们签字。贺金柱身边围的人最多，他发现那女生挤在最前头，身子紧靠着他。他拿过她的笔记本，问她："你叫什么名字？"

女生答道："我叫张敏，弓长张，敏感的敏。"姑娘声音很甜，跟她正笑着的那张脸一样。

贺金柱问："这个敏字有什么讲究吗？"

张敏说："孔圣人曰'敏于事而善于言'呀。"

贺金柱说："哟，好深刻啊。"就在笔记本的扉页上写下了"张敏同学留念，贺金柱"几个字，谁知张敏却不走："叔叔，给我签上几句话吧。我今年就毕业了，鼓励鼓励我。"

贺金柱想了想，也没什么好词儿，就写了同样也写给别的同学的话："好好学习，天天向上，将来为社会主义祖国多贡献力量。"

张敏说："谢谢，谢谢叔叔。"但还是不肯离开，一直站在一边看着贺金柱给别的同学签字。

报告团巡回报告结束后，代表们各自回到了部队，贺金柱不知怎么老回不过神来。回到部队的当天，政委向他说起了近期团里的各项工作，他好像没听进去多少，一再说："这段时间我不在家，团里的工作主要是你在抓，你很辛苦，要注意身体。"这样的话一连说了好几遍，搞得政委有些莫名其妙。政委走了，副团长又来了，副团长走了，参谋长又来了。有的是口头请示工作，有的是送报告。事儿有大有小，有急有缓，好不容易一件一件都处理完了。人都走净了，他叹了口气："咳，当官儿也不容易。"他在纸上乱画，发现都是写的"张敏"的名字，一鼓作气写了几十个，其中有几个竟写在后勤处长送来的报告上。好在用的是铅笔，他很快就涂掉了，但有些痕迹擦不干净。得，先批报告吧，用毛笔，一下了就把留下的痕迹盖上了。批完，他对着自己的脑门拍了一巴掌。

"张敏，张敏。"临睡前，贺金柱嘴里老是叨念这个名字。接着，他眯着眼睛，把与张敏接触的全过程，很有滋味地回忆了一遍。在张敏身上，他印象最深的有三个特点：一是那两条油黑油黑的大长辫子，头发又粗又亮，一根儿是一根儿的，如果摸上去，手感一定会出奇的好。二是那两只眼睛像葡萄似的，转动起来滴滴溜溜儿的，再就是笑起来眼角直往上翘（有些狐狸眼的特征）。总之，让人一见她就会自觉不自觉地将目光集中在她的眼睛上。三是那两颗小虎牙很俏皮，很有意思，也很有味道。一个人身上能找出三个特征，很不容易。贺金柱不是见了女人就走不动路的主儿，相反，他对女人是相当挑剔，相当苛刻的。魏淑兰不算俊，但也说不上丑，在七里寨，在老家，也还算拿得出手的女人，但实在没法拿出来跟张敏比。这老天爷真邪性，为什么要造这么个无法挑剔的女人出来？如果天下女人俊丑都差不多，男人们就没那么多后悔的事儿了，活得就不那么闹腾了。

"操，这个张敏，真他妈折腾人！"贺金柱来回翻身，闭上眼睛数数，可就是睡不着。以往他头一挨枕头就想睡，打仗的时候，在堑壕、交通壕里都照睡不误。晚上跟人说话，说着说着，还没来得及答下一句，就呼噜上了。可为了这个张敏，他死活睡不着了。

不知到了什么时候，贺金柱睡着了。刚入睡，张敏就走进来了，身上穿着婚纱，笑眯眯的，两颗虎牙格外俏皮，胳膊上挽着一个新郎官儿，那新郎官儿的脸很模糊，看着像一个熟人，但判断不清究竟是谁……

师机关与彤州师范举行舞会，贺金柱、魏猛子，还有英模报告团的一些成员应邀参加。

第一曲是《蓝色多瑙河》，曲子很美，大家跳得很尽兴。英雄们在朝鲜都跟文工团的团员们学过跳舞，回国后又接连不断地出席晚会，一般的曲子都能走两步，有的跳得还挺像那么回事儿。

贺金柱跳了一曲就下来了。他1.83米的个头儿，在这群小巧玲珑的江南小姐中，很难找到合适的舞伴。再就是他走起步子来两腿发硬，步幅又大，人家别扭，他也别扭。一曲下来，他就通身大汗。按他的话说，这不是享受，而是遭罪。

又一支舞曲响起，是《慢三步》。这是贺金柱很喜欢跳的曲子，但他没跳，坐在一边，嘴里哼着曲子，腿脚也在随着舞曲舞动。过了一会儿，他发现有一对舞伴老是朝他这边看，开始他没在意。等人家看得久了，也引起了他的注意。他看清楚了，男的是魏猛子，女的好像有些面熟，因为光线有点暗，一下子判断不清是谁。又过了一会儿，他发现女的两条大辫子在身后甩来甩去。哦，是张敏。魏猛子也认识她？

舞曲终了，贺金柱走到张敏面前，重重地别有用心地握了一下张敏的手："张敏，你好。"

张敏试图马上把手抽出来，但抽了几次才抽出来，她有些尴尬地笑了一下，说："贺团长，你还记得我的名字呀？"

贺金柱很爽朗地说："这么漂亮的姑娘，想忘也忘不掉呀。"

张敏低着头说："没想到你这么会说话。"

贺金柱说："会说话不等于说假话，漂亮就是漂亮。"

说着，两个人挨着坐下了。

乐曲又奏响起，是《圆舞曲》。贺金柱很大方地把手伸向张敏："来，咱俩跳一曲。"

张敏的那张娃娃脸笑得很灿烂："谢谢。"

贺金柱向张敏伸出了双臂，张敏很得体地搂住了他的腰，另一只小手像小老鼠一样钻进了贺金柱的大手。一开始，两人的舞步不大协调。贺金柱老是踩不上点儿。张敏柔情似水地说："你紧张什么？"

贺金柱没说话，他脚下的步子慢慢调整过来了。又过了一会儿，两人的舞步相当协调了。

贺金柱一直盯着张敏的眼睛，盯得有些贪婪。张敏的眼睛很亮，在黑暗中放着雪亮的光，像天上的星星一样。

张敏有些激动地说："听了你的报告，我一宿都没睡着觉。"

贺金柱问："为什么？"

张敏说："你太勇敢了，太有智慧了。一个人俘虏了敌人一个团。"

贺金柱听着张敏的话，心里很得意。看得出，这个漂亮小女子对自己印象很深。这一会儿，贺金柱觉得情绪出奇的好。张敏那娇小的身子在他怀里转来转去，像一只美丽的蝴蝶，很招人喜欢地飞来飞去。那身子极轻，搂到怀里，就像什么东西都没有一样，不知道是不是自己把她融化了。那富有江南女子特点的细胳膊细腿细腰，捏在手里软软的，贴在身上柔柔的。每接触一次，就让人生发出一系列的联想。贺金柱是过来人，这种联想不仅来得快，也很直接。在这个时候，他也联想起了魏淑兰那粗糙的皮肤和筒子般的腰，还有很多很多跟张敏构成极大反差的地方。想着想着，贺金柱就把张敏搂得更紧了。张敏似乎有些感觉，像是做了一些挣脱，但动作不是很大。

因为感觉很好，时间就显得过得快，不知不觉，一支曲子就跳完了。贺金柱拉着张敏的手，还是舍不得放。有一个人在他们之间穿过，他这才迫不得已放下了。张敏示意贺金柱坐下，贺金柱却小声对她说："跟我出去一下，我有话跟你说。"

张敏犹豫了一下，跟着贺金柱出去了。外面很黑，走到一个拐弯的地方，贺金柱停下了，他问张敏："你今年多大了？"

张敏说："再过一个礼拜，我就过 20 岁生日了。"

贺金柱随口道："比我小 11 岁。"

张敏有些警惕地抬头问道："比你？"

贺金柱把话题岔开："有对象没有？"

张敏说："还没有。"

贺金柱说："我给你介绍一个吧？"

张敏笑了一下，说："谢谢你。那人什么样儿？说说看。"

贺金柱说："也是个当兵的，跟我个头儿差不多。岁数比你大，文化没你高，可就是喜欢你。"

张敏说："也是一个英雄吗？"

贺金柱说："对，比我还英雄。"

张敏犹豫了一下，说："我崇拜英雄，也立志非英雄不嫁。可我要自由恋爱，不喜欢人家介绍。"

贺金柱说："你放心，那人一定让你满意。"

张敏一下子拉住了贺金柱的手："那你快安排我跟他见一面。"

贺金柱说："不用安排了，那人现在就站在你跟前。"

张敏四下看了看，忽然像明白了什么，脱口道："你……"

贺金柱说："对，就是我。"

张敏心里有些乱，脸上也很热地烧起来："我想到了，但还是有些突然。"

贺金柱说："实话跟你说吧，我家里有老婆，是爹妈给娶的。我回去就跟她离了。"

张敏说："这么复杂……"

贺金柱说："不复杂，很简单。就像打仗一样，有进攻，有防御。有占领山头，也有放弃阵地。"

张敏的心还是乱，乱得有些调整不过来："我，我很喜欢你，但现在还说不上爱……"

贺金柱打断她的话："喜欢不就是爱吗？你们这些知识分子，简直太复杂了。"

张敏说："不，这不是一个概念……"

贺金柱说："哪儿来的那么多概念？你给个痛快话儿得了。行，还是不行？"

张敏低头想了一会儿，然后抬起头来看着贺金柱，看了一会儿，又把头低下，说："贺团长，谢谢你的直率。可这是终身大事，我要冷静下来好好想想，也跟家里商量商量……"

贺金柱说："给你一个礼拜的时间吧？"

张敏说："好，好吧。"

贺金柱却说："不行，一个礼拜太长了，三天吧。三天之后，我等你的答复。"

张敏还想说什么，贺金柱说："好吧，就这样。"说完，上去捏了一下张敏的手，走了。

贺金柱回到营房，心里感到无比痛快。尽管张敏没有给自己一个满意的答复，但凭一个军人的敏感和机智，他认为问题不是很大，张敏肯定对自己有好感。他眼下着手考虑回家离婚的事儿，啥叫离婚呢，结婚之后要散伙，就叫离婚。可自己跟魏淑兰当初根本就没办结婚手续。所以，这婚离起来也就一句话，说离就离了。离婚的理由是什么呢？应该说有两个。一个是老家的那个魏淑兰太土气，太陈旧，太没情调，唤不起自己的激情。再就是后来遇到的这个张敏太漂亮，太诱人，太让人魂不守舍。咳，离婚就离婚，要那么多理由干什么？

想着，想着，贺金柱困了。困劲儿来得相当猛烈，一躺下就着了。

外面有人敲门，贺金柱问："谁呀？"

敲门的人说："我，听不出来呀？"

贺金柱听出了是魏猛子的声音，就说："这么晚了，有事儿吗？我睡了。"

魏猛子说："有，有大事儿。劳驾团长大人起来开门吧。"

"操，怎么变得阴阳怪气儿的。"贺金柱嘟囔着，起身开门。

魏猛子进屋先把贺金柱的胳膊抓住了，看样子像喝了些酒，满嘴都是酒气。两个眼珠是红红的，头发打着几道弯，像刚跟人打了一架似的。他把贺金柱的胳膊抓得死死的，大大超过了开玩笑的力度。

贺金柱说："怎么啦，一进门儿就这德行？"贺金柱企图把被钳制的胳膊挣脱出来，但试了试，却没什么效果。

魏猛子主动地把他的胳膊松开了，大大地喘了几口酒气，眼珠子随时都有瞪出来的危险。他用手点着贺金柱的脑门说："贺金柱，我警告你，你可是有老婆的人，你又是二十八团的一团之长，你可要注意思想改造。"

贺金柱给魏猛子沏了一杯茶，递给他，坐下。很冷静地对他说："你这话什么意思？"

魏猛子拍了一下桌子："什么意思？我问你，你跟张敏是怎么回事儿？"

贺金柱说："你小声点儿，现在都几点了？部队早休息了。跟你说实话吧，什么事儿也没有。"

魏猛子声音还是高高的："没那么简单吧？我告诉你，贺金柱，你家有老婆，还在外边谈情说爱，到底是英雄难过美人关啊。"

贺金柱也来了火气，但他还是忍住了。他拍了一下魏猛子的肩膀说："你喝醉了，回去睡觉吧。"

魏猛子以为贺金柱理屈词穷，反倒更来劲了。他又猛拍了一下桌子，桌子上的两个茶杯掉在地上全碎了。夜深人静，声音显得像炸雷一样，让人心惊肉跳。魏猛子指着贺金柱的鼻子说："我告诉你，贺金柱。我看上张敏了，我要跟她结婚。你要是再跟她套近乎，我就对你不客气！"

贺金柱见魏猛子声音居高不下，下一步还不知道会说出什么过头的话，做出什么过头的事儿。他拿起电话说："总机，给我接警卫连……哦，算了吧，没事儿了。"他本想让侦察排来几个人把魏猛子弄出去，又觉得那样有些过。天这么晚了，让战士知道了团长在跟教导员吵架，还是因为女人，影响不好。他冷静了一下说："有话明天再说吧。你放心，我会成全你和张敏的。"魏猛子瞪了他两眼，把门猛地摔了一下，出去了。

第十六章

　　三天到了，贺金柱在等着张敏的答复，正好这天彤州师范的张书记邀贺金柱到学校参加联欢会，请他务必参加。他本来想说自己身体不舒服，但到了嘴边，却说："好吧，我准时到。"

　　贺金柱断定，联欢会上一定会见到张敏。

　　联欢会开到晚饭前才结束。张书记要留贺金柱在学校吃晚饭，他坚决不同意。一是中午喝了那么多酒，晚上留下来少不了又要喝，自己撑不住。还有一个更重要的原因是张敏没在。联欢会上，张书记非要他出个节目，学生们没完没了地鼓掌。没办法，他就讲了一个在朝鲜战场上捉舌头的故事。这本来是他的保留节目，部队搞晚会的时候，他这个节目最出彩。但他今天发挥得相当糟糕，他对自己一万个不满意，也没情绪留下来吃晚饭。他想打电话让司机来接，但又想这会儿司机大概已经在吃晚饭了。学校离团部也就是半个小时的路，还是走着回去吧，正好需要活动活动腿脚。

　　他出了学校大门，天就黑了。正要往胡同里拐，就听背后有人喊了一声："贺团长！"

　　回头一看竟是张敏，他抑制不住地激动："张敏？！"

　　张敏像只小燕子一样灵巧地飞到了贺金柱身边，没有任何铺垫地挎上了他的胳膊。贺金柱有些不自然，他仔细看了一下张敏，显然是经过了精心打扮，她比哪天都漂亮。

　　贺金柱问她："你没参加联欢会？"

张敏说："参加啦。"

贺金柱说："那我为什么没看见你？"

张敏很敏感地问："很想看见我吗？"

贺金柱说："我就是奔着你来的。"

张敏神秘而又撒娇地说："那我太幸福了。"

贺金柱笑着说："你这丫头贼心眼子可真多。"

张敏摇晃了一下他的胳膊，进一步地撒娇："心眼儿多就多呗，怎么还加个贼字？"

贺金柱没工夫扯闲篇，马上直奔主题："哎！你现在还没答复我呢，你到底想不想嫁给我？"

张敏有些矫情地说："你到底是军人，那么凶猛。一点儿铺垫都没有。"

贺金柱说："军人都是直肠子，绕来绕去的有啥意思？"

张敏说："我喜欢的就是这一点。"

贺金柱眼睛马上一亮："这么说，你已经下决心嫁给我啦？"

张敏说："现在我们还是在谈恋爱，还没到谈婚论嫁的地步。"

贺金柱说："你又麻烦上了。谈恋爱，还不是为了结婚。"

张敏像有思想准备："这些天，我一直在冷静地思考这个问题，尽管来得有些突然，但我还是想答应你的求爱。眼下有两个问题，你必须答复我。第一是，你能利利索索离婚吗？一进城就甩老家的结发妻子，你怕不怕受到舆论和道义的谴责？这些谴责，会不会影响你的离婚进程？第二就是你一旦娶了我，必须一辈子宠着我，不准打我、骂我、欺负我。"

贺金柱说："第一个问题，不用你担心，那是我的事儿，你要相信我会处理好。第二个问题，我敢下保证，别说我欺负你，就是你欺负我，我也心甘情愿地受着。我保证一辈子对你好，像个小玩意儿似的哄着你。"

张敏笑了一下，说："你到底是有勇有谋。也可以说是很狡猾。"

贺金柱也笑了一下，把话题岔开："哎？你爸妈是什么意见？"

张敏说："我在家说一不二。我做出的选择，他们都会支持。"

贺金柱说："那我就放心了。"

待了一会儿，张敏说："有件事儿，我一直想跟你说，你们那个魏教导员也向我求过爱。"

贺金柱说:"我知道。"

张敏说:"他还说过你的一些坏话。"

贺金柱说:"我知道。"

张敏说:"你就那么自信吗?"

贺金柱说:"我的自信是你给的。"

张敏仰起头来问:"我?!"

贺金柱说:"对。你不承认吗?"

张敏把头靠近了他的胸膛,并拥抱着他,声音变小了:"是的,我承认。打第一次见到你,你就把我的心搅乱了。我是学中文的,大概是小说读得多了一些,充满了理想主义色彩,但我有正义感和责任感。我想过,你出身贫苦,职业又是军人,从小没受到过良好的教育和文化的熏陶。而这些,你跟你的爱人没有拉开距离,你们在一起是重复的,是低层次的精神循环。而我们在一起是新鲜的,浪漫的,也是互补型的。这样的夫妻才能创造爱情与婚姻的不朽。"

贺金柱把她的脸捧起来,抚摸了一下她的头发,问她:"有句话,到现在你还没告诉我,你喜欢我吗?"

张敏点点头:"不只是喜欢,是爱。"

贺金柱问:"一样。爱我什么?"

张敏扬起头,眼里涌起泪花:"我爱你的全部。你高大伟岸英俊倜傥,你果敢刚毅气度不凡。这里边,最最重要的,是你的英雄事迹。嫁给一位英雄,是我终生的理想。可以骄傲地告诉你,我张敏是不那么轻易被征服的。"

贺金柱把张敏搂得更紧了。

张敏抬起头来,问道:"你还没告诉我,你爱我什么?"

贺金柱不假思索,脱口而出:"漂亮。"

张敏:"还有呢?"

贺金柱说:"漂亮。"

张敏撒娇地问:"我哪儿漂亮?"

贺金柱:"哪儿都漂亮。"

张敏问:"刻骨铭心的有哪些?"

贺金柱说:"至少有三个特征。一个是你的眼睛太迷人。二是你那两颗小虎牙很好看。再就是你那两条大长辫子,总让我想摸一摸。"

张敏又问道："就这些吗？"

贺金柱说："这就足够了。"

张敏说："那我要是老了，不漂亮了呢？"

贺金柱说："在我眼里，你永远没有那一天。"

张敏说："这话倒是很有诗意。"

停了一会儿，贺金柱说："我马上就回家离婚，你要耐心等我。"

张敏低着头静静地说："我会的。哪怕是地老天荒。"

贺金柱和张敏分手了。他回了几次头，发现张敏还站在那儿，朝他招手。

贺金柱一点儿觉也没睡，无比幸福而又极其痛苦地折腾了一夜。

第十七章

政委把贺金柱叫到他的办公室，脸色跟以往大不一样。一进门，政委就赶紧把门关严，看样子挺神秘。

贺金柱刚落座，政委就发话了："老弟呀，我不得不提醒你啦，你要注意呢。有人跟我反映，说你在跟一个大学生谈恋爱，你可是有老婆的人，要注意影响啊。"政委是 1938 年跟随罗炳辉司令员由延安经竹沟到淮南，然后又到苏北抗日根据地的，在团里算是老革命了。贺金柱当兵的时候，政委已经当指导员了。贺金柱比政委小 8 岁，现在虽然两人分别是二十八团的军政一把手，但贺金柱一向很敬重这位老大哥。

贺金柱看了政委一眼问："政委，谁反映的？是魏猛子吧？"

政委说："这我不能告诉你。你就说情况属不属实吧？"

贺金柱说："政委，咱俩在一起搭班子这么多年了，我也不瞒你。恋爱还谈不上，但有个女大学生倒是向我表示过。"

政委接过来说："叫张敏，是吧？"

贺金柱说："那就更是魏猛子反映的了。"

政委说："你不要总追究谁反映的了。我问你，你有没有跟老家的媳妇儿打离婚，娶张敏的想法？"

贺金柱小声说："团里不是有好几个离婚的干部吗？"

政委说："你跟他们不一样，他们的婚姻是父母包办的，是封建婚姻。"

贺金柱说："你怎么知道，我的婚姻就不是父母包办的，不是封建婚姻？"

政委缓和了一下口气，说："就算是，你也不能轻易离。别忘了，你是一级人民英雄，是一团之长。"

贺金柱心里说："哪写着呢？英雄就不能离婚，团长就不能另娶？"

政委站起来，走到贺金柱跟前，用语重心长的腔调说："老弟呀，我奉劝你一句，人生在世，事业为重啊。你很年轻，也很有发展。上边早有传闻了，下一任一七〇师师长就是你的。你可不能因为婚姻问题处理不好，影响了升迁。"政委叹了口气，接着说，"婚姻问题，说起来是大事儿，实际上还不就是那么回事儿。什么感情不感情的，过到一块儿就是一辈子，一晃就过去了。"

政委说完还是叹了口气。政委在婚姻问题上确实很以身作则。他的老婆没上过一天学，裹着小脚，还大他5岁，满口地道的老家话，一句也改不了。部队刚从朝鲜回来，政委很楷模地把小脚老婆接到了彤州。

贺金柱心里很不是个滋味儿，他想把心里话跟政委好好说一说，最好能够得到他的同情和支持，看来没什么指望。但又一想，这是自己的事儿。自己的事儿，要靠自己解决，尤其婚姻大事，谁也替不了。自己认定了的事儿，义无反顾地做到底就是了，管别人干什么？

政委从抽屉里拿出一本书。看来早就做好了准备，很快打开了其中的一页，显然，那一页的角是折过的。政委咳嗽了一声，很快进入正题："老弟呀，什么时候也不能放松了学习，放松了思想改造呀。听我给你读一段毛主席在七届二中全会上的讲话，'可能有这样一些共产党人，他们是不曾被拿枪的敌人征服过的，他们在敌人面前不愧英雄的称号；但是，经不起人们用糖衣裹着的炮弹的攻击，他们在糖弹面前要打败仗。我们必须预防这种情况……这一点，我们必须向全党讲明白，务必使同志们继续保持谦虚、谨慎、不骄、不躁的作风，务必使同志们继续保持艰苦奋斗的作风……'"

政委表现出了较好的耐性，一直把那一大段讲话全部读完，才把书合起来，说："老弟呀，我这样用心良苦，你应该理解吧？"

贺金柱连忙说："理解，理解。"

政委说："好，那我就放心了。"

晚上，贺金柱计划给魏淑兰写封信，先下点儿毛毛雨，省得她感到突然。可他桌上却放着一封魏淑兰的来信，他打开一看，傻了，同时也踏实了。

金柱：

　　好久没有通信了，正在我万分惦记你的时候，却接到了我哥的来信。看了他的信，让我五雷轰顶，我做梦也没想到，我苦苦等了15年，你竟会看上了别人，我死也不相信。但我哥在信中写的有名有姓，有根有据，我这才明白了，你为什么这么长时间不给我写信。难道你真的变心了？

　　这些日子我也一直在想咱俩的事。当年，我跟你订婚，完全是由父母做主的，可并不等于父母包办呀，你在信中是满口答应的呀。再说，咱们从小在一起长大，在一个学校读书，相互了解，知根知底儿，并不是像农村里别的夫妻一样，到揭盖头的时候，才知道新娘子是谁。我们当年谈不上什么爱情，但毕竟也是有缘分有感情的，不是这样的话，我为什么要苦苦地等你贺金柱15年？我魏淑兰嫁不出去吗？当然了，你现在当了官，还是大英雄，对祖国和人民有贡献。而我还是个农村妇女，没见过世面，没什么文化，长得也土气，配不上你了，拿不出手了。要真是那样，我主动提出离婚，把你让给那个叫张敏的，给你们创造幸福。

　　我确实几次这样想过：你贺金柱说变就变了吗？后来又想，这也不全怪你，英雄难过美人关嘛。我不在你身边，有年轻貌美的姑娘主动向你求爱，你不可能不动心。但问题是，咱们之间风风雨雨走过了这么多年，就没有一点值得你珍惜的吗？就真的过不下去了吗？

　　也许我想得太多了。但我心里一直压着一块石头，你就是再忙，也要给我回封信。你要实话实说，究竟想怎么办，我好有个思想准备。

　　急切地等着你的回信。

淑兰

　　看完信之后，贺金柱把脑袋扎进被子里，像只大虾一样窝了一会儿。在这之前，他还想过，该用一种什么样的口气和态度，把问题说开。没承想魏猛子抢先一步替他挑明了，他真不知道是该感谢魏猛子，还是怪罪魏猛子。总之，有魏淑兰这封信，往下的问题该从那儿入手了。他知道这件事儿没那么简单。一个家，怎么能说成就成，说散就散呢。再说，那个家是在七里家呀！

　　贺金柱在被子里窝了一会儿，把脑袋露出来了。他认为这也跟打一场战役一样，必须先把各种情况搞清楚。要准备几套方案，要考虑到随时可能出现的问题，要有积极有效的应对措施。凡事预则立，不预则废。

他认为，这事儿既急不得，又拖不得；既冷不得，又热不得。想了半天，还是先把给淑兰写的信发出去。同时，也给家写了封信，也算是发个预先号令。他知道，爹的工作比淑兰一点儿也不好做，甚至难度更大。但他已下定决心，不管遇到多大阻力，也要把婚离掉。就像打仗一样，只要下了决心，定了方案，就不能动摇。

贺金柱没去食堂吃晚饭，在宿舍里下了一碗面条，胡乱吃下去，就睡着了。睡到11点，他起来查岗，通信员要跟他一起去，他不让。他一个人查岗惯了，甚至很有快感。问一问口令，跟战士聊两句，很有意思。他查了团部的门岗，又去了弹药库，回来的时候去了一营。正好魏猛子也在查岗，他问完了口令，魏猛子给他敬了个礼。他还了礼，没理魏猛子，跟哨兵聊了几句，就往回走。走了一会儿，他发现魏猛子跟在后面，跟了一会儿，谁也没说话。快到一营营部了，魏猛子叫住了他。

魏猛子说："我有话要跟你说。"

贺金柱站住了，回过头来说："说吧。"

魏猛子问他："你真要跟淑兰离婚吗？"

贺金柱说："这是我跟淑兰之间的事儿。"

魏猛子说："你没忘记魏淑兰是我亲妹子吧？"

贺金柱说："没有。"

魏猛子问："你真要跟张敏结婚吗？"

贺金柱说："这是我跟张敏之间的事儿。"

魏猛子问："你知道我爱上张敏了吧？"

贺金柱说："知道。"

魏猛子说："咱俩都是军人，那就来句军事术语吧。完成对张敏的总攻，我可是第一梯队。"

贺金柱说："第一梯队进攻受阻，第二梯队可以提前加入战斗。"

魏猛子："你保证你能打赢吗？"

贺金柱说："我相信我的实力。"

魏猛子说："你真做得出来？"

贺金柱说："我马上回七里冢，离婚！"

魏猛子说："你能把你刚才说过的话，再重复一遍吗？"

贺金柱很平静地重复了一遍。

魏猛子先是把两只手攥了一下，攥得骨节发出有节奏的响声，紧接着他的右手变成了拳头，并对准了贺金柱的前胸。

贺金柱没有躲避，而且有意使自己的身体向前倾，闭上眼睛，准备全方位地接受魏猛子的重拳打击。

这时，就听"咣当"一声。贺金柱猛地睁开眼睛，见魏猛子的拳头很有气势地落在了大门玻璃上，拳头上带着血。魏猛子咬了咬嘴唇，看了一眼贺金柱，走了。

贺金柱一脸苍白……

回到七里冢，天就黑了，这是贺金柱有意磨蹭的。

家里的煤油灯早就亮上了，屋里坐满了人。除了贺老拴、贺张氏、二柱以外，还有贺秀才，贺张氏家族的最高长辈贺庆福，其他成员也都是贺张氏家族德高望重的长辈们。大概有十来个人。贺金柱仔细看了看，眼下，只有他这个团长是孙子。

贺金柱进屋了，没人搭理他。甚至没人问他几点下的车，下了车这20里地是怎么走回来的，吃饭了没有。屋里的空气是死的，凝固的，小屋说不定哪一会儿就会炸裂，或者坍塌。贺金柱四下看了看，心里发毛，看来今天自己是孤军奋战四面楚歌，又要当一回孤胆英雄了。尽管他知道，这比一个人在敌人枪口下俘虏一个团要难得多。

炕中心放着一张吃饭桌子，桌子上放着煤油灯，一个暖瓶，几个茶碗，还有一个旱烟筐。旁边放着几本学生用过了的作业本子，用来卷旱烟的。从桌上的这些设施就可以断定，一是今天会议的规模比较大，二是时间大概短不了。

贺老拴首先发问："金柱，你真要跟淑兰离婚？"

贺金柱掏出烟卷来递给贺老拴："爹，你别着急，你先点支烟。"

贺老拴把手一挥："你先回答我的话。"

贺金柱心里有些发毛："是。爹。"

贺老拴说："为什么？"

贺金柱说："我们合不来，还有……"

贺老拴打断了他的话:"还有什么?还有你在外边搞瞎巴了,是吧?"

贺金柱说:"爹,什么叫搞瞎巴?"

贺老拴说:"就是家里有了媳妇儿,还在外边乱搞!"

贺金柱说:"那我就不是搞瞎巴,我是自由恋爱。"

贺老拴噌地站起来,伸出刚放下旱烟袋的右手,对准贺金柱的脸,"啪!"就是一个脆生生的大耳光。看来劲是大了一些,猛了一些。贺金柱本能地捂向那半拉脸的同时,桌上的煤油灯灭了。小屋骤然间黑了下来。

贺张氏不满意了,对着贺老拴大喊起来:"你这个死老头子,孩子刚进家,还没说几句话呢,你这巴掌就上脸了,你等孩子把话说完呀。"

挨了巴掌的贺金柱摸着火柴把灯点着了。他的脸应该说是很疼,但他觉得很自在,甚至觉得是恰如其分罪有应得。这样就好了,只要爹出了气,往下的事儿就好办了。

在煤油灯重新点亮的那一刻,贺老拴的声音也提到了高八度:"什么?他当了陈世美,我还听他把话说完,我给他磕头作揖得了。哼!金柱,我告诉你,你要真跟淑兰离了婚,咱俩就一刀两断。我不是你爹,你也不是我儿。从此,你别再进这个家门儿!"

贺金柱说:"爹,你别生气,你别上火。我跟淑兰离了婚,我还是你儿子,你还是我爹。这到猴年马月也改变不了。"

贺张氏接过来说:"金柱哪,我这个妇道人家,在咱这个家,一直说话不占地界儿。可事到如今,我也不得不说几句了。打你提出来跟淑兰闹离婚,你爹就像犯了罪一样。他在村里当着干部,管着好几百口子人,你总得让他挺直了腰板儿说话吧?你想想,从老辈儿数,咱老贺家什么时候亏欠过人?什么时候让人家在背后戳过脊梁骨儿?你爹在村里喝三吆六,指东道西,不就是仗着自个儿的为人吗?你当官儿了,当英雄了,长能耐了,长出息了。我跟你爹都跟你体面,跟着你露脸。可你现在平白无故地闹离婚,蹬了人家淑兰,这不是在全村人面前撕你爹的脸吗?这不是给咱老贺家垒门儿吗?你离了婚,一抬屁股走了。你想想,让我跟你爹怎么出门儿?到街上见了人,跟人家该说句啥?金柱,娘求你了。这婚咱离不得,千万离不得呀!"贺张氏说着,"扑通"一声给贺金柱跪下了。

贺金柱怎么也没想到娘会这样做,他有些措手不及。他双手把娘搀起来："娘，你不能这样。娘，这要让外人看见了，我怎么见人。娘，你快起来呀，娘！"

贺张氏抓着贺金柱的衣服，刚站起来又跪在了地上："只要你不答应不跟淑兰离婚，娘就死也不起来！"

贺金柱连忙说："娘，我答应你。我不离了还不行吗？娘！"

贺张氏跪在地上说："淑兰已经有了身孕，孩子一生下来就没爹，这叫哪门子事儿呀？啊？"

魏淑兰怀孕了？贺金柱一点儿思想准备也没有。如果不离婚，可能再过上几个月，自己就当爸爸了。三十得子，着实不易。可这次回家贺金柱是铁了心离婚的，这个决心说什么都不能动摇。但即使离婚，也要讲究一些策略，别把事情弄炸喽。不妨先来个缓兵之计。他说："娘，你起来吧。这婚，咱说什么也不离了。"

贺张氏站起来了。贺金柱蹲下身子给娘掸掉身上的土，扶娘上了炕。贺张氏看着他说："好孩子，知道回头就好。我早就跟人家说了，我养的儿子我心里有底，金柱没那么混。"

贺老拴火气还没消："娘给儿下跪。金柱，你在七里冢算是露大脸啦。"

贺秀才说话了："老拴，你先消消气。有话咱好好说，啊？"

屋里消停了一些。

人们开始抽烟，喝水。空气不再那么让人憋得慌了。

贺金柱偷偷地舒了一口气。

贺秀才朝贺金柱摆了摆手："来，咱俩到西屋去。"贺金柱跟着贺秀才去了西屋，也就是魏淑兰平时住的那间小屋。不用说，魏淑兰回了娘家。

一进门，贺秀才把门帘放下来了。他说话的声音比较小，显然是怕那屋里的人听见："金柱，有句俗话，解铃还须系铃人哪。我是你跟淑兰的媒人，当初是你爹托的我，我也觉得你俩挺般配。我可是真心地希望你们，能白头到老地久天长呀。跟我说实话，你心里怎么想的，到底想怎么办？"

贺金柱想了想说："我知道，我这样做，很让你们老人失望，甚至伤心。但我已拿定了主意，这婚还是要离。在外人看，我跟淑兰还是挺般配，但到外边一比，还是有些不合适。再说，不知怎么回事儿，我跟淑兰之间热乎不到别人那种程度。"

　　贺秀才打断了贺金柱的话："别人指谁？"

　　贺金柱连忙解释说："我只是打个比方，不单指谁。"

　　贺秀才说："事到如今，你就别瞒着了。猛子早就给你爹写了信，把你的事儿都说了。"

　　"他？"贺金柱扬了一下眉毛，觉得意外而又不意外。

　　"咳，什么也别说咧，就是你变啦。"贺秀才说，"在咱们村，人家都叫我秀才，实际上那是抬举我，我知道自个儿几斤几两。但无论怎么着，我还是比一般人多喝过一点儿墨水儿。但在你这大英雄，大团长面前，还是小巫见大巫啦。人们常说，宁拆十座庙，不拆一桩婚，我活这么大岁数，究竟当了多少回媒人，早就记不清了。可提出离婚的，你这还是头一个。中国人尊孔，信奉儒家思想的仁义礼智信，和为贵，安是福啊。我跟你说句实话，你提出离婚，无非就是嫌淑兰文化低点儿了，长相一般些啦。常言说的好，女子无才便是德呀。家有贤妻，男人出息。妻贤夫祸少，子孝父心宽哪。我一向认为，女子贤德之美，赛过花容月貌倾城天仙。朱柏庐治家格言上也说，娇妻美妾，非闺房之福。自古红颜多薄命呀。你数数，西施、貂蝉、杨贵妃、林黛玉，不都过早地香消玉殒了吗？正所谓，红颜多薄命，福在丑中间哪，何况，淑兰还不算丑。过日子是实实在在的事儿，脸蛋儿再好看，也不能当吃当喝。从另一方面讲，做人要积德行善。所谓善人，人皆敬之，天道佑之，福禄随之，众邪远之，神灵卫之，所做必成，神仙可冀呀。常言说得好，贫贱之交不可忘，糟糠之妻不下堂呀。更何况，淑兰无论从哪方面讲，还算不上糟糠。金柱，我苦心劝告你，一失足成千古恨，再回头已半百身。婚姻大事，你一定要三思而后行呀。"

　　贺秀才不愧是贺秀才，浑身上下都是文化，肉里肉外都有词儿。要不是过了岁数，弄到部队上当个宣传股长什么的，还真是把好手。看来动文化，确实不是贺秀才的对手，讲理自己又不占理。

　　贺金柱想了一会儿，说："万叔说的在理，可以说是让我茅塞顿开吧。在你面前，我永远是晚辈，横竖也赶不上你，你得多指点。这样吧，我跟淑兰好好谈谈，不让你们费心了。"

　　贺秀才很警惕，也很敏感："谈，怎么个谈法？动员她离婚？"

　　贺金柱心里想，看来在战术上要调整一下，先稳住这帮人。但离婚的决心绝对不能动摇，一动摇，就与那个漂亮的张敏失之交臂了，绝对不能半途而废功亏一篑。自己的主要进攻目标是魏淑兰，而不是这帮人。只要把魏淑兰拿下，这帮人什么办法也没有。看来现在要迂回一下，稳住他们，别把事儿弄炸了。那样，自己将拔不出腿来走人。想过之后，他说："不，不。当然是往和里谈。你不是说和为贵，安是福吗？"

贺秀才并没有完全相信他："金柱，我虽然是旧社会过来的人，但脑筋还不是特别封建。新社会不是讲究婚姻自由吗？离不离婚是你跟淑兰之间的事儿。父母都不能包办，何况我一个八竿子打不着的万叔。我只是说说我的看法，给你提个醒儿。"

贺金柱说："你放心吧，我想通了。"

贺秀才说："真的不离了？"

贺金柱说："不离了。"

贺秀才像看陌生人一样地看了贺金柱几眼，拉着他回了东屋。

东屋的人一点困意也没有，都在静心地等着他们的消息。贺秀才一进屋就说："行了，这回都睡个安稳觉吧。没事儿咧，回黄转绿咧。"

"听人劝，吃饱饭哪。"一个老人打了个哈欠说。

"就是啊。不听老人言，吃亏在眼前哪。"又一个老人打了个哈欠说。

贺张氏笑出了眼泪："我说我儿没那么犯混嘛！"接下来又对贺金柱说："你小子，娶了淑兰是你一辈子的福分。我看你是烧的！这么好的闺女打着灯笼也找不着。你要真散了，我保证你会后悔一辈子。"

屋里的人都有了原本的模样，有的甚至笑了。他们像是初战告捷，贺金柱倒像个战俘。

贺秀才对贺庆福说："老祖宗，你总结几句吧。完了，大伙儿回去睡觉，金柱再去找淑兰谈谈。"

贺庆福清了清嗓子，说："既然金柱回头这么快，我就不多说咧。这国有国法，家有家规，没有规矩不成方圆哪。不管你是布衣百姓，还是朝廷命官。到了家，就得守家规。不守，就得惩，就得治。好了，都回去睡觉吧。"

贺张氏家族德高望重的老前辈们在贺庆福的率领下，一路纵队打道回府了。贺金柱直把他们送到一个黑点儿也看不见了，才回来。刚进屋，贺张氏就说："你赶紧去看看淑兰吧。"贺金柱说："哎。"转身要走，贺张氏又嘱咐他："好好向淑兰做检讨。"他又"哎"了一声。二柱又跟上了一句："态度老实点儿。"这回他没吱声，抬起头来问贺老拴："爹，你还有什么要嘱咐的吗？"贺老拴向他扬扬手，让他赶紧去。他出了屋，心想：我这成了墙倒众人推，破鼓万人捶了。一团之长，混到这个地步，惨，该！自个儿找的。

贺金柱简单地舒了一口气。他认为，外围战基本上结束了，贺家人基本上算是稳住了。眼下展开的是攻坚战，重点攻击目标是魏淑兰。

魏淑兰见贺金柱进来，把脸扭过去，一眼也没看他。

贺金柱没话找话地说："淑兰，这，这些日子，你挺好的吧？"

魏淑兰把脸转过来说："贺金柱，你就别跟我绕弯了。直说，你想怎么办吧？"

贺金柱说："我想，咱俩还是分开吧？"

魏淑兰说："为什么？"

贺金柱直言不讳地说："因为我又看上了别人。"

魏淑兰说："你倒是不掖不藏。可你不觉得你丧良心吗？"

贺金柱说："是，我是丧尽天良。"

魏淑兰说："既然是这样，你就根本用不着回来。"

贺金柱说："那，那你想通啦？"

魏淑兰说："有什么想不通的？都新社会了，婚姻自由嘛。何况，咱俩当初连结婚手续也没有。"

贺金柱没想到魏淑兰会这么痛快。越痛快，他心里就越不踏实，甚至害怕。怕这里边会潜藏着什么。但她嘴上既然是这样说的，往下就顺畅了。他说："淑兰，我对不起你，我会加倍地补偿你的。你要什么条件，我都答应。"

魏淑兰说："我要你，你给吗？"

贺金柱："这……"

魏淑兰说："贺金柱，你小瞧我魏淑兰了。你别害怕，我不会赖着你。你人再好，心变了，我要你有什么用？"

贺金柱说："那是，那是。我想过了，咱们离了婚，你在村里会遭风言风语，你就去彤州吧。我给你办户口，给你找工作。"

魏淑兰说："你想我会去吗？你以为我魏淑兰离了你贺金柱，就活不下去吗？"

贺金柱说："那是，那是。我希望你活得很好。"说着，从口袋里掏出了100

块钱，放在炕上，说："你先拿着花吧，回去我再寄。"

魏淑兰把钱拿起来扔给了贺金柱："你留着回去娶媳妇儿吧。我告诉你，贺金柱，我魏淑兰有自己做人的尊严，别说我，就是将来出生的孩子，这辈子绝对不花你一分钱！"

贺金柱仔细看了一眼魏淑兰，发现她的腰身确实发生了很大变化，他有了一些恻隐之心。他又把钱递了过去："孩子是我的，我要承担抚养义务，尽做父亲的责任。这钱你先收下，以后我就按月寄。"

魏淑兰急了："贺金柱，你给我把钱收起来。不然，这婚咱就不离了！"

贺金柱犹豫了一下，还是收起来了。他怕魏淑兰后边那句话。

魏淑兰说："贺金柱，你大概还不知道，我魏淑兰是个什么样的人。说实话吧，你甩了我，我还可以在村里夹着尾巴做人。可从今往后，我要再花你一分钱，我就在七里冢丢不起这个人！"

贺金柱蔫蔫地听着，模样像在法庭上受审。

魏淑兰用手往外一指："你走吧。"

贺金柱蔫了一会儿，站起来，似走非走的样子。想了想，说："我知道，你心里恨我，你不会原谅我。但你还不是一点儿文化没有的农村妇女，你是有觉悟的。我们不能做夫妻，我们还可以做朋友，万万不能做仇人。"

魏淑兰用手拍了一下炕沿："你快走吧。"

贺金柱感到自己没有再待下去的理由和必要了。临走前，他偷偷地把钱塞在了炕席底下。出了门，他没敢回家，直接奔了献州。

贺金柱像逃跑似的回到了部队，他没让司机和公务员到车站接，一个人丧魂落魄地进了营房。哨兵给他打敬礼，他愣了一下，才还礼。他走过去之后，哨兵看着他发愣。

通信员给他倒水，让他洗脸，问他吃饭了没有，要不要让炊事班做碗面条儿。他大喝道："你啰唆什么，给我滚出去！"通信员从来没见他这么凶过，也不敢问为什么，悻悻地出去了。他心里很烦，很乱，糟糕透顶。他原想离了婚，会有一种光棍儿一身轻的痛快感，会如释重负，甚至要振臂高呼自由万岁。谁知却完全不是这样，这种刻骨铭心的负疚，一点儿也不比难以摆脱的压抑好受。到目前为止，自己还真不知道是失去了，还是得到了，输了还是赢了。他怎么也没想到，魏淑兰会有这么高的姿态，痛痛快快地跟他离了婚，还没提出任何条件，甚至拒绝他所有的补偿。如果魏淑兰骂他一顿，打他一顿，再提出一些苛刻的要求，他心里会好受一些。

突然，贺金柱两眼的泪水冲上来了，像打开的闸门，汹涌澎湃，滔滔不绝。他借故放纵自己，觉得无论如何也得痛快淋漓地大哭一场了，泪水不断地流着，他去了卫生间，把水龙头打开，在流水声的掩护下，放开了嗓门儿……

哭完，确实痛快了许多。他洗了脸，刮了胡子，简单收拾了一下屋子。他眼下想做一件急迫的事，就是给父亲写信，检讨自己的罪过：

父母大人：

你们好。不孝的儿子在你们的极力反对下，还是跟淑兰偷偷离了婚。我知道，这对你们是一个很大的伤害和打击，儿向你们谢罪，并请求你们宽恕。

我知道，儿这样做，有些大逆不道，犯了家规，也给你们造成了不好的影响。但事情已到这个地步，二位老人就接受这个事实吧。你们可以从心里恨我，但不要想不开，不要在村里人面前表现出过分的自卑。解放这么多年了，婚姻自由了，结婚离婚都是正常的事。想通了，也就不算什么了。

儿唯一惦记的就是你们的身体，不要因为我的离婚，而过多地折磨你们自己。你们没有任何责任，你们一定要保重好身体。年龄大了，身体是第一位的，其他都是身外之物。我虽然跟淑兰离了婚，以后可能还会在外面成家，但我还是你们的儿子，孩子生下来还是你们的子孙，长大了也一定会好好地孝敬你们，这到什么时候也变不了。你们这辈子把我养大成人不容易，可到现在为止，我还没在你们面前尽过孝，我心里总觉得愧得慌。我想等你们岁数大些了，在家里干不动活儿了，我就把你们接到部队来养老，让你们有一个幸福的晚年。

儿再次提醒你们，一定要保重身体。切记，切记。

此致

敬礼

儿：金柱叩上

　　贺金柱把信写完，又反复看了几遍，心里踏实些了。他心里明白，爹在村里是最要面子的人，不管他怎么解释都不会原谅他。但他眼下只能这样做。他知道，爹往后的日子不好过。

第十八章

　　贺金柱跟魏淑兰离婚，不仅影响了贺金柱跟魏猛子之间的关系，自然也造成了贺、魏两家的关系紧张。跟贺家比，魏家在七里冢算不上大户，但也不是独门小户，在村里也占几乎三分之一的人口。一般有婚丧嫁娶，生老病死的大事儿，都要经过族委会的人商量。魏淑兰自己决定了跟贺金柱离婚，她知道，要是跟族里人商量，这婚不但离不成，还会造成两族之间的矛盾激化，何必呢？自个儿的事儿，还是自个儿做主吧。既然贺金柱心里有了别人，心思不在自己这边了，赖着他干什么？魏淑兰是死皮赖脸的人吗？但她离婚之后，魏家人翻了。魏淑兰的叔叔一下子蹦到了柜上，扯着嗓子大骂。一骂贺金柱缺德丧良心，该铡的陈世美；二骂魏淑兰软弱可欺，给魏家丢大人现大眼的货。

　　离完婚之后，魏家开了个族委会，都觉得咽不下这口气。你贺金柱有什么本事？不就是要着饭当的兵吗？不就是个破团长吗？魏家闺女哪一点儿配不上你？一口气等了你15年，黄花大闺女都快等成老太婆了。过了门儿，为你守了8年空房，一天到晚，伺候你家老的，又伺候你家小的。哪点儿对不住你了？是不贞了，还是不孝了？是做贼了，还是养汉了？你把魏家人当成什么了？想要就要，想甩就甩，简直是骑着人脖子拉屎！年轻人主张往大里闹一闹，让贺家看一看，魏家不是没人，也不是那么好捏的。但还是让上些岁数的人拦下了。闹什么？跟谁闹？跟贺老拴闹，这事儿跟贺老拴有关系吗？他能同意自己家儿子平白无故跟人家打离婚吗？有人出主意让魏猛子在部队闹一闹，你贺家有军官，我魏家也有军官。可一想，魏猛子在贺金柱手下。官大一级压死人，到头

159

来别再落个赔了闺女又折兵。

也有人出主意，让魏淑兰把肚子里的孩子打掉。既然被贺家人蹋了，还给他家生孩子干什么，还给他家添个小孽种呀？再就是，魏淑兰毕竟还年轻，往后还要嫁人，带着孩子嫁人，能找着什么好主儿。这些话，不少人对魏柳氏说了，魏柳氏听进去了，就劝魏淑兰把孩子打掉。魏淑兰一听就急了："我自个儿的孩子，为什么要打掉？后半辈子，我还指望这孩子活着呢。"魏柳氏说："那你不嫁人啦？"魏淑兰说："不嫁又怎么着？"魏柳氏拿她没办法。

魏家人还在开会。不管怎么说，反正得有个表示，不能这么便宜了那小子。

商量来商量去，还是决定到贺家闹一闹。古人说得好，子不教，父之过。你儿子喜新厌旧丧尽天良，你贺老拴怎么也是有责任的。你没同意，没主张，没纵容，但起码没拦住。不管怎么说，打心眼儿里，你还是向着你亲生儿子。做出决定之后，族长让大伙儿回去抄家伙，并特别嘱咐，不要拿重型武器。只是闹一闹，表示表示，把他家东西象征性地砸一砸，绝对不能弄出人命来。你贺老拴是大队干部，我们魏家县里公社里都有人，谁怕谁呀？走！魏淑兰堵住门口，谁也不让出去："婚是我自个儿愿意离的，没别人的事儿。谁也甭掺和。"

魏淑兰的叔叔上去就给了魏淑兰一个耳光："魏家的脸都让你丢尽了，你还不让要脸的人，给争回点儿来吗？"

魏淑兰索性躺在了地上："谁要闹，就从我身上踩过去！"

魏淑兰的叔叔喊了一声："把她挪开，回家拿家伙儿去！"

屋里人哄嚷起来，有人把魏淑兰挪开了。魏淑兰大叫着，不让他们出门。这工夫，有人进了院，人们一看，是贺老拴。

贺老拴完全没有了当大队长的威风。一进门，二话没说，双腿利索地给魏家人跪下了。而且一跪就不起。

人们的火气消了些，这毕竟是村里说话一言九鼎的大队长呀，杀人不过头点地。一个快60岁，在村里辈分也不小的老人，这样长跪不起，谁承受得了？

魏淑兰走过去扶贺老拴："大伯，起来吧。你知道你这一跪，我心里是啥滋味儿吗？"

贺老拴不说话，也不起来，魏家人把他围了起来。心软些的人开始过来扶他，可贺老拴就是不起来，最后硬是让大家抬了起来……

贺老拴回到家，不吃不喝，四脚朝天往炕上一躺，面朝着墙，嘴里嘟囔着：

"缺德呀，缺大德啦。丧良心，丧良心呀。"

贺张氏正在收拾桌子，见贺老拴这个样子，就不住地叹气："怎么着呀，你这个死老头？不过啦？不活啦？"

贺老拴翻了个身，嘴里继续嘟囔着："缺德呀，缺大德啦。丧良心，丧良心呀。"

二柱坐在炕沿上，低着头，手里不知道摆弄着什么玩意儿。

就在这个时候，忽听到大街上有人喊："着火啦！着火啦！"

二柱激灵了一下，一个箭步冲了出去，见是自己家的柴火垛着火了。火势很猛，那些干柴在烈火中，噼噼啪啪，乱响一气。周围有些人在喊，但没什么人救火。

二柱回到家，把爹从炕上拽了起来："爹，咱家的柴火垛着火啦！"

贺老拴睁了一下眼睛，又躺下了，嘴里继续嘟囔着："着啦？着了好。烧死拉倒，烧死拉倒。"

贺张氏急了："你这个死老头子，真是活到头儿了。火上了房你也不着急。"

见爹不管，二柱拿了水筲，在瓮里舀了水，提起来就往外走。这工夫，贺老拴却起来了，上去抱住了他的腿，嘴上还是胡乱嘟囔着："别救，别救。烧死拉倒，烧死拉倒。"

二柱费了好大劲，才把爹甩开，向外冲去。这时候，火已经没那么旺了，周围站满了人，基本上是看热闹的。大伙儿比比画画，叽叽咕咕，喊喊喳喳，说什么的都有。左邻右舍的壮劳力们，正在奋不顾身地抢救自己家的柴火垛，生怕被殃及。有贺家的几个人在救火，但因为水源不足，对大火构不成杀伤力。

等到柴火烧净了的时候，大火自然灭了。

这些柴火是二柱和爹起早贪黑拾来的，有玉米秸，有高粱秆儿，还有一些豆秸什么的，有硬柴火，也有软柴火。这是全村最大的一个柴火垛，堆在街上十分显眼，足够烧一年的。这是爷俩一个秋上的劳动果实，眨眼之间，就化作了灰烬。那年月，庄稼人没什么家当，一个是吃的，一个是烧的。烧的，可以说是半个家当。

"我的天儿呀，这是怎么啦？青天老爷呀……"贺张氏跪在地上大哭起来。

贺老拴出来了，围着火堆转了一圈儿，找了一根棍儿，跪在地上，来回翻没着透的柴火。他这么一翻，那些柴火又重新燃烧起来。他嘴里还在嘟囔着：

"报应啊，报应。烧了好，烧了好哇……"

有人过来拉贺老拴，是贺秀才。

二柱一大早醒来，发现爹不见了。贺老拴有早起的习惯，早晨起来喜欢背着粪筐围着村子转，实际上捡不来几摊粪。主要是看看庄稼地里有没有猪羊，是不是在祸害生产队的庄稼。如果有，他就铆足了劲儿往村里赶，看看到底是谁家的。见了主人，少不了就一顿劈头盖脸地数叨。有人说，他这个大队长管得太宽，管得太具体，抓猪抓羊，不是有大队护青队的那帮小子们吗？贺老拴说他们太懒，晚上蹲坑可以，早晨都贪睡。可偏偏就有一些不自觉的社员，大清早就把猪羊撒出来。而贺老拴就专跟这样的人斗，天不亮就到了地里，逮这些占公家便宜的猪羊们。

贺张氏做完早饭，太阳就一竿子高了。到大门口望了望，没见着贺老拴的人影儿。她心里骂了一句：这死老头子，以往这个时候早回来了。回屋对二柱说："你去到外头找找你爹，怎么这时候了，还不回来？"二柱出去了。贺张氏开始收拾屋子，喂猪喂鸡。自金柱跟淑兰离婚之后，淑兰就回了娘家，一家子都拦着，但还是没拦住。贺张氏也觉得没什么理由拦了。自己儿子把人家蹬了，人家年纪轻轻的，还在你们家守活寡吗？让人家走吧。淑兰说了，我常过来着点儿。那话说得让人心里怪难受。淑兰只拾掇了自己的衣裳走了，贺家的东西，一根针也没拿。这也让贺老拴一家心里很不是个滋味儿。

二柱刚出门，迎头碰上贺三汤。贺三汤见了他，嘴都结巴了："二，二柱，不好啦，你爹出事儿了。他……他上吊了。"

二柱说："你他妈胡说，你爹才上吊了呢！"

二柱这一骂，贺三汤不结巴了："真的，骗你是驴日的，就在百草山上。我早晨到山上放羊看见的，人早没气儿了。可我不敢放下来，就跑回来找你。"

二柱什么话也顾不上说了，拉着贺三汤就往百草山上跑。等他们跑到娘娘庙时，贺秀才、贺庆福等人已经到了现场。贺老拴已被从大槐树上放了下来，两个眼珠子快瞪出来了，舌头也耷拉出来了，面目十分狰狞。人早凉了。

二柱扑上去不住地摇着贺老拴的身子："爹，爹呀，我那亲爹。你怎么走这条路哇！"

贺秀才脱下自己的外衣给贺老拴盖上了。二柱把衣服掀了，继续摇着贺老拴，不住地哭喊着："爹，爹呀。你醒醒，你醒醒呀！"

贺庆福把二柱拽了起来，又把衣服重新盖住了贺老拴的脸。这工夫，有人扛来了门板，贺老拴被抬了上去。几个壮小伙子很快拴上了绳子，抬着贺老拴回了村。

贺张氏一见贺老拴被抬了回来，撩开脸上的衣服一看，叫了一声："啊！"便昏了过去，接着，人就挺在了地上。人们放下贺老拴，赶紧给贺张氏掐人中，做人工呼吸。七手八脚，好一阵忙活，贺张氏终于哭出了声："我的天儿呀！你个死老头子，你好狠心哪。你把我扔下，你一个人走啦，往后孤儿寡母的，我可怎么活呀？"

贺老拴家挤满了人。有管事儿的，有吊纸的，有看热闹的。一个不大的小院，弄得人插不下脚。人们惊愕：一个忙忙颠颠的大队长，一个老实巴交的人，怎么走了这条路？

"总理"贺秀才在突发事件面前，显出了超出常人的冷静。他把外人都轰出去，找了几个胆子大些的人，给贺老拴整容，因为他的面孔太恐怖了。人们都说，吊死鬼儿，吊死鬼儿的，但只是用来吓唬不听话的孩子。只凭想象，那是怎样的面目可憎，惨不忍睹。没想到比想象的更可怕。有两个经常揭开烧纸看死人脸的老太太，一看就吓晕了。贺老拴在七里冢是有名的大老实人，长得也是慈眉善目，和蔼可亲。怎么死的时候落了这么个模样？为了别吓着七里冢的父老乡亲们，尤其是没成年的孩子们，村里还专门到医院请来了大夫帮着整容。折腾了一上午，贺老拴才勉强恢复了生前的模样。

因为事情来得太突然，家里乱了套。没棺材，没寿衣，没孝布，没盖死人的蒙帘。总之，凡是办丧事儿的东西，一件没有。贺老拴还不到 60，身子骨硬朗朗的，谁会给他预备这些东西？

贺张氏彻底醒过来了。在贺秀才的指挥下，开始东找西抓，但还是没找着能用的东西，贺张氏急得团团转。最后只好到帽盒里去取钱，那是金柱上次回家撂下的 100 块钱，都拿出来了。也就在拿钱的同时，贺张氏发现了一张字条，她不认识字，就拿给了贺秀才。贺秀才一看是贺老拴写的："金柱王八旦（蛋）跟淑兰离婚，我没脸活在世上了。记住，我的死，不要告诉那王八旦（蛋），不要让他给我打反（幡）。不然，我死不明（瞑）目。"贺秀才看完摇摇头，叹了口气。贺张氏急切地问贺秀才："是他爹写的吧，写的什么？"贺秀才说："老拴是为金柱离婚走的这一步。"

贺张氏也想起来，贺老拴得知金柱和淑兰离婚的消息后，一天一宿不吃不喝，更不睡觉，第二天像变了一个人似的。嘴里老叨念着："王八蛋，丧良心哪。王八蛋，丧良心哪。"走到哪儿说到哪儿，地也不下了，大队里开会也不参加，像丢了魂儿似的。贺张氏劝他想开点儿，没有过不去的火焰山。既然他们把婚离了，你再跟自个儿过不去也没用。贺老拴什么话也不说，还是念叨那句话。

贺秀才跟贺张氏商量，给不给金柱发电报。贺张氏很坚决："听他爹的，不让那王八蛋知道。他作孽，他早晚要遭报应。他爹活着的时候也说过，他要是离了婚，就跟他一刀两断。就当没生他，也没养他，不用他养老，也不用他送终！"

贺秀才也征求了老祖宗贺庆福的意见，老祖宗充满激情地说："福祸无门，唯人自招。善恶之报，如影相随。大逆不道，天理难容啊！从今儿起，我正式宣布，贺金柱，被清理门户了！不管他当多大官儿，不管他有多大功劳。七里冢贺张氏家族，没他的名儿了。"

在人们七手八脚的操持下，办丧事儿的东西都准备齐了。棺材是贺庆福的，在贺张氏家族他辈儿最大，年龄也 70 有 9 了。儿女们孝顺，在 5 年前就把后事预备齐全了。那棺材是"三五五"的（棺帮为 30 厘米厚，棺帽和棺底各为 50 厘米厚）。这样的规格，只有德高望重的贺老祖宗才配享受。贺老拴先走一步，也就因祸得福地享受了这等殊荣。贺庆福大概有些舍不得，在棺材上摸来摸去。最后竟在大庭广众之下躺进去，很像那么回事儿地闭上眼睛待了一会儿。出来的时候挺有感慨地说："里头怪舒坦。咳，早一天晚一天的事儿呗。"

贺庆福出来以后，还有几个上岁数的人进去躺了一下。因为他们知道等自己也有这一天的时候，绝对没这么高规格的待遇。躺进去找找感觉，死了也就不冤了。

做寿衣的布是新买来的，现赶现做。好在人多活儿快，到了晌午，贺老拴就平躺在灵床上了。

贺老拴在村里有人缘，走得又这么匆忙，甚至冤枉，得到了七里冢广大社员群众的一致同情。前来吊孝的一拨接着一拨，胆子大些的，都撩开脸上的烧纸看看；胆子小些的，趁别人撩烧纸的时候，找一个自己认为安全些的角度，远距离地瞅一瞅。出了门就议论："都说养儿防老，他家倒好，让儿气得上吊。"

有的还说："不让我那儿子上学了，省得长了出息逼得他爹上吊。"

按村里的说法，贺老拴属于横死，也就是非正常死亡。依照祖宗留下来的规矩，这种死法的人只能停放一天，也就是说第二天就要出殡。因为贺家人手多，所有的工作都集中在一天里完成了。

晌午过后，天阴得厚实起来。正要入殓的时候，下起了小雨。这是深秋季节，以往这个时候，一般是不会下雨的，更何况今年天旱，一夏天都没下一场透雨。收庄稼的时候，地里还冒烟。这个时候下起了小雨，对于庄稼人来说，当然是好事儿，一万个感谢老天爷。而信奉天道的人就想得多了，想得远了：这雨是贺老拴引来的，他一辈子为民造福，和善为人功不可没，老天爷为他送行来了。还有人认为贺老拴死得冤，死得不值。老天爷为他伤心，替他垂泪。

贺老拴的死，达到了以血醒民的效果。贺家与魏家的矛盾缓解了不少。只是百草山上娘娘庙前的那棵大槐树，就像当年崇祯皇帝在景山公园吊死的那棵歪脖子树一样，成了不祥之物。在相当长的一段时间里，没人敢上娘娘庙，甚至连百草山的庙会也停了好几个月。联想起当年日本鬼子曾在百草山的山洞里烧了300多条人命，这下百草山又显得恐怖起来。村里出了邪性事儿，这样或那样的说法也就多了起来。有人说，那天晚上梦见贺丫丫了。贺丫丫说想他爹，让他爹过去看她。有人说，贺老拴上吊的头天晚上，听见百草山上有夜猫子笑。俗话说，不怕夜猫子叫，就怕夜猫子笑，一笑准死人。还有人说，贺老拴提前两三天就到百草山上踩好了点儿。这下，搞得村里很恐怖，天一黑赶紧插门睡觉，街上一个走动的也没有。

贺张氏想过去看看淑兰，但又有些抹不开面儿。她掐算了一下时间，也就在这两三天内，淑兰就该生了。按乡俗，女人不能在娘家生孩子。有讲究说，如果女人在娘家生了孩子，下辈子就绝户。魏淑兰怀的是贺家的骨肉，不能眼看着让贺家的孩子绝户喽。跟淑兰商量商量，到时候到这边儿来生，过了满月再回去。淑兰过门这么多年，婆媳俩没红过一次脸。在外人眼里，跟亲娘儿俩差不多。贺张氏跟魏柳氏也跟亲姐们儿一样，街坊邻居地住着，又是这么近的亲戚，超过一天不见面就想得慌。金柱跟淑兰离了婚，淑兰搬回娘家住去了。这些日子，贺张氏有事儿没事儿，就到淑兰的屋里转转。像找什么东西似的，摸摸这个，捅捅那个，然后又一个一个地放下。在炕沿边上愣着神儿坐一会儿，叹口气就出来了。淑兰搬家的那天，魏柳氏也过来了。以往见面就笑无话不谈的亲家母，这会儿脸上像刮着黑风一样。贺张氏笑眉笑眼地上赶着跟人家说话，人家都不撩眼皮。送她们娘儿两出门的时候，魏柳氏倒是说话了："我这辈子算是作孽呀，要是知道有今天，我就是把闺女填了大坑，也不嫁给你家。你想想，我是个寡妇，闺女也成了寡妇。往后这日子该怎么过？"

魏淑兰说："娘，你别说了，好不好。"

贺张氏两只眼睛直直的，张了半天嘴，愣说不出话。活这么大岁数，没招过谁，没惹过谁，没亏过谁，没欠过谁。什么时候让人家这么捅着肺窝子噎搡过？什么时候让人家这么鼻子不是鼻子，脸不是脸地数落过？这都是金柱小兔崽子作的孽呀！小兔崽子，王八犊子，你一抬屁股走人了。你知道，你亲娘这会儿正让人家戳着脊梁骨儿吗？

魏淑兰一走，贺张氏把门插上。趴在炕上，大大方方地哭了一场，直到把眼泪耗干。

贺老拴死后，魏淑兰格外同情起贺张氏来。有时候，也主动过来看看，说说家长里短，还劝贺张氏想开点儿。不管怎么说，自己曾是这个家的成员，还有将要出生的孩子，这就跟贺家脱离不了干系。这个家也不容易，这个家再也不能出事儿了。贺金柱跟魏淑兰离了婚，跟老家少了妻子儿女的牵挂，自然也就回来得少了。贺老拴上了吊，贺家没有了大队干部家庭的荣耀，自然也就门前冷落了。

贺张氏犹豫了一阵子，还是去了魏淑兰家。魏淑兰正在炕上躺着，见贺张氏进来，就坐了起来，说："大娘，坐吧。"

魏柳氏过来，给贺张氏扫了扫炕沿儿，这是庄稼人的礼节。

贺张氏单刀直入："我过来跟你们娘儿两商量商量。这不，淑兰快生了，我想让她搬到俺那院里去。不是有讲究吗？"

魏柳氏说话了："是有讲究，怕你们贺家下辈子绝户喽呗？"

魏淑兰看了娘一眼，说："娘，你别这么说行不行？你不是也劝我过去生吗？"

贺张氏笑着说："我不在乎大妹子怎么说。我双手利脚的，不是正好伺候淑兰吗？"

魏淑兰说："大娘，那就听你的吧。"

贺张氏说:"听我的,那现在就过去吧。我把屋子都给你收拾好了。"

魏淑兰又看了娘一眼,魏柳氏说:"看我干什么?过去就过去呗。"

魏淑兰开始收拾东西,贺张氏和魏柳氏都跟着帮忙。铺的盖的,穿的用的,林林总总,收拾了一大堆。仨人一趟就捎过去了。

到了家,安顿好,贺张氏打开柜,拿出了一堆东西。有小被子、小褥子、小枕头、小衣裳、尿裤子、玩具,等等。总之,生孩子的东西,可以说是样样齐全。这让魏淑兰很感动。

当天,二柱乐不滋儿地上了百草山,他要为魏淑兰完成两个任务。一是收沙土。百草山山根儿底下有一片沙土,又滑又细,没任何杂质。百草山周围的人生了孩子,都要到这儿来收沙土,垫在孩子身子底下当尿裤子用。尿湿了就拿出去晒,晒干了再接着用。据说,孩子睡沙土,对皮肤有好处,也不易得病。二柱的另一个任务,就是到山上采奶子稞,到时候给魏淑兰催奶用。那东西山上不是很多,长得跟牦牛稞有些相似。一旦弄错了,就麻烦了。好在二柱对这些草分辨得很清楚。小的时候在百草山上玩儿,经常采了那东西往伙伴儿的小乳房上抹,但没见着效果。

魏淑兰搬过来的第三天,就生了。让谁也没想到的是,她生了个双胞胎,而且是龙凤胎,女孩儿比男孩儿早出生半小时。这真是个壮举。在七里家,多少年没见过这样的壮举了。

俩孩子又白又胖,很招人待见。

魏淑兰感到很欣慰,甚至自豪。贺张氏、魏柳氏,还有二柱,都乐得不得了。

到了第三天,魏淑兰的奶水就下来了,而且像泉眼一样旺。两个孩子吃起来"咕咚咕咚""吭哧吭哧"的。二柱采的奶子稞没派上用场。

过满月那天,魏淑兰正式给俩孩子起了名字:姐叫小梅,弟叫小虎。

刚过了麦收,可这一年却基本上没什么收成。头年冬天没飘一片雪花,春天夏天又没下一滴雨。那年月又打不起井,地里浇不上水,献州人全靠老天爷吃饭。风调雨顺还能把肚子混圆,碰上天灾,老天爷不睁眼,就得挨饿。七里家仗着人少地多,每人还分了十几斤小麦,可等小麦分到家的时候,各家各户的粮食囤都底儿朝天了。进家的小麦,用不着往囤里放,直接就进了磨房。

在孩子4个月上,魏淑兰就断了奶。以往的孩子都是吃到一两岁,直到下个孩子接上茬儿。可大人吃不饱，哪来的奶水？没办法，就给两个孩子熬面糊糊。刚开始是白面的，后来是玉米面的。偏赶上这俩孩子饭量都大，吃起来就没个饱。饿了就扯着嗓子可着劲儿地一块儿哭，怎么哄也不行。两家仅有的粮食都紧着两个孩子吃了，可还是不行。头过麦收的时候，家里基本上断顿了。魏柳氏就对魏淑兰说："别耿直了，把他爹寄来的钱用了吧，总不能眼看着两个孩子饿死吧？"魏淑兰摇摇头："不，我绝对不用他的钱。"贺金柱跟魏淑兰离婚后，每月按时寄来10元钱，可魏淑兰一次也不取。过了期，邮局就退了回去。后来魏柳氏偷着给取了两次，魏淑兰发了一通脾气。还是那话，至死不花贺金柱的一分钱，人活的就是这口气。那年月，虽然钱毛，但10块钱还是能派上用场的。更何况，在七里冢，有几家有外援的？不都等着吃囫囵粮食吗？魏淑兰是个犟脾气的女人，既然跟贺金柱离了婚，这辈子就不再跟他有任何瓜葛。看看离了你贺金柱活成活不成，这两孩子能不能长大成人？

正在这节骨眼儿上，贺金柱给家寄来了30块钱，汇款单上写的是"贺老拴大人收"。显然，他还不知道父亲上吊自尽的消息。这30块钱是贺家的救命钱，取到家还没在手里攥暖和，贺张氏就让二柱籴了20块钱的粮食。贺张氏当然舍不得都籴了细粮，粗粮细粮都搭配着来。细粮给孩子们吃，粗粮大人吃。当贺张氏把粮食和剩余的那10块钱送过去的时候，魏淑兰马上明白了粮食的来源，说："大娘，这是他给你们的钱，你们留着用吧。"贺张氏知道魏淑兰的脾气，就顺嘴编了个瞎话："这钱是我娘家兄弟送来的，他不是在东北混得不错嘛。"魏淑兰说："大娘，你就别骗我了。这年月，全国都在闹饥荒，谁还顾得上周济旁人？"贺张氏见瞎话编得不太圆满，也就说了实话："淑兰，我也不跟你绕了。这钱是金柱寄来的，可他是寄给我的。我再周济孙子孙女还不行吗？就是再穷咱也不能穷在孩子身上，孩子还没长成人哪。"魏淑兰不好说什么了，那几斤面其实起了承上启下的作用，饥一顿饱一顿地也就接到麦收了。

麦收过后，魏淑兰扔下两个孩子，跑到地里去拾麦子。那一年，麦子长得像兔子毛一样，又短又细，麦穗儿像绿豆蝇的脑袋，小得可怜。那年月虽然是以生产队为单位集体劳动，但社员们集体观念还是很强的，基本上做到了颗粒还家。麦子收过之后，再也没什么东西可拾了。魏淑兰还是很有耐性，她几乎不是在拾麦穗儿，而是在捡麦粒儿。蹲在地上一步一步地朝前挪，不放过任何一个哪怕只有一个麦粒的麦穗儿。她想的是孩子，有可能多一个麦粒儿，就不至于让两个孩子饿死。

这一年，老天爷格外没人性，过了麦收还不肯下雨。没雨，秋作物种不上。种不上，等于秋天也没收成。眼看着到了青黄不接的时候，农民的日子就更难熬了。没粮食，就到地里挖野菜，到树上捋树叶，到百草山上挖草根，挣扎着活下去。不经饿的，也就命归西天了。活下来的，也瘦成了金人一般。

这一年，因为史无前例的干旱，百草山上的草，一开春，有的根本就没返青，有的长出来有半个手指头高，就枯死了。本来一年四季都有花有草的百草山，变得凄惨惨，光秃秃。像一个老人脱光了身子，窝成一只大虾，孤零零地可怜兮兮地卧在那儿。世世代代的七里冢人把百草山视为神灵，作为心灵的依托。男男女女们不约而同地上了百草山，跪在娘娘庙前，面对慈眉善目的刘娘娘，一遍又一遍地磕头祷告。人们已经点不起香，摆不起供品，只有嘟嘟哝哝地祷告，实实在在地磕头，或者号啕大哭。直到把话说尽，直到跪得双膝出了老茧，直到把额头磕得出了血，直到哭得嗓子沙哑干裂。

没收成，没活做，男男女女们有一搭无一搭地在百草山上乱转。都像被霜打了的庄稼，垂头丧气，蔫头耷脑。看样子，百草山也不能救人们于水火。

二柱一连在百草山上转了好几天，他心里有一种愿望，就是哪怕找到一棵奶子稞。他认为，只有奶子稞能把魏淑兰的奶重新催下来，两个孩子才有救。他找得很仔细，几乎针一样大的草都不放过。有一天，他真的找到了一棵像线头儿那么细，有一手指头那么高的奶子稞。那棵奶子稞还真的长了穗，但充其量有苍蝇那么大。就是这样，二柱还是喜出望外，他一溜儿小跑回了家。贺张氏按着规矩，把那个苍蝇大的穗弄下来，晒干，捻碎，加了少许盐，在锅上炒了一下，用纸包上，赶紧去了魏柳氏家，二柱紧跟着也去了。魏淑兰知道尽管奶子稞很神奇，但对自己干瘪的乳房已经无济于事了，却还是按着贺张氏的要求做了。贺张氏把那炒好的草药，一点儿不剩地抹在了魏淑兰的两个奶头上。在正常情况下，用不了一顿饭的工夫，那奶水就会自动冒出来。可三顿饭的工夫过去了，那两个像降半旗般的奶子，死死塌塌的，一点儿反应也没有。

屋里的人都接连叹气，一直在外面等着好消息的二柱，也在心里叹气。

村里不断地死人，百草山底下有了弃婴。有的被过路的人捡走了，有的哭着哭着，就断了气儿。

家里已经没有一粒粮食了，小虎和小梅哭的力气也快没了。眼看着两个孩子的眼睛一天天往下塌，魏淑兰心里像刀剜一样难受。她也想到了让孩子变成弃婴，兴许是条活路。两个都扔，有些舍不得，扔哪个呢？她心里展开了激烈的斗争。扔了闺女，怕将来孩子大了万一跟着人家受气；扔了儿子，又怕自己绝了后。一番思想斗争之后，还是下决心扔闺女小梅。她想跟娘商量商量，但一咬牙，不商量了。自个儿的孩子，自个儿做主吧。等孩子大了要埋怨的话，就让她埋怨她娘一个人，跟旁人没关系。下了决心之后，趁着家里没人，她给小梅换上了新衣裳，又给她洗了脸，擦了身子，最后把孩子包了起来。小梅两只眼睛望着她一声也不哭，很听话地随她折腾。这时候，魏淑兰的心是酸酸的，但她没有动摇，把孩子抱起来，直奔百草山。

魏淑兰把孩子放在了百草山底下，在她的小脸上亲了一下，小梅还是一声不哭，用小手在她的脸上抓了一下。她感到，那一下，抓的不是她的脸，而是她的心，她的肝，她的五脏六腑。她的泪水止不住地往下流，一滴一滴滴在孩子的小脸上。她对着小梅喃喃地说："孩子，不是当娘的心狠，是天道不让人活。老天保佑你，让你寻个好人家。你长大了不要认你这个狠心的娘。娘生你养不起你，娘一辈子都是你的罪人哪。"魏淑兰说着，跪在了小梅面前。百草山的风撩起了她的衣服和头发。

魏淑兰一步一回头地离开了百草山。她曾几次跑回去，把孩子抱起来，亲了又亲，哭了又哭，并想改变主意，把孩子抱回来。但还是斩断了这个念头。

回到家，魏淑兰瘫了，自己活着就是为了这两个孩子。孩子没了，还为谁活着呢？就在这个时候，小虎哭了。她醒了过来，马上把自己干瘪的奶头露出来，放在了孩子的嘴里。小虎用力吮着，但因为没吃到奶水，把奶头吐了出来，接着就哭起来。魏淑兰继续把奶头往小虎的嘴里放，小虎哭着不肯接受。

魏柳氏回来了，见炕上少了个孩子，劈头问魏淑兰："小梅呢？"

魏淑兰像没听见一样。

魏柳氏提高嗓门又喊了一声："小梅呢？"

魏淑兰仍然像没听见一样。

魏柳氏一下子什么都明白了："淑兰，你好糊涂呀！"魏柳氏急急火火地出了门，往外走，迎面却差点跟抱着孩子的贺张氏撞个满怀。贺张氏把小梅放在了炕上，气呼呼地指着魏淑兰说："淑兰，小梅是你闺女，还是贺家的孙女呢。你凭什么说扔就扔？"

二柱也来了，人没进屋，倚着门框，呜呜地放了声哭。

魏淑兰"扑通"一声给贺张氏跪下了，死死地跪下了。头低着，泪水一滴一滴掉在身上……

贺张氏上去扶魏淑兰，魏淑兰就是不起来。贺张氏也哭了："淑兰，快起来吧，我不怪你了，还不行吗？可不管怎么着，也不能走这一步呀。这你让贺家人的脸往哪儿搁呀？"

魏淑兰起来了，坐在炕上，还是不吭声。

贺张氏过去给魏淑兰擦眼泪："这么着吧，这俩孩子呢，我抱走一个。我知道，这俩孩子都是你的心头肉，从生下来就没分开过，也没离开过你。要不是你跟金柱离婚呢，我就不说这些话咧。你耿直，不花金柱的钱，不让他养，我这当奶奶的养还不行吗？不管怎么说，只要我有一口气，就不能眼看着这俩孩子饿死。"

魏柳氏也哭了："小虎他奶奶说得在理，我看这也是个法儿。"

贺张氏接着说："淑兰，你说吧。你让抱哪个，我就抱哪个。手心手背都是肉，孙子孙女一般儿亲。"

魏淑兰抬起头来看着贺张氏，眼睛直直的，还是不说话。

魏柳氏对贺张氏说："我做主了，大姐，你就把你孙女抱走吧。"

贺张氏抱起了小梅，走到门口的时候回过头来对魏淑兰说："想孩子了，就过来看看。"

魏淑兰送贺张氏出来。贺张氏转过身来，有意让她看怀里的小梅一眼。魏淑兰却没敢看。

算小虎小梅命大。就在这节骨眼儿上，魏猛子回来探家了。

魏猛子这次探亲充当了救命星的角色，首先得救的是两个孩子。魏猛子在部队上拿工资，再说，南方那边儿毕竟灾轻一些，还有东西可买。魏猛子带来了饼干、挂面、大米和糖果之类的东西。两个孩子抢着吃，吃下去，肚子就圆了，小脸儿就饱满了。魏淑兰死活不花贺金柱的钱，可花魏猛子的钱却理直气壮。其实她根本不知道，有好多东西就是贺金柱买的。贺金柱知道家里遭了灾，知道魏淑兰耿直，就用了这么个办法。并嘱咐魏猛子，千万别跟魏淑兰说实话。

魏猛子这次回家探亲带回了他新娶的媳妇，名叫李萱。比魏猛子正好小一轮，人长得说不上多俊，但文静，挺淑女的，一看就自然跟乡下人拉开了距离。

让魏家格外长脸的是，这个叫李萱的新媳妇儿，既朴素又大方，善于跟贫下中农打成一片。走在大街上，见了长辈该叫什么叫什么，那声调比村里所有的女声都甜都细，还带着软乎乎的柔。一进门，不管板凳还是炕头，让坐就坐，倒上水就喝，赶上饭时，是糠是菜，端起来就吃。魏猛子本来就爱吹，这下就更有资本了："别看是大家主儿的闺女，别看是有学问的大学生。进了魏家门儿，就得乖乖听咱的调遣，怎么样？"村里人都挺眼热，那些还打着光棍儿的年轻小伙子，就只能冲着人家背后骂自己这辈子倒了血霉。

魏猛子领着李萱挨门挨户地转。家家都有一本难念的穷经，都让他们同情和怜悯，却是爱莫能助，只有陪人家掉几滴眼泪走人。他们到了贺秀才家，这是个很要脸面的大家主。外面回来的人，不到大队干部家，也得先到他家。他是七里冢人的主心骨。也就是在这一天，贺秀才的老伴浮肿死了。没钱买棺材下葬，把门板卸下来，正要把死人往上抬，魏猛子拦下了。他撸下手表让人拿出去卖了，当天把棺材买了回来。贺秀才的儿女们齐刷刷地给魏猛子跪下了。

魏猛子没想到老家遭了这么大灾，他在老家生活了16个年头儿。那时候，穷是穷，但也没到地里绝产，女人绝经，百姓绝命的地步。看到一家家的惨状，他忧心如焚。他借了辆破自行车，带着李萱到巴掌村、三里屯、五里铺、八里庄等一些村看了看，情况都差不多。不管男女老少，都骨瘦如柴，形象佝偻，愁眉苦脸。相比之下，七里冢还不是最惨的。据说，在八里庄，死人肉都有人扒出来抢着吃。魏猛子去的这些村，都有自己的亲戚，像舅家、姨家、姑家、表叔家，他挨个串了一遍。到每家都放一盒点心，点心往炕上一放，孩子们就呼啦一下子围上来。大人把点心匣子打开，捡一些点心渣给孩子们分分，就把点心匣子封好，高高地挂起来了。孩子们都傻傻地呆呆地望着摇摇晃晃的点心匣子。那场面，看着让人揪心。魏猛子心软，尤其见了那些可怜的老人和孩子，他的手就不自觉地伸进口袋，掏出来也许是一块两块，或许更少。到后来，他一分钱也掏不出来了。

回来的路上，魏猛子和李萱都在叹气。魏猛子知道自己不是救世主，他没能力拯救家乡父老，但他有能力为民请命。第二天，他又骑上那辆破自行车，去了巴掌人民公社，去了县政府，汇报了自己听到和看到的情况。公社和县里的有关领导都热情接待了他，并说上级的赈济粮款就要下来了。到时候，老百姓的困难，会得到一定程度的解决。

魏猛子蹬着那辆破自行车乱转了好几天。

这天吃过晚饭，李萱提醒魏猛子，该到贺金柱家去看看了。魏淑兰也说是该去了，不管怎么说，不过去看看，是没道理的。魏猛子也说，是该去了。到了贺金柱家，贺张氏老早就迎了出来，见了魏猛子的媳妇儿李萱，贺张氏心里很不是个滋味儿，拉着李萱的手一个劲地夸。魏猛子拿出了贺金柱让他带回来的东西和钱，并告诉贺张氏，贺金柱在部队一切都好。贺张氏掉泪了，撩起衣角来擦："他个没良心的，缺德呀。连他亲爹都为他上吊死了，把咱两家也弄僵了，该死的。"魏猛子把脸扭向一边，点着烟抽。贺老拴上吊的事儿，他一进家就听说了，他有些吃惊，不知道贺金柱为离婚付出了这么大的代价。而到现在，贺金柱居然还不知道。李萱过来劝贺张氏："大娘，事儿早过去了，别再伤心了。"

贺张氏对魏猛子说："猛子，你们在一块儿共事儿，往后多给他提个醒儿。做人得给自个儿留后路，别太绝了。太绝了，就遭报应啊。"

魏猛子说："大娘，你说得太严重了。婚姻自由嘛！这是他个人的事儿，我们都干涉不着。"

贺张氏说："自由？他丧良心也叫自由？他王八蛋早晚有后悔的时候。淑兰是多好的闺女，那是块金子呀，他王八蛋说扔就给扔了。"

李萱说："大娘，你也要想开些，好好保重自己的身体。不定哪一天，金柱就会回来看您。"

贺张氏说："别让他回来，我一辈子都不想见他！"

李萱说："大娘，您那是气话。再怎么说，金柱也是您的儿子呀。"

贺张氏拉着李萱的手说："猛子也是有福气呀，修下你这么个知书达理的媳妇儿。"

魏猛子很有意识地说了句："大娘，你那新儿媳妇儿更好。"李萱拽了一下他的手，制止了他。

贺张氏说："她就是天仙女，我也不稀罕！"

魏猛子跟李萱从贺张氏家出来的时候，天就黑了。魏柳氏早就做熟了饭，在门口张望着，一会儿不见儿子媳妇就想得慌。村里人都说她这两天精神好得要命，那是啊，人逢喜事儿精神爽嘛。那天，李萱就对魏猛子说："我发现咱妹子可不是一般的乡下姑娘，挺有涵养的。"魏猛子叹了口气说："只是命太苦了。"

魏猛子又问李萱："你觉得比张敏怎么样？"李萱说："那得问你啦？"魏猛子警惕地问："什么意思？"李萱莞尔一笑："你心虚啦？这能有什么意思？"魏猛子也笑了："哼，我觉得哪点儿也不比张敏差。"李萱看着魏猛子，没说话。

拾掇上晚饭，魏淑兰先喂孩子。李萱偷偷地问了她一句："妹子，你该再找一个。趁着年轻。"

魏淑兰只顾给孩子喂饭，腾出空来冲李萱笑了一下，没答话。

魏柳氏接过来说："是的，你们都帮我劝劝她吧。人家给说了好几个了，她一个也不答应。"魏猛子突然冒出了一句："淑兰，我真不明白，你当初怎么就那么利索地跟他离了。"

魏淑兰把脸转向魏猛子："怎么，我赖着他？"

魏猛子说："那也不能让他那么便宜吧。"

魏柳氏说："你别提这事儿了，好不好。"

李萱接过来说："说实话，我很佩服咱妹子。她太高尚了。"

魏猛子说："高尚被人家利用了，就是懦弱。"

魏淑兰说："你别说了好不好。你到底想让我活不活？"

李萱说："你这不等于在往妹子伤疤上撒盐吗？"

魏猛子往墙上擂了一拳头："报应。人不报，天也要报！"

魏柳氏接过来说："他爹都上吊了，还不算报应吗？"

魏淑兰瞪了一眼魏柳氏，说："娘，话不能那么说……"

魏柳氏也瞪了魏淑兰一眼："你还紧护着人家。"

李萱赶紧把话题岔开："咱不说这些了……"回过头来问魏淑兰，"妹子，这么长时间，就没碰上合适的？"

魏柳氏接过来说："我看贺三汤就挺合适，人家还比她小 3 岁。他娘托了好几回人了，可你妹子就是不同意。"

魏猛子说："这是她自个儿的事儿。哎，淑兰，你到底怎么想的？反正不能一个人过一辈子吧？"

魏淑兰说："怎么叫一个人？这不，还有咱娘，还有小虎和小梅吗？"

魏猛子说："你真是长不大，你得嫁人哪。"

魏淑兰反问道："你嫌我在家待着啦？"

魏猛子说："你这是说到哪儿去了？"

　　李萱接过来说："妹子，你待在家里伺候咱妈，我跟你哥当然放心啦。可你早晚也得成家呀，这可是一辈子的大事儿啊。"

　　魏淑兰说："我哪儿也不去，谁也不嫁。我把这俩孩子养大成人，这辈子也就不白在世上走一遭了。"

　　魏柳氏说："傻闺女，你别忘了，这俩孩子姓贺。等人家长大了投奔他爹去了，你不落个鸡飞蛋打吗？"

　　魏淑兰说："他们敢！"

　　李萱捏了一下魏猛子，小声说："你瞧咱这妹子。"

　　魏柳氏说："傻闺女呀，傻得不得了。"

第十九章

贺金柱要跟张敏结婚了。

贺金柱想低调举行这次婚礼，毕竟一个人结两次婚的不是很多。何况自己还是喜新厌旧见异思迁，心里有些愧疚，也就不想宣扬第二次婚礼了。他想让张敏家出面简单请一请亲朋好友就行了，可张敏坚决不同意。她说我是个 20 岁刚出头的大姑娘，还是彤州师范的校花，怎么能那么简单就打发了呢？持不同意见的还有张敏的父母，他们态度更不容置疑：我们就这么一个宝贝女儿，这是女儿一辈子的大事儿，绝对不能敷衍了事掉以轻心。

另外还有个原因，魏猛子和李萱的婚礼规格很高，规模很大。他们的介绍人是张敏。张敏哪一点儿都不比李萱差，干吗要让她比下去？

重压之下，贺金柱只有妥协了。但他还是向张敏提了条件：老家遭了灾，我要养老人，花费要节俭。张敏说，那你别管了，你有多少钱就拿多少，剩下的我爸妈出。

那天张敏打扮得格外漂亮，穿了一身大红的衣裳，两条大辫子梳得精细。脸上略施了一些粉黛，抹了很浅的口红，在天生丽质的基础上，又增加了妩媚亮丽。当她出现在众人面前时，人们一下子都傻了。甚至连她的父母都一下认不出她来了，因为张敏平时是一点儿妆都不化的，完全靠自然的美丽，走到哪儿征服到哪儿。

贺金柱在走向婚礼主席台之前，没看到作为新娘的张敏在化妆之后，是怎样的光彩夺目。张敏有意回避他，是想给他一个目瞪口呆的惊喜。她非常自信。

因为在他们拍结婚照的时候，摄影师就说，你要是稍化一下妆，会有四座皆惊的效果。回到家她偷着试了试，果不其然，她就更自信了。女为悦己者容，感谢造物主给了自己这番美丽。

贺金柱的情绪有些不大对头，他心里老是嘀嘀咕咕的，身上像某个零件被挪动了，老是复不了原位。他知道这种不稳定的情绪来自魏淑兰，他还没有完全从离婚的复杂感觉中走出来。第二次当新郎官的喜悦感老是找不到。越是新婚临近了，他心里越感到茫然。

直到见到化了妆穿上新娘子衣裳的张敏，赏心悦目地出现在贺金柱的面前，他心里的茫然才骤然消失。

那天中午一共摆了十桌，参加婚礼的有四五十人。大部分是团机关干部战士和各营连主官，还有一部分人是张敏的同学和她爸妈的朋友。这在团里就算大婚了。原来定的是政委主持婚礼，快开始的时候，政委说有事来不了了，临时改为政治处王主任主持。主持人出口成章妙语连珠，一开始就把婚礼推向高潮。但有一个项目进展得不太顺利。主持人让新郎新娘介绍恋爱经过，弄得贺金柱很尴尬。在商量婚礼议程的时候，贺金柱就提出把这个项目取消。一团之长，在自己的部下面前，介绍自己如何喜新厌旧，见异思迁，毕竟不是光彩事儿。本来有些人对他这次婚变就有看法，自己再在婚礼上宣讲，不是太岂有此理了吗？主持人这么一提，贺金柱脸就红了，他摆摆手说："免了，免了。"张敏却抢过来说："他可以免，但我不能免。我要向在座的来宾们真诚地表白：今天是我一生中最激动，也是最幸福的一天。我从小羡慕军人，崇拜英雄，把我的一生托付给军人，是我最大的夙愿。今天，我和贺金柱终于走到一起了，我的愿望终于实现了。让各位朋友、各位来宾，尽情地分享我们的幸福和快乐吧。"说到动情处，张敏流了泪。

婚礼的最后一项，是新郎新娘给来宾敬酒，也是婚礼的另一个高潮。来宾们很兴奋，可贺金柱还是不能完全进入角色。那次过"八一"，他有意把二十八团的新娘子集合在一起展示。他把所有的新娘子都拿来跟张敏相比，得出的结论是，如果张敏在场，会把她们全"毙"掉。当然他也想过，站在张敏旁边的，应该是他贺金柱。现在情况真是这样了，可他却进入不了角色。别人敬酒，他表现得很被动；别人向他表示祝福，他一笑了之。张敏把他叫到一边说："你此时的心境我理解，但你必须调整过来，高兴起来。尤其要让我爸妈看出来，今天是咱们俩最幸福的一天。"贺金柱点头说是，说完了就一个人喝了一杯酒。他想现在用酒调整情绪是最好的办法。那一次喝了个酩酊大醉，回去吐了个一塌糊涂，感觉异常痛快。但今天他喝下这杯酒，却没找着酒精的感觉，就让通信员再给他倒一杯。喝下去，还是没感觉。他问通信员："怎么回事儿？"通信员凑到他耳朵跟前说："我给你倒的白开水。"他说："扯淡，给我换白酒。"他端着酒杯挎着张敏的胳膊，迈着新郎官儿的步伐走向张敏爸妈的那张桌子。张敏小声对他说："这回你得改口了啊。"他把杯举到张敏爸妈跟前说："爸，妈，感谢你们生了这么漂亮的女儿。娶了张敏是我的福气，我一定好好待她，给她幸福。"张敏在一边说："还应该补充一句，要任劳任怨地孝敬爸妈。"主持人又在一边加了一句："鼓足干劲，力争上游，多快好省，减少窝工，早日给老人生个大胖孙子。"大家哈哈大笑起来。

几杯酒下去之后，贺金柱情绪基本上调整过来了，喝酒的欲望也变得强烈起来。张敏几次拦着他，但基本上白拦。他找政委，正好政委刚进来。他说："老哥，你不够意思，我大喜的日子，你溜号儿。"政委说了些什么，他没听清。他让通信员把他和政委都换上大杯子。政委推托了一下，还是跟他干了一大杯。大家鼓掌。政委说还有事儿，就离开了。

贺金柱和张敏到了魏猛子他们那桌上，魏猛子和李萱先站了起来。魏猛子结婚的时候，贺金柱没少喝，但人们喝得正热烈的时候，他离开了。喝多了的魏猛子高举着酒杯喊着跟他喝酒，找了几圈儿没找到人，魏猛子骂了一句，把杯子摔了。过后，有人把这事儿跟贺金柱说过。他没在意。

贺金柱把酒杯往桌上一放，对魏猛子说："你结婚的时候，我没陪你喝够。这次补上。"

魏猛子拿着叫板的姿势，说："新郎官儿，你说怎么喝吧？"

贺金柱说："你说吧。"

魏猛子说："那咱俩都换大杯子。"

贺金柱说："那你是乘人之危，你知道我喝多了。"

魏猛子说："喜酒不醉人。尤其你的喜酒，喝多少也不算多。"说着，拿过酒瓶子，分别倒了两大碗。

李萱拦住魏猛子："你要干什么？要喝回去喝。"

魏猛子把李萱扒拉到一边："你哪儿知道我跟团长的交情。你打听打听，在二十八团，有比我跟团长关系再好的吗？"

贺金柱刚把碗端起来，张敏把碗夺过来了，酒洒出了一部分。张敏走到魏猛子跟前说："魏教导员，你的心意，我和金柱领了。但交情归交情，酒就别喝那么多了。表示表示就算了。"

魏猛子把酒加满，端起碗来，对贺金柱说："怎么？还没入洞房呢，就怕上媳妇儿啦。这可不是贺团长的性格，来，干！"

贺金柱犹豫了一下，说："喝一半儿行吗？"

魏猛子转过身去，对大家说："同志们说行吗？"

大家齐声喊："不行！不行！"

魏猛子转过身来，对贺金柱说："听见没有，群众的呼声多高呀。干吧，团长。"说完，他先干了。动作特利索。

贺金柱随后也干了，嘴巴上剩了一滴，他随手抹了一下。

大家热烈鼓掌，并高声叫好。

贺金柱正要走，魏猛子拽住了他："好事成双。再来一碗。"

李萱捅了魏猛子一下："你今天怎么了？"

魏猛子瞪了李萱一眼："怎么啦？我高兴。我从心里高兴！"

贺金柱说："我可是真不行了。"

张敏说："说什么也不能那么喝了。"

魏猛子说："那就再来一小杯。"他倒满了两个小杯，递给贺金柱一个，自己端起来一个。他把贺金柱叫到一边，凑到他耳朵跟前说："喝这杯酒之前，我要告诉你两件大事儿。一件是喜事儿，我妹子淑兰，生了一对龙凤胎。第二件事儿，是个秘密，你可要挺住。你爹上吊自杀了，死在了百草山的大槐树上。"贺金柱手里的酒杯抖了一下，说："你胡说，有这么开玩笑的吗？"魏猛子说："要真是开玩笑就好了。这已经是一年前的事儿了。你刚跟淑兰离了婚，你爹就上了吊。"贺金柱脑袋大了，他立马感觉到，一股阴冷的气体通过脑门往下蹿，一直蹿到五脏六腑，最后到了脚跟。全身像被电击了似的。这是从没有过的感觉。联想到这一年多，家里只来过两封信，是二柱写的。内容极其简单，一句话也没提到过爹。又联想到爹的性格，爹在村里如何爱面子，还有自己第一次提出离婚时，爹说的那些话。他断定魏猛子说的是事实。做出这种判断之后，他手里的酒杯"当啷"一声掉在了地上。魏猛子马上朝自己脸上扇了一巴掌："你看我这张嘴，怎么在这个时候……哎，大喜的日子，你别往心里去啊。"回过头来，笑了笑，又对大家说："团长今儿高兴，喝多了。"

贺金柱回到桌上，给自己倒了一大杯酒，一仰脖倒了进去……

部队到底是部队，同样是洞房花烛夜，等把一对新人送进新房，人们就自觉地撤退了。不像七里冢的乡亲们那样，没大没小，没时没晌，折腾起来没完没了。张敏的父母在新房里看了又看，哪怕就是一个角落也不放过，生怕这里的什么会怠慢了他们的宝贝女儿。临走的时候，母亲还把张敏叫到一边，小声说了些什么。贺金柱明显地看到，分手的时候，娘俩都哭了。

这个新房就是贺金柱的宿舍，也就是当年那个国民党旅长的官邸。新房里除了添了几床新被子以外，几乎什么家具也没添。只是卫生比任何时候搞得都整洁，各种物件放置更加有序。屋里屋外贴了些"囍"字，卧室的正面墙上，挂着新郎新娘的结婚照，洁白无瑕的墙壁上，那张的照片，显得格外光彩照人。当然，亮点当之无愧地聚焦在张敏的那张笑脸上。

当新房里彻底静下来的时候，张敏坐在了贺金柱的身边。也就在同时，她把台灯打开，顺手把大灯关了。张敏抓住了贺金柱的手放在了自己的胸口上："感觉到我的心跳了吗？"

贺金柱点点头："感觉到了。"

张敏躺在了贺金柱的怀里："你在想什么？"

贺金柱把张敏的身子往怀里搂了一下："想，我现在是不是在做梦。"

张敏抬起头来很认真地看着他："众里寻他千百度，蓦然回首，那人却在灯火阑珊处。我太幸福了，我的爱情终于有了归宿。"

贺金柱用手很有节奏地拍着张敏的肩膀。

张敏亲昵地说："喝了那么多酒，难受吗？"

贺金柱笑了一下说："今天高兴，没事儿。"

张敏又问道："魏猛子把你叫到一边儿，嘀咕了些什么，神经兮兮的。"

贺金柱说："他也喝多了。瞎说呗。"

张敏把脸凑到了差一点就能跟他的脸摩擦的程度："亲爱的，累了吧？咱们休息吧。我先洗个澡，等我，啊？"她轻轻地在他的嘴上亲了一下，去了卫生间。

卫生间发出了温柔的流水声。贺金柱往后一仰，躺在了被子上，在这激动人心的时刻，他竟莫名其妙地叹了口气。他想起了爹。一个很慈善很要面子的亲爹，却为了他大逆不道的儿子，走了那么可怕的一步。这让当团长的儿子，在往后的日子里，怎么在人前提起自己的亲爹？他知道，魏猛子精心选择在自己要当新郎官儿的时机，告诉自己这个惊人的噩耗，显然是别有用心，其动机昭然若揭。但自己的亲爹为了儿子上吊自杀，这毕竟是事实。这个事实，将永远不可改变。

贺金柱把头完全扎进被子里，他把眼睛闭上，用嘴紧紧地咬着被子，几乎要把被子咬破、咬碎。与此同时，他感觉自己全身都颤抖起来。

卫生间的流水声停止了，他像做贼一样从被子里钻了出来。同时，也把自己的情绪收敛了起来。

各种声音都消失了，屋里静死了，仿佛能听到空气的流动声。贺金柱感觉像朝鲜战争停战前的那一刻差不多，他很害怕地预测着静过之后会是什么。

卫生间的门开了，张敏穿着睡衣走了出来。慢慢地，神话般走近了朦胧的橘红色的灯光，走近了思想准备还不够充分，甚至有些惊慌失措的贺金柱。

张敏的头发是散开的，长长的头发披在肩上，像瀑布飞流直下，像垂柳河边披挂。张敏的脸是红的，红得质感，红得透亮，颜色很饱满。没有擦净的个别水珠还散落在脸的某些部位，在橘红色灯光的映衬下，越发晶莹剔透，像玫瑰花蕊中的露珠。张敏在走向贺金柱，全身的摆动万般婀娜，万种风情。那凸凹有致的身材冲出睡衣的遮挡，向外传达着无法抗拒的信息，袒露出无穷的张力。贺金柱看得有点儿犯傻，张敏走到他跟前的时候，作为过来人的他却心惊肉跳，战栗不止。

21 岁的张敏闭上眼睛落落大方地躺在了床上。贺金柱还像个木头人似的看着她，他承认，他是让张敏的美惊呆了，找不着自己了。

张敏睁开眼睛看着贺金柱，然后翻过身去，把贺金柱的手放在了自己睡衣的拉链上。贺金柱很快明白了她的用意，他知道只要轻轻往下一拉，眼前又是一个心惊肉跳的世界。正因为这样，他才不敢轻易往下拉，抑或舍不得往下拉。他的手停在那儿，浑身都在抖动。他正犹豫着，张敏轻轻地按住了他的手。他的手在张敏的操纵下慢慢向下滑动，他慢慢地闭上了眼睛……

等他睁开眼睛的时候，张敏已经翻过身来，此时映入他眼帘的果真是一个心惊肉跳的世界。那个世界由玉肌般的洁白，棉絮般的柔软，莲藕般的鲜嫩，魔鬼般的曲线组成。任何一个男人都会在这个世界面前若梦若幻，如痴如醉……

然而，贺金柱没有本能地进入张敏提供的这个精彩绝伦的美妙世界，他的眼前总是晃悠着爹的影子，晃悠着百草山上的那棵歪脖子槐树。爹悬在歪脖子槐树上的身子，在空中游荡着，摇摆着。爹躺在了地上，眼珠子向外突着，舌头向外耷拉着好长，好吓人。不一会儿，爹坐起来了，把头向他伸来："金柱，你个王八蛋……我走了，你就享福吧。"

贺金柱出现了功能障碍，他大汗淋淋，气喘吁吁。面对张敏全新的世界，却手忙脚乱，无所作为。

张敏茫然地睁开了眼睛："亲爱的，你怎么了？你不爱我吗……"

贺金柱极力掩饰着自己："张敏，别急，一会儿就会好的……"

张敏坐起来，有些羞涩地看着贺金柱激动而慌张的表情。她不明白，这是怎么了，这个过来的男人怎么了？这个孤胆英雄怎么了？为什么面对自己的身体，这样惊慌失措无所适从？她无数次憧憬过，新婚之夜，她要用全部的生命去享受。她随时准备在英雄壮士提供的幸福中，陶然醉去，或浑然死去，永不醒来，永不复生。

但是，她怎么也没想到，贺金柱会带给她这样一个新婚之夜。

贺金柱还在积极努力着，但始终不见明显的效果。他很沮丧。他想极力回避什么，挣脱什么，让自己尽快回到原本的状态，尽快全方位地占领和享受张敏，但却欲速不达。他耳边总是回响着爹那低沉的声音："金柱，你个王八蛋……我走了，你就享福吧。"

张敏大哭起来，整个身子都在颤抖。贺金柱想劝劝她，但没有付诸行动。他想把真实原因告诉她，但却张不开口。他感觉到，假如是自己害死了爹，张敏起码也是从犯。跟她说了，她也会产生压力的。

张敏摇晃着贺金柱的肩膀说："你是过来的人。为什么会是这样？啊？"说着，猛地拉过被子掩上了自己的身体。

贺金柱歪着头，没话。

张敏趴在床边上，几乎是在喊："亲爱的，你不爱我吗？啊？"

贺金柱通身大汗，汗水像小虫一样在身上爬，由热变凉。

张敏继续大哭："我们是夫妻了，应该无话不谈。你说说，这到底是怎么回事儿？"

贺金柱像根被霜打了的蔫黄瓜。

张敏继续摇晃着贺金柱的肩膀，声音近乎歇斯底里："我们走到一起容易吗？为什么会是这样？啊？天哪！"

张敏一直哭到天亮。

贺金柱一直坐到天亮。

第二天，按彤州人的风俗，是新娘子回门的日子。新娘子要在新郎官的陪同下，带着礼品，一起回娘家。一是把新婚幸福向父母做汇报，二是感谢父母的养育之恩。

哭了整整一夜的张敏。两只眼睛又红又肿，脸色难看，模样憔悴。贺金柱精神不振，面目疲倦，一对新人怎么面见两位老人？老人问起来，该如何解释？两个人为难起来。为难归为难，但回门还是要回的，这个例谁也不敢破。

果然，一进门，张敏妈就心疼地问张敏："我那宝贝女儿，你怎么了，怎么哭成这样？"

张敏咽泪装欢："妈，这话问得我很不好意思回答。我们俩走到一起不容易，我太激动了，激动地哭了一宿。"

张敏妈把张敏叫到张敏的小屋，小声问道："疼不疼？"

张敏心领神会地叫了声："妈。"

张敏妈说："过了三天就好了，女人都是这么过来的。"

张敏扑在妈怀里，又偷偷抽泣起来。

吃过午饭，贺金柱说先回部队一下，处理一个急事儿。办完了，就回来接张敏。

张敏的父母都下楼送贺金柱，张敏没动。

贺金柱回到宿舍，第一件事儿，就是准备回老家。这个打算，他从昨天晚上就有了。他越发感到，亲爹为自己大逆不道而上吊自尽的阴影，在时时地困扰着自己，纠缠着自己。这种困扰与纠缠，已经使他无法正常生活下去。要摆脱这种困扰与纠缠，必须先给九泉之下的亲爹赎罪，而且刻不容缓。现在自己正在家休婚假，应该马上付诸行动。他看时间还早，还能赶上下午的火车。于是，便匆匆忙忙给张敏留下了一张字条：

张敏：

　　接到上级通知，我今天晚上要去师里开会，四天以后回来。因为事情紧急，我就不等你回来了。很抱歉。

金柱

即日下午 14 点 20 分

　　贺金柱在第二天下午赶到沧州，没赶上下午去献州的第一趟班车，买了第二趟班车的票。离开车时间还早，他本想利用这个时间在沧州附近转一转，但又没什么心思，此行的目的沉重地统治着他，让他很难分心，很难产生别的心情。他在候车室来回溜达，有一搭无一搭地看着过往行人。

　　尽管没有心情，他还是想起了 16 年前的事儿。当年，他和魏猛子就是在这个车站搭上日军的给养车的。想到这儿，他离开车站向外走去。走了一阵，他找到了当年那个围墙，围墙明显加高了，砖的颜色也变了。他记得，当年那个满脸脏兮兮的泥孩子，领着他们顺着围墙朝东走，走了一顿饭的工夫，停了下来。男孩子给他们扒开了一个洞，他们顺着那个洞爬了进去，就上了火车。记得魏猛子还担心那男孩子骗他们，现在想起来，有些可笑，两个无家可归落荒而逃的穷孩子，有什么可骗的。此时，他想找到那个洞口，甚至不小心碰到那个男孩儿。那个洞口没找到，整个围墙都是新砖砌成的，根本没有洞的痕迹，至于那个脏兮兮的男孩子，就更没找到。假如他还活着的话，也应该是 30 多岁的人了，也早就成家立业，有儿有女了。但不知道这个男孩子，现在究竟在哪里，这辈子还能不能见到他。当年要没那个男孩子指点迷津，他和魏猛子说不定还没有今天呢。

　　要不是时间太紧，他真想走着回献州，重走一下他和魏猛子当年走过的路程。尤其要到大楮村看一看，看一看要过饭的那个村庄，见一见给剩饭吃的大婶大娘，再唱一唱那首《讨饭歌》，或许是件很有意义的事儿。咳，现在想这些干什么，别忘了，自己是回家赎罪的。

　　贺金柱回到车站的时候，就到上车的时间了。到了献州天还没黑，献州离七里冢 18 里路。走到家，吃晚饭的时间就该过了。他没考虑回家，也没考虑吃饭的问题。他打算直接去百草山，直接奔爹的坟。这是一次忏悔之行，利用夜幕掩护，是很好的选择。他怕天亮，怕进村碰到任何认识他的人。一个罪人是不愿见人的，尤其是他这样大逆不道的罪人，是没脸见人的。

快进七里冢的时候，天早就黑得没边儿了。周围的村子大小形状差不多，只有七里冢依傍着百草山，天再黑，也容易分辨清。贺金柱想进村，看样子天还不晚，各家各户还亮着灯，街上好像还有人走动。大部分应该是孩子。贺金柱小的时候，也是这样，黑灯瞎火地不回家，跟小伙伴们穷玩疯跑。直到衣服和鞋子都被汗水湿透，直到被大人一个个揪回家。

贺金柱不进村，尽管天是黑的，还是怕撞上熟人。他想七里冢任何一个人，都会对他这个罪人义愤填膺。所以，现在不能进村。他找了片庄稼地，具体地说，应该是玉米地。那些玉米跟他的个头差不多高，有的长出了玉米，吐了穗儿，有的刚鼓出一个包，玉米像胎儿一样，正在孕育之中。玉米叶子很茂盛，互相勾肩搭背，纠缠不休。玉米挽着手，挺着笔直的身子，左右看齐，相依为命。一阵风吹过来，叶子在相互摩擦中发出低声吟唱，吟唱中，散发着别样的芳香。

贺金柱把身上的包平放在地上，半躺了上去，他现在才感觉到累。当年跟魏猛子星夜出逃，一口气跑到献州，本来想歇一会儿，却发现献州城戒严了。守在城门的日本人，在跟进出城的人们要良民证。他俩吓坏了，撒腿往沧州方向跑。直到离开了献州境内，才敢坐下来喘大气。逃命的滋味不好受，最大的感觉就是腿像飞一样快，再就是不知道累。

贺金柱半躺着，抬头看了看天，天上有半个月亮，那半个月亮是让云彩遮挡形成的。云彩在缓缓移动，造成了月亮的时隐时现。玉米地里一会儿变得灰暗，一会儿变得幽亮。来来回回，重重叠叠，不动声色地调整着画面。

风来了，送来了应有的清爽，玉米叶子们又吟唱起来，声音变得凄婉。

贺金柱终于站了起来，他发现七里冢已经没有一点儿灯光了，也听不到一个人在走动了。他认为自己该走了。

街上出奇的静，有时隐时现的月牙在天上，路还是能看清的。尽管路上没一个人走动，尽管家家户户大门紧闭，灯火熄灭，他走路的声音还是很轻很轻。生怕一不小心惊扰了任何人，哪怕是他不认识的人。村子里很静，如果有声音的话，那就是老牛嚼草的声音。那声音很特别，节奏很慢，很有韵味儿。没有哪种声音跟它相似。贺金柱给贺大发家打短工的时候，晚上常听到这种声音，那声音很有催眠效果，听着听着，就睡着了。贺金柱猫着腰，把脚步放得很轻。

走到村中央的时候，有一条狗发出很清脆的叫声，那狗叫声很快引起了连锁反应，紧接着，好多条狗都叫了起来。他有些害怕，很利索地躲在了一棵大柳树底下。静听了一会儿，狗叫声没有了，才接着往前走。

不知不觉，来到了百草山跟前，他停下了。仰望了一下百草山，没打算上去，顺着山根儿往东走，不远，就是贺家的祖坟。好大一片坟地，高高低低，错错落落，混杂的一片黑土堆。他知道，这一大片黑土堆，有一大部分是日本人制造的。不然，贺家没这么大片坟地，没这么多坟头。

月牙又隐去了，坟地里一片模糊。他掏出事先准备好的手电筒，弓着腰，仔细地寻找爹的坟。他先找到了姐的坟，坟头上比以前多长了很多草，他在草丛中找到了那个小墓碑。他接着找爹的坟。爹的坟应该就在旁边，但不知道有没有标志。他知道一些规矩，因为娘还活着，爹的坟头应该偏低，高出地面也就一尺多。果然在姐坟的右侧，有这样一个很低的坟头，他断定那一定是爹的坟。他拿着手电筒仔细照，终于找到了一块小小的墓碑。他把上面的尘土擦掉，隐隐约约看见"贺老拴之墓"几个字。

贺金柱把肩上的包放在了地上，接着，把包打开，拿出了在彤州带来的蛋糕、饼干、糖果，还有在沧州买的水果和酒。把这些东西拿出来，摆好，便轻轻地跪下了。跪下之后，刚开始却没有泪水。他把眼睛闭上，然后，把双手向前伸开，紧接着身子向前倾。当整个身子都贴近坟头的时候，当坟上的那些草被他的身体压倒的时候，他的喉咙里不由自主地发出了一声吼叫："爹！"这声吼叫发出的同时，泪水也喷涌了出来……

贺金柱开始放纵，淋漓尽致地放纵。他在坟上打滚，乱抓乱挠，乱蹬乱踹，折腾得一塌糊涂，直到筋疲力尽。

他站起来，把酒瓶子打开，先是自己喝了一大口，接着就围着坟头倒了一圈儿，直到把那瓶酒全部倒光。这种习俗在老家不常见，因为人们穷，没有酒。朝鲜停战之后，活下来的志愿军浩浩荡荡，排着队伍到烈士坟前脱帽致哀，其中有一个很重要的内容，就是洒酒祭奠。也就是在那个时候，贺金柱长了这方面的见识。

洒完酒，贺金柱又给爹跪下了："爹呀，爹。你不孝的儿子回来看你来啦。爹，人一生可以有几个儿子，而每个儿子却只有一个爹呀。人家养儿是为了防老，而你却为你不孝的儿子，走上了绝路。爹，你让你的儿子，从今往后，怎么为官，如何做人？爹，你儿子一生的日子都不会安稳哪……"

贺金柱两只手撑在地上，两条腿死死地跪着，头深深地扎进坟土里、草丛里。嘴说累了，才止住。

不知什么时候，贺金柱觉得身上像被什么东西蹭了一下，回头一看，是一只狗。那只狗卧在那里，静静地看着他，不知是有意，还是无意地，用尾巴扫了他一下。这不知是谁家的狗，也不知道什么时候来的，更不知道它是来干什么的。总之不是坏事儿，它现在是个伴儿。

月牙偏西了，云幔像烟雾一样渐渐散开，月牙周围清亮了。清辉释放着银色的光泽，天地间变得清爽起来。

贺金柱望着星星，那只狗也望着星星，样子很虔诚，很神秘。贺金柱记得很小的时候，就见过自己家的狗，晚上喜欢静静地望着星星。很恬淡。

风又来了，周围的庄稼又在风中吟唱起来，听起来像哭。远处像有一种什么东西在叫，声音怪怪的，长长的，细细的，极少听到这样的声音，很难判断这种声音的准确来源。在坟地里听到这种声音，很心慌，很瘆人。在老家的时候，从来没听到过这种声音。贺金柱想，这种声音大概是专门对着自己来的，有了一定的罪过，才配享受这样的声音。于是，他静心地虔诚地聆听着这种奇怪的声音。

贺金柱继续以原来的姿势跪着，大约三四个钟头过去了，没感觉累，没有调整姿势的必要。

那只狗依然一动不动地望着星星。

村里传来鸡叫声，一声接着一声，清脆而悠长。鸡叫声停了，四周又恢复了平静。百草山死静死静的，坟头死静死静的。

第二遍鸡叫声传来，天比刚才更黑了。

贺金柱知道，这是黎明前的黑暗，鸡再叫一次天就该明了。等不到鸡叫三遍，勤劳的人家就该起早下地了。他想站起来，但腿却不听使唤，站了一半，打了个趔趄，又跪下了。就这样，一连站了两三次，才彻底站起来。他忽然感觉很累，体力有些不支。肚子在叫，很饿。当年跟魏猛子星夜出逃，也是这么饿，要不是坐上日本人的给养车，说不定会饿死。眼下的饿，应该说很好解决，地上摆着好多种吃的东西。但不能吃，那是给爹的。包里还有许多东西，也不能吃，那是给娘的。不能吃，赎罪的人是不能吃东西的。饿死活该。

贺金柱最后在爹的坟上磕了四个响头，掸掉了身上的土，简单收拾了一下，朝村里走去。

贺金柱生怕自己走了以后，那只狗会偷吃坟上的东西，回过头来朝它轰了一下。那狗很听话，一声也没叫，站起来跟着他走。

还好，家家大门还是紧闭着，还没有人起炕，没有人走动，没有狗叫。他需要的就是这样安静。

那只狗不前不后地跟着贺金柱，像他的保护神。

不知不觉，贺金柱来到了自己家的大门前，他把身上的包工工整整地放下。他轻轻地推了一下大门，他知道大门应该是插着的，即使开着，自己也没有进去的打算。他不敢面对自己的亲娘，他不敢想象亲娘会怎样对待自己这个不孝之子。

大门轻轻地晃动了两下平静了下来，尽管声音很轻，还是被屋里的人听到了，就听娘喊了一声："谁呀？"他没敢吱声，也没马上走。屋里没动静了，他对着大门肃立了一会儿，悄悄地走了。

走了没多远，贺金柱又回过头来看了看自己家的大门，回过头去的时候，那只狗在目送他。他朝狗招了招手，加快了步伐。

第二十章

　　魏淑兰和贺金柱离婚以后，就主动辞去了七里冢大队党支部委员和妇联主任的职务。她这样做，是为了面子。一个被人家踹了的人，还当什么官儿？还有什么脸在全村妇女面前指手画脚说三道四？这样就免了到公社或者县里开会，减少了出头露面的机会，也别让人家见了说一些同情可怜的话。她认为，自己走到这一步完全是命，没有当军官太太的命，没有进城享福的命。尽管她知道自己到了城里，论模样论本事都不比别人差。再说，自己压根儿就没想过要通过别人改变自己的命运。那样一辈子会欠别人的，到死也还不清。何必呢？她想这辈子的心思就用在两个孩子身上，抚养他们长大成人，让他们长能耐，长出息。他拒绝贺金柱的一切资助，包括在最困难的时候也不接受他寄来的抚养费，就是让人们看看。我魏淑兰离了你贺金柱能不能活，能不能把这俩孩子养大成人。

　　三年自然灾害没有夺去两个孩子的生命，但也给两个孩子留下了很深的烙印。那就是骨瘦如柴严重缺钙，该会爬的时候不会爬，该会走的时候不会走，该长牙的时候不长牙，该长个儿的时候不长个儿。到了五六岁的时候，两个孩子的前胸后背还跟小搓板儿似的，走起路来直晃悠。那个年代，大胖小子、大胖闺女的叫法，几乎绝了。但无论怎么说，这俩孩子比一般人家的孩子命还算好。有人周济，没落下什么大毛病。

　　贺小虎跟他爹一样，生下来就很淘气，胳膊腿喜欢乱动。学会打架之后，战胜的第一个对手，就是他姐贺小梅。贺小梅从小爱哭，两个人在一起玩儿，玩儿着玩儿着就打起来了。一般都是贺小虎先下手，三下五除二，就把姐打哭了。贺小梅哭起来就没完没了，谁也劝不住，见了魏淑兰就告状。这样，贺小虎就少不了一顿打。而贺小虎正好跟姐相反，只要占了便宜，怎么打也不哭。越是不哭，魏淑兰就越不解气，不解气就接着打。直到贺小虎的小屁股变紫了，他还是一滴泪也不掉。急得魏柳氏在一边喊："该死的小虎，你就不会哭一声呀？"

贺小虎长得有些力气了，就开始到外边淘。他一般都喜欢跟比他大一点儿的孩子玩儿，因为大一些的孩子，玩儿的项目相对要刺激一些。5岁那年，他就光着屁股爬上百草山，跟大孩子们一起钻到茂密的植被里面采摘一些野果子吃。个矮，胳膊短，够不着上面的，就顺着树枝往上攀。不小心就摔下来，爬起来照样上。往往果子吃不到几个，衣服却剐破了，脸上胳膊上都会留下伤。

百草山的确给贺小虎的童年和少年带来了无穷的乐趣。山上好吃好玩儿的东西都很多。好吃的东西有小呆瓜，那小东西长得呆头呆脑，中间粗，两头尖，身上有很深的瓜纹。最大的也没鸡蛋大，但又甜又香，水分很大。吃完了，嘴边上还有瓜汁流淌。那东西一般都长在陡坡上，瓜蔓很短，一只秧子上，只结两三个。大家见了就一阵哄抢，往往是把瓜蔓连根带秧一起拔下来，呆瓜也被抢个稀巴烂。还有一种好吃的东西叫"面布袋"，那东西是一种草的果实，一串一串的，剥开里面是雪白鲜嫩的小籽，嚼着很有味道。那东西山上到处都是，谁都采着吃。要说最好吃的，莫过于秋天的红榴榴儿了，它们长在带刺儿的半人高的树棵上，一串一串，通红通红的。吃到嘴里，又甜又酸，既解馋，又解渴，拿在手里也好玩儿。山上的动物也很多，下过一场雨，一些蜗牛就从不同方向爬出来了，它们爬得很慢，姿势却很好看，你用手一抓，它马上就把身子缩回去了，怎么捜，也不出来。百草山上蛇很多，而且有好多品种，只要上山，差不多就能碰见它们。别人见了蛇吓得跑，贺小虎却敢下手捉，捉住蛇，提着脑袋，用手往下一捋，那蛇就死了。他还可以缠在腰里当"武装带"。有一回，他腰里缠着一条蛇回了家，一下子把魏淑兰吓晕了。他还在一旁笑。上一年级的时候，他把一条蛇放在了班主任的被窝里，那位女班主任吓得好几天不敢钻被窝睡觉。八里庄有个老头儿专门吃蛇，说那东西是大补。贺小虎他们逮住蛇就给那老头儿送去，有时还能得些小零花钱儿。山上还有兔子、松鼠、水牛牛、蝎子、蝎虎溜子、蝈蝈、螳螂、蚂蚱等好玩儿的东西。逮住一个东西，就够玩儿一阵子的。贺小虎他们常常忘了回家吃饭，每到吃饭的时候，大人们就在街上乱喊。只要喊一个，其他的也跟着跑了。误了饭时，会挨揍的。

贺小虎6岁半的时候，就跟大孩子们一起玩了一个很刺激的游戏，从百草山主峰往下面的娘娘庙滚。坡度很陡，刚开始他看着眼晕，不敢往下滚。那些大孩子就说他熊包一个，软棉花捏的。这下把他激怒了，大丈夫可杀不可辱，滚就滚，有什么了不起的？他学着别人的动作，先朝两个手心分别吐了一口唾沫，就地一躺，眼睛一闭，说了声："走！"他的身体就开始滚动起来。他身体很轻，滚动起来没多大阻力，速度比别人都快。刚开始他还笑，可随着速度越来越快，他的小脸开始白得没血色了，接着就爹呀娘的乱喊。那些大孩子以为他是装的，也没人搭理他，反而闪开路，让他滚个痛快。他滚到了娘娘庙，却没有停下来的意思。大孩子们才知道坏事儿了，再往下滚，就是一个陡坡，滚下去非摔死不可。就在这个时候，来了一个大人，在娘娘庙的大槐树底下，把他给抱住了。大孩子们都吓坏了，纷纷围了上来。贺小虎的脸还是刷白刷白的，一点儿血色也没有。牙好像也在打战，但不大工夫，就站起来了。他把小腰一叉："怎么样，你们谁滚过这么远？"

贺小虎和贺小梅是在7岁那年上的学，刚开学的时候，还没闹"文化大革命"。他们的语文课本的第一页是：日月水火，山石田土。课本拿到家，魏淑兰就念给他们俩听。两个孩子都挺聪明，教上几遍，就会念了。而贺小梅就更聪明，会念了就会写，会写了就会算。10位数以内的加减法，一天就学会了，魏淑兰很欣慰。贺小虎也算聪明孩子，可就是有些不着调，干什么都忘不了玩儿。做什么都心不在肝上，说浅了不拿你当回事儿；说深了就跟你瞪眼。弄得魏淑兰经常偷着叹气：从小看大，三岁看老，一看就不是省油的灯。

刚入学没多久，老师就找到家里来了。一是表扬贺小梅学习成绩好，二是批评贺小虎调皮捣蛋，上课爱搞小动作。魏淑兰不住地向老师表示感谢，并一再说，老师，你知道，我这辈子就指望这俩孩子了。你就大胆管吧。不管是男是女，只要犯了错，你该打打，该骂骂。我决不拦着。

第一学期考试，贺小梅得了双百。贺小虎语文得了90分，算术却得了64分。魏淑兰先表扬了贺小梅，接着就问贺小虎："一块儿上的学，同样一张卷子，你凭什么得这么点分？"

贺小虎眨了眨眼睛说："这还少呀？我们班还有不及格的呢。"

魏淑兰说："嗬，你还挺知足。把屁股调过来！"

贺小虎转了一圈，把小屁股调了过来，他叫了一声："打呀，娘。"

魏淑兰扬起手里的笤帚疙瘩正要打，贺小虎这么一说，她却"噗"一声笑了："小兔崽子，你可真是你爹的儿。"

贺小虎又把身子转过来了："娘，我爹到底上哪儿去了？"

魏淑兰说："跟你们说过多少遍了，让百草山的小鬼儿叫走了。"

贺小虎说："我老是到百草山上玩儿，怎么没让小鬼儿叫走呀？"

魏淑兰说："你没做缺德事儿，小鬼儿就不叫你。"

贺小虎说："我爹做缺德事儿了吗？"

魏淑兰说："他没良心，他缺大德了。"

贺小虎说："我也缺大德了。那天我对着娘娘庙滋了一泡尿。"

魏淑兰说："下次再滋，小鬼儿就该叫你了。"

贺小虎说："娘，小鬼儿长得什么样？"

魏淑兰说："跟日本鬼子一样。"

贺小虎说："娘，别说啦，我害怕。我听人说过，日本鬼子能把人脑子弄出来喝。"

贺小梅说："娘，我也听说了。日本鬼子把一个小孩儿劈了两半儿。"

魏淑兰把两个孩子搂在怀里，抚摸着他们的头说："你们从小就要多积德行善，好事儿做多了，小鬼儿就不叫你们。"

贺小虎多次听大人讲日本鬼子在百草山上杀人，如何把人脑子挑出来，倒在盆里让人喝。他还知道，姥爷魏厚墩，是让日本鬼子给烧死的，姑姑贺丫丫是让日本鬼子打死的。从前他胆子特大，但听大人讲了这些，一个人就不敢上百草山了。但人多的时候，还是要往山上跑。跟比自己大一些的孩子"打仗"，一会儿装八路军，一会儿装日本鬼子，一会儿装汉奸。脑袋上戴上伪装帽，手里拿着"盒子枪"，像电影上一样，高喊着："冲啊，杀呀！"一溜烟地向山头发起冲锋，看谁能最先占领主峰。他人小，个子也小，跑起来连滚带爬。每次"战斗"结束，都落一身泥土，有时是皮开肉绽。因为这样，他总是得到"八路军首长"的表扬，每次回到家他还自豪地把挨表扬的事儿说给魏淑兰听。魏淑兰每次听完，再看看他的狼狈样，就呵斥他，要他以后别再参与这些"打打杀杀"的事儿。他不服，他说他长大了要当英雄，当大英雄。还没说完，魏淑兰就给了他一大巴掌："当狗屁！"贺小梅问魏淑兰："娘，老师也是让我们长大了当英雄的，你为什么不让小虎当英雄？"魏淑兰喘着粗气指着他们俩说："我再跟你们说一遍，从今以后，你们谁也别在我面前提英雄这俩字儿！"贺小虎和贺小梅都瞪着眼睛看着魏淑兰。他们不明白，长大了当英雄是好事儿，为什么一提英雄，娘就动这么大的肝火？

这一天，魏淑兰、魏柳氏和贺小梅都没在家，快到晌午了，还不见回来。贺小虎一个人在家，饿了，在几个屋里来回窜着找东西吃。他记得上次舅回来带来的点心还没吃完，极有可能是娘放在了他找不到的地方。因为过去放点心的地方，贺小虎基本上都能找到，找到就要下手拿。魏淑兰发现点心少了的时候，贺小虎第一个站出来说："娘，我没拿。"魏淑兰就问贺小梅："那就是你拿了。"贺小梅连喊冤枉。捉贼捉赃，因为没当场捉住，又没任何证据，魏淑兰不好下手收拾俩孩子当中的哪一个。但她隐约感到是贺小虎干的。这个贺小虎嘴馋手懒，还爱说瞎话。魏淑兰没什么好的防范措施，只有经常换藏点心的地方，让贺小虎摸不着规律。

贺小虎这次确实没找着藏点心的地方，情急之中，他想起了娘经常锁着的一个箱子。点心会不会在那里边儿？他四处找钥匙。最后终于在缝纫机的抽屉里找到了钥匙。他到外屋看了看，见没人进来的迹象，就哆哆嗦嗦地把箱子打开了。他在箱子里边乱翻，虽然没找到点心，却发现了一个秘密。有一个笔记本是让红布包着的，打开一看，里边有一张照片。照片上是一个穿军装的男人，长得还挺气派。但脸上密密麻麻的，到处都是小窟窿眼儿，包括眼睛上都是。看样子是拿针扎的。这个人到底是谁？为什么脸被扎成这样？不用说，照片上的针眼儿一定是娘扎的。那照片上的人是谁，娘为什么要扎他？他正纳着闷儿，贺小梅回来了。贺小梅看后，眨了眨眼睛，说："这个人有可能就是咱爹。"贺小虎说："咱爹不是让小鬼儿叫走了吗？"贺小梅说："人是让小鬼儿叫走了，照片留给咱娘了。"贺小虎说："那咱娘应该恨那小鬼儿，为什么要扎咱爹？"贺小梅想了想说："那就不知道了。"外面传来说话声，贺小虎赶紧把照片收了起来……

第二十一章

张敏快急疯了。

新婚第二天，新郎官留下一张字条离家出走，对张敏是个致命的打击。她问了一下政委，还有通信员，都不知道贺金柱的真实去向。至于说到师里开会，根本就没那么回事儿。联想到贺金柱在新婚之夜的表现，张敏格外张皇失措。政委也很着急，一团之长，在新婚蜜月失踪，毕竟不是小事儿，也不是好事儿。一旦出什么事儿，他这个当政委的是有责任的。他想跟师里汇报这个情况，还想发动全团官兵四处寻找贺金柱。但想了想，还是把这些想法都推翻了。贺金柱喜新厌旧，离婚结婚，本身就闹得满城风雨，就别制造新闻点了。他仔细看了贺金柱留下的那张字条，对张敏说，别着急，不会出什么事儿，安心等四天吧。还对张敏再三交代，对贺金柱的失踪，一定要保密。

这四天，对张敏可以说是度日如年，坐立不安。她让父母帮着分析贺金柱出走的动机和去向，两位老人都没有做出实质性的判断。张敏妈联想到女儿回门时，眼睛哭得又红又肿，绝对不只是激动，还会有别的缘由。在母亲的再三逼问下，张敏只好说了实情。张敏妈分析道：贺金柱是过来的人，新婚之夜一事无成，其中定有心理障碍。这跟他第二天扔下新婚妻子离家出走，会有千丝万缕的联系。张敏也觉得母亲分析得有一定道理，但其中的缘由还是难以断定。

就像有病乱投医一样，张敏忽然想起要去问一问魏猛子。魏猛子的反应果然跟别人不一样，他马上很肯定地说："他回老家了。"张敏有些不大相信，新婚第二天，贺金柱怎么会扔下自己回老家呢？就是真回老家，也用不着撒谎说是去师里开会呀？魏猛子见张敏急成那个样子，就把贺老拴上吊的事儿，还有他跟贺金柱传达这一事件的时间、地点、方式，跟张敏都说了。当时，张敏就愣住了。愣完之后，她指着魏猛子的鼻子说："你可真够损的！"魏猛子说："喝多了，喝多了。"

张敏每天都到车站去接贺金柱，果然，在第四天头上接着了贺金柱。见到他蓬头垢面，满脸憔悴的样子，张敏当场就哭了。一路上，夫妻俩几乎没话。

一进门，张敏很心疼地给贺金柱洗脸、换衣服，扶他在床上躺下，攥着他的手，把脸贴在他胸口上说："亲爱的，我们的命运已经连在一起了。有这么大的事儿，你应该首先跟我说，让我分担你的痛苦。一个痛苦，两个人分担，就成了半个痛苦。何况，你的罪责，也有我的一半儿……"

贺金柱闭着眼睛，默默地抚摩着张敏的手，心里有话，却无从说起。

当天晚上，张敏没要求贺金柱做什么，贺金柱早早睡了。

第二天晚上，贺金柱回归了原本的状态，他像是有些悲壮，甚至凶猛，使得张敏招架不住。

贺金柱全方位地享受张敏之后，感到快乐无穷，胜似神仙。他们生死纠缠，其炽热程度，都想把对方融化了。

贺金柱慢慢体会到，张敏比魏淑兰在床上更有作为，对他的要求也比较迫切，也比较严格。

一次，完事儿之后，张敏问贺金柱："你老实告诉我，除了你的前妻魏淑兰，你还碰过别的女人没有？"

贺金柱竟大胆地说："碰过。还是日本妞儿呢。"

张敏十分警惕地问道："什么？"

贺金柱把15岁那年，跟魏猛子一起在惠美子身上为姐姐报仇的事儿，绘声绘色地给张敏描述了一遍。

张敏听了有些心惊肉跳，半天才说："你们也够残忍的。"

贺金柱："那也没日本鬼子残忍，他们杀了我们村300多口人。"

张敏把话题岔开："至于民族恨，不是我们现在要讨论的话题，那个话题太沉重了。我想问你，你当年看到那个日本小女子诱人的玉体，第一感觉是什么？"

贺金柱："第一感觉是新鲜、害怕。"

张敏："是不是急不可待地想上去试一把？"

贺金柱："想，但不行。我俩都不行。"

张敏："这些年，后不后悔？"

贺金柱："我跟魏猛子在朝鲜的时候说过后悔的话。那时候，停战了，闲着没事儿干，就胡思乱想。有一回，我对魏猛子说，操，当初还不如把那小日本妞儿干了呢。"

张敏："继续给我坦白，在朝鲜那么多年，你又这么英俊倜傥。有没有哪个阿妈妮，要把自己的女儿许配给你？"

贺金柱："还真有。我们房东的姑娘就向我表示过。刚从坑道里搬进老百姓家的时候，我们就跟阿妈妮一家挤在一条火炕上睡。"

张敏："阿妈妮家没男人吧？"

贺金柱："她丈夫被美国的飞机炸死了，儿子在人民军，家里就剩下娘儿俩。"

张敏："那姑娘多大，漂不漂亮？"

贺金柱："那年还不到 18，挺漂亮。歌唱得不错，我们的朝鲜舞，就是跟她学的。"

张敏："说实话，睡在一条炕上，你动没动过心思？"

贺金柱说："动是动过，可志愿军有纪律。再说，那时候，我早就订了婚了。"

张敏叹了口气："看来，你还真有艳福。"

贺金柱发贱地说："最大的艳福，就是娶了你。"

张敏戳了一下他的鼻子："你少给我耍贫嘴。告诉你，以前的事儿，我就不追究了。从今往后，你必须完完整整地属于我。"

贺金柱说："那是，那是。我绝对守身如玉。"

张敏听了，脸上露出自信的光芒，她在贺金柱的脸上亲了一下，进了厨房。

饭菜端上来了，两菜一汤。作为江南姑娘，张敏虽说是独生子女，但还是很会料理家，在厨房里很有作为。同样一种饭菜，要比北方人做得精细，味道鲜美，这大概就是南方女子的特点。娶了张敏这样一个无可挑剔的媳妇，应该是贺金柱一生的幸福与荣耀。他没事儿经常把魏淑兰和张敏放在一起比较，比较的结果常常使他得不出完整的结论，有时会莫名其妙地摇摇头。他记得一个名人说过，幸福与痛苦实际上根本不存在，完全是每个人的主观感觉。在诸多方面，魏淑兰给他的是满足，而张敏给他的却是陶醉。满足与陶醉看似相似，其实，它们之间有着质的差别。相比之下，后者更能全方位地调动人的感觉神经，使之超越快感极限。

就像结婚前的承诺一样，张敏是在给他建构一个全新的世界。这个世界里充满了柔情似水，充满了温馨浪漫，耳热心跳。但这个世界，毕竟是全新的，他没有足够的能力承受。

他认命，他觉得这一切都是命运的安排。而命运会一直往前推进，绝对不会向后退。

张敏坐下后说："我有件喜事儿要告诉你。"

贺金柱问："什么喜事儿？"

张敏却说："吃完饭，我再告诉你。"

贺金柱吃的有些胡乱，没像过去那样风卷残云。吃完饭，没喝汤，就离开了饭桌。刚进卧室，张敏就跟了进来，坐在了他的身边。贺金柱顺势把她搂在了怀里。

张敏说："我要告诉你的喜事儿，就是你要当爸爸了。"

贺金柱把张敏推开，反复看她的脸："什么？"

张敏说："这有什么大惊小怪的，你又不是头一回当爸爸。"

贺金柱的脸红了，他早就有思想准备。自己曾经有过的婚姻一定会成为张敏一辈子的话柄。只要她想抓，随时都有机会。但张敏比自己小 10 多岁，在自己面前永远是个孩子，要有哄她一辈子的思想准备。贺金柱听到张敏怀孕的消息，心里还是万分高兴。老家虽说有一儿一女，但眼下跟自己是脱着钩的。自己已经是 30 出头的人了，身边该有个孩子了。他又把张敏更紧地搂在怀里，说："这是我们俩的孩子，我们俩的。"

张敏抬起头来问他："亲爱的，你高兴吗？"

贺金柱说："那当然。"

张敏说："你想要男孩儿还是女孩儿？"

贺金柱说："这我可说了不算。"

张敏说："你说心里话嘛！"

贺金柱说："我当然想要男孩儿。"

张敏说："重男轻女，封建迷信。"

贺金柱赶紧说："男女都一样，都是革命的后代。"

张敏说："我可没能耐给你生龙凤胎。"

贺金柱说："一卜生那么多，会累着你。"

张敏点了一下他的鼻子："你好狡猾哟。"

贺金柱激动地站了起来，张敏也站了起来。贺金柱反复地看了一会儿张敏的脸，把她的身子举了起来。张敏在空中不住地笑，并撒娇地说："你小心点儿，别把你儿子摔坏喽。"

　　贺金柱上军事院校之前，想到魏猛子家串个门儿，也算告个别。虽然都在一个家属院住着，但互相串门不是很多。在魏猛子家，他看到了一张照片，上面是一男一女两个小孩儿，长得很机灵，像个双胞胎。他反复看了看，马上做出了一种判断。但他还是问了一下魏猛子："这是谁家的孩子？"魏猛子说："猜猜看。"贺金柱说："你快告诉我吧。"魏猛子却说："是我外甥和外甥女。"李萱从外面进来说："你绕什么呀？"又对贺金柱说："是你女儿小梅和儿子小虎。"贺金柱把照片拿下来，仔细打量起来。这俩孩子眉眼像魏淑兰，脸型像自己。男孩子看样子很顽皮，照相的时候，还用手揪着女孩子的衣服，两只眼睛虎视眈眈的。李萱对魏猛子说："我不是让你给贺团长一张吗？那一张呢？"魏猛子朝自己脸上打了一巴掌："你瞧我这记性。别急，我找找啊。"说着，就开始东找西找。李萱埋怨道："你办事儿总是这么拖拖拉拉的，都多长时间了。"贺金柱把照片放下了，一时间，他心里掠过一丝从没有过的悲凉和酸楚。他要走的时候，魏猛子对他说："找不到了。这样吧，你什么时候想孩子了，过来看就是了。"李萱说："到照相馆翻拍一张嘛。"魏猛子说："对，那也是个办法。"一直到离开魏猛子家，贺金柱心里都七上八下的。

　　上了军事院校，贺金柱才发现自己实际上是个军事文盲。一当兵就打仗，打了小日本，打了国民党，还打了美国佬儿。在中国地盘上打完了，又到朝鲜地盘上打。从士兵打到军官，到现在都是任职3年多的上校团长了。可以说，肩膀上的官衔就是打仗打出来的。可静下来想一想，哪一仗能够站在战略战术的角度上总结出一些规律的东西，并能上升到学术理论的高度呢？这确实让人惭愧。打仗的时候顾不上，当士兵的时候，就知道不怕死，只要活着就往前冲。当了军官，就是在战争中学习战争。大的谋略方针由上边定，一切行动听指挥就行了，在战术运用上机动灵活就是了。而未来的战争都是大兵团作战，对手机械化程度很高，机动能力很强。我军在装备处于劣势的情况下，能不能克敌制胜？这的确值得一个指挥员下功夫好好研究，这就成了他入军事院校深造的真正目的。

白天听课，观摩演习，面对沙盘排兵布阵纸上谈兵。晚上钻进图书室，如饥似渴地读书，越读越发现自己的浅薄。在入校之前，除了对中国现代战争还有些了解以外，对中国古代战争和世界战争，脑子里基本上是一片空白。尤其是对影响整个人类进程的第一和第二次世界大战，知之甚少。就连巴顿、威灵顿、艾森豪威尔、墨索里尼、丘吉尔、朱可夫这样的军事风云人物的名字，都很陌生。至于闪电战占领波兰、偷袭珍珠港、中途岛之战、斯大林格勒战役等著名战役，就像听天书一样。

贺金柱对队列课目很感兴趣。他个儿头大，块儿头也大，身体匀称，走在队列里显得格外精神。经过教官纠正要领之后，他的队列动作非常潇洒。很快，他成了标兵，经常在全院学员面前做示范。

半年下来，贺金柱觉得在军事理论方面开了窍，听专家们站在很高的学术角度上分析一些著名的战例，他又觉得这窍要一层一层地开。因为那些专家们不仅具备军事理论方面的较高素养，政治、经济、哲学、文化、地理、天文、自然等方面的知识，都很丰富。这使得只有小学文化水平的他，更感到汗颜，坐在那儿感到格外的不自在。在部队的时候，一天到晚指手画脚，喝三吆六，还是个人物。到了这一看，狗屁不是，整个一个大傻瓜。得想些别的招儿，下苦功，勤奋好学，不耻下问，玩儿命记笔记。再就是靠勤补拙，他像当新兵一样，每天给老师端茶水，抢着擦黑板。本来在部队是让兵伺候的，现在却拿自己当新兵用。细想起来一点儿也不屈材料，谁让自己无知呢。

学习起来一忙，贺金柱就把家给抛到脑袋后边去了，把鲜嫩的张敏也给忘了。这是自结婚之后，两人第一次过两地生活。离家的时候，张敏嘱咐他，每周要给她写一封信，只坚持了两个礼拜，就不守规矩了。张敏来的信有时顾不上看，看了也顾不上回。张敏是学中文的，肚子里有的是词儿，一写就是一两千字，有的话很烫嘴，有的话很难懂。有时还写诗填词，并让他步原韵以和。

比如什么《声声慢》，什么《相见欢》，什么《忆秦娥》，什么《贺新郎》啦，要求很高，名堂很多，他快憋出人命来了，也凑不上数。张敏说，就是要这样强化训练他，改变他。还说，要和他一辈子保持初恋般的感觉。他心里感到害怕，这种感觉倒是挺美好的，就是太累人，让人有些招架不住。

有一次，贺金柱喝了点儿酒，躺下之后，睡不着觉，觉得像是有些诗兴，便爬起来按照张敏寄来的词，填了一首《蝶恋花》。反复修改了几次，寄给了张敏。没过几天，张敏回信了，把那首《蝶恋花》改得一塌糊涂。最后还引用了一首诗挖苦他："摔碎瑶琴凤尾寒，子期不在对谁弹！春风满面皆朋友，欲觅知音难上难。"后来，他到图书馆里看书，在"三言二拍"的《俞伯牙摔琴谢知音》里找到了那首诗。他吓了一跳：啊！她把我当成樵夫钟子期了，把我扯到高山流水里边去了。得！你死了那个心吧。我就是一介武夫，我就知道带兵打仗。做一名军人，就得硬邦邦的。有句话，秀才遇见兵，有理说不清。你给我将就着点儿吧你。

贺金柱还是把"三言二拍"看完了。看完之后，他庆幸张敏当初没给他来个"苏小妹三难新郎"。那样的话，自己连洞房也入不了。这些臭知识分子，毛病真是太多了。回去一定要好好收拾她！后来，在给张敏的回信中，他别有用心地引用了《卖油郎独占花魁》里边的一首诗："春来处处百花新，蜂蝶纷纷竞采春。堪爱豪家多子弟，风流不及卖油人。"他想，张敏看了信一定会很生气。把自己比作"卖油郎"倒无所谓，把张敏比作"花魁"就不合适。那花魁是妓女。没承想，张敏来信表扬他进步了，离"知音"不远了。

在一个礼拜六的下午，张敏又来信了。说她的预产期快到了，要他无论如何也要请假回来一趟，并说这是命令。他想请假，但学习一直很紧张，有些新鲜的科目不请假还跟不上。更重要的是，自己不想请假，有这么个深造的机会不容易，来了就多装些东西回去，省得将来后悔。他想了想，决定先不给张敏写信，拖着她，到时候孩子生下来了，回不去，她也没办法。谁知，过了一个礼拜，张敏把长途电话打过来了。问他信收到没有，为什么没反应？是不是想逃避伺候月子？他犹豫了一下说，假不好请，这里的学员没一个请假回家的。张敏就问，人家的老婆生孩子了吗？他说，让你妈伺候你还不行吗？张敏说，我妈还上班呢。再说，彤州有风俗，不能在娘家坐月子。他又琢磨了一会儿，说，这样吧，我让我娘从老家赶过去吧。张敏说，反正你是要逃避。我告诉你，我坐月子你要是不在我身边，你会欠我一辈子，你看着办吧。说完，就把电话给挂了。他吓了一身冷汗，天爷，这就是初恋般的感觉，这感觉有些瘆人。

贺金柱做事儿向来不犹豫，放下电话，就给家写了封信。把张敏的预产期告诉了家里，让二柱带着娘跑一趟彤州，告诉了详细地址。写完信，又跑到邮局，寄了100元钱，让娘和二柱做路费用。他还顺便给政委打了个电话，让他到时候安排车接站。

做完了这一切，他觉得轻松了一些。躺在床上的时候，他想起了魏淑兰，想起了照片上的小梅和小虎。

第二十二章

　　二柱接到贺金柱的来信，念给贺张氏听。贺张氏听完，连连说，让咱去伺候月子？不去，不去！我连他这个儿子都不要了，还管他下一辈儿的事儿。二柱很想去，见娘这么坚决，知道凭自己的力量不好说服，就找来了贺秀才。贺秀才低头斯文了一会儿，说，去，必须去。二柱说，我也觉得应该去。贺秀才说，贺家又添人口了，你为什么不去？贺张氏说，他爹活着的时候都跟他断绝关系了，他添了人口也不是贺家的。贺秀才把脸抹下来了说：女人见识。老拴那只是句气话，他要是活着也得让你去，毕竟生下来的孩子，也是咱贺家的血脉。听我的，去，这就去！

　　定下行程日期，贺张氏到魏柳氏家去了一趟。毕竟魏猛子也在部队上，说不定能见上面，看看有口信儿捎不。魏柳氏说，魏猛子有俩多月没来信了，不知道是怎么回事儿。贺张氏说，那你就跟我们一块儿去看看，心里就不闷得慌了。魏柳氏说，兴许不会有什么事儿，你们去了受累给打听一下就行了。

　　破家万贯。这一走，家里就锁门了，钥匙交给了魏淑兰。既是伺候月子，不能说到那儿点个卯就回来。家里猪哇羊呀鸡的，得有人经管。头一回见儿媳妇，又是去伺候月子，怎么也不能空着手。可带点啥东西呢？贺张氏翻箱倒柜，看来看去，觉得没一件东西能拿得出手。得，还是按老家的规矩办吧，带上大枣、小米、芝麻、红糖，还有几件破布头，带去做尿布用。鸡蛋倒是也攒了点儿，可路这么远，没法儿带。头天傍黑，贺张氏又让二柱到百草山前收了一些沙土，用细箩箩过了好几遍，用布一层一层地裹上。拾掇在一块儿，东西看着也不少。好在有二柱跟着，路上有个照应。

还有，头一回出远门，又是去见城里的儿媳妇，穿的戴的，怎么也不能跟在家里一样，省得让人笑话。贺张氏把半截身子探进柜里头，破衣烂衫，棉的单的，都倒腾了一遍。件数倒是不少，就是没一件像样的。有的带着补丁，有的样式太难看，或者太老气。穿穿这件，换换那件，左看右看，最后叹口气，就随便将就了一件。心想：一个农村老太太有啥可臭美的？再说，人家儿媳妇待见不待见，也不在咱穿什么衣裳。反过来说咧，待见不待见，又怎么的。心里痛快，就多待两天；心里烦，抬起屁股来走人。反正又不是自个儿要去的。

二柱对这趟出远门表现出了极大的积极性。在家，每天在庄稼地里滚，身上有穿的就行，就是有好衣裳，也穿不出好来。这回要出远门了，而且是见听说很漂亮很年轻的嫂子，怎么也得穿得像回事儿点儿，力争给城里的嫂子一个好印象。前两年，为相亲，贺张氏花了不少血本给他做了一套浅灰色的中山服，什么季节都能穿。那套中山服，村里没人比得上。几次亲都没相成，那套衣裳，也就没舍得穿。这回无论如何也要穿了。穿上之后，他前后照了照镜子，看上去，倒是精神了不少。

一下火车，怎么也没想到，接站的竟是魏猛子公母俩。魏猛子一见面就对贺张氏说，大娘，恭喜你呀，你又得了一个胖孙女。贺张氏一路上的疲劳顿时都跑光了。李萱拉着贺张氏的手说，大娘，先到我们家，吃了饭再过去吧。我们家离车站近。贺张氏说，不麻烦咧，有工夫再去吧，我又不急着走。魏猛子说，老太太急着见孙女，那就先回营房吧。

贺张氏进了贺金柱那个独门小院，像刘姥姥进了大观园似的。东看看，西看看，眼睛好像不够使的。虽然是自己儿子家，可要不是这么回事儿，恐怕这辈子也来不了。进了屋，手脚就更不知道往哪儿放了，那些个家什摆设，都是在老家没见过的。好多东西都叫不出名儿，有这种感觉的，还有二柱。他这次出门的使命，虽然是为娘做保驾，但能坐火车，坐汽车，还坐部队的小车，也足够开眼和过瘾的了。在七里冢，像他这个年龄的人，大部分都没出过门。如果没这么个大哥在外头混事儿，自己恐怕这辈子也看不到这等风光。这次出远门，最便宜的就是他，既没多么重要的任务，又能出来开眼。还有，听说，这个新嫂子挺漂亮，究竟漂亮到什么地步，这回也眼见为实了。

这是张敏生下孩子的第 7 天。孩子胖是挺胖，就是还小得看不到眼里，看不清像谁，但脸蛋挺白的。张敏妈在伺候月子。贺张氏他们一进门，李萱就做了介绍，张敏妈上去握着贺张氏的手。贺张氏不会握，退让了一下，就把张敏妈的手给拽住了。张敏妈的手又白又细，根本不像老太太的手。张敏倚着被子躺着，冲着贺张氏叫了声妈，声音又脆又甜，很有亲和力。贺张氏虽然听着不大习惯，还是爽快地答应了。她上去把张敏身子底下的被子撤了下来，说，坐月子不是坐着，是躺着，不然会落下一辈子的病。张敏妈笑着说，看了没，还是你婆婆心疼你。二柱觉得一个大老爷们儿看小月孩子不大方便，只望了床上的张敏一眼就出来了。就这一眼，他心里就毛了，这哪儿像嫂子，看上去跟小闺女儿差不多。俊是真俊，白是真白，但究竟到什么程度，这一眼没看透彻。

张敏妈张罗着做饭，贺张氏却说不忙。因为她发现屋里有很多方面违反了坐月子的规定，必须加以纠正。比如，屋里不能通风，不能见光，应该把窗帘拉严实。比如，门环上应该挂一个红布条，以向外人表示自己家生孩子了。比如，张敏头上应该围上围巾，别让风灌进去，等等。她一一都抓了落实。张敏直向妈妈挤眼睛，张敏妈也向她挤眼睛。

贺张氏还嘱咐张敏，在月子里不能梳头，不能剪指甲盖儿，等等。说了一大堆。

张敏听着好奇。

吃了饭，贺张氏对张敏妈说，大妹子，你回家歇两天吧。要说伺候月子我不比你外行。

张敏妈说，那是。那是。

张敏妈真要走的时候，张敏用目光留住了她。张敏妈说，有你婆婆在，我就放心了。我去上班，一下班就过来。

张敏说，妈，你可早点儿回来。

贺张氏说，让你妈歇两天吧。有我呢。

下午，魏猛子带二柱进城闲逛去了。贺张氏在家里收拾。张敏说，妈，你刚进门儿，先休息一下吧。

贺张氏说，本来路上挺累的，可一见宝贝孙女，就光剩下高兴了。

张敏说，妈，你不嫌弃我没给你生孙子？

贺张氏说，别看我是个乡下老太太，脑筋没那么老，孙子孙女不都一样？

张敏说，谢谢您了，妈。

张敏寻思了一会儿，说，妈，金柱为我跟淑兰离了婚，你不恨我吧？

贺张氏听到这话，愣了一下，心想，不恨？我恨不得一辈子不见你们！可话到嘴边，就留了情：咳，事儿都过去了，还有什么恨不恨的？再说，都新社会咧，你们不是结婚离婚自由嘛。

张敏说，妈，真谢谢了。没想到，您这么宽宏大量。

贺张氏心里说，不宽宏，不大量，俺有什么法儿？

张敏说，妈，我爸为我们走了那条路，让我和金柱这辈子也活不踏实。

贺张氏叹了口气，说，咳，你们有什么不踏实的？那是他活到寿限了，那是他的命。

张敏偷着抬头看了看贺张氏，一时不知说什么好。

贺张氏不再说话了，开始往外掏她从老家带来的那些宝贝东西。当她把用布包着的沙土放在床上的时候，张敏吃惊地问，妈，这是干什么的？

贺张氏说，这是让孩子睡的，孩子睡沙土，长大了水灵。再说，拉了尿了的，拿出去一晒，干了接着再用。贺张氏说着就把沙土往孩子身子底下垫。张敏却不让，这有多脏呀？贺张氏说，不脏，不脏。弄到身上就顺着流下来了，这你就听我的吧。金柱、二柱都是睡沙土长大的。你看，都是那么大高个儿。

张敏脸上没刚开始那种表情了。她眼睁睁地看着贺张氏在孩子身子底下垫沙土，心里直叫：我天爷，这哪是伺候月子，这不是祸害孩子吗？这得有多少细菌弄到孩子身上去，这个霸道的农村老太太！张敏趁着贺张氏不在屋的时候，偷偷地叹了口气。贺张氏听见了，进屋说，坐月子，就是静心养着，少叹气，多寻思些高兴的事儿。张敏心里说，你这么多怪习惯，我高兴得起来吗？

孩子哭了，张敏告诉贺张氏，奶粉在橱子里。贺张氏问张敏，奶水还没下来呀？张敏说，谁知道是怎么回事儿。贺张氏自言自语地说，幸亏来的时候有准备。她把自己带来的包袱打开，找到了一件衣服口袋里的纸包，里边包的是用奶子稞加工成的草药。贺张氏对张敏说，这是老家的偏方，挺管用的。张敏凑过去看了一眼那黑乎乎的东西，皱了一下眉头，说，怎么用？贺张氏说，用水拌一下，抹在奶头上，一顿饭的工夫，奶水就下了。张敏说，这东西，行吗？贺张氏说，行，行。老家都用它，灵着呢。张敏看着纸包里的东西，继续皱着眉头，迟迟不肯解开衣服。贺张氏上了床，上去就解张敏的衣服扣。张敏用手拽着，不肯。这工夫，张敏妈回来了。贺张氏把情况说了一遍。张敏妈笑了一下，对张敏说，你婆婆是对你好，试试吧。张敏犹豫了一下，把衣服解开了。贺张氏按着要求，给张敏抹了上去。果然不到一顿饭的工夫，张敏的奶水就漾了出来。张敏脸上露出了有些尴尬的笑，呀，这么灵啊！张敏妈也附和着说，真是的。贺张氏自豪地说，别看老家穷，就是有百草山。百草山上的草，就这么神！

二柱回来了，一进门就跟贺张氏说起在外面的见闻。看来他是真开了眼了，说明天还要去逛公园，公园里有山，比百草山还高呢。还说，娘，你出来一趟也不容易，也跟我们一块儿去看看吧？张敏马上接过来说："妈，我弟说的对，您明天一块儿去看看吧！"贺张氏说："我是来伺候月子的，哪儿也不去。"

张敏问二柱："我也听你哥说过百草山。百草山上的草真有100多种吗？"

二柱说："那还假的了。百草山上的草都是药材，什么样的病都能治。"

张敏说："百草山美吗？"

二柱说："美，美着哪。你到时候去看看，就知道了。"

通信员进来了，送来了贺金柱的信。张敏正要拆，贺张氏夺了过来，说："坐月子，不能看信。看坏了眼睛可是一辈子的事儿。"

张敏说："那这信怎么办？"

贺张氏说："让二柱念给你听，他也识字。"

二柱说："娘，我哥写给我嫂子的信，我怎么能看呢？"

贺张氏说："那就等出了月子再看吧。"

张敏叹了口气，说："兄弟，没事儿，你就念给我听听吧。都老夫老妻了，有什么好怕的？"

二柱真的把信给打开了，信很短，也没什么悄悄话。就是问，二柱到没到，问孩子胖不胖，张敏身体好不好，奶够不够吃？还嘱咐张敏要跟娘搞好关系。有的字，二柱不认识，就胡乱编过去了。

信念完了。张敏问道："他没说回不回来？"

二柱说："没有。"

贺张氏接过来说："有我呢，他回来不回来的，不要紧。"

张敏闭上了眼睛。

通信员开始搞屋里的卫生，做一些杂活儿。二柱上去帮忙，通信员不让。一见二柱那双没有肉色的手摸东西，张敏就皱眉头，连忙说："你别动手了，一边休息去吧。"二柱指着通信员问张敏："嫂子，他是我哥的护兵吧？"张敏抬起头来问："护兵？"二柱解释说，就是警卫员。张敏笑了："就算是吧。"二柱在院里转了一圈回来，对张敏说："嫂子，你给我找点儿活儿干吧。我一个大小伙子见天这么待着，怪难受。"张敏说："你要闲得慌，就去把手洗干净，多打点儿肥皂。"二柱脸上不好意思起来。他倒是很听话，去卫生间洗手去了。一打肥皂，还真洗出了一盆浑水。他认为自己该洗，这双手跟这个家太不协调了。尤其跟张敏的手，简直不敢一块儿伸出来。

张敏的奶不够孩子吃的，张敏妈买来老母鸡给张敏炖着吃。那只鸡有点儿瘦，汤里没多少油。端上桌子以后，贺张氏又往里面放了一些猪油，搅了搅，油星都漂上来了。张敏看着直咧嘴，不大想喝。贺张氏端起碗来说："喝吧，不吃油，奶就多不了。"张敏接过碗来又放下了，说："喝这么多油，我的腰会变粗的，肚子也会变大的。"贺张氏不以为然地说："女人生了孩子哪有腰身不变的？别管那么多，让孩子吃饱要紧。"张敏咧咧嘴，就是喝不下去。

住了一个礼拜之后，婆媳俩的关系由陌生到熟悉，又由熟悉到紧张，集中表现在坐月子的一些规章制度上。贺张氏关了窗户，在眨眼的工夫，张敏又打开了。贺张氏洗过的尿布，张敏嫌不干净，偷偷扔掉了。尤其让贺张氏不能容忍的是，她和二柱到魏猛子家去了一趟回来，一看，她从老家带来的沙土和尿布都被扔掉了，门上的红布条也没有了。来时他们装衣裳和东西的那些包呀兜的，都由里屋清理到了客厅，就好像要撵他们走一样。张敏妈也在。他们进了屋，那娘俩谁也不说话。晌午了，贺张氏张罗着做饭。张敏妈却说："不着急，咱亲家母说会儿话吧。"贺张氏到厨房里一看，人家娘儿俩早吃了，碗筷儿还没刷呢。

张敏妈像是在没话找话："大姐，家里这会儿不忙呀？"

贺张氏说："刚收完秋，家里没事儿"

张敏妈说："家里有人看门吗？"

贺张氏说："穷家破业的，有什么值得看的？"

张敏妈说："在这待着习惯吗？"

二柱生怕贺张氏说不习惯，赶紧接过来说："习惯，习惯。比家里还习惯呢。"

贺张氏瞪了二柱一眼，就出去收拾东西去了。她一出去，二柱也跟着出去了，把贺张氏叫到一边说："娘，咱别走，我还没待够呢。"贺张氏不理他，继续收拾东西，收拾利索了，进屋跟张敏妈说："大妹子，这不，媳妇儿孙女我都看见了。我看这儿也用不上我，我和二柱明儿就回去吧。"

张敏妈说："这么老远来了，多待些日子吧？"

贺张氏说："不咧，不咧，再说在这也待不习惯。"

张敏说："妈，你是不是想您孙子和孙女了？"

贺张氏叹了口气，说："常言说得好，金窝窝，银窝窝，不如自己的土窝窝呀。有享不了的福，没受不了的罪。庄稼人呀，天生就是土里刨食儿的命。"

张敏很会说话："妈，这是您儿子的家，也是您的家。什么时候想来了，就来信，我和金柱去接您。"

贺张氏说："好吧，有你这句话，我就知足了。"

晚上那顿饭算是很讲究。有鸡有鱼，还有一些炒菜，都是南方做法，手艺不错，有色有味儿。张敏妈掌勺。贺张氏在一边看着，一点儿下手也打不上。贺张氏原来有个主意，想请魏猛子公母俩过来吃顿饭。人家大清早去接站，还把她和二柱请过去吃饭，这不欠人家情吗？但这个想法很快就淡化了。在魏猛子家吃饭，话里话外，听得出，这些年，他跟金柱有些生分。这怨不着人家猛子，金柱把他妹子蹬了，人家心里能不记恨吗？贺张氏还用话套过张敏，让猛子公母俩过来吃顿饭，算是个答谢。张敏说，他们常来。再说，金柱又不在家。贺张氏叹了口气，心里说，咳，这毕竟不是自个儿的家呀，吃饱了撑的，操这个闲心干什么？

那顿饭虽然很破费，但贺张氏几乎没动几下筷子，她倒是没少看床上的孙女。不管怎么说，这也是老贺家的血脉，自个儿的亲孙女。可这一走，哪年再见上面，就说不准啦。想到这儿，她眼睛酸了一下，眨了眨，眼泪还算没掉下来。张敏说："妈，吃菜呀，多吃点儿。"那天二柱放得很开，吃了个周到齐全，大饱二撑，还跟张敏爸喝了几盅，晕乎乎的。

第二天一早，贺张氏跟二柱就上了路。二柱不想走，一路上埋怨贺张氏，不该把老家坐月子的那些个破规矩拿到城里来。贺张氏急了："你看你那个贱骨头德行，你看人家把咱当一家人看吗？说实话，从今往后，他派八抬大轿抬，我也不来了。你要是贱，等我死了以后，你上人家这儿住着来，我也不管。"贺张氏一生气，二柱赶紧笑了："娘，其实，我早就想走了，城里有什么好的。拉屎撒尿都不方便，每天憋在屋里像蹲监狱似的。"

来送站还是魏猛子公母俩。同样是城里人，人家李萱要比张敏憨厚朴实得多，一点儿也不嫌弃乡下人。李萱说："我们家也是从乡下搬来的。"魏猛子接过来说："往上数三辈儿，谁家不是从乡下搬进来的，有什么可酸的？"李萱偷着捏了魏猛子一把，"得了，你是吃不到葡萄，就说葡萄酸吧？"魏猛子小声说："还是你这葡萄甜，吃着顺口。"李萱使劲捏了他一下。

魏猛子说："大娘，您回去跟我娘说，我这儿挺好的。"

李萱过来把话题岔开："大娘，您什么时候再来呀？"

贺张氏叹了口气说："咳，相见易得好，久住难为人哪。这辈子怕是不会再来了。"

李萱说："大娘，看您说的。儿子，媳妇，孙女都在这呢。您身体还这么结实，家里又没老没小的，不说来就来嘛。"

贺张氏摇了摇头，对魏猛子说："你们要常回去看看。你娘这辈子不易，等有工夫也接她到城里来看看。当老人的这辈子就是为儿女活着。儿女们幸福了，我们也就不挂心了。"她说着，声音变了腔。

贺金柱从军校回部队休假的时候，他的宝贝女儿都会坐着了。跟张敏分开一年，想念和需要的火爆程度可想而知。一进门，两人一句话没说，先是热烈地拥抱，接着便是疾风暴雨地一场死去活来的肉搏，弄得无比甜畅。待大汗淋漓之后，贺金柱才顾上欣赏自己的宝贝女儿，真是太漂亮了，她集中了他和张敏的全部优点。那张可爱的小脸蛋，谁见了都会亲两口。孩子见了他，先是用陌生和畏惧的眼光看，等他抱她的时候就拼命躲。躲不过，就哭，哭得格外厉害。

待孩子消停了之后，贺金柱又开始欣赏张敏。生过孩子的张敏稍微胖了一些，皮肤更加白皙和明亮，极为明显的标志是脸部肌肉的膨胀和两个乳房的异峰突起。再就是臀部也向外部做了扩张，但腰部变化不是很大。丰乳肥臀，凸凹分明，进一步强化了她的曲线走向和性感特征。

一番欣赏过后，贺金柱积攒的激情重新燃烧起来。这一次，相当自觉和猛烈，远比第一次火爆，而且极有耐性和韧性地打起了持久战。两个小时之内，他像豹子一样凶猛和贪婪，又像工匠一样精巧和细腻。在张弛有度、板眼分明的运动中，他充分调动了生命的每一个细胞的潜能，并使其发挥到极限。

　　张敏的身子像棉花一样松软，在韵味无穷节奏明快的配合中，感到了天使般的快乐。快乐的她，竟无从找到一种恰当的表达方式。她喘着粗气问他："你，你不是上的军事院校吗，怎么，怎么在这方面这么专业了？"

　　贺金柱自信地说："过硬的军人都是一专多能。"他仍在游刃有余举重若轻成熟老道地打着持久战。张敏应对着，由运动中防御转入运动中进攻。最后，张敏实在受不了了，她哭了。她死死地咬住了他的肩膀，咬得很深，咬得很紧，咬得很透，一直到咬出了血腥味儿……

　　战斗结束，贺金柱额头上渗出了汗水，他像个懒汉一样，瘫在了一边。他隐约感到进一步成熟了的张敏，确实比以前更具有挑战性，他有了一种难以驾驭的紧迫感。他把脸转到一边，并闭上了眼睛。

　　张敏对贺金柱的表现有些莫名其妙。她搂着他的脖子说："说实话，你是不是嫌我胖了？"

　　贺金柱摇摇头。

　　张敏说："往后我胖了，老了，你会不会嫌弃我？"

　　贺金柱说："只要你不嫌我老就行。"

　　张敏在贺金柱脸上亲了一下，说："对不起，我没本事给你生双胞胎。"

　　贺金柱说："长大了单刀赴会。"

　　张敏说："我生的是女孩。"

　　贺金柱说："将来就是巾帼英雄。"

　　张敏说："看你臭美的。"

　　贺金柱丢下张敏，又开始欣赏孩子。抱在胳膊上，在屋里一边走一边颤，显得很有快感。他想逗逗孩子，又想起不知叫什么名字。就问张敏："哎，咱们的宝贝女儿有名字了吗？"

　　张敏说："有了，是她外公给起的。叫张颖。"

　　贺金柱很认真地问张敏："不对吧，贺家的后代怎么出来个张颖？"

　　张敏说："你真是农民意识。城市里人跟妈姓的多了，这有什么大惊小怪的？"

　　贺金柱把孩子放在了床上。很严肃地说："这可是原则问题，我可一点儿思想准备也没有。这要让老家人知道了，该说我背叛祖宗了。趁着孩子还小，赶紧改过来吧。"

张敏不紧不慢地说:"改成什么?也像你一样,来个金柱银柱的?"

贺金柱说:"我可是在说正经的,这名字必须得改过来。"

张敏把脸也抹下来了:"贺团长,这是命令吗?"

贺金柱坚定地说:"对,这就是命令!"

张敏的脸彻底地变了,"呸!贺金柱。我真没想到你一个大团长,一个大英雄,却这么小气。既然这样,我就把憋在肚子里的话说开吧。你为孩子付出什么了?你就这么理直气壮地争孩子的姓氏权?我问你,我挺着个大肚子到街上遛弯儿,需要人搀着的时候,你上哪儿去了?我生孩子疼得要死要活的时候,别人的丈夫都在身边守着,你到哪儿去了?我坐月子需要人伺候的时候,你上哪儿去了?我半夜起来给孩子喂奶,需要人帮一把的时候,你到哪儿去了?你们贺家人去哪儿了?"

跟张敏结婚一年多,张敏留给贺金柱的印象,大都是漂亮,灵秀,活泼,可人,散发着无限浪漫,充满着青春气息,是一个全新的世界。张敏的另一副面孔从来没暴露过,贺金柱也没想象过。就是想象,煞费脑筋也想不出来会是这样的效果。但这个效果在他没有任何思想准备的情况下出现了。

贺金柱把眼睛闭上,好久才睁开:"张敏,你今天火气好大呀。看来你是,是可忍,孰不可忍了?"

张敏说:"这是让你逼的!"

贺金柱沉了一会儿,说:"我知道你对我有怨气,但没想到有这么大,可你说的也不客观。你坐月子的时候,我是没在你身边。可我的母亲千里迢迢赶到部队,不是替我,替我们贺家尽责任吗?"

张敏说:"你妈是来了,可待了几天就走了。"

贺金柱说:"那也是让你气走了的。"

张敏说:"你说话要讲良心,我把你妈气走了?你妈一进门就往门环上拴红布条儿,弄得家属院的人都笑话。对了,还有,你妈屋里连风都不让透,每天把窗帘拉得严严实实的。最不能容忍的是,你妈还让孩子睡从老家带来的沙土,弄得满床上都脏兮兮的。"

贺金柱打断了张敏的话:"别张嘴你妈你妈的,那是咱妈。别忘了,你现在是贺家的儿媳妇儿!"

张敏说:"怎么称呼,这很重要吗?现在并没当着你妈面儿。"

贺金柱说："当着不当着，都一样，这是你对她老人家的感情态度问题。"

张敏说："好，我错了，该叫咱妈。咱妈来了能代替你吗？我在那个时候最需要的是你，你懂吗？"

贺金柱加重了语气说："你嫁给军人，本来就要有这样的思想准备。这点儿委屈你都受不了，要是有战争，你还随时准备当寡妇呢！"

张敏一点也不示弱："贺金柱，你不要在这儿危言耸听。军人也是人，既然有七情六欲，就应该有家庭责任感。别忘了，你除了是军人，你还是丈夫，你现在还是父亲！"

两人是第一次吵架，吵得既轰轰烈烈又扎扎实实。这一架，虽然不是必然，但也绝非偶然。娶个小媳妇儿，当丈夫的，首先要学忍让，这种忍让是一辈子的。在漫长的吵架岁月里，小媳妇儿永久都立于不败之地。

张敏妈闻着吵架声进了门。见两个人都面红耳赤不可开交，眼皮往下一耷拉，问贺金柱："怎么啦？贺金柱，我女儿给你生了孩子有罪啦？一进门，就这么大吵大叫。我跟你说实话，我女儿长这么大，我都没这样对待过她。"

贺金柱赶紧说："妈，你别生气，是我不好，我不该跟张敏吵。"

张敏扑到母亲怀里抽噎起来，像受了天大的委屈。

贺金柱知道在家里待着，没自己的好果子吃。可能要遭到娘儿俩的围攻，赶紧走，走了就消停了。出门之前，他看了一眼张敏，漂亮还是那么漂亮，白净还是那么白净，可怎么翻起脸来，就成了另外一个人呢？男人女人真他妈没出息，刚才还在床上赤裸裸地滚成一个肉蛋。可吵起架来，却跟仇人一样……

过了一年的院校生活，贺金柱格外想部队。这一年的工夫，他越发感到离开战士真活不了。就像放羊的离不开羊，农民离不开庄稼一样。带兵的离不开兵，离开兵再大的官也不是官了。他真害怕哪一天突然接到转业的命令，说不定会背过气去。在院校，高级知识分子多，跟他们说什么，做什么，都得想着点儿。弄得太实在，太土气了，就遭人笑话。想找个地方骂大街都没有，不如在部队自在。

贺金柱围着营房转了一圈儿，看了几个连队，主要是再找找当团长的感觉。看看，他这个团长不在位了，下属还买不买账，军令是否畅通。转了一圈儿，感觉还可以，比在家里跟张敏吵架舒服多了。他在院校跟教员学会了一套少林炮拳，在二连按捺不住地露了一手，得到阵阵喝彩。士兵们一鼓劲，他的人来疯劲又上来了，要跟他们比赛掰手腕子。他当擂主，几个前来叫阵的兵都让他给掰倒了。一个蒙古族的兵，提出要跟他摔跤，那个蒙古兵长得很粗壮。据说在旗里举办的那达慕上，还得过名次。贺金柱往手心里吐了两口唾沫，拿着蒙古人摔跤的架势跟蒙古兵摔上了。结果让蒙古兵一个大背胯，实实在在地摔在地上了。看来那一下摔得太重，他起了几次都没起来。蒙古兵吓坏了，大声地嚷，团长，团长，我该死，我该死。谁知，贺金柱一个鲤鱼打挺跃了起来，士兵们一边鼓掌一边叫好。他很挑衅地对着蒙古兵招了招手，来呀，来呀。蒙古兵又拉开架势。这回贺金柱来了个先下招为强，腰一弯用脑袋顶住了蒙古兵的肚子。还没等蒙古兵有什么反应，凭着身高马大，把蒙古兵举了起来，然后就一圈儿一圈儿地转。蒙古兵在他头顶上哇哇乱叫，但贺金柱没舍得把蒙古兵甩出去，而是轻轻地放下了。蒙古兵转晕了，躺在地上不动弹。兵们更加热烈地鼓掌。

折腾了一阵，贺金柱累了，抹了把汗，往机关大楼的方向走。这会儿心里痛快多了，身上也舒服多了。他想这可不可以做个偏方。跟老婆吵了架，就出来跟战士摔跤，这样既可以转移火力，又能修复被破坏的心态。但想想不行，往后老了，摔跤不是兵的对手，被兵摔得很惨，那就是火上加油了。他预感到，他跟张敏吵架开了头，往后就不好刹车了，有可能会成为一项长期的战略任务。

贺金柱进了办公楼，站岗的士兵给他敬礼，他还了礼。看了看这个陌生的哨兵，他说，你再敬个礼给我看看。士兵又敬了一个礼。他开始纠正士兵的手、肩和头部的毛病，一直到他认为规范为止。在院校，虽然都是中高级军官，但队列训练一点儿也不含糊。其中敬礼是很严格的训练课目，贺金柱也是被教官纠正过的。以前，他很不在意，士兵敬礼很规范，而他还礼却很随便。

第二十三章

　　贺小虎打猪草从百草山上下来，路过生产队的瓜地。看瓜的贺三汤正坐在瓜棚里吃瓜，见他站在瓜地边上看着，就叫他："小虎，过来，吃个瓜。"

　　贺小虎真想过去吃瓜，因为入夏以来，他还没正儿八经地吃过瓜。每次路过瓜地，都情不自禁地燃起吃瓜的欲望，只是怕自己缺德，也就不敢下手去偷。这会儿，贺三汤叫他，其实是个解馋而又不缺德的好机会。但他走进瓜地又退出来了，他觉得这样做，虽然不是缺德，但也算不上积德。按娘的说法，多积德行善，才不会被小鬼儿叫走。

　　贺三汤拿着两个熟透的甜瓜从瓜棚里走出来："来呀，拿着吃吧。"

　　贺小虎不敢伸手接："我娘不让我白吃人家的东西。"

　　贺三汤说："我不让你白吃。你明儿把你们家的戏匣子拿来让我听听。我保证你每天有瓜吃。"

　　贺小虎想，对，货换货，两家乐。我吃了他的瓜，他听了我的戏匣子，谁也不欠谁，更算不上缺德。想通了以后，他就把瓜接了过来，在身上蹭了两下，下嘴就啃上了。吃完之后，才咂摸出，这瓜可是真甜。

　　第二天，趁魏淑兰不注意，放学之后，他把收音机偷出来了。收音机是家里最值钱的家当，是舅从部队上捎来的。那里边能唱歌，能唱戏，还能说评书，真是个好玩意儿。那年月，家里趁收音机的没几家，只要一打开，就围过来一大帮人。有大人，也有孩子。自己家有收音机，贺小虎经常引以自豪，也没少当着人显摆。

贺小虎把收音机交给贺三汤的时候，又饱饱地吃了一顿瓜，而且各个品种都尝了个遍。最后吃得肚子鼓起来了，像个大西瓜。嘴巴子上，肚皮上淌着长长的瓜汤子，一直流到小鸡鸡的位置，弯弯曲曲的，很像西瓜上的花纹。

贺三汤批准他在瓜地里打猪草。外边草不好打，而瓜地里的草是疯长着的，不动地界儿，就能把筐打满。贺三汤也讲信用，走的时候，就把收音机还给他。他们这样交易了好几次，一直没让魏淑兰发现。

有一次，贺三汤变卦了。他对贺小虎说："你不是说你娘经常教导你，要积德行善吗？干脆这戏匣子就送给我得了，你可以天天来吃瓜。"

贺小虎想了想，说："可我娘要是问起来，我怎么说呢？"

贺三汤说："你就说你拿出去玩儿，给弄丢了。"

贺小虎想了想，还是觉得不行："那我要想听了呢？"

贺三汤说："你要想听就到瓜地来，一边吃瓜一边听。这样你也算积德行善了，小鬼儿就不叫你了。多好哇。"

贺小虎点了点头。正要走，贺三汤忽然发现他胳膊上有两道血印，就问他是怎么回事儿。他说是让同学挠的，他还说，有几个比他大的孩子隔三岔五就欺负他。

贺三汤像个长辈似的把他搂在怀里，问他："你知道他们为什么欺负你吗？"

贺小虎摇摇头，说："不知道。"

贺三汤说："就是因为你没爹。"

贺小虎天真地问："那我怎么办哪？"

贺三汤说："再有人欺负你，你就说，你有爹。你叔二柱就是你爹。"

贺小虎说："那是我叔呀，不是我爹。我爹让小鬼儿叫走了。"

贺三汤说："从今以后，你就按我说的做，保证没人敢欺负你。"他笑了笑，眯着眼睛露着大黄牙说，"你小孩子不知道。其实，你叔对你娘比你亲爹还亲呢。"

贺小虎看着贺三汤，眨着大眼睛，琢磨不出这里边的道理。

贺小虎回到家，就急着对贺小梅说："姐，你知道咱俩为什么在学校老是挨欺负吗？"

贺小梅说："不知道。"

贺小虎说："就是因为咱俩没爹。"

贺小梅很新奇地看着贺小虎。

贺小虎说："别人再问，咱就说有爹，咱叔就是咱爹。"

贺小梅说："叔是叔，怎么成了爹了呢？"

贺小虎很神秘地凑到贺小梅跟前说："我听说了，咱叔对咱娘，比咱亲爹还亲呢。"

说这话的工夫，魏淑兰端着碗筷进来了，上去捉住了贺小虎的脖领子："你混账，谁教你这么说的？"

贺小虎说："看瓜的三汤儿说的。"

魏柳氏也听见了贺小虎的话，在一边说："小虎呀，你以后也是大孩子了，不要逮住什么说什么。啊？"

贺小梅走到魏柳氏跟前小声说："姥姥，我也听人说过。"

魏淑兰腾出另一只手拉过了贺小梅，声色俱厉地说："你俩再说一遍，我打断你们的腿！"

魏柳氏把两个孩子从魏淑兰手下解救下来。魏淑兰不罢休，抄起笤帚疙瘩，追着一个一个地打。魏柳氏拽着魏淑兰："孩子的话，你也信？你身正不怕影斜，脚正不怕鞋歪。干吗要动那么大肝火？"魏淑兰没打着两个孩子，出不了气，饭也不吃了，趴在炕上大哭起来……

哭过之后，魏淑兰拉着贺小虎快步如飞地去了瓜地。

"该死的三汤儿，你给我滚出来！"魏淑兰扯着嗓门朝瓜棚里喊。

"哟，淑兰姐呀。想吃瓜吗，进来吧。我这儿刚摘了几个，熟得透透的。"贺三汤说。

魏淑兰三步两步跨到贺三汤跟前，一手叉腰，一手指着他的鼻子说："你别在这儿给我装相。我问你，你跟小虎说什么了？"

贺三汤嬉皮笑脸地说："没，没说什么呀。"

贺小虎接过来说："你说了。你说我叔就是我爹。你还说，我叔比我亲爹对我娘还亲呢。"

贺三汤说："我那是跟小虎闹着玩儿呢。"

魏淑兰满脸愠怒地说："有你这么闹着玩儿的吗？你怎么不说你爷爷跟你娘有一腿呢？你安的什么心，你个臭流氓，骚光棍儿！"

贺小虎很认真地问魏淑兰："什么叫臭流氓，什么叫骚光棍儿？"

魏淑兰打了一下贺小虎的手，说："你不懂，别跟着掺和。"

贺三汤立马往自己脸上扇了一巴掌："淑兰姐，我这个嘴臭，实在是没把门儿的。可我这心不差，我一直把小虎当自个儿的儿子待。他常来我这儿吃瓜。"

魏淑兰说："放你娘的狗屁！你就是再托生一回，给我当儿子，我也不要！"

贺三汤说："那是，那是。我个儿矬，够不着吃奶。"

魏淑兰说："没人跟你贱啊。我告诉你，从今往后，你把嘴涮干净点儿，把心思放正点儿。别以为我们孤儿寡母的，你就捡便宜占。哪天把我惹翻了，别怪我给你下不来台！"

贺三汤说："你放心，我从今往后，一定改邪归正。"

魏淑兰说："你那张臭嘴要实在把不住门儿，就自个儿拿手撕两把。撕狠点儿，撕出点儿血来！"

贺三汤说："好，淑兰姐，我这就开撕。"说着把手伸进了嘴里，做出要撕的样子。

魏淑兰没理他，她朝瓜棚里看了一眼，发现草苫子上有个收音机。走过去拿起来一看，说："哎？三汤儿，这不是我们家的戏匣子吗？"

贺三汤赶紧说："对，对。小虎上次来吃瓜，忘拿了。"

魏淑兰说："我说怎么好几天没见了呢。三汤儿，你倒挺会算账啊，拿生产队的瓜换孩子的戏匣子听。我这就告诉队长去！"

贺三汤说："淑兰姐，别，千万别……"

魏淑兰拿上收音机领着贺小虎走了，回过头来又对贺三汤说："该死的三汤，我再警告你一遍。哪天我再听见你背地里对我说三道四，我就把你那些个偷鸡摸狗见不得人的事儿，在大喇叭里全抖搂出来……"

贺三汤明里暗里"骚扰"魏淑兰，不是一回两回的了。

贺三汤因为从岁数不大的时候就好色，在村里出了名，也就娶不上媳妇。娶不上媳妇，成不了家，他就更不往人上混。他早就惦记着魏淑兰，梦里相欢中，没少为魏淑兰溢出一些男人的宝贵东西。他经常公开说："让我跟魏淑兰睡一宿，第二天死了也值。"抑制不住的时候，他几次想铤而走险，但终究还是没有胆量走那一步。

乡里乡亲的，不能弄出些事体来，毕竟还在七里冢混，毕竟自己还年轻，路还长着呢。贺三汤经常这样安慰自己。

天长日久,贺三汤对魏淑兰的惦记,一天也没放下过。当然有与别的女人接触的机会,他也丝毫不放过。能过手瘾过手瘾,能过嘴瘾过嘴瘾,得寸就进尺。眼下给生产队看瓜是个好机会,有大闺女小媳妇儿从瓜地边上走过,他总要多上几句嘴,花言巧语死乞白赖地让人家进窝棚里吃瓜。可村里人都知道他是条什么虫,安什么心,良家妇女们不会为吃个瓜,给他创造一个机会。遇上嘴馋一点儿的小媳妇,吃了他的瓜,陪他快乐快乐嘴,也就找机会脱身了。

魏淑兰从来不到瓜地去,即使上洼干活儿非路过瓜地不行,也是脚步匆匆目不斜视地走过。

贺三汤心里总是胡乱抓挠。

有一天,贺小虎正在瓜地边上玩儿。贺三汤把他叫住了:"小虎,想不想吃瓜?"

贺小虎把手放在嘴里含着,理所当然地表示出,自己想吃瓜。

贺三汤把贺小虎领进瓜棚,摘了一个熟透的香瓜给他吃。他对贺小虎说:"你要帮我做一件事儿,就可以经常来吃瓜。"

贺小虎问:"我能帮你做什么事儿?"

贺三汤当着贺小虎的面,麻利地把大裤衩里面套着的小裤衩脱了下来,递给贺小虎,说:"你今儿把它拿回家,第二天早起叠炕的时候,把它偷偷塞在你娘的被窝儿里,就行了。"

贺小虎问:"那是你的东西,怎么能塞在我娘的被窝儿里?"

贺三汤说:"那你就别管了。反正你塞进去,就有你的瓜吃。"

贺小虎说:"我每天放学回来,都能让我吃瓜吗?"

贺三汤说:"那当然,这瓜就跟我自己家的一样。"

贺小虎说:"你可别骗我。"

贺三汤说:"骗你是四条腿儿的东西。"说着,他用手做了一个王八爬行的姿势。

贺小虎拿了贺三汤的裤衩就走,贺三汤又拦住他说:"千万别让你娘看见。"

贺小虎真按贺三汤说的做了。他做得很秘密,家里人谁也没看见。

吃过早饭,社员们在槐树底下等队长派活儿的时候,贺三汤偷偷到魏淑兰家侦察了一下。见魏柳氏和贺小梅都不在家,就领着几个光棍儿去了魏淑兰家。

贺三汤本来就爱跟魏淑兰开玩笑，经常开得没深没浅，荤素搭配。这回，一进门又是没个正经："淑兰，你看我这么大人了，还像狗一样，记吃不记打。昨儿黑下走得急，又把裤衩子拉在你被窝儿里了。"

跟进来的几个光棍儿憋不住地笑了起来。

对付贺三汤，魏淑兰的嘴自然也不是省油的灯："你这没掉奶黄子的东西，昨儿黑下，又钻到你娘怀里吃奶了吧？你真是猪脑子，狗记性。天快亮的时候，你娘不还拿你那裤衩子给你擦嘴了吗？"

贺三汤嬉皮笑脸地说："淑兰，你就别跟我磨牙了。昨儿黑下，咱折腾得太累了，我得回瓜棚里睡觉。你赶紧把裤衩子给我吧，你知道，我就这么一条。"

魏淑兰终于把脸拉下来了："三汤，你别蹬着鼻子上脸啊，开玩笑也得有个分寸。"

贺三汤继续嬉皮笑脸："你不好意思找，那就让小虎帮我找。小虎是好学生，知道什么叫拾金不昧。小虎，来帮我找找，快！"

贺小虎很麻利地上了炕，没费多大劲，就把裤衩子找出来了，随手递给贺三汤，问道："你把裤衩拿走了，以后还让我吃瓜吗？"

跟贺三汤一起进来的光棍儿汉们，一个个都笑得没有人样。

魏淑兰气得抄起笤帚疙瘩去打贺小虎，贺三汤拉着贺小虎赶紧往外跑……

家里没有男劳力，挑水就是个大问题。七里家以前的水井在村中间，离魏淑兰家不远，家里用水就是她挑。可到了那一年，村里的井坏了，大队没钱修，村里人只好到离村子半里地远的西洼去挑水。这样一来，挑水就成了一个家庭的负担。因为白天男女壮劳力都要到生产队参加劳动，挑水的时间都是在早晨。一大清早，天刚有点儿丝丝亮，村里家家户户的大门都打开了。挑水的人来来往往，出出进进，水与水筲撞击的声音和扁担忽忽悠悠的声音，就成了村里村外的一种特殊而美妙的音乐。挑水的人见了面，一般都是这样的对话："几挑儿了？""起得晚，头一挑儿。你呢？""三挑儿了，再来一挑儿，就满瓮了。"人们的对话是简短的，步履是匆忙的。因为挑满了瓮，要赶着吃早饭。吃了饭，要集中在老槐树底下，等着队长派活儿。

魏淑兰和二柱家用一副水筲。自到村外挑水以后，二柱就担负起了为魏淑兰家挑水的任务。他起得早，一般都是先把自己家的水瓮挑满，再给魏淑兰家挑。两家各有一个大瓮，各盛6挑水。一早晨挑12挑水，显然做不到，这就要勤挑，不等瓮里水干了就挑。他给魏淑兰家挑水就像给自己家挑一样，不打招呼，挑着水就进院，自己腾出一只手来开门。不管屋里有人没人，进屋就把水筲里的水往瓮里倒。他倒水的时候不用把扁担放下来，水筲也不用脱钩。倒前边水筲的时候，后边的水筲落地，然后再倒后边的水筲。他的动作很利索，很流畅，地上几乎没什么水。刚开始魏淑兰和魏柳氏都有些不大好意思，慢慢也就习惯了。反正家里得吃水，又没男劳力，再说两家还有这层关系，用了也就用了。魏淑兰能够表示感激的，就是让两个孩子给二柱开门。一听见外面有挑水的声音进了院，魏淑兰赶紧吩咐两个孩子："小虎，小梅，快给你叔开门去！"在过去，二柱还跟魏淑兰开几句玩笑，自从魏淑兰跟贺金柱离婚以后，见面少了，也没什么理由开玩笑了，甚至见面连话也没几句了。他给魏淑兰家挑水，一大清早就在魏家出入几个来回，但几乎没话。

魏淑兰爱干净，再加上两个孩子的衣服脏得又快，家里用水就比别人家费。有时候，魏柳氏也说她："挑水这么难，还得麻烦外人，你就别那么祸祸水了。"魏淑兰一想，也是那么回事儿。二柱每天到生产队干活儿，连赶集都请不下假来，再供着两家吃水，也确实够累的。她就端着衣服到河边去洗。可河边离家远，来回走路挺耽误工夫。还有，河里的水不好，洗衣服不爱下泥。这事儿让二柱看出来了，他跟贺张氏商量，把自己家闲着的那个大瓮，给魏淑兰家搬了过去，放在了院子里。这样，家里有两个瓮盛水了，水源充足，魏淑兰就不至于到河边去洗衣服了。对于二柱的细致，魏淑兰心存感激，但嘴上又不好表达，也就落实在行动上。比如，给二柱织毛衣，做衣裳。那年月，在七里家，家里有缝纫机的只有魏淑兰一家，那是魏猛子给买了托运回家的。魏淑兰家有了缝纫机，就到外头学了几天裁缝，不图赚钱，就图自个儿用着方便。谁知，这一方便不要紧，村里人都找上门来了。过年给孩子们添衣裳，娶媳妇，嫁闺女，凡是有做新衣裳的活儿，都拿过来了。乡里乡亲的，低头不见抬头见，谁的面子也不好驳。拿了布要裁，裁了要做。通情达理的送两轴线，要不，就给两孩子买些吃的。为人抠门儿的，说两句好话就走人了。下回有活儿，该找还找。大队干部觉得魏淑兰寡妇失业的也不容易，就免了她下地干活儿的劳苦，公家有做衣服的活儿就找她，工分照记。

二柱自前妻死了之后，再没娶。前些年，贺老拴在着，又是村干部，贺金柱在部队当大官儿，家里跟着沾光，上门来说媒的也有一些。可不是他看不上人家，就是人家看不上他。再往后，贺老拴上了吊，贺金柱离了婚，再也不回老家了。贺家的荣耀锐减，风光不再。天长日久，他年龄也过了口。那年月，正当年的小伙子还说不上媳妇呢，何况一个离了婚的大老爷们儿？光棍儿的日子不好过，白天在地里穷忙还好说，尤其到了晚上一个人钻那个凉被窝子，真不是个滋味儿。睡到半夜起来抽闷烟，一根接着一根，黑夜里，猛一看，像鬼火一样。知儿莫如母，贺张氏知道儿子的心思，一有空，就去媒婆子家串门，一趟一趟地白落个练腿脚。有几次女方来相人了，家里赶紧准备。七大碟，八大碗，扣满桌全席，还有酒。请当家伙族有头有脸儿，能拿得出手的人，都过来陪。可人家吃了喝了，一抹嘴走了，再没下文。后来才知道，人家对这个家，这个主儿，二柱这个人，都没什么意见。可一打听，他哥在外边当了大官儿，丧了良心，踹了结发媳妇，扔了两个孩子。还有，他爹在百草山的大槐树底下上了吊。这都是抹不掉的污点。这样的家主儿，谁愿进？农村人谈婚论嫁，不光看人，还看主儿。这主儿走不走人缘，有没有人气，这个家族老少亲朋，有没有污点，都是很重要的条件。二柱不缺胳臂不缺腿儿，不缺心眼儿，平白无故地打着光棍儿，贺张氏心里是块大心病。她晚上睡不着觉就连声叹气，心里憋屈，发恨。恨儿子金柱给家里造了污点儿，恨老头子不争气，早早地一蹬腿走人了，省心了，把这些负担都推给了自个儿。到现在，心里有事儿，都找不着人叨叨，哭也不敢当着人。命，真是命啊！叹完气，掉完泪，贺张氏还是不死心，还是不遗余力地张罗。村里有个寡妇刚死了爷们儿，贺张氏就盯上了，忙不迭地给寡妇的娘家送吃的喝的。可还是下手晚了。那年月，小寡妇找主儿比大闺女还快。人家的爷们儿还没咽气的时候，就有人打上主意了。贺张氏为失掉这次机会，好一阵刻骨铭心地后悔。

　　二柱不知从哪天起，就打起了魏淑兰的主意。他曾想托贺秀才出面，成全他们的叔嫂姻缘，但又怕魏淑兰当面给窝回来，给自个儿弄个大难堪。他从小跟魏淑兰一块儿长大，又在一个锅里搅了那么长时间的马勺。应该说，他比哥还了解魏淑兰。何况，娶魏淑兰的时候，哥不在家，是他扮演的新郎官儿。那年他虚岁21了，像他那么大的，当时好多人都娶上媳妇儿了，可他却是替哥扮演新郎官儿。那角色不好扮演，只拜天地，不入洞房。他替哥给嫂子掀了盖头，战战兢兢地看到了魏淑兰的脸。那脸红红的，白白的，让红盖头映衬得非常好看。但基于自己的角色，也只是看看，看了也就看了，看了就拉倒了。因为那是自己的亲嫂子，而不是自己的媳妇儿，可又不是外人。当初能扮演那个角色，他觉得很光荣，很激动。只是那天晚上不大好受。他跟那个新嫂子住一明两暗，中间只隔一个外间屋。两个屋之间相互遮挡的是两个门帘。门帘是单层布的，有点儿小风，就自然地舞动起来。舞动起来，两个屋子的通道就等于被打开了，声音和气味儿就互相串门了。如果新娘子那屋有新郎官儿陪着，也许二柱就不惦记什么了，偏偏那个新嫂子守的是空房。那些年，他也跟一些光棍儿们听过别人的新房，从窗户外头感受过新婚的美妙。但不知道空房里的新嫂子这会儿是啥滋味儿，是不是能睡得着。睡不着，该寻思些什么？那天晚上他翻了无数次身，直到鸡叫才睡着。还有一次让他无比难受的是哥从朝鲜回来的那天晚上，那时候他已经是过来的人了，比哥提前体验了新婚事体。他感觉那天哥下手时间太早了，制造的动静也太大了。他觉得哥那天有些像屠夫，又狠又猛，生死不顾，给人的刺激太大了。他捂上耳朵，把脑袋钻进被窝里，用被子蒙得严严的，但还是抵挡不住那猛烈声音的冲击。那天，想必爹娘也听见了，但没见他们有什么反应。但他记得，爹的呼噜骤然间停了下来。后来，他觉得有些口渴，其实，不喝水也行。忍了一会儿，还是下了炕，他蹑手蹑脚摸摸索索地走到外间屋的水瓮旁边。由于慌张，把水舀子弄到了地上……

二柱知道，魏淑兰在七里冢算是体面人，也是有思想有个性的人，在感情上不会委曲求全。她利利索索地跟贺金柱离婚，就更加充分地证明了这一点儿。二柱心里明白，自己配不上魏淑兰，要想争到她，必须舍得投入感情，完全彻底地感化她。也就是说，不能急，不能毛糙，要有足够的耐性，要给她足够的时间。给魏淑兰家挑水可以说是一个极好机会，他真感谢村里的井坏了，更希望这井就这么永久地坏下去。另外贺小虎和贺小梅也是他接近魏淑兰的理由，他经常以叔叔的身份关心侄子侄女。他在生产队里护青，经常利用工作之便，把烧熟了的玉米、红薯、毛豆，送给他们两个吃。要是多了，总要嘱咐一句："给你娘留点儿。"他还偷着给两个孩子买作业本和糖果之类的东西，有时带贺小虎到河里摸鱼，到百草山上套兔子。既让小虎高兴了，也能让他带着战利品回家。这样，既名正言顺又别有用心地施一些小恩小惠。这一切，都是做给魏淑兰看的。他想，天长日久，魏淑兰就应该理解他的良苦用心。还有，他还接连不断地打发魏柳氏高兴。魏柳氏上百草山赶庙会摔伤了腿，他正好赶上，就把魏柳氏背回了家。魏柳氏住了半个月的院，他像人家的女婿一样，起早贪黑往医院跑，把老太太伺候得见人就夸。

二柱经过了一段时间的感情投资，他认为应该往下发展了。正在这个时候，却出现了新的情况。

有一天，当二柱挑着水进魏淑兰家的时候，却发现两个水瓮都是满满的。这就怪了，自己有两天没挑水了，怎么瓮里水一点儿也不见少？虽觉得不对劲，但他也没问，把水挑回了家。吃过早饭，贺小虎上学路过二柱家。二柱大老早就在门口等着他，一问才知道是贺三汤挑的。妈的，这小子还在打淑兰的主意，二柱心里骂了一句。自打魏淑兰离婚以后，贺三汤托人说过媒，让魏淑兰给骂出来了。后来，贺三汤当了生产队长，就变着法巴结魏淑兰，比如，给她派轻活儿，让她挣跟男劳力一样多的工分，还有事儿没事儿往魏淑兰家跑。据说，魏淑兰曾跟他挑明了，说，你别做梦了，别说我这辈子不想嫁人了，就是等到猴年马月我改变了主意，也轮不到你。贺三汤听了这话，一点儿也不害臊，还嘿嘿直笑着说，我不就是长得个儿矬点儿吗，文化水平浅一点儿吗？可我还比你小3岁呢。再说，我肯定对你是百分之百地真心实意，咱俩就将就将就吧。魏淑兰说，你把心放在肚子里吧，虽然我是落了毛的凤凰不如鸡，但还不至于到了跟你将就的地步。尽管吃了个烧鸡大窝脖，贺三汤还是痴心不改不遗余力。他曾私下跟一些光棍汉子们说，你知道我为什么非想把魏淑兰弄到手不行吗？她睡晌觉的时候，我亲自偷着看过两眼，我操，真他妈让人起性。小肚子以下跟鲜蘑菇似的，我要娶了她，一宿儿也不让她闲着。

过了两天，二柱估摸着魏淑兰家的水吃得差不多了，一大早就挑着水筲上了路。天还有点儿黑，他一边走一边看挑水人的脸，生怕让贺三汤给混过去。果然，他看见贺三汤晃晃悠悠过来了。这小子自当上队长以后，懒得屁股生蛆，每天派完了活儿就溜号了。可能最乐意去的地方就是瓜地，打着看看瓜熟不熟，该不该摘的幌子，吃个肚子滚圆，撒泡尿走人。这么懒的人，起这么大早挑水，可见精神动力有多大。

贺三汤挑着水低头猫腰往前走，也不看来往的人。二柱上去抓住了他的扁担，然后以他的肩膀为圆心，以肩膀到水筲之间的距离为半径，按顺时针的方向画圆。转了两圈半，贺三汤蒙了。"当"的一声，水筲蹾在了地上，他也一屁股坐在了地上。水筲里的水洒了，首先淹着的是他的屁股和袖子。

"谁，谁呀？他妈的！闹着玩儿也不能这么闹呀？我可要骂大街了。"贺三汤坐在地上说。

二柱走到贺三汤跟前，说："睁开狗眼看看，是你大爷我。"

贺三汤站了几次才站起来，看来那一下蹾得确实不轻，他捂着屁股咧着嘴说："我他妈招你了，还是惹你了？大清早的。"

二柱说："当然你招我了也惹我了。我问你，你这水是给谁家挑的？"

贺三汤突然笑了："二柱呀，我说你怎么这么大火气呢，闹了半天是你吃醋了。我给淑兰家挑的，怎么啦？碍着你屁疼了，还是碍着你蛋根子痒了？"

二柱上去抓住了贺三汤的脖领子，把他揪到了一个不碍事儿的地界儿，对准脸蛋子，左右开弓，打了好几个耳光。并咬着牙说："以后长点儿记性，不该挑的水就别挑！"说完就走了。

贺三汤虽然有队长的身份，但打架却着实不是二柱的个儿，当然不敢叫板。只是等二柱走远了才冲着他背后狠狠地吐了一口唾沫："呸！你他妈算老几呀？管这么宽？你们家撇下的瓜落儿都不许旁人捡。"但打那以后，他真的不敢再给魏淑兰家挑水了。

打倒了竞争对手，二柱心里踏实了一些，他加紧了对魏淑兰的攻势。魏淑兰刚从贺家搬走的时候，他在外面见了魏淑兰不敢叫嫂子了，只是你呀我的，上赶着跟魏淑兰搭话。从这方面，贺张氏也多次教导过他，跟魏淑兰离婚是你哥缺德，是咱贺家缺理，上赶着跟人家说话咱不冤枉。等两家又恢复正常关系以后，二柱就跟魏淑兰叫兰姐，再以后就把兰字也去掉了，干脆叫姐。魏淑兰也接受了。有了这个称呼，接近起来也就方便了，说的多一点儿少一点儿，深一点儿浅一点儿，魏淑兰也能担待。在很长的时间里，二柱觉得很得意，甚至很幸福。嫂子不成大姐在，魏淑兰到底还不是外人，因为他太喜欢魏淑兰了。以前是他嫂子，喜欢归喜欢，不敢打别的主意。现在关系改变了，打打主意又何妨，肥水不流外人田嘛！

二柱经过很长时间的观察，觉得魏淑兰对他也不赖。无论说话还是办事儿，都能配合得很默契。尤其魏淑兰搬回娘家之后，也没跟他闹僵。他给魏淑兰家挑水、推磨、打猪草，跟贺小虎、贺小梅走得很热乎。魏淑兰都接受了，而且还很愉快。这就让他心里无比踏实了。魏淑兰家买了缝纫机以后，第一件衣服是给二柱做的，连工带料都是魏淑兰的。那件衣服是魏淑兰的处女作，不是很得体。下边的两个口袋不对称，上边的口袋弄到肩膀上去了。他试穿的时候，魏淑兰笑得眼泪都出来了。他却拔腿就跑了，他怕魏淑兰把衣服从他身上脱下去。从此以后，那件衣服他走到哪儿穿到哪儿。

那年夏天，魏淑兰要给二柱做一身新衣裳。给他裁衣裳的时候，正好家里没人。魏淑兰要给他量一量腰围，魏淑兰的两条胳膊随着塑料米尺从他的前胸绕到后腰，基本上跟他成为拥抱的状态。魏淑兰那两个大大的奶子不自觉地触及了他的前胸，好像还一动一动的，拱得他怪舒服。还有，魏淑兰的身体接近他的时候，头发也一下一下地搔他的脸，那也是很柔很痒很舒服的感觉。他的心跳骤然加快，全身滚过电流。他把眼睛闭上，希望这个动作要停顿相当长的一段时间，自己好细嚼慢咽地认真消化一下。一个锅里搅马勺的时候，魏淑兰解开怀给孩子喂奶。他也撞上过许多次，半遮半掩地见过一部分，可以说是很重要的一部分。但只是过了眼瘾，还没像今天这样连感觉都给了。他的感觉还很强烈的时候，魏淑兰量完了，他还按原来的姿势站着，希望再来一次。果然，魏淑兰又量了一次，而且这次身子比上次贴得还紧，他实在受不了了，就假装自卫的样子搂了一下魏淑兰的腰。尽管力量不大，但魏淑兰绝对感觉到了。魏淑兰却没做出什么反应，他就更大胆了，顺便往紧里搂了一下。这下，魏淑兰有了反应，这种反应是不卑不亢地推了他一小下。

魏淑兰不卑不亢的反应，给了二柱生理上心理上精神上极大的鼓舞和鞭策，他在积极地寻找下一步的机会。

一天中午，二柱背了一大筐草进了魏淑兰家。他跟往常一样，把草筐放下，给猪和羊分别弄上一部分，就到屋里喝口凉水，也乘机跟魏淑兰说说话。门开着，他进了屋。两个屋的门帘都挑着，魏柳氏屋里没人，两个孩子也不在家。他以为家里没人，拿起瓢来就到瓮里舀水喝。咕咚咕咚喝完了的时候，他顺便往魏淑兰的屋里瞄了一眼，见魏淑兰正一个人躺在屋里睡晌觉。大热的天，树上的知了吱吱啦啦地疯叫，魏淑兰穿得挺少。上身只穿了一个比乳罩大一点儿的小褂儿，腰和肚脐眼都露着。下身穿的是又肥又大的短裤，睡觉的姿势很性感。魏淑兰好像在做梦，嘴角上挂着笑影。

这样的机会，二柱还遇到过一次。那时候，贺金柱还没跟魏淑兰离婚，魏淑兰还是贺家人。天热得要死，吃过晚饭，人们睡不着觉，青年男女到河里相隔不远的地段洗澡。女的那边有媳妇儿，也有闺女。大晚上，又有月亮，女人们光着身子聚在一起，好玩儿，也热闹。一会儿互相撩水，一会儿大笑。男的在这边虽然看不太真实，却听得一清二楚，一些意志薄弱的小伙子就想入非非了。这些小伙子当然包括二柱，他知道魏淑兰在那边洗澡，也听到了她的笑声，他当然也要想入非非了。因为长时间地沉浸在想入非非里不能自拔，人家上岸了，他还没有恢复到原本的状态，弄得他不敢当着人上岸穿衣服。

回到家，二柱见魏淑兰已经抢先一步回来了。洗完澡，刚上岸，挺凉快，走了一路，身上还是热，睡不成觉。他抱出一个草苫子铺在了当院，刚铺好，贺老拴和贺张氏都扇着扇子出来了。草苫子不大，全家人有躺有坐，就占满当了。说了一会儿话，贺老拴和贺张氏打了个哈欠，回屋睡觉。草苫子上光剩下了二柱和魏淑兰。魏淑兰还在扇扇子，显然没睡着。二柱怕热，又是光棍儿一条，夏天经常一个人在院子里睡，而且什么都不盖。这么晚了，魏淑兰不进屋，这让二柱觉得很奇怪，也很有想头。不一会儿，魏淑兰手里的扇子停了，接着传来了呼噜声。二柱看见，魏淑兰睡觉的姿势不怎么好看，她的两条腿是戳着的，而且很自然地向两边分开。魏淑兰是很讲究仪表的人，只有睡熟了的时候，才这样不注意影响。二柱很想趁着夜色看个究竟的时候，门开了，贺张氏走出来喊："淑兰，淑兰。天不早了，进屋睡吧……"

二柱慢慢放下了手里的瓢，全身都鼓噪起来。他往外边看了看，没有进来人的迹象，有一种精神激励着他。他挪着小碎步壮着胆儿往前挪，并不住地往后看看，但精力还是集中在睡熟了的魏淑兰身上。看看她有什么反应，是不是发现了他，最好是发现了又装着没发现，往后的一切都半推半就或顺其自然。他觉得自己眼下就像在街上走着走着，突然发现了一个钱包。他想捡起来，心里却有顾虑。一是怕别人看见，会过来分红，或者坏他的好事儿。二是怕丢钱包的人有意设了陷阱，偷鸡不成反蚀一把米，自己落个吃不了兜着走。得了，既然有了贼心，贼胆儿就得跟上，不然就会前功尽弃。

魏淑兰翻了个身，并没睁开眼睛，翻过身后的姿势似乎更合乎某种要求。二柱有些迫不及待了，他像猫一样机灵地上了炕。可就在这个时候，魏淑兰坐起来了，她用手一指外屋："出去！"

二柱下了炕，可并没马上出去，他觉得这样太没面子，也不大甘心。他战战兢兢地说："嫂子，不，姐，我没什么坏心……"

魏淑兰不等他把话说完，又把手指向外屋："二柱，你要是不想丢多大人的话，你就给我出去！"

二柱往外走了两步，又停下了："姐，你一个人也挺苦的。有句话，我憋了好几年了，咱俩一块儿过吧。我喜欢死你了，我会对你好一辈子的。我绝对不是我哥，真的。"

魏淑兰用拳头砸了砸炕沿，想说些什么，刚一张嘴，就哭了："二柱，你的心思我早就看出来了，你是个好人。这么多年了，你该了解我魏淑兰是个什么样的人。你哥甩了我，我恨透了世界上所有的男人。所以，我才决定今生今世，不再嫁人。这就是我的命，也是让你们贺家逼出来的命。二柱，我也把话挑明了吧，有这俩孩子，我跟你们贺家的关系就彻底断不了。往后，你还可以叫我嫂子，叫我姐都行。但别的想法，你就死了那个心吧。"

第二十四章

贺金柱从军事学院毕业回来，并没有如愿以偿地走到师职的岗位上，他还接着当他的团长。原因是没有位置。还一个原因，就是离婚，这个无法定性的"罪过"，也影响了他的升迁。师长调走后，军里的副参谋长平调下来当师长，军政委找贺金柱谈话，征求他的意见，打算把他交流到一七一师当副师长。他说，要是下了命令，我坚决服从。但要我选择的话，我坚决不去。军政委问他为什么，他说，离不开一七〇师，离不开老部队。有一句最关键的话，他没说，那就是不当副职。

贺金柱没事儿的时候，喜欢打电话跟在院校的同学聊天。不聊还好，聊得多了，心里反倒有些别扭。原因是跟他关系不错的毕业回去都提升了。他们这批学中级指挥专业的，有个不成文的规定，就是回去提升到师职干部的领导岗位。有的早就空着位置，没位置的，也交流出去了，反正都升官了。

心里多少有些不平衡，但一抓部队训练就什么苦恼也没有了。而回到家，另一种感觉又来了。自第一次跟张敏大吵之后，两人之间的关系，有了明显的隔膜，原来定的一些规矩也不知不觉地取消了。比如，一进家门，必须跟张敏亲热一下，聊几句天。现在都免了。这样倒好，那样也太累人，也不是个长法。过日子，平平淡淡才是真。可有一件事儿，贺金柱绝对受不了，张敏不给他教育孩子的权利和机会。有一回，张颖乱翻他的抽屉，把里面的东西都倒了出来。最让他心疼的是，把他在院校的毕业论文给撕了，撕碎了还扔在了水池子里。那篇题目为《论大兵团作战我军夜战之优势》的论文，主要是围绕着抗美援朝战争自己的战斗经历展开论述的。论文得到了系主任和教官们的一致好评，一家学术杂志要拿去发表，他没让。他说，回到部队再改改，充实一些部队平时夜战训练的内容，可回到部队整天穷忙，根本没时间写，稿子就搁下了。这篇稿子他费了很大的牛劲，不到一万字的稿子，整整干了3个通宵。一气之下，他给了3岁的张颖一巴掌。张颖从来没挨过打，挨打之后就大哭不止，而且在床上打着滚哭。他怎么哄，都无济于事。

张敏回来，问清了情况，把孩子往床上一放，又着腰就朝贺金柱吼上了："贺金柱，我问你，你有什么权利打我的宝贝女儿？"

贺金柱正没好气，看张敏气冲斗牛的样子，也吼上了："什么你的，她也是我的女儿，我是她亲爹，我有权利教育她！"

"呸！亏你说得出口！她长这么大，你给过她什么，你凭什么说打就打？"张敏扯着嗓门说。

"子不教，父之过。这不是你常说的吗？你看你把孩子娇惯成什么样了？一个个都跟大观园里的娇小姐似的，长大了能当好革命接班人吗？"贺金柱说。

"你没文化，简直就是一个地地道道的农民，根本就不配教育这个具有知识分子文化基因的孩子。我告诉你，就因为生她的时候，你不在身边，你就没有权利教育她。"张敏说。

贺金柱知道这样吵下去，没有好结果，张敏不会轻易放过他。他说了声："我没权利教育孩子，我有罪，我走还不行吗？"把门使劲一摔，走人了。

贺金柱别扭了一些日子，也站在张敏的角度上想了想。觉得女人生孩子，丈夫不在身边，作为丈夫总是有些亏欠。他向张敏表示，等她生下一个孩子的时候，自己一定在她身边好好伺候着，把欠她的一次性补回来。张敏听着这话顺耳，在他脸蛋子上狠狠地亲了一阵子。贺金柱心里嘀咕道，女人就是贱，受多大委屈，都架不住几句好话。看来自己得长本事。对媳妇既能逗哭了，又能哄乐了，尤其是对小媳妇。

张敏又怀孕了，一怀上就吐得一塌糊涂，贺金柱说，那这回可能是双胞胎吧？张敏给了他一拳，美得你。我可没你前妻那本事。贺金柱这次表现得很出色，回到家就做饭，洗衣服，给张敏做好吃的，尤其在服务态度上出奇的好。张敏在怀孕期间脾气变得更坏，为很小一点儿事儿就发火，而且发起来就没完。有时还无缘无故地哭，哭完就缠着他，逼着他给她道歉。其实她什么委屈也没受。贺金柱隔三岔五就向她道次歉，说声对不起，她立马转阴为晴，笑脸盈盈。不道歉就撒泼，直到达到目的。贺金柱知道这是所谓的怀孕反应，他就对张敏百依百顺。不管干什么都任劳又任怨，他咬着牙硬撑着。心里想着等生完了孩子咱再算账。根据这次怀孕反应的情况，张敏推算大概怀的是男孩儿。这种推算很鼓舞人心，贺金柱实在太想要个儿子了。李萱一口气给魏猛子生了三个儿子，很让人眼红。在这个家里，贺金柱虽算不上重男轻女，封建老脑筋，但他对儿子的向往是很热烈的。他认为当兵的有了儿子，才算有了接班人。丫头片子毕竟是丫头片子，儿子就是儿子。还有，张敏的爸妈也老早就盼着张敏给他们生外孙子，这种要求比贺金柱还强烈。

三个月之后，张敏才止住了呕吐。这几个月下来，她几乎脱了人形儿。有时候一整天也吃不进一点儿东西，吃进去也会一点儿不少地吐出来。脸像张白纸一样，人好像一刮风就倒，吐得受不了的时候，她曾说，要不是为了生儿子，打死我也不受这洋罪，还不如死了好受呢。止住呕吐那天，她像孩子一样手舞足蹈着说："感谢上帝，我又活过来了。"贺金柱逗她说："等儿子懂事儿之后，我一定把这些都告诉他，让他长大了好好孝敬你。"张敏说："得了吧，只要他别像你一样，整天惹我生气，我就算幸福了。"

在相当长的一段时间里，张敏总是对贺金柱说："你给我下保证，我生孩子的时候，你一定在我身边。"

贺金柱就说："我下保证，到那一天，我要是不在你身边，除非有两个条件。"

张敏吃惊地问："你还有条件？"

贺金柱说："对，一个是毛主席接见我，再一个……"

张敏逼问他："是什么？"

贺金柱说："再一个就是除非我死了。"

张敏捂住了他的嘴。

几个月之后，也就是在离张敏的预产期还有一个来月的时候，上级来了命令，让二十八团的"夜老虎连"参加军区组织的大比武。如果获胜，将到北京参加全军大比武。那一天，毛主席等党和国家领导人将观看比武。这个消息，很让贺金柱振奋，就因为毛主席要看比武，这个至高无上的荣誉，二十八团也要拼一拼，搏一搏。这个荣誉，二十八团拿定了。不管上级组织的什么比赛，贺金柱做动员的时候，第一句话就是，二十八团争一保二决不垫底！

"夜老虎连"可以说是贺金柱的一大发明。那一年，全军都在推广郭兴福教学法，由此掀起了全军的练兵热潮。贺金柱亲自观看了某部副连长郭兴福的教学法，主要是把兵练得思想红、作风硬、技术精、战术活，而且身强力壮，一个个都像小老虎一样。贺金柱很服气。这才是真正的中国军人，仗就得这么打，兵就得这么练。

可贺金柱又在动脑筋，郭兴福教学法在全军推广之后，各部队都大力效仿，兵都快练疯了。看来要想在比武中拿名次，或者直截了当地说，要把训练成绩拿到北京让毛主席看的话，就必须来点儿绝活儿。他想到了夜战。他认为，过去无论是在土地革命战争，还是在抗日战争、解放战争和抗美援朝战争中，夜战始终是我军的优势。

贺金柱一直对夜战很感兴趣，在抗美援朝战争中，如果要没那次得意的夜战，二十八团，尤其是一营的面子一辈子也争不回来，贺金柱个人的面子也争不回来。在军事院校，他曾在美军的一份侵朝战争文件中看到这样一段话："1950年11月26日夜间，天气寒冷而晴朗。月亮既圆又亮，太阳刚由西方落下，月亮就由东方地面升起，寒光照满大地，近距离之能见度极为清晰。像这样的月亮，联军就起了一个外号叫做'中国的月亮'，因为中共喜欢利用这样的月亮发动其凶猛的夜间攻击。"他把这段文字抄在了笔记本上，同时，他很得意，看来美国佬是让中国军队的夜战给打怕了。

夜战训练不是新课题，但关键是在内容和形式上出新。在这点上，贺金柱颇费脑筋。传统的训练课目，像夜间射击、夜间行军等需要保留，但还要超越训练大纲，创造一些新课目。比如夜间偷袭、夜间爆破、夜间越障碍、夜间按方位角行进、夜间野外生存，等等。既可集中训练，又可分头展开。有分有合，有点有线，有面有体。再就是对传统的课目进行花样改造，比如把夜间行军，改成夜间奔袭。听说到北京比武是在西山举行，这样就可以进行山间武装越野训练。每个人头上都戴着识别信号灯，夜间运动起来很好看。

贺金柱要搞"夜老虎连"试点，当然是放在二连。二连有夜训的经验，干起来得心应手。不到一个月，全部课目都拿下来了，每个人都成了小老虎。很快，二营四连、三营八连，这几个红军连队都成了"夜老虎连"。二连在军区比武中拿了响当当的第一，连同特务连侦察排的擒拿格斗、捕俘技术，六连七班的班进攻，都被列入参加全军大比武的项目。无论是在参加的课目，还是在人数上，二十八团都在军区占了绝对优势。

进京的头天晚上，贺金柱抚摸着张敏隆起的大肚子，想说点儿什么，但不好开口。

张敏说："行了，这回你又可以临阵逃脱了。"

贺金柱说："那我又得说声对不起了。"

张敏说："看来我又输给你了。你当初是不是有这种预感？"

贺金柱很认真地说："谁敢预感要接受毛主席的检阅？"

张敏说："是不是比看着你儿子降生更幸福？"

贺金柱反问道："你认为呢？"

张敏说："应该是。"

贺金柱说："都幸福，可以说是双喜临门。哎，孩子生下来就叫双喜吧？"

张敏点了一下贺金柱的脑门："俗。"

贺金柱笑了起来。

贺金柱带比武分队从北京回到部队的时候，张敏已经生了。果真是个儿子，跟贺金柱一样长得虎头虎脑，他乐得不得了。孩子生下来还不到 10 天，他就要抱起来，张敏不让，张敏妈也不让。这回张敏和张敏妈都没埋怨他，因为他从北京抱回了奖旗和奖牌，而且是总参谋部发的，级别相当高。二十八团参加比武的项目都获了奖，尤其"夜老虎连"很得毛主席的赞赏，毛主席很感慨地说了一段话：过去土地革命战争时期、抗日战争时期、解放战争时期，白天是敌人的，晚上是我们的，抗美援朝战争也是这样。今后战争，我们还是要在晚上和敌人打，"夜老虎连"要普及。比武结束后，毛主席和参加比武的部分官兵合影留念。贺金柱和他的"夜老虎连"就站在毛主席及党和国家领导人的身后边，其中贺金柱的位置正好在毛主席的身后，跟他 14 年之前跟毛主席的合影恰好是同一个位置。这种巧合，让贺金柱感到无上荣耀，一生当中能珍藏这样两张照片，真是幸福极了。

这种幸福很快传遍了全家，张敏拿着两张照片反复看，反复对照。一会儿说毛主席比 14 年前还威武，一会儿说贺金柱比 14 年前还傻帽儿。

贺金柱趁张敏正在兴头上，赶紧问了一句："咱儿子还没名字吧？"他怕名字起晚了，又姓了张敏的姓。这回得来个先下手为强，儿子问题说什么也不能让步。

张敏把照片放下，说："还没有呢。"

贺金柱说："就叫贺武吧，我在北京就想好了。"

张敏问："哪个武？"

贺金柱说："当然是武装的武。这孩子是在全军大比武的时候生的，长大了也让他参军习武。"

张敏想了想说："不太理想，还可以吧。"

贺金柱高兴地说："好了，全票通过，就这么定了。"他像个孩子一样，用手指着儿子的鼻子尖，"贺武！贺武！"儿子大哭起来，张敏赶紧过来喂奶。

二十八团召开比武总结表彰大会，然后部队放假休整三天。从来不休礼拜天的贺金柱也给自己放了三天假。这三天他给自己规定，不外出，不会客，不接电话，不去连队。甚至不查岗。专门在家伺候张敏，欣赏儿子。这三天，他无限殷勤，很讨张敏和张敏妈的欢心。

在张颖6岁的时候，贺金柱开始对她进行军事训练。原因是，张颖让张敏和张敏妈娇惯得胆子太小。有一天晚上，他和张敏抱着贺武去了张敏妈家，走的时候，张颖已经睡着了。等他们回来之后，进家一看，孩子衣服也没穿就跑了。那已经是冬天了，大冷的天，孩子去哪儿了呢？贺金柱和张敏拿着手电到处找，孩子喜欢去的地方都去了，包括幼儿园也找了，都没找到。一个小时之后，两个人两手空空在家会合，互相叹气。张敏甚至哭了，她担心孩子被绑架了。贺金柱瞪了她一眼："莫名其妙，你这不是污蔑我们二十八团营房治安有问题吗？一团之长的女儿在家属院被绑架，我这个团长不撤职还等什么？"

两人正着急，政委和家属把张颖抱回来了。孩子身上裹着一条毛毯，热乎乎的，还睡着。政委问贺金柱："你们没看见我在桌子上留的纸条儿呀？"张敏往桌上一看，果然有一张字条。上面是政委留的字："张颖在我家。"政委说："我查岗回来，见有个孩子光着屁股在马路上哭。拿手电一照，是张颖。我问她，你爸和你妈呢。她说，他们不在家，我害怕。"

贺金柱强烈意识到，必须对张颖进行"夜战"训练，不然这孩子永远是胆小鬼，而军人家里是不能出胆小鬼的，不管是男是女。张敏说，胆儿小是人的天性和本能，大了就好了。贺金柱说，得了吧，我打4岁就敢在晚上一个人钻百草山的山洞。6岁玩儿捉迷藏，就敢钻坟窟窿。有一回，人家捉不着我，都回家睡觉了，我在坟窟窿里睡过一宿。张敏说，那你是贼大胆儿，亡命徒。贺金柱很自豪地说，要不怎么能成为孤胆英雄呢？

　　贺金柱从理论到实践开始对张颖进行"夜战"训练。先是给她讲，世界上没有鬼，也没有神。能动弹的东西，不是人，就是动物。张敏纠正说，人也是动物，是一种高级动物。

　　在实践中，先是进行室内训练。天黑了，贺金柱有意把灯拉灭，他和张敏趁张颖不注意，把门锁上，出了屋，当时张颖没什么反应。贺金柱就趴在窗户上学狼叫，叫得令人毛骨悚然，张颖在屋里大哭大叫起来。张敏受不了了，打开门，把灯拉亮。张颖胆战心惊地扑到妈妈的怀里。贺金柱进来了，问张颖："刚才外面有什么东西叫？"张颖说："是大灰狼叫。"

　　贺金柱说："你们出去看看，外面有没有大灰狼？"

　　张颖不敢出去。贺金柱拉着她出去，没有找到大灰狼。

　　贺金柱说："刚才的大灰狼就是我，是假的，没什么可怕的。"

　　张敏说："刚才的大灰狼就是你爸。"

　　张颖笑了。

　　接下来，是对张颖进行室外课目训练。那时候，张颖满7岁了。贺金柱先是用车在夜间把她拉到荒郊野外，带她在能见度很低的小路上跑步，领着她夜间到公园爬山，再后来带着她夜间在庄稼地里穿行。一个阶段下来，张颖的胆量的确长了不少。一上学，就敢跟男孩子动手，而且每次都是先下手为强，基本上没吃过亏，到家还向大人如实汇报。听完汇报，贺金柱就夸奖她："好，好。就这么干。"

　　张敏在一边不满地说："有你这么教育孩子的吗？"

　　贺金柱紧接着又补充一句："不打非正义之仗，不打无把握之仗。"

　　再后来，贺金柱教张颖识军用地图，教她用指北针，教她定点儿和目测距离，还教她按地图行进和按方位角行进。把一个字条放在一个很难找的位置上，然后通过现地对照，判定方位，在规定的时间内，找到字条。刚开始，他带着张颖找，等张颖懂得了原理之后，就把她撒出去自己去找。有一次，他把一张字条放了一座坟窟里，张颖还真找到了。他高兴地把张颖抱起来往空中抛，并自豪地说，这才是军人的女儿！

第二十五章

谁也没想到，贺三汤在七里冢成了人物。

七里冢的"文化大革命"运动，是从贺三汤开始变得轰轰烈烈的。

一天早晨，在村正中央，也就是吃水井旁边的大影壁上，出现了七里冢有史以来的第一张大字报。题目是《七里冢的无产阶级文化大革命运动为什么掀不起高潮》。题目下面署着：革命群众贺三汤。七里冢的人们心里明白，他贺三汤长得歪瓜裂枣，连人话都说不清，能写出八张纸的大字报？大字报直接点了贺秀才的名，说贺秀才过去大搞封建迷信，散布资产阶级反动言论，压制七里冢革命群众造反，等等。出手不凡，言辞激烈，每句话都像喷着火。

这张大字报，确实在七里冢引起了强烈反响，识字的不识字的都围过来看。看过之后，说什么的都有。人们都有一种预感，七里冢要发生事变了。

这张大字报很快引起了巴掌公社革命委员会的重视。革委会一位姓苟的副主任，带着人马专门在七里冢蹲了一个礼拜。他来的时候在公社立下了军令状，不揭开七里冢的黑盖子决不班师回营。苟副主任找到了写大字报的贺三汤，问他要把七里冢的"文化大革命"搞起来，应该从哪里入手。贺三汤毫不犹豫地说，先把贺秀才弄倒，七里冢人民受他的毒害太深了。必须发动人民群众起来造他的反，罢他的官。苟副主任又问贺三汤："打倒了贺秀才，谁来掌握七里冢的革命政权？"贺三汤拍拍胸脯说："这还用说，我呗。"苟副主任拍了拍他的肩膀说："好！那就你了。"贺三汤想了想，说："可我还没入党呢？"苟副主任说："那好办，成熟一个，发展一个。明天就填表。"

七里冢召开了第一次批斗大会，大会由苟副主任主持。参加人员是七里冢的全体社员群众，以及七里冢小学的全体革命小将。被批斗的对象有三个，一个是支部书记兼大队长贺秀才；一个是大地主贺大发；还有一个是贺大发的小老婆四奶奶。四奶奶是陪斗的，她脖子上挂着两只大破鞋。

在批斗会召开之前，贺三汤专门到学校做了动员。他知道七里冢人大部分都是明哲保身，得过且过，当一天和尚撞一天钟，多一事不如少一事。要把七里冢的运动搞热闹，就得让学生参与进去，让这些革命小将成为运动的主力军。他在学校煽动说，同学们，别在这儿坐着受资产阶级的反动教育了，赶紧起来造反吧！造了反，就不用受老师的管制，就不用来上课，就不用害怕考不好成绩回家挨揍。每天都可以上百草山上逮蝈蝈，到子牙河里摸鱼，打水仗。你们说，好不好呀？同学们齐声说，好！

贺三汤给挨斗的几个人分别糊了一顶高帽子，上面写着每个人的名字，名字上用红笔打着×。批斗会开始之前，要把帽子戴在每个人的头上。贺三汤很有煽动性地说："这顶最大的帽子，是给七里冢村最大的走资本主义道路的当权派大秀才贺老万的。同学们，谁来上台给他戴上，这可是考验你是真革命还是假革命的时候了。"

话音刚落，贺小虎从人群里走了出来，并大喊一声："我！"

贺三汤赶快抓住了贺小虎的手，并在众人面前举了起来："看见了没有，这才真正是无产阶级革命小将，共产主义的接班人！"

贺三汤把贺秀才的高帽子递给贺小虎，从旁边搬过了一个凳子，让他登上去，可还是够不着贺秀才的脑袋。贺三汤在下边喊："往下摁他的头。他一个大反革命，有什么资格把头抬那么高。往下摁！"

贺小虎很听话，用手去摁贺秀才的头。贺秀才也很配合他，一摁，头就低下了。他把大高帽牢牢地给贺秀才戴上了。从凳子上下来的时候，他充满了胜利者的骄傲。

贺三汤带头给贺小虎鼓掌，小学生们跟着鼓。

"革命靠自觉，靠觉悟。剩下的两顶高帽由谁来戴？"贺三汤继续煽动着。

又有几个同学冲了出来，可贺小虎抱着贺三汤的腿不放，他要承包了戴高帽子的全部任务，不允许任何人跟他抢。在贺三汤的一再鼓励下，贺小虎很熟练地把那两顶高帽子分别给贺大发、四奶奶戴了上去。

贺三汤带头振臂高呼："打倒反革命贺老万！打倒恶霸地主贺大发！打倒地主老妖婆！"

底下一些人跟着喊，主要是学生们声音大。

在苟副主任的一再动员和贺三汤的拼命煽动下，一部分贫下中农，很快提高了觉悟，纷纷上台揭发批判。但批判贺大发的人多，批判贺秀才的人少。有的人声泪俱下地控诉贺大发在万恶的旧社会，吃人肉，喝人血，毒如蛇蝎，狠如豺狼，对贫下中农进行残酷剥削和压迫，简直罄竹难书，实属罪大恶极。

有人控诉贺大发对穷人实行驴打滚，利滚利。逼得穷人背井离乡，妻离子散，沿街乞讨。

有人控诉穷人到贺大发家要饭，他不但不给，还放出狗来咬。

有人控诉贺大发一口气娶了四个老婆，可穷人连一个老婆也娶不起。娶了也养不起。

有人控诉四奶奶与大汉奸贺六指狼狈为奸。日本鬼子在百草山大屠杀的时候，贺六指谁的死活也不管，专门跑到山洞里拽四奶奶。

有人揭露四奶奶和大汉奸贺六指搞破鞋。

有人嚷，要把贺六指的尸骨挖出来，让人们看一看大汉奸卖国贼的反革命面目。

每当一个人控诉完，贺三汤就带头呼一阵口号。

苟副主任站在一边很有感慨地说："七里冢的人民群众终于发动起来了。群众是真正的铜墙铁壁，而我们自己往往是幼稚可笑的。动员了七里冢的老百姓，就等于造成了人民战争的汪洋大海。"

苟副主任把贺小虎拉到跟前说："看见没有，要不是这场史无前例的无产阶级'文化大革命'，资本主义就会复辟。我们就会回到万恶的旧社会，就会重遭二茬罪，重吃二遍苦，重新过着牛马不如的生活。就会有无数共产党和革命群众人头落地，血流成河。无数革命先烈用生命换来的红色江山，就会改变颜色。"

贺三汤也对贺小虎说："你是革命的后代，要争当革命的新闯将，要站在这场运动的最前列，和阶级敌人斗到底。"

贺小虎握紧拳头，点了点头。

贺三汤让贺秀才、贺大发和四奶奶分别交代反革命罪行。到了四奶奶交代的时候，贺三汤提醒她主要交代是怎么跟贺六指搞破鞋的。开始，四奶奶不好意思讲，架不住贺三汤不放过，就赤裸裸地瞎说一气。把小伙子们逗乐了，把大闺女小媳妇们都臊跑了。贺三汤还让她再想想，要注意交代细节。

贺小虎和红小兵小将们都傻瞪着眼，见大人笑就跟着笑。

贺三汤提过来一个马桶接着对贺小虎说："现在我再交给你一个艰巨而光荣的任务。这里边是人屎和牛粪掺和起来的东西，你要把这些东西抹在他们脸上。"

贺小虎闻了闻，说："太臭了。"

贺三汤说："这就是叫他们遗臭万年。"

贺小虎点了点头，把马桶提了起来。贺三汤还有几个造反队员，把凳子和刷子等东西拿了过来。贺小虎又上了凳子，他拿起刷子在马桶里蘸了蘸，把脸扭向一边，胡乱地在贺秀才的脸上刷。贺秀才噗的一声嘴里吐出了好多东西。贺小虎笑了，接着又给贺大发和四奶奶脸上刷。刷完，苟副主任握着贺小虎的手说："革命小将，你今天立大功了。"

贺小虎问道："那我算不算大英雄？"

苟副主任向他伸出大拇指："革命的大英雄。"

贺小虎叫了起来："噢，我是大英雄喽！"

贺小虎想跑，贺三汤抓住了他："别走，马上就要游街了。"

苟副主任站在高台上兴高采烈地发表讲话。表扬七里冢的革命群众政治觉悟高，阶级立场坚定，七里冢的黑盖子终于揭开了，无产阶级"文化大革命"运动，终于在七里冢蓬勃开展起来啦！

贺三汤带头鼓掌。

苟副主任打了个停止鼓掌的手势，接着说："前途是光明的，但是道路是曲折的，斗争是复杂的、长期的。我们应该看到，我们七里冢的无产阶级'文化大革命'运动发展还不够平衡。今天，有的生产队就没有代表发言。这是对'文化大革命'的态度问题。七里冢的运动应该是最有潜力的，也是最有前途的。因为百草山的庙会就在七里冢，封、资、修反动文化的代表娘娘庙就在百草山。有句名言，叫'近水楼台先得月，向阳花木易为春'嘛。百草山的反，要靠七里冢的革命群众起来造。革命无罪，造反有理！同志们，不能再麻木不仁了，不能再犹豫彷徨了，把造反的革命大旗高高地举起来吧！"

贺三汤高喊一声："七里冢革命大游行开始啦！"

贺秀才、贺大发和四奶奶被民兵们押着走在游行队伍的最前面，后面是学生队伍，接下来是基干民兵队伍，再后面就是社员群众。社员群众的队伍不像队伍，稀稀拉拉，断断续续，像羊拉粪一样。

"打倒走资派贺老万！"

"打倒恶霸地主贺大发！"

"打倒地主老妖婆！"

"坚持无产阶级专政！"

"把无产阶级'文化大革命'进行到底！"

游行队伍走街串巷，慢慢腾腾，像蜈蚣一样蜿蜒前行。而且是走走停停，停停走走，很不像样子。前面的振臂高呼，态度严肃；中间的光举拳头不出声；后面的嬉皮笑脸，不成体统。

游行队伍走到贺大发家的大门前，停了下来。贺大发和四奶奶被推到了大门两侧，在基干民兵的指挥下低头认罪。学生们使足了力气呼了一阵口号。贺三汤大喝一声："革命的同志们，红小兵小将们，进去抄恶霸地主的家，把他们剥削劳动人民的罪证拿出来，把他们家藏的'四旧'翻出来！"

首先执行贺三汤命令的是意气风发的学生们，他们高呼着口号潮水般涌进了贺家大院。贺大发的大儿子凭着长得个儿大，用身体挡在了门口，大声问："你们要干什么？"

贺三汤说："干什么？抄你们的家，破你们家的'四旧'！"

贺大发赶紧对儿子说："让开。快让开。"

贺三汤把贺大发的儿子扒拉到了一边："怎么着，想成为无产阶级专政的绊脚石？"学生们，还有一些基干民兵们冲进了屋里。土改之后，贺大发家还剩下三间正房，两间厢房，院子也不算大。进去的人没有任何秩序，各屋乱窜，攀上挪下，翻箱倒柜，可劲地折腾。有的柜或者箱子打不开，有人请示怎么办，贺三汤毫不犹豫地说："砸喽！"人们就噼噼啪啪砸上了。有人问，什么是"四旧"的东西？贺三汤想了想说："你觉得你们家没有的东西就是。"

社员群众站在院子里，看着一件件"四旧"被扔了出来。这一天，人们真开了眼。要不是赶上这场革命运动，还真不知道什么是"四旧"，也真不知道贺大发家有这么多"四旧"。

"四旧"被集中扔在了院子的正中央。主要内容是：寿衣孝布，绫罗绸缎，旧书旧报，还有一些杂七杂八的东西。人们都知道，贺大发当年曾是献州一带的首富。但土改以后，家产基本上让穷人们平分了，不会有太多的"四旧"。但瘦死的骆驼比马大，归起来，还是比一般人家底儿厚。

贺三汤觉得"四旧"数量不大满意，就对贺大发说："老实交代，还有没有别的'四旧'？"

贺大发说："没有了。"

贺三汤说："屋里没有了，地下有没有？"

贺大发说："哪儿也没有了。"

贺三汤把手一扬，大声喊道："红卫兵小将们，革命群众们，抄起家伙，给我挖地三尺！"

人们嚷嚷着，拿起铁锨、镐头，在院里院外，前前后后，乱挖乱刨起来。贺大发脸上露出了紧张，同时出了汗，很快被贺三汤发现了。但是，人们大汗淋漓地折腾了半天，一无所获。贺三汤亲自从一个红小兵小将手里拿过了铁锨，往手心里吐了一口唾沫，便很自信地朝猪圈方向走去。刚才，他发现贺大发不住地朝猪圈方向瞅。在他的带动下，人们把猪圈扒了，两头一大一小的猪"哼哼"地叫着，撒了欢地跑了出来。贺三汤大喊一声："这是地主老财反革命的黑猪，长这么肥，肯定偷吃了革命的粮食，打死它！"人们也高喊着："打死它！打死它！"铁锨、镐头、棍棒一齐向猪身上砸去。那一大一小的两头猪，一边叫着，一边乱蹦乱窜，企图夺路而逃。但有人很麻利地插上了门。逃命之路被堵死，猪很绝望地高叫着，东撞西撞。人们围追堵截，众志成城，最后终于把那两头猪活活打死了。

贺三汤又指挥大家在猪圈里挖地三尺，快泄劲的时候，挖出了两个大坛子。那两个大坛子很重，一个人抱不动，人们齐心合力把坛子弄出来了。刚放在地上，贺三汤动作很潇洒地，分别在两个坛子上砸了一镐，那两个坛子就碎了。人们看见，那一刹那，站在一边的贺大发紧紧地闭上了眼睛，把嘴咧得跟瓢一样。也是在那一刹那，人们看见，被砸碎的坛子里散落出了很多叫不上名的宝贝。贺三汤正要接着砸，苟副主任拦住了他。苟副主任很有煽动性地说："广大社员群众们，革命的红卫兵、红小兵小将们，睁开革命的眼睛看一看吧，这就是恶霸地主剥削贫下中农的罪证，这就是革命劳苦大众的血汗，都被喝人血吃人肉的贺大发剥削去了。如果我们不把他们揪出来，不粉碎他们复辟资本主义的梦想，我们就会回到万恶的旧社会，我们就要重新吃着猪狗食，干着牛马活儿。我们贫下中农一千个不答应，一万个不答应！"

苟副主任朝四下看了看："你们说，这些'四旧'怎么办？"

贺三汤说："砸！烧！"

一些人积极响应："对！砸！烧！"

红卫兵和红小兵们首先拿起了铁锹、镐头和一切能砸东西的家伙。没拿着家伙的人握紧了拳头，不知是谁先带的头，人们就七手八脚地砸上了。

贺小虎没捞着东西，他的年龄和个头都不允许他冲到最前头。他急得直蹦高。既然冲不到前头，就干别人没干过的，或者想干还没来得及干的。他偷偷找来一根火柴，在人们还七七八八乱砸的情况下，他就把那些易燃的绫罗绸缎点着了。他刚一点着，又有一个聪明的学生拿来一桶柴油，泼进了火堆里。那小小火苗很快形成了燎原之势，在噼噼啪啪的声音中，迅速蔓延、升腾。

贺小虎和那个同学的脸被大火映得通红，他们握紧拳头做英雄状，充满了无比的自豪。

在无限自豪中，贺小虎看到，贺大发的家人都哭喊着向火堆里扑，把手伸进火堆里往外捞"四旧"，但很快又被人夺过来重新扔进火堆里。贺三汤还用脚去踩那些伸进火堆的手。被踩的人嗷嗷直叫，大部分是女人的声音。

火势越烧越猛，越烧越旺，把整个院子都烧红了，把整个天都烧红了。一股股呛人的浓烟向着高处远处飘散。

贺小虎从来没见过这么壮观红火的场面，他个子小，就在人缝里钻来钻去。别人怕火呛，他死活不怕，甚至连鼻子都不用捂着。他拿着木棍在火堆里乱搅，并不住地嗷嗷叫着。他觉得今天是最开心的一天，开心到了肆无忌惮的地步。升起的火苗和飘散的烟尘直扑他的脸，被烧焦的纸灰落在他的头上、身上，把他弄成一个灰人，只有牙齿是白的。很像烧日军炮楼的张嘎子。人们纷纷向后撤退，他全然不顾，不遗余力地在火堆里折腾。他用棍子胡乱捅着，忽然，一个小东西跳到了他的脚面上，砸得他怪舒服。他用手一抓，好烫，但他还是把那个小东西抓起来了。那小东西没被火烧化，还挺硬朗，长相也很富态。趁着没人注意，他把那小东西装进了口袋，还是烫，烫着了他的肚脐眼儿。他继续用棍子乱搅的时候，有人揪住了他的耳朵，贼疼。抬头一看，是二柱。他蔫了。

　　二柱把贺小虎从火堆边上揪走的时候，贺三汤已经召集人们向第二个造反目标——百草山进军了。他们要去造百草山的反，要砸娘娘庙，要把百草山所有的神像都砸个稀巴烂。天快晌午了，没人喊饿，没人嚷着吃饭。在贺三汤的率领下，呼着口号去了百草山。

　　贺小虎挣扎着，说要去百草山上造反。二柱不管他那一套，抱着他就往家跑，他的小腿一路上乱蹬。

　　到了家，贺小虎意外地发现，屋里站着一个像电线杆子那么高的解放军。

　　贺张氏说："小虎，知道这是谁吗？"

　　贺小虎摇摇头，把手顺势伸进口袋，生怕那小宝贝东西跑了。

　　贺张氏说："他是你爹。"

　　贺小虎拨拉了一下脑袋，说："我没爹，我爹早让百草山的小鬼儿叫走了。"

　　一直瞪着眼睛看着贺小虎的贺金柱，心里一惊，脸色发白。跟魏淑兰离婚的时候，两个孩子还没出生。这次假公济私回到家，很重要的目的，是看看这两个孩子。到目前为止，两个孩子，他只在照片上见过。尽管他做了一些思想准备，但还是没想到，7岁的儿子，见了自己的亲爹，竟说出这样的话。他问道："谁叫你这么说的？"

　　贺小虎说："你管不着！"

　　贺张氏把贺小虎搂在怀里："孩子，别瞎说，奶奶跟你说实话，这真是你爹。快，快叫爹。"

　　贺金柱拿出一大把糖块儿递给贺小虎，紧接着又拿了一盒饼干给他。这都是他平时爱吃而又不容易吃到的东西。尽管娘总是教育他，不要随便吃人家的东西。但面对这么好的东西，他还是伸出小手接了过来。

　　贺小虎瞪大眼睛看着贺金柱，贺金柱也瞪着大眼睛看着贺小虎。当贺金柱要把贺小虎揽在怀里的时候，贺小虎躲开了。

　　贺张氏搂着贺小虎哭了："小虎，这真是你亲爹。往后别再说你爹让小鬼儿给叫走了。你爹还活着，啊！"

　　贺小虎抬起头来看贺金柱和贺张氏："奶奶，他真是我爹吗？"

　　贺张氏哭得泪水涟涟："是，他是你爹。"

　　贺小虎问："那他为什么老不回家？"

　　二柱说："他跟你娘离婚了。"

贺小虎问："离婚了还是我爹吗？"

贺张氏说："是。到猴年马月，也是你爹。"

贺金柱也流泪了，他用手捂着脸，泪水是顺着他的手指缝流出来的。他不住地摇着头，尽量让自己清醒一些，又想让自己含糊一些。

贺张氏对贺小虎说："叫爹呀！"

二柱也跟着说："小虎，快叫呀！"

贺小虎把手指头含在嘴里，摇摇头，挣脱了贺张氏，说："我回家问我娘去！"说着，就要往外跑。

二柱抓住了贺小虎的胳膊："别跟着贺三汤瞎造反啦啊！"

贺小虎想甩掉二柱的手，但还是没甩掉，便很愤怒地说："我是红小兵，你不能阻止我革命。"

贺张氏说："你一个小孩芽子，知道个屁！"

贺小虎说："奶奶，别看我人小，我要胸怀祖国，放眼世界。要想到，世界上还有三分之二的劳苦大众，生活在水深火热之中。"

贺金柱看了一眼这个愣头愣脑的儿子，抑制不住地笑了。他过去摸着贺小虎的脑袋："傻儿子，你真长出息啊。"

贺小虎扭了一下身子，从贺金柱怀里拱了出来，回过头来吐了一口："呸，谁是你儿子，你才傻呢！"说完，撒腿跑了。

贺小虎一走，贺张氏就哭上了："儿子不认亲爹，人世间哪有的事儿，这真是作孽呀。"

贺金柱搓了搓手，叹了口气。

贺张氏哭得更欢了："爹不是爹，儿不是儿。老贺家前世没积德呀，让人家戳脊梁骨吧……"

二柱说："娘，我哥好不容易回来一趟，你就少说两句吧。"

贺金柱用手捂着脸，又叹了一口气。从那次黑夜里回村没进家，在爹的坟上跪拜，到现在 6 个年头了，一直没回来过。这些年，不是不想回来，也不是不能回来。原因很多，也很复杂。客观上是工作忙，脱不开身。主观上是不敢回来，不敢面对娘，不敢面对魏淑兰和两个孩子，不敢面对七里冢的父老乡亲，更不敢面对父亲的坟。他这次回来纯属偶然。部队的"文化大革命"也开展起来了，贺金柱被派到地方"支左"。有一个"走资派"是河间人，他奉命到河间调查那个"走资派"的历史问题。河间离献州30公里，办完公事儿，不回家看看，不论从哪方面讲，都是说不过去的。尽管自己很怕回家。一进门，贺张氏像见了生人一样地看着他，看了半天，才扑在他身上乱捶乱打，打得一塌糊涂。打累了就骂，骂着骂着，就哭，像疯了一样。他一声也不言语，当娘数落到高潮的时候，他给娘跪下了。贺张氏也不管他，继续数叨。后来是二柱把他扶起来的。

第二天，贺金柱去魏淑兰家，但魏淑兰家的大门紧锁着，院里院外一点儿动静也没有。显然魏淑兰躲出去了。他在门口转悠了半天，觉得很不自在。街上人很多，好多人都看他，明明认识，也没人跟他说话。他上赶着跟人家说话，人家哼哼哈哈的，不冷不热。一帮孩子们看着解放军稀罕，不远不近地跟着他，像看卖冰糖葫芦的似的。

贺金柱鼓了鼓勇气，还是叩响了大门，一下，两下，三下……那大门晃动了几下，里边一点儿动静也没有。贺金柱瞅着大门发愣。待了一会儿，他又接着敲，还是没有动静。

贺金柱没直接回家，而是去看街上的大字报。街面上都贴满了，还有一些漫画，大部分都是批判贺秀才和贺大发的，其中批判贺大发和四奶奶的最多。他在部队和彤州见的大字报多了，远比七里冢的大字报水平高，没什么好看的。但对批判贺大发的大字报，还是挨张都看了一遍。

回来的路上，贺金柱忽然生了一个想法：去看看贺大发。十二三岁的时候，他给贺大发家打过短工，看过菜园子，喂过兔子。那时候家里穷，爹娘供他和二柱上学，把裤腰带都快勒到肚皮里边去了。贺金柱为给家里减轻些负担，放了学就到贺大发家找活儿干。贺大发见他聪明机灵，干活儿不偷懒，很喜欢他。干同样多的活儿，总是比别人多给一些报酬。有时给些吃的，有时给些小零花钱。同时，还把他当自己家亲儿子待。比如，过年给压岁钱，一给就是三五块，超过别人十来倍。还有，自己家孩子穿不了，或者穿过时了的衣服，就周济了他。外人都说地主老财心狠手辣，残酷剥削穷人，或者花天酒地，吃喝嫖赌，不过日子。其实，他在贺大发家看到的，完全不是这种情况。贺大发对长工短工们，都很和气，从来没见过他骂过谁，打过谁。做什么事儿，都是商商量量的。另外，家里也不是一日三餐鸡鸭鱼肉。没有客人的时候，也是粗茶淡饭。贺大发不抽烟，不喝酒，也不赌，花钱也挺算计。他常听贺大发对家里人说："吃不穷，喝不穷，不会盘算就受穷。富日子要当穷日子过。"还有，虽然那么大家业，还雇着那么多人口，但贺大发事事都亲自管，每天戴着星星就下地，没了太阳才回来。临睡觉前，还要到各院各屋，连人带牲口都查看一遍，甚至要亲自摸一摸大门插好没有。一年到头，没省心的时候。

贺金柱最刻骨铭心的是，他跟魏猛子半夜三更落荒逃难那年，临出村的时候，贺大发把他们喊住，给了他们每人两块现大洋。新式整军那年，在诉苦大会上，魏猛子把现大洋交给了上级，很主动地与地主阶级划清了界限。贺金柱没那样做，也没有权利干涉别人那样做。那些年，部队打仗，从南到北，从东到西，紧张得一点儿头绪也没有，是最容易丢东西的。但他把那两块现大洋包得紧紧的，裹得严严的，睡觉都揣在身上。有好多次，身上一分钱都没有了，光剩下那两块现大洋了，他咬咬牙，还是没舍得花。在朝鲜，打金城战役的时候，一颗子弹射中了他，不偏不倚，正好打在现大洋上。现大洋挡住了子弹，他身上只擦破了一层皮。现在想起来，现大洋实际成了自己的护身符。朝鲜停战以后，在战俘营，一个美国少校要用50美金买那两块现大洋。他不干。

贺大发怎么也没想到，在这种情况下，贺金柱会到自己家里来。贺大发有些慌张，一见面，不知道说什么好。贺金柱上去握住了他的手，张口就叫大发爷。贺大发还没说话，眼泪就下来了。接着手就颤抖起来。待了一会儿，四奶奶过来了，虽然不那么年轻水灵了，但那双狐狸眼一笑细细的，弯弯的，还能招人待见。四奶奶说："金柱回来啦。"说着，就去沏茶倒水。

贺金柱说："大发爷，我出去这些年，没忘记你呀。在你家干活儿的时候，你待我不错。"

贺大发说："快别说这些了。别说这些了。"

四奶奶把沏好的茶递给贺金柱，说："金柱，你在革命队伍上待了这么多年，又当了这么大官儿，还能记着这些，我们就知足了。不过，在外面，可不要说这些。"

贺金柱说："四奶奶，我不在乎这些。你看，我逃走的那年，大发爷送我的两块现大洋，我至今还留着。"说着，从口袋里掏出了那两块现大洋。他指着其中有缺口的一块说："要不是它，我就在朝鲜回不来了。它还是我的护身符呢。"

贺大发接过现大洋，凑到跟前细细地看了起来。四奶奶很快抢过来，看得也很仔细。看着看着，两个人都掉下泪来。

贺大发说："金柱，这真是……"

贺金柱说："没错。"

贺大发说："有 20 来年了吧。"

贺金柱说："整整 23 年了。"

四奶奶掐着手指头算了算："可不是吗……"

贺金柱说："大发爷，我这次回来，也没给你带什么礼物。这两块现大洋，你就留下吧。"

贺大发说："不，我不能留。"

贺金柱说："大发爷，你必须留下。"

两人推来让去。

看到这场面，四奶奶接过来说："金柱，真的不能留。要是第二天被红卫兵搜了去，又要批斗我们。"

贺大发说："对。再说，既然你带着它参加了革命，它就是革命的东西了。再落到我们反革命手里，性质就变了。"

贺金柱犹豫了一下，说："这我可就没理由让你们留下了。"

贺大发嘱咐说："你能把它保留到现在，我们很感激。但你千万不要跟别人说，这些东西是我给的。"

四奶奶说："那样，会给你招来祸害。"

又说了一些别的话，贺金柱准备告辞。贺大发说："不好意思，你自己走吧。送你到大街上，让别人看见，对你不好。"

贺金柱说："你们不必有太大的精神负担。只要你们拥护共产党，好好接受改造，人民会给你们出路的。"

贺大发说："那是，那是。共产党就是好，社会主义就是好。"

贺金柱离开那个小院的时候，确实没见贺大发和四奶奶出来送。

贺金柱在家待了三天，几乎每天都到魏淑兰家里去，但大门始终是锁着的。临走的那天下午，他觉得心里很憋闷，上了百草山。

百草山已经不是百草山了。

娘娘庙砸了，戏楼砸了，石碑砸了，大大小小的几十个神仙佛像砸了。庙会拆散了，老槐树也给砍了。据说，百草山大革命那天，差点儿没出人命。从外村来的红卫兵们，人人手里都拿着洋镐、大铁锤，有的甚至拿着钢钎、雷管、炸药。因为头一天有人试过，那个娘娘的头怎么也砸不掉。一个搞过爆破的红卫兵自告奋勇，要单独完成这一光荣而艰巨的任务。据说，炸药和雷管是通过献州革委会的领导批条子，在县武装部的弹药库里拿出来的。那个搞过爆破的红卫兵的确身手不凡，从装药到爆破，都是他一个人完成的。那事儿干得很地道，一声巨响之后，娘娘就飞上了天。娘娘的头落到地上的时候，人们惊奇地发现被砸的那个坑，冒了一股白烟。

最后一道工序是砸百草山下面的两个大石狮子。那两个大石狮子很威风，公的两个前爪抓着一个石球，母的抓着一个小狮子。那两个石狮子雕刻精细，形神兼备，驱妖镇邪，煞是威风。它们是七里冢的保护神。当年日本人在百草山吃了败仗，川野就想报复那两个石狮子，他组织刽子手们一起向两个狮子开枪，也不知打了多少子弹，但两个狮子竟毫发无损，身上竟连子弹打过的痕迹也没有。川野是信神的人，看来是天意，而天意是不可毁不可灭的。他把日本大刀放下来，对着石狮子叩了几个响头。贺三汤带着造反派们用镐头砸那两个石狮子，砸一下，就冒一下火，可狮子上连个镐头印也没有。他向苟副主任请示，石狮子砸不坏，怎么办？苟副主任说，石狮子砸不倒，就说明七里冢的革命不彻底，不坚决。你再想想办法。贺三汤想到了要用拖拉机拉，依靠革命的机械力量，把两个石狮子拉倒。苟副主任马上给他从县里要来了拖拉机，但两根油丝绳都拉断了，石狮子还是纹丝不动。

经过一场浩劫之后，百草山不再神奇和美丽，不再人头攒动熙熙攘攘。在那之后几天的夜里，七里冢的人都听到过来自百草山的鬼叫声，跟当年那天晚上日本鬼子在百草山上大屠杀的声音差不多，甚至更瘆人。也有人说，百草山被毁的那天晚上，被日本鬼子杀死的那些人都活了，都披麻戴孝扔着纸钱，到娘娘庙前大哭不止。领头儿的是魏厚墩，哭得最厉害的是贺丫丫。

也是在那天晚上，贺三汤"撞客"了。撞客是一种病名，就是活人学死人说话，跟死人生前说话一模一样的，连动作也是一模一样的。贺三汤学的是魏厚墩。他比画着说："打你们一砸娘娘庙，我就醒了。我在那边儿天天跟娘娘说话，这下我没人说话了。我就找贺三汤说话，我什么时候让贺三汤到我这儿来一趟，他连个屁也不敢放，就得来。"

贺三汤一连几天病病歪歪的，像被人抽了筋一样，脸上一点血色也没有。半年之后，才变回了人模样。

百草山上的草和花也被铲得干干净净。有那么一个口号：宁要社会主义的草，不要资本主义的苗。既然是资本主义的草，那就更不能要了。这些红卫兵和红小兵小将们，一腔热血，生死不怕。在他们的奋力铲除下，遍布整个百草山的草，说没就没了。山顶像和尚的脑袋一样秃，像镜子一样平。

这一天，老天阴得像黑锅底一样，面对面都看不清人。风不起，树不摇，蝉不叫。天地间听不到任何动静，整个世界像死一样。忽然，一道贼亮的闪电从百草山顶上弯弯曲曲地抖了下来，天像是被撕裂了一个口子。紧接着，一声炸雷"咔嚓！"一下把黑天轰碎了，百草山摇晃起来，天地间摇晃起来。接下来，又是死一样的寂静。一阵风很温柔地吹过来，风吹过来的同时，瓢泼大雨从天而下，老天爷像漏了一样，看不见雨点儿，雨水像报复什么似的汹涌倾泻。天地苍茫，世界混沌，宇宙汪洋。往上数，老一辈，再老一辈的人，谁也没见过这么大的雨。那场大雨一连下了一天一夜，片刻未停。那场大雨让百草山洗了个痛快澡。

大雨过后，百草山无比新鲜。太阳出来了，鲜嫩的小草也长出了新芽。百草山绿了，活了。

到了冬天，百草山上的草由绿变黄，又由黄变白。草们低着头，弯着腰，草茎成了光杆司令。叶子落了满地，踩上去，会感到一种应有的松软，并发出细微的响声。有风起，细小干枯且零碎的叶子，盘旋着悠然升上天空，四处飘散。

几天后，一场大火在百草山上熊熊燃起，很快形成燎原之势。大火烧了一整天，才自然熄灭。第二天，人们一看，百草山成了黑山。

第二年，百草山上的草们返了青。但细心的人数过，那些草们再也没有一百多种了，很多很名贵的草，绝了迹。

七里冢的老人们说，日本人当年毁百草山，也没让草的品种绝过迹。

第二十六章

　　贺金柱在任团长的第 9 个年头上，终于接到了任陆军第一七〇师师长的命令。这一年，他正好 40 岁，军龄刚满 25 年。尽管是多年的媳妇熬成婆，但在师职干部中，还算年轻的。跟一起从七里冢逃出来的魏猛子相比，他要幸运多了。魏猛子还在二十八团副政委的位置上固若金汤地坐着，有没有希望接政委，还很难说。这是两人提干之后，在职务上差距最大的历史时期。

　　对这次提升，贺金柱表面上有些麻木，没有表现出丁点儿的喜形于色。但他比较满意的是，没有离开自己的老部队。还有一点是，没当副职。从排长到师长，一直就是这么上来的。当官就当正的，说话算数。出了问题，自己兜着。这样才扬眉吐气。

　　贺金柱到师里报到一个月后，回了趟家。师部的家属院腾出了一套师职房，他想搬家。两地分居，张敏一个人带两个孩子，自己还上班，确实忙不过来，何况张颖已经上学了。但跟张敏一商量，张敏却不大同意。一是舍不得自己的工作，二是舍不得自己的父母，三是舍不得这座小城。这里的环境气候，很适合她。在这待惯了，懒得挪动。贺金柱提到两个孩子一个人不方便照顾。张敏说自己的父母都退休了，身体还不错，在家闲着没事儿干，正好看孩子。贺金柱说，这也不是个长法，我想你了怎么办？张敏说，路这么近，常回来看看，就行了。

　　一年以后，贺金柱才感到张敏不搬家的主意是对的。年底，部队接到移防北线的命令。这个命令似乎很神秘，提前一点儿消息也没有。后来才知道，这是林彪发布的"一号命令"。部队要分散、进山、进洞，简称"散山洞"。这样，整个八十九军的所属部队都要由长江中下游的鱼米之乡，移防到华北地区的河北与内蒙古交界的北部山区。这个命令来得很突然，从军长到士兵，谁也没有思想准备。八十九军从诞生到壮大，除了入朝参战以外，都是驻扎在南方，兵员大部分也都是华东地区的。部队适应了南方的地理、环境、水土和气候。尤其一些新兵们，长这么大没见过山，冬天没穿过棉衣。这次却要移防到寒冷的北方，而又不是执行作战任务。官兵们心里觉得是个谜。

部队上上下下，都在议论移防的事儿。

这一天，一七〇师师部操场彩旗招展，口号震天。全师移防动员大会在这里举行。部队齐装满员，列队完毕。参谋长跑步到贺金柱跟前，敬礼报告："师长同志，全师官兵集合完毕，请您指示！"

贺金柱给参谋长还礼："稍息！"

参谋长再次敬礼："是！"

贺金柱威风凛凛地站在主席台上，把麦克风拿到一边，大声下达口令："立正！——"

巨大的并带有磁性的声音，在很大的空间内产生回响。这时，天上飞来一只鸟，就在贺金柱的口令落下的时候，那只鸟突然呼扇着翅膀落了下来，一头栽倒在主席台上。贺师长一声口令吓死一只鸟，一个眼见为实的神话，让官兵们惊呆了。

在一七〇师，贺金柱有三大，即个儿大、块儿大、嗓门儿大。个儿头，1.83米；重量85公斤，不胖不瘦，肩宽背直，把一身军装撑得面平笔挺；至于大嗓门儿，基本上就没可比性。不管在什么场合，也不管在多少人面前讲话，他从来不用麦克风。嗓音不仅洪亮，而且还有膛音，猛一听，像话剧演员在表演。但贺金柱的嗓门儿只专用于讲话和下口令，一唱歌就跑调儿。他最大的快感就是在队列面前下口令，人越多，他发挥得越好，基本上没有失误。

贺金柱没看地上的死鸟一眼，大声说："我今天的动员就是和大家唱一首歌，一首老歌。大家放开嗓子唱，有多大劲儿使多大劲儿。毛主席的战士最听党的话。预备起——！"

官兵们放开嗓子唱了起来：

毛主席的战士最听党的话，

哪里需要哪里去呀，哪里艰苦哪安家。

祖国叫我守边卡呀，扛起枪杆我就走。

打起背包就出发。哎！祖国要我守边卡呀，

扛起枪杆我就走，打起背包就出发。

毛主席的战士最听党的话，

哪里需要哪里去呀，哪里艰苦哪安家。

祖国要我守边卡呀，边防线上把根扎，

雪山顶上也要发芽。哎！祖国要我守边卡呀，

边防线上把根扎，雪山顶上也要发芽。

……

全师移防不是小事儿，又是人员车马，又是装备物资。人员还好说，统一行动。但装备物资，又是携行，又是运行，有分散的，有集中的。这都是一七〇师的家当，也是国家财产。不能丢，不能损坏，尤其不能出问题。比如押送弹药给养的车上，有人抽一支烟，有可能就酿成大事故，一七〇师有可能就会闻名全军。这一点，贺金柱丝毫不敢掉以轻心。尽管师领导进行了详细分工，并分散到各团去监督指导。他还是要一辆车一辆车地检查，一个团一个团地交代。对每个团长政委到最后都是这句话："不管人马还是装备，必须完好无损地给我安全运到目的地。出了问题，我拿你们是问！"

全师人员装备及各类物资经铁路运输，5天后到达滦河车站。部队除炮团摩托化行军以外，三个步兵团按序列徒步行军。

作为师长，贺金柱是享受专车待遇的。他的专车是辆轿车，但他不坐。他要跟部队一起行军。那一年他刚满41岁，正是年富力强的年龄，再加上他平时就坚持锻炼，又喜欢和战士们在一起。更重要的是，他要看看，这么多年部队没打仗了，到底还有没有战斗力。

贺金柱理所当然地加入了二十八团的行军序列，而且自始至终走在队伍的最前面。出发之前，他反复看了地图，滦河到部队新的驻地丰阁县城是179公里。如果一天按45公里的行军速度，需要4天时间。他决定加快行军速度，缩短为3天。

关于行军速度问题，贺金柱还跟政委发生了小的争执。政委担心长途行军，速度太快了，部队吃不消。贺金柱说，当年红军在吃草根、啃雪团的情况下，行军速度最快一夜走100多里地。我们吃着大米白面，还走不过他们？政委说，当年红军那是为了生存，如果行军速度上不去，就要被国民党剿死。贺金柱说，那我们也假设一个情况，如果3天到达不了目的地，敌人也要把我们剿死。好吧，就这样定了。

关键的时刻，贺金柱总是很主观，甚至霸道。尽管他比政委任职时间短，年龄小。

部队果然在第三天晚饭前到达了目的地。但战士们确实累坏了，尤其是新兵们，还没进行过强化训练，缺少耐力，再加上没走过山路。刚走了一天，脚上就打了泡。第二天走起路来一拐一拐的，大家互相搀扶着，继续往前走。第二天下午，师里的收容车开过来了，实在走不动的，可以上车。但见师长贺金柱从部队出发就走在队伍的最前面，战士们怎么好意思乘车。后来，有些人实在走不动了，拉了部队的后腿，被强行拽上了车。到了第三天，贺金柱脚上也打了泡。公务员过来扶他，他不让，后来，公务员反倒走不动了。贺金柱骂他是机关老爷兵，20岁走不过40岁的，完蛋货。骂完，把公务员推上了车。离驻地还有十多公里的时候，贺金柱的专车开过来了。大家都劝他上车。他急了，二十四拜都拜了，最后这一哆嗦就不让我哆嗦啦。到了最后5公里的时候，他突然冲刺般加快了速度，由竞走变成了小跑。他自己也不知道是哪来的那么股力量，像飞一样，越走越精神，甚至嘴里还喊着号，唱着歌。部队一下子又活跃起来。

到了目的地丰阁，贺金柱反倒一点儿疲倦也没有了。运动员长跑，冲过终点，一般就晕菜了。可贺金柱不知道哪来的这股精神头儿，连着走了三四百里路，像没事儿似的，甚至连脚上一个挨一个的血泡也没了疼痛的感觉。既然有精神，就闲不住。吃过晚饭就到各部队乱转，他发现哪个兵都比他的模样惨。有的连站也站不起来了。他心里很不是个滋味儿：这些兵还得强化训练。这样下去，一旦仗打起来，拿得下山头，守得住阵地吗？

第二天，吃过早饭，他召集各团主官和直属队的营连干部，勘察师预定作战地区的地形。到了山上一看，每个人几乎都发出同样的感叹：这地方真他妈穷。

　　四面都是山，除了石头的颜色有些不同，看不出这个山与那个山的区别。又是在冰冷的季节，白毛风飕飕地刮着，往脸上打，往脖子里灌，往全身所有的地方钻，碰到哪儿，都像刀剜针扎一样疼。风刮起了漫天的尘沙，卷起了身上的军装，也让人睁不开眼睛。那一阵接一阵，一声接一声的吼叫，近处像男人狂喊，远处像女人啼哭。这里的人说，丰阁一年刮两次风，一次刮半年。走到低洼处，风显得小些了，能见度也好一些了，山上的石头更清晰了。没有山泉，没有碧水，没有树木，没有植被。这叫什么山？这叫什么鬼地方？

　　部队情绪有些低落，包括贺金柱自己心情也有些糟糕。这荒山秃岭，穷山恶水，有什么可守的？放一个师的兵力在这干什么？但那天勘察地形回来，他的观念迅速转变了。这个地方虽然贫瘠，但地理位置十分重要。北部与内蒙古接壤，西部是张家口，东部是热河，而往南不到200公里就是首都北京。从地势上看东西两侧是燕山山脉的高山峡谷，往北不到100公里是坝上高原，小城周围正好形成了一个大口子。那年，中苏刚发生了一场边界战争，两国关系紧张，大有剑拔弩张之势。这个口子也是北方之敌进犯北京的一个重要通道。卡住这个口子，便形成一夫当道，万夫莫开之势。若此口子卡不住，北京首都就失去了最后一道屏障。据说，当年四野从东北悄悄入关，林彪也在地图上对着丰阁的位置看来看去，并在上面画了红圈。可惜那时丰阁没有通往北平的路，不然那几十万大军会提前两至三天到达北平。这次，林彪发布一号命令，虽然有些突然，但在一个不通铁路、不通公路的小县城放一个师驻守，看来他还是从战略意义上考虑的。

　　这地方地多人少。那年月，生活在人民公社生产队里的社员们，还没有珍惜土地的概念。再加上山里没驻扎过军队，大部分人没见过解放军。对解放军的到来，既好奇又热情。部队来这穷地方安营扎寨，老百姓有一种被抬举的感觉。师部大院定在县城北边的一片庄稼地。贺金柱看了看，嫌小。有人说，要那么大地方干什么，用得着吗？贺金柱不那样想。那天上午，他请东方红人民公社向阳大队的书记吃了顿饭。喝得正起劲的时候，他提出了师部地盘小的问题。书记喝得有些多了，说："这样吧，你喝一杯酒，我就给你加一亩地。"贺金柱很认真地说："当真？"书记说："山里人说话算数，谁敢糊弄亲人解放军？"贺金柱连着喝了10多杯。书记把他拦住了："别喝咧。这样吧，你说要多少，我就给多少。反正那老些地也种不过来。"两个人都喝多了。在众人的搀扶下，去了现场。正要重新丈量土地，贺金柱说："我反正也喝多了。这样吧，我憋了泡尿，我这泡尿撒在哪儿，哪儿就为界吧？"书记伸出大拇指："好。好。"贺金柱一点儿也没喝多，他那泡尿为一七〇师多挣了25亩地。

接下来，贺金柱就往上边跑，大部分是哭穷。他跟军区的财务部长、营房部长说："你到我们那儿看看去吧，简直太苦啦，真正的艰苦创业，白手起家呀。"接着又说，可我们那儿凉快，夏天睡觉都得盖被子，带着家属孩子到我们那儿避避暑吧。山沟里空气好，实在新鲜，一点儿污染也没有。把人家哄来了，他就领着人家转，进一步地哭穷。他哭完穷，人家就给拨款。

一年以后，师部高四层的办公大楼建起来了，紧接着直属分队的营房也盖起来了。贺金柱那泡尿挣来的那25亩地，做了训练场，也是阅兵场，检阅台很快建起来了。

贺金柱跟管后勤的副师长和后勤部长商量，赶紧把家属工厂办起来。小小的丰阁县城，工业落后，也没几家像样的企业，党政机关又人满为患。干部家属就业没法都指望地方解决。这地方本来就穷，家属来了再没工作，谁待得住？贺金柱想带这个头，把大本营先迁来。正好军人服务社开起来了，他对后勤部长说："我又霸道一回，这个主任让我老婆当吧。让她当个官儿，她就想来了。"

回到彤州的时候，正好是夏天。彤州热得要死，大清早起来就得吹电扇。贺金柱对张敏和孩子们说："咱们搬家吧，那边凉快极了。不用电扇，夏天睡觉都得盖被子，而且还没蚊子。太享福了。"

张敏说："别哄我们。听说那儿荒凉得很，四周都是大山。"

贺金柱说："大山是大山，但并不荒凉。那里有避暑山庄，外八庙，还有千手千眼大佛。"他拿出在热河照的照片让张敏看。

照片确实吸引了张敏。她爱旅游，爱玩儿，一边看一边说："哟，这张像苏州园林，哟，这张像杭州的烟雨楼。哎，这地方离师部有多远？"

贺金柱张嘴就说谎："也就二三十公里吧，开车10来分钟就到。还有，离北京还不到100公里，坐公共汽车也就两个小时。"

贺金柱说的这些，很有诱惑力。孩子们都一致响应搬家，其中最大的诱惑是途中到天安门广场照张相。张敏还在犹豫："我在南方待惯了，懒得动。再就是，我的工作怎么办？"

贺金柱说:"我都联系好了。到那儿还让你教书,而且让你当官儿。"

张敏说:"当官儿,当什么官儿?"

贺金柱随口编了一个谎话:"丰阁一中的教导主任。那是省重点,学校条件好着呢。"

张敏说:"真的假的?我怎么听着云里雾里的。"

贺金柱说:"我什么时候蒙过你?就是真蒙了你,到那儿一看,不是那么回事儿。你扭头跑回来了,我有什么办法?"

张敏对当官很感兴趣,但在师范,一直捞不着机会。贺金柱这么一说,她动心了。孩子们也兴高采烈地收拾东西,利利索索地把家搬了。到了丰阁一看,张敏就晕过去了。等醒过来,想找贺金柱发发牢骚,却怎么也找不着。贺金柱躲起来了,他很得意,反正你来了,世界上没卖后悔药的。户口都迁来了,你还往哪儿跑?两个孩子长这么大没见过大山,觉得新鲜,围着小城乱转。接下来就一致要求去看避暑山庄,去看千手千眼的佛,去看外八庙。贺金柱说,不急,反正离得很近,它又跑不了。

第二十七章

贺小梅长到 16 岁的时候，个头儿超过了魏淑兰，脸型比娘长一些，不仅天生白净，皮肤细腻，而且娘的俩酒窝，她也完完全全地继承下来了。不管从哪个角度看，她都是漂亮的。这一点，魏淑兰无比欣慰。七里冢这片盐碱地里历史上不产漂亮姑娘。魏淑兰不信那个邪。她认为女人漂亮，一在长，二在养。七里冢的姑娘本不是不漂亮，是不会养。城里的姑娘也不是天生就漂亮的，而是养漂亮的。乡下的姑娘丑，丑在没有腰身。姑娘打 10 来岁，就钻在庄稼地里干活儿。干完队里的，干家里的，尤其背着那比自身分量还重的一筐猪草，最容易把姑娘的腰身憋粗，累得个头也长不起来。没了腰身，没了个头，脸蛋再好看，整体形象也美不到哪儿去。为了让贺小梅有个漂亮的腰身，魏淑兰舍不得让她下地，舍不得让她打猪草，甚至舍不得让她在太阳底下暴晒。这一点儿，最有意见的就是贺小虎。他抗议娘重女轻男，往死里向着贺小梅。魏淑兰直言不讳地承认，但绝对不改。

魏淑兰向着贺小梅的地方很多，这里边重要的原因，是她怎么看贺小虎都像当年的贺金柱，长大了成不了什么好东西。同样在外边惹了事儿，贺小虎要挨一顿好揍，而贺小梅只是吓唬吓唬就拉倒了。有一次，贺小梅在学校跟一个女同学打了架，贺小梅个子大，动手之后没吃亏。那女同学的家长一放学，就带着孩子找到了魏淑兰家。问过情况之后，魏淑兰发现贺小梅不占理，就向人家家长和孩子一起道歉。可那个家长却得理不饶人，非要在贺小梅身上捞回来不可。魏淑兰不假思索地说："你要打就打我儿子吧，他经打。"那个家长真的在贺小虎身上打了两拳，才算完。过后，魏淑兰奖励了贺小虎一毛钱的糖块儿。贺小虎觉得心里不大平衡，但吃起糖来还是很贪婪。

随着贺小梅的日见出落，魏淑兰笑得很踏实。但在一个时期她对贺小梅的美进行了很粗暴的干涉，原因是贺小梅的头发问题。贺小梅喜欢留长辫子，头发又黑又粗又亮，身材又高。那个年代，从审美的角度来看，留两条大长辫子是很好看的，也是很时兴的。但当贺小梅的辫子过了腰际之后，魏淑兰非让她剪掉，而且几乎是命令式的，没有任何商量的余地。这让贺小梅很不理解。娘对她一向是宽容的，娘儿俩的关系，有时就像姐妹，没大没小的。怎么在辫子问题上，就这么不能调和呢？何况，听奶奶和姥姥说，娘的长辫子一直留到快30岁，她年轻的时候唯一的一张照片，就是留着长辫子照的。有了那条甩在胸前的大辫子，娘才格外光彩照人。怎么到了自己这，就无论如何也不让留呢？

贺小梅一直很听娘的话，但在辫子问题上，她没有唯命是从。她很爱自己的辫子，每天早晨起来梳头，是一种有滋有味的享受。在学校，同学们羡慕，在街上走，村里人羡慕。"文革"最热闹的时候，村里留长辫子的姑娘都剪成了带有革命象征的齐耳短发。那时候，贺小梅还小，但她明显看见，好多姑娘剪辫子是不情愿的。剪了之后，也明显不如以前漂亮了。她发誓长大了一定留两条长辫子，老天爷让铰也不干。

有一天，贺小梅正在有滋有味地梳头。魏淑兰把剪子在她面前一放，跟她摊牌了："你到底铰不铰？"

贺小梅噘着嘴说："那你得说出理由来呀。"

魏淑兰很不客气地说："让你剪就是理由。"

贺小梅说："这我就不明白了，你为什么对我的辫子如此深恶痛绝呢？"

魏淑兰说："梳起来太麻烦。"

贺小梅笑了："是我自个儿梳。我都没嫌麻烦，您倒嫌上了？"

魏淑兰的脸继续严肃着："没人跟你笑，我问你铰不铰吧？"

贺小梅说："铰怎么着，不铰又怎么着？"

魏淑兰白了她一眼，说："跟我较劲怎么着？铰了我还是你娘。要留着，上外边再找个娘去！"

贺小梅很吃惊地望着魏淑兰，既莫名其妙又胆战心惊。这是怎么了？一个辫子问题，娘把它上升到如此的高度。一个善良谦和的娘，竟视自己亲生女儿的辫子如洪水猛兽。这世界怎么了？

贺小梅哭了，魏淑兰没再逼她。里里外外收拾完，就下地了。临走之前，毫不妥协地扔给贺小梅一句话："铰不了，就别进这个家门儿！"

魏淑兰走后，贺小梅还在哭，她把梳好的辫子，没好气地拆散了。有些弯曲的头发披散在肩上，她来回拨楞着脑袋，朝头发们撒气。

魏柳氏走过来了，冲着贺小梅叹了口气说："咳，铰了吧。你娘有个天大的心病，当初你那黑了心肝儿的爹，就要死要活地喜欢你娘的辫子。为了你爹，你娘才把辫子留到过了扎辫子的岁数，可到头来……"

贺小梅默默地点了点头，她像"仇恨人心要发芽"的李铁梅一样，咬了咬牙，骑上自行车去了献州照相馆，照了一张笑得不太自然的留长辫子的照片。回到家，就把辫子铰了，铰成了很革命的齐耳短发。剪完之后，她再不敢照镜子。魏淑兰一进门，抱住贺小梅哭得泪水涟涟。贺小梅劝娘，说，这是我甘心情愿的。

一个礼拜之后，贺小梅去照相馆取照片。摄影师说，那天灯光不好，照坏了，让她免费重照。她张着大嘴半天说不出话来，最后还是哭了。

毕业典礼一结束，贺小虎第一个扛着凳子逃跑似的离开了学校，这学算是上得够够的了。再多上一天，他都要发疯了。可算熬出来了。

两个高中毕业生一起回到家，对魏淑兰是一个不大不小的心病。上学上到这份上，往后朝哪儿奔呢？她愁得直叹气。

魏柳氏却十分高兴，对魏淑兰说："你叹的哪门子气，闺女小子都大了。做针线活儿的，做力气活的儿，都有了。你还年轻，就等着享福吧。"

魏淑兰不这样想，儿子倒无所谓，反正也不大争气，将来糊弄一家人得了。她是替女儿惋惜，要模样有模样，要文化有文化，将来不能就这么嫁个普普通通的庄稼人吧？

那年月，高中毕业生回乡劳动，出路有三条：一是推荐上大学；二是招工；三是当兵。对于平民百姓家的孩子来说，前两者的希望几乎是零。最有可能的出路是当兵，尽管这只是没有出路的出路。

贺小虎嘴上不说，其实心里早有了主意，他想当兵。这种想法，打上高中的时候就有了。当兵不一定能端上铁饭碗，吃上商品粮，但毕竟也是跳出农村的一个跳板。当一辈子农民太可怕了，面朝黄土背朝天，一年到头，累个臭死，充其量混个温饱。混不好甚至连媳妇儿也娶不上。叔就是一个很好的典型。再说，就是混上个媳妇儿又怎么样，生了孩子还是农民，祖祖辈辈，生生死死，就跟这片盐碱地摽上了。

农民，农民，太愚昧了，太落后了，太没光景了。贺小虎早就下定了决心，一定要生死不顾地逃出农村，改变农民属性，做城里人，当大官儿，娶漂亮媳妇儿，吃香的，喝辣的，不受罪，光享福，让别人羡慕煞！他知道，仅凭自己的能耐，实现不了这么宏伟的目标。人家常说，朝里有人好做官。在七里冢，贺小虎很自豪地认为自己是有靠山的人。这个靠山，自然就是自己的亲舅魏猛子，听说现在已经是师一级的干部了，比县太爷还大一品，说出来能吓别人一溜屁。去年魏猛子探家的时候，也曾许诺过他，长大了让他当兵。还说，只要当了兵，就不让他回来了。那话很明白，不回来，就是提干。提了干，就能彻底脱离农村，就能吃一辈子商品粮。

贺小虎把要去当兵的想法跟娘说了。魏淑兰表示支持他，同意他给魏猛子写信，但一再提醒他："无论在任何情况下，都不要认你那没良心的爹。就是将来回家种地，也不要投靠他。"贺小虎表示坚决听娘的话。紧接着，贺小虎给舅写了信，可一个多月也没得到回音。他问了问娘，娘说，舅有好几个月没给家里写信了。贺小虎心里着急，不住地责怪舅：平时没事儿，你往家写不写信，不要紧。可我求你出去当兵了，为什么还不搭理我。他又写了封信，还让娘在旁边加了几句话，以引起舅的高度重视。但半个多月过去了，还是没有回音。贺小虎心里毛了。

眼看着征兵就要开始了，贺小虎心里明白，靠应征入伍，自己是走不了的。一是自己年龄不够18周岁，二是管征兵的贺三汤跟娘有过节。还有一点儿，就是能走的话，也不去。谁知道，是哪个部队来征兵？如果到不了舅的部队，到3年头儿上，不还得回七里冢吗？自己当兵，不是为了尽义务，是为了提干，为了当官儿。是为了与农民阶级彻底划清界限。

心里实在别扭，而事情又迫在眉睫，他就去找二柱帮着拿个主意。二柱说："你真死心眼儿，你不会找你爹呀？你爹是师长，比你舅官儿大多了。招个兵还不是小菜。"贺小虎说："可我娘不让我去找那丧了良心的爹。"二柱说："丧良心那是对你娘。你是他亲儿子，他能不管吗？"

贺小虎瞪着大眼睛愣了一会儿，点了点头。同时，也想起了10年前的一件事。

7 岁那年，贺小虎见到了父亲贺金柱，也是唯一的一次。那天，他拿着父亲给的糖块儿和饼干回到家，把在奶奶家遇到的事儿，跟娘和姥姥说了一遍。开始，魏淑兰不信，但听贺小虎这么一说，又见他手里拿着那些乡下人吃不到的东西，也就信了。还有，刚吃完晚饭的时候，她听到贺张氏院里，说话的人很多，声音很高。但怎么也没想到，是贺金柱这个冤家回来了。

贺小虎把手里的糖和饼干分给娘吃，魏淑兰把他手里的东西都打掉了。贺小虎蹲在地上捡。魏淑兰把贺小虎揪到炕上，对准他的屁股一阵猛抽："打你个没出息的东西，我让你嘴馋，我让你嘴馋！"贺小虎一边撅着屁股挨打，一边继续按部就班地吃糖。没掉一滴眼泪。

魏柳氏看不下去了，上去拽住了魏淑兰："你冲孩子撒什么气，他知道什么？"

魏淑兰喘了几口大气，用牙咬了咬下嘴唇，一撩门帘到西屋去了。

没等多大工夫，魏柳氏也到西屋去了。贺小虎和贺小梅隐隐约约听到，魏淑兰像是在哭。

东屋光剩下贺小虎和贺小梅了。贺小虎刚开始没怎么当回事儿，听娘在西屋一哭，又见姥姥也很重视，他心里有些害怕了。担心自己是不是闯了祸，他再也不敢吃糖，或者饼干了。他磨蹭了一会儿，凑到贺小梅跟前说："姐，我看见咱爹了，真的。咱不是没爹，咱爹长得像电线杆子那么高。"

贺小梅说："他就是有俩电线杆子高，我也不稀罕。咱没爹。"

贺小虎说："就有。就有。"

贺小虎说："姐，那就是咱爹，跟咱俩看见的照片是一样一样的。"

贺小梅说："那是你爹，不是我爹！"

贺小虎说："咱俩是一个爹！"

贺小梅说："呸你！"

姐弟俩闹别扭了，一直到睡觉，谁也没跟谁说话。

第二天，刚吃过早饭，魏淑兰就领着贺小虎和贺小梅，去八里庄走亲戚去了。回来的时候，贺小虎再去奶奶家，那个像电线杆子那么高的解放军已经回部队了。

在那之后不久，贺小虎就公开地向同学们宣布，他有一个当大官的爹，长得像电线杆子那么高，身上带着盒子枪，屁股后边跟着一大堆护兵。他还说，自己的爹是个大英雄，一人俘虏了一个团的敌人，还见过毛主席呢。这样的爹，你们谁有？从那以后，经常欺负他的同学不敢轻易惹他了。

贺小虎给爹写了一封信，说要去当兵，并让他戴着帽儿往七里冢下指标。当然，这信是背着魏淑兰写的，要让娘知道了，怕是要打断他的腿。

信发出去20天没音信，贺小虎心里又开始发毛。他不知道是信没收到，还是那个当师长的爹六亲不认？为什么舅不回信，爹也不回信？他又去找二柱，认真核对一下地点是否对。核对之后，他让二柱也写了封信，内容由他审过之后，才发出去。他跟二柱拉了钩，绝对给他保密，并给二柱许愿说，我到部队当了大官儿，把你接过去享福。二柱趁机煽动说，部队可富了，天天吃大米白面，猪肉炖粉条子。扣到猪食缸里的东西，都比咱家里吃得好。说的贺小虎直咂嘴。

贺小虎终于盼来了爹的回信。爹在信里说，让他在当地武装部应征入伍。这不跟没说一样吗？要是应征入伍，我还给你这个当师长的爹写信干什么？二柱劝他说，应征入伍就应征入伍，到了部队，再让你爹往他那儿调。贺小虎一听也是个办法，可应征入伍容易吗？

村里给了两个招兵的指标，可报名的有好几十个。最后经过政审下去了一些，但参加体检的还剩6个，正好是3比1。不能干等回信了，得赶紧活动。贺小虎没事儿跟二柱估算了一下，自己眼下最大的对手是贺三汤大哥家的大儿子。因为另一个指标早被公社武装部长占去了。那一年，贺三汤是大队长兼民兵连长，正好管着征兵。但贺小虎知道，贺三汤跟他大哥家的关系并不好。贺三汤造反正凶的时候，他大哥还当着七里冢的全体社员群众打过他一巴掌。贺三汤一直记着仇。两家的大人孩子最近两年才说话，最紧张的时候连年都不互相拜了。分析了一下情况，二柱很深沉地说："一尺是一尺，一寸是一寸。人家毕竟是亲兄弟，不过，他们的矛盾倒是可以利用。"贺小虎说："怎么个利用法？二柱说，没别的办法，只有送礼。贺三汤这王八蛋爱贪便宜，只要喂足了，让他叫爹，他都干。"贺小虎点了点头，他已经知道自己该怎么做了。

贺小虎早就打定了主意：把当年从贺大发家偷走的那个小佛送给贺三汤。他没有别的东西可送，就是有，魏淑兰也不会让他拿。贺三汤见了那个小佛之后，说："这不是'四旧'吗？你怎么来的这东西？"

贺小虎说："这可是值钱的东西。我找一个专家鉴定过，说是纯金的佛，皇宫里才有，值好几千块钱哪。"

贺三汤拿着那小佛反复看看，自言自语地说："这么个小东西值这么多钱？"接下来问，"这东西是哪儿来的？"

贺小虎说："这你就别问了，反正不是偷来的。"

贺三汤还是在看那小东西。但看得出来，他喜欢上那小东西了，但心里又不踏实："为了当个穷兵，就送我这么大的礼？"

贺小虎说："这东西是我自己的，我又不敢拿出来，家里人谁也不知道。我当兵走了，留着它干什么？"

贺三汤把那小东西放在了袖口里，觉得暖乎乎的挺舒服，就夸下海口了："行，就是走一个，也是你。"

贺小虎把贺三汤的话跟二柱汇报了，他说这兵咱肯定是铁板上钉钉了。但二柱还是不大乐观："听说你们这拨兵是去南方，你爹管不着呀。"

贺小虎很自信地说："到了部队再给我爹写信，让他调到他的部队呗。"

定兵的当天，传来一个噩耗般的消息：贺小虎被刷下来了。那天，贺小虎去了献州，跟几个要好的同学照了张合影。就要当兵走了，留个纪念。一进村听到了这个消息，他没顾上回家，在一家柴火垛里抽出了一根棍子，直接奔了贺三汤家。贺三汤家的门关着，他只用了一脚就踹开了。一只大花狗向他叫着扑来，他一棍子打过去，狗腿就瘸了，嗷嗷叫着，趔趄到柴火垛跟前去了。他没放过那只狗，使出吃奶的力气又是要命的几棍子，那狗不叫了。口吐白沫躺在了地上，眼睛慢慢闭上了。

这天下午，村里来了两个军人，一个穿干部服，一个穿战士服。在公社武装部长的引见下，去了二柱家。那两个军人是贺金柱派来的。来人带来了两个特招的征兵指标，一个男兵，一个女兵。指标是戴着帽儿下来的，男兵给贺小虎，女兵给贺小梅。

这消息，一下子在七里冢炸开了。这些年，村里走的兵都是应征入伍。报名、政审、体检，层层把关，竞争激烈，每年都像打破脑袋一样。最后走的只是少数，大多数适龄青年都白跟着凑热闹。也就是说，七里冢向来没走过特招兵，更没走过女兵。还有，这些年，村里人对贺金柱一直没什么好言论，说他当了官儿，进了城，踹了结发妻子，老爹还为他上了吊。说他走了这么多年，家里上有老娘，下有儿女，可总也不回家看看。老的少的，都不知道接济，就知道一门心思自个儿当官儿。这儿子不是白养了吗？良心不是喂了狗了吗？

可现在，人家到底是显出威风来了，到底是亮出牌子来了。自个儿一道军令，领兵的就到家门口了，而且儿女双双带走。庄稼人谁有这本事？谁有这威风？谁敢不服？

看来只要上边儿有人，什么事儿也能办成。

那些适龄青年们“呼啦”一下子拥到二柱家，缠着人家那俩带兵的，死乞白赖地央求人家把自个儿带走。有的说，你就像放羊一样，一个也是轰着，俩也是赶着。也有的说，俺搭个顺道车，还不行吗？人家说，指标是戴着帽儿下来的，多一个不行，换了人也不行。这是贺师长的命令。

这消息让贺小虎心花怒放，激动万分。他心想，这爹到底还是个爹，毕竟不是外人，不是六亲不认，还知道七里冢有他的一个亲儿子。与此同时，他又开始怨恨舅，写了两封信，一点儿回音也没有。见面说得好好的，一到真事儿的时候，就往后闪。看来舅到底是外姓人，再差劲的爹也比舅强。得了，一个小小的当兵事件，就把舅和爹考验了一下。这回是亲是疏，是远是近，是真是假，就一目了然了。

贺小虎一见面就抱着那个军官哭，说，赶紧让我去保卫祖国的边疆吧，我一定做毛主席的好战士。

这消息却让魏淑兰咬牙跺脚，恨之入骨。好一个贺金柱，你坑了我一辈子，现在又打起我儿子和闺女的主意来了。我含辛茹苦把他们养大了，你来个釜底抽薪，不费吹灰之力，跑下山来就摘桃子。呸！这个阴谋，绝对不能让你得逞！

贺小梅也听到了消息，可她真不希望生活当中有这样喜忧参半的事儿。一个乡下姑娘，去当女兵，傻瓜才不想？自己 1 米 68 的身高，还有这漂亮的身材和脸蛋，穿上一身军装，会是怎样的神气，怎样的光彩，简直不敢想象。但她知道，娘绝对不会答应。自己也绝不做让娘伤心的事儿。娘的心实在经不住伤了。

魏淑兰把贺小虎和贺小梅召集在一起开会。开会之前，她把箱子打开，从那个红布包里取出了那个笔记本，又从笔记本里取出了那张照片。她举着照片说：“看了没，这就是你那黑了心肝儿的爹。”

贺小虎问道："娘，你不说我爹让小鬼儿叫走了吗？"

魏淑兰瞪了一眼贺小虎："你别在这儿给我装相！"说着，从针线板上拔下一根针，咬了咬牙，发了发狠。对着照片，鼻子不是鼻子，脸不是脸地乱扎起来。

贺小虎和贺小梅吓得把眼睛赶紧闭了起来，他俩谁也没见娘这么凶狠过。

魏淑兰扎累了，扎够了，头上冒汗了。那照片上也基本上没什么好地方了。她大喘了两口气，拍了一下照片，大声逼问："你们是不是都想投靠他！"

贺小虎和贺小梅谁也没说话。

魏淑兰见两个孩子不说话，反倒更生气："好哇，我把你们养大了，你们翅膀都长硬了，我管不了你们了。好，那我就告诉你们。如果你们都去当兵投靠你爹，我就死给你们看！"

贺小梅走到魏淑兰面前，抓住她的胳膊，哭着说："娘，我不当兵。娘，我一辈子都守着您。"

贺小虎看着贺小梅，低着头，不表态。他明显感到自己有点儿哆嗦。

魏淑兰指着贺小虎说："你是不是早就给你爹写了信，你铁了心要卖身投靠你爹？"

贺小虎战战兢兢地说："娘，您这话本身就不对。投靠就投靠呗，还卖身？好男儿志在四方，应征入伍保卫祖国是每个青年应尽的义务。再说了，一人当兵，全家都跟着光荣。这有什么不好的？"

魏淑兰继续指着贺小虎说："你给我住嘴！真没想到，我身边有个叛徒。我苦巴苦结，喂大了一个白眼儿狼！我告诉你，你要是投靠了你爹，你就一辈子也别回来！"

贺小虎说："别，娘。走到哪儿，您也是我亲娘，这个可改变不了。"

魏淑兰喘着粗气说："别跟我叫娘。从今以后，我就不是你娘了！"

贺小虎抓住魏淑兰的衣服说："别，娘……"

魏淑兰扬起手来，使了很大力气，对准贺小虎的脸狠狠地扇了一巴掌："有这一巴掌，咱母子的情分就算断了。你滚吧，找你那当大官儿的爹去吧！"

贺小虎捂着被打过的那半拉脸，不知为什么，他没觉得有多疼。他觉得很值，有了这一巴掌，娘就算放行了。他还想说什么，魏淑兰指着门口说："你给我出去！"

贺小虎看着魏淑兰，捂着脸出去了。

贺小虎走后，魏淑兰把贺小梅搂在了怀里："孩子，娘断送了你的前程，你恨不恨娘？"

贺小梅说："不恨，一点儿都不恨。"

魏淑兰抚摸着贺小梅的脸，说："孩子，娘这辈子就指望你了。如果再失去了你，你说说，娘还有什么活头？孩子，你就原谅你苦命的娘吧。啊？"

贺小梅抬起头来，用手给魏淑兰擦干了眼泪。同时，一头扎进了魏淑兰的怀里，娘俩大哭起来。

自那天魏淑兰把贺小虎赶出了家门之后，贺小虎理所当然地住在了奶奶家。贺张氏想做做魏淑兰的工作，但到魏淑兰家去了几次，也没张开嘴。她见魏淑兰脸上一点儿笑模样也没有，知道自己说了也会碰钉子，说不定把自己也卷进去。回到家之后，她就对贺小虎说："你当了兵，可别跟你爹一样。做人得讲良心，你爹这辈子算是把你娘的心给伤得透透的了。"其实，被伤的还有贺张氏自己。自贺金柱跟魏淑兰离婚以后，这也有十七八个年头了，贺金柱就回来过两趟。其中一趟还没进门。这个王八蛋，媳妇不要了，老爹不要了，老娘也不要了，他成了石头缝里蹦出来的了！也就是每年往家寄点儿钱，可娘生儿养儿一辈子，就是为了那几个臭钱吗？你看看人家猛子，也是在外头当官的，哪年都回来看看。陪着老娘说说话，给老娘解解闷儿，这不比给俩臭钱强？咳，别提咧。人就是命，认命吧。认了命，心里就不抱屈了。

贺张氏寻思半天，还是想过去劝劝魏淑兰。她觉得自己出面不合适，就打发二柱去。还一字一句地教二柱，过去该怎么说。二柱也想扮演这个角色，就对娘说，我早就想好该怎么说了。

二柱进门的时候，魏淑兰正围着被子叹气。见二柱进来，把身上的被子拿开了，指了指炕沿，让他坐下。

二柱说："你往开里想想，小虎当兵是好事儿。"

魏淑兰说："你净搬着不疼的牙说话，他去投奔他那没良心的爹去了，还是好事儿？"

二柱说："你苦巴苦结把这俩孩子拉扯大，不就是让他们大了长出息吗？可在咱农村能有什么出息？"

魏柳氏也在一边跟着说："我看二柱说的在理。你把小虎留在家里，还不是在生产队里耪大地。庄稼人，看见一天，就看见一年了；看见一年，也就看见一辈子了。小虎又有文化，干吗不让他出去闯一闯？"

魏淑兰说："我并不是不让他当兵，我是不想让他投奔他爹。我发过誓，这俩孩子绝对不依靠他。"

二柱说："投奔谁，小虎长了出息，不都是你的儿子吗？再说，我哥是我哥，小虎是小虎呀。"

魏淑兰打断了二柱的话："是谁指使你来当说客的，你给我出去！说到底，你还不是站在你们贺家的立场上跟我说话！"

二柱说："你别着急，有话好好说。"

魏淑兰朝外面一指："你给我出去！"

二柱还想说什么，见魏淑兰不可能给机会了，也就回家了。

送兵那天敲锣打鼓，鞭炮齐鸣，好不热闹。大喇叭里刚开始放着歌曲《大海航行靠舵手》。不一会儿，就变成了贺三汤的广播声："社员同志们请注意了，听到广播后，赶紧到街上去送新兵。这是党中央一举粉碎王张江姚'四人帮'之后，第一批入伍的革命新兵，也是咱们七里冢大队全体社员同志们的光荣和骄傲。一人当兵，全村光荣嘛。社员们，赶紧放下手里的活儿，放下手里的饭碗，到大街上去送新兵。去得晚了，革命新兵就走了，快点啊。"

社员同志们听到广播，纷纷走出了家门，三三两两，说说笑笑着，向魏淑兰家门口走去。学生们在老师的组织下，穿着整齐的服装，戴着红领巾，喊着"一人当兵，全家光荣"，排着长长的队伍，停留在魏淑兰家的门口。送兵的人来得差不多了，可以说，该来的都来了。大街上的人里三层外三层，站得满满的，挤得紧紧的，像看红白喜事儿差不多。化了妆的男女学生们打开场子表演节目。第一个节目是演唱《送子参军》：

> 春风吹来遍地花啊，吹来遍地花。
> 小伙子参军就要离开家呀，就要离开家呀，
> 大家来送他呀，大家来送他呀。
> ……
> 妈妈我首先把言发啊，妈妈把言发，
> 到了部队你可别想家呀，

记住妈的话呀，记住妈的话呀。

你要坚决当个五好兵，

要把光荣红花寄回家啊。

得儿呀吗呀呼嗨，得儿呀吗呀呼嗨，

要把光荣红花寄回家啊。

……

　　贺小虎穿着肥大的军装，背着背包，胸前戴着大红花，迈着有些错乱的步子，走到了欢送队伍的中间。贺张氏还在给贺小虎整衣服，正帽子，摆弄完，就去敲魏淑兰家的大门。大门关得紧紧的，里边一点儿声音也没有。

　　"淑兰，你开开门哪。不管怎么说，也得让小虎见你一面哪。他是你的亲儿啊！"贺张氏大声对着门里喊。

　　院里像是有动静，就是没人开门。

　　鞭炮停了，敲锣打鼓的停了，学生们的口号停了，节目也停了。七里冢人送了这么多年兵，谁也没见过这种局面。

　　贺张氏见魏淑兰不开门，就对贺小虎说："快，快喊你娘。"

　　贺小虎对着院子里边喊："娘！娘！"

　　院里依然没有动静。

　　送行的人们鸦雀无声。

　　贺张氏把贺小虎拉过来，抻了抻他的衣服，说："既然你娘不出来见你，你就在这儿给你娘磕个头吧。她不见你，也是你亲娘。记住，你无论走到哪儿，长多大能耐，也不能忘了你娘。记住了吗？小虎。"

　　贺小虎说："记住啦。"

　　贺张氏说："快给你娘磕头吧。"

　　贺小虎双腿跪下，对着大门，实实在在地磕了一个响头。

第二十八章

到了部队，贺小虎才知道，他们这拨兵，叫作"后门兵"。那一年，中国发生了许多大事变，征兵秩序也被打乱了，一年征了两批，贺小虎他们是第二批。

这批新兵的年龄差距挺大。贺小虎 17 周岁，离应征入伍的年龄还差一年。可还有比他还小两到三岁的，当然小的都是后门兵了。而应征来的农村兵，年龄大的比贺小虎要大三到五岁，有的更大。那一年也不知怎么招了那么多后门兵，光女兵就占了一半。除了贺小虎之外，后门兵一眼就能看出来，他们说话的口音都跟戏匣子里差不多，走路身板挺得也直。后门兵大部分都是干部子弟。那年月，干部家的孩子，不管是男是女，都叫干部子弟。

贺小虎被分到步兵第二十八团的新兵营。据说，整个一七〇师的新兵都在这儿集训。三个月之后，再分往各团。二十八团团部驻扎的那个地方叫凤凰山，面积有两个半七里家那么大，算是个镇。团部离凤凰山镇有 3 里多路，还要翻一个小山包。听说团部离师部丰阁县城不到 80 公里。一到部队，贺小虎就有些傻，甚至想哭。他没想到这鬼地方这么穷，这么荒凉，四周除了山还是山，哪座山都比百草山大，比百草山高，但都比百草山难看。山上没草，没树，稀稀拉拉的有一些干植被，不知道叫什么东西。露在山外面的是一块块一堆堆龇牙咧嘴的大石头，光秃秃的，形状也不怎么好看。从远处看，像一个个老人谢了顶，秃了头。尤其让人受不了的，是那一天到晚刮不完的白毛风，飕飕的，吼吼的，像吹哨。一刮起来，就是天昏地暗，沙尘四起，眼前便成为一个混沌世界。天冷，冷得人揪心，冷得人打战。

虽然在老家没享过多少福，但也没受过多大罪，可眼下这罪是非受不可了。贺小虎不但没哭，还在背地里咬了咬牙。他想过，要想出人头地，就得先受点儿罪。这就叫先苦后甜，先罪后福。有出息的人，都是这么走过来的。

贺小虎到部队的第一天的第一个想法，就是赶紧跟爹接上头。从客观上讲，他也应该算是干部子弟。可在新兵营，眼下还没一个人承认。那些干部子弟们看样子在老家就认识，他们老在一起说话，在一起玩儿，基本上不怎么搭理平民子弟。也就是说，贺小虎根本打不进他们那个圈子。这一点，很让他苦恼。

贺小虎知道，自己的亲爹贺金柱是管这个团的师长。但师部在哪里，爹在哪里，现在两眼一抹黑。他还不想过早地暴露自己，想来个真人不露相。不到关键的时候，不把爹那张王牌拿出来。一旦拿出来，就把这帮干部子弟们都灭喽。因为话里话外，听那些干部子弟们说，他们的爹，有的是副师长、副政委什么的，有的是团长，甚至副团长。都比爹的官儿小。照这么说，自己不仅是干部子弟，而且还是高干子弟呢。哼！

到了部队好几天，贺小虎还没见到爹。在营房，每见一个穿四个兜的首长，他都要仔细看一看，是不是爹。但没看见像爹的人。他记得爹有电线杆子那么高，脸盘儿挺大，说话嗓门也大。虽然只见过一面，虽然已经过去 10 来年了，但还是给自己留下了一些印象。无论在哪儿碰见，都能认出来。现在要紧的是快点儿跟爹联系上，让别人都承认自己是师长的儿子。只有这样，别人才能高看自己一眼，在新兵营才会得到关照，下连也会分个好单位。可在新兵营，却无法与爹取得联系。从早到晚，连里班里管得死紧，连上厕所都得跟班长请假。新兵营只有一部电话，根本不让新兵用。就是让用，他也不知道爹办公室的号码。他问过一些老兵，这个师的师长，是不是叫贺金柱，是不是有电线杆子那么高，是不是大脸盘儿？有的说，可能是吧。有的说不知道，没见过师长。贺小虎心里很急，急得没办法。后来，他想到了写信。可他一连写了三封，也没见到爹的回信。这个爹，到底怎么了？我以前是你的儿子，现在是你的兵（当然还是你的儿子）。来到部队，向你报个到，你怎么就不回个信呢？

新兵营里流传着一句话：老兵病多，新兵信多。到了部队一个礼拜，兵们就有信来了。通信员一般都是下午到团里取信，一回新兵营，新兵立马围上去，问有没有自己的信。通信员也不着急，把信拿出来，举在空中，一个名字一个名字地念。凡是念到名字的新兵，都跳着脚要信。好像下手晚了，就会被别人抢走似的。那一会儿，通信员成了宝贝疙瘩，好像那信不是家里写来的，而是通信员变戏法儿变出来似的。每天下午一收操，新兵们就集体朝大门口张望，盼着通信员早点儿到来。谁都知道，不可能天天有自己的信。什么时候有自己的信，心里都有个预算。但希望每天都能超出自己的预算，就像每天都盼着奇迹发生一样。因为每天收信、读信，那种精神享受，不亚于有奇迹发生。

贺小虎跟别的新兵一样，也是每天盼着有自己的信。一是盼爹的信，二是盼娘的信。但这两个方向的信都盼不来，今天盼明天，明天盼后天，就是盼不来。有些日子，他甚至怀疑通信员是不是贼？是不是专门扣自己的信。

贺小虎倒是接到了一些同学的来信，问他在部队干得怎么样，能不能提干？要是当了官儿，可别忘了在百草山光着屁股长大的穷弟兄们。这些信，都没什么正经事儿。但他还是一遍一遍地傻读。读完了，就很珍惜地收起来。

又过了些日子，爹还真回了封信，他当时无比激动了一阵子。但打开一看，心里凉了。爹的信写了两页纸，上来就骂他，骂他没觉悟、没骨头、没志气，骂他缺少一不怕苦二不怕死的革命精神，骂他根本不像革命军人的后代。骂完，又讲了一番革命道理，最后不疼不痒地鼓励了两句。

这是爹吗？世界上有这样的爹吗？

贺小虎把那封信撕得碎碎的，扔得远远的。

贺小虎决定不指望那个爹了。

新兵训练很苦，这一点，贺小虎心里有准备，也听人说过。但没想到伙食也那么差。到部队第一天，吃的是大米饭，猪肉炖粉条子。饭菜都管够，他吃得满腮帮子都是油。在家的时候，只有过年才能吃上肉。吃完了，就得等下一年。现在到了部队，等于天天过年，基本上跟叔叔二柱说的差不多。第二天早饭主食是馒头，为了表现积极一些，盆里的馒头刚吃完，他就抢过饭盆，跑着去了食堂。当他把饭盆从打饭口拿出来的时候，却发现盆里是金黄的小米饭。他又把饭盆推了回去："班长，我不要小米饭，我要馒头。"饭盆很快又被推出来了，接着从打饭口探出来一张老兵脸："想吃馒头呀？等你下连到炊事班来，管你够。"

因为是新兵蛋子，没资格跟老兵嚼舌头。贺小虎只好忍气吞声端着小米饭回到班里。后来他才知道，吃馒头是定量的，每人只给两个。不够吃，就用小米饭或高粱米饭补。老兵饭量小，有两个馒头，再喝碗汤，就差不多了。新兵可不行。贺小虎也不知道自己哪儿来的那么大饭量，那俩馒头就像塞牙缝一样。每次都要饶上一两碗小米饭或高粱米饭，有时浇点儿菜汤儿，有时就干吃。那时候，干部们还算不上腐败，但也存在搞特殊化的问题。连队有这样一个顺口溜："吃馒头一人俩，干部不够随便抓，战士不够小米加。"看来要想吃足馒头，得等提了干。食谱上写着，每天一顿细粮，两顿粗粮。副食不是土豆，就是白菜。没什么肉，甚至没什么油。吃着一点儿滋味也没有，跟在老家差不多。后门兵们怨声载道，尤其女兵们一见通红的高粱米就哭。贺小虎没那么表现，尽管他对伙食也很失望，但暗暗告诫自己一定要沉住气，吃饱肚子就得。反正到部队又不是混吃来了，是奔前程来了。有了前程，自然好吃好喝的都有了。

伙食是一个扫兴的问题，虽扫兴，但能忍受。最不能忍受的是，兵与兵之间在人格上的不平等。在新兵营，非常严重地存在着平民子弟被干部子弟歧视的现象，包括老兵们也明显敬畏那些干部子弟们。比如，训练当中，有些农村兵体会要领慢，在队列当中出一些笑话。班长就让那兵出列，让你反复地出笑话，而干部子弟们则笑得前仰后合。受大累的公差勤务，班长每次都是捡农村兵派。而每次到厨房值班，就让那些娇小姐们去，她们去了还给女兵们往外偷好吃的。班里做小勤工作，农村兵你争我抢，甚至要动手打架。干部子弟们则在一边不咸不淡地说："看了没，农村兵个个都是活雷锋。"

贺小虎讨厌干部子弟，还有个原因，是他们说话的口音问题。他到了部队，还说地道的献州话。那两个接兵的到了村里，一个说南方话，一个好像口音跟献州人差不多。从那以后，他知道了，中国人不是都说献州话，原来是南腔北调，只有戏匣里边才说标准话。可到了部队，第一天就发现那些个干部子弟，个顶个都学戏匣子里面说话，听着有些别扭。你又不是广播员，干吗那么装腔作势，侉声侉调的，直接说你们老家话不得了。

贺小虎跟干部子弟遭遇了一件事儿。

食堂里的凳子不够每人一个，吃饭的时候往往是进来早的坐着，进来晚的就站着。当然，站着的都是新兵。有一次，贺小虎见女兵饭桌上闲着一个凳子，他搬过来就坐下了。谁知，屁股底下的凳子还没坐热乎，一个高个的漂亮女兵就过来拍了一下他的肩膀："哎？你怎么不问一声，搬过来就坐呀？"

贺小虎赶紧站起来，说："这是你的呀？"

漂亮女兵从口袋里掏出卫生纸在凳子上擦了擦，随手把卫生纸扔在地上。

嘴上仍然不依不饶地说："以后长点儿眼力啊，瞎搬什么呀？"

贺小虎没说话，往嘴里扒拉了一大口小米饭。

"说声对不起呀，哑巴啦？"漂亮女兵得理不饶人地说。

贺小虎终于忍不住了，他把饭碗猛地蹾在饭桌上："这凳子上写着你的名儿哪，你叫叫它，它答应吗？"

漂亮女兵把搬在手里的凳子放在地上，双手叉着腰说："怎么啦？你随便搬人家的凳子，你还来劲了。告诉你，打你还没资格进这个饭堂的时候，我就坐这个凳子。这凳子就是我张颖的！"

贺小虎知道，那些干部子弟们比他们早一个礼拜到的部队，比他们多拿一个月的津贴费。没事儿开玩笑的时候，除了老兵叫他们新兵蛋子，这些干部子弟也叫过他们新兵蛋子。尽管都比他们年龄小，甚至差得很多。贺小虎的火被激上来了，心想，你是干部子弟，我还是呢，还说不定谁的爹官大呢。谁怕谁呀？他也拿了个叉腰的姿势："你的，哪儿写着是你的？你的命还是阎王爷的呢。你不就是干部子弟嘛，有什么了不起的！"

"干部子弟怎么啦？你嫉妒啦？"漂亮女兵指着贺小虎说。

"我嫉妒个屁！你们整天学戏匣里面说话，侉声侉调儿的，也不脸红。"贺小虎终于把积攒了很多天的话，很痛快地说出来了。

"什么学戏匣子里面说话？你真是少见多怪，那叫普通话。我们打上幼儿园就学普通话，知道吗？"漂亮女兵很自豪地说。

听到这儿，满饭堂的兵们都笑起来了。

贺小虎感到脸上挂不住了，他知道，兵们是在笑他。为了保住面子，他终于亮出了底牌："告诉你吧，你是干部子弟，我还是呢，我爹比你爹官儿大得多。说出来，我怕吓得你拉一裤兜子稀屎！"

新兵们偷着笑。

班长过来劝贺小虎，说他太过分了。

漂亮女兵气得浑身乱颤，指着贺小虎说："就你说话这么粗鲁，还是干部子弟，呸！"

贺小虎叉着腰，一副满不在乎的样子。后来，还是有人把他拉开了。

那事儿过后，农村兵们暗地里朝贺小虎伸大拇指，夸他为劳苦大众出了气。也有人问他，你真是干部子弟？你爹到底是什么官儿？他把眼睛一闭，说，有你们知道的那一天。那天晚上，班长也以转山坡的形式找贺小虎谈了话，告诉他，新兵要注意影响，那帮女兵可不好惹。谁的爹都比我们团长官大，在家都是千金小姐，哪受过你这种奚落？贺小虎没说话。

接下来的日子里，新兵营里传来了一个消息：师长要来新兵营看望新兵，有可能还会挑几个新兵调到师部去。这消息让贺小虎感到情绪高涨，他数着日子等着这一天的到来。

一个月过去了，新兵的训练课目转入了打靶和刺杀，师长还没来。在这段时间里，上边倒是来过一些首长，给新兵们问问好，鼓励大家好好干，就到女兵宿舍里去了。他们每次来了，都给女兵们带一些大包小包的，看样子都是吃的东西。女兵们一般都跟来人叫叔叔，看样子很熟悉。上边来一次人，女兵宿舍就热闹一阵子，小嘴就吧唧一阵子。班长们能分享一些，农村兵们则只能干看着。

新兵训练即将结束，这回师长真的要来了。他要来检阅新兵会操。会完操，新兵营就解散了，新兵们就下连了。

会操那天，老天爷刮的是西北风。风挺大，卷起漫天沙尘，搅得周天寒彻，一些烟尘还有沙粒，借着风势直扑人的脸，打在脸上生疼。新兵们整齐列队，等候师长检阅。

不一会儿，操场上开来了两辆小车。前面的是吉普车，后面的是白色轿车。小车刚一停下，二十八团的团长、政委都迎了上去。白色轿车的车门被打开，一个身材高大的首长从里面走了出来。团长和政委上去敬礼、握手。因为沙尘大，贺小虎看不清楚那个大首长的脸。但他完全可以断定，那就是师长，是他爹贺金柱，就是他在7岁那年在家见过一面，那个像电线杆子那么高的解放军。

贺金柱和随行人员上了主席台，分别坐下。

团长跑步到师长面前，敬了个标准的军礼："报告师长，步兵第二十八团新兵营全体新兵集合完毕。实到243人，会操是否开始？请指示。"

贺金柱站起来还了个礼："开始。"

团长再次敬礼："是！"

会操开始。

先是立正稍息，敬礼，四面转法。然后是齐步、跑步、正步，还有步伐互换。不到半个小时的时间，规定的动作就做完了。新兵们都高度紧张，但发挥还算正常，基本上没出什么笑话。大家都松了一口气。

　　会操之后，新兵们有些毛了。听说后门兵们都有了去向，他们的爹都给他们安排好了。贺小虎虽然是后门兵，可到现在还没让当师长的爹承认。究竟分到哪儿，一点儿着落也没有。自己当兵就是奔着当师长的爹来的，是让爹给找出路来的。如果像村里的人，当几年兵回去，继续耪大地，他才不出来受这份洋罪呢。他打听到师长当天没走，就住在团部的招待所里。晚上，他跟班长请了假，说是到招待所看他爹。

　　贺小虎来到贺金柱的房间时，意外地发现，跟他吵过架的那个漂亮女兵张颖也在里边。师长不在，一进门，张颖很不友好地看着他。

　　张颖首先问贺小虎："你找谁？"

　　贺小虎把胸脯一挺："找我爹。"

　　张颖用疑惑的目光看着贺小虎："你爹在这儿？"

　　贺小虎很自信地说："我爹怎么就不可以在这儿？"

　　正说着，贺金柱进来了。张颖马上站起来，拉住了贺金柱的两个胳膊，一阵嘻嘻哈哈，张扬着无限亲情。

　　贺小虎有些慌张地上前叫了声："爹。"

　　贺金柱看着贺小虎，皱了一下眉头："你……"

　　贺小虎说："爹，我是小虎呀，爹。"

　　贺金柱再次用异样的眼光打量着贺小虎。

　　贺小虎有些着急："爹，我真是贺小虎，我姐叫贺小梅，我娘叫……"他犹豫了一下，没有说出魏淑兰的名字。

　　贺金柱仔细看了看贺小虎，情绪激动了一下，很快又控制住了。他对张颖说："来，我给你们介绍一下，这就是你老家的哥哥，他叫贺小虎。"

　　"什么？"张颖的脸上瞬间严肃起来，她用一种陌生和惊奇的眼神看着贺小虎。

　　接到贺小虎的第一封信，贺金柱心里就像扎了个什么东西。他粗算了一下，小虎和小梅，周岁应该是17岁了。这17年中，他一共回过3次老家，第一次是回家离婚，那时候，两个孩子还没出生。第二次回家是向父亲负荆请罪，那次在坟上跪了一夜，根本就没有回家。第三次回家，两个孩子满7岁了，但只见到了小虎，没见到小梅。小虎还不认自己这个爹。这些年，他一刻也没忘了自己老家有一儿一女，也试图为他们做点儿什么。但始终没有做好。他寄去的抚养费，魏淑兰都退回来了。接到退款，他心里就不住地折腾一阵。他想改变一下周济方式，但作为职业为军人的父亲，他真想不起更好更有效的办法。为这事儿，他有时感到很焦灼，而这种焦灼还不得外露。尤其在家里。这一年，让贺金柱这个师长焦灼的事儿，简直是成了堆，积了疙瘩。7月，唐山发生大地震，他率一七〇师星夜兼程赶往灾区。刚从救灾前线回来，毛主席他老人家逝世，部队进入一级战备，随时准备应对外来势力的侵略和国内重大事件的发生。直到"四人帮"被一举粉碎，这种焦灼才缓解。这期间，最焦灼与揪心的事儿，是毛主席逝世。他认为，他与世界人民爱戴的毛主席有着特殊的感情，他曾两次受到毛主席的接见，跟毛主席握过手，照过相，一起登上过天安门城楼。那些天，他把与毛主席的合影拿出来，擦了又擦，看了又看。仔细地回忆起了受到毛主席接见的每一个细节，一边回忆一边哭，声音很大，泪水很猛。经过很长的时间，才在无限悲痛之中自拔出来。

小虎来信要求当兵，他很高兴。军人的儿子当兵，子承父业，是件好事儿。可小虎在信中说，要让他戴着帽儿下指标，当特招兵。他一下子心里就火了，小小的年纪竟生出这么大胆的想法？别说他没这个权力，就是有这个权力，也不会这么做。再后来，上级下了一个文件，特招一批军队干部子弟入伍，年龄可适当放宽。这个文件很有号召力，一些部队干部，都把自己的子女送到了部队，有的一下甚至送两三个。因为那个年月，干部子弟们也不好就业，就是能就业，在一个穷山沟，干部子女们也不情愿。上不了大学，不是待业，就是下乡。当兵当然是一条很好的出路。能提干就提干，不能提干，退伍回去，也能安排工作。于是，也就有了那个史无前例的"后门兵"现象。

按照贺金柱为官为人的原则，他不想凑这个热闹，占这个便宜，因为这毕竟是不大正常的事儿。但想想在老家的一儿一女，还是动了恻隐之心。他认为这是减轻负疚的极好机会。自己对亲生儿女没有尽到抚养和教育责任，把他们弄到部队，在部队的大熔炉里接受锻炼，或许能够成才，能算是条出路。下了这个决心之后，他不知道自己是迫不得已，还是心甘情愿地在尽一个父亲的责任和义务。这是他第一次以权谋私。

开始，贺金柱想瞒着张敏，但想了想，不是上策。让自己的儿女来当兵，这没什么可瞒的。何况也根本瞒不住。对于前妻，还有两个孩子，在他和张敏之间，似乎是个相当敏感的话题，简直不敢碰。但贺金柱心里明白，迟早这个问题要彻底摆到桌面上来，迟早要有一天会作为一个焦点和棘手的问题，突如其来猝不及防地出现在他和张敏面前。夫妻之间不能长期心照不宣，逢场作戏。一些敏感的话题，一定要把话说开、说透。哪怕是吵个天翻地覆，打个落花流水。哪怕吵完了，打够了，两人好离好散，各奔东西。一番思考之后，他把话跟张敏说开了。之前做了一些铺垫，说得也很委婉，企图能够得到张敏的同情和谅解。张敏听了当时的态度有些不卑不亢，一下没做什么反应。待了一会儿，就笑了，笑得跟往常不大一样，两个小虎牙半显半露，说话的腔调也似乎也有些变化："你自己的儿女，你又有这个权力，这跟我商量不商量，没什么必要。"停了一下，又接着说："他们在乡下，没什么出路，让他们出来当兵，也是做父亲尽到的一份责任。"贺金柱听着这话，心里有些舒坦。但张敏话题一转，往下的话就不那么让人舒坦了："不过，我想借个光，能不能把我外甥女的事儿一块儿办喽？我希望你能把一碗水端平。"说着，张敏送过来了一个让人嚼不透的眼神。相比之下，比一笑往上翘的眼神，要陌生和可怕得多。他没想到，张敏会给他出这么一个难题。他说："我已经占了两个指标，怎么好意思再张口要呢？"张敏说："这说明你还是厚此薄彼，一碗水端不平吗？"贺金柱一下子僵在那儿了。还没等他说什么，张敏站起来说："你看着办吧。你要觉得为难，我自己想办法。"

贺金柱一下午心情不爽，晚上吃过饭，张颖又给他出了个难题："爸，我要当兵。"贺金柱说："你还上着学呢，当什么兵？"张颖拽着他的胳膊撒娇："我要去嘛，我们同学好几个都报名了。"贺金柱说："可你不够岁数呀？"张颖点了一下贺金柱的鼻子："爸，你别骗我。听说，今年专门招小兵。"贺金柱说："你不说将来要考艺校，搞舞蹈吗？"张颖："那我就当文艺兵？师里不就有宣传队吗？"贺金柱说："不行，你还小，先好好念书。要当兵的话，明年再说。"张敏在一边说话了："我提的问题可以不相提并论。但都是你的儿女，你总应该把一碗水端平吧？"贺金柱转过脸来对张敏说："你不说让张颖将来考艺校吗？"张敏说："可好儿女志在四方，人各有志，不可勉强呀。"张颖说："就是呀，别人能当兵，我为什么就不能？"贺金柱瞪了张颖一眼，觉得没什么话应对，站起来说："你们，你们净给我添乱。"

贺金柱去了办公室，呆坐了一会儿，给军务科长打了个电话。不一会儿，军务科长跑步来到他的办公室。他把张颖的情况说了一下。军务科长说："好办。张颖可以走应征入伍的指标。"贺金柱很坚决地说："如果应征入伍指标走不了，就不走了。绝对不能再占特招指标了。"军务科长说："师长，你完全不应该有顾虑。军人的子女当个兵，就像农民的儿女种地一样，有什么大不了的？有的首长走三四个呢。"贺金柱说："我不管别人。"接着叹了口气，说，"我的情况复杂，没办法呀。"说着，他脸上呈现出一片凄苦。

后来，张颖真的走了应征入伍的指标。张敏的外甥女也来了，怎么来的？贺金柱全然不知。可能是张敏自己想的办法，但肯定与自己有关系。他没敢细问。

张颖走后，贺小虎心里不由得紧张起来，这个当师长的爹，实际上很陌生。他摸不透爹的脾气，觉得单独跟他在一起，有些拘谨，有点儿害怕。

贺金柱站起来在屋里来回踱步，看样子像想起了什么，脸上的表情是在不断变化着的。

贺金柱开始问话：

"你娘好吗？"

"好。"

"你姐好吗？"

"好。"

"你奶奶好吗？"

"好。"

"你姥姥好吗？"

"好。"

"你叔好吗？"

"好。"

问了一遍，贺金柱闭上了眼睛。把手托在下巴上，用另一种腔调问："你姐为什么不来当兵？"

贺小虎没法回答这个问题，他不敢把实情告诉父亲。来到部队后，他给娘写了5封信，娘一封也没回。姐回了两封信，但内容都很简单，里边也没提娘的事儿。他知道，他这一出来当兵，就等于同娘决裂了。他知道娘的脾气，她认准的事儿，谁也说不了。离家的时候，他想娘无论如何也得见他一面，毕竟是母子，他毕竟是头一回出远门。但娘没给这个机会。这就证明，娘已经把他扫地出门了。那个家，他再也不能回了。

前前后后想了一阵，贺小虎"扑通"一下给贺金柱跪下了："爹，我娘已经把我扫地出门了。你一定给我找个出路呀，爹。"

"站起来，这哪儿像贺金柱的儿子！"贺金柱猛地一拍桌子，大声道。

贺小虎战战兢兢地站了起来。

贺金柱说："既然当了兵，就好好当。当年我们从七里家跑出来，从士兵当到师长，靠谁了？不是靠自己吗？你刚当新兵，就靠这个靠那个的，靠谁呀？大海航行靠舵手，干革命靠毛泽东思想。只要你好好干，干出成绩，就是最好的靠山！"

贺小虎耐心地听着，不敢看贺金柱。两只手不知往哪儿放，浑身上下的部件都不能灵活自如地支配。他从来没这样无所适从过。

贺金柱缓了一下口气，说："二十八团是一支英雄部队，是全军闻名的小老虎团。我在这支部队干了20多年，可以说，没有二十八团，就没有我的今天。新兵下连，你就留在二十八团二连，那是有名的'钢二连'。你要好好摔打摔打，争取把自己早日炼成一块好钢。记住了吗？"

贺小虎说："记住了。"

贺金柱说："不要跟任何人说你是师长的儿子。你贺小虎现在是二十八团的一个兵，别的，什么都不是。记住了吗？"

贺小虎说："记住了。"

贺金柱说："那你回去吧。"

贺小虎刚要走，贺金柱又叫住了他，"别忘了，常给你娘写信，还有你奶奶。"

贺小虎说："记住了。"

临出门的时候，贺金柱往贺小虎口袋塞了一样东西。贺小虎想看看，贺金柱攥住了他的手。出了门，贺小虎拿出来一看，是20块钱，他眼睛里猛地一热，紧接着这股热流蹿到了心里。他把钱攥紧，手有些哆嗦。离家的时候，他口袋里几乎一分钱没有。头上车的时候，奶奶往他口袋里塞了10块钱。那10块钱，买牙膏、肥皂、洗脸盆用去了一大部分。剩下的一块多钱，一直等到发津贴才敢花。

第二十九章

新兵下连了，张颖去了师宣传队，团卫生队只留下了几个女兵。剩下的一部分去了师医院，一部分去了师通信营。个别的进了师机关，当打字员。

贺小虎被分到了二十八团一营二连四班。到了连队，他才知道，这是一个红军连。连史上有父亲的照片，父亲被授予"孤胆英雄"的光荣称号，就是在这个连队。连史上还有舅的照片，舅也是二连的功臣，但没爹辉煌，照片也没爹的大。班长对他说，凡是下到二连的兵，都是好钢。好钢就要使在刀刃上。班长还说，二连历史上出大官儿，师长就是二连出去的，还有军区的一位副司令，军里的一个副政委，都是从二连出去的。好好干吧，在二连前途无量。

听班长这么一说，贺小虎心里舒服一些了。在招待所听了父亲那番大话，他曾经很失望。他认为，父亲把他招来当兵，完全是为了尽义务，或者是为了表示对母亲、他和姐姐的忏悔，并没有想通过当兵来改变他的命运。现在看来，父亲还是有些想法的。本来自己连块好铁都不是，可爹把自己真的当成钢了。看来真是抬举自己了。想到这儿，贺小虎暗地里攥了一下拳头，决心把自己早日炼成好钢。

新兵下连之后，二十八团奔赴燕山深处执行国防施工任务，实际上就是打山洞。二连要去的那个地方叫窟窿山，离营房有200多里路。方向是往北，到了内蒙古边上，海拔也增高了。那时候，步兵团队没有什么摩托化和机械化，有的只是兵的两条腿。每个人肩上的负荷大约有60多斤重，分别是背包、小包袱、大衣、步枪、米袋、雨衣、水壶、脸盆、小铁锹等。贺小虎在家背柴火筐、草筐出身，这些分量算不了什么。但常言说，路远没轻重。走了半天下来，衣服就让汗水浸透了，脚上也磨出了血泡。更可恶的是，一上路，老天就飘起了雪花。没走多远，雪片就下大了，几乎是劈头盖脸，迎头痛击。风不算大，但贼凉，由于它的肆虐，雪片变成了刀片，打在脸上生疼生疼的。因为雪和风的阻挡，部队行军速度很慢，队形也打乱了。兵们侧着身子，扭着脸，尽量躲避着风雪的袭击，一步一步走得相当艰难。钢二连的旗子在前面飘着，飘得呼呼山响。旗子上"钢二连"三个金光耀眼的大字，格外精神抖擞。刚离开营房的时候，贺小虎还觉自己有剩余体力，显得很乐观。部队唱歌，他的嗓门很高，还主动帮着个子小的新兵背枪。尤其看到前面飘动的红旗，他浑身充满力量，感觉像拍电影似的。但半天走下来，他就草鸡了，不光不能替别人背枪，自己的枪也让班长拿走了。那支全自动步枪是七斤半重，但卸下去，就像少了几十斤重的东西一样。可到了下午，就一点儿也显不出轻快来了，身上就像背着泰山一样，走起来龇牙咧嘴不堪重负。当天，他们在一个叫三道窝铺的地方宿营。一放下背包，贺小虎就瘫了，叫了一声："我的娘呀！"就不想起来了。兵们放下背包都忙着缸满院净。他像压根儿没看见一样，谁爱去谁去吧，反正我得先保命，把气喘匀了再说。

紧咬牙关，贺小虎他们在第三天上午到达了目的地。到了那儿一看，那个叫窟窿山的鬼地方更荒凉，更让人想哭。相比之下，凤凰山倒像都市了。

没过两天，从远处开过来两辆卡车，卸下来的是雷管、炸药、导火索、铁锹、洋镐、钢钎、铁锤、木头、小推车、安全帽、防尘口罩、工作服等乱七八糟的东西。这些东西，贺小虎在七里冢大部分都没见过，但他马上感到了一种气味儿。那气味儿，他在铁匠铺闻到过。他感到，自己这块铁，马上就要淬火了。

每人发了一套工作服，实际上就是军需部门回收的旧棉衣。领子、袖口、裤腿，都是脏的，尤其棉裤的前开口处，不光油黑，还有一股臊味儿。每个人还发了几米长的导火索，剪断分别扎在腰间和脚脖子上，再戴上安全帽，这身打扮既像石油工人，又像要饭花子。贺小虎更感觉像老家送殡的，那些孝男孝女们，腰里腿上都扎着白麻绳。

部队经过简单休整，很快投入了施工。一展开就很紧张，三班倒。赶上夜班，一干就是一宿，不管是打眼儿放炮，还是清渣，都累得要死。尤其清渣那活儿相当不轻松，推着那独轮小推车，死沉死沉的，脚底下磕磕绊绊，方向也不好掌握，一不小心，就翻车了。倒渣的时候还特危险，往下一看，直眼晕。还有一个难以忍受的是洞里散发出来的石灰味儿。爆破之后，会有很大很强的烟尘，慢慢地往外飘。洞口小，纵深长，一时半会儿散不开，飘不完。为了赶进度，不等尘烟散完，就开始清渣。那气味儿很呛人，很难闻。领导让大家戴上防尘口罩，但基本上做不到。因为戴上那东西，感觉有些透不过气来，再就是影响干活儿。何况兵们本身就没有保护意识，只有一不怕苦二不怕死的革命精神，要舍死忘生为国防施工贡献青春和力量。但那烟尘的确是个问题，没事儿的时候，用手往鼻子孔里一抠，就是一块灰，什么时候抠什么时候有。有一次，贺小虎问班长："这东西会不会吸到肺里？"班长说："吸进去还会呼出来，吐故才能纳新。"听那话，班长好像还挺有学问。

贺小虎高中一毕业就当了兵，在家基本上没干过累活儿，身体还没长开，干起来明显比别人吃力，他累得晚上整宿说梦话。在这批新兵中，他的文化程度是偏高的。但在这种环境里，文化几乎没有施展的空间，只有出大力，流大汗，推大车，迈大步，抢大镐，扛大石，才能证明自身的价值。他干活儿还算卖力气，但效率很低，还显得有些拙笨。连队住在老百姓家，驻地离工地有5公里。一天干活儿累个臭死，回到驻地，新兵之间，还要展开"缸满院净"的明争暗斗。下手晚了，扁担、扫把什么的，都捞不着。也不知道这些新兵，哪儿来的那么大干劲，哪儿来的那么大精神头儿。干什么，都往死里争。贺小虎没有那么大的竞争能力，或者心有余而力不足。虽不甘心落后，却总是落在后头。所以，每次开班务会，他都捞不着表扬。

贺小虎觉得很累，还尿过血。很害怕，但没跟人说。怕暴露了自己的小姐身子丫鬟命，只好硬撑着。他听说，团里要连续三年搞施工。我日他祖奶奶，这三年下来，闹不好这百十来斤就撂在这里了。施工很危险，开工没几个月就出现过两次塌方事故。虽没砸死人，但也把人砸伤了。很可怕，在这儿干三年，小命都不好保，还谈什么前程？想到这儿，他又格外地埋怨起父亲来了。同样是你的儿女，为什么不把张颖弄到山洞里来遭罪，为什么偏把我这块"钢"弄到这鬼地方来淬火？说来说去，你还是有私心，偏心眼儿，不把我当亲儿子看。看来自己算是完蛋了，出来当兵，把娘给背叛了。到了部队，爹又不管，成了舅舅不疼姥姥不爱的主儿。早知道是这样，还不如在家待着呢。

连队有几个新兵先后调走了，有的去学司机，有的去给首长当警卫员。有一回，上边来了个参谋，看样子是看上贺小虎了。都在热火朝天地干着活儿，那参谋却把他从山洞里叫出来，问了他一些不疼不痒的情况：你叫什么，多大了，家是哪儿的，什么文化程度，等等。他估计有戏，别的新兵也说他在二连待不住了。但那事儿却不了了之了。那年月，凡是上面的事儿，都有很强的保密性，你只知道结果，却无法知道原因。贺小虎还是不死心，他想只要有机会，一定离开这鬼地方。只要出了山洞，干什么都行。这里不是自己的舞台，或者在这个舞台上，自己施展不开腿脚。

贺小虎咬着牙在二连硬扛着，还没有调走的机会。他心里很蔫。他给父亲写了好几封信，要求调走，父亲都没有回信，他想父亲可能生气了。有一次，父亲到山洞里视察，正赶上他上完夜班在家休息。等他得到了消息，一口气跑到工地，父亲的小车早开走了。他心里有说不出来的别扭，看来这个当师长的爹是指不上了，得完完全全靠自己了。心里一别扭，就去帮着上白班的搬石头。那天，他是真的受了表扬，而且是指导员亲自表扬的。

调又调不走，待又待不下去，贺小虎情绪很糟糕。他想装病，清闲一天是一天。但一见连里，不管老兵还是新兵，干起活儿来没一个偷懒的。尤其是新兵，几乎把吃奶的劲都用上了，没一个惜力气的，真有病也不请假休息。自己还怎么好意思装病呢？他心里总是偷着骂街：这帮狗日的，你们都这么卖命，让老子怎么活？但他也看出来了，凡是那些干活儿不要命的，都是工农子弟，稍与干部子弟沾上边儿的，都不傻干，他们都有自己谋求进步的办法。他看见，那些傻干的傻小子们，在名和利上，也没见捞到什么。你干，人家也干，你挥汗如雨，人家汗流浃背。根本看不出谁比谁突出多少。他想，要想显山露水，就得玩儿些新鲜的，别人干不了，或者还没下手干的事儿。那样才能事半功倍。

一整天的施工中，只有放炮、排烟，等清渣的那个把钟头儿，没事儿干。兵们半躺半坐在山坡上，看着蓝天白云，吸着新鲜空气，听着虫鸣，闻着花香，抠一抠存在鼻子眼儿里的石灰面子，说一些闲散的话题，算是一天当中最大的享受。每当这个时候，贺小虎都不跟兵们在一起闲扯。而是自己到植被茂密的地方瞎溜达，乘机自己想一些事儿。也就是在闲溜达的时候，他结识了在山上采野菜的一些山民。交流中，他才知道这山上净是宝贝，有黄花、木耳、蕨菜、蘑菇、山葱、野韭菜，等等。乍一听，比百草山上的好东西还多。贺小虎让采野菜的人，帮他识别了每一种能吃的野菜，还亲口尝了尝，味道很鲜很美。吃完，他就乐了：这回我算找着绝活儿了。第二天是礼拜天，他跟班长请假说是去二营会老乡，一大清早就上山了。一整天的工夫，他采了四五种野菜，加起来有二三十斤，直接背到了食堂。连队在山上施工，伙食比在营房更差，一天三顿，顿顿有粗粮，尤其副食，差得简直提不起来，一年到头吃不到青菜。贺小虎采来的这些野菜，等于让全连会了一次餐。这下，连长指导员，大会小会，都点名表扬贺小虎，还给了个连嘉奖。等别的新兵也模仿贺小虎的时候，连队已经发动炊事班集体上山采野菜了。模仿者等于徒劳一场，谁也没捞到表扬，更弄不上连嘉奖。这使贺小虎万分得意。他甚至把自己的荣誉跟父亲比了起来：你不就是个孤胆英雄吗？那不过是时势造英雄。如果你在和平年代参加革命，不一定比我强到哪儿去。我刚当新兵就得了个连嘉奖，你牛什么呀牛？

贺小虎在连队红了一阵子。但有一件事儿，又让他一下子，由红变黑了。

贺小虎给姐姐寄去了一张照片，姐姐很快回信，对他的照片进行了一番夸奖，更多的是夸奖他那身军装。他长得没有姐姐好看。他也想过，假如姐姐能穿身军装照张相，一定很精神。于是，他就动了一个心思，想法儿给姐姐弄身军装。可眼下他做不到。冬装四年换一次，夏装三年换一次。自己是第一年兵，至少三年之后，才有多余的军装。他把这个想法儿，跟一个沧州籍的老兵说了。那老兵是个班副，老早就跟贺小虎拉老乡。刚到连队的时候，他洗完被子不会做，发了领章不会缀，都是老兵手把手教的。快到换发服装的时候，老兵给他出了一个主意：只要你能弄身旧军装替我交上，我就把新换的军装给你。老兵说，他的旧军装还能穿，舍不得交。尽管弄套旧军装跟弄套新军装一样难，但贺小虎还是把这件事儿记在心上了。开始，他想找别的老兵要，但想想自己是个新兵，这个嘴实在不好张。况且谁也不会有多余的旧军装。那年月，不管是新兵还是老兵，都把军装看得很重。除了自己的亲人，谁也舍不得轻易把军装送给别人。一连好多天，贺小虎为这事儿头疼。

但贺小虎还是碰到了一次机会。有一天，收工了，他因为在洞里收拾工具，走在了最后。就在这个时候，他发现在洞口的草丛里，让安全帽压着一身旧夏装。他对这件东西表现得十分敏感。简单地犹豫了一下，就藏匿了起来。等紧张化作平静的时候，他舒了一口大气：姐姐的军装有着落了。

贺小虎把那身旧军装秘密地交给了那个老兵。老兵问他怎么来的，他说捡的。老兵问他在哪儿捡的，他说在三连的工地上捡的。老兵这才放了心，并答应，到时候一定把新军装给他。谁知道在交军装的时候，事情暴露了。那身旧军装的口袋上有名字，很快被失主认出来了。当时，副连长、司务长、给养员，还有一些老兵们都在。那老兵弄了个大红脸，很快让副连长带到了连部。那老兵没等审问，就如实招供了。

贺小虎被叫到连部，承认军装是在工地上捡的，可那失主却说绝对不是捡的，而是偷的。理由是，每天上班自己都穿工作服，从来没穿夏装上过班。贺小虎有口难辩，说着说着，就哭了。他觉得自己很委屈，想让那个老兵帮他做些解释。那老兵却一反常态，说跟他没关系。

贺小虎是小偷，当新兵就敢偷老兵的军装。这消息，一下就在二连传开了。

连队决定给贺小虎记行政警告处分一次。在讨论的时候，连长给压下了，说："一个新兵，又是初犯。再说平时表现也不错。还是教育从严，处理从宽吧。"

过后，连长问清了贺小虎这次犯错误的动机，连着咂了几下嘴："你呀你，让我说你什么好呢。"

贺小虎觉得在二连没脸待下去了。

就在这个时候，贺小虎遇到了一次转机。一天，一个穿四个兜的首长来到二连的工地，一进山洞就找贺小虎。有人把贺小虎引见给了他。那个军官把贺小虎叫到洞口外面，找了个清净的地方问："你是不是献州人？"贺小虎说："是。首长。"军官又问："师里的魏主任是不是你舅？"贺小虎犹豫了一下，说："是。首长。"他知道军官说的魏主任，就是自己的亲舅魏猛子。实际上他不知道舅到底是什么职务，只知道也是个师级干部，比爹小一级。因为当兵前，他给舅一连写了两封信，没有得到回音，他就不想搭理舅了。他认为舅是两面三刀，或者是临阵脱逃。

军官还问了一些别的情况，就走了。贺小虎感到莫名其妙，但他听出来那军官有点儿献州口音，尽管有些改造。他对献州口音还是相当敏感的。

第二天，连队通知贺小虎打背包跟那个军官下山。到底去哪儿不知道，干什么不知道。他不敢问，细想，管它呢？到哪儿也比在这打山洞强，这他妈差事儿基本上跟劳改犯差不多，一天到晚累个臭死还不算，还有生命危险。说不定，哪天小命就交待在这儿了。再见了，窟窿山。等我当了大官儿，有闲工夫再来看你吧。再见吧，同甘共苦的战友们，你们这些好钢们耐着性子在这儿淬火吧。我可要开溜了。

贺小虎糊里糊涂地在大卡车的麻包中间睡了个死去活来。等他醒来的时候，车已经开进了营房。他下了车一看，这不是团部，不是凤凰山。这个院又宽敞又气派，压根儿就没来过。

那个军官把他安排在一间单身宿舍，屋里有个兵，正在搞卫生。军官对那个兵说："小周，来认识一下，这是你的新搭档小贺。"贺小虎主动上去跟那个叫小周的兵握手，小周接过他的背包放在床上。军官对贺小虎说："好吧，小贺，你先休息一下，明天交班。"说完就走了。

屋里有两张床，每人一个三屉桌，一把椅子，还有脸盆架什么的。很像个机关的样子。贺小虎左右看看，犹豫了一会儿，很傻地问小周："这，这是什么地方？"小周说："张科长没跟你说呀？"贺小虎问："张科长？"小周说："跟你一块儿下山的，就是张科长。"停了一下又说："这是师后勤军需科，调你来是当保管员的。"贺小虎这才恍然大悟。看来自己在山上真是待傻了，狗屁不懂。

第二天，贺小虎就从老保管员手里接过了一大串钥匙。到仓库一看，里边都是面板、行军锅、笼布、蒸米器、铝盆、菜刀、箩筐、麻袋等东西。一个不知道姓什么的老保管员要调走了。在助理员的监督下，老保管员交了账，点了库存。账物相符之后，助理员说，好了，从今天起你就是一七〇师的给养保管员了。这就是你的工作岗位，祝愿在平凡的工作岗位上做出不平凡的成绩。仓库大得吓人，两辆汽车并行都没问题，里边的东西也多得吓人，怎么也数不过来。这个岗位虽然并不十分理想，但比打山洞强多了，起码没什么危险。

贺小虎在仓库里转了一阵子，动动这儿，摸摸那儿，有点儿没脚没手的。看了那堆得满满的东西，他不禁自豪地咂了一下嘴："一个兵有这么大权力，当这么大家？"想想在山上，每个兵最大的权力就是保管一辆小推车。眨眼之间，自己就成大管家了。二连那些战友们知道了，还不知道该怎么羡慕呢。看来这工作还行。

后勤机关没几个兵，贺小虎他们跟机关干部在一个食堂吃饭，伙食比二连好得没法比。顿顿都是细粮，中午一荤一素，两菜一汤。有时还吃饺子、包子什么的。花样很多，油水很大，每天都像过年。干部吃饭交饭票，战士吃完就走人。贺小虎心想：就冲这伙食也该调过来。机关就是机关，不光干活儿清闲，吃的住的都比连队好得多。怪不得那些参谋干事助理员，个个都是小白脸儿。

接了班的当天晚上，贺小虎问小周："政治部魏主任家住哪儿？"小周问他："你认识魏主任呀？"贺小虎说："那是我舅。"小周又问："亲舅？"贺小虎说："那可不。"可能是有些激动，也可能是感觉小周也是实在人，贺小虎就把自己的一些事儿跟小周说了。但一句也没提爹。小周告诉他，舅因为去年清明节那天，在天安门广场参加了悼念周总理的活动，被隔离审查了一年多，最近刚官复原职。贺小虎一下明白了，自己当兵前舅为什么没回信。

贺小虎来到魏猛子家的时候，全家人都在。李萱给他剥糖，魏猛子给他削苹果。不一会儿，他面前就摆了好几样好吃的东西，他简直不知道该先吃哪一个好。出来当兵半年多，他第一次找到了回家的感觉。

李萱问他在山上苦不苦，说他瘦了，黑了。魏猛子问他接班没有，当保管员怎么样。他一一做了回答。

李萱问贺小虎："你当兵前，写了那么多信。你舅一封都没给你回，你不记恨吧。"贺小虎说："舅的情况我听别人说了。"李萱说："那时候，你舅正接受审查，所有的信件都让专案组扣下了。直到你舅被放出来，才见着你的信。"听了这些话，贺小虎心里不由得有些内疚，他当初曾埋怨过舅，甚至把舅打到了"外人"的行列。

贺小虎看着舅像是比以前瘦了一些，好像也老了一些。他记忆中，舅好像比爹只大一岁，但看起来爹要年轻精神得多。爹官儿大气粗，春风得意，事事顺心，当然不显老。这会儿，他有点儿心疼起舅来。

魏猛子看了一会儿贺小虎，接着，便点了一支烟。贺小虎马上把烟灰缸递了过去。贺小虎在连队的时候没什么眼力，这两天跟小周倒是长了些见识。小周每天给科长、助理员们擦地、洗衣服、打开水。看到有人要抽烟，烟刚放到嘴边，他那边就把火点着了，晃灭了火柴，就去找烟灰缸。没等第一块烟灰掉下来，烟灰缸就接住了。贺小虎觉得那是功夫。在连队的时候，新兵们也伺候老兵，充其量是洗裤衩、挤牙膏之类的，司空见惯，屡见不鲜。像小周那样，以最快的速度最得体的动作最恰当的机会，点烟放烟灰缸的，还真没见过。他认为这是功夫，是学问，是艺术。

魏猛子好像不如以前爱说话了，那支烟快抽完了，才问贺小虎："在连队干得怎么样？"

贺小虎说："还可以。就是太艰苦，太危险。"

魏猛子说："当兵不能怕艰苦，艰苦才能锻炼人的意志。"

贺小虎把头低下了。他心里嘟囔道，又是爹那一套，大话官话。既然把我调过来了，还说这些干什么？

李萱接过说："行啦。小虎不是在连队待了半年多吗？"

魏猛子说："到了机关，不能把连队的作风丢掉。对自己要求要严格，知道吗？"

贺小虎说："舅，知道了。"他觉得这话倒是受用一些。

李萱转了个话题问贺小虎："见到你爸了吗？"

贺小虎摇了摇头。

李萱说："过几天，我领着你，到你爸家里看看。"

贺小虎坚决地说："我不去。"

李萱说："怎么能不去呢？"

贺小虎说："他到连队都不见我。我给他写信，让他把我调出来，他回信把我骂了一顿。"

李萱说："那也是你爸呀！"

贺小虎低着头，小声说："哪有这么当爹的，看样子我在山上让石头砸死，他也不管。要不是我舅……"

李萱说："不管怎么说，是你爸把你弄来当的兵。"

贺小虎说："弄来当兵又不管我，到时候，还不得复员回家。"转过脸来用可怜的眼神看了看魏猛子，说，"舅，当保管员，每天捣鼓面板菜刀的，能提干吗？舅，我当兵的时候，我娘把我扫地出门了。我爹又不管我，你得给我提干呀。不然，我可没脸回七里冢。"

魏猛子把眼神送了过来，比以往威严和犀利，有点儿像爹。贺小虎庆幸好在没给舅跪下，如果那样做了，可能也会遭到臭骂。魏猛子那个眼神保持了一段时间，吓得贺小虎不敢看，比爹那声"站起来！"还吓人。不一会儿，魏猛子把那样的眼神收回了，接下来的声音跟眼神有些差距："你现在就是要把那些面板菜刀捣鼓好。别的，什么也不要考虑。"

李萱说："就是呀，你舅把你调出来，还能不管你吗？"停了一下，又说，"见了你爸，别说是你舅把你调出来的。"

魏猛子打断李萱的话说:"不,照实说。我已经跟他说过了。"又对贺小虎说,"你抽空到你爸办公室去一趟,跟他见个面。至于什么时候到家里去,听你爸的。"

贺小虎正想说什么的时候,张科长来了。看样子张科长是这个家的常客,推门就进。贺小虎站了起来,让出了自己的座位。张科长问他:"怎么样,工作都熟悉了吧?"

贺小虎说:"挺好的。"

魏猛子对张科长说:"小虎就交给你了。越是自己人,你对他要求就越要严格。别让他有依赖性。"

张科长说:"主任,你放心吧。大事儿有你掌舵,小事儿我来办。"

魏猛子对贺小虎说:"张科长也是献州人,八里庄的。张科长有才干,有能力,你以后要好好向他学习。"

贺小虎说:"是。"

李萱看了看墙上的石英钟,说:"哟,快 11 点了。我出去买点儿菜,中午你们一块儿喝点儿吧。"

张科长很不客气地说:"别弄太多了,有七八个菜就行了。"

李萱笑着说:"行。白菜、土豆、酸菜、白萝卜、胡萝卜,还有咸菜,一凑就够了。"说完,拿了个菜篮子就出去了。贺小虎觉得自己没什么事儿干,跟着李萱出去买菜了。

路上,李萱跟贺小虎说了一些情况。魏猛子一出来工作,就着手把他调到师机关来。开始想把他放到政治部,又觉得太显眼。再就是,政治部的兵,必须能写会画,而他并不具备这方面的特长。这时候,张科长就把他揽过来了。李萱告诉他,军需科助理员缺编,只要好好干,别出事儿,提干没问题。李萱还对他说,政治部主任就是管干部的,正连以下的干部任免,政治部说了算。看来这个叫李萱的舅妈(老家叫妗子),对部队的事儿也是门儿清。往后有什么事儿找舅妈就行,不一定要惊动舅。

那顿饭真是七八个菜,有鸡有鱼,比连队会餐强多了。开始,贺小虎只知道跟着舅妈干活儿,不怎么舍得下筷子,更不敢喝酒。可张科长要跟他喝。李萱也说让他练练,魏猛子也没拦着。他拿捏了一会儿,就放开了。舅对他说:"你别一口干,慢慢来。"他答应着:"哎,哎。"可一仰脖儿就喝光了。下去以后，小脸通红，但说话不走板儿，还特想喝。李萱不住地给他夹菜，基本上是鸡块儿鱼段儿。他没享受过这种礼遇，有些感动。表达这种感动的是大吃大喝，风卷残云。

贺小虎小脸红红地回到宿舍的时候，小周正在晾衣服。他发现其中有自己的军装和裤衩。小周跟他是同年兵，新兵下连就到了军需科，年龄比他大两岁，竟给自己洗衣服，这有没有搞错呀？

小周说："脸那么红，在你舅家喝酒啦？"

贺小虎打了个饱嗝，说："是。还有咱们张科长。"

小周说："你上床睡一会儿吧。晚上吃饭，我再叫你。"

贺小虎本来想帮着小周晾衣服，但有些犯困，说了声"谢谢"，就进屋躺下了。

贺小虎经常被叫到机关做些杂活儿，其中有几次从师长办公室路过。他想了想，没敢进去。这一天，他在办公室门口停了一会儿，喊了一声："报告！"

贺金柱说："进来！"

贺小虎进门，给贺金柱打了个敬礼。贺金柱还在打电话，压根儿就没看见他在敬礼。贺小虎举起的右手在帽檐上贴了有半分钟，哆嗦了半天，才放下。

贺金柱放下电话，往门口看了一眼，对他说："你坐下。"

贺金柱的办公室是个大套间，里边能休息，外边是一张大办公桌。墙上是两张大地图，地图两边还有帘子布，对面是沙发。贺小虎坐在了一个单人沙发上。

贺金柱没有任何铺垫地说："你不应该离开二连。既然当兵，就要在正规连队当。只有在艰苦的环境里摔打，才能把自己炼成一块好钢。怕苦怕累怕死，就别出来当兵。"

贺金柱说："你没看过《英雄儿女》吗？那个政委说得好，'革命战士只能像条龙，不能像条虫'！"

贺金柱说："步兵紧，炮兵松，稀稀拉拉后勤兵。到后勤来婆婆妈妈的，有什么意思？"

贺金柱看了看贺小虎，接着说："既然来了，也是工作需要。革命工作只有分工不同，没有高低贵贱之分。三百六十行，行行出状元嘛。"

等贺金柱说完了，贺小虎问道："爹，你还有别的指示吗？"

红色岁月　红色历程　红色史诗　红色经典

贺金柱纠正说："以后别叫爹了。叫爸。"

贺小虎说："是。"

贺金柱说："别在别人面前说你是师长的儿子，按一七〇师普通一兵严格要求自己。"

贺小虎说："是。"

贺金柱说："有事儿直接找你们领导，不要动不动就往我办公室跑。"

贺小虎说："是，爸。我可以走了吗？"

贺金柱说："走吧。"接着又叫住了他，"这样吧，有空到家里去一趟。"

贺小虎没再说"是"，转身走了。

第三十章

　　恢复高考的第一年，贺小梅考上了省城的一所大学，是大专，学期为三年。魏淑兰很为她高兴。贺小梅却不想走，因为她的理想是上名牌大学，是上大本。魏淑兰摸了摸她的脑袋，看看她是不是发烧。自打魏淑兰记事儿起，七里冢就没出一个大学生。前些年，靠推荐，而推荐一般轮不到平民百姓的子女。恢复高考了，在考大学面前人人平等了。而蹉跎了十几年的红卫兵、红小兵小将们，有了资本，却没了能力。那一年，七里冢报考大学的有20多人，就考上了一个贺小梅。说句公道话，这与魏淑兰有着很重要的关系。头一年，魏淑兰拦着贺小梅，没让她当兵，她觉得是自己毁了孩子的前程，心里亏欠孩子。既然耽误了孩子，当娘的就想做些补偿。她舍不得让贺小梅下地干活儿，省下钱来给她买了高考复习资料和课外书。那年，魏猛子也回来了，见贺小梅复习很用功，临走的时候给魏淑兰放下了200块钱，说这是贺小梅参加高考的专项经费，在任何情况下都不能挪用。贺小梅很用功，几乎每天都在复习。村里一年半载不演场电影，她都不去看。过年过节都不舍得把书放下。

　　贺小梅当年真的没走。魏淑兰先是不理解，怕她明年万一考不好可就瞎了。但见贺小梅那么坚决，也就依了她。果然，第二年，贺小梅如愿以偿，考上了省城的师范大学中文系，实现了上重点大学的愿望，而且专业也非常理想。拿到通知书，她扑到魏淑兰怀里哭了。魏淑兰也哭了。

　　那年月，上大学不需要很多的钱，但对于魏淑兰这样的家庭也够承受的。她该借的借了，不该张嘴的，也张了。凑个差不多的时候，贺张氏拿过来了30

块钱。那个家也不富裕，贺金柱在外面养两个孩子，给家寄钱也不算多。贺张氏从来不张嘴要，给就给，不给就拉倒。那年，生产队还没解散，二柱还长年累月地挣工分。年底决算的时候，最多能拿回家百十块钱。这样的家庭在七里家就算不错的了。外边有进项，年底有分红，而又没养老养小盖房婚丧娶嫁的花销。更重要的是，娘儿俩都节省。贺张氏一年不添件衣裳。二柱见天下地，穿衣也不知道要好。吃饭呢，填饱肚子就行。二柱一年舍不得赶个集，甚至连大队的小卖部也懒得进。家里存俩钱，就是这么省出来的。

还有一笔进项，是魏淑兰怎么也没想到的。贺小虎从部队邮回了50块钱。拿着那张汇票，魏淑兰简直不敢取。孩子是第二年兵，头一年兵一个月挣6块钱，一年总共才挣72块钱。第二年一月挣7块钱，可这第二年刚过了一半。这一年半加起来，小虎也就挣了110多块钱吧。真想象不出来，孩子这50块钱是怎么省出来的。小虎在家不是会过日子的孩子，手里有了钱不隔夜就花出去。小梅不一样，过年挣了压岁钱，她能攒到第二年。就是花，也要争得魏淑兰的同意。而且大部分是买书、本和笔。魏淑兰早就说小虎是败家子儿，吃粮不管算的主儿。眼下面对这张50块钱的汇票，魏淑兰眼睛酸酸的。小虎在汇票的折口处写了两句话："娘，这钱很少，不算孝敬你的，是给我姐上大学用的。"魏淑兰看着看着，再也忍不住了，哭得动静很大。小虎当兵走的当天，魏淑兰也哭成了泪人。她狠着心不见他，可心里并不好受，毕竟是自己的儿子。他才17岁，还是个孩子，第一次离开家，第一次出远门。这当娘的有多少话要嘱咐，有多少事儿要帮他料理，魏淑兰比谁心里都清楚。但一想他背叛自己，卖身投靠他那个黑了心肝儿的爹，就把心狠下来了。死活不见他。她把大门插得死死的。小虎砸门的时候，魏柳氏、小梅都要去开门，都让她拖住了。魏柳氏骂她，你的心是铁打的呀？你不是他亲娘呀？魏淑兰不管娘怎么说，自己用身体挤着屋门，谁也不让出去。

取了钱回来，魏淑兰给小虎写了第一封信。信写得很长，但后来又撕了。说到做到，就是要跟这个不争气的儿子断绝关系，至死也不改变主意。

魏淑兰想送小梅到省城，想了想还得增加一个人的花销，算了吧。等以后有了条件，再到省城去看她。女儿第一次出远门，魏淑兰一万个牵肠挂肚。要知贤母看儿衣呀。对这俩孩子的衣裳，魏淑兰一直很在意，打小就比别人家的孩子穿得干净整齐。一大堆孩子在一起玩儿，大老远从衣裳上就能分辨出自己的孩子。小虎走的时候，魏淑兰也想过要把他穿的戴的，里里外外看一看，该洗的洗，该缝的缝。但一想，他跟自己决裂了，还当那个贤母干什么？小梅大了，可她还舍不得让她自己洗衣裳。要走了，她把女儿的衣裳，从里到外都洗干净，叠整齐，一件一件方方正正地包起来。出门了，不管衣裳好赖，穿出去大大方方，干干净净的，当娘的就不觉得寒碜了。东西收拾齐了，接下来就是没完没了的嘱咐。最多的话就是，一个女孩子家，出了门，一定要多长心眼儿。交朋友要分清好坏人，要知道保护好自己。好像女儿不是去上大学，而是出去流浪江湖。

　　贺小梅临走的那天早晨，起床之后，发现娘的两只眼睛是红红的，枕巾是湿的。证明娘昨天晚上是哭过的，而且哭得还挺厉害，就过来劝魏淑兰："娘，你节衣缩食，苦巴苦结，十几年如一日，图的什么？不就是盼着有这一天吗？这一天来了，你应该高兴呀，娘。"

　　贺小梅这一说，魏淑兰又哭上了："娘高兴，娘是高兴。可娘又担心，担心你翅膀长硬了，也像小虎一样，去投奔你那没良心的爹去……"

　　贺小梅说："娘，在这个世界上，可以说，没有人比我再了解你了。你一万个放心，我绝对不会做伤害你的事情。"

　　魏淑兰说："你要是再背叛娘，娘只有死了。"

　　贺小梅帮魏淑兰擦干了眼泪："娘，别说这些，好吗？"

　　魏淑兰破涕为笑。

　　那天，魏淑兰把贺小梅送出老远，前来送行的还有贺张氏、二柱，还有贺家、魏家的一些人。那天正好有贺家的人去省城办事儿，就顺便一块儿把贺小梅送到学校了。

　　眼看着，贺小梅他们走远了，魏淑兰还是不肯回家。陪她站在那儿的是二柱。

　　魏淑兰心里空空地回了家，进门就伏在被子上哭，谁也劝不住。二柱跟着她进了屋，干看着她哭。

　　在这几天里，魏淑兰心里总是踏实不下来。直到贺小梅来了信，向她报了平安，直到她写了长达五六页的回信，这才过上心里平静的日子。

　　寒假、暑假，贺小梅回到家，魏淑兰就把一年省下来的好东西给她吃。看着女儿大口大口地吃，她就开心地笑。大城市里养人，她发现女儿更白净更漂亮了。自己年轻的时候，刚长乳房，娘就让她拿布裹起来，不让它张扬。生怕人家说这孩子"不正经"，分不清是闺女还是媳妇。小梅胸前发鼓的时候，魏淑兰也让她用布裹上，别太显山露水了。如果刮起风来衣服贴在身上，前胸有鼓的迹象，就算超标。还要层层加码。但青山遮不住，该鼓还是鼓。上了大学之后，小梅在别人的影响下，把"紧箍咒"彻底放开了，放开之后，胸前就异峰突起，动人心魄。再加上小梅的身材姣好，衣服也比以前更贴身，通身显得起伏有致，韵味无穷。这让魏淑兰很担心。她一再嘱咐女儿尽量把衣服穿肥大些，别太那个了，再就是上学期间别搞对象，少跟男同学来往。小梅一一点头，然后就偷着笑。

贺小虎当兵的第 4 个年头，贺小梅上大学的第 3 个年头，七里冢实行了包产到户。这个政策让原来称社员现在叫村民的人们很是高兴，而对于魏淑兰这些没壮劳力的人家就不怎么沾光了。在生产队的时候，魏淑兰在大队缝纫组里当师傅，不用下地，常年记着满工，分的粮食够吃的。魏猛子每年都往家寄些零花钱，日子还说得过去。可现在不行了。包括贺小虎在内，家里一共分了 3 口人的地，一人 3 亩半，加起来就是 10 多亩地。她和一个 70 多岁的老娘，怎么伺候这些地，可也真愁煞人。

又和 50 年代初一样，村里实行了互助组，大部分是当家伙族的在一块搭伙。魏家在村里也是大户，但见魏淑兰家孤儿寡母的，没有一家主动过来搭伙。她正发愁，二柱过来了，说，咱两家搭吧。魏淑兰理了理前额的头发，说，那就累你了，我干地里的活儿外行。二柱笑了笑，就走了。

两家凑钱买了牲口、犁耙、绳套，责任田也并在了一起。二柱在生产队的时候是多面手，耕种拉打，不管是技术活儿还是力气活儿，样样拿得起，放得下。眼下刚 49 岁，还算正当年。干活儿猛劲也有，长劲也有，伺候这十几亩地，不在话下。魏淑兰是女人，曾是他的嫂子，更重要的还是他心里一直喜欢的人。他舍不得让她干重活儿。大清早舍不得叫她，天太晒的时候舍不得叫她，下了雨，地里太湿的时候也舍不得叫她。魏淑兰虽然都 51 岁的人了，但皮肤保养得还好，脸上基本上没什么皱纹，腰也不像别的女人那么粗，看上去也就是 40 多岁。二柱很感谢包产到户，这样他跟魏淑兰单独在一起的机会就多了。跟魏淑兰在一起干活儿，一点儿也不觉得累。她一不在身边，他心就像少了什么似的。其实干起活儿来，并没多大工夫说话。在几亩大的庄稼地里，甚至两人都互相看不见。但只要魏淑兰在，他心里老是美滋滋的，看着哪棵庄稼都顺眼。

自贺小梅走了之后，魏淑兰心里一下子像少了什么东西。对这个严重的空缺，她开始有些不适应。贺小梅在家的时候，她一天到晚围着女儿转，家里外头的大事儿小情，什么也不让她沾手。那样的日子，虽然累，但她感到很充实，很荣耀。有时魏柳氏有些看不下去，就埋怨她：闺女都那么大了，见天当小姐敬奉着，养那么娇干什么？将来找婆家，谁敢要？魏淑兰不管那一套，你说你的，该怎么伺候还怎么伺候。千金难买乐意。

贺小梅这一走，对于魏淑兰来说，就等于大舍手。她不那么忙了，也就不那么充实了。剩下的日子，她一多半时间，是跟二柱在一起干活儿。虽然也是庄稼人，可魏淑兰并没在庄稼地里，实打实地受过多大累。先前是在村里当干部，基本上半脱产。后来在缝纫组里做裁缝，一年四季，风吹不着，雨淋不着，还常年记着工分。要说稍累一点儿的活，就是收秋的时候，生产队里分庄稼了。可那时候，对她一直有些想法的贺三汤，经常派人帮她从地里送到家，有时二柱就顺便给捎回家了。总之，她基本上没像别人家的女人那样，风里雨里泥里土里摔打过。现在想起来觉得未必是好事儿。如今包产到户了，从种到收，从春到夏，田间管理，施化肥，打农药，等等，整个过程都要自己经管，自己张罗。要不是有这个二柱，那可就作大瘪子了。

对于二柱，魏淑兰心里有时是清楚的，有时又是含糊的。二柱年复一年，日复一日地帮着她做这做那，不遗余力地为她操心受累，并在感情上苦苦地煎熬着自己，她比谁心里都明白。掏心窝子的话，要说心里没有这个曾经在一个锅里搅过马勺的二柱，除非自己没人性，除非自己是铁石心肠。而自己恰恰不是。问题是，自己心里有障碍，障碍自然是那个该死的贺金柱。要命的是，这个贺金柱恰恰是二柱的亲哥哥。不然，她早就做出了应有的选择。

天快晌午了，日头开始毒辣起来。洼里没遮没挡，活儿又不得不干，人们只好一件一件地往下脱衣服。

二柱身上只剩下了一个裤衩，在太阳的照射下，他身上的疙瘩肉，闪着亮光，滚圆的汗珠顺着他的脖子、脊背、胳膊，滴滴答答往下淌。他顾不上擦一把，头也不抬，腰也不直，兢兢业业地忙活着。

魏淑兰上身穿着一件短袖衬衫，下身是一条很薄很肥的短裤。虽然没做多少活儿，但浑身上下也湿透了。

"歇会儿吧。"魏淑兰说。

二柱待了一会儿，才直起腰，回头看了看魏淑兰，坐在了地上。

魏淑兰走到二柱跟前，把毛巾递给他。二柱接过来，上上下下擦着汗。

"没听到村里又有人说咱俩的风凉话儿呀？"魏淑兰有些没话找话。

二柱显然很在意魏淑兰的话，他不再擦汗，把目光聚精会神地投向魏淑兰。他发现，今天她看他的眼神跟以往不一样。

"听见怎么着，没听见又怎么着。反正，嘴长在人家身上呢。"二柱实实在在地说。

"你不觉得冤枉吗？"魏淑兰用了一种试探的口气。

"你呢？"二柱今天表现得很狡猾。

"冤，比窦娥还冤。"魏淑兰说。

"那你不找地方申冤去。"二柱说。

"干吗要去申冤？说不定哪天就不冤了。"说完这话，魏淑兰脸红了。

"这些天，我老睡不好觉。你猜我寻思什么？"二柱说。

"我又没钻到你心里去。你寻思什么，我怎么能知道？"魏淑兰说。

"我老想那年咱俩拜花堂的事儿。"二柱说。

"那个花堂，你是不是觉得拜得忒冤枉了。"魏淑兰说。

"有点儿。"二柱说。

"说实话，那天晚上，你睡着了没有？"魏淑兰说。

"你呢？"二柱说。

"我先问的你。"魏淑兰说。

"一宿没睡。"二柱说。

"想什么？"魏淑兰说。

"想，想过去钻你那被窝儿。"二柱长了胆儿，把真话抖搂出来了。

"不害臊。"魏淑兰用手指头点了一下他的脑门。

"嘻嘻，嘻嘻。"二柱傻笑。

"你一个单身男人，身子骨儿又这么壮，一年一年地这么干熬着，不易呀……"魏淑兰叹了口气。

二柱听出了魏淑兰的话外之音。他明显地感到，这些日子，她对自己有些变化。

二柱有些反应，但不是很强烈，可能是天太热了，也可能还是没有完全猜透魏淑兰的心思。他站起来，提了提裤子，向远处走去。

"去哪儿？"魏淑兰问。

"撒泡尿。"二柱说。

"真是懒驴上磨屎尿多。你别假正经了。我背过脸去，不就得了。"魏淑兰说。

二柱偷着笑了。

第三十一章

贺小虎管给养库，小周管被装库。工作有合作有分工，赶上忙了，还跟连队要公差。

有一天，贺小虎到被装库里帮忙。正忙着，他见来了两个女兵，其中一个是张颖。他赶紧把头低下，假装没看见，或者没认出来。

张颖打老远就对小周说："小周，我这套夏装太肥，给我换一个小号的。"

小周拿过衣服来看了看号，对贺小虎说："给她在4号架子上，挑一套3号的。"

贺小虎头也不抬，把张颖的衣服拿走了。进了仓库，他有意磨蹭起来，心想，哼，你也有求我的时候呀？牛呀你？他在4号架子上找了半天，只找到了一套3号的女夏装。往外走的时候，又停了下来。心想，既然她犯在我手上了，干吗让她那么便宜。他转过身去，把拿在手里的军装，找了个隐蔽的地方藏了起来，又把张颖原来的军装找出来，拿出去对小周说："3号女夏装没有了。"就在这个时候，张颖认出他来了："你，你怎么在这儿？"贺小虎假装刚认出来："哟，是，是你呀？"小周很奇怪地看着他们俩："你们认识呀？"贺小虎说："认识。在新兵连的时候。"张颖问贺小虎："是出公差呀还是借调呀？"小周接过来说："小贺正式调过来了，管给养库。"张颖说："怎么没听说呀？"贺小虎不说话。心想，你听说没听说，有什么用？我钥匙早就拿上了，正班级待遇，你不服怎么着？张颖拿过衣服来看了看，对贺小虎说："你再帮我找找，这套太肥了。"贺小虎："我在4号架子上找遍了，确实没3号的。"张颖说："那我自己进去找找。"贺小虎往旁边的牌子上一指，上面写着"仓库重地，闲人免进"。张颖脸上立马露出了不高兴。小周说："让她进来吧。"张颖掀开挡板进了仓库。看来她不是第一次进来，到了里面直接奔向4号架子。贺小虎在后面紧盯着她。张颖找了半天，确实没找着3号的，叹了口气，回过头来对贺小虎说："哎，是谁把你调过来的？"贺小虎说："上级。"张颖朝他扭了一下头："什么，上级？"见贺小虎不说话，又问，"我爸知道吗？"贺小虎说："好像不知道吧？"张颖说："军需库这地方可不是好进的，肯定是走后门调来的。"贺小虎说："我又不是干部子弟，走谁的后门？"张颖说："你这当哥的，可够小心眼儿的。还记着仇哪？"贺小虎没说话。

张颖走了之后，贺小虎又把那套3号的军服放回了4号架子，这动作让小周看出来了。小周问贺小虎："你对她有成见？"贺小虎说："没有。"小周说："这是师长的千金，不好惹。"贺小虎说："操，有什么呀？"

没多久，贺小虎还做了一件得意的事儿。他给姐弄了一件女兵夏装，连同领章帽徽寄了回去。他当保管员有这个便利条件，他想姐一定很喜欢。姐长得不比张颖差，个头儿甚至比她高。还有，姐做梦都想穿上军装，只是母亲把她的梦给毁灭了。没多久，姐寄来了一张穿军装的照片，是彩照，很帅。不知怎么回事儿，看着那张照片，他有点儿心酸。尤其想到在连队的时候，为给姐弄军装，差点儿没挨个处分，不由得长叹了一口气。

一到礼拜天，贺小虎就到舅家吃饭。有时不到礼拜天，赶上做好吃的，李萱也过来叫他。李萱问他，去你爸家了没有，他含含糊糊说没有。李萱说，该去了，再不去，就不像话了。他问李萱，该跟那个后娘叫什么？李萱想了想，说，叫阿姨吧。李萱还告诉他，师长家住几栋几号。其实贺小虎早就侦察过了，师职干部一共三排房子，这些日子，哪个首长家住哪儿，他都摸清了。正师职的住最前头一排，一排住两户。东头是师长，西头是政委。这两个门前总是停着小车，有兵不停地出出进进。贺小虎曾经在师长家的门口逗留过几次，趁着旁边没人，他爬上墙头往里边看过。院很大，有两棵果树，是苹果梨，也就是用苹果树嫁接的梨树。树冠很大，结的果实很丰盛，压得树枝颤颤悠悠的，好馋人。除此之外，还有几畦菜地，红红绿绿，长长短短，五花八门，什么都有。在靠近窗子的地方，还养了一些花，也是五花八门，他一个名字也叫不上来。到底是师长，跟小地主差不多。这个爹，这个家，够会享福的。舅是政治部主任，副师职，在师里也是常委，但在师里属于第 12 号人物。除了师长、政委，还有四个副师长、四个副政委，还有参谋长，往下才是政治部主任。舅家的小院比师长家小多了，车坐的也不一样。舅坐吉普车，师长政委都坐卧车，据说是苏联进口的"伏尔加"。

有一天，贺小虎和小周到机关出公差。走到服务社门口的时候，看见一个打扮很时髦，长得很俊气，说话带点儿南方口音的中年妇女。那人走路屁股一扭一扭的，对过路行人，不管是谁，都不曾撩眼皮，一副十分尊贵的样子。在距他们两三米远时，小周首先叫了声，张阿姨。就在这个时候，贺小虎有意躲开了。说实话，他一见面就讨厌这个女人。小周跟那个女人说了些什么，他没听清。不一会儿，小周过来了，说刚才那个女的是师长媳妇，家属院最漂亮的家属。其实，就在他们说话的时候，他也做了这样的判断。听说那个叫张敏的后妈，模样盖了整个家属院。俊就俊吧，干吗那么牛×，那么傲慢？那天也有些冤家路窄。他们出完公差路过宣传队的时候，又碰上了张颖。他本来想躲，但张颖把他叫住了，在他面前有意前后转动了一下身子，问他这套军装怎么样，而且明确告诉他，这套军装是 3 号的。贺小虎脸红了，他见小周脸也红了。往军需库走的路上，他再没跟小周说话。

这些天，贺小虎和小周之间有点儿那个。

贺小虎到服务社去买洗衣粉的时候，撞上了张敏。张敏是服务社的主任，一般是不站柜台的，她是替人家卖货。那天买东西的人很少，给贺小虎拿了洗衣粉，张敏跟他聊了两句。

张敏问道："你是哪个连的？"

贺小虎说："军需库的。"

张敏说："咱们还是一个系统呢。怎么没见过你呀？"

贺小虎说："刚调来的。"

这工夫，有人来找张敏，叫了声张主任。张敏就跟着走了。贺小虎不得不承认这个后妈实在漂亮，也十分年轻，根本不像几个孩子的母亲。尤其那身段和皮肤保养得很好，再加上说话慢声柔气的，有些斯文。与此同时，他也想起了自己的亲娘魏淑兰。虽然在七里冢也算拿得出手的女人，但跟这个后妈没法比。他想，当年父亲一定很认真地比过，下那么大决心蹬掉自己的前妻，是需要胆量，也是需要动力的。而这个后妈当年的动力一定是很大很大的。

再后来，贺小虎知道，这个叫张敏的后妈，在服务社是个了不起的人物，连军需科长、管服务社的助理员都敬她三分。服务社的那些家属们见了她，都像老鼠见了猫似的。她经常往办公大楼跑，服务社有屁大的事儿，她就捅到后勤部长、政委那去，要不，就捅到师首长那去。有一次，军需科开会，干部、战士、职工都参加。本来是科长讲评工作，结果张敏东拉西扯就占了一个多小时。而且对科长、副科长都不称呼职务，在人家的姓前头加个小字。其实，科长、副科长都比她年龄大、资历老、职务高。而面对张敏的颐指气使，谁也得以笑脸相迎。贺小虎看出来了，这个叫张敏的后妈不是个省油的灯，比在家时奶奶说的有过之而无不及。他想，父亲虽然当那么大官，在家一定是个大受气包。

礼拜天，贺小虎意外地接到父亲的电话，说让他中午到家里吃饭。师长轻易不会把电话打到军需库，又专门请贺小虎吃饭，这让在一边听到电话的小周整个蒙了。贺小虎却显得很不以为然，不紧不慢地摆弄着什么东西。小周憋不住地问，师长到底跟你是什么关系？贺小虎心不在焉地说，那是我爹。小周不由得把嘴张大了。

去还是不去呢？看来不去是没什么道理了。不管人家承认不承认，从理论上讲，那是个家。他先去了舅家一趟，把事情说了一遍。李萱首先表态，必须去。贺小虎磨蹭了一下说："可我看不上那个后妈，还有张颖。"魏猛子抢过来说："你有什么资格看得起这个，看不起那个的？要你去，你就去。"李萱说："实际上，那才是你真正的家。要让人家接纳，你也要有个姿态。"贺小虎说："什么姿态？"李萱说："进门先叫妈。"贺小虎说："我做不到。"魏猛子说："先叫姨吧。""太愣。"李萱说："早晚得改口。至于跟张颖，你们还都是孩子。可你是当哥的，你要大度。就说换衣服的事儿吧。你要主动跟她道歉，因为是你的不对。"魏猛子又说："你也不是小孩子了，以后要学会处理问题，别老耍小孩子脾气。"贺小虎说："舅，我知道了。"

出了门，贺小虎在想，是空着手去见那个叫张敏的后妈，还是提些东西？他一边想着一边朝服务社走去。到了副食部，看了又看，兜里的那俩钱掏了又掏，没舍得花。咳，上自己家，买什么东西？何况自己也不挣钱，再说买点儿滥贱不值的东西，人家也看不上。干脆就空着手去。

贺小虎进屋的时候，家里的饭准备得差不多了。张颖先迎出来。贺小虎首先叫了声妹。张颖看样子有些感激："今天改口了。"可她没跟他叫声哥。贺小虎又说："那天换衣服，是我的不对，我跟你闹着玩儿呢。"张颖说："自家人，别客气了，说不定哪天还找你麻烦呢。"看来，跟张颖之间的事儿就这么过去了。人家到底是真正的干部子弟，比自己大度。接下来，他坐在沙发上，应该是等那个叫张敏的后妈出场。看样子张敏是在厨房里忙活。说实话，他很惧怕这个女人，要不是有这层关系，最好一辈子别走近这个漂亮而可怕的女人。茶几上放着水果、巧克力、糖果、葡萄干和瓜子一类的东西。不知道师长家是天天这样摆着，还是专门为他摆的。他推算可能是前者。那样自己就是个人了。门开了，进来了两个兵，一个是司机，一个是公务员。贺小虎见过他们。简单打过招呼之后，他们就进了厨房。看样子是给张敏打下手去了。不一会儿，从里屋出来一个戴眼镜，个头很高的小伙子。张颖给贺小虎介绍说："这是弟弟贺武。"贺小虎伸过手去跟贺武握手。贺武斯文了一下，没说话。张颖让贺小虎吃桌上的东西，他挨个看了一下，最后选了一块糖。他认为自己很配吃那东西，那东西熟悉些，吃着在行。张颖给他剥了一块巧克力，他没吃。贺小虎吃着心里有些不踏实，眼下要见的是张敏，可张敏还没露面。他想，从礼貌讲，是不是先到厨房里跟她打下招呼，报个到。舅不是让自己学会处理事体吗？他动了动屁股，又觉得跑到厨房里去主动打招呼，是不是太那个了。今天，我毕竟是客人，又是第一次来。作为主人，你应该出来先跟我打个招呼，再去厨房里忙你的。不能去厨房，就这么等着，别显得自己太贱喽。该拿着点儿，就得拿着点儿。想到这，他拿起一个大苹果，很硬气地啃起来。

　　厨房的门一会儿关，一会儿开，可以闻到里边传出来的香味儿，听到铲子与锅摩擦的声音，还有张敏吩咐兵的声音。两个兵开始往外端菜。贺小虎欠了欠屁股，也想过去帮帮忙。但想到今天自己是主客，也就踏实地坐下了。

　　张敏终于从厨房里出来了，贺小虎站起来准备迎上去打招呼。可张敏转身进了卧室，根本就没朝沙发方向看。卧室里门关得严严的，不知道张敏在做什么。待了一会儿，门开了，张敏像换了一个人似的出现在眼前，衣服穿得很艳，头发梳得很顺，脸上像是擦了一层什么东西，白得有点儿过了。总之，比以往显得更年轻、漂亮。贺小虎站起来。张颖做了介绍。贺小虎很腼腆地叫了一声："阿姨。"张敏笑着把手伸过来，贺小虎有些慌，赶紧上去捏了一下。那手软软的，柔柔的，很有些捏头。张敏上下打量着贺小虎，眼睛眨了一下，一笑，露出两颗小虎牙："哟，是你呀？见过，见过。快坐下。"张敏又说："小虎呀，这是你的家，你早就该过来。"话说得像亲娘似的，贺小虎好一阵眼热，过去对张敏一些不好的印象，一下子打消了不少。

饭菜上齐了，酒倒满了，贺金柱也回来了。一进门说："哟，这么丰盛呀。"

全体人员入座，那两个兵也坐下了。张敏让贺小虎挨着她坐着。大家都等着贺金柱或张敏发表祝酒词，然后就开吃开喝。贺金柱看着张敏。张敏说："看我干什么？儿子第一次到家来，你得讲呀。"

贺金柱说："好吧，今天我们家举行这样的宴会，有两个议题，一个是庆祝你们的妈妈38岁大寿；一个就是欢迎小虎第一次到家来。来，咱们共同干一杯！"

贺小虎站起来，没任何感觉地把第一杯酒干了。他不知道张敏过生日这个远比他第一次认家门更重要的议题，没人提醒他，他一点儿心理准备也没有。

张颖和贺武，还有那两个兵，都向张敏献上了生日礼物，还一起唱了《祝你生日快乐》的歌曲，弄得贺小虎很尴尬。他很后悔，当时为什么不在服务社买些东西，甚至后悔今天压根儿就不该来。他怎么也没想到，今天的宴会是两个主题，而且他的到来，还排在了第二个主题。看来，他把自己估计得高了。可父亲提前并没有说第一个主题。要是说了，自己说不定还不来呢。宴会气氛越热烈，他就越尴尬，越木讷。

张敏不住地给贺小虎夹菜。贺小虎不小心把筷子掉在了地上，弯下腰去捡。张敏说："别捡了，换双新的吧。"张敏还问贺小虎，食堂里的饭怎么样，吃饱吃不饱？吃不饱，就到家里来吃。别饿着，还长身体呢。

贺小虎有些受宠若惊，甚至想流泪。他几次想站起来，单独敬张敏一杯酒，说些祝你生日快乐什么的，甚至可以叫声妈，是完全可以做到的。但他没鼓起这个勇气，他怕闹出新的尴尬来。吃完饭，就走了。

出门的时候，张敏送他，并说："以后一定常到家里来，有事儿就说。大事儿找你爸，小事儿找我。"分手的时候，还拍了一下他的肩膀。

给养仓库拉来些好东西。先是从北京拉来了西瓜，接着又从天津拉来了鸭梨，还有一些活着的海鲜。这些东西丰阁这鬼地方都不产，而这些好东西都要先进贺小虎所管辖的给养仓库。这么些好东西，就贺小虎一个人掌握着钥匙，而且这些东西都是消耗品，也没个准确数量。保管员机动的权力很大。他想起了在老家拿收音机跟看瓜的贺三汤换瓜吃，还让贺三汤给骗了。那时候幼稚得就知道贪吃。眼下好了，这满仓库的东西，只要不怕撑死，想怎么吃就怎么吃。晚上，他把仓库门反锁上，一阵大吃。

第二天，那些好东西就给机关和连队分了。贺小虎长了些心眼儿，捡了一些好点儿的，藏在了别人看不到的地方。除了自己吃个长远，还可以送人。关于海鲜，他给舅家送去了一部分，也给张敏送去了一些，直到家里冰箱盛不下了。张敏嘱咐他，千万别让你爸知道。贺小虎说，知道了。张敏还说，今后你有什么事儿，就跟我说。在一七〇师，没有我办不到的。贺小虎看出来了，打发这个叫张敏的后妈高兴，比打发那个当师长的亲爹高兴，要重要得多。尽管那个后妈走路一飘一飘的，像在跳舞，让他看着心里很不舒服。那天，贺小虎在激动中不知不觉改了口，叫了声"妈"。张敏并没有显出惊奇，很随便地答应了一声。

第三十二章

到了第三年，贺小虎有了探亲假。而且机关对兵管理又没那么严，只要想走，什么时候都行，多待些天也没事儿。但贺小虎没探家的打算。一是怕见娘，当兵三年，娘没给他写过一封信。他知道，在七里冢，像娘那个岁数的人识字的不多。娘其实也不识多少字，就是爱学习，有事儿没事儿就写写，还背字典。越是笔画多，不好认的字，她越认识。不打算回家的另一个原因，是他面临提干了。调到军需科不到半年就入了党，很快成了干部苗子。他不知道这些跟他那个当师长的爹，有没有关系。

贺小虎跟小周的关系一度处得很好。贺小虎在连队待了半年多，除了那个班长，也没交下很知心的人。他想把自己的心事找个人说说，尤其自己的家事，但一直到离开连队也没找着这样的人。到了军需科，他觉得小周是个很值得信赖的人。两人住一个宿舍，时间长了几乎是无话不谈。小周到机关早，人熟，嘴好使，心眼儿灵活。在机关，被装保管员是个能为人的差事。上至首长，下至机关的参谋干事助理员，还有直属队的官或兵，没有求不着他的。是军人就得穿军装，穿军装就得跟被装库打交道。尤其旧品库的东西，基本上没什么准数。上交的时候，连队卡得严严的，到了军需库，也就那么回事儿了。那些机关干部们衣服穿得省，到上交的时候还新着呢。找到小周要套旧的，就顶上去了。如果跟小周关系好的，还可以跟他要床旧被子、褥子，铺在身子底下，就不那么硌得慌了。机关的官们兵们，见了小周都客客气气的，很当回事儿地敬奉着。小周知道贺小虎有背景，主动把权力分给他一部分，经常把旧品库的钥匙交给他。这样，贺小虎也能小滴溜儿地拢住一些人。想想在连队的时候，为下手偷那套旧军装，差点儿弄个处分，真他妈好笑。贺小虎管着给养库，权力仅次于小周。除了到夏天有那些好吃的东西之外。机关干部们的家属临时来队，找他借炊具厨具，也是少不了的。关系不好的，一句"没有了"就打发了。所以，上上下下，也不敢得罪他。军务科新调来一个姓牛的参谋挺牛的，不管在大街上，还是大院里，有事儿没事儿，逮住兵就训。贺小虎也让他训过一次，挺凶。一天，牛参谋找贺小虎借炊具。贺小虎带搭不理地说，没有。牛参谋说，我有条子。贺小虎说，有什么也没用，没有就是没有。牛参谋一下就牛上了，你这个屌兵，还想不想在这儿干。贺小虎毫不示弱，想在这干怎么着，不想在这儿干又怎么着？牛参谋说，不想在这儿干，我明天就让你打背包回连队。贺小虎说，操！指不定谁回连队呢？说完，扭头就走了。过了两天，牛参谋专门跑到军需库来给贺小虎道歉，以后再见了面，每次都上赶着跟他说话。这事儿的全过程，小周都看见了。小周说，这些人，就是欺软怕硬。贺小虎说，别鸟他！牛什么呀牛？小周说，我可不能跟你比。小周知道了贺小虎既是师长的儿子，又是魏主任的外甥，还是张科长的老乡这些背景之后，主动跟他走得很近乎。帮着他熟悉业务，帮着他整账，帮着他搞库里的卫生。还主动跟他介绍后勤机关的情况。比如，哪个科长跟哪个科长关系好，哪个助理员跟哪个助理员有矛盾。军需科的干部，谁是哪儿的人，什么脾气，有什么爱好，谁谁不能得罪，等等。总之，这个小周利用自己的工作之便，把后勤机关这帮子人都琢磨透了。见小周跟自己这么交心，贺小虎把自己的心事就和盘托出了。包括自己的父亲当初怎么跟娘离的婚，包括自己小的时候因为没爹，在学校怎么受气，还有自己当兵是怎么来的，以及在新兵营跟张颖的第一次冲突，等等的事件，都跟小周面面俱到地说了。小周也跟他说了一些个人的情况，包括自己的未婚妻是父母包办的，想退婚，又怕女方找到部队，等等。两个人有时说话说到大半夜，白天，去仓库，去饭堂，都是肩并肩着走，像亲哥俩似的。小周很勤快，屋里的两个水壶的水，都是他打。贺小虎抢不过。还有冬天烧炉子，添煤块，倒煤渣，差不多都是小周干。贺小虎干一次，小周就赶紧抢过来。小周经常跟他说，这些活儿我来干。你要帮我，就经常在你舅你爸那儿，多给我美言几句。其实，贺小虎真这样做了。尤其在张科长和舅那儿，没少说小周的好话。

贺小虎和小周从无话不谈到最后翻脸，贺小虎认为，责任完全在对方。最初的小不愉快，就是关于给张颖换服装的事儿，从后来掌握的情况看，是小周出卖了自己。当然，那时候，小周还不知道他跟张颖的关系。但后来，小周跟他道了歉，并说不是有意的。那件事儿虽然不大，但足以证明小周是个有心计的人。后来处得时间长了，再没发现类似情况。贺小虎就原谅他了。最后闹崩是关于提干的事儿。军需科一共给了一个提干指标，他俩都是保管员，正班级待遇。都入了党，都是干部苗子。可论关系，小周就相形见绌了。有一天，两个人躺下之后都睡不着，小周就说："小虎，咱俩关系咋样？"贺小虎说："不错呀。"小周说："我待你咋样？"贺小虎说："挺好的呀。"小周说："那你把提干指标让给我吧。你有这么多关系，你再弄个指标。"贺小虎很不含糊地说："别的事儿都好商量，但这事儿不行。我娘都把我扫地出门了，不提干，我就没有活路了。"听贺小虎说得这么严重，这么坚决，小周就不言声了。直到睡觉，谁也没有说话。

接下来，两个人就明显生分起来。

贺小虎参加了提干体检，但没小周。

在这当口，上级来检查仓库，第一要求是账物相符，再就是保管员熟记职责，库区卫生要整洁，防火灭火设施要齐全，等等。但在账物相符上，贺小虎的给养仓库却出了毛病。架子上少了20尺笼屉布、15尺豆包布，还有6把菜刀。贺小虎心里着急，他头两天还清点过，账物是相符的，怎么会少这么多东西？张科长让他好好想想，助理员帮着他查。最后发现少了4张出库单，还有5张条子。问题就出在这里。出库单，助理员那里有存根，可条子就没什么依据了。好在贺小虎多了个心眼儿，不管是部长、科长，还是助理员写的条子，他都另外记在了一个本子上。拿出来一对，整好把缺少的东西对上。可那笔记本毕竟不是合法的依据。要真少了这些东西，不仅提不成干，还得受处分。贺小虎急得头上直冒汗，就是找不着那些条子。但他清楚地记得前两天那些条子和出库单都在。张科长问他，这两天，都有哪些人来过你的仓库。贺小虎想了想说，就是小周帮着整过仓库，别人谁也没来过。张科长马上把小周叫到办公室。小周显得很镇静，说我跟小虎好得跟一个人似的，怎么能干那种事儿呢。后来，张科长把保卫干事找来了，三下五除二，小周就招了，并把撕碎的出库单和条子，都从垃圾堆找了回来。贺小虎当着人就给了小周一巴掌："原来你是只披着人皮的狼！"后来，小周打背包回了连队。

贺小虎舒了口气。

提干之前，后勤部的干部干事，找贺小虎谈话。问他愿意在机关，还是下到后勤分队。在机关可以任军需科的见习助理员，分管给养。后勤分队大部分是技术干部，像医院、卫教队、汽车连、修理所、家属工厂等。这些单位显然不适合自己，将来也不好发展。当然他倾向留在机关。而自己又不好直说。想了想，就说，服从组织需要吧。后来，干部干事告诉他，命令是按军需科见习助理员起草的。他由衷地说了声，谢谢。

贺小虎有远大志向，他不想将来在后勤发展。等提了干，再走父亲或舅的后门，改行搞军事或者政工。到了军需科之后，他才弄明白，同样是司政后三大机关，后勤部就比人家司政低半个格。由于受专业的限制，进了后勤就窝在这里了。而在司政机关升到一定的职务，还可以到部队去发展。再有，后勤虽然管钱管物，但在首长和部队中，却没有多大地位。上边那些大官，很少有从后勤走上去的。在二十八团，就有一个很不雅的顺口溜：后勤处长是个鸡巴，谁愿拨拉谁拨拉。

再后来，贺小虎了解到，他们这批提干的仅师直就有三四十人，其中有一部分是干部子弟。张颖也是其中之一。宣传队解散之后，张颖调到了师医院，她在药房工作，预提司药。在很短的时间内，贺小虎他们这批预提对象，参加了简单的政治和军事考核，据说命令都打出来了。而就在这个时候，上级下了要命的文件：士兵提干一律经院校培养，直接提干冻结。

预提对象们都傻了，女兵们哭了。有的给家里和亲朋好友们写了信，提前报了喜；有的花钱请了客；有的代理了一年多的干部职务；有的偷着弄到了干部服，等着下了命令穿上回家风光。更有甚者，八字刚有一撇，就向老家的未婚妻发出了最后通牒。惹得满城风雨，提干却又泡了汤，弄得鸡飞蛋打。

紧接着，一些预提对象的爹们也来了。他们大部分是离退休的干部，孩子当兵的时候，他们有的还在职，当时因为忙，或者别的原因，没顾上孩子的前程。现在退下来了，没事情可做了，没别的心可操了。想起了儿女前程的重要，就跑过来看看，有没有回天之力。

贺小虎有说不出的痛苦，他专门到保密室找老乡看了那个文件。白纸黑字，写得清清楚楚。他看着看着，眼泪当场就掉下来了。他不怪这个文件本身，而怪这个文件下得太不是时候，好像是专门对着自己来的。苦巴苦结混到这一步容易吗？

在这批预提干部中，还有魏猛子的儿子魏小成，现在通信营代理排长。在他的三个儿子中，魏小成的文化基础最差，考院校肯定连门儿也没有。剩下的两个儿子，一个已经参加了工作，一个还在读高中。读高中的学习成绩在学校拔尖，将来考大学没问题。他和李萱最担心的就是魏小成，见他上学没什么出息，就让他当了兵。如果顺利地提了干，这块心病也就去了。

直属队排职干部的任免权限在政治部。政治部副主任比魏猛子小10来岁，对他这个官大一级压死人的主任，一直是俯首帖耳，唯命是从。这个副主任是南方人，脑子很灵活，处事儿也很圆滑。他给魏猛子出了一个主意：赶紧召开部党委会，研究这批干部，然后把命令的时间下到上级文件下发之前。反正文件刚下，还没给部队传达。副主任还说，这里边不光有你、师长、副政委、参谋长的孩子，还有一些老干部的孩子。这样做，也算为老干部解决后顾之忧。

张敏来到魏猛子的办公室，把门关上，一副神经兮兮的样子，弄得魏猛子有些紧张。她竟出了一个跟副主任一模一样的主意。并说，趁着贺金柱不在家，赶紧办，免得夜长梦多。魏猛子回到家，李萱也向他叨叨这事儿，说起来就没完。魏小成这些天回来的也比过去勤了，到家什么话也不说，转悠转悠就走了。一些老干部也到魏猛子的办公室来坐坐，他们没有出那么妙的主意，只希望自己的孩子能得到关照。这些老干部都是魏猛子的上级，有的在职的时候为他说过话。面对那一张张比在职的时候要沧桑许多的脸，魏猛子心里七上八下的。

贺小虎这些天到魏猛子家串门也比过去更勤了。魏猛子是他亲舅，平常不敢跟贺金柱说的话，就跟魏猛子直说。他说："舅哇，你这儿有别的办法吗？你不能眼看着我再回家种地呀。要是那样，我连村也没脸进呀。"李萱跟着说："小成吧，提不了干还能到地方安排工作。小虎的事儿，你可得管到底呀。"贺小虎调到军需库以后，利用自己的权力，打发两个人彻底高兴了。一个是后妈张敏，再一个就是舅妈李萱。凭贺小虎的感觉，这个舅妈很有些亲戚来头儿。挺会疼人，也没架子，说话柔声细气的，怪亲热人，跟张敏完全是两码事儿。要说家属院里自己有个家的话，到舅妈家倒真有家的感觉。他到家里来，赶上吃就吃，赶上喝就喝。说什么，做什么，都不拘谨。再就是在舅妈家，经常看见老家的人。老家的人在家里怎么造，怎么反，舅妈脸上都不带样儿。舅舅经常当着老家人吹："别管在哪儿娶的媳妇，也别管她有多大能耐。进了魏家的门儿，就得按魏家的规矩使唤。让她上东，她不能上西，让她打狗，她不能打鸡。"李萱抿着嘴笑，老家人就一个劲儿伸大拇指。

魏猛子经过一番思想斗争，终于采取了副主任提出的那个方案。政治部党委成员由主任、副主任及各业务科科长组成。这次党委会无一人缺席。会上，干部科长提出了不同意见，他认为这是原则问题。这样做了，会留下后患，闹不好会有人告状。其他科长见主任、副主任态度坚决，而且提前进行了导向性的发言，都很知趣，表示同意。最后轮到魏猛子拍板的时候，说："我是书记，有人告状我顶着。但我提醒大家，对这次会议的内容一定要严格保密。这是纪律。"事情就这么定下了。

政治部开过会的第二天，贺金柱从军里参加战役集训回来了。他没回家，直接进了办公室，保密员送上了几个文件夹，他看到了那个关于战士直接提干冻结的文件。看过之后，他在上边批了几句话："迅速传达到全师排以上干部。自文件下发之日起，师、团政治部门要严格遵照执行。贺金柱。"

魏猛子很快见到了贺金柱的批示，他心里害怕起来。看着贺金柱批的那段话，就好像这件事儿，他已经知道了似的，也可能自己是做贼心虚。他想了想，觉得应该跟贺金柱谈谈。眼下师里政委缺编半年多了，不知为什么上边老不配。当然，魏猛子比任何人都惦记这个位置。眼下师里有三个副政委，都比魏猛子年轻。但魏猛子很看重自己的优势，一是自己在战争年代立过大功，这一点儿，那几个年轻的副政委没法比。二是一七○师前几任政委，都是由主任接的，这好像成了惯例。还有一个急于登上这个宝座的重要原因，就是要在职务上赶紧与贺金柱拉平。这些年，他撵贺金柱撵得好苦。贺金柱每次提升，都是把副职跨过去，说不定，哪天他就当军长了。到那时候，两人之间的差距就更大了。他托人到军里打听过几次，得到的答复，都比较含糊。为这事儿魏猛子心里很是着急。

这半年多，贺金柱集一七○师的军政大权为一身，可以说是一言九鼎。魏猛子想，这么大事儿，他早晚要知道，干脆跟他挑明了。反正那张命令上有他儿子，也有他女儿，让他看着办吧。

魏猛子把这事儿摊开的时候，贺金柱一下子火了："作为一名党员，一个师政治部主任，你怎么这么没头脑？你这是犯了欺君之罪，你知道吗你？"

魏猛子说："你别发这么大的火，这些干部的任免权限在政治部。出了问题我兜着，没你当师长的事儿。"

贺金柱说："这么大的事儿，你兜得了吗？说到底，你就是自私！"

魏猛子的火也蹿上来了："我自私？别忘了，这张命令上有你的儿子，还有你的女儿。尤其还有一些老干部子女。他们在一七〇师干了一辈子，他们的子女不该得到照顾吗？"

贺金柱说："你说得太冠冕堂皇了吧？我就不相信，革命了一辈子的老干部，这样的觉悟都没有？我们置上级的文件指示而不顾，丢掉党性，丢掉原则去照顾他们，他们就那么心安理得地接受？如果我们有令不行，有禁不止，视上级文件为儿戏，弄虚作假，欺上瞒下，那还叫什么共产党的军队？我们还算什么共产党的干部？"

魏猛子头上出了汗，他顾不上擦。嘴上还说："好，你牛。就你马列，我们是乌合之众。"

贺金柱猛地朝桌子上擂了一拳："不像话！"

魏猛子说："你用不着发那么大火。你是一师之长，这支队伍你当家，当然是你说了算。但我料定，你早晚有后悔的时候。别人还好说，小虎是农村来的，你看着办吧。"

贺金柱说："这些人，就光小虎一个人是农村来的吗？你考虑过别人的出路吗？"

魏猛子不说话了。

贺金柱把语气缓和了一下，问道："命令已经发了吗？"

魏猛子说："已经到保密室了。"

贺金柱说："赶紧把命令撤销，挽回影响。晚上召开常委会，你要做深刻检查。"

贺小虎听说父亲回来了，他几次给父亲办公室打电话，都没人接。问司令部值班室，值班员总是说在开会。开会！开会！也不知道这些当官的一天到晚，哪那么多会开？我这都火烧眉毛了，眼看着就没前程了，这个当爹的还一门心思开会。在贺金柱还没回来的时候，他去了家里一趟。问了问情况，正赶上那天张敏刚到魏猛子那儿出了主意回来，心里有些得意，就跟贺小虎说："你放心吧，没几天你就会看见命令了。"贺小虎眼睛一下子格外亮了起来。他知道这个叫张敏的后妈在一七〇师很厉害，没她不敢说的话，也没她办不成的事儿。这下他就放心了，但愿这个后妈大大的厉害下去。正赶上那天给养库里拉来了烟台苹果，他和公务员捡个儿大的、漂亮的挑了两筐，送了过去。张敏说："别弄太多了，到时候，管理科还分呢。"贺小虎说："这些品种好。"

贺小虎白天找不到父亲，决定晚上去家里找。因为他听说提干的事儿没戏了，他想探个究竟，再看看父亲有没有别的办法。不是还有张颖嘛，到时候跟着搭个车也行。吃过晚饭围着大院转了一圈，他就去了父亲家。大门开着，屋门也没关严实，屋里好像在吵架，是父亲跟后妈的声音。

"贺金柱，你知道吗，你这样做，就等于坑了张颖和我外甥女一辈子。"张敏在嚷。

"还有小虎。"贺金柱不急不慢地说。

"小虎我管不着，那是你这个陈世美跟秦香莲在原郡生的儿子，跟我没血缘关系。你愿让他回家种地那是你的事儿。我关心的是我的女儿和我的外甥女。当初当兵你卡，现在提干你又给卡了，你这到底是安的什么心？"张敏嚷声加剧。

"上级有文件，怎么是我卡的？"贺金柱说。

"不是你卡的是谁？为什么人家政治部研究了，你回来又推翻？"张敏追问贺金柱。

"这是组织上的事儿，部队内部的事儿。你一个军外人士，有什么权利干涉？我告诉你，有不少人提醒我，你的手伸得太长了，管得太宽了。就差垂帘听政了！你也是文化人，应该有自知之明，把自己位置摆正了。在一七〇师，你除了是贺金柱的老婆，别的什么都不是！"贺金柱也把嗓门提高了。

张敏呜呜地大哭起来，接着"嘭"的一声像砸了一些东西。后来，又摔了一件东西。砸完摔完，火气并没消："贺金柱，你别跟我来这一套。我不光是你老婆，我还是张颖的妈。我不能眼看着我女儿的前途丢在你的手里，我要和你斗争到底！"

贺小虎听着听着，头发好像在往上参。他弯下腰，顺手拿起了一块砖，趁着屋里大乱的时候，他把那块砖扬起来，很准确也很果断地砸在了他曾经擦过的一块玻璃上。然后，撒丫子疯跑。

贺金柱喊了一声："谁！"接着，便以紧急集合般的动作追了出来。

贺小虎很机灵，借着夜色的掩护，钻进了旁边的车库里。贺金柱没找到人，四处看了看，回去了。

回仓库的路上，贺小虎的情绪糟糕透顶。他后悔不该到这个家里来，或者不该这个时候来。尤其听了张敏说的那让他往死里记一辈子的话，他浑身都凉了个透彻。就像大冬天，有人从头顶上浇来一盆冷水。有一大段时间，他还真把这里当成了自己的家，把那个张敏当成了只多一个后字的妈。现在看来，自己太傻了，傻得没救了。闹了半天，自己在人家眼里狗屁不是，也可能比这更严重。在这个时候，他想起了自己的亲娘。虽然自己走的时候，不让见她，虽然他当兵三年，娘没给他写过一个字，但那是地地道道的亲娘，连着筋骨血脉的亲娘，到阴曹地府也改变不了的亲娘。看来娘说的那句话有道理：就是将来回家种地，也不要投奔你那丧了良心的爹。看来，这个爹真是没救了，良心真是大大的坏了。这会儿，他想家了，想娘了。想娘这会儿正在做什么，姐考上了大学，家里是不是冷清了？娘也50出头的人了，身体好不好，见老了没有，是不是还跟以前那么俊？姥姥怎么样？奶奶怎么样？叔叔怎么样？他一个个地都惦记上了。当兵出来这些年，从来没这么想过家，从来没这么知道惦记过人。这么一会儿的工夫就长大了。他甚至想回家看看，但这个想法很快就被自己否定了。

这一夜，贺小虎没睡着觉。

第二天是礼拜天，贺小虎去了舅家。魏猛子看样子很沮丧，不怎么想说话。李萱安慰贺小虎说："不要灰心丧气，你还年轻，以后还有机会。"

贺小虎说："我今年都是第三年兵了，年底就该复员了。"

李萱说："没事儿。只要你不想走，谁也不敢撵。"

见魏猛子不表态，贺小虎心里着急，他凑过去说："舅，我爹是指不上啦，就看你的啦。"

魏猛子想了想，说："你还是回二十八团吧。"

贺小虎吃了一惊："啊？！"

魏猛子说："上级又来了文件，不管是上院校，还是提干，基本的条件是当过战斗班的班长。"

李萱接过来问："二十八团还在山上施工吗？"

魏猛子说："马上就下山了。"

贺小虎问："下山之后，干什么？"

魏猛子说："搞全训。"

李萱说："小虎在机关待了两年多，到连队还能适应吗？"

魏猛子说："有享不了的福，没受不了的罪。别人能受，他就能受。"

贺小虎说："舅，回到连队，还能提干吗？"

魏猛子说："那就看机会了，起码能给你创造条件。"他叹了口气，接着说，"当初我把你硬从二十八团调过来，纯粹是跟你爸赌气。看来这一步走错了。"

听了这话，贺小虎心里嘀咕道："赌气？这么大官儿也有赌气的时候？"

魏猛子说："你回去收拾一下吧，明天办手续，后天就回二十八团。我给他们政委打个电话。"

贺小虎说："行，舅，我听你的。"

李萱说："到了团里，勤给你舅打电话。"

贺小虎说："知道了。"

魏猛子说："到了团里，好好表现。把机关的懒散作风好好改改。"

贺小虎说："知道了。"

办完手续，贺小虎到后勤各科都打了个招呼。接着不知不觉地上了二楼，他不是想跟父亲告别，只是想在他办公室门口过一下，看看那个毁了自己前程的爹正忙什么。

贺小虎从门缝里看到了那个像电线杆子那么高的身影……

第二天一早，贺小虎背上背包往长途汽车站跑。刚出师部门口，一辆小汽车停在了他跟前。他以为挡了小汽车的路，赶紧上了便道。这个时候，贺金柱从车上下来，把他叫住了："小虎，你不是上二十八团吗？上我的车。"贺小虎像没听见一样，继续往前走。刚走没多远，车上下来一个人，把他连拖带扯，弄上了车。

车一离开丰阁县城，贺金柱就开始教训贺小虎："当初我就说过，当兵就在战斗班里当，要在风口浪尖上摔打，要在艰苦环境中摸爬滚打，要舍得流血掉肉……"

发动机的声音很大，有些话，贺小虎没听清。不一会儿，他就睡着了。

第三十三章

　　这些日子，贺金柱有些焦头烂额。

　　打发了一个贺小虎，他心里稍微安定了一些。一开始，他把贺小虎放到二十八团，就是让他真正的子承父业，把那块废铁炼成一块好钢。一见贺小虎，他很失望。尤其两句话没说，那小子就跪下了，还说了一大堆熊包话，看着他那可怜兮兮的熊样，真想踢他一脚。我贺金柱活了四五十岁，除了给爹娘下过跪，在别人面前，没低过头，弯过腰，甚至连句软话都没说过。可自己的儿子竟是那么个熊德行。正因为贺小虎那个熊样儿，才把他放在部队的最底层，在最艰苦的环境里，狠狠地锤炼他，摔打他，让他脱胎换骨，直到把他锻造成一个真正的军人，直到让他成为名副其实的贺金柱的儿子。没想到的是，在他没任何思想准备的情况下，魏猛子把贺小虎调到了师机关，当起了稀稀拉拉的后勤兵。这下，这块刚淬上一点儿火的生铁，又变成废铁了。当时他真想理直气壮地质问魏猛子："你为什么把我儿子从连队调出来？"但想了想，又忍住了。他忽然想起了，贺小虎不仅是自己的儿子，还是魏猛子的外甥。何况，魏猛子刚解除"禁闭"，身心都受到了伤害，不能再跟他过不去。但他明显感到，在贺小虎的问题上，魏猛子是在跟自己较劲。说严重些，是在争夺这个像块废铁的贺小虎。贺金柱把贺小虎放在二十八团，还有一个想法，就是让他离师部远一些，离自己家远一些，少给家里添麻烦。贺小虎调到师机关以后，弄得贺金柱有些被动。

　　张颖、贺小虎的提干泡汤，难缠的是张颖和张敏。张敏给贺金柱施加了压

张颖原来在宣传队的时候负责报幕，当大幕拉开，张颖以漂亮的身材和军
人的气质出现在舞台时，观众席上立马报以热烈掌声。她那脆甜脆甜的声音，
会让人们在静听中陶醉。贺金柱本来不爱看电影和节目类的东西，甚至连宣传
队的存在，他都感到多余。但一师之长，有时看演出，就是工作，就是任务。
第一次听了张颖报幕，他也率先陶醉了，并跟着鼓了掌。从那之后，他几乎有
演出必看。上台接见演员的时候，还专门凑到张颖耳朵跟前夸奖几句。那一年，
各师的宣传队都撤销了。师里的有些领导也提出撤销的建议，报告到了贺金柱
那儿，他压下了。既没说撤，也没说不撤。后来一个女兵怀了孕，还傻乎乎地
到师医院做检查，弄得满城风雨。贺金柱大笔一挥，宣传队就解体了。

之后，宣传队的女兵，一部分退伍，一部分调走。在一七〇师，张颖的去
向有两个：一个是去通信营，无线连有女兵。再就是去医院，那些后门兵大部
分都去了医院。张颖跟贺金柱提出要留在师机关，因为前些年曾有女兵在机关
当打字员。张颖提出来不想当打字员，而是去保密室。保密室过去曾有女兵专
门给首长送文件。如果干好了，可以直接提升为保密员。贺金柱说："不行，保
密室的女兵，就是我清走的。再说，我当师长，你在师机关晃来晃去的，影响
不好。"这时候，张敏主动劝张颖去医院。她认为，女人在仕途上不会走多远，
掌握一门技术最好。到什么时候都有饭吃。张颖考虑了一下，最后对贺金柱说：
"去医院可以，必须去药房，不能去科室。"贺金柱说："那得由院长说了算。"张
敏说："这事儿我办吧。"不知跟谁打了个招呼，张颖就去了药房。到了第三年头
上，不知道张敏又跟谁打了个招呼，原来的刘司药改行当了助理员，司药的位
置给张颖空出来了。万事俱备，只欠东风，可就在这个时候，上级来了冻结提
干的文件。在提干不成的情况下，张颖又跟贺金柱提了一个条件：到艺术院校
进修，学舞蹈。张敏给她懈劲："你这个岁数学舞蹈，早不行啦。"张颖说："那
就学编舞，我相信自己有这个天赋。"贺金柱说："你爹是个师长，不是艺术院
校的校长。我有什么能力让你学舞蹈？"张颖说："那你把我活动到军区文工团

去。"贺金柱说："那也是要我的命，我没这方面的关系。"最后，又是张敏解了围："哪儿也不去，就在医院干，看你爸将来怎么安排？"

年底，上级下了个文件：明年部队整编，满服役期的战士，无特殊情况，一律安排退伍。一七〇师很快向所属部队转发了这个文件，贺金柱还专门在文件上作了批示：严格按文件精神办。

这个文件对张颖他们这拨兵很不利。

张颖他们这拨兵，入伍时是幸运的，躲过了下乡，躲过了待业。大大小小，呼呼啦啦，都当了兵。可到了部队发展就不那么顺利了。入党赶上了预备期，提干赶上冻结，想多干几年吧，又赶上整编。也就是说，一步一个坎，倒霉赶浪头。

医院传达了这个文件，一些认为提干没指望的兵们，很识时务地打好了背包。在医院工作的，不管男兵还是女兵，都大大小小有些门路。不愿走的，都会通过各种门路留下来。张颖是师长的女儿，只要自己不想走，没人敢撵。贺金柱动员张颖还是走了好，趁着年轻在地方找个好工作。张颖说："爸，我明白你的意图。你让我在地方找个好工作是假，让我带头执行你的命令是真。"张敏也质问贺金柱："丰阁这破地方，哪儿来的好工作？我跟着你在这穷山沟里受罪就行了，还让女儿在这鬼地方待一辈子？"

正好医院院长来家串门，贺金柱又说起了张颖的事儿。院长说："文件上说的是，无特殊情况，一律安排退伍。可张颖的情况太特殊啦。她英语好，业务熟，服务态度好，群众威信高。她要是走了，我这药房就玩儿不转了。"贺金柱知道院长的话有水分，而且水分很大，但他没往下说什么。

紧接着，二十八团团长打来电话，问贺小虎的事儿，首长有什么安排。贺金柱不假思索地说："按文件精神办，该走就安排走。"他把电话挂了以后，又让总机接通了，对团长说："先等一等，我这就去你们团，到时候再说。"

贺金柱去了二十八团，他没去团部，没找团里的任何人，直接去了二连。

贺小虎被叫到了连部，一进门，见贺金柱在里边坐着，扭头就往外走。贺金柱把他叫住了。连长、指导员一看这阵势，都蔫蔫地退出去了，并把门关严。

贺小虎低着头，站在那儿，不看贺金柱，更不说话。

贺金柱往凳子上一指："坐下。"

贺小虎简单动了一下身子，没坐下。

贺金柱："你今年满四年了吧？"

贺小虎："是。"

贺金柱："在走与留的问题上，你有什么想法？"

贺小虎没说话，心想：这还用我说呀，你这当爹的是干什么吃的？我出来当兵，就是想提干，想找个铁饭碗。如今干提不成了，饭碗让你打了，我已是穷途末路了，还问我有什么想法？

贺金柱："部队提干冻结了，不知道什么时候才能够解冻。上院校你已经过了年龄，再说，也不一定考得上。再在部队待下去，也没什么前途了。"

贺小虎："你不就是撵我走吗？我走就是了。"

贺金柱："什么叫我撵你走？是你超了服役年限，是部队要整编。"

贺小虎："难道二十八团就容不下我一个兵吗？"

贺金柱："那倒不至于。可你再留一年又怎么样？到时候不还得走吗？"

贺小虎："我走，我走还不行吗？"说完，站起来就往外走。

贺金柱："你给我站住！"

贺小虎站住了。

贺金柱："你就这么走了吗？"

贺小虎不说话。

贺金柱："铁打的营盘流水兵，新兵入伍，老兵退伍，这是自然规律。一颗红心，两种准备，走者愉快，留者安心。别人能做到，你也得能做到。"

贺小虎不说话。

贺金柱："走到哪儿，都不要忘了，你曾经是'小老虎团'的一个兵，要珍惜这段光荣的历史。不要辜负了部队这几年对你的培养锻炼，要把英雄部队的光荣传统带到地方上去。"

贺小虎不说话。

贺金柱："你要还是这个熊样儿，在哪儿你也干不好！"

贺小虎不说话。

贺金柱喘了口大气，心情平静了些，看了一眼贺小虎，手下意识地伸进了口袋，摸出一盒烟，慢慢地点着了。他平时不大抽烟，生闷气，或者无聊的时候，才象征性地点一支。

贺小虎心里乱，头皮有些发麻。待了一会儿，说："我可以走了吗？"他想好了，在离开部队之前，绝对不跟他叫一声爹。等回到老家，就更叫不着了，跟这个爹老死不相往来。

贺金柱拉开抽屉找了一张纸，在上面很利索地写了几行字，叠起来递给贺小虎："献州的民政局长是二十八团转业的。你把这个条子交给他，他会关照你的。"

贺小虎愣着，没积极地去接那个字条。

贺金柱站起来，把那张字条装进了贺小虎的口袋。

贺小虎没看那字条，转身走了。贺金柱又喊他，他没回头。出了连部，没走多远，他把那张字条掏出来，看都没看，就撕了。

回到师部，贺金柱接到了被任命为陆军第八十九军军长的命令。这一年，他51岁，任师长11个年头。这张命令虽然迟了一些，但他得意的是：又一次跨越了副职。

贺金柱离开二十八团没几天，魏猛子到了二十八团。

因为事先打了电话，团长、政委老早就在办公楼大门口等候。

在政委办公室，魏猛子第一句话就问："老兵走完了吗？"

政委说："基本上走完了。"

魏猛子说："贺小虎，你们是怎么安排的？"

政委说："贺小虎已经退伍了？"

魏猛子一惊："什么？退伍了？"

政委说："对，是师长同意的。"

魏猛子急了："你们知不知道，贺小虎不光是师长的儿子，还是我亲外甥？"

政委说："主任，对不起。是我们工作有失误。"

魏猛子很生气："你们眼里就有师长！"

政委说："主任，我，我向你检讨。"

魏猛子丝毫没有解气："整编是整编，可二十八团就容不下一个贺小虎吗？你们保证该走的兵都走掉了吗？啊？"

团长接过来说："主任，我们接受你的批评。我们还是到二连看看吧，说不定这会儿还没走呢。"

魏猛子在团长、政委的陪同下，去了二连。连长说，上午给老兵搞的向军旗告别仪式，下午送走的。

魏猛子看了看手表："走，去火车站！"

老兵们要从热河乘火车，二十八团驻地凤凰山镇离热河将近 100 公里，而且是山路。

尽管司机把"伏尔加"轿车开得很快，但魏猛子还是不住地提醒司机，快点儿，再快点儿。还不住地问车上陪同的人，最后一趟火车是几点？

等魏猛子他们赶到火车站的时候，老兵们正在月台上等车。虽然都摘了领章帽徽，但都站得整整齐齐。送兵的干部战士在跟他们话别。

魏猛子在一大群老兵中很快发现了贺小虎。贺小虎背着背包向这边跑来，走到魏猛子跟前，贺小虎眼睛就红了，叫了声："舅。"

魏猛子问贺小虎："你退伍为什么不告诉我一声？"

这一问，贺小虎哭了："我不想走，可我爹已经把话说绝了。我留下来还有什么意思？"

魏猛子说："那你也得跟我说一声呀？连我的面儿都不见，就走啦？"

贺小虎低着头只顾哭，不说话。

魏猛子眨了眨眼睛，对政委小声说："当着这么多老兵，我不好说把小虎一个人留下。档案还没交地方，你们看着办吧。"

政委笑了笑，说："谢谢主任，给我们一个将功补过的机会。"

团长亲自把贺小虎的背包接过来，放进了车里。

贺小虎愣在那儿，不知道该怎么着才好。

政委拽了一下贺小虎："快上车呀，愣着干什么？"

贺小虎犹豫了一下，钻进了车里。

第三十四章

　　包产到户之后，七里冢人的日子好过多了。

　　头一年，收了3000多斤小麦，一家分了1000多斤。这个数目相当大。弄到家里没处盛，没处盛就卖。一个夏季的收成，把一年吃的花的都挣下了。这是从来没有过的日子。

　　麦收过后，魏柳氏病了。不重，就是老了，下地就喘，连饭也做不了了。有一天，魏柳氏对魏淑兰说："咱跟二柱两家合起来过吧。要不，你进家连饭也吃不上。"听了魏柳氏的话，魏淑兰的脸就红了。其实，她巴不得这样呢。

　　两家合在一起做饭方便多了。贺张氏，身子骨儿结实，腿脚也利索。两家在魏淑兰家起伙，吃的喝的往一块儿凑。因为关系处得好，彼此都不计较。这样就好了，家里有两个老太太支应着，地里有二柱和魏淑兰忙活着，日子挺和谐。魏柳氏的病也好些了。

　　魏淑兰的心在默默地向二柱靠近，她在寻找着一种属于自己的表现形式。搭伙种地之后，村里又开始有了风言风语的说道。其实，这些年，关于他俩的风言风语，就没断过。只是冤枉了二柱，也苦了自己。每当她看着二柱在合二为一的庄稼地里挥汗如雨，大干苦干。她就从心里长叹一口气：怪可怜的，他图什么呢？自己同情他，可怜他，而安慰他的方式，无非就是给他做些好吃的，给他缝缝补补，洗洗涮涮，或者给他一个他所希望的眼神和笑容。她知道，他想得到的不只是这些。这么多年，他不止一次向她流露过，甚至冒失过。但他终究还是个老实人，本分人。没为难过她，没强迫过她。可她也是人，一个里里外外都很正常的人。没事儿的时候，她喜欢从不同角度，看他那身疙瘩肉，看他脖子上的喉结，看他胸前那片稍有些弯曲的黑毛。每次都让她的身体产生应有的，甚至强烈的反应。晚上睡觉也做过无数次梦，梦里赤身裸体地跟他在一起交欢……

为了能挣些零花钱，二柱跟魏淑兰商量，在百草山底下的那两亩地种了甜瓜。那块地离家近，方便看着，再就是离公路近。来往行车的赶路的，口渴了，进地里就可以买瓜吃。

瓜还没下来，二柱就搭了个窝棚。晚上睡在那儿，晌午让魏淑兰送顿饭。眼下别的地里没活儿，他的心思就用在瓜地里了。瓜长得很水灵，很欢实。站在百草山上往地里一看，心里无比痛快。

太阳正南了，以往这个时候魏淑兰早就送饭来了，可现在还没见人影儿。他肚子开始叫，不住地往村里看，看着看着，魏淑兰就来了。天热，没风，死闷。魏淑兰上身穿着蓝地白花的没袖的小褂，下身穿着薄薄的刚过膝盖的肥裙裤，走起来一飘一飘的，很顺眼。魏淑兰带来的是包子，是猪肉大葱馅的，还热呢，咬一口满嘴流油。魏淑兰掏出手绢给他擦嘴，说："慢着吃，又没人跟你抢。"二柱就傻笑。他着实饿了，7个包子一口气就下去了。魏淑兰问他饱了没有。他打了个饱嗝，说凑合吧。魏淑兰在他身上拧了一把："饭桶。"

以往魏淑兰把饭放下就走。今天她看样子心情不错，没急着走，而且眼睛老是盯着二柱看。二柱身上有草，她伸出手给他一根一根地往下择。择完，她躺在了草席上，两手抱着头，像在寻思什么事儿。

二柱转过头来看着魏淑兰，看着她胸前鼓起的地方。魏淑兰虽然50岁出头了，但那两个奶子还没怎么往下垂，走起路来一颤一颤的，像两个大活物。二柱又看见魏淑兰的小褂不经意间撩起来了，白白的肚皮和肚脐眼都露在了外面。看着看着，他全身烧了起来，接着下身就开始膨胀。自跟魏淑兰家搭伙种地半年多，两人的关系又走近了一步。10年前她拒绝了他，他就不敢再有什么举动了。但对魏淑兰的那种想法，却从来没停止过。常常半夜睡不着觉，全身燥热得难受，恨不得豁出去在魏淑兰身上做点儿什么。那火苗一蹿一蹿的，怕是要把自己的通身烧焦。年届50了，这火性一点儿也没往下减。另外，这些日子，魏淑兰明显地在向自己靠近。话里话外，都露出来了。

魏淑兰转过脸来看了二柱一眼，脸先红了。二柱上去抓住了她的手："嫂子，不，姐……"

魏淑兰抓紧了二柱的手："就不兴换个称呼？"

二柱受到了极大的鼓舞，弯下身子把她抱了起来。把脸对准了她的脸，两张脸几乎挨在了一起："叫什么？淑兰？"

魏淑兰点了点头，伸出胳膊从后面搂住了他的脖子。紧接着，两张脸碰在了一起，两张嘴碰在了一起，舌头搅在了一起。一会儿，二柱按捺不住了，伸出手来去扒魏淑兰的裤子。魏淑兰抓住了他的手，用手指了指外面。他明白了，站起来跟跟跄跄地把窝棚的帘子撩下来了。等回来的时候，魏淑兰早把下身脱了，闭上眼睛笑出两个酒窝等着他。

二柱刚一坐下，魏淑兰就死死地搂住了他，看样子十分渴望，十分火爆。不知怎么，俯下身子的二柱却从魏淑兰怀里挣脱出来，莫名其妙地把脸扭向一边，说："淑兰，你要不是真心的，要是可怜我，就别这样……我，我，这些年，我都忍过来了……"

魏淑兰瞪着吃惊的大眼睛看着二柱，一动不动。忽然，她的两只眼睛里蓄满了泪水，泪水来得很猛，眼窝里盛不下，很快溢了出来。她猛地站起来，伸出胳膊对准二柱的脸，狠狠地抽了两巴掌："二柱，你混，你混蛋！"打完，又死死地抱住了他。

二柱也死死地抱住了魏淑兰，两人抱成了一个人，哭成了一个声。

死死地抱过、哭过之后，魏淑兰很温顺地躺下，把眼睛微微闭上。

二柱很着急，方寸有些乱，甚至连要领也找不着了。魏淑兰把眼睛睁开，羞笑着说："你急什么？又没人跟你抢。"听了这句话，二柱稍平静了些，慢慢找到了感觉。这感觉一下子变得很强烈，像一团火一样，直往上蹿，几乎要把他烧焦。当他顺理成章地进入她的肉体时，魏淑兰张开嘴，不由自主地"啊"了一声。

二柱开始了激烈的运动，他的运动如倒海翻江，掀起惊涛骇浪。他很委屈地带着哭腔说："淑兰，你知道吗？这一天，你让我等了20年啊！"他的声音随着身体的运动而起伏着。

魏淑兰闭上眼睛，嘴却是张着的。她的身体如坠入深渊，没着没落，飘飘忽忽。她想抓住点儿什么，使自己的身体平稳下来，着实下来。但她做不到，她已经无力支配自己了。她声音有些变调地说："我知道，我都知道！这些年，我，我一直为你守着……"她听得出，自己的声音也是运动的。

二柱拿着老汉推车的姿势，骑马蹲裆，步伐稳健，张弛有度，游刃有余。两人很快进入最佳状态。二柱大汗淋漓，气喘吁吁："我知道，咱俩早晚有这一天。"

魏淑兰用全部的精力和体力，很有节奏和韵律地配合着二柱，不住地点着头："知道，我知道……"

这时，魏淑兰眼前突然出现幻觉，在他身上激烈运动的不是二柱，而是她的冤家贺金柱。那表情，那眼神，那姿势，都是活脱脱的贺金柱。她的精神开始恍惚，脑袋开始发涨。

二柱顾不上在意魏淑兰表情的变化，他像一头下山的猛虎，势如破竹，锐不可当。最后冲刺的时候，他几乎把积攒了几十年的光棍儿力量都使绝了。就在两个人都兴致勃勃地到达终点线的时候，魏淑兰却"啊！"地高叫了一声。

魏淑兰抱着头乱滚，叫又叫不出来。二柱吓坏了："你怎么啦？你怎么啦？"

魏淑兰继续乱滚着，两只手不住地拍打脑袋。

二柱惊慌失措了。情急之中，她没忘给魏淑兰穿上衣服，自己也系上了腰带。他把魏淑兰抱起来："你说话呀，你说话呀！"

魏淑兰继续摇晃着脑袋，说不出话来。

二柱大声喊："来人哪！来人哪！"没人答应。他背起魏淑兰出了窝棚，刚出瓜地碰上了贺三汤。贺三汤问怎么了？二柱急得说不出话来。贺三汤见情况紧急，就站在公路上拦车，拦到第三辆，才停下。那是辆卡车，司机问去哪儿？二柱说："献州医院。"

到了医院，挂了急诊。医生做了检查，诊断为突发性脑溢血。必须做开颅手术，而献州医院做不了。病人必须马上转院，不然会有生命危险。二柱整个都蒙了，他后悔不该冲动那一下子，谁会想到那一下子会闯这么大祸呢？他急得头上直冒大汗，可又一点儿办法也想不起来。

贺三汤提醒他："赶快给你哥打长途，把魏淑兰送到省城去。"二柱这才醒过神来，想了半天，才想起贺金柱的电话号码。接通了，贺金柱让他赶紧把病人送到省第一人民医院。献州派了救护车，准备往省城送。人家让二柱交车费。他摸了摸，口袋里一分钱也没有。贺三汤摸出了20块钱，还是不够。二柱说："先送吧，我哥在省城当军长，他那儿有的是钱。"救护车这才启动。贺三汤要跟着去。二柱说："你回家捎个信儿吧，反正这车上有医生。不然那俩老太太非急死不行。"

到了省城，贺金柱早就联系好了床位。病人一到，剃了头发。要进手术室的时候，大夫拿着一张手术报告，问："谁是病人家属？"贺金柱说："我。"大夫问："你是病人的什么人？"贺金柱说："丈夫，不，是她哥。"大夫笑了一下，说："那请你在报告上签个字。"贺金柱接过报告来，认真看了一下上面的内容，正准备在上面签字，二柱过来了，什么话也没说，把报告夺过来，歪歪扭扭地签上了自己的名字。

医院派的专家主刀，手术做了3个多小时，还算顺利。贺金柱、二柱，还有军医院的军医、军机关的几个干部都在门口等着。病人一出来，都围了上去。二柱上去叫了两声："淑兰！淑兰！"魏淑兰没睁眼睛，也没说话。他问戴口罩的医生们："她还能不能说话，还能不能走路？"但没人理他。

做完手术的魏淑兰没有直接回病房，而是进了观察室。家属们只能隔着玻璃往里边看，二柱隔着玻璃喊："淑兰，淑兰。"一位女护士把他拉到一边，指指旁边的一个牌子，上面写着：请您安静。

二柱回到了走廊的椅子上，坐了一下又站起来了。从在瓜棚里吃了那7个包子，到现在快10多个小时了，他肚子里再没进一点儿东西，没进一口水。他现在甚至恨那7个猪肉包子，没那7个猪肉包子壮食壮胆，可能就不会发生后面的事儿。如果不发生后面的事儿，魏淑兰可能就不会落成这个样。他觉得自己就是杀人犯，至少是过失杀人。想到这，他就哭了。

魏猛子和李萱来了。魏猛子现在是军政治部的副主任了，半年前才上任的。他下午开会，当时没得到消息，是司令部的一个值班参谋跟他说的。李萱还在班上，他给她打了个电话，通知她到医院会合。等他们到来的时候，贺金柱回军里去了，留下一个军医和一个秘书。他先见了二柱。二柱在哭。魏猛子急切地问："淑兰怎么啦，啊？"秘书跟他说了实情，他和李萱去了观察室，看到魏淑兰正在床上平躺着，输着液，看不清脸，但能看到她在均匀地呼吸。他还在看，李萱把他拽走了。魏猛子问二柱："怎么搞的吗？"二柱就哭着说："猛子哥，不是我弄的，真的不是我弄的。"李萱对魏猛子说："突发性脑溢血，常见病，还能怎么搞的？"李萱又说："发现得早，送得及时，保住了性命，就算万幸了。前几天，我同事的母亲就是脑溢血死在家里了，快得很。"魏猛子问二柱："家里知不知道现在的情况？"二柱说："我哥给村里打了长途。"

魏淑兰醒过来了，由观察室转入了病房。贺金柱、魏猛子、李萱都在。魏淑兰瞪着大眼睛看着屋里的每一个人，目光是呆滞的。当看到贺金柱的时候，把眼睛闭上了。

李萱坐在魏淑兰身边，攥着她的手，轻声问道："淑兰，你感觉好点儿吗，想吃东西吗？"魏淑兰一点儿反应也没有。

屋里的人都静默着，没人再问别的话。

贺金柱把医生叫了出去，问道："她是不是不会说话了？还能不能恢复？"

医生说："后遗症肯定是留下了，但还不至于不会说话，她现在有些手术反应。"

贺金柱又问："最坏是什么样的结果？"

医生叹了口气说："这就看她自身的恢复能力了，最坏的结果是偏瘫，也就是半身不遂。好了能拄着拐杖下地，说话发音也会受影响。"

贺金柱眼睛热了一下，他很快控制住了："有别的办法吗？到北京治也行，花多少钱也行。"

医生摇了摇头。

贺金柱回到病房的时候，魏淑兰眼睛是睁着的，她的一只手跟李萱是攥在一起的。虽然没说话，但魏淑兰的眼神比刚才有了些内容，正在有效地传达着某种信息。但贺金柱一进来，她又把眼睛闭上了。

贺金柱待了一会儿，把二柱叫出了病房："你回家一趟吧，回去把情况跟家里说一下。"

二柱低着头说："可我怎么跟家里说呢？"

贺金柱说："我问过大夫了，说没事儿，在医院住上一段时间就好了。"

二柱点点头。

贺金柱接着说："记住，两个老太太，谁也别让她们来。"

二柱又点了点头，想起了什么似的说："告诉小梅一声吧。让她来看看她娘。"

贺金柱问道："小梅？小梅在哪儿？"

二柱说："就在师范大学中文系念书。"

贺金柱问道："哪年考进来的？"

　　二柱想了想，说："有两三年了吧？"接着又说，"还有小虎，也告诉他一声吧，万一他娘要有个三长两短，咱怎么向他们交代呀？"

　　贺金柱说："这些你都别管了，你先回家吧。两个老太太还不知会怎么着急呢。"

　　二柱转身要走，回过头来又说："我走了，谁伺候她？"

　　贺金柱说："这你放心吧，我都安排了。"

　　二柱摸了摸后脑勺，有些不好意思地说："哥，来的时候太匆忙，我现在身上连一分钱都没有……"

　　贺金柱掏了掏口袋，没掏出钱。他把秘书叫过来，要了100块钱给了二柱。二柱接了钱，犹豫了一下，去了病房。他走到魏淑兰跟前，像个闯了祸的孩子似的直挺挺地站住了，停了一会儿，说："我要回家去了，你好好养着吧。老不回去人，家里会惦记。我，我过几天就回来。"魏淑兰朝他点了点头，然后闭上了眼睛。二柱看见，有泪水从魏淑兰的眼角滚落到枕巾上。

第三十五章

　　贺金柱给师范大学的一个副校长打电话，问他认识不认识一个叫贺小梅的女生。78级的，河北献州人。不一会儿，那个副校长回了电话，说有这个人。贺金柱说，你把这个学生叫到你办公室。我马上过去。

　　在那个副校长的办公室，贺金柱见到了贺小梅。姑娘眉清目秀，个头很高，身材不错。脸盘很像魏淑兰，但明显比魏淑兰漂亮。贺金柱还是有些惊异：这就是自己的女儿？这真是自己的女儿吗？贺小梅也有些吃惊，但她一下就断定了，眼前这个军人就是自己的亲爹。她在家见过这个人的照片，到省城之后，脑子里也晃动过这个人的模样，基本上就是眼前这个人。

　　贺金柱把手伸过去，说："我叫贺金柱。来，咱们认识一下。"

　　贺小梅把手往回缩了一下，朝贺金柱简单地点了点头，就把头扭过去了。

　　贺金柱朝那个副校长使了个眼色，那个副校长就出去了。尽管这样，贺金柱还是要证实一下："你是不是献州人？你妈是不是叫魏淑兰？你弟弟叫贺小虎？"

　　贺小梅把脸捂住，点了点头。

　　贺金柱说："小梅，我，我是你爸呀！"

　　贺小梅还是把头朝一边扭着，不看贺金柱，更不想跟他说话。

　　贺金柱说："小梅，我知道你一直恨着我。所以，来省城上大学这么多年，也不去找我。"

　　贺小梅咬了咬下嘴唇，眼帘低垂着。

　　贺金柱说："这些话题今天就不多说了。有件事情我要告诉你，你妈病了，现在住在省第一人民医院。"

　　贺小梅猛然间抬起了头，眼泪紧接着就下来了："啊，怎么啦？我娘得的什么病，到省城来住院了？快带我去！"

　　贺金柱拍了一下贺小梅的肩膀，贺小梅下意识地躲了一下。这微小动作，贺金柱很有感觉，并很在意这种感觉，但他内心充满了理解。他说："小梅，不要紧张，你妈得的是脑溢血。现在早已做完手术，没有危险了。"

　　贺小梅眼睛红红的，明亮的眸子里面汪着泪水，脸发白，嘴在颤抖。

　　贺金柱说："走吧，上医院。"

　　贺小梅走进病房的时候，贺金柱停在了走廊里，他知道自己现在进去效果不好。贺小梅一进门就扑进了魏淑兰的怀里："娘，娘，你怎么啦？"娘儿俩的头慢慢地靠在了一起，泪水交织在一起。贺小梅连声叫着："娘，娘，你说话呀？"魏淑兰不说话，目光仍然是呆滞的，傻傻的，看自己的女儿就像看生人一样。贺小梅很害怕，她用手去摸母亲那去了头发的脑袋，脑袋上面是顶帽子。医生制止了她。

　　"娘，娘！我是你闺女呀，你怎么不说话，你怎么不说话呀？"贺小梅摇着母亲的胳膊，声音哽咽，泪水涟涟。

　　医生过来对贺小梅说："病人现在还没有恢复，不要让她太激动了。"

　　贺小梅这才站起来，擦了擦眼泪，静静地看着魏淑兰。娘这是怎么了？这才多长时间，好好的一个娘怎么变成傻娘了？

　　魏猛子和李萱来了。见了贺小梅都有些吃惊，他们知道贺小梅在省城上大学，但不知是哪个学校，哪个系。再加上他们刚进省城，还没跟贺小梅联系上。贺小梅扑到李萱怀里哭了起来。魏猛子拽了一下李萱，他们一块儿去了医生办公室。贺金柱也跟进去了。办公室里正好没人。一进门，魏猛子就把门关上了，他说："现在我们商量一下，淑兰下一步的情况。刚才我问了一下医生。人家说以后也没什么治疗了，再过一段时间就可以出院了。"

　　还没等魏猛子说完，贺金柱就抢过来说："我接到家去。"

　　魏猛子说："她会去吗？"

　　贺金柱说："反正她也没能力拒绝了。"

　　魏猛子问："你跟张敏商量过吗？"

贺金柱说："这你们就别管了。"

李萱说："我看不合适，去了你家，谁伺候她？"

贺金柱说："我给她请保姆。"

魏猛子说："不行，她应该找一个和平的环境休养，精神上再也受不了刺激了。"

贺金柱看着魏猛子，用手指头挠了挠下巴颏。

李萱说："我早想好了，一出院就接到我家去。我家有个小阿姨，可以照顾淑兰。我上班也不用准时准点儿，也能打打下手。"

贺小梅止住了哭泣，说："你们说的办法都不行。在这世界上，再也没人比我更了解我娘了，你们两家她都不会去的。你们愣让她去了，她不高兴，也不利于她养病。还是让她回老家吧。"

魏猛子说："不行，到老家谁管？你姥姥都那么大岁数了，身体又不好。"

李萱说："再说农村营养也跟不上，就医也不方便。她的病不能再犯了。不管到谁家，怎么也得把淑兰先留在省城。不然村里人也会笑话咱，省城那么多自己人，又都当着大官儿，怎么都不管呢。"

贺金柱听着李萱的话，脸上十分不自在，他抠了抠鼻子。

贺小梅摇摇头，说："什么也别说了。我退学，回家伺候我娘。"

魏猛子瞪了贺小梅一眼："你考大学容易吗？"

贺金柱说："那条路是绝对不能走的。"

李萱搂着贺小梅说："你就别瞎想了，好好念你的书。"

贺小梅问魏猛子："小虎知不知道？"

魏猛子说："他正在教导队学习，很紧张，现在不能告诉他。"

星期天，贺金柱起了床，先是打了几个电话，接着就在屋里院内来回溜达。这是一座很讲究的将军楼，分两层，居住面积有 200 平方米。楼上楼下各一个大厅，共 5 个卧室。现在只有贺金柱和张敏的卧室是有人住的，其他都闲着。张颖还在一七〇师医院，贺武在北京上大学，都难得回来一趟。实际上，这个家，常住人口就贺金柱和张敏。贺金柱又经常下部队或外出开会，一年当中有好几个月不在家。

快 8 点的时候，张敏起床了。她每天起床至少要用半个小时的时间梳妆打扮，虽然是 40 出头的人了，但她对自己头发、皮肤的保养，从来没掉以轻心过。戴首饰、涂眼影、抹口红，每个环节都是有板有眼，一丝不苟。包括穿衣服的布料款式，颜色搭配，比年轻姑娘还讲究。每个季节的衣服穿出来，都力求达到鹤立鸡群的效果。到省城之后，她被安排到外贸进出口公司工作，还是个部门经理，经常和商人打交道。所以，对于她来说，形象问题就摆到了十分重要的位置。

这天，张颖也在家住了。她提前做好了早饭，等着母亲拾掇完了过来就餐。

半个小时过后，张敏从卧室里出来了。但很快又去了卫生间，又是一个10分钟，才见张敏出来。

贺金柱有些不耐烦，但还是耐着性子，对着张敏说："你坐下。有个事儿，咱们商量一下。"

张敏还在照镜子，心不在焉地说："说吧。我听着呢。"

贺金柱说："我想把魏淑兰接到家里来养一段时间。"

这句话引起了张敏的高度警惕，转过身来瞪大眼睛说："贺金柱，你是不是让我给她让位？"

贺金柱说："你这是什么意思？"

张敏把镜子猛地放下："什么意思？你太无视我的存在了吧？公开把前妻接到家里来。我问你，你是想跟她破镜重圆哪？还是让我向她负荆请罪呀？"

贺金柱"咚"的一声在茶几上擂了一拳："你太过分了！"

张颖起身拦住了张敏："妈，妈。不是我这做女儿的说你，你确实有些过分。把魏阿姨接到家里来，跌不了你的身份，坏不了你的名声。"

张敏挣脱了张颖，大声说："好哇，看来你们都是正人君子，就我是势利小人。你们都是菩萨心肠，就我毒如蛇蝎。我跟这个家庭格格不入，我走，我走！"

张颖紧紧抓住张敏的胳膊不放。贺金柱站起来说："放开她，让她走，爱上哪儿上哪儿！我就不相信，我堂堂一军之长，千军万马都能调动，一个娘儿们收拾不了！"说完，又往茶几上擂了一拳。这一拳劲头太大了，玻璃茶几被砸碎了。

张敏根本不吃这一套，回过身来，抄起茶几上的暖壶，举得高高的，"嘭！"一声，摔了下去。那满满的一壶开水制造了很大很闷的爆炸声。壶胆变成了一个个的碎片，水洒了一地。看来没有殃及张敏的腿或者脚，她的嗓门依然很大："对，就一个娘们儿，我看你怎么收拾！"

张颖吓得把脑袋都捂起来了。她见过爸妈吵架，但从来没这么大动干戈过。

贺金柱直觉得全身的血都在往上涌，他脸发青，头发涨，手发抖。但在这个时候，他还是稳定了一下自己的情绪："好吧，你摔吧，摔完了，我还是要你一个态度。我想把魏淑兰接到家里来养病，你接受不接受？"

张敏说："我的态度就是，在她住进来之前，我们先把离婚手续办了。"

贺金柱说："这可是你说的？"

张敏说："那当然。我说过的话，当然要负责。"

贺金柱说："好吧，那咱这就去法院。我成全你！"

张敏说："不对，是我成全你！"

张颖感到事态严重了，她有些害怕，跑到里屋给魏猛子打了个电话。不一会儿，魏猛子和李萱都来了。

李萱一进门，张敏就伏在她肩上哭了："他，他要跟我离婚……"

李萱安慰张敏说："都多大岁数了，说离婚就离婚？他那是跟你闹着玩儿呢。"

李萱扶着张敏进了卧室，并关严了门。

张颖趁机收拾地上的碎片杂物。

魏猛子问贺金柱："怎么啦，闹这么欢？"

贺金柱喘了口粗气，说："没什么。心里憋得慌。"

魏猛子点着一支烟，说："就这样，还把淑兰接到家来。是让我妹子养病呀，还是给她添病呀？"

贺金柱说："这，这不是一回事儿。"

魏猛子说："不对吧。我怎么觉得，好像是一回事儿。"

贺金柱说："得了，你别在这当福尔摩斯了。走，咱上医院吧。"

魏猛子还想说什么，贺金柱硬把他拽走了。

魏淑兰要出院了，贺金柱还是坚持把她接到家里来。他认为，这个问题不能含糊，也别无选择。

自上次跟张敏暴吵之后，两人进入冷战状态。这是从没有过的现象。过去，一直是贺金柱让着张敏，也从来没这么大吵大闹过，没这么血淋淋地把自己和对方撕开过。贺金柱一般情况下，就是忍。忍的原因之一是好男不跟女斗；之二是自己当这么大的官儿，家里又是公务员，又是司机，大吵大闹，影响不好；之三就是让着小媳妇儿，是大丈夫一辈子的职责。基于这三个原因，在漫长的日子里，他忍得相当不错，从形式上维持了家庭的和平。与此同时，贺军长怕老婆的说法，也成为不争的事实。

暴吵之后，谁也没再提离婚的事儿。看来当时都是气话，谁也下不了那么大的决心。尽管张敏还显得年轻，也有一定的社会地位。但离了婚，回过头来马上再找个军长，恐怕也没那么容易。再说，仅因为那顿暴吵，还不足以非离婚不可。但是，那次暴吵之后，谁也没有做出让步。以往闹了矛盾，总是贺金柱先上赶着跟张敏说话，有时还要写书面检查。或者过一夜就好了。这次，贺金柱没那样做，他死扛着。冷战就冷战，不理就不理。反正自己一天三顿，经常在招待所吃。实在不行，还可以在首长灶吃，衣服有公务员洗。离了你张敏，照样过。

张敏一直认为自己在家庭中，应该占主导地位，她很重视和利用自己的优势。跟贺金柱结婚前，自己是货真价实的黄花大姑娘，大学毕业生，还比他小十多岁。而贺金柱却是有妇之夫，家是农村的，也没什么文化。她认为这种优势自己能占一辈子。所以，她动不动就把贺金柱的"小辫子"揪出来："陈世美同志，别忘了你是有前科的。"阶级斗争，一抓就灵。在这种情况下，贺金柱一般都是不说话，脸也发红，但被挤对得厉害了，也来句梆硬的："别忘了，没有你，我还当不了陈世美呢？"张敏也就没词儿了。

张敏毕竟是张敏。沉默了几天，她来了个损招儿：把自己的父母从彤州接来了。张敏的父母打前些年就退休了，每年夏天都要来省城住上两三个月，住腻了才回彤州。张敏要把父母的户口办到省城，将来在自己身边养老。可两位老人不同意，觉得在省城待着不习惯，环境、气候都不如彤州。还说，等我们动不了再说吧。现在是秋天了，两位老人不想来。可张敏软硬兼施，还是把他们逼来了。

这一招儿，贺金柱确实没料到。按说家里房子并不愁住下住不下，只是有张敏的父母在，再把魏淑兰接来，那就太不方便了。一旦与张敏抗衡起来，自己更不占优势了。尽管这样，贺金柱还是把接魏淑兰回家的事儿，跟张敏的父母说了。当时，张敏爸没表态。张敏妈说："这是你的家，你想接就接呗。"显然，张敏早提前给两位老人打足了气。

　　贺金柱想了半天，没什么别的办法，就让张颖收拾一楼给魏淑兰留的房间。他亲自检查了一下，认为合格了，拍了张颖一下。出去了。

　　贺金柱进了卧室，跟张敏说："嚷也嚷了，吵也吵了，是我态度不好，我向你道歉。现在我们要去医院接人去啦。人来了，你怎么表现，你就看着办吧。"

　　出了门，张颖抓住贺金柱的手，嗔怪道："爸，你怎么又向我妈妥协了？"

　　贺金柱说："你想挑拨离间？"

　　张颖推了贺金柱一把："爸，你太没良心了。我白跟你搞统一战线了。"

　　贺金柱握紧了张颖的手："谢谢。我是有理有力有节。"

　　张颖抬头望着贺金柱："对付国民党哪？"

　　贺金柱的车以最快的速度赶到了省第一人民医院。但他们晚来了一步，魏淑兰的病房是空的，人早被接走了。问值班医生。医生说，他刚接的班，不知道。贺金柱想了想，这案子用不着公安局来破，一定是他干的。轿车调头回了军部，直奔魏猛子家。但魏淑兰并没在他家。魏猛子也要了车，正准备去医院接人。魏猛子说："别找了，二柱接走了，昨天我动员淑兰出了院去我家，她死活不同意。小梅问她出了院去哪儿。淑兰在纸上写了'回家'两个字。"

　　贺金柱一时语塞了。

第三十六章

　　贺小虎决定回七里冢探亲，最主要的原因是他提了干。这干提得不容易，可以说是被置于死地而后生。他从军需科回到了二十八团二连，那时候二连已完成施工任务回到营房，部队转入全训。他入伍就赶上打山洞，后来又调到军需科当保管员，稀稀拉拉干了两年多，别说步兵"五大技术"，就连基本的队列动作也走不好了。全训的滋味儿比施工一点儿也不好受，但他毕竟是高中生，当时在连队算是文化程度高的，体会动作要领比别人快。军体、投弹、射击、刺杀等项目，很快走在了别人前头，每次考核都是前几名。回到连队不到半年，就当了班长。而到了年底，他就该退伍了。指导员知道他的背景，问他有什么想法。他说，让我想想吧。他想给父亲挂个电话，或者干脆往师里跑一趟。但犹豫了一下，没这样做。他对那个当师长的爹已经不抱什么希望，让自己出来当兵，父亲就有些迫不得已。到了部队，一找他，他就对你说凡是中国人都会说的那句话：大海航行靠舵手，干革命靠毛泽东思想。包括那个叫张敏的漂亮后妈，也是只披着羊皮的狼，或者是条美女蛇，都靠不住。看来当初背叛老娘投靠亲爹，确实是自己的一大失误。

　　爹指望不上，看来还得指望舅。舅把他从车站接回来，也可以说是绝处逢生，使自己在部队又有了活路。但通过这一次次的起承转合，他逐渐成熟了：自己的路还得靠自己走，谁也帮不了你一辈子。舅也好，爹也好，总有下台的那一天。

　　就在这年9月份，上级下了一个文件：为保留骨干，军以上单位可选拔优

335

秀班长入教导队集训，半年后直接提干。这是上级下达冻结直接提干的文件之后，第一次出现的"活口"。入教导队之前，不仅要经过政审、体检、军事考核，还要经过文化考核。要求高中毕业，年龄也卡在 22 周岁以下。由于条件苛刻，好多骨干望而却步，尤其文化考核卡住了好多人。当上骨干的至少有两到三年兵龄，而有这个兵龄的大部分文化程度都不高，一考就拉稀。贺小虎虽然在学校学习成绩不算太好，但在军需库当保管员的时候，空闲工夫多。在别人的影响下，还看了看数理化方面的书。后来，师里办了一个短期的文化学习班，请丰阁一中的老师来授课。贺小虎刚开始不想学，反正提干已经没希望了，回家种地，也用不着数理化。但后来一想，不学白不学，万一要用得上呢。到了班上一看，他又和当新兵时候的那些干部子弟遭遇了。其中有张颖，还有舅舅家的表弟魏小成。一开班，老师进行了摸底考试，根据成绩，分快慢班。贺小虎糊里糊涂地进了快班，而张颖和魏小成都进了慢班。这使贺小虎暗暗得意。那个学习班只有两个半月，贺小虎学得很认真，就连上高中时没学过的东西，都弄明白了。那时候，光顾跟着人家造反，瞎闹腾，没心思学习。现在一学，发现知识这东西，其实很好玩儿，很有意思。也充分证明，自己比谁都不笨。

谁也没想到，这次考试竟像考状元一样。卷子是密封的，考官是军区干部部门派来的。一个考场至少有 5 名以上的考官。进考场，除了圆规、三角板、量角器一类的工具，什么也不让带。甚至连草稿纸，也是在考场统一发。这让大家始料不及。在这之前，大部分人认为是师里组织考试，顶多是军里来人检查。有好多人做了作弊的准备，有本事的人提前打通了关系，研究了对策。但一下子都给打乱了。进了考场，听考官宣布考场纪律如此严格，一部分人傻了。

像全国高考一样，一共考 5 门，分别是语文、政治、数学、物理、化学。题不算难，只要有高中基础知识，差不多都能答上来。有的题就是课本上的例题，只要认真看过书，就会有印象。贺小虎得益于认真看书，凡是大题的分都抓住了。第一门考语文的时候，他有些慌，不算太理想。第二门考数学，一看大部分题都会，他按捺不住地得意。时间刚过一半，他就全答完了。他旁边是张颖，一上考场就冒汗，快到交卷时间了，卷子上大部分题还是空白的。她老向贺小虎使眼色，渴望贺小虎能帮她一把。这种动机，贺小虎早就看出来了。他在心里愤愤地说："你也有今天呀？答不上来，该！你不是高干子弟吗？反正复了员，也有人给安排工作，跟我们贫下中农争抢什么？"尽管监考很严，因为人坐得密集，适当偷看别人的卷子一眼，还是有机会的。张颖把希望寄托在了贺小虎身上。因为入考场前，他们就做了君子协定。她踢他一脚，就是问第一题；踢他两脚，就是问第二题，依次类踢。一上午的时间，他挨了她好多脚，但他一点儿反应也没有。不仅如此，他还有意用胳膊死压着自己的卷子，尽量不让她看见。另外，他还希望考官经常在他身边走动。那样，她就不踢他了。

张颖语文基础好，卷子答得很流利，基本上没踢贺小虎，还把卷子有意往贺小虎这边挪。而贺小虎根本就不看。等以后几门，张颖就不行了。见贺小虎不帮她，一出考场就责怪他："你这当哥的不够意思，关键时刻不拉小妹一把。"贺小虎说："考场那么严，要让人家抓住，咱俩都得被取消考试资格。再说，我也是瞎蒙，根本不知道对不对。"他心里说："哼，谁不知道指标是有限制的？你分数高了，说不定我就被拉下来了。到时候谁帮我？"

考完试，在很长的一段时间里，贺小虎沉浸在一塌糊涂的兴奋之中。从考完试到公布分数，一共是两个月的时间。兴奋之余，他等得好苦，他生怕出变故。因为夜长梦多。

分数下来了，贺小虎的成绩超过了分数线20多分。得到这个消息，当着好多兵的面，他像驴一样，躺在地上打了好几个滚。

十分残酷的是，张颖、魏小成，都名落孙山。

教导队训练很苦，比新兵训练还要狠。课目多，标准也高，熬到毕业几乎脱了一层皮。但贺小虎自我感觉，经过那半年的摔打，他真像一个军人了。军教导队离省城不到30公里。那时候，贺金柱也已上任军长，但他没给父亲打一个电话，更没去过军部。回到部队不到一个月，贺小虎就接到了提升为步兵第二十八团一营二连二排长的命令。上任之前，他打了探家报告。报告也好批，而且他享受的是未婚干部探家的待遇：不含路途20天。

收拾好东西，他也动过到父亲那儿去看看的念头。至少要打个电话，犹豫了半天，还是把这个念头打消了。自己考教导队、提干都没指望那个当军长的爹。以后自己独立了，可以凭自己的本事吃饭了，干吗要总举他那杆大旗？从今往后，你当你的军长，我当我的排长，咱井水河水两不犯。

贺小虎接到提干命令之后，急着要告诉的第一个人，就是自己的亲娘。他想先写封信，通报一下情况。但又想，不知道娘听到这个消息，是高兴还是愤怒。她一定认为自己这个官是父亲给的。不光她这样认为，七里冢的父老乡亲们都会这样认为。这么多年，村里敲锣打鼓送走了不少兵，可到三年头上都回来了。你贺小虎又没什么特殊能耐，怎么就穿上了四个兜，成了端铁饭碗的国家干部？贺小虎想，别人怎么看，怎么想，咱管不着，也管不了，关键是向自己的亲娘说清楚。这个官，是你儿子自己干出来的。跟那个当军长的爹没任何关系。他反复想了想，信还是没写，到家再说吧。这些年，有一个问题他算是想透了：爹是爹，娘是娘。自己当兵走的时候，娘虽然要把自己扫地出门，但那毕竟是气话。这么多年过去了，我就不相信，生我养我的亲娘就不想我。

当兵5年了，一直没回过老家。离家的时候17岁，回家的时候22岁。虽算不上少小离家老大回，但毕竟也与家乡阔别5年。想家，想娘，想百草山，想在一起光屁股长大的伙伴。在献州下了汽车，还有20里路。他没通知家里来人接，也没雇车送。他要以急行军的速度，背着大包小包一步一步地走。而且凭着自己的记忆抄近路，走地埝，绕河沟。一边走，一边喊一二三四，唱队列歌曲，惹得过路的人都看他。一踏上七里冢的土地就更激动万分，看到哪儿都备感亲切。还能记起哪块地叫什么名字，生产队的时候善于种什么庄稼。自己跟伙伴在哪块地里夏天打过草，秋天拾过柴火，冬天捡过粪。到了子牙河，他就不走了，放下身上的包，站在桥上往远处眺望。看着滚滚河水滔滔东去，又开始心驰神往。小的时候跟伙伴们光着屁股往下跳，一个猛子顺水扎下去，再浮出水面就离桥老远了。等水位下去以后，他们就以上洼打草的名义，下河摸鱼。从上午折腾到太阳贴近水面，眼睛挨着尾巴的鱼没摸着几条，赶紧穿上衣服上洼打草。草自然打不满筐。有一回，他出了个好主意，干脆磨蹭到天黑透了再进家。趁着生产队饲养员回家吃饭的时候，到牲口棚里偷草。急了眼完全可以从老牛嘴里往外拽。现在想着想着就笑了。他还在桥中央站着，看着湍急的河水，盯着一个方向看得时间长了，眼开始发晕，桥就像船一样往前走。人扶着桥栏杆闭上眼睛感到自己是很神圣的。当年他和小伙伴们谁也没坐过汽车，更没坐过船。但晕桥的感觉就把坐车坐船的感觉都代替了，无非就是这样。想想那时候真好笑，但他认为并不幼稚。有那样一个童年和少年，不管是用来讲给别人听，还是留作自己回味，都是很美好的。上了子牙河大堤，七里冢就在脚下，当年背着比自己分量还重的草筐回家，这里是一站。上了大堤，坐下来喘口气，看着星星点点的村庄，听着鸡鸣狗叫，大人骂街，孩子啼哭，很让人解乏。站在大堤上，也就看到百草山了，百草山留给人的记忆是意味深长，而又刻骨铭心的。他决定不再生发联想了，赶紧回家，去看娘。再好看再值得回味的东西，也不如娘。

进了院，贺小虎的步子不由加快，随着就一声接一声地喊娘。在部队，5年的老兵，怎么说也是大人了，何况还是管几十号人的排长。但一进家，自己就小了，小的除了叫娘就是撒娇。实际上在家的时候也没很像样地撒过几年娇。屋里没人答应，但门是敞着的，他想大概家里没人。娘是下地了，或者去串门子了。那么姥姥呢，姥姥也不在吗？他进了屋，看见炕上躺着一个人，他以为是姥姥："姥姥，姥姥，您病了吗？我是小虎呀。"等床上的人转过脸来的时候。他吓坏了，那不是姥姥。是娘，是日盼夜想的亲娘。

这当真是自己年轻俊俏，手脚麻利，能说会道，心灵手巧，在七里冢数一数二的亲娘吗？娘的头发怎么了，怎么那么短？而且有一半是白的。娘的脸色怎么那么难看？又灰又黄，没有一点儿从前的白净与滋润，而且爬上了那么多密密麻麻的皱纹。这才五年的光景，我的亲娘，怎么变成了这等模样？他一路上的兴奋与激动，都遭到了迎头痛击。

魏淑兰转过脸，支撑着身子，费了好大劲坐了起来。用很惊讶而复杂的眼神看着小虎，眼珠几乎是凝固的，不转不动，完全没有了以往的灵气与神韵。待了老大半天，魏淑兰的眼神终于有了变化。紧接着泪水就跟着下来了，她很吃力地叫着："小虎，小虎。你，你个没良心的……"

贺小虎扔掉肩上的提包，上了炕，双腿跪在了娘的面前，连声叫着："娘，娘，你怎么啦？"

魏淑兰伸出双手，想抱住小虎，但不能够。她的手是哆嗦的，嘴也在抖动，声音依然发粗发硬："你，你个没……没良心的。你，你还知道，这个世界上有你一个苦命的，苦命的娘啊。啊？"

"娘，娘，您得了什么病？为什么不告诉你儿一声？您说呀，娘！"贺小虎抱着魏淑兰，泪雨滂沱，滔滔不止。他心里像刀剁一样，撕肝裂胆，疼痛难忍。

魏淑兰突然松开贺小虎，把脸扭过去，不哭也不喊了。

"娘，娘，您说话呀，啊？娘！"贺小虎大声叫着。

随着门帘被挑开，二柱进了屋："小虎回来啦，怎么也没提前来个信儿，叔好进城接你呀。"

贺小虎回过头来，说："叔，我娘怎么啦？"

二柱说："几个月前得了脑溢血，在省城做的手术，回来才俩多月。"

贺小虎跺着脚问道："你们为什么不告诉我，为什么？"

二柱把贺小虎从炕上拽了下来，让他到西屋。一看，姥姥也在炕上躺上，姥姥老得简直不能看了，眼睛、耳朵都不好使了，还不住地咳嗽。见了贺小虎，抬了抬眼皮，又把眼睛闭上了。贺小虎心里加倍地难受，自己才出去5年，这个家怎么就变成了这个样子？而自己却什么都不知道。

二柱对贺小虎说："你娘的病恢复得还算不错。刚出院的时候连话都不会说，也坐不起来。现在能拄着拐杖下地了。但医生说，她还不能过分激动。这不，一看见你，她情绪就变了。这对她不好。"

贺小虎点了点头。

魏柳氏睁开了眼，伸出手来摸索东西。二柱看见了，从柜底下拿了尿盆递了过去。不一会儿，魏柳氏把尿盆从被窝里递了出来。贺小虎要去接。二柱拦住了，他接过来端着出了屋。

魏柳氏的嘴来回动着，像嚼着什么东西，瞪着眼看贺小虎。塌陷的下巴颏，证明老人的牙齿已全部掉光，一道道弯曲的细纹像蚯蚓们在以屈求伸。老人瘦得皮包骨，身上的肉皮打着拧，像被水煮过的葱皮一样向下耷拉着，看上去有些吓人。贺小虎凑过去说："姥姥，我是小虎。"

魏柳氏摇摇头，闭上了眼睛。

二柱进屋说："你姥姥在你娘得病之前，就不结实。你娘住院回来，她的病就加重了。见了谁都不认识，说话就自个儿跟自个儿说。前两天还老念叨你呢，看来你姥姥精神是受了些刺激。"

贺小虎说："叔，这个家，就全靠你了。我舅知道吗？我姐知道吗？"

二柱说："都知道，你娘做手术，就是你爸联系的。要不是去省城，恐怕连命也保不住。你舅和你妗子一直在医院陪着。出院的时候，你姐跟着回来了。在家待了一个月，刚走没几天。"

贺小虎拍了一下脑袋，说："出了这么大事儿，原来就瞒着我一个人。"

二柱说："我当时想告诉你，你爸不让。他说你正在教导队学习，怕耽误了你的前程。"

贺小虎说："狗屁前程！我娘都成这样了，我还要前程有什么用？"

正说着，贺张氏进了屋。见了小虎，先是愣了一下，后来说："小虎呀，我当是谁呢？这狗小子，怎么说回来就回来咧？"

贺小虎说："奶奶，你身子骨儿还结实吧？"

贺张氏笑着说："我再不结实，这个家还过得了吗？我那傻孙子。"

贺小虎这才细看贺张氏，奶奶虽然结实，但也明显老多了。已经70多岁的人了，除了照顾病人，还得下地帮叔干活儿。同时，贺小虎也看出来并感觉到了，因为娘的病，这两个家已经合成一家了。叔跟姥姥住一个屋，奶奶和娘住一个屋。一人伺候一个重病号，他为这种别样的亲情感到欣慰。

魏淑兰拄着拐杖过来了。二柱忙上去搀扶："小虎回来了，咱只能高兴，不能激动。听见了没有？"

魏淑兰放下拐杖坐在了炕上。贺小虎忙走到跟前，温情地摸她的手，帮着她理额前蓬乱的头发。他知道娘是个很在意自身形象的女人，因为得了这病，才这么不讲究。魏淑兰现在的情绪很稳定，用手摸了摸贺小虎上衣的口袋，说："你这个小兔崽子，跟着你那没良心的爹，到底成人了。"

贺小虎说："娘，我是提干了。但跟我爸没任何关系，是我自己考上的教导队。不信你写信问我舅。"

"但愿你说的是实话。我想，你这一走，这辈子就不见你了，就把你扫地出门了。5年了，没给你写一封信，你恨娘不？"魏淑兰说。

"娘，你说到哪儿去了，无论你怎么对我，你都是我的亲娘。当年，我违背了你的意愿，伤了你的心，儿对不起你。"贺小虎说这些话的时候，眼睛又开始发红。

魏淑兰叹了口气，说："是娘不好，娘的心太狠了……"

二柱拽了贺小虎一下，并向他使了个眼色，让他少说话。

贺张氏张罗着做饭。贺小虎怕魏淑兰激动，搀着她回了东屋，打发她躺下了。

二柱很高兴地对贺小虎说："到底是自己的亲儿子回来了，你娘打出院还没说过这么多话。你姐走的时候，还说不成句呢。"

贺张氏也说："不光说的多，嘴也利索，都是整句整句说的。"

贺小虎说："我刚回来的时候，还不是这样呢。"

二柱说："看来是精神作用。你这一回来，什么药也别吃了。自你娘会说话了以后，差不多每天都念叨你、骂你。"

贺张氏接过来说："你走以后，你不知道，这5个年节，你娘是怎么过的？哪个大年初一，都给你盛上饺子，对着饺子碗就哭，一边哭一边拿筷子往饺子碗里戳。人家都来拜年了，她连门也不出，弄得整个年节谁心里也不好受。"

贺小虎站起来，把脸扭向一边，使劲眨了眨眼，把泪水咽了回去。

贺张氏说："真是病来如山倒，病去如抽丝呀。你娘平常连个感冒也没得过，没承想，一得就是大病。"

贺小虎问："那我娘这病是怎么得的。"

二柱抢过来说："咳，在瓜棚里，跟我说着说着话，就……"

贺小虎呃了一下嘴："怎么得了这么个病？"

一顿团圆饭，很经济，但都吃得挺多。贺小虎打开了几个军用罐头，他跟二柱还喝了几盅。魏淑兰吃得很开心，话不多，情绪很好，差不多老是笑着。零乱的小屋，一下子活泛起来。收拾了碗筷，贺小虎服侍娘去睡觉。上炕前，给娘洗了脚，用了一大盆水，水温是他用手试过的。接下来他就一下一下地给娘搓脚。从脚面到脚心，从脚脖子到脚趾缝，全方位地搓揉。弄得魏淑兰怪舒服。娘的脚大概有些时日没认真洗过，满满的一盆水里，很快漂了一层油乎乎的泥垢。魏淑兰有些不好意思，脚老往外挪，说："算了吧，那些东西够娘喝一顿的了。"

贺张氏过来逗魏淑兰："这回舍不得把我孙子扫地出门了吧？你今儿晚上做梦就乐吧。我养了俩儿也没人给我洗过一回脚。"

二柱接过来说："别说给你，我自个儿都没洗过。"

魏淑兰笑了。屋里的人都笑了。

第二天一早，人们还没起床，贺小虎早把院子打扫干净了，院里的砖头瓦块都清理出去了。在部队看惯了直线加方块，过惯了清洁整齐的日子，对脏乱的小院有些不满意。等天大亮，就收拾完了。二柱看着脱胎换骨的小院，感慨地说："当兵就是出息人。走的时候，油瓶子倒了都不知道扶。现在都成这样了。"

魏淑兰起来了，也对着小院发着无声的感慨。然后进了屋，把镜子拿过来，她要梳头。右手基本上失去功能，她只好用左手，左手也是哆嗦的。贺小虎把梳子接过来了。魏淑兰说："这么短的头发，我凑合着梳梳得了。"贺小虎幽默地说："娘，感谢您这病。要不，我怎么会有机会给您梳头呢？"

魏淑兰笑着说："小兔崽子，有这么跟你娘说话的吗？"

贺小虎开始给娘梳头。22岁的他，没给女人梳过头，甚至没有理由走近哪个女人的头发。他记得在家时，娘和姐的头发都很好。每天早晨起来，梳头占去好大工夫。一个镜子两人倒着用，有的时候，镜子里面会同时出现两张脸。那两张脸都是美丽的，都是笑着的。那个时候的日子，是很有嚼头的。

魏淑兰心安理得地接受着儿子的精心梳理，禁不住地问："你走的时候，娘不见你，恨娘不？"

贺小虎说："恨。"

魏淑兰说："从什么时候开始不恨的？"

贺小虎说："从恨的时候。"

魏淑兰在镜子里面看了看贺小虎，叹了口气："儿到底是儿啊。"

吃完了早饭，贺小虎骑着自行车去了一趟乡政府，给部队发了一封电报，续了10天假。三天之后，部队回了电报，批准了续假。接下来的日子里，他经常跟二柱到地里干活儿。赶上好天气，他还把魏淑兰背到地里，让娘呼吸新鲜空气，还可以做些力所能及的活儿。魏淑兰这些天心情格外好，尤其是说话突然全利索了，拄着拐杖也能走好远。到街上去，也知道收拾收拾身上的衣服。贴着墙根儿晒太阳的时候，也是跟人们有说有笑。

再往后的一些日子，贺小虎在街上听到了些风言风语，说叔跟娘怎么怎么的，当然听得不全面。人家一见他在场，自然就把话题岔开了。

村里近些日子关于魏淑兰和二柱的风言风语，主要是由贺三汤传开的。贺三汤的大队长被上级拿下来之后，日子没了光景。农活儿做不下去，做小买卖又放不下大队干部的架子，就每天在街上瞎转。哪儿人多往哪儿凑。那天送魏淑兰到献州回来，他没来得及进魏柳氏家。一进村，就凑到贴墙根儿的人堆里，大张旗鼓地宣传了那让人惊心动魄的桃色新闻。他充分发挥了曾搞过大批判的那张嘴，像说评书一样，讲得有板有眼，绘声绘色。他说，我从百草山下来，一眼看见二柱家的瓜棚忽悠忽悠的，上下颠，左右晃。我还以为是地震呢，吓得我赶紧站住了。可看了看，别的地方都没动静。待了一会儿，就听瓜棚里"哇"的有人叫了一声。紧接着，二柱就把魏淑兰背出来了。出来的时候，魏淑兰的屁股还露在外头呢。

有人附和着说，百草山是贞洁山，谁在她眼皮底下干那事儿，谁就倒霉。

　　有人说，还真是那么回事儿。

　　人们这一附和，贺三汤更来劲了。他说，二柱底下那家伙，可能跟小日本儿的差不多，头上戴着铁箍呢，要不怎么一下子就把魏淑兰给干得背过去了。人们说，真的假的，你说这么玄乎？他说，我亲眼看见了，糊弄你是孙子。人还是我帮着送到献州的呢。他忽然想起了什么，说，我操，别哄你们开心了，我还是先到魏家报个信儿吧。

　　有一次，贺三汤又绘声绘色地讲给别人听，让贺小虎给撞见了。他二话没说，撒丫子就跑。贺小虎没追两步，他就被什么东西绊倒了，在地上趴着带着哭腔说："小虎，饶了我吧。我是满嘴喷粪，胡说八道。你别打我，千万别打我呀……"

　　贺小虎是聪明人。听了街上的风言风语，他心里有些想法，再看看眼下这个家的格局的确也有些乱。况且在他很小的时候，就听村上的人说过。尤其那个看瓜的贺三汤，说的最多，也最狠。那时候他还小，不知道事情是什么性质。到底有多么严重。现在他是大人了，男女之间的事体也知道一些了，知道往复杂里面想了。这天，他回到家有些闷闷不乐，趁着娘不在家，各屋都转了转。仔细推敲揣摩了一下，在失去监督的情况下，叔和娘之间会发生的哪些故事。他点了点头，又摇了摇头。他知道，娘是正经娘，叔是正派叔，天长日久，也不会存在质变的问题。问题是会不会有量变，会不会有把握不住分寸的时候。他想了好大工夫，很快又调整了思考和判断问题的角度：何不成全他们？他们成了亲，不就没人说三道四了，叔再照顾娘不就更方便了吗？

　　归队的时间快到了，贺小虎心里一直积压着这块石头。他知道主要障碍在娘身上，叔不会有什么。他感觉得出来，叔对娘早就有心，包括现在的眼神和举动，都能看得出来，但不知道娘是怎么想的。要是也有同样的想法，恐怕早到一起过了。用不着他这个当儿子的操心，娘不是老脑筋的女人。

　　找了一个机会，贺小虎终于鼓起勇气，把问题跟娘摊开了。

　　魏淑兰很严肃地说："这个问题，你姐也说过，村里也有人说过。但这是大人的事儿，你就别操心了。"

　　贺小虎说："你是不是觉得叔嫂姻缘，村里人会笑话？"

　　魏淑兰说："我心里想什么，只有我自个儿知道。这是我的事儿。"

　　贺小虎说："我跟姐都不在家，有个人照顾你，我们也好放心呀。"

魏淑兰说："我现在是一个残废人，怎好拖累你叔一辈子。"

贺小虎说："可我叔并不在乎。何况现在不已经拖累上他了吗？你们这么名不正言不顺的，也不是个长法呀。"

魏淑兰不高兴了："怎么？你看着不顺眼了，给你丢人了？那你赶紧走人吧。眼不见，心不乱。"

贺小虎连忙解释："娘，看你说到哪儿去了，我还不是为你好吗？"

魏淑兰依然很严肃地说："那你从今往后不许再当着我提这事儿。"

贺小虎说："儿遵命。"

魏淑兰这才舒了一口气："小兔崽子。"

贺小虎说："等我成了家，有了房子，把你接到部队上去，让你享享福。"

魏淑兰说："你姐也这么说过。不过，我没那命。你们有这个心，娘就知足了。"

贺小虎不敢再提娘和叔的事儿了，他私下也跟叔说过。二柱听了连声叹气，不说话。

第三十七章

　　魏淑兰回老家以后，在很长的一段时间里，贺金柱情绪都好不起来。他想知道一些消息。比如，病情怎么样，恢复到了什么程度，情绪怎么样？他却无从得到这方面的消息。二柱没来过信，小梅也没来过信，没有人跟他联系。好像这中间什么事儿也没发生过一样。

　　这天，贺金柱在办公室接到一个电话，二柱来了。

　　这让贺金柱很意外。二柱上次来送魏淑兰看病，在省城待了那么多天，都没上家里来一趟。那些日子确实忙，二柱在医院走不开，直到魏淑兰出院，都是脚不沾地。中间，贺金柱曾提出来让二柱进家看看，一起吃顿饭。二柱也答应了，可到走，也没兑现。这其中的原因，是二柱在照顾魏淑兰方面太敬业了。还有，只有二柱在场的时候，魏淑兰情绪才好，别人谁也代替不了他。二柱一不在，魏淑兰就拿眼神找他。二柱没进家认门，虽然有忙的原因，但贺金柱还是有些想法。毕竟是同胞兄弟，到了家门口，不到家里来吃顿饭，自己心里说不过去，别人也会有说法。贺金柱心里明白，自己和魏淑兰离了婚，使得自己和方方面面的关系，都生分起来。爹上了吊，娘死活不来部队，二柱嘴上说不出什么，看样子，心里也疙疙瘩瘩的。小虎跟自己较劲，小梅不认亲爹。还有与魏猛子的关系，也等于雪上加霜。这些事体，想起来就头疼。

　　对于二柱的到来，贺金柱心里还是很高兴的。但他又隐约有些担心，怕家里会有什么事儿。不然，二柱不会大老远的专程跑一趟。

　　二柱是绝对空着手来的。这基本上不符合老家人进城走亲的规矩，虽然是亲哥们儿弟兄，因为轻易不来，还因为哥哥家还有嫂子、侄子、侄女。按常规至少要带些花生、大枣、芝麻、香油、红薯干类的土特产。二柱身上什么也没带，更说明有急事儿，或者大事儿。贺金柱这样想。

家里很清静，张敏的父母前天刚回了彤州。张敏上班去了。公务员倒上水，摆上水果，也出去了。

"家里有事儿吗？"贺金柱问。

"没事儿。"二柱说。

"淑兰怎么样了？"贺金柱问。

"好多了。"二柱说。

"咱娘身体结实不？"贺金柱问。

"结实。"二柱说。

"怎么没跟你一块儿来？"贺金柱问。

"没空。"二柱说。

"好，没事儿就好。你这么突然来了，我还以为家里有什么事儿呢。"贺金柱松了口气。

"有事儿。"二柱喝了一口水说。说这话的时候，他的表情发生了巨大变化。

"什么事儿？"贺金柱格外警惕起来。

二柱又喝了一口水，随后喘了一口大气，平静下来说："哥，打在省城伺候淑兰的时候，我就想找个机会跟你说说话。回到家，心里一直憋得慌，堵得慌。不把话跟你说明，我后半辈子也活不踏实。这不，淑兰好些了，家里能脱开身了，我就来了。"

贺金柱着急地说："什么事儿，你快说不得了。"

二柱把一缸子水喝完，开始说了："你知道淑兰是怎么得的那个病吗？"

贺金柱觉得这问题有些小题大做："突发性脑溢血，还能怎么得的？"

二柱说："跟你说实话吧，是我弄的。"

贺金柱越发不明白："什么，你弄的？"

二柱说："我跟她在瓜棚里做那事儿，劲儿忒大了。做完了，她就犯了那病。"

贺金柱猛地把眉毛竖了起来："什么？你跟你嫂子……"

二柱纠正说："不是我嫂子，是魏淑兰。"

贺金柱把拳头往茶几上一擂，茶几上所有的东西都震掉了："你混蛋！"

二柱猛地站起来："你才混蛋呢！"

贺金柱站起来的同时，已经火冒三丈。伸出巴掌使足了力气，对准二柱的脸猛抽过去："我打你个不要脸的东西！"

二柱捂着半拉脸的同时，"噌"一下站了起来。同时，也伸出了那只指甲盖里装满泥垢的手，简单颤抖了一下，很有气势地扇过去了。那一巴掌，发出的声音同样响亮："我也打你个没人性的东西！"

二柱的举动让贺金柱惊呆了。他怎么也没想到，一向少言寡语、蔫不拉唧的二柱，竟敢在自己的家里，回敬了他这个当军长的哥哥一巴掌。而且是在检讨了与自己的前妻通奸之后。这个二柱到底是怎么了？疯了？傻了？好在这会儿家里没人，要是张敏在场，或者张颖在场，哪个兵在场，自己的面子该往哪儿搁。贺金柱自认为自己是经过风雨、见过世面的人。但他现在却完全愣住了，呆住了，整个都傻了。

贺金柱不自觉地摸了一下自己的脸，摸了一下自己的尊严。

二柱打完贺金柱还没有坐下的意思，看来如果贺金柱再给他一巴掌，他还会毫不犹豫地回敬过去。但他很有原则，人不犯我，我不犯人；人若犯我，我必犯人。

哥俩对视着，眼里都像在冒火。

哥俩都喘着粗气，互相喷着对方的脸。

哥俩都紧绷着弦，大有剑拔弩张之势，随时都有新一轮的战争爆发。

哥俩都不说话，另外一种语言表达方式随时都可能出现。

过了一会儿，贺金柱率先坐下了。

二柱也坐下了。

贺金柱狠喘了一口大气，有些无可奈何地说："二柱，这些年你长出息了。做了那么丢人现眼、伤风败俗的事儿，还有脸来跟我说，还敢打你哥？"

二柱稳定了一下情绪，说："你想想，我不傻不呆的，不到万不得已，我能跟你说这话吗？你把淑兰说甩就甩了，你知道这20多年她是怎么过来的吗？你知道我是怎么过来的吗？她有情，我有意，不少人撮合我们结婚。可因为她是让你给甩的，因为她曾经是我的嫂子，她就是不同意。别忘了，当年是我替你跟她拜的花堂，也就是说，这个缘分，也是你甩给我们的。这些年，我们只得把情分往心里边藏，把泪水往肚子里边咽。这20年，我不娶，她不嫁。一个打光棍儿，一个守活寡。白天在一块儿干活儿，黑下各自搂着枕头睡觉。那滋味儿，你体会过吗？你甩了人家，撒手走了。可她曾经是贺家的儿媳妇儿，还有小虎和小梅，他们孤儿寡母的。人家外人可以看淑兰的笑话，我能看着不管吗？家里外头，大人孩子，哪件事儿不是我给张罗。我明知道淑兰不肯嫁给我，我还像个傻子一样地为人家操心受累，不就是想替你承担一部分责任吗？不就是想替你赎一部分罪吗？这些年，村里人对我们俩一直有一些风言风语，说东道西。可天知道，20年啊，我们连手都没碰过。谁信呀？这一回，我们是做了，按你说就是丢人现眼、伤风败俗的事儿，也可以说是对不住你的事儿。我们干干净净地守了20来年啊，可我们也是人哪……"

贺金柱很用心地听着，第一次听二柱讲这么长的话，这么掏心掏肺的话。二柱对他这个当哥的，从小到大，一直是唯命是从，逆来顺受。尤其长大成人之后，两人命运悬殊。他当上了一军之长，而二柱至今还是个地地道道彻头彻尾的农民。这种悬殊，使他经常忽略了二柱的存在，更没关心过他的情感生活和精神境遇。现在听了二柱这番自白，他心里一下子变得格外沉重起来。

二柱接着说："这些就不说了，还有一些话，我说出来就痛快了。说完了，我就走。你当年离婚，说起来是你个人的事儿，别人管不着，也管不了。可你想过没有，咱那是农村哪。结婚离婚不是当儿戏的事儿，尤其你当了这么大官儿，人们看得就更重。咱爹活着的时候，乐善好施，吃亏为本，村里人谁在背后也伸大拇指。可因为你离婚，就上了吊。人一辈子不就一个爹吗？还有咱娘，你刚离婚的时候，连门儿也不敢出，借个筢子扫帚，都不知道该跟谁家张嘴。咱家的柴火垛让人家点着了，别人干看着，谁也不救。咱家自留地里的庄稼，经常让人家给祸害了。跟人一诉苦，人家就说，该，损的！我见了魏家的人，总是上赶着跟人家说话，人家还是带搭不理的。咱贺家打老辈儿在村里走路，腰杆总是挺得直直的。可就从你离了婚，老的少的，都得夹着尾巴做人……"

贺金柱听到这，很是激动了。他把手扬了一下："别说了，二柱，我求求你，别说了……"说着，猛地朝着自己的脸扇了一巴掌。停了一下，又扇了一巴掌。二柱就在他跟前，却并不拦着。

门开了，张敏高跟鞋"咯噔咯噔"的声音先进了屋。贺金柱赶紧把屋里简单收拾了一下。张敏进来了，二柱站起来叫了声："嫂子。"

张敏没认出来是谁，就问贺金柱："这是……"

贺金柱说："这是二柱……"

张敏打量了一下二柱，先是皱了一下眉头，接着说："哦，二柱哪，咱们有20年没见了吧，我都不敢认了。"

二柱苦笑了一下："可不，老了……"

张敏看了看屋里的环境，感觉哥俩刚才像是发生了什么。她进了一趟卫生间，回来对贺金柱说："我一会儿公司还有个应酬，你跟二柱是在家里吃，还是上外面？"

二柱说："嫂子，我下车才吃的饭，这才不到俩钟头。不饿。"

张敏笑了："看你说的，你20年才到你哥这来一趟。不好好犒劳犒劳，说得过去吗？"

公务员也进来了，问张敏："阿姨，中午做几个人的饭？"

张敏说："你问首长吧。"

贺金柱看了一下手表，说："我们出去吃吧，时间还早。"

二柱说："我真的不饿，我一会儿还得赶火车呢。"

张敏说："干吗那么急？好不容易来了，多住两天吧。"

二柱说："不咧，家里离不开人。"

张敏进去化妆了，出来的时候对二柱说："我先走了，你们聊吧。"

二柱站起来，目送张敏。

张敏刚走，二柱就对贺金柱说："我该走了。"

贺金柱说："哪能真走呀？"

二柱说："是真走。我来的时候跟家里说是到献州办点儿事儿。今儿要是不回去，家里还不得炸喽？"说着，就往外走。

贺金柱说："那也得吃了饭呀。"

二柱说："不咧，晚了，就赶不上车了。"

贺金柱让公务员打电话找司机，司机不一会儿就来了。贺金柱到储藏室拿来了一些酒和食品，让司机装在了车上。二柱说："别让司机送了，坐公共汽车挺方便。"贺金柱没说话，把他推上了车。

司机去买车票。二柱对贺金柱说："哥，我今儿说了不少伤你的话。不过，有句话，我还是要说。咱娘岁数不小了，身子骨也明显一年不如一年咧。可到现在，是棺材，是寿衣，是孝布，咱一件也没预备。别的事儿我都可以办，但这事儿，你得上点儿心。万一不定哪天……咱可别抓瞎。那就该让人家笑话了。"

贺金柱用手托着下巴说："这个问题，我还真没考虑过。这样吧，你向人家问一下，该多少钱，咱一定要最好的。钱我随后就寄过去。"他下意识地掏了掏口袋，想给二柱一些钱，却没掏出来。平时，他口袋里基本上没装过什么钱。工资由张敏把着，出门花钱由部下管。他从来没操过心。

临上车的时候，贺金柱还想对二柱说些什么，但欲言又止，最后说："告诉咱娘，好好保重身体……"

贺金柱回到家的时候，张敏已经应酬完公司的饭局，在家监督公务员搞卫生。

贺金柱一进门，张敏就问："二柱来去匆匆的，有什么事儿吗？"

贺金柱说："没事儿，就是过来看看。"

张敏说："不对吧。他上次在省城待那么长时间，也没进过家门。这次却专程进家看看。再说，我进来的时候，感觉气氛也不对呀。"

贺金柱不耐烦了："我们哥俩的事儿，你打听那么多干什么？"说完，整了整军装，打了个电话，去了办公室。

张敏很没趣，没趣就找公务员的茬："厨房擦了吗？"

"擦了。"公务员说。

张敏麻利地到了厨房，戴上白手套往油烟机上摸了一下，白手套上出现一道印。她大声嚷道："你这是擦了？简直是糊弄洋鬼子。跟你说过多少遍了，搞卫生一定要细，你就是记不住。"

公务员赶紧过来擦厨房。

张敏又到了院里，看了一眼并排着的花盆。又大声叫了起来："你过来，你过来。我都快把嘴皮子磨破了。告诉你，这花浇水不能太勤了。你看这盆杜鹃的根儿烂了吧。我说你干得了不？干不了，趁早打背包回连队去！"

公务员正愣着，司机进来了。张敏问他："首长今天没用车呀？"

司机说："首长在开会。"

张敏看了看手表，说："那你跟我出去一趟吧。"

司机问："阿姨，去哪儿？"

张敏瞪了他一眼："你跟首长也这么问吗？上车再说呗。"

司机连忙解释说："要是跑得远，我就得加点儿油。"

张敏说："你早就该加。哪能等用车了，再去加油？你去吧。"

司机刚走，电话响了。公务员接过电话，然后捂着话筒对张敏说："阿姨，找你的。"

张敏接过电话，慢条斯理地说："谁呀？"

电话里说："这是贺军长家吧，你是……"

张敏说："我是贺军长的夫人，你是哪儿？"

电话里说："我是献州市委的张书记，我和于市长来省城开会。献州被改为县级市了，我们想见见贺军长。"

张敏说："啊，祝贺，祝贺。请问，你们找首长有什么事儿吗？"

电话里说："没什么事儿，就是想见见首长。请他吃顿便饭，听听他对家乡建设的指示。"

张敏说："真不巧，首长正开会。我给你转告一下吧。"

电话里说："请问一下，魏主任家的电话是多少？"

张敏说："我不知道，你让总机给查一下吧。"

电话里说："那麻烦你把我们的电话记一下。等贺军长开完会，给我们来个电话。我们就在房间等他。"

张敏不耐烦地说："不用记了，过一个小时你再打来吧。"说完，把电话挂了。

司机过来了，张敏照了镜子，拿了包，准备上车，回过头来对公务员说："献州那边再打过电话来，你就说首长要开一天会，让他们别等了。"

公务员说："是。阿姨。"张敏跟司机出了院，见门口没车，脸上不高兴了："车呢？"

司机说："刚才政委的车停在路上，我过不来，就把车停在前头了。"

张敏见着车了，说："你这小家伙，也是狗眼看人低。首长用车，多会儿停那么远过。"

司机说："阿姨，你等着。我把车开过来。"

张敏说："走两步吧，正好减减肥。"

下午，张敏正在家睡觉。电话又响了，还是献州的张书记打来的，说，他们已在燕山大酒店订了饭，魏主任已答应来了。如果贺军长有时间，一定赏光。张敏说，首长能去就去，你们正常吃你们的。别傻等。

贺金柱当上军长之后，张敏八十九军第一夫人的意识很快树立了起来。在一七〇师的时候，这种感觉还不太明显。大概认为，师长的官衔还不够高，师长夫人的称谓，也算不上多么荣耀。到了军里，这种感觉一下就找到了，最明显的是对工作人员的使用态度上。在军首长的夫人中，张敏是最年轻的，也是最漂亮的。再加上她年复一年，日复一日一丝不苟的精心保养和打扮，弄得公务员、司机简直不知道是该称她阿姨还是大姐。高兴的时候，她和兵们有说有笑，分不清大小，分不清主仆。但不知道哪会儿翻了脸，就像审贼一样面露峥嵘。兵们摸不着她的脉，常给弄得心慌意乱无所适从。去年，贺金柱去军区学习了两个月，张敏私自换了两个公务员。时间最短的，当天就打发回去了。等她换第三个的时候，警卫连连长说，阿姨，你自己过来挑吧，我们实在拿不准了。还有，张敏在别人面前提起贺金柱，一般都称首长，甚至在孩子们面前也是这样。有一天，张颖回来了，一进门就问："我爸呢？"张敏很随意地说："首长开会去了。"张颖听着不顺耳，嘴也不饶人："哎？妈，你到底是我爸的老婆，还是部下？怎么听着让小女浑身起小米儿呀？"张敏脸上的颜色马上不好看了。

贺金柱下班回来了。张敏没说献州来人的事儿，也不让公务员说。快吃晚饭的时候，那个电话又打过来了。贺金柱正好去厕所，还是张敏接的。她说军里晚上有重要活动安排，去不了了，实在抱歉。

吃过晚饭，贺金柱习惯到大院里散步。张敏经常要求陪着。今天贺金柱不让，说自己到办公室还有事儿处理。今天兴致很好，他围着大院转了两圈，还不觉得累。等到了办公室，就8点多钟了。刚一进门，电话就响了，是魏猛子打来的："你在办公室呀，张敏没跟你说呀？"

贺金柱问："什么事儿？"

魏猛子说："献州的父母官儿来了，给你打了7次电话都没找到你。人家在宾馆溜儿溜儿等了你一天。"

贺金柱说："张敏没跟我说呀。哎，他们有什么事儿找咱们？"

魏猛子说："你别害怕，人家什么事儿也没有。就是献州改成县级市了，刚批下来，想一起庆贺庆贺，顺便也认识一下你这贺大军长。"

贺金柱说："我估计他们一定有事儿，不是公事，就是私事。地方人，没事儿，他不找你。你要管，一辈子也管不清。"

魏猛子说："关于对老家的态度问题，我跟你在一起讨论过多少次了，我还是极力反对你的观点。别说你是个军长，你就是当了大军区司令，也有退下来的时候，也有落叶归根的时候。"显然，魏猛子喝多了，但话没走板儿，只是多了一些。

贺金柱说："父母官儿是不是把你灌醉了，我们俩就别在电话里争了。你早点儿睡吧。"

魏猛子说："怎么啦？理屈词穷，心慌气短了吧？树高千丈，落叶归根。早晚都有回那一亩三分地的时候，牛什么呀牛？你没忘记吧，我曾跟你说过一句名人名言，'一个军人，要么战死在沙场，要么就回到故乡'。我们都没战死在沙场，将来还不得回百草山？"

贺金柱说："你别忘了，中国还有这么一句俗话，哪里的黄土也埋人。当兵的本来就是四海为家。古代战死在沙场的勇士，都是马革裹尸，血沃青山。朝鲜战场上的十几万烈士，包括毛主席的儿子，不是都埋在朝鲜了吗？当一个纯粹的军人，就得舍得抛弃丝丝缕缕，砍掉枝树枝枝的东西。好吧，你不用改变我了。"说完，他把电话放了。

放下电话之后，贺金柱闭上眼睛，粗粗地喘着大气。电话又响了，他知道是魏猛子打来的，还会接着跟他讨论。他没接。

又过了些日子，献州几套班子的领导，还有各乡镇、企业的主要领导，都集中到省城，包了一家宾馆，要举行首届献州老乡联谊会。目的是扩大献州的知名度，让各界名流为家乡的发展献计献策，当然也是为开放的献州招商引资。贺金柱在省城是献州籍军界的最高首长，也是这次联谊会的亮点。与会的上千名献州人，都翘首盼望贺军长光临。但一直到活动举行完，也没见着贺金柱。在这之前，献州的主要领导曾亲自登门，把这次活动的目的、日程、议程向贺金柱做了汇报。贺金柱的答复是，如果那天没有特殊情况，一定出席。献州的领导很高兴，临走的时候，提出留一下贺金柱的联系电话，做通讯录用。贺金柱想了半天，不知道自己家的电话号码，就说，有事儿，就通过总机转吧。张敏在一边接过来说，部队的电话保密。

大家分析贺金柱没来的原因。有的说，可能太忙，脱不开身。有的说，可能是夫人不让来。有了些醉意的魏猛子一拍桌子说："狗屁！就是官儿当大了，

牛 × ！操！"

贺金柱和魏猛子在回报亲情上，确实有很大差距。当兵40年了，他只回过几次老家。家有老母，也常想起，但总下不了决心回去看看，反正逢年过节都寄钱。来信提到生活上有困难，或者有病，马上就寄钱。他认为钱这东西管用，人回去没用，农村就是缺钱。他认为，自古忠孝难以两全，要奋斗就会有牺牲。再就是一年到头穷忙，当主官，肩上的担子重，一年里没有淡季旺季之分，觉得什么时候都离不开部队。他在外头当这么大官儿，这些年，老家的街坊邻居，还有八竿子打不着的亲戚们，也有找来的。无非就是当兵、入党、调动、提干、学技术、转志愿兵、提职、随军，等等。不管谁找上门，他都是那堆套话："好好干，把心思用在工作上，凭自己的本事吃饭。干好了，什么都有了；干不好，狗屁也没有。我15岁出来当兵，谁也没靠，不也从士兵当到军长吗？"人们听了这些大话，从字面上一点儿毛病也挑不出来，就是一点儿可操作性也没有。在献州一带，人们都知道那个贺大军长架子大，不办事儿。天长日久，也就没人找他了。

魏猛子正好相反。出来当兵40年，自从朝鲜回国后，他几乎每年都回家看看，哪怕在家待一天也行。按他说，这些年自己就是献州驻省城办事处主任，而且这个主任是终身制的。不管是县里来人，还是村里来人，不管什么样的穿着打扮，不管是公事儿还是私事儿。只要投奔来了，他都出面接待。管吃管住，管接管送。人家提出来的事儿，不管是不是在自己的管辖之内，不管能办还是不能办，都乐此不疲地去应承，去张罗，去周旋。而且事事有着落，件件有回声。所以，他家一年到头，客满为患，家里的电话从早到晚都打不进来。也不知他哪来的那么大精力，一点也不嫌麻烦，不嚷累。李萱经常挖苦他，你要为你老家人累个好歹，别指望我伺候你。

献州人说，七里冢在军队上出了俩大官。一个良心大大的坏了；一个良心大大的好。

跟老家的父母官，保持不保持密切的关系，大不一样。逢年过节，市里的、县里的、乡里的头头脑脑们，都开着车往魏柳氏家去。一溜儿小车鱼贯开进七里冢，很是气派和壮观。跟在头头脑脑屁股后边的秘书们、司机们，一下车就把大包小包红红绿绿的东西，一溜儿小跑儿地从后备厢里往下提。七里冢人瞪大了眼睛干看着，直咂嘴："看见没，有了儿子，就得让他当官儿。当了官儿，就有人巴结。"过后，说话有些水分的人就往外传："你们没看见吧，那些官儿们给魏淑兰家送的东西，堆得有百草山那么高。"

　　这天晚上，贺金柱要去魏猛子家串门。别看都住在一个大院里，两家又是这样特殊的关系，但一般情况下，不怎么互相走动。这里边有着特殊的原因，两个人心照不宣。这次特意到魏猛子家去，一个重要的原因是魏猛子把魏柳氏接来了。今儿是第三天了，再不过去看看，就该让人挑理了。魏猛子回家接魏柳氏，并不是有意让贺金柱知道，但师职干部出差、休假等事宜，是要报军长、政委的。在休假报告上，魏猛子写上了"接卧病在床的母亲来队"，这一重要理由，而且是带车回的献州。动车出长途，也是由贺金柱特批的。有了前面这些原因，再说不知道，那纯粹是装的。何况，魏柳氏毕竟曾是自己的岳母，现在还是小虎、小梅的姥姥。另外，从上级关心部属的角度，也应该过去看看。虽然两家前后相隔不过几百米，但他还是坐车过去的，因为准备了一些礼物。堂堂一军之长，是不可能提着一大堆东西，独自串门的。

　　贺金柱临上车的时候，拉上了张敏。张敏没有推辞。因为事先打了电话，魏猛子和李萱老早就在大门口迎接着。

　　魏柳氏在靠阳面的一间卧室的床上躺着，头发梳得很整齐，脸也洗得很干净。虽然模样老得有点儿不能看了，但脸还是呈健康色，精神也不错。老人嘴里老像嚼着什么东西，嘴角每嚅动一下，就扯得两腮上松软的肉皮有节奏地收缩与伸展，尤其那几道从耳根穿过脖子斜向前胸的长长的皱纹，收缩和伸展起来，近似夸张。

　　贺金柱实实在在地坐在了老人的床边上，很亲切地大声问道："大婶儿，你还认识我吗？"

　　魏柳氏皱着眉头，瞅了瞅贺金柱，嘴里继续嚼着东西，皱纹们继续收缩与伸展着。老人闭上了眼睛，不理贺金柱这个茬儿。

　　魏猛子凑到魏柳氏跟前说："娘，这是金柱，小梅她爸。过来看你来了。"

　　李萱也附和着说："妈，这是贺军长，这院儿里最大的官儿。给你带来了好多好吃的东西。"

　　这时，魏柳氏猛然睁开了眼睛，撑起身子，凑到贺金柱脸上，仔细地看了起来。看了好大一会儿，伸出手指头，在贺金柱鼻子上点了几下。皱皱眉头，咳嗽了几声，躺下了。

　　显然，魏柳氏认出了贺金柱，刚才的举动，分明像"仇人相遇，分外眼红"的样子。张敏本想也往前凑凑，见老人这样的态度，没上跟前去。她知道自己的角色。

　　贺金柱脸色有些难堪。

　　魏柳氏蒙上被子，把脸盖得严严实实的。不想看贺金柱一眼。

　　贺金柱好容易恢复了常态，找到了军长的感觉。于是，上级关心部属般地寒暄起来。问魏猛子家里有什么困难，需要他帮助解决什么问题，要不要把老人弄到大医院里全面系统地检查一下身体，等等。显得很周到，很温暖。张敏也乘机例行公事般地跟着附和。魏猛子和李萱一个劲儿说，谢谢，谢谢。

　　贺金柱觉得寒暄得差不多了，起身告辞。魏猛子和李萱送到大门口。司机把车发动着了。魏猛子的公务员赶紧过去给贺金柱开车门。临上车的时候，贺金柱对魏猛子说："老人来了，你多在身边儿守守。这次战役演习，方案上好像有你。我看，你就不要参加了。"魏猛子说："谢谢军长关心。留下来，也行。人一辈子只有一个老娘，老娘是个宝。有老娘，就是福……"他还要说下去的时候，李萱打断了他："哎呀，你还啰唆什么？快让军长上车吧。"

　　贺金柱知道，魏猛子后面的话，是有意说给自己听的。这些话，最能扎他的心窝子。贺金柱这天晚上又没睡好。

第三十八章

　　这年的 5 月份，贺金柱和政委去军区参加紧急会议。开会之前，谁也不知道会议的内容，也不让问。会议的气氛比以往都紧张，有不少人猜测，可能是国境上发生了战争，或者国内发生了突发事件。但谁也没想到，司令员传达了这样一个消息：中国人民解放军将裁军 100 万，年内完成任务。

　　这次会议没有公布被裁减部队的番号。司令员在会上说，100 万是个不小的数字，也是新中国成立以来最大的一次裁军活动。军、师、团都要做好成建制被裁减的思想准备，就是大军区也要裁。裁到谁头上，谁也不能讲价钱。军区政委指示，要做好裁军整编中的思想政治工作，这是大局，是国际军事形势和国内经济建设的需要。作为军人，唯一的选择那就是服从，要有较高的政治觉悟，要确保裁军任务的圆满完成和部队的高度稳定。

　　实际上，这是个务虚会，只是给军长、政委们下个毛毛雨。告诉大家，都要有个思想准备。一旦裁到你头上，你别想不开。

　　回来的路上，贺金柱有些沉闷，不想说话。政委问他："是不是怕八十九军被裁掉？"

　　贺金柱闭着眼睛，身子随着车身轻度摇晃，他说："担心是有，但我还是有信心。八十九军是老部队，有着光荣的历史和优良的传统。上级做方案的时候，会考虑进去的。"

　　政委叹了口气："咳，哪支部队没有自己的光荣历史？"

　　贺金柱没说话，但心里很不舒服。

贺金柱不相信八十九军会被裁减掉，战争年代的光荣历史姑且不提，和平建设时期也是相当辉煌的。值得一提的有：1964 年参加全军大比武，名列前茅；1976 年参加唐山抗震救灾，率先到达灾区；1979 年参加军区组织的"军政文后管"全面验收考核，总成绩第一名；1980 年参加"802"大演习，受到通报表彰；1982 年被总部评为全年无重大事故先进单位；1984 年参加国庆 35 周年大阅兵，胜利通过天安门……

贺金柱认为八十九军还有一件显山露水的事儿，就是抓新兵训练改革，这是总参下达的任务。据说，全军新兵训练一共搞了三个试点，八十九军就是其中的一个。那件事儿也是贺金柱亲自抓的。当时上级只是让搞试点，但并没什么具体要求和标准。让他们大胆搞，放开搞。贺金柱喜欢干这种没模式没束缚的事儿，干好干坏都是自己的，不用左右看齐。他把搞试点的任务交给了一七〇师，整个八十九军的 1 万多名新兵都集中到一七〇师，集中训练，结束之后再分到各部队。贺金柱经过跟参谋长、副参谋长、作训处长研究，决定对新兵训练进行四个方面的改革，即训练内容、训练编制、训练方法、训练标准，并制定了规范的新兵训练大纲。三个月之后，总参来考核验收，凡是来的人看了新兵的训练成果表演，都不住地点头，伸着大拇指说好。验收结束的时候，陪同总参验收组下来的军区司令员要讲话。那天是零下 28 摄氏度，而且还刮着白毛风，冷得人揪心。司令员跟贺金柱说："天太冷，部队受不了，我就讲 20 分钟吧。"贺金柱说："首长，你放开讲。不管你讲多长时间，要是有一个人动，我负责。"司令员那天讲了 40 多分钟，1 万多个新兵，还真没一个人改变姿势，哪怕是一个微小的动作。司令员满意地对贺金柱说："我们的新兵都训练成这个样子，那就不得了了。"

这就是发生在今年上半年的事儿。总参向全军转发了八十九军新兵训练改革的经验。

现在八十九军正是辉煌鼎盛的历史时期，下辖三个步兵师，一个炮兵师，一个守备师，一个装甲团，一个通信团，一个工兵团。还有直属侦察营、防化营、汽车营，可以说是兵强马壮，齐装满员，威风凛凛。另外，近些年，武器装备也得到了改善，多次成功地进行了山地进攻和坚固阵地防御作战演习，具备了诸兵种的合成作战能力。还有，八十九军所属部队都在独立方向上执行作战任务，尤其一七〇师、一七二师的驻地，历来是兵家必争之地。贺金柱认为，如果撤了八十九军，一旦爆发战争，祖国的北大门就很危险了。

想了好一阵子，贺金柱很自信地认为，八十九军这么好的部队，不会被撤销。

贺金柱亲自拟了一条标语："有国家就有军队，有军队就有八十九军！"他让人挂在了军部大门口。

紧接着，各师、团机关的大门口，包括各生产基地，都挂出了同样的标语。贺金柱认为这是一项政治任务。

贺金柱下部队，每次讲话，开口就是这句铿锵有力的话："有国家就有军队，有军队就有八十九军！你们都把心放在肚子里边儿，八十九军撤不了！"

贺金柱还拟了一个口号："有八十九军，就有贺金柱！"这个口号是藏在心里的。

宣传归宣传，打气归打气，但部队小道消息很快多了起来。好多人都传某某军要被裁减了，其中也有八十九军。现在通信工具发达，信息传播广泛。尽管部队保密制度很严格，但如此规模的百万大裁军，要想绝对保密，也是不大可能的。

无风不起浪。贺金柱的思想开始波动起来，他认为一旦八十九军被撤销，那就是塌了天的大事儿。这比自己是升是降，是死是活，要严重得多。贺金柱也经常往外打电话，打探消息，他甚至给司令员也打了电话。司令员说，军委还没下命令之前，所有的消息都是误传。

一个月之后，贺金柱和政委又到军区开会。之前，会议内容还是封锁的。那天，路上他一句话也不想说，甚至老觉得车开得太快。尽量慢一点儿知道准确消息，最好今天的会因故取消，让我们白跑一趟。贺金柱这样想。这些天他总是做梦，梦见八十九军不但没被撤销，而且还扩编了，增加了一个装甲师。梦醒之后，他就后怕。因为他听人们常说，现实跟梦，正好是相反的。

会议的气氛不是一般的沉闷，甚至连抽烟的人也没有。军长政委们都屏住呼吸，等待着命运的判决。

从司令员从容的谈笑中看出，本军区算是保住了。司令员没急着宣布命令，而是掰着手指头跟大家说了一大堆数字："今年，我国的军费只有191亿人民币，折合60亿美元，大约占同年美国军费的2%；还不及苏联的一个零头儿。但是，我军员额却是美军的两倍，和苏军的人数差不多。军费中相当大的一部分，都被人头儿费占去了。你们再听我讲一讲，关于兵员结构的几个数字。苏联为1：4.56；美国为1：6.15；联邦德国是1：10；法国是1：17，而中国是1：2.45。平均一个军官领导两个半士兵……"

看来，司令员真是好记性，这么一大堆数字，连稿子也不看。但贺金柱还是听不进去，说到底，还不是裁军。别扯些没用的，大道理谁都懂，关键是裁谁，谁是多余的那个数字？

司令员接着说："再说各级机关，从大军区、军、师到团，光部门以上的领导就有几十个，打麻将够好几桌。部队这么臃肿，不裁军，行吗？！"

说半天，还是大道理。贺金柱心里急得要蹿火。

最后，司令员传达了军委的命令：撤销八十九军建制……

这对于贺金柱来说，不亚于接到了一个报丧般的噩耗。他的脑袋一下子大了，耳朵也好像聋了，整个人都没知觉了。接着，一股阴冷的气体迅速通过脑门传遍全身，就跟接到自己的亲爹亲娘突然离开人世的消息一模一样。

虽然都是军队的高级将领，也都50多岁的人了。但散了会，都成了孩子。没撤的，喜形于色；被撤编的，垂头丧气，有几个比较要好的军长在会下安慰了贺金柱几句。贺金柱心里很乱，压根儿就没听见他们说的什么。

回到军部，贺金柱见办公楼前站满了人，都是三大机关部门以上的领导，还有一些处长们。有好几十人，其中有魏猛子。贺金柱和政委的车刚停稳，人们就围了上来。看样子，都想早一点儿知道裁军的准确消息。开会的时候，军区领导有要求：一律不准往家打电话。

车门被打开，贺金柱在车里沉静了一下，才下车。他整理了一下军装，平静了一下情绪，说："哟，这么庞大的欢迎队伍呀，跟当年毛主席参加重庆谈判，回延安似的。"他笑了一下，但明显感觉，自己笑得很尴尬。还有，他下车的时候，像是没站稳，感觉趔趄了一下。

人们好像从贺金柱很不会表演的表情中看出了什么，尤其下车时那一个不太明显的趔趄，肯定是一个不好的征兆。因为贺金柱平时非常注意自己的军姿和仪表。人们可以猜测，但谁也没敢上前问。有的人扭过头去，开始掉眼泪。

贺金柱仰望着"有国家就有军队，有军队就有八十九军"的横标，愣了好大一会儿。

魏猛子最先做出了反应，走到贺金柱跟前说："把它撤下来吧？"

贺金柱拦住他:"不。挂着。"

贺金柱回到军里,第一件事儿,就是让政治部给各师、团下通知,把荣誉室各个历史时期的锦旗、奖状、奖杯,通通都收上来,他要带着这些东西上访。让上级看看,这么好的部队为什么要撤?

政委不同意:"军委已经下了命令,拿什么也不管用。"

贺金柱很激动:"好端端的一个军,在我们手里断送了。我们愧对八十九军的列祖列宗!"

政委说:"这根本不存在断送不断送的问题,这是执行上级的命令,我们八十九军虽败犹荣!"

贺金柱带着哭腔说:"我成了八十九军的末代军长!"

政委说:"对,我成了八十九军的末代政委。怎么啦?"

两位军政主官,第一次面红耳赤。

贺金柱不跟政委争了,他原来打算跟政委一起"上访",看政委这个态度是指望不上了。他决定自己干,跟自己命运连得很紧的一支优秀部队,说完就完了,他实在不甘心。

贺金柱真的用专车,把各部队的"荣誉"带到了军区,找了司令员,找了军区政委,甚至找了跟自己有些个人关系的总部首长。但他们都说,这是军委的命令,谁也无力回天。他再一次找到司令员的时候,司令员跟他火了:"既然是百万大裁军,就得有部队成建制被撤销。你也不撤,他也不撤,这军就别裁了。我告诉你,你赶紧回去抓你的部队。裁军过程中,你八十九军要出了问题,我拿你是问!"接着,司令员又给他数起了数字:"这次整编,11 个大军区,要撤掉 4 个;军级以上单位,要减掉 31 个;师团级单位,要撤销 4054 个,全军要有 60 万军官编余。60 万是个什么概念?相当于法国和英国的总兵力。这就是说,你贺金柱只是这 60 万人中的一个,你有什么想不开的?"

军区政委安慰贺金柱:"八十九军虽然被撤销了,但并不影响你个人。你是老英雄,这些年政绩也很突出。你放心,军区党委会考虑的。"

贺金柱说:"政委,你误会了。我来找你们,并不是来要官儿当的。既然我的部队被撤销了,等完成交接任务后,我请求上级批准我离休。"

司令员说:"贺金柱,你不要有什么情绪,你现在赶紧回去抓你的部队。"

贺金柱说:"要说没情绪,是不可能的。但首长们请放心,我贺金柱不会给你们丢人，八十九军不会给你们抹黑。"

吃过早饭，贺金柱像往常一样，换上军装，扣好风纪扣，正正军帽，擦擦皮鞋，向办公楼走去。上午要召开党委扩大会，向机关部门以上领导和各师、直属团的主官传达上级的命令。贺金柱提前10分钟到了会议室，与会的人员大部分都到了。贺金柱今天的情绪不算坏，但还是把后勤部的一个副部长堵在了门口："你把衬衣给我换了，都分不出黑白了，脏了吧唧的，像个领导干部吗？"那个副部长乖乖地回去了。在军机关，谁都知道，贺军长很讲究军人仪表，衣服比谁穿得都干净、整洁。平时，机关干部们见了他，都会下意识地先瞅一瞅自己的衣服。在队列里，他经常把军装不洁皮鞋不亮的军官，当众提溜出来亮相。机关干部跟他一起下部队，谁的卫生标准没达到他的要求，立马让你下车。有人说，贺军长有洁癖。贺金柱说，洁癖就洁癖。军机关是高层机关，高层机关就得有高层机关的样子。

政委传达了军委的命令，话还没讲完，有人就哭出了声。紧接着，哭的人越来越多，会开不下去了。贺金柱站起来说："哭，哭有屁用！现在是全军上下要统一思想，把裁减任务完成好。眼泪要能把八十九军留下来，咱全军几万人都往死里哭！"他还在会上主动做了检查，说自己不该私自"上访"。政委最后强调，现在八十九军的番号还没被取消，我们还要维护八十九军的集体荣誉。就是撤，也是光光彩彩地撤，悲悲壮壮地撤！

与会人员都不哭了，有的低着头，有的傻瞪着眼，大部分表情很木讷。

贺金柱猛地拍了一下桌子："都给我打起精神来，下部队把胸脯都给我挺得直直的！撤销归撤销，八十九军没打败仗！"

会后，贺金柱跟政委提出来，要在部队撤销前，组织一次阅兵。

政委说，对，但只动用兵员，不动用装备。

贺金柱表示同意。

贺金柱心想，到那一天，会不会有斯大林红场阅兵的意味？

贺金柱又想，不管它，这兵一定要阅！

挨了司令员的批评，跟政委发生过争论之后，贺金柱心里平静了一些。但他的思想问题并没有彻底解决。不管怎么说，八十九军在自己手里丢掉番号，是自己一生中最大的耻辱。这一点儿，谁也安慰不了。如果说有什么能够安慰自己的话，那就是，虽然八十九军的番号将被撤销，但下面的所属部队却有不同的命运归属。有的保留建制团，有的与其他部队合并。最幸运的是一七〇师，将保留原番号成建制归到陆军第八十八军的序列。这是贺金柱感到无比欣慰的。从军42载，他在一七〇师干了36年，从战士干到师长，一直都没离开一七〇师。而一七〇师是八十九军的前身，也是八十九军唯一的甲种师。在他的潜意识里，一七〇师才是自己真正的部队，也可以说是自己的嫡系部队。当上军长之后，他这种偏见还一直存在着。不管大事儿小事儿，不自觉地就站在一七〇师的角度上去了。一七〇师是红军师，他动不动就说，我们红军师如何如何。政委婉转地提醒过他，他也检讨过，但彻底改了却做不到。现在他认为，一七〇师没撤，就说明自己还有家，还有根。

军党委扩大会结束后，常委们分头下到各部队，监督检查部队撤销前的准备工作。这次整编，从军长到士兵，每个人都面临着进、退、走、留的问题。作为一军之长，受党教育这么多年，还有这么大的情绪，那么失态，基层干部呢？该提的时候，冻结了；想留，部队没有了；调动、转业，是不是有合适的单位，是不是想离开自己的部队？这种选择，一定是很痛苦的。贺金柱当兵42年，记得好像经历了三四次裁军，但都没这次数额大，动作快。原来想，既然当兵，就当一辈子，最好到死之前还穿着军装，戴着领章帽徽，听着军歌响，看着军旗飘。这一辈子就算没白活了。

八十九军从江南移防北线16个年头，白手起家，艰苦创业，刚开始条件差，营房都是盖的"干打垒"。这些年，各部队都因地制宜办了农场、养殖场、家属工厂等企业，既弥补了供应不足，为部队积攒了家底，也解决了部分干部家属就业。总之，都把摊子铺开了，像个过日子的样子了。赚了钱，部队的营房条件得到了改善，基础设施建设有了变化。到各部队走一走，会让人感到一种生机勃勃，气象万千的景象，官兵们也充满了精气神。可好端端的一支部队，说没就没了。没了。

贺金柱到一七二师，他问师长："现在部队正在干啥？"师长说："该干啥干啥呗。"贺金柱说："你不要下通知，也别陪着我。我自己下去看看，就知道部队是不是该干啥干啥了。"师长笑着没说话。

贺金柱先到师直，看了通信营和工兵营。两个营都在紧张有序地训练。他只是远距离地看了看，没到跟前去。他在师部大院转了两圈，发现有的战士在修路、栽花、浇水，有的在搞卫生，还有人在给路灯换灯泡。他很满意。官兵们心态很平和，都在按部就班地工作，看不出要解散的样子。接下来，他又看了农场、菜地、猪圈，依然是按部就班，该种的种，该收的收。没有一块地是荒着的，没有一个人是闲着的。

贺金柱到了一七一师，看到的情况跟一七二师差不多，机关干部该出操出操，该上班上班。办公楼前，有几个兵正在换新橱窗，内容是宣传一七一师光荣历史和这次精简整编的。贺金柱看了看，不住地说："好，好。"

进了办公楼，师长向贺金柱汇报说："军长，现在师里有几项工程正在进行中，我借机会向你请示一下。师医院的锅炉房已经完工，澡堂子还修不修？直属队给水工程，主体已完成，电源系统还搞不搞？家属院的围墙有几处裂了缝，要不要推倒重垒？"

贺金柱反问道："你说呢？"

师长说："按计划施工。"

贺金柱说："这不得了。"

师长说："这样下来，师里就得往里贴20多万元。"

贺金柱说："那也得干。从家底儿费里出。不行，你们打个报告，军里给你们拨点儿。"

师长说："那倒不至于。"

贺金柱说："必须按计划干。不管将来谁来用，总之，都是国家的，军队的财产。"

师长说："那是。那是。"

转完一圈儿，回来的路上，贺金柱在车上很得意地对陪同的人们说："操，这么好的部队给撤了，让上级后悔去吧。"

可也有让贺金柱恼火的事。他刚回到军部，分管纪检工作的副政委，送给他一个报告。报告后面附着一封控告信，内容是揭露守备师第三十一团团长、政委借整编之机突击花钱，糟蹋家底。听说，连公家的冰箱、彩电都分了。同时还拿公款送礼，为自己找出路，等等。贺金柱看完之后，气得脸发青，他很快在报告上作了批示："请纪检部门一查到底，如情况属实，一定要严肃处理，决不姑息迁就。"他还对副政委说，你要亲自挂帅，马上就带人去查。不要回避矛盾，有了结果，马上向我报告。

贺金柱还向各部队下了一道命令：一律冻结账号。各单位的公共物资要认真清查，登记造册，列入移交。

贺金柱很不放心，三十一团连续三年执行生产任务，家底比哪个团都厚。早就有人跟他反映，团里的十部手脚不干净，但查了半天，也没查出结果。他到三十一团去，见团里的领导明显要比别人阔得多。别的不说，屁股下边坐的小车，比师长的档次还高。有一次，三十一团团长坐着高级轿车到军里开会，贺金柱当场就给扣下了。你不是财大气粗嘛，那就给军机关做点儿贡献吧。不久，三十一团由执行生产任务转入全训。贺金柱认为，部队就是部队，不是打仗，就是练兵。长期搞生产，迟早要毁掉一批干部。

三十一团的情况很快调查清楚了，情况基本属实。官兵们反应强烈，情绪很大。

听完副政委的汇报，贺金柱说："马上处理，不得拖延。"

当天晚上，魏猛子来到贺金柱家。开始先扯了一堆别的事儿，最后说到三十一团团长身上。魏猛子说："八十九军马上就要撤销了，我们还是多从保护干部的角度考虑问题吧。他们还年轻，教育从严，处理从宽吧。"

贺金柱知道三十一团团长跟魏猛子私人关系不错。那一年，在树三十一团团长为军区生产模范团长的时候，魏猛子很卖力气。报上边的材料，他都亲自上手了。军报头版发的大块通讯，魏猛子的名字署在最前面，到各团去巡回作报告，也是魏猛子亲自带的队。贺金柱见屋里没别人，就不客气地问道："你是不是也占过他们的便宜？"

魏猛子很不高兴地说："绝对没有，你可以去调查。"

贺金柱说："那你就不用替他们说话了。事实都调查清楚了。"

魏猛子想了想，说："不过，我要进你一言。这事儿捅到上边去，对你，对八十九军都不利。"

贺金柱说："那我不管，只要八十九军的番号存在一天，我就是军长。八十九军的事儿，我就要管。"

魏猛子说："管是要管，睁一只眼闭一只眼算了，三十一团团长毕竟还是军里的老典型。部队要解散了，再推翻自己树起来的典型，这对部队影响好吗？再说，你能有今天，还不是沾英雄称号的光？"

贺金柱说："你别扯得太远了。我就信奉四个字，'实事求是'。"

魏猛子见劝不出什么效果，站起来想走，但又有些不甘心。在屋里踱了几步，转过身来说："做事儿，要给自己留有余地，别顾头不顾腚。八十九军马上就没有了，你还是想想你自己的后路吧。"

贺金柱说："当兵的，本身就没什么后路。让你炸碉堡，让你堵枪眼，你考虑后路吗？"

魏猛子说："你就造吧，造到死的时候，连花圈都没人给你送。"

贺金柱说："操！死了，有多少花圈也看不见。"

魏猛子临出门，朝贺金柱笑了一下，用特别怪的口吻说："估计下一步，你肯定要进大区班子了……"

第三十九章

二柱自上次专门去了趟省城，把憋在心里的话跟贺金柱痛痛快快地说了一遍，并亲自铆足了劲，回敬了那个当军长的哥哥一巴掌，心里踏实了一些。他认为，那一巴掌很值，基本上灭了军长大哥的威风，也扇出了农民兄弟的志气。扇了就是扇了，你爱怎么着怎么着吧！他后悔的是，那一刹那，为什么那位叫张敏的漂亮嫂子不在场。要是让她看见，那一巴掌就更有价值了。看了没，这就是你当军长的爷们儿，让他这当农民的兄弟给扇了。究竟为什么扇，你去问问他吧，你们两口子慢慢琢磨吧。

这些年，在村里，经常有人对二柱说，你亲哥在外头当大官儿，为什么不让他给弄个差事干，到他那儿看大门也行呀。有人说，他不给安排差事，你就去他家死住着不走。一奶同胞，亲兄亲弟，他能把你轰出来？

这样的想法，二柱自己也有过，并在信中跟贺金柱提过，但基本上没什么回音。有一次，真有了回音，但很让人失望。贺金柱在信中说，你这么大岁数了，进城能干什么？还是在家好好伺候咱娘吧。村里那么多农民都在家安心种地，为什么就你要到城里找差事？读了那封信，二柱差不多想哭。小时是兄弟，长大各乡里呀。人家是军长，自个儿是农民，这中间的落差，用尺寸是量不出来。哥是哥，弟是弟，帮你是情意，不帮是本分。你跟谁诉苦去？

还有人挑拨二柱说，他不给你找差事，你就把老娘送到他那儿去。两个儿子的娘，干吗让一个儿子养着？

关于让贺张氏去省城的事儿，贺金柱也来信提过。但感觉像例行公事，好

368

像没多大诚意。要是真心让去，你开小车回来，风风光光地把娘接走，不就行了嘛。再说，贺张氏还真不想去。自20多年前去部队给张敏伺候月子，回来就够够的了。当时就发誓一辈子再不去了。这些年，还是这样坚持。贺张氏跟老伴贺老拴，是一样的脾气，一辈子不为五斗米折腰，胳膊折了往袖子里装。在家穷也好，富也罢，这是自个儿的家，喘气均匀，说话硬气。干吗上赶着去看人家的脸子？在哪儿不是过一辈子！

贺张氏打年轻身子骨一直很硬朗，一年到头，连个头疼感冒都不得。村里的赤脚医生半开玩笑地对她说，村里的老人都像你似的，我就喝西北风去了。硬朗归硬朗，毕竟快80的人了，年龄不饶人。魏淑兰得了这场大病，给贺张氏添了很大负担。外头的事儿，靠二柱忙活着，家里的事儿，就得靠她支应。东屋躺着连大便都往嘴里抓的魏柳氏，西屋躺着半身不遂的魏淑兰，她一天到晚忙得连上吊的空儿都没有。好在后来魏淑兰的身体恢复得还不错。不然，这日子真没法儿过了。

岁数大了不经熬磨，贺张氏两只眼睛，眼看着往里塌。

贺张氏病倒了。不吃，不喝，不说话。躺了几天，连眼睛也不睁。赤脚医生给她量了一下血压，听了听心脏，号了一下脉，回过头来，对二柱说："预备预备吧。脉这么弱，顶多能挺两天。"二柱一听就傻了。魏淑兰说："送医院吧。"赤脚医生说："一折腾，更快。"二柱还傻着。赤脚医生说："赶快给你哥发电报。回来早了，还能见着。"魏淑兰对二柱说："你去发电报吧，我找人先把衣裳做上。"二柱有些慌张，走到院里又折回来对赤脚医生说："你给我娘把液输上。"赤脚医生说："输不输，都没用了。"二柱说："那你也输上。"二柱跑到乡邮局，给贺金柱挂了长途。电话是张敏接的。张敏说，贺金柱在北京阅兵村。二柱把娘的病情如实跟张敏说了。张敏说："你放心吧，我会想法儿跟你哥联系上。二柱呀，你看，我们公司里正忙，脱不开身，我可能回不去。老人的事儿，就全拜托你了。二柱，你要保重身体呀。"

第二天，贺金柱没回来。屋里屋外，炕上炕下，挤满了贺家人。贺张氏醒过来了，一睁眼，就拉住了二柱的手："金柱，我那混账儿啊，你还知道赶回来为你娘送终呀，不在外头当大官儿啦？"说着，伸出手来，想在二柱手上拧一把。手伸出来了，大概看清了不是金柱，又缩回去了。接着，又闭上了眼睛。没多大工夫，贺张氏突然坐了起来，力气很大，不像个快不行的病人。坐起来，眼睛还是闭着的，嘴里像是叨念着什么，两只手在空中胡乱摸索……

二柱有些害怕："娘，你想干什么？"

一直守在身边的魏淑兰也有些惊慌："大娘，你想干什么？"

贺张氏不说话，也不睁眼，嘴里继续叨念着，两只手还是在空中胡乱摸索。

一个上了年纪的人对二柱说："你娘这是自个儿找道儿呢，找奔阴间的道儿。你娘这就不行了，准备穿衣裳吧。"

赤脚医生要拔掉输液器，二柱死死摁住赤脚医生的手。

魏淑兰对二柱说："你把我娘背过来吧，让她们老姐俩见最后一面。"

屋里的人都觉得魏淑兰这个建议有道理，都帮着二柱到东屋去背魏柳氏。魏柳氏没事儿的时候，一个人总在屋里小声叨叨，谁也不知道她嘴里说的什么，也没人搭理她那个茬儿。这会儿，她还是瞎叨叨，但说得比以往都清楚："到了寿限啦，到了寿限啦。苦命啊，这辈子受累啦，大好人哪。"人们七手八脚把魏柳氏放在炕上。魏柳氏睁开眼睛，把脸凑到贺张氏跟前，还是叨叨那些话："到了寿限啦。苦命啊，这辈子受累啦，大好人哪……"

贺张氏突然把眼睛睁开，凑到魏柳氏跟前看了一下，接着，就躺下了……

"娘，娘啊……"魏淑兰第一个哭出了声，并改了口。人们听得一清二楚。

二柱愣着。

"金柱回来没？"

"金柱还没回来？"

"金柱不回来啦？"

人们在问，管事儿的在喊。

"娘，我的亲娘呀……"二柱愣了好大一会儿，突然扑在贺张氏身上……

贺张氏被人们七手八脚地抬在了灵床上，管事儿的在贺张氏的脸上盖上了烧纸。二柱顺手揭了下来，用手在贺张氏的脸上轻轻地抚摸了一遍，泪水马上就要掉下来的时候。魏淑兰把二柱手里的烧纸接过来，重新盖在了贺张氏的脸上。她很懂些老理儿，活人是不能把泪水滴在死人脸上的。那样，会不吉利。

管事儿的把二柱叫到里屋，商量贺张氏的后事。这些年，农村红白喜事儿，又时兴大办了。在献州一带，丧事儿比喜事儿更讲究规矩。大办、中办、小办，其规格档次都相当分明。大办是指死人停放7天，出殡的时候，动用所有的亲戚朋友。雇戏班子，放鞭炮，糊冥活儿，行大礼。孝男孝女全身的孝衣孝裤，亲戚朋友中，男的戴孝帽，女的戴孝箍。中办是指死人停放 5 天，出殡的时候，只动用亲戚，不用动用朋友，行大礼。孝男孝女全身的孝衣孝裤，亲戚身上只扎个白布条儿。小办是指死人停放 3 天，亲戚朋友全不动用，出殡的时候，当家伙族的参与。孝男孝女全身的孝衣孝裤，其他参与者，都不戴孝。

二柱很冷静地对管事儿的人说："小办。"

贺家长辈不满意地对二柱说："你哥在外头当大官儿，比谁家不威风？至少要中办。"

有人跟着说："就是。说不定，等上几天，金柱就回来了。"

也有人说："金柱带着老婆孩子回来，这殡就算出全了。老人这辈子也就算圆满了。"

二柱说："不等，就小办。"

魏淑兰提了个建议："不管小办还是中办，怎么也得等小虎回来。电报都发出去了。"

二柱说："电报我没让发。别让小虎回来了，他不是也在北京参加阅兵呢吗？"

魏淑兰说："娘这辈子没少疼了小虎。小虎将来也一定会埋怨我……"

二柱说："你别管，我兜着。"

尽管人们七嘴八舌，管事儿的还是听二柱的。在这个家，二柱是主人。但还是有件事儿，让管事儿的扒拉不开。按丧葬礼仪要求，出殡那天，由长子打幡，长媳兜罐儿。还有，入殓前，要由长子长媳一块儿给死人开光。可眼下长子、长媳都不在。二柱说："我一个人包了。"管事儿的点点头，认为也只能是这样。魏淑兰把管事儿的叫到一边说："分给我一半儿吧。"管事儿的有些为难地说："可你不是贺家的儿媳妇儿了。"魏淑兰说："金柱要是带他媳妇儿回来，我不抢这个差事。老人这辈子待我像闺女一样，二柱又没媳妇儿，我不能眼看着老人走得这么孤单。再说，我不是都改口哭娘了。"魏淑兰说着掉了泪，管事儿的也掉了泪。

贺金柱没回来，贺小虎也没回来。在贺张氏灵前的孝男孝女，除了二柱和魏淑兰，就是贺小梅了。为了壮大孝男孝女的队伍，贺小梅把自己的未婚夫也拉来了，也是全身的孝衣孝裤，跪在灵前，哭起来，很像那么回事儿。至于那帮当家伙族，就那么回事了。跪在地上，也是呼呼啦啦一大片，但没几个哭出声的。

要给贺张氏开光了，怕见死人的都闪远了。只有贺家族几个上了年纪的人，围在棺材旁边。

"开眼光。"管事儿的喊。

"看八方。"二柱回念着，用棉花团在香油碗里蘸了一下，把棉花团，分别放在了贺张氏的两只眼睛上。

"开鼻光。"管事儿的喊。

"闻八方。"魏淑兰按着二柱的做法，把蘸了香油的棉花团，分别放在了贺张氏的两个鼻孔上。

往下又按顺序给贺张氏开了嘴光和耳光，要领是一样的。

开完光，按着规矩，魏淑兰用镜子在贺张氏脸上、身上，照了一遍，把镜子放在了棺材底下……

出完殡回到家，魏淑兰的病又犯了，当天住进了献州医院。医生说，再也不能做手术了，只能保守治疗。那时，贺小梅大学毕业分配到献州一中当老师，没课的时候就往医院跑，能帮二柱搭把手。不然，就要了他的命了。魏淑兰在医院一住就是一个多月，吃喝拉撒都让人伺候。二柱和贺小梅倒替班，总算把那段难熬的日子熬过来了。

魏淑兰出院之后，基本上半身不遂了。躺在炕上下不来，大小便不能自理，看人的时候眼睛是直直的，说话只能很费劲地往外蹦几个字，嘴也是歪的。总的来看，比第一次得病还厉害，落下的后遗症还严重。

很懂孝道的贺小梅给教育局打了报告，要求回七里冢小学教书。贺小梅大学毕业的时候，校方打算把她留校，她婉言谢绝。她不是不留恋省城，但更惦记自己的亲娘。她觉得自己的亲娘这辈子太不幸了，也太可怜了。因为这，她要回到亲娘身边。还是一个原因，她认为，那座省城在她心灵上留有无法消失的阴影，这个阴影的核心，自然是自己的父亲。一个当军长的父亲，一个让她永远也不能宽恕的父亲。贺金柱几次来学校看她，她都没见，托人捎来的衣服、钱，还有一些她非常喜欢，也非常需要的东西，都让她拒绝了。至于到那个有张敏后妈的家里认门，尽管张敏也做出了姿态，但她坚决不进。不管贺金柱使用什么样的手段和伎俩。

但有一次，贺小梅还是上了贺金柱的圈套。就在她快毕业的时候，贺小虎到学校来了。

　　贺小虎那次探家回来，没直接回部队，绕道去了省城，去见父亲。在老家，他听到了关于娘住院期间，父亲的所作所为。由此，他改变了对父亲的一些看法，他觉得父亲还有些人情味儿，不像娘说得那样天良丧尽，人性灭绝。联想到自己当兵的前前后后，他觉得父亲也不容易，自己也有很像父亲的地方。他认为，自己对父亲的态度，也不是完全正确的，也有偏颇的一面。就说自己提干吧，虽然自己尽了很大努力，谁敢说这里边没有看父亲面子的成分？要是当不了兵呢，服满三年兵役要退伍呢，还有今天吗？这次探家回来之后，他似乎感到自己略成熟了一些。他觉得有必要跟父亲好好谈谈。那次谈得时间不短，也很有质量。最后，父亲交给他一个任务，并说，这个任务，只有他能完成。父亲要请包括姐在内的他们姐弟几个吃顿团圆饭。父亲说这是他早就有过的想法，只是人总凑不齐，再就是姐的工作不好做。从父亲的眼神里，他看到了一种只有儿子才能看懂的真诚、焦急、为难、无奈与渴望。他一下子明白了，作为儿子该为父亲做些什么。在学校，贺小虎和姐见面了。一见面，姐俩都哭了，不仅仅是因为几年没见有些激动，重要的原因是为自己的亲娘的命运而悲伤。母亲把他们拉扯大不容易，贺小虎提干了，贺小梅大学也快毕业了。苦命的母亲到了享福的时候了，却偏偏得了这么一场大病。贺小虎给姐姐撂下了30块钱。贺小梅坚决不收，贺小虎死活不干。不管怎么说，贺小虎抢先一步享受了工资待遇，每月62元，除了交15元的伙食费，每月还剩40多元。那年月，也就算高工资了。贺小梅问贺小虎："你提干，是不是靠的他。"贺小梅不管在人前人后，从来不跟贺金柱叫爹的。贺小虎很自豪地说："姐，向毛主席保证，我绝对靠的是自己。"贺小梅说："我才不信呢。七里冢这些年走了那么多兵，哪儿有提干的？"贺小虎把自己当兵的经历和提干的过程跟贺小梅说了一遍，还说了自己对父亲的一些看法。说到父亲也不容易的时候，贺小梅说："看来你到底是沾了他的光。"贺小虎想劝劝贺小梅，换一个角度来看父亲，看来时机不很成熟。何况自己也是刚刚有些觉悟。

　　到了中午，贺小梅要领贺小虎到食堂吃饭。贺小虎说："姐，咱上饭店吧？"

　　贺小梅看了他一眼，说："烧得你，你有多少钱？"

　　贺小虎诡谲地笑了一下说："用不着我掏钱。我认识一个大老板，他请我们。"

　　贺小梅还在犹豫着，贺小虎把她拉到了一个门脸很大的饭店，而且还要了个包间。这让贺小梅很疑惑，更加疑惑的是，贺小虎屁股上像扎上草一样，老是站起来，到外面张望。

贺小梅断定贺小虎心里有鬼。

外面车响，让贺小梅近乎猜到什么的时候，贺金柱从车上下来了。后面还跟着一个女兵和学生打扮的男孩儿。

贺小梅再脱身已来不及。贺金柱指着贺小梅给张颖介绍说："这是你姐贺小梅。"张颖马上很大方地把手伸向贺小梅："你好，我是你妹张颖。"贺小梅显得很局促，尽管站在一起，她明显要比张颖高出半个头，但心里却觉得很矮。她认为这样的握手太形式化了，这两只手基本上没什么必要握在一起。接着，贺小虎向贺小梅又介绍了贺武。贺武还是文绉绉的样子，动了动眼镜，不爱说话。

贺金柱主动坐在了贺小梅旁边。贺小梅想躲，试了试，感觉有些过，还是在原来的位置上没动。

贺金柱又点了几个菜，要了一瓶白酒。

贺小虎站起来给每个人斟酒，斟到贺小梅的酒杯时，贺金柱把酒杯夺了过来，他亲自给贺小梅倒满了酒。按老家规矩，长辈是不可能给晚辈倒酒的。就是朋友之间倒酒的时候，出于礼貌，被倒酒的人，也要把手扶在自己的酒杯上，以示对对方的尊敬和礼貌。贺小梅知书达理，按说，这个酒的礼遇，她是不能心安理得承受的。她有些慌乱，手伸到酒杯的时候，有些哆嗦。哆嗦了一下，她把手拿回来了，接着又放了回去。贺金柱看来也有些激动，他把贺小梅的酒杯倒得太满了，酒从杯里溢了出来。

贺金柱端起酒杯，不太自然地笑了一下，说："今天，我很高兴。你们姐弟四个，终于聚到了一块儿，这是我多年的愿望。还有，小梅就要毕业了，这是我们贺家的第一代大学生。为了祝贺她，为了我们一家的团聚，我们爷儿五个，共同干一杯！"

贺金柱说完，一仰脖，把酒干了。贺小虎紧跟着也干了。张颖努了努力，干了三分之一。贺武跟张颖的动作差不多。贺小梅只在酒杯上抿了一下，就放下了。

服务小姐上了一道菜，是油焖大虾，颜色很鲜艳，香味也直冲鼻子。贺金柱用公用筷子率先给贺小梅夹了一只。贺小梅很礼貌地说了声"谢谢"。她没吃过，甚至没见过那东西，但她并没急着吃。而贺小虎和张颖，早就先下手为强了。张颖吃完一只，用手绢擦了擦嘴，对贺小梅说："姐，我们今天是沾你的光，你怎么不吃呀？"贺小梅知道她是在有意缓解气氛，她不相信，一个大军长的女儿没吃过油焖大虾，就看她那娴熟的吃法，也不像没吃过的样子。等贺金柱一再劝贺小梅吃的时候，她觉得没什么理由不吃了。她的动作有些拙笨，吃得很慢。贺武心不在焉的，一句话不说，吃也不怎么积极主动。

紧接着，小姐又上了红烧鳝鱼段儿、素炒海参等一系列平民百姓没见过的菜肴。贺小梅想，看来贺大军长真是破费了。

张颖站起来，把杯举向贺小梅："咱姐儿俩是第一次见面，你能从农村考进高等学府，我很佩服你。来！咱姐儿俩干一杯。"

贺小梅有些受感动，那杯酒，她喝了一大半。原来她是滴酒不沾的。

贺金柱连喝了几大杯之后，脸开始有些发红。他问贺小梅："毕了业，你准备去哪儿？"

贺小梅说："回献州。"

贺金柱说："听说，学校不是要留你吗？"

贺小虎说："姐，想办法留在省城吧，以后就没机会了。不然，你会后悔一辈子的。"

贺小梅不说话。

贺金柱问贺小梅："为什么一定要回献州，说给我听听。"

贺小梅把脸扭到一边去了，待了一会儿，说："为我娘。"

贺金柱叹了口气，说："小梅，我尊重你的选择。也理解你……"他有些激动。他朝贺小虎、张颖、贺武打了个手势，示意他们回避一下。

等屋里仅剩下两个人的时候，贺金柱说："小梅，你离开省城之前，到家里认个门儿，行吗？"

贺小梅摇了摇头。

贺金柱又叹了口气，说："小梅，我知道，你和你娘，包括小虎，都还一直恨着我。在你们面前，我永远是罪人。这些年，你们吃了不少苦，受了不少罪，也受了不少委屈。"

贺小梅把脸转过去，对着墙壁，说："你现在还说这些干什么？"说着，眼泪掉下来了。

贺金柱要给贺小梅擦泪，被拒绝了。贺金柱说："我知道，你一直不肯原谅我。当年让你当兵，你不来。你到省城上大学，知道我在省城，也不跟我联系。直到现在，也不进家看看……"

贺小梅把脸转过来，已是泪流满面："家？那是我的家吗？我为什么要去看看？跟你把话摊开吧。我认为，我娘是世界上最善良最不幸的人。女人所能承受和不能承受的不幸，她都承受了。可这种不幸，是你一手造成的。你对她心灵的伤害，是无法弥补的。别说她不原谅你，我也永远不会原谅你！你虽然有过光荣的历史，也身居高位，但从人格和人性的意义上讲，你远不如我的母亲崇高和具有魅力。这一点儿，在我心目中，一辈子不会改变！"

贺金柱低下了头，用手捂着脑门，脑门上渗着汗滴。

贺小梅在流泪，却没出声。手绢很快湿透了。

服务小姐进来续水，见这样的场面，很快又出去了。

贺金柱抬起头，没有勇气看贺小梅一眼："小梅，你娘不原谅我，我理解。可我是你亲爹呀？20多年了，我没听我的亲闺女，跟我叫一声爹，我这心里好受吗？啊？"

贺小梅又把脸扭过去："对不起，我做不到，起码现在……"

贺金柱眼里蓄满了泪水："我等，我死活等……"

那天吃完饭，就很晚了，等回到学校的时候，贺小梅发现自己的口袋里多了300块钱。可以说，她压根儿就没见过这么多钱。她明白这钱的来历，尽管不知道是怎样到自己的兜里的。她捏着那一大沓钞票，又忍不住地大哭起来。

那一夜，贺小梅基本上没睡成觉。她除了哭，就是想爹和娘之间的一些事儿。自打记事儿，在娘的教育和影响下，她就开始恨自己的父亲。这种恨随着年龄的增长，有增无减。真正能从另一个角度去审视自己的父亲，是娘得了病之后。父亲的表现，还是带有忏悔性的。另外，从中也看到了，父亲这些年受到的精神的折磨和心灵的熬煎。尤其饭桌上见父亲眼睛里蓄满泪水，逼她叫声爹的时候，她也产生了恻隐之心。尽管那声爹没叫出口，但她心里已经开始淌泪。要不是及时离开那个环境，她也许会失态的……

睡不着觉，她就把台灯打开，拿出稿纸，给父亲写了封信。她觉得，这样做，对父亲也是一个态度。但抬头用的是"贺军长"。她认为，眼下，还不能用"父亲"这两个字。那封信，写了撕，撕了写，折腾了几个来回，最后定稿是3000多字。那封信，她把自己的中文水平发挥得淋漓尽致。

毕业前，贺小梅还经历了一次心灵创伤。她与保持了一年多恋爱关系的男朋友断交了。那男朋友是她同班的同学，家是省城的。贺小梅毕业要回老家，两人的爱情面临着考验。贺小梅考验了他一下，他有些让贺小梅失望。贺小梅是聪明人，主动提出跟他分手，绝对不能等着让人家甩。她庆幸自己这些年，很珍重地保护了自己。仔细对比起来，这种创伤比母亲要轻得多。

第四十章

上级派人跟贺金柱谈话，打算把他平调到军区任副参谋长。他的态度很坚决：不干了，离休。在部队正式撤销之前，他就给上级党委写了提前离休的报告。理由是年龄大了，身体也不好，干不动了。早点退下来，养养身体。

贺金柱的离休报告得到了上级的批准。一夜之间，他由一军之长变成了一个普通老百姓。

接到离休命令的那天，贺金柱冲着太阳打了个很夸张的哈欠。

当天晚上，贺金柱睡了个好觉，第二天破例起得很晚。起了床，张敏早就上班走了。他胡乱弄了些东西吃。吃完，收拾利索，就出了屋。

贺金柱围着小院转了起来，公务员正在浇花。他接过喷壶，很认真地浇起来。因为不得要领，弄了自己一身水。公务员把壶接过来，说："首长，我来吧。"贺金柱在职的时候，从来不干这些杂七杂八的活儿，也懒得管一些不痛不痒的事儿。他一门心思抓大事儿，眼睛一睁，忙到熄灯，走起路来，脚下生风。办起事儿来，风风火火。向来没有看看花，看看草的工夫和雅兴。

按照军职干部的离休待遇，上级给他配了一辆车，留下了他原来的公务员。关于车，他坚决不要。不在职了，还享受什么专车？用车的时候，要就行了呗。上级不同意，说这是你应该享受的待遇。后来，他说，那就把原来的车换掉，换台档次低一些的。再就是把原来的01号车牌子换掉，太扎眼。不在位了，还享受什么01号？为这事儿，张敏跟他吵了一架。吵架的结果是，车牌子换了，而车并没换。

贺金柱离休，充分感到了什么叫无官一身轻，从来没有过的自在。而受不了的却是张敏。张敏感到意外，甚至愤怒和悲哀。她把贺金柱跟毛主席在一起的合影找出来，对贺金柱说："你拿上这些荣誉上北京。参加革命40多年，在枪林弹雨里闯，掖着脑袋干，没有功劳也得有苦劳，没有苦劳也有疲劳呀？末代军长就当到头儿了。凭你的能力，凭你的影响，怎么也得干到大区副职吧？"

贺金柱不理她，反正自己觉得挺自在。

张敏想制造一个机会，大大方方痛痛快快地跟贺金柱吵一架，起码要吵到当年贺金柱想把魏淑兰接到家里来的那个效果。那一次充分展示了双方的吵架水平，相互之间的老底，每个人的疼处，都痛快淋漓一览无余地揭了出来。可以说揭得血淋淋的。那是一次史无前例的暴吵。暴吵之后是冷战，冷战之后是心照不宣的平淡。这次，贺金柱的离休，使张敏再也无法"平淡"下去了。在这之前，她听到的是，贺金柱提升或平调到其他部队任职的说法，上级找贺金柱谈话，她也知道一些内幕。但万没想到，是贺金柱自己给官儿不当，主动要求离休的。

贺金柱不跟她吵，找不到对手，张敏就没事儿找事儿。一会儿训司机，一会儿骂公务员，弄得那两兵，谁也不敢见她。可一见不着，她就打电话找。找回来接着训，挖苦起人来眼睛都不眨。那两兵谁也不敢言声。有一回，贺金柱听不下去了，站出来干涉："那是给我配的兵，不是伺候你的。你一个家属，凭什么说训就训？"

张敏终于把贺金柱引上了吵架的轨道，当然情绪来得很快："什么家属不家属？让别人一听，好像我是农村的随军家属似的？"

贺金柱说："是啊，既然你也是有身份的人，那就更不应该张嘴就训人了。兵也有兵的尊严。"

张敏说："我心里憋得慌！"

贺金柱对两个兵说："这儿没你们的事儿了，你们出去玩儿会儿吧。"两个兵出了屋，贺金柱对张敏说："有火冲我来，干吗冲着兵去？"

张敏说："好吧，我就冲着你来。其实，我就是冲着你来的！我问你，你主动提出离休，征求过我的意见吗？"

贺金柱说："是我离休，为什么要征求你的意见？"

张敏说："因为你是我丈夫！"

贺金柱说："你这么激动，我看你不是为我。而是为你自己。"

张敏说："为我？"

贺金柱说："对，还是鸠山说的那句话，人不为己，天诛地灭。你是眼看着自己首长夫人的桂冠没有了，心理不平衡。"

张敏说："我才不稀罕呢。你说说，你当了这么多年官儿，我跟着你得到什么了？前半辈子守活寡，后半辈子老搬家。不是你走到哪儿，我就跟你奉献到哪儿吗？"

贺金柱说："我们是掖着脑袋跟共产党干了半辈子，可共产党亏待我贺金柱了吗？给了这么大的官儿做，退下来还有这么好的待遇。一个从七里冢逃出来的穷孩子，现在全家都在省城落户了，你还要怎么着？"

张敏说："你倒挺知足？挺阿Q！"

贺金柱朝张敏摆摆手，说："好了，别吵了。要吵，我以后有的是时间，可我今天没兴趣。但我再警告你一次，我的事儿，你没权利干涉。这些年，你干涉得太多了。我下来了，你也该歇一歇了。"

张敏倚着门框，哭了。然后，摔了一下门，去了卧室。

贺金柱刚开始不理她。让她哭个够，哭个痛快。但听了一会儿，觉得自己有些过，按张敏的年龄可能到了更年期了。报纸和有关杂志上说，女人在更年期容易激动，容易烦躁，喜怒无常。再说，自己离休，给她在心理上会造成一定的影响。该劝劝她。

贺金柱进了卧室，对着还在哭的张敏说："别哭了，好不好。今天咱俩把话说透，你别憋在心里了。"

张敏在床上翻了个身，把屁股冲着他。

贺金柱坐在床上，轻轻地把她的身子搬了过来，顺势把她搂在怀里。这是自冷战以来，很少有的温柔举动了。他这样做，是真心的，自愿的。以后不做官了，家庭生活会显得尤为重要。少年夫妻老来伴，虽说在工作岗位上退下来了，但毕竟还没老，还要相互搀扶着走个二三十年。吵也好，闹也好，夫妻还是夫妻，老伴儿还是老伴儿，包括儿女们，谁也替不了。他帮她擦干了眼泪，理顺了头发。她毕竟比自己年轻十来岁，再加上保养得好，脸上没什么皱纹，还是那么年轻，那么白净，那么漂亮。这可能是自己一辈子都值得炫耀和骄傲的。他在她脸上亲了一口。

　　张敏在贺金柱的亲昵下，终于不再哭了，她在他脸上拧了一把："你这个死老头子，你还知道我是你老婆呀？没职没权了，我看你往后还忙活什么？"

　　贺金柱很会讨好地说："忙活你。"说着，又在她脸上亲了一下。

　　张敏打了他一下："去你的。"接着，叹了口气，慢言细语地说，"你刚才不是说，咱们要把话说透吗？那我就利用你给的这次机会吧。这些年，我经常自己反思，我张敏嫁给你贺金柱，究竟为了什么？我从小崇拜英雄，热爱军人，为得到你，甚至拆散了你的家庭。你呢，不仅因为我甩掉了自己的妻子和孩子，亲生父亲还为你的大逆不道，走上了绝路。不用说，你为我，也付出了相当大的代价。而且，这个巨大代价的阴影，会伴随你一生。你没忘记你新婚之夜的表现吧？咳，我们走到一起不容易，这些年，我们经历了风风雨雨，坎坎坷坷，有吵有闹，有怨有恨。但我们毕竟刻骨铭心地爱过，醉心醉肝地幸福过。这一点儿，我什么时候想起来，都觉得很知足，很快乐。当初嫁给你的时候，我在大学里当教师。那个年代，大学生很少，我很骄傲，同时，也立志好好干一番事业。并不想通过嫁给你一个团长，一个人民英雄，而改变自己的命运，或者在家做官太太。可自从跟你随军到丰阁，我就觉得我的自身价值一下子全没了。我在师服务社里当主任，那些家属们大部分都是从农村来的，要长相没长相，要文化没文化，跟我差距很大。在那么个小天地里，又跟这么一帮人打交道，你说说，我的作为在哪里，我的才华怎么施展？可我慢慢发现，那些没文化的家属们，提起自己的丈夫，一个个都很自豪，很荣耀，甚至很张扬。那些小官小兵们见了她们都阿姨长阿姨短的，客客气气，毕恭毕敬。有的官太太当着人就给那些小官小兵们封官许愿，夸下海口。当时我从心眼儿里看不惯，认为她们太浅薄，太没文化。你充其量是个首长家属，有什么资格和权力，给人家封官许愿？可时间长了，我发现，你不拿点儿首长夫人的派头儿，不在人们面前指手画脚，别人就小看你。认为你没本事，要不，就是在首长心目中没位置。那些兵们经常私下小声议论，谁是一号夫人，谁是二号夫人。当时，我听有人把政委家属定为一号夫人，政委家属竟然心安理得地欣然接受。我一下子就不平衡了。在一七〇师，师长应该是一号人物，那我理所当然就是一号夫人，这个位置谁也不能抢。从那以后，我就把自己彻底改变了，我把我全部的文化和智慧都用在当一号夫人上。架子端起来了，也善于发号施令，参政议政了。我知道，这样做，很浅薄，很庸俗。我知道，这不是我的追求，不是我的本质，不是我的初衷。但我认为我只能这样做了。后来，你当了军长，我进了省城，也有了新的工作岗位，我试图想改变自己，重新找回自己的价值。但我发现，自己这些年，不读书，不学习，不求进取，原本的东西一点儿也没有了。我也发现，新的单位接受我，启用我，并不是我自身的素质和条件，而是因为我是军长夫人。在单位，人家介绍我的时候，总是说，这是贺军长的夫人。听到介绍，人家马上就对我表现出少有的热情。没事儿时候，我也在想，我张敏究竟是个什么人，在人们面前，应该扮演一个怎样的角色？想来想去，我很明智地认为，我这辈子还是把'张敏'这俩字藏起来吧，干脆，我还是当我的一号夫人，一辈子就活在你的阴影里，也会很滋润，很值得。你官儿越当越大，我做一号夫人的瘾也就越来越大。这样，天长日久，也就习惯了，坦然了。对你的部下，对你身边的工作人员，也就有了一套首长夫人的章程。细想起来，我这辈子活得很无奈，自己的价值不能实现，就借助于你，依附于你的地位，你的职权，你的影响，把自己暗淡无光的前程照亮……你说说，我是不是太可怜了，太没自尊了？啊？"

张敏说着扬起头来，看着贺金柱。说到这，她又流泪了。

贺金柱听完这长长的一段话，进一步把张敏搂紧了。做了几十年的夫妻，还没这么推心置腹地交流过思想和感情。有好多敏感的话题，不敢碰。有好多复杂的问题，不敢面对。夫妻之间，一辈子就这么躲躲闪闪掖掖藏藏地活着，打发着。不短的日子，就这么过来了。张敏刚才的话，他听着有些也不那么顺耳。有些观点，甚至可以拿出来讨论讨论。可是不行，现在不行，永远也不行。一个人想改变另一个人，是很难的，包括夫妻。其实，你还会慢慢发现，你在极力改造对方的同时，你也不自觉地被对方改造着。

感情这东西太复杂了，夫妻关系这东西也太复杂了。

第四十一章

    七里冢离百草山不过半里路。近些年因为改革开放，村里发展比较快，有些房子快盖到百草山山根儿底下了。从献州地图上看，在 28 个自然村 34 个行政村中，七里冢是很不起眼的一个村。但七里冢却占尽了依山傍水的优势，山自然是百草山。百草山位于村北，从远处看，百草山像一尊威严而慈祥的保护神，张开双臂把村庄温柔地搂在怀里。而到了晚上，百草山的轮廓变成剪影，七里冢星星点点的灯火又像它撒下的颗颗明珠，很有些诗情画意。那么水呢，虽然献州属于盐碱地区，历史上也多次遭受洪涝灾害，但许许多多的年份还是干旱缺水的。1963 年，毛主席他老人家发出了"一定要根治海河"的伟大号召。两年之后，一条人工开挖的子牙新河从七里冢村南穿过。到了 20 世纪 80 年代以后，勤劳致富的七里冢人蔓延到了子牙河南岸。慢慢地，七里冢变成了被子牙新河一分为二的格局。河水一年四季长流不断，绿柳轻拂水面，村庄倒映其中，一桥飞架南北，两岸相映成趣。若干年后，子牙新河又派生出了一条青年干渠，干渠与子牙新河并肩从七里冢穿过，从高处或远处看，两条蜿蜒的河流，极像七里冢甩出的飘柔秀发。这样，七里冢人们身边，既有大河东去，又有小桥流水，寒来暑往，秋收冬藏。七里冢人享受尽了"柴门临水稻花香"的别样滋润。

    往前数，也就是在 40 多年的光景里，百草山像一个没权没势没依没靠的寡妇一样，遭人任意摆布和蹂躏。日本人在的时候，川野制造了"百草山惨案"，百草山上平白无故添了 300 多座坟墓，山上的每一棵草都散发着恐惧与血腥。

到了"文化大革命"，百草山又遭到了自己人的作践，被人们敬奉了几百年的娘娘庙被毁于一旦。那场劫难比日本人下手还狠，使娘娘庙的痕迹荡然无存。自此之后，百草山没了庙会，没了香火，没了灵光，没了人气。

很多年后的这一年，一个奇异的现象，又使百草山充满了灵光，恢复了热闹。

有人说，《白蛇传》中的白蛇姑、青蛇姑下凡到了百草山。她们要代替娘娘庙的刘娘娘救灾救难于民众，赐给人们健康，赐给人们幸福。一时间，百草山方圆十里八乡的人们，都到百草山来烧香叩拜，向青蛇姑、白蛇姑乞讨灵丹妙药，为自己的亲人解除痛苦。人们把这种虔诚的举动叫作"讨药"。

开始是外地人，他们手里拿着香和蜡烛，怀里揣着煮熟的鸡蛋，从很远的地方来到百草山，随便找一个方位就跪了下来，点着香和蜡烛，把鸡蛋摆放在手绢上。然后，把一张纸卷成旱烟状的喇叭筒，对天举着，闭上眼睛，嘴里就开始祷告。等祷告完了，把眼睛睁开，"喇叭筒"里就有了药。药拿回家，病人吃了，立马见效。人们传得很玄乎。有人说，一个瘫痪了20来年的病人，吃了在百草山讨来的药，一顿饭的工夫，就站起来了。也有人说，有个患食道癌的病人，医院判了死刑。吃了在百草山讨来的药，拔了胃管，就大口大口地吃饭。没两天，就下地干活儿了。

人们说，白蛇姑、青蛇姑要还百草山以仙气，赐人们以福音。

还有人说，大青白天，有人在百草山上看见青蛇姑、白蛇姑了。

也有人说，百草山上的100多种草，有好多都是药材，有的可治百病。由此说来，青蛇姑、白蛇姑能赐药给人们，也是有道理的。

人多了，说什么的都有。信则有，不信则无。

一传十，十传百，没多长时间，就把十里八乡传遍了。

刚开始，七里冢人还不大相信。祖祖辈辈守着百草山住，谁也没见过白蛇姑、青蛇姑，更没见过谁在百草山上讨过药。但随着十里八乡讨药的人越来越多，随着人们传得越来越神秘，越玄乎，也不得不信了。人吃五谷杂粮，哪能没个大灾小病。过去穷困潦倒，现在刚解决温饱。人们小病扛着，大病拖着，重病等着。眼下，白蛇姑、青蛇姑把灵丹妙药送到百草山了，送到家门口来了，为何不享受这等恩宠与殊荣？

这些日子七里冢人忙了。凡是外村有亲戚的，不管几竿子能扒拉着，也不管多少年没走动了，也不管见面还认得不认得，都一股脑地走动起来了。他们白天在家里吃饭，晚上去百草山讨药。有的还一住几天不走，不走，你就得管吃管住，好生伺候。

要说最好看的，莫过于百草山的夜晚了。一到天黑，百草山上就燃起满山的蜡烛，那蜡烛星星点点，层层叠叠，把百草山映得通明透亮，腾腾欲燃。伴随着袅袅升腾的香雾，一个个的讨药者双手合十，虔诚跪拜，神情专注，有板有眼。蜡烛把他们的造型弄成剪影，弄成雕像，比教堂里面还神圣，还壮观。因为人员众多，规模宏大，且往返流动，通宵达旦，使百草山由过去的圣山、贞洁山，一下子变成了火山、灵山。

也有人发现，最近，百草山上的草变得更茂盛，更水灵了。尤其多年绝迹了的"打碗稞""小呆瓜""奶子稞""蝴蝶黄"又长出来了。自打百草山那年被放火烧荒之后，现在又有100多种草了。

自打魏淑兰得了病之后，二柱没少往百草山上跑。他把山上凡是称作药材的草都采了一种标本，跑了乡卫生所，跑了献州医院，请教了专家。人家说，那些草药，都治不了魏淑兰的病。他跟人家急了，百草山的草能治百病，为什么就治不了她的病？发完火回来，他又上了百草山，对着那些草发愣。他揪了一把草，放在手上看了看，就扔了老远。什么他妈百草山，什么他妈百草治百病，都他妈是骗人的鬼话！

二柱也独自坐在百草山上哭过，哭得惊天动地。哭完，他咧着嘴，瞪着眼，一个人瞎嘟囔，都说好人好命，可魏淑兰的命为什么这么苦？都说好人好报，为什么魏淑兰会是这样报应？这世道怎么了？好人不长寿，坏人活千年。老天不长眼哪！

这些日子，二柱没事儿的时候，还是要到山上看看。他发现，上山的人，除了他，大概都是来讨药的。看着讨药人的姿势，听着他们嘴里说的那些只有自己才能听清的话，二柱有些懵懂。他走到一个老太太跟前，看了讨药的全过程。他的眼睛告诉他，那老太太的"喇叭筒"刚开始确实是空的。等叨念完之后，"喇叭筒"里还真有了一些黄乎乎近似药面的东西。那老太太像得了珍宝一样，哆哆嗦嗦地把药包了起来，头也不回地就往山下走，生怕有人把她讨到的药抢了去。

这东西还真灵，还真神，就像变戏法的一样。二柱心里说。

　　吃过晚饭，二柱把煮熟的四个鸡蛋用手绢包好，拿上香和蜡烛，上了百草山。

　　百草山上早已是烛火通明，烟雾缭绕了。

　　二柱想找个人少的地方，但哪儿都是人。他转悠了半天，还是在一开始就看上的那个地方停了下来。但在四周不足一米远的地方，仍跪着些男男女女讨药的人。他蹲下来，按着学到的要领，先把蜡烛点着，然后又把手里的香点着，把手绢铺在地上，鸡蛋摆上，就开始用纸卷喇叭筒。不知为什么，他的手老是哆嗦，本来一直抽喇叭筒旱烟，可这只喇叭筒总是卷不好。他不知道，自己为什么会这么激动。

　　接下来，他该念念有词了。他在路上想了想，该祷告些什么，但一直没想准确。更要命的是，他不知对着青蛇姑、白蛇姑，自己该称呼魏淑兰什么，也就是说自己跟魏淑兰究竟是什么关系。因为凡是讨药的，都跟准备吃药的人，有个明确的身份。有妻子给丈夫讨的，有婆婆给儿媳讨的，有母亲给儿子讨的，有闺女给父亲讨的。基本上没有自己为自己讨的，这大概是规矩。他该称魏淑兰什么呢？叫嫂子，可20多年前，哥就跟人家离婚了。叫姐吧，自己姓贺，人家姓魏，挨得着吗？叫小虎他娘，可那应该是魏淑兰丈夫的叫法。他想起了一出戏里哭灵的唱段："哭了一声姐呀，我比你大两岁。哭了一声妹呀，你是我的妻。哭了一声妻呀，咱们还没有拜天地……"

　　二柱想了半天，决定还是叫姐。对，不能再改动了。他很虔诚地跪好，把手里的"喇叭筒"举向高空，嘴里开始振振有词：

　　　　青蛇姑呀白蛇姑，
　　　　你下凡为俺谋幸福。
　　　　俺姐淑兰得了瘫痪病，
　　　　起不来炕多痛苦。
　　　　小弟为她来讨药，
　　　　俺三叩六拜两仙姑。
　　　　你要为俺姐治好病，
　　　　俺下辈子为你当牛做马不含糊
　　　　……

　　念完了这些自认为不错的词，二柱把眼睛很认真地闭了好半天，才睁开。他哆哆嗦嗦地看了一下"喇叭筒"，果然里面有了一些黄色的面状的东西。他朝周围瞅了一下，很谨慎地包了起来。

　　一路上，二柱异常兴奋。他讨着了药，说明自己心诚，说明自己跟淑兰有缘分。听人说，如果心不诚，仙姑就不给药。

　　二柱回到家的时候，魏淑兰瞪大眼睛看着他。很明显，她今天眼睛里显得比以往有内容。

　　二柱凑到魏淑兰跟前，从口袋里掏出了那包药，说："这下你有救了，青蛇姑白蛇姑赐给了你灵丹妙药。"

　　二柱说："我看见青蛇姑白蛇姑了，长得跟你一样俊。"

　　二柱说："你命好，你命大。用不了两天，你就该下炕了。"

　　二柱说："等你好了以后，我领着你上百草山。山上可好看了。"

　　魏淑兰笑着点了点头，接过了那包药，看样子舍不得打开，放在心口窝上焐了焐。那一刻，她闭上了眼睛。

　　二柱把药拿过来，说："等一下，我去给你倒水。"

　　就在这时，贺小梅进来了。见二柱正准备让魏淑兰吃药，就问："叔，什么药？"

　　二柱笑着说："什么药？灵丹妙药。"

　　贺小梅从二柱手里把纸包拿过来，问道："百草山上讨来的吧？"她把纸包打开，仔细看了看那所谓的"灵丹妙药"，又凑到鼻子跟前闻了闻，说："叔，你怎么也迷信起来了？这世上哪儿有什么青蛇姑白蛇姑，哪儿来的灵丹妙药？"

　　二柱向贺小梅打了个手势，示意她不要瞎说。他小声对贺小梅说："开始我也不信，可我叨念完了，纸包里就有了药。你说这事儿神不神？"

　　贺小梅又看了看那纸包里的药，拿手捻了捻："这是什么药，我看就是天上刮来的黄土。"

　　二柱把纸包夺过来："你可别瞎说。"

　　魏淑兰朝二柱招手，二柱走到她跟前的时候，她把纸包拿了过来，然后，倒在了嘴里。二柱赶紧让她喝水。魏淑兰喝完水，嘴角颤抖了一下，躺下了。

　　贺小梅看着魏淑兰，偷偷地叹了口气。

第四十二章

贺金柱很早就起来散步。八十九军撤销之后，还没部队搬进来，只有留守的一些军人。一个很气派的大院，现在显得很清静，很冷落。在院里走，见不着几个人。以往部队训练的口号声，队列里连喊带唱的歌声，还有出出进进的车辆，上班下班的家属，蹦蹦跳跳的孩子，都不见了。以往，他也喜欢在大院里散步，不管是士兵还是军官，见了都给他敬礼。几乎走不几步，就得还礼。虽然有些麻烦，但又觉得自豪。现在不行了，自己把领章帽徽摘了，院里也没兵了，总之各种感觉都没有了。他心里或多或少有些悲凉。向军旗告别那天，他真挺住了。7000多人都在哭，他没哭，包括见了司令员那双通红的眼睛，他也没哭。那一天，作为末代军长，作为向军旗告别的指挥员，他能做到那样，回想起来是相当不容易的。那声"降军旗——"的口令，下得还是那样地动山摇，但他当时心里曾有这种感觉：那徐徐降下的与其说是陆军第八十九军的军旗，倒不如说是自己肉体与灵魂交织的魂幡。

出了大门不远，贺金柱看见了魏猛子。魏猛子也休息了。他找了上边的人，想再干一干。但在正师职的位置上，他的年龄实在是偏大了，最后就退了。他情绪不大好：在这个职务上年龄大，再提一职不就不偏大了吗？事儿不都是活的吗？跟贺金柱一起从七里冢跑出来当的兵，人家是正军，自己干到正师就拉倒了。想后来再努把力，追一追，拼一拼。但随着部队被撤销，这个机会就给断送了。他心里很窝火。

走了个碰头面，贺金柱先开口了："哎，少见哪。太阳这是从哪边出来的？"

魏猛子扩了扩胸，又蹲了蹲腿，做了个运动员的动作，说："妈的，以前不知不觉天就亮了。现在老觉得夜长，不到四点就醒了。"

贺金柱说："咱俩弄点事儿干吧？"

魏猛子说："什么事儿？"

贺金柱说："趁着八十九军的一些老同志还在，咱们写一部八十九军军史吧？"

魏猛子说："败军之将不言勇。人家扩编的部队还没修史立志呢，一个被撤销番号的部队，有什么资格给自己树碑立传？"

贺金柱很认真地说："我觉得你的态度不对头，心态也不正常。作为八十九军的老兵，你怎么说这样的话呢？怎么这样不注意维护八十九军的荣誉呢？我认为，正是因为八十九军被撤销了，我们才给它写史。让我们的后代知道，在中国人民解放军的序列里，曾有这样一支部队。"

魏猛子低头想了一下说："你就不怕人家误会你有为自己树碑立传，或者有鸣冤叫屈之嫌？"

贺金柱仰了一下头，说："你这样认为吗？"

魏猛子说："我当然不会，但不想参与。要写的话，不如自己写点儿回忆录。"

贺金柱说："写回忆录不更容易有为自己树碑立传之嫌吗？你想吧，现在八十九军健在的老同志还有很多。红军时期的营长、抗日战争时期的团长、解放战争时期的师长、抗美援朝战争时期的军长们都没写回忆录。我们算个什么呀？"

魏猛子说："那我不管。我写我经历的那一段儿，跟职务高低没关系。只要有史料价值就行。"

贺金柱说："我怎么没觉得，我们的经历有多大史料价值啊？我也看过一些老同志的回忆录，好多都是扯淡。"

魏猛子说："好了。咱俩争了快一辈子了，现在都快60的人了，官儿也没了，扔到老百姓堆里也挑不出来了，好好养养老吧。要不，就回老家走走。别的，那才是扯淡。"

李萱从院里走了出来，说："怎么大清早两人就扯上淡了，先回家喂脑袋吧。喂完了，接着扯，反正有的是工夫。"

魏猛子接过来说："人家可没工夫，我们的末代军长，还想为降下军旗的八十九军写军史呢。"

李萱点了点头："我看这是个好现象，说明贺军长是在发挥余热，老有所为。不像你整天五拘六受，没着没落儿的，就知道发脾气。"

魏猛子扬了扬手，对李萱说："好吧，让人家老有所为壮心不已去吧。我少壮不努力，老大徒伤悲还不行吗？"说完，拉着李萱进了院。

贺金柱对着魏猛子的背影叹了口气："操，这人怎么了？"

吃过早饭，张敏上班去了，贺金柱一个人在家瞎捣鼓。

贺金柱在职的时候，一身便服也没有。到地方参加活动，或者到外边转转，把领章帽徽摘下来，就算穿便装了。前些日子，张敏找了个裁缝，给他量体裁衣做了两套便装。一套是中山服，一套是西装，衣料很上档次，样式也很讲究。做好那天，张敏亲自帮他穿上，让他前前后后反复照镜子。张敏在一边一个劲说，好，棒。可贺金柱脸上一点儿反应也没有。张敏一走，他就换上了军装，对着镜子照了照，自言自语地说，就我这块儿，穿什么也不如穿军装气派。这身材，天生就是穿军装的料儿。在职的时候，他不知道自己的衣服放在哪儿，到什么季节穿什么衣服，都由张敏操持着给他换。眼下张敏没在家，他可着劲地翻腾开了，把多年的旧军装都找出来了。其中有 1965 年以前授衔的军装，他很激动地拿出来穿上了，上校牌子也戴上了。照照镜子，的确气派。只可惜，军衔早就被取消了。听说，部队以后要恢复军衔制。自己这个职务，这个资历，至少要授少将。得，不在职了，授衔不授衔那是人家的事儿了。但可以料定，真有那一天，自己心里肯定酸不溜儿的。

把军装倒腾了一遍，贺金柱又按原样叠好一件一件地放了进去。如果不是原样，张敏回来又得找事儿。惹不起她，老实点儿吧。

还有一件东西，也可以算是古玩，就是当年贺大发送他的那两块现大洋，一直用红绸子布包得好好的，有闲工夫就拿出来看看。一边看一边把有关的过程回顾一下，心里会产生一种少有的滋味儿。

接下来，贺金柱就翻腾自己的相册。这可是宝贝东西，跟命差不多。相册也是张敏整理的，基本上是以时间为顺序。当兵前在老家一张照片也没有。第一张照片是在鲁州战役当中照的，那时候瘦，看上去愣了吧唧的，像生瓜蛋子。第二张是在淮海战役的小马庄照的，那一仗打得惨烈，地上都是尸体。再往下就是参加全国英模代表大会时，在中南海与毛主席的合影了。这张照片保存得很好，当时团里要走了，放在了荣誉室。当上团长以后，他请北京的一位有名的摄影师，连同参加大比武的那张照片翻成了底片，并且放大到了16寸。这两张照片太珍贵了，一生的辉煌都集中在这两张照片上。每翻出来看一次，用心擦一擦上面的灰尘，都会激动好大一阵子。再往下，就是跟张敏的结婚照，也就是挂在墙上的那张。那时候，他正潇洒英俊，张敏年轻漂亮，看上去是很般配很幸福的一对。他叹了口气，接着往下翻。等翻到80年代的一些彩照时，他觉得没啥意思。大部分都是讲话、剪彩、视察类的内容。不是挥手，就是叉腰，姿势都差不多。看上去很有风度，其实挺没劲。

翻完了，两条腿也在地上蹲麻了。站了几次，站不起来。把照片回归原位。不然，让张敏发现了也是问题。

贺金柱在屋里转了几个来回，心里还是有些空落落的，有一种强烈的愿望，就是跟孩子们见见面，说说话。在职在位的时候，没这个闲心，也没工夫，谁来谁走，他都不当回事儿。现在退下来了，闲心闲工夫都有了。重要的是，退下来以后，自我感觉，有些英雄气短，儿女情长了。

贺金柱回到屋里接着打电话。先是打给小虎的，让他回家来看看。这是他第一次主动给小虎打电话。小虎这王八蛋，跟他一个德行，驴脾气，犟眼子。平时，连个电话都懒得打。接着，他又给张颖打电话，催她回家看看。张颖那次提干被卡住之后，还在医院干，几经折腾，最后考进了军区卫校的短训班，毕业后提了干。可以说，这一儿一女的提干，都没沾上他这个当军长的光，都是自己拼出来的。现在想起来觉得有些欠儿女们，再往后，自己只能是沾儿女们的光了。还有贺武，贺武从小就是个书呆子相，可以说是嗜书如命，13岁就戴上眼镜。到了家，把自己往小屋里一闷，没人叫就不出来。性格既不像自己，又不像张敏。贺金柱一看，这小子虽然生在大比武的年代，但根本不是当兵习武的料儿，也就任其发展了。贺武高中毕业考进了北京理工大学，现在正读研究生，一年也不往家写封信，打电话基本上就是要钱。按照贺金柱的计划，让张敏尽可能地多生些孩子。但等生了贺武之后，张敏就再不想要孩子了。她认为有一儿一女就足够了，孩子多了，太拖累，操不了那个心，自己身体也受不了。以后张敏又怀过两次孕，但偷偷处理掉了。张敏21岁嫁给贺金柱，就说到45岁吧，这之间，要有20多年的生育年龄。张敏身体好，方方面面都很旺盛。放开生的话，生个 10 来个没问题。生了张颖之后，贺金柱就给张敏做了这个预算。张敏说："你把我当成牲口啦。"为多生少生的问题，贺金柱也跟张敏闹过别扭，但生杀大权在张敏手上。贺金柱拿她没办法。现在看来孩子明显着是少了些，家里显得冷清。

贺金柱感到，每打完一个电话，眼睛和鼻子就发酸一阵子。这是从没有过的感觉。

贺金柱想把孩子们召集齐了，开个家庭会，就有关问题跟孩子们讲一讲。自己退下来了，也逐步走进了老年人的序列。人老了怕寂寞，没事儿的时候，孩子们要常回家看看。再就是孩子们的婚姻问题。没找的，抓紧找；找好了的，考验得差不多了，就结婚。家里都是大人，缺小孩儿。有个小孩儿逗逗，那就更像日子了。还有一个蓄谋已久的主意，就是找一个日子，全家齐装满员地回老家七里冢看看，上上坟，祭祭祖，看看百草山。自己快 20 年没回老家了，张颖、贺武压根儿就没回过老家。有一千个理由回去看看。至于张敏回不回去，他不敢奢望，因为七里冢也好，百草山也好，跟她没血缘关系。

台灯下，贺金柱戴上眼镜，很投入地伏案翻看八十九军的历史材料。翻着翻着，就给几个老同志打电话。他认为这么大的事儿，他一个人做不成，但又有一种强烈的使命感和责任感。他不厌其烦地挨个打电话，大部分老同志都支持他。但都说，搞军史需要资金，需要在职的八十九军的老同志支持。要成立个班子，起码要有办公室。没有经费，没有办公地点，根本启动不了。贺金柱想想，也有道理，但又感到为难起来。自己在职的时候为什么不张罗搞？八十九军解散时光家底费就向军区交了 800 多万，为什么当时不拿出些钱来搞军史？现在没职没权了，钱拿不出来，人也调不动，办公地点也没处找。真是不退下来不知道没权的苦处。一对比，才知道，权力真是个他妈好东西。细想一下，其实权力的最大价值不是物质占有，而是精神享受。你到下边走一走，本来没什么大事儿，人家就说你是来视察指导，就插彩旗，挂横标，热烈欢迎热烈欢送，前挤后拥一阵苦心应酬。你在台上讲话，自己都感觉讲得就那么回事儿，下边就给你热烈鼓掌，让你晕晕乎乎，找不着北，让你产生无限的快感。人每天都在快感里面活着，能没精气神吗？

打了一大堆电话，关于写军史的事儿，基本上没什么着落。他决定先放一放，等时机成熟了再说，不管早晚这事儿是要干的。不干，半点马列主义也没有。不干，死不瞑目。

贺金柱进一步定下了这个决心：在有生之年，一定要编纂一本精装的《陆军第八十九军军史》，为八十九军画一个圆满的句号。不然，若干年后，后人就不知道有这支部队了，这是一个老战士的宏伟志愿。完成这一宏伟志愿的另一个想法，就是趁着现在身体还行，年龄还不算大，沿着八十九军，特别是一七〇师战斗的足迹，重新走一遍。那一定很有意义，也会很有意思。先到河南竹沟，那是一七〇师二十八团的诞生地，当然那时候，贺金柱还没当兵。再到苏北、皖东、宿北、孟良崮、苏中、鲁中、双堆集、小马庄、无为、上海、闽南、彤州等地，走一走。如果条件允许的话，再去趟朝鲜，看看文川里，对着自己走麦城的地方，发些感慨。恐怕也别有一番滋味儿。这些地方都走一走，看一看，应该说，心愿就了却了，这辈子也就死而无憾了。

没事儿的时候，贺金柱喜欢到郊外去。既不是观光，也不是旅游。而且不用车，也不用人陪。就是一个人傻走。他想看山。

古人云，仁者爱山，智者乐水。贺金柱不知道自己算不算仁者。

一七〇师移防北线之后，从师部到各团，基本上都在大山里埋着，找一块开阔的地方很难，待在那儿憋屈得慌。到了省城，恰恰相反，除了公园里有假山，就再也看不到山了。看不到山了，自然就想山。最最想念的还是百草山。

贺金柱记得，百草山一年四季，有花有草，有黄有绿，风光无限。哪怕是在冬天，也有些草是生长着的。尤其那火红的榴榴儿果，一直红到数九。但不知道，百草山经历了这么多年的风雨之后，会是什么样子。

去了百草山，当然要看看那片坟地，还有当年那片血红的高粱地……

2001 年 11 月至 2002 年 4 月初稿于西山八大处

2002 年 6 月第二稿于解放军艺术学院

2002 年 9 月至 12 月第三至四稿于鲁迅文学院

2003 年 4 月第五稿于西山八大处

2003 年 8 月定稿于西山八大处

后　记

这是我的第一部长篇。老早就构思，写作用了近两年。期间，大改 6 次，小改 12 次，糟蹋电力、纸张若干。弄得腰酸背疼，见了电脑就发晕。直到交稿，仍不甚满意，有心把它做得更精细些，但有些心力交瘁或心余力拙了。再加上，总有一些朋友见面或打电话问，你的长篇怎么样了？什么时候出呀？弄得自己不好回答。许多作家说出书就出书了，有的码起来能有一人高了，怎么到了自己这儿，就那么费劲？我的耐性经受了一定的锻炼和考验之后，该出手就出手了。

百草山是我老家献县付家庄村北边的一座古汉墓。从小在山上玩儿，弄一些能吃的东西往嘴里塞，听村里有文化的人讲一些关于百草山传说，过得很有些滋味儿。老家一带，自然村子很密集，周围好几个村离百草山都不远。但《献县志》上白纸黑字写着百草山是我们付家庄的。当年，我和我的小伙伴儿们都以主人公的姿态，捍卫过百草山的尊严。甚至付出过无数次挨土坷垃攻击的代价。在十来岁的时候，我就立下过志向：长大了一定要为百草山写一部大书。说这句大话的时候，我已见过村里的几本大书，记得有《林海雪原》《红旗谱》《苦菜花》等。这些大书到我手里的时候都没了书皮，颜色发黄，角都卷起来了。我看不大懂，但我会用花言巧语把大书们借到手。现在我写的《百草山》与当年立下的志向，不一定有必然的联系。但百草山情结却很早就注入了我的生命本体。

过去，我的一些作品都是写自己熟悉的生活。这次，我长了一些胆量。《百草山》的故事发生在20世纪40年代至80年代，而我出生于50年代末。作品的时空大大超出了我的生活阅历。我不是一个想象力很丰富的作家，这次创作对我的想象力，是一个很有强度的挑战。我绞尽了脑汁，也尝到了快感。书中的贺小虎跟我年龄相仿，经历也有些相似，写起来就轻松一些了。我当新兵的时候，正赶上"后门兵"盛行。在新兵连，那些干部子弟一到礼拜天就请假回家，当兵就像串门儿一样。还有，那些干部子弟，见了首长和机关干部，这个叔叔，那个伯伯地叫着，看样子老早就是熟人。这让我们这些工农子弟，既羡慕又嫉妒（后来，有些"后门兵"成了我的好朋友，至今保持密切交往）。大呼隆的"后门兵"现象已成为历史，而对这段生活我很刻骨铭心。沉淀了一些年头，就把一些故事安在了贺小虎、张颖他们身上了。可能是对贺小虎太熟悉了，等他一当兵，我的叙述视角就不自觉地变了。不知道读者会不会理解并原谅。

　　我很幸运，写作期间上了两次学。一次是解放军艺术学院全军中青年作家研修班；一次是鲁迅文学院全国首届中青年作家高研班。参加这两次学习之前，《百草山》的初稿已完成。带着稿子上学，就像拿着作业等着老师批改一样，自然也就给自己增加了几分沉重。尤其在鲁院，全班49名学员，一个省才一个名额，大省也不过两个。可以说是高手林立，群英荟萃。刚开学不久，各大报刊编辑部，各大出版社都从天南地北找上门来，约稿、聊天、请吃饭，应接不暇，不亦乐乎。不到两个月的时间，就有许多令人不安的消息传来：某某已写了几十万字；某某的作品获大奖了；某某的作品卖了版权，等等。在这样的环境里，很难保持一个好的心态。于是，我就把稿子藏起来，平平静静地坐下来，很像那么回事儿地当一名40多岁的好学生。两次学习，加起来有半年多的时光，对我来说很受滋润。一边听课，一边交流，一边读书，一边反思。可以说受益不小，启发很大。说实话，《百草山》在选材上没占到多大优势，近年来，同类题材的作品已有不少，尤其电视连续剧《激情燃烧的岁月》在全国各大电视台热播之后，使"石光荣"这一典型的农民军人形象家喻户晓耳熟能详。给人的感觉是，关于老军人、老干部题材的作品基本上不能碰了。一碰就会撞上"石光荣"。我的确有这样的顾虑。中国人民解放军的历史，是由若干个农民出身的军人的经历写成的，要想写出纯粹的"这一个"很难很难。这样，就把我这"后来者"的路子逼得很窄，卡得很严。走一步，就要回头看一看，撞上人家没有。不过也好，这样会让我长些心眼儿，多些悟性，多些思考，多些沉淀。下苦功夫狠挤自己的东西，逼着自己绝处逢生。但有一点儿，我相当自信，只要是从自己生命本体里流淌出来的东西，是不会也是不怕与别人相撞的。

　　两年的时间，折腾得痛苦而幸福。一个人睁开眼就伺候小说，而且是把生命的本体化作小说，怎么会不幸福呢？

　　我就怕有人这样问，你的小说写的什么。我狭隘地认为，小说就是讲故事。一个作家应该是一个讲故事的好手。当然，一个作家也应该是一个讲故事的有心人，讲好看的故事，把好看的故事讲好。故事讲完了，作家的使命也就完成了。至于故事里外还有哪些东西，那就等着评论家们拿出来说事儿了。

李西岳